17
18
19
20
21
TF
FpF
JK
D
TF
IX
III

Perry Rhodan
Old Man

Perry Rhodan

Old Man

Verlagsunion Erich Pabel-
Arthur Moewig KG, Rastatt

Redaktion: Horst Hoffmann
Beratung: Franz Dolenc
Druck und Bindung: Mohndruck
Graphische Betriebe GmbH, Gütersloh
Printed in Germany
ISBN 3-8118-2048-6

Vorwort

Mit diesem 33. Buch der PERRY RHODAN-Bibliothek beginnt wieder eines jener fast schon legendären Abenteuer, die ganze Generationen von Lesern viele Hefte lang in ihren Bann geschlagen haben – und dies heute noch tun. Die Faszination ist die gleiche geblieben wie vor über zwanzig Jahren, und wir hoffen natürlich, daß der jetzt beginnende Zyklus in der „geglätteten" und – wo nötig – gestrafften Buchform noch mehr fesselt.

Zum Auftakt begegnet uns (nach Icho Tolot beim Start des MdI-Zyklus) wieder eine jener schillernden Figuren, die sicher viel zum Erfolg von PERRY RHODAN beigetragen haben: der Freifahrerkönig Roi Danton, in Wirklichkeit Rhodans Sohn Michael Reginald. Der erfrischenden Heiterkeit, die er durch sein Auftreten verbreitet, steht allerdings eine große Tragik gegenüber – jene der Menschen, die einst OLD MAN erbauen ließen.

Doch es soll nicht zuviel verraten werden. Wer die Originalromane des „M87-Zyklus" kennt, der weiß, daß der Inhalt dieses Buches bei aller Dramatik nur der Beginn einer Entwicklung ist, die abermals alle Dimensionen des größten SF-Abenteuers, das jemals geschrieben wurde sprengen wird.

Die diesem Band zugrundeliegenden Romane sind: *Alarm im Sektor Morgenrot* von *K. H. Scheer; Die Plattform des Schreckens* von *William Voltz; Gestatten, Gucky und Sohn* von *Clark Darlton; Im Labyrinth des Todes* und *Überfall auf OLD MAN* von *H. G. Ewers*, und *Die Stunde der Hypnokristalle* von *Kurt Mahr*.

Mein Dank gilt wie immer den Autoren dieser Abenteuer, Johnny Bruck, Franz Dolenc und – last not least – den Lesern, die gerade für diesen neuen Zyklus viele wertvolle Anregungen und kritische Hinweise geliefert haben.

Gaggenau, im Sommer 1988 Horst Hoffmann

Zeittafel

1971 Perry Rhodan erreicht mit der STARDUST den Mond und trifft auf die Arkoniden Thora und Crest.

1972 Mit Hilfe arkonidischer Technik Aufbau der Dritten Macht und Einigung der Menschheit.

1976 Das Geisteswesen *ES* gewährt Perry Rhodan die relative Unsterblichkeit.

1984 Galaktische Großmächte versuchen, die Menschheit zu unterwerfen.

2040 Das Solare Imperium ist entstanden. Der unsterbliche Arkonide Atlan taucht auf.

2103 Perry Rhodan erhält von *ES* einen Zellaktivator.

2114 Bündnis mit den Posbi-Robotern nach Kampf um die Hundertsonnenwelt.

2326 *ES* verstreut 25 Zellaktivatoren in der Galaxis.

2327 Terraner entdecken das Zweite Imperium der Blues.

2328 Sieg über die Blues und Friedensvertrag zwischen den galaktischen Imperien.

2400 Entdeckung der Transmitterstraße nach Andromeda und Kampf gegen die Maahks.

2401 Die Invasion der Milchstraße durch die Maahks aus Andro-Alpha wird vereitelt.

2402 Terranischer Vorstoß in den Andromeda vorgelagerten Betanebel. Anlegung des Stützpunktes Gleam.

2404 Terraner und Verbündete fliegen unter Perry Rhodan die Andromeda-Galaxis direkt an und finden die völlig menschenähnlichen Tefroder, das wichtigste Hilfsvolk der Herren Andromedas. Die CREST wird um rund 50 000 Jahre in die Vergangenheit verschlagen. Zusammentreffen mit den Lemurern, den gemeinsamen Vorfahren von Tefrodern, Terranern und der meisten humanoiden galaktischen Völker.

2405 Zerstörung des Andromeda-Sechsecktransmitters durch die „Sonneningenieure", in der Folge Zusammenbruch der Transmitterstrecke zwischen Milchstraße und Andromeda. Bündnis mit den revoltierenden Maahks gegen die MdI und Suche nach den uralten Weltraumbahnhöfen, um eine Invasion der Milchstraße zu verhindern.

2406 Nach dem Tod des letzten MdI (Faktor I – Mirona Thetin) Rückzug der Terraner aus Andromeda. Die Maahks nehmen ihre angestammte Heimat wieder in Besitz.

Prolog

Man schreibt das Jahr 2435.

Nach dem siegreichen Abschluß des Kampfes gegen die Meister der Insel im Februar 2406 ist es Perry Rhodan und Atlan gelungen, das im Juni 2405 unterzeichnete Nichtangriffs- und Beistandsabkommen mit den Maahks zu einem dauerhaften Friedensvertrag und Freundschaftsbündnis auszudehnen. Die terranischen Stützpunkte im Vorfeld Andromedas wurden – entgegen der ursprünglichen Absicht – vollständig geräumt, da die Kosten ihrer Unterhaltung in keinem Verhältnis mehr zu ihrem Nutzen standen. Der Planet Gleam wurde der Obhut der Maahks übergeben, gegen deren Zusicherung, daß die Terraner jederzeit zurückkehren dürfen.

Es folgten knapp dreißig Jahre der wirtschaftlichen und politischen Konsolidierung des Solaren Imperiums. In der Milchstraße herrscht weitestgehend Frieden. Nur in der Eastside flackern immer wieder Kriege zwischen den einzelnen Bluesvölkern auf, die jedoch auf die restliche Galaxis ohne Auswirkungen bleiben.

Zu Beginn des Jahres 2435 beherrscht oder verwaltet das Solare Imperium 1151 von Menschen besiedelte Sonnensysteme und erlebt eine Blütezeit ungeahnten Ausmaßes. Ein neues Autarkiegesetz bindet die neugegründeten Kolonien länger an Terra und sichert den Siedlern dafür höchstmöglichen Schutz gegen Übergriffe fremder Mächte zu.

Solche Bedrohungen hat es allerdings seit dem Ende der MdI nicht mehr gegeben – nicht zuletzt dank Perry Rhodans Politik, bewaffnete Konflikte um jeden Preis zu verhindern.

Nur einmal in diesen fast dreißig Jahren schien der Friede in der Galaxis gefährdet werden zu können . . .

1.

August 2435

Die erste Begegnung hatte vor etwa zwanzig Jahren stattgefunden. Zu Beginn des Jahres 2415 stießen terranische Wachschiffe unverhofft auf die ersten Kugelraumschiffe der Kosmischen Freihändler.

Zahlreiche Kontrollen bewiesen, daß diese hochmodernen Handelsfahrzeuge ausschließlich von Besatzungen menschlichen Ursprungs bemannt waren. Wenig später wurde von der Solaren Abwehr ermittelt, daß die Freihändler, auch Freifahrer genannt, über einen Stützpunktplaneten mit umfassenden technischen Einrichtungen, Ersatzteillagern und Automatwerften verfügten.

Da kein Freihandelskapitän jemals seine menschliche Abstammung dazu benutzte, um seine Rechte auf die solare Raumfahrt-Zulassungspolice mit allen Zoll-, Hafen- und Gebührenvergünstigungen geltend zu machen, war es dem Imperium nicht möglich, die für die private Raumschiffahrt geltenden Gesetze auch im Falle der Freifahrer zur Anwendung zu bringen.

Das Vorhaben terranischer Schiffahrtsgesellschaften und anderer Monopolbetriebe, die Freifahrer auf dem Klagewege aus dem Raum zu verdrängen, schlug fehl.

Ein gewaltsamer Versuch der Springer, die bis zum Jahre 2415 das Privileg in Anspruch nahmen, allein freien Handel betreiben zu dürfen, wurde von den Kosmischen Freifahrern überraschend zerschlagen. Die Raumschlacht im Urbtridensektor zwischen Springern und menschlichen Freifahrern endete mit schmerzlichen Verlusten für die aus den Arkoniden hervorgegangenen Springer. Die Solare Flotte griff nicht ein.

Die galaktische Position des Freihändler-Planeten blieb geheim. Als sich nach fünfjähriger Kontrollarbeit der solaren Nachrichtendienste erwies, daß die Freihändler niemals gegen die fundamentalen

Sicherheitsgesetze verstießen und niemals versuchten, das Wohl der Menschheit zu schädigen, wies Perry Rhodan die Abwehr und die Flottenführung an, die Freifahrer unbehelligt zu lassen.

Im Jahre 2435 wiesen die Freifahrer nach, daß sie über eine Flotte von etwa 7500 bewaffneten Handelsraumschiffen modernster Bauart verfügten. Sie waren zu einer unübersehbaren Wirtschaftsmacht in der Milchstraße geworden.

Ihr Oberhaupt, der sogenannte „Kaiser“ Lovely Boscyk, stellte mit Beginn des 25. Jahrhunderts den Antrag auf politische Anerkennung durch das Imperium. Perry Rhodan lehnte mit der Begründung ab, die Freifahrer könnten weder als terranische Kolonisten noch als Nachkommen einer ursprünglich vom Imperium gegründeten Handelsgesellschaft angesehen werden. Durch diesen Beschluß blieben die Freifahrer eine politisch außenstehende Gruppe ohne Stimmrecht ihres Abgeordneten im Solaren Parlament.

In den Akten der Abwehr wurden sie nach wie vor als „suspekt“ bezeichnet.

Es blieb jedoch dabei, daß die Freihandelskapitäne, die sogenannten „Fürsten“, niemals ernsthaft gegen das menschliche Wohl verstießen. Fälle verbrecherischer Tätigkeit wurden nicht bekannt. Allerdings stand auch fest, daß sich fast alle Kapitäne und Schiffseigner in vielen Fällen an den Grenzen des Erlaubten bewegten. Für die „Fürsten“ war es selbstverständlich, bei neuentdeckten Primitivvölkern billige Gebrauchswaren gegen kostbare Rohstoffe und Konsumgüter aller Art einzutauschen.

Man nannte die Freihändler „charmante Gauner“, die es immer wieder verstanden, durch die Maschen des Gesetzes zu schlüpfen.

Die bemerkenswerteste Persönlichkeit unter den Freifahrern war als Roi Danton bekannt.

Während „Kaiser“ Lovely Boscyk lediglich die Rolle eines mit Repräsentationsaufgaben betrauten Oberhauptes spielte, fungierte Roi Danton allem Anschein nach als Befehlshaber der Freihändler.

Niemand wußte, wer Roi Danton tatsächlich war, woher er stammte und wo er seine hervorragende Ausbildung als Kosmonaut und Hochenergietechniker erhalten hatte.

Roi hatte den Namen eines Revolutionärs angenommen, der im Frankreich des 18. Jahrhunderts bei der Beseitigung der menschenunwürdigen Feudalherrschaft entscheidend mitgewirkt hatte.

Roi Danton war grundsätzlich nach der Mode des ausgehenden 18. Jahrhunderts gekleidet. Er gab und bewegte sich wie ein seinerzeit lebender Feudalherr, ahmte die einem modernen Menschen abartig erscheinenden Gesten und Redewendungen nach und schockierte damit seine Umwelt. Dennoch konnte die Solare Abwehr, vordringlich aber die USO, schon 2435 feststellen, daß dieser undurchsichtige „König" der Freihändler ein loyal denkender Mensch war, dem außer kleinen Täuschungsaffären auf unbekannten Primitivplaneten keine verwerflichen Taten nachzuweisen waren.

Gegen Ende August 2435 n. Chr. wurde das Imperium nach einer dreißigjährigen Periode des Friedens und des internen Aufbaues plötzlich in ein kosmisches Geschehen verwickelt, das innerhalb weniger Wochen zu einer katastrophalen Bedrohung werden sollte.

Mit Rhodans Startbefehl für die Heimatflotte begann die siebte Epoche in der Geschichte der modernen Menschheit...

Leutnant Gazil Rhombaz, Offizier vom Dienst und für die Zeitspanne von zwölf bis achtzehn Uhr Befehlshaber der „Innenwache", traute seinen Augen nicht.

Es war 17:26 Uhr, am 25. August 2435. Rhombat hatte sich vor zehn Minuten entschlossen, die beiden Posten an der Pforte des kleinen Privatparks zu inspizieren. Die Grünanlage war den Wohnräumen des Großadministrators angegliedert und diente zur Erholung des am meisten beschäftigten Mannes im Imperium.

Weit entfernt starteten und landeten die bläulich schimmernden Kugelriesen der Heimatflotte. In der Luft lag ein dumpfes Grollen und Rumoren, das eigentlich niemals ganz verstummte. Man hatte sich daran gewöhnt. Die Einwohner Terranias, der größten und modernsten Stadt der Erde, bezeichneten es spöttisch als „Göttergesang".

Das war es aber nicht, was Leutnant Rhombat den Atem verschlug.

Er hatte die Posten kontrolliert, die Sauberkeit der Uniformen überprüft, und war dann einige Schritte in den Park hineingegangen. Die Wachsoldaten hatten ihm mitgeteilt, Perry Rhodan hätte vor einer halben Stunde Arbeitsraum III über die breite Freitreppe verlassen, um – wie es schien – die Fische in dem prächtigen Zierteich zu füttern.

Rhombat beabsichtigte keineswegs, den Großadministrator in irgendeiner Form zu stören. Er wollte nur einmal nachschauen, ob alles in Ordnung war. Es gehörte zu seinen Aufgaben.

Wenn er dieses „Nachschauen“ von Rhodan unbemerkt erledigen konnte, hatte er seine dienstlichen Obliegenheiten geschickt und gewissenhaft erfüllt.

Also schritt der Offizier der Innenwache auf den Zehenspitzen über den breiten Kiesweg und lugte vorsichtig um die Ecke eines Gewächshauses herum, in dem Rhodan oft Ablenkung suchte.

Bei diesem Blick um die Ecke wäre Rhombat vor Schreck beinahe in den Boden versunken.

Perry Rhodan, das Idol von Milliarden Menschen, gefiel sich darin, eine bildhübsche junge Dame zu umarmen, ihr über die dunkelblonden Haare zu streichen und sie sogar zu küssen.

Leutnant Gazil Rhombat war nur ein Mensch; dazu noch ein Mensch, der seinen Oberbefehlshaber liebte und verehrte.

Es kam Rhombat nicht in den Sinn, Rhodan für dieses Verhalten verantwortlich zu machen. Rhombat war felsenfest davon überzeugt, daß sein Chef in die Fänge eines gewissenlosen Geschöpfes geraten war.

Selbstverständlich besaß er nicht das Recht, wie ein Racheengel zu erscheinen und seinen Chef darauf aufmerksam zu machen, daß Mory Rhodan-Abro mindestens eintausend Lichtjahre entfernt weilte und daher ein Treuebruch in dieser Form noch widerwärtiger sei, als wenn Mory im Gästehaus der Administratur von Terrania gewohnt hätte.

Nein – das stand Rhombat nicht zu! Da er jedoch zur Solaren Abwehr und überdies zur speziell geschulten Leibwache des Großadministrators gehörte, handelte er auf andere Weise.

Rhombat zog sich leise zurück und rannte zu den beiden Posten hinüber. Die Männer entsicherten automatisch ihre Waffen, als sie ihren Wachoffizier im Sprintertempo näherkommen sahen.

Rhombat blieb stehen, umfaßte die Oberarme der verblüfften Soldaten und zog sie vom Tor weg. Seine Stimme klang erregt.

„Hören Sie genau zu! Der Chef hält es für richtig, eine junge Dame zu küssen. Halten Sie den Mund, Sergeant. Jetzt rede ich! Ich habe keine Ahnung, wer dieses Frauenzimmer ist, das sich hier erdreistet, die menschlichen Schwächen unseres Chefs auszunutzen. Er muß sie durch einen der Geheimgänge eingelassen haben, oder wir hätten sie bemerkt. Sie sollen immer noch den Mund halten, Sergeant!"

Rhombat schaute nervös zur Pforte hinüber und zog die Männer noch tiefer in die Sichtdeckung blühender Ziersträucher.

„Hier Ihre Befehle. Sie lassen niemand in den Park hinein, egal, wer immer den Eintritt fordern mag. Verweigern Sie jede Auskunft. Verschanzen Sie sich hinter meinem Befehl. Ich verantworte das. Niemand darf den Chef in dieser verfänglichen Situation beobachten. Ist das klar? Sie haben über alles zu schweigen, was Sie während Ihrer dienstlichen Tätigkeit sehen und hören. Noch Fragen?"

„Endlich", seufzte der Sergeant. „Sie hätten mir nicht dauernd das Wort verbieten sollen, Sir. Da hinten kommt Solarmarschall Julian Tifflor. Es sieht ganz so aus, als wolle er in den Park. Was nun, Sir? Wir können doch nicht einen Marschall . . .!"

„Schweigen Sie", unterbrach der Leutnant. Er war blaß. „Gehen Sie ans Tor zurück und sperren Sie den Zugang. Ich spreche mit dem Marschall."

Julian Tifflor, groß, schlank und infolge seines Zellaktivators noch immer jungenhaft wirkend, wunderte sich über die verkrampften Gesichter der drei Männer. Rhombat grüßte.

Tifflor legte flüchtig die Hand an den Schirm der Dienstmütze und ging so selbstverständlich auf die Pforte zu, wie er immer darauf zugegangen war.

Rhombat rannte an ihm vorbei und stellte sich ihm mit ausgebreiteten Armen in den Weg.

Der junge Leutnant wußte, daß er sein Ansehen aufs Spiel setzte. Tifflor gehörte zu den wenigen Vertrauten, die Rhodan jederzeit ohne besondere Anmeldung aufsuchen durften.

„Sir – es tut mir außerordentlich leid, aber ich muß Ihnen den Eintritt verwehren", sagte er hastig. Sein schmales Gesicht zuckte in innerer Erregung.

Julian Tifflor verhielt den Schritt und betrachtete erstaunt das schweißüberströmte Gesicht des Wachoffiziers.

„Wie bitte? Was müssen Sie?"

„Sir, es tut mir leid, Sie dürfen heute nicht den Park betreten. Sir, bitte, seien Sie vernünftig. Vielleicht in einer Stunde, ich meine...!"

Rhombat suchte nach Worten. Es war ungeheuerlich, einem der höchsten Offiziere des Imperiums zu raten, er solle „vielleicht in einer Stunde" wiederkommen.

Tifflor musterte den jungen Mann unbewegt. Er bemerkte auch, daß Rhombat offenbar unbewußt an seiner Waffentasche herumfingerte und den Sicherungsschalter des Kombistrahlers auf Feuerstellung schob.

Tifflor beherrschte sich. Nur seine Stimme klang sehr kühl.

„Sie müssen entweder geistig verwirrt oder betrunken sein. Im ersten Falle werde ich Ihnen verzeihen und Sie zu einem Arzt schikken. Sollten Sie jedoch betrunken sein, dürfen Sie sich schon jetzt auf ein Disziplinarverfahren einstellen. Melden Sie sich sofort beim Chef Ihres Kommandos. Sie werden abgelöst. Und nun geben Sie gefälligst den Weg frei."

Rhombat handelte nun tatsächlich wie ein Geisteskranker. Er zog seine Waffe und richtete die Mündung auf den Marschall. Tifflor verfärbte sich. Hilfesuchend sah er zu den Soldaten hinüber, doch sie trafen keine Anstalten, ihm behilflich zu sein.

„Ist – ist das eine Revolte?" erkundigte sich Tifflor stockend.

„Nein, Sir, nein, um Himmels willen nein. Sir, mir bleibt keine andere Wahl! Bitte, entfernen Sie sich. Ich...!"

„Zu spät, Leutnant", sagte der Sergeant plötzlich laut. „Drehen Sie sich um. Der Chef kommt soeben um das Gewächshaus herum – *mit* dieser Person!"

Rhombat ließ die Waffe sinken. Seine Schultern zuckten. Tifflor sah zu dem langsam näherkommenden Paar hinüber und winkte geistesabwesend. Er begann erst zu begreifen, als Rhombat fast schluchzend sagte:

„Sir, ich wollte verhindern, daß der Chef mit – mit diesem verworfenen Geschöpf gesehen wird; egal von wem. Sir, der Chef ist verheiratet!"

Tifflor riß Mund und Augen auf. Seine Lippen begannen verdächtig zu zucken. Schließlich sagte er mit schwankender Stimme:

„Sie sind der größte Hammel des Solaren Imperiums, Leutnant!

Das ‚verworfene Geschöpf' ist Rhodans Tochter, die wieder einmal ihren Vater besucht. Was haben Sie denn?"

Rhombat sah nur noch rote Nebel vor seinen Augen wallen. Als er ohnmächtig wurde, fing ihn der Sergeant auf.

Perry Rhodan erreichte die Gruppe. Sein bisher freudestrahlendes Gesicht wurde sofort ernst.

Ehe er Fragen stellen konnte, erklärten Tifflor und der Sergeant den Vorfall. Die beiden Posten standen steif und starr wie Statuen. Rhodan wechselte mit der hochgewachsenen jungen Frau einen langen Blick.

Suzan Betty Rhodan-Waringer, geboren am 16. August 2405, bückte sich und wischte dem Offizier den Schweiß von der Stirn. Als sie wieder aufsah, war sie sehr nachdenklich.

„Mir scheint, Papa, als würde mit diesem jungen Mann ein zukünftiger Flottenführer oder großer Staatsmann heranreifen. Weißt du überhaupt, wie sehr dich deine Männer verehren? Er hat alles aufs Spiel gesetzt. Es grenzt an Selbstmord, einen Solarmarschall mit der Waffe zu bedrohen, nur um dich nicht zu kompromittieren. Tiff, tue mir den Gefallen und vergiß die Sache."

Rhodans Augen, dachte Tifflor. Sie hat die Augen ihres Vaters.

Laut fügte er hinzu:

„Hinsichtlich der Umstände ist das selbstverständlich. Rhombat und diese beiden Posten haben mehr persönlichen Mut bewiesen als mancher Held, der nur deshalb zum Helden wurde, weil ihm sein Selbsterhaltungstrieb keine andere Wahl ließ. Seit wann hältst du mich für einen Unmenschen, Krausnase?"

Suzan lachte. Ihr herbes Gesicht entspannte sich und wurde fraulich weich.

„Krausnase! Das habe ich schon lange nicht mehr gehört. Fassen Sie mal mit an, Sergeant."

Leutnant Rhombat erwachte. Er kam so schnell zu sich, daß er mit einem Aufschrei hochsprang und wankend nach einem Halt tastete. Es sprach für Rhodans Menschlichkeit, daß er dem jungen Mann unter die Arme griff und beruhigend sagte:

„Nun mal langsam mit den jungen Gäulen, Rhombat. Ich möchte mich sehr herzlich bedanken."

„Be . . . danken, Sir?" stammelte Rhombat fassungslos.

„Genau das. Sie hatten ja die besten Absichten. Vergessen Sie die Geschichte. Da vorn kommt Ihre Wachablösung. Gehen Sie sofort zum Arzt."

„Jawohl, Sir. Verzeihen Sie, Sir – aber mir ist noch nie übel geworden."

„Das weiß ich. Sonst gehörten Sie nämlich nicht zu meiner Garde. Helft ihm, Männer!"

Die beiden Posten traten ab und führten ihren Wachoffizier zum nächsten Palasteingang hinüber. Die Soldaten, die nach ihnen den Dienst antraten, erfuhren nichts von dem eigentümlichen Vorfall.

Suzan, ihr Vater und Julian Tifflor schritten gemächlich in den Park hinein. Suzan war fast so groß wie ihr Vater. Er betrachtete sie von der Seite, und wieder erschien das Lächeln auf seinen Lippen.

Suzan schaute nachdenklich zu Boden.

„Die drei Männer haben dich angesehen, daß mir die Worte fehlen, um es zu schildern. Sie würden für dich ihr Leben opfern. Weißt du das?"

„Ja."

„Das freut mich. Du mußt zu der Zeit, als Michael und ich noch nicht geboren waren, Wunder vollbracht haben."

„Beinahe-Wunder", berichtigte Perry trocken.

Sie schüttelte den Kopf.

„Es waren Wunder, wie sie nur ein großer Mensch vollbringen kann. Vielleicht verstehst du auf Grund dieses kleinen Vorfalls, warum mein Bruder und ich den Entschluß faßten, nach unserer Ausbildung im Raum zwischen den Sternen unterzutauchen, um zu versuchen, aus eigenen Kräften so zu werden, wie du es ebenfalls aus eigenen Kräften geworden bist. Besonders Michael litt unter dem Gedanken, in deinem Schatten und mit deinem Familiennamen behaftet auf den Lebensweg geschickt zu werden. Schon seine akademische Ausbildung war für ihn deprimierend. Niemand wagte es, ihm schlechte Zensuren zu geben."

„Er hatte nur gute verdient", erklärte Perry unwillig. „Ich habe selten bessere Arbeiten gesehen."

„Zugegeben. Mache aber einmal einem jungen Akademieschüler wie Michael klar, daß er tatsächlich mehr leistet als seine Altersgenossen. Das glaubt niemand, der Michael Reginald Rhodan heißt. Er *mußte* unerkannt untertauchen, wenn er seinen inneren Frieden nicht ganz verlieren wollte. Ich habe gegen deinen Willen einen Wissenschaftler geheiratet, der hier, auf Terra, als Phantast verschrien war. Ich liebe und achte ihn immer noch."

„Es tut mir leid, Kleines. Es war mein Fehler. Wie geht es Dr. Geoffry Abel Waringer?"

„Wie das klingt!" lächelte Suzan. „Ich hätte an deiner Stelle den Begriff ‚Schwiegersohn' gebraucht. Es geht uns gut."

„Und wo ist er zu finden?"

Suzan sah den hochgewachsenen Mann fest an.

„Das verrate ich dir nicht. Mutter hat uns einen bestimmten Planeten zur Verfügung gestellt. Dort arbeiten und wohnen wir. Dort sind wir glücklich. Du wirst eines Tages noch von Geoffry hören. Er ist ein hyperphysikalisches Genie, das euren sagenhaften Professor Kalup in den Schatten stellen wird."

„Falls dieses Genie der Menschheit zugute kommt, habe ich nichts dagegen", warf Tifflor mit einem launigen Auflachen ein. „Mich würde es interessieren, wo Michael Unterschlupf gefunden hat. Du und er – ihr seid Zwillinge. Du wirst mir nicht erzählen wollen, du wüßtest nichts von ihm und seinem Aufenthaltsort."

„Natürlich weiß ich, was er treibt und wo er zu finden ist. Das werde ich aber ebenfalls nicht verraten."

„Wir sollten einen Telepathen auf meine liebe Tochter ansetzen", meinte Perry.

Suzan winkte ab.

„Du weißt, daß es keinen Sinn hätte. Sowohl ich als auch mein Bruder und meine Mutter sind mentalstabilisiert. Wenn ich nicht will, kann kein Telepath meine Gedanken lesen."

Rhodan nickte. Sein Hinweis auf einen Telepathen war auch nur als Scherz gemeint.

„Wie geht es Mike?" fragte er.

„Gut, er läßt dich übrigens herzlich grüßen."

„Hat er meinen, ich meine, hat er seinen Namen abgelegt?" fragte Rhodan innerlich aufgewühlt. „Mike ist mit vierundzwanzig Jahren plötzlich verschwunden. Seinen Abschiedsbrief habe ich mittlerweile tausendmal gelesen."

Suzan legte den Arm um die Schultern ihres schlanken, jugendlich aussehenden Vaters.

„Das wissen wir. Ja, Michael trägt einen anderen Namen; jedoch nicht deshalb, weil er seinen Vater verachtet."

„Darüber bin ich sehr glücklich. Er will ganz von unten anfangen, nicht wahr?"

Sie schaute Perry flüchtig an. Trotzdem erkannte sie das Leuchten in seinen Augen.

„Soeben sind Sie durchschaut worden", fiel Tifflor trocken ein. „Suzan dürfte nicht Ihre Tochter sein. Krausnase – dein Vater ist auf dich, besonders aber auf Mike stolzer, als ihr es euch vorstellen könnt. Natürlich kann er Mikes Handlung verstehen. Wahrscheinlich hätte er an seiner Stelle nicht anders gehandelt. Ganz bestimmt sogar!"

„Sie sind hinterhältig, Tiff", warf Perry dem Marshall vor.

Tifflor lachte.

„Wenn ich noch nie hinterhältiger war, dann soll es mir recht sein. Ich bewundere den Jungen. Er ist jetzt dreißig Jahre alt. Er muß zu sich selbst finden. Lassen Sie ihn gewähren, Perry. Ich kenne ihn von frühester Jugend an. Mike wird niemals gegen die Interessen der Menschheit arbeiten. Das sollte doch vollauf genügen."

„Sie sagen es, Tiff", fiel Suzan ein. „Ich fühle mich auf Terra sehr wohl. Es ist schön hier. Die Menschen sind tolerant, aufgeschlossen und liebenswürdig."

„Du hättest sie einmal ums Jahr 1970 erleben sollen", meinte Rhodan. „Die Gutwilligen und Toleranten mußte man fast mit der Lupe suchen."

„Überwundene Kinderkrankheiten", meinte Suzan mit einer Handbewegung. „Jedes galaktische Volk muß erst reifen. Bei der Menschheit hat es nicht einmal lange gedauert. Wird uns Atlan besuchen?"

Rhodan fuhr bei diesem plötzlichen Themawechsel zusammen. Es war, als erwache er aus einem Traum.

„Was soll plötzlich *diese* Frage?"

„Oh, merkst du etwas, Tiff? Soeben hat der Großadministrator gesprochen. Meine Frage hat keine besonderen Hintergründe, Papa. Ich möchte Atlan gerne wieder einmal sehen."

„Da hast du Pech, Krausnase", fiel Tifflor ein. „Atlans Funkspruch ist der Grund meines Kommens. Er steht mit einem gemischten Verband aus USO- und solaren Streitkräften im Sektor Morgenrot und ist dort mit diesem sogenannten König Danton zusammengetroffen."

„Mit dem Freifahrerchef?" warf Rhodan ein.

„Ja. Es gab Schwierigkeiten. Atlan hat sich infolgedessen mit ihm zu beschäftigen. Ich werde in einer halben Stunde starten, um mir dieses Unikum einmal anzusehen. Ich bin ihm noch nie begegnet. Ich war auf einen Menschen selten so neugierig wie auf Roi Danton. Von ihm erzählt man sich Wunderdinge. Unsere Besatzungen finden stundenlang Gesprächsstoff, wenn nur sein Name erwähnt wird. Er muß trotz seiner Schrullen ein außergewöhnlicher Mensch sein."

„Er hält sämtliche Kommandanten zum Narren", behauptete Perry ärgerlich. „Diese Freifahrer werden allmählich zu einem ernsten Problem. Berichten Sie bitte genauer. Was hat dieser Bursche im geheimen Aufmarschgebiet der Flotte zu suchen? Ist das Zufall?"

„Das ist die Frage. Danton tut sehr verwundert, und Atlan kann ihn nicht zu einer wahrheitsgemäßen Aussage zwingen. Ich bin davon überzeugt, daß Danton nicht zufällig in unseren südlichen Aufmarschsektor gekommen ist."

„Ich werde Sie begleiten", entschloß sich Perry. „Ich kenne ihn nämlich ebenfalls noch nicht. Möchtest du mitkommen, Suzan? Es ist nicht weit von hier."

„Roi Danton, hmm . . .!" überlegte Suzan laut. „Lieber nicht. Ich bin verheiratet, und er soll ein Mann von unwiderstehlichem Charme sein. Ich sehe mir mittlerweile die großen Städte der Erde an. Einverstanden?"

Rhodan blickte Suzan nachdenklich an.

„Wenn meine Tochter so eigentümlich lächelt wie jetzt, führt sie etwas im Schilde. Was hast du vor?"

„Oh, ich habe gelächelt? Das kommt gelegentlich vor, Papa."

2.

Vor zehn Minuten war die KOBE, ein Leichter Kreuzer der Solaren Flotte, noch ein schönes Schiff gewesen. Jetzt glich sie einem Schrotthaufen.

Von der hundertfünfzigköpfigen Besatzung lebten nur noch fünfundvierzig Mann. Sie hielten sich zumeist in der hermetisch abgeriegelten, ebenfalls kugelförmigen Panzerzentrale im genauen Mittelpunkt des Schiffes auf.

Die Katastrophenautomatik hatte die Zentralkugel zusätzlich mit einem Energieschirm abgeriegelt, um die vielen Treffer absorbieren zu können.

Major Kary Akanura, Kommandant der KOBE, wußte, daß ihm nur noch ein Wunder helfen konnte. Er war am Rand der galaktischen Eastside aus dem Linearraum unverhofft in einen Verband revoltierender Blues gekommen.

Es war Akanuras Fehler gewesen, die letzten Geheimdienstnachrichten über die Flottenbewegungen der „Tellerköpfe" zu wenig beachtet zu haben. Ehe die KOBE erneut in den schützenden Halbraum hatte gehen können, war sie von etlichen Großkampfschiffen beschossen worden.

Die normallichtschnellen Impulstriebwerke waren schlagartig ausgefallen. Die Kalupschen Überlichtflugaggregate näherten sich zehn Minuten nach dem ersten Schuß der Auflösung. Die Kraftwerke hatten automatisch abgeschaltet, als ihre Steuergehirne feststellten, daß die Stromverbraucher nicht mehr arbeiteten. Dem Vorgang des Ausschaltens war schon bei der nächsten Salve die Zerstörung gefolgt.

Jetzt arbeitete nur noch die Notstation dicht unterhalb der Kugelzentrale. Sie wurde vom Ersten Offizier ferngesteuert und lieferte den Arbeitsstrom für den inneren Katastrophenschirm und die Funkstation.

Diese Funkstation war die letzte Chance für die Überlebenden der

KOBE. Nur wenige Lichtjahre entfernt mußten die schlagkräftigen Geschwader der USO stehen. Lordadmiral Atlan persönlich fungierte als Oberbefehlshaber.

Major Akanura war es rätselhaft, was die Blues so nahe der terranischen Ausfallzone mit der Tarnbezeichnung Morgenrot suchten. Grundsätzlich betrachtet, konnte es dem Kommandanten gleichgültig sein, was die Beherrscher der Eastside in dieses Gebiet geführt hatte. Wahrscheinlich hatten sie keine Ahnung, daß der Sektor Morgenrot schon vor fünfzig Jahren mit einigen planetarischen Stützpunkten eingerichtet worden war.

Die KOBE strahlte mit höchster Leistung ihre Notrufe ab, gab ihre genaue Position bekannt und sendete überdies pausenlos Peilzeichen, um eine Ortung durch eigene Schiffe zu erleichtern.

Kary Akanura hoffte inbrünstig, der Kommandant des Bluesverbandes würde die Sendung folgerichtig auswerten. Eigentlich mußte er daraus ersehen, daß die KOBE in diesem Raumsektor nicht allein war.

Akanura blieb keine andere Wahl, als den Selbsterhaltungstrieb der Blues in seine Hoffnungen einzubauen. Jeder von ihnen, ob Admiral oder Hilfstechniker, kannte die Überlegenheit der terranischen Waffen. Wenn die KOBE noch eine halbe Stunde durchhielt, war sie gerettet. Wenn . . .!

„Funken Sie weiter“, schrie Akanura in sein Helmmikrophon. „Auf keinen Fall unterbrechen. Kommt denn von unseren Schiffen nichts herein?“

„Kein Piepser“, antwortete der Diensthabende aus der Funkzentrale. „Dafür kommen die Thermoschüsse der Blues herein. Sir, wir sollten aussteigen, solange die KOBE noch existiert.“

„Lassen Sie das meine Sorge sein. Erster – wann kommen Sie endlich mit der Waffenfernsteuerung klar? Jeder terranische Schiffsbauingenieur kann Ihnen bestätigen, daß es bei einem Ausfall der Feuerleitzentrale möglich ist, die Geschütztürme von der Zentrale aus zu bedienen. Warum begreifen *Sie* das nicht?“

Der Erste Offizier fluchte. Zwei neue Treffer schlugen in den allmählich aufglühenden Körper des Leichten Kreuzers ein und wirbelten ihn um seine Polachse.

„Es liegt nicht am Begreifen“, entgegnete der Offizier erbittert.

„Die Notschaltung hat etwas gegen die Theorien unserer Ingenieure. Ich kann nicht mehr tun, als auf die Knöpfe drücken."

„Peilkontakt", brüllte jemand. Die Stimme überschlug sich fast. „Sir, wir werden von der Dreiundachtzigsten Ultraflotte, Kommandeur Admiral Dant, angerufen. Vierzig Schiffe sind schon im Anflug. Ich . . .!"

„Halten Sie Ihren Mund", sagte Akanura müde. „Es gibt weder eine Dreiundachtzigste Ultraflotte noch einen Admiral Dant. Die Blues erlauben sich einen üblen Scherz."

Akanura hatte noch nicht richtig ausgesprochen, als zwischen den im Rotsektor stehenden Bluesschiffen plötzlich eine künstliche Sonne aufging. Sie dehnte sich mit ungeheurer Schnelligkeit aus und verschlang drei Großkampfschiffe auf einmal.

Zwei weitere Kunstsonnen entstanden so haargenau vor den Bugspitzen der anderen Einheiten, daß erneut fünf große Schiffe ins Verderben rasten. Keinem Raumschiff, das mit wenigstens einem Zehntel der einfachen Lichtgeschwindigkeit flog, konnte noch ein Ausweichmanöver gelingen, wenn dicht vor ihm eine etliche hunderttausend Kilometer durchmessende Sonne aus spontan freigewordener Kernenergie aufleuchtete. Dann konnten nur noch hervorragende Schutzschirme helfen; aber die besaßen die Blues nicht.

Nach dem Aufblenden der dritten Riesenexplosion ahnten die fünfundvierzig Überlebenden der KOBE, daß sie dem sicheren Tode gerade noch einmal entronnen waren.

„Es gibt also doch eine Dreiundachtzigste Ultraflotte unter Admiral Dant", schrie der Erste Offizier überglücklich. „Wenn das kein erstklassig liegendes Gigafeuer aus terranischen Transformkanonen ist, dann fresse ich einen Ertruser mit Haut und Haaren."

„Ich wünsche Ihnen guten Appetit", gab der Kommandant erbost zurück. „Funkzentrale – rufen Sie den Kommandeur des Verbandes an und schildern Sie unsere Situation. Die KOBE muß aufgegeben werden. Wenn sie nicht explodiert, kann man sie vielleich mit einem Tender bergen. Fragen Sie an, ob man uns eine Korvette schicken kann. Unsere Beiboote sind zerschossen. Legen Sie das Gespräch auf den Kontrollraum um."

Der Cheffunker bestätigte den Dienstvorschriften entsprechend.

Dazwischen pfiff und sang er jedoch wie ein Mann, der nie etwas von Disziplin gehört hat.

Der Kommandant achtete nicht darauf. Als jedoch sein Funkchef einige Verwünschungen ausstieß und die Vorfahren eines Unbekannten mit Begriffen aus dem Tierreich beleidigte, wurde selbst der duldsame Akanura hellhörig.

„Unterlassen Sie das", schrie er wütend. „Wohl verrückt geworden, was?"

Der Funker antwortete ungerührt:

„In Ordnung, Sir, es waren die Nerven. Sie hatten recht! Es gibt wirklich keine Dreiundachtzigste Ultraflotte. Wir sind von einem einzigen Schiff herausgehauen worden. Soeben verschwindet der letzte der Blues panikartig im Linearraum. Unser Retter kommt mit hoher Fahrt auf. Ein Riesenkasten, Sir. Noch etwas größer als ein Schlachtschiff der Stardustklasse. Wenn das kein Freihändler ist, will ich nicht mehr Bobby heißen. Woher, zum Teufel, hat der Kerl die Transformkanonen? Ich hatte bisher angenommen, nur wir verfügten über diese Dinger. Oder waren das etwa keine Gigabomben, mit denen der Freifahrer die Blues verjagte?"

Major Akanura stockte für einen Moment der Atem. Ihm wurde mit einem Gefühl der Beschämung bewußt, daß er diese Beobachtung weitermelden mußte, auch wenn er damit gegen die selbstverständlichsten Regeln der Dankbarkeit verstieß. Er ließ die Frage des Funkoffiziers unbeantwortet und konzentrierte sich auf das bevorstehende Funkgespräch. Es wurde höchste Zeit, die KOBE zu verlassen. In den Maschinenräumen erfolgten bereits vereinzelt Explosionen. Das Schiff war wahrscheinlich nicht mehr zu retten.

„Befolgen Sie meine Anweisung und bitten Sie um Bergungshilfe", sagte er schroff. „Bezüglich der Transformkanonen sollten Sie Ihre Mutmaßungen für sich behalten. Wenn die fremde Besatzung nicht eingegriffen hätte, wären wir jetzt tot. Worauf warten Sie noch?"

Die Überlebenden warfen sich vielsagende Blicke zu. Sie bemerkten jetzt erst, welche Probleme sich aufwarfen.

Wenn der Freifahrer tatsächlich die geheimste Waffe der Menschheit besaß, würde er unangenehmen Fragen und Untersuchungen kaum aus dem Wege gehen können.

„Ich weiß nicht, ob *ich* unter *diesen* Umständen einem zerschossenen Terrakreuzer beigesprungen wäre!" meinte ein Orter sinnend. „Der Freihändler hätte ja unsere Notrufe überhören können. Wenn *mich* jemand fragen sollte – ich habe einwandfrei gesehen, daß die Blues lediglich mit konventionellen Energiewaffen angegriffen und durch ein sehr genaues und massiertes Wirkungsfeuer in die Flucht geschlagen wurden."

„Mehr habe *ich* auch nicht gesehen!" entgegnete der Mann neben ihm in einem Ton, der keinen Zweifel zuließ.

„Reden Sie keinen Unsinn", mischte sich der Ortungsoffizier ein. „Wir sind verpflichtet, Meldung zu machen. Oder würden Sie es gerne sehen, wenn sämtliche Freifahrer im nächsten Jahr Transformkanonen hätten? Damit wäre unsere waffentechnische Überlegenheit überholt. *Ich* habe eindeutig explodierende Gigabomben von riesigem Kaliber beobachtet. Denken Sie von mir, was Sie wollen. Ich will nicht undankbar sein; aber das geht zu weit."

Seine Männer schwiegen verbissen, bis der Kontakt zu dem Freifahrerschiff hergestellt war. Es befand sich bereits im Bremsmanöver.

Ehe der Kommandant des unbekannten Schiffes auf den Bildschirmen sichtbar wurde, stellte die Ortung fest, daß er ein Beiboot in der Größenordnung einer terranischen Korvette ausschleuste. Das Sechzigmeter-Schiff raste mit hoher Fahrt auf die treibende KOBE zu.

„Der Bursche denkt aber auch an alles", stellte der Erste Offizier des Kreuzers bewundernd fest.

Major Akanura drehte sich gereizt um.

„Es ist wohl kein Kunststück, festzustellen, wie es in der KOBE aussieht. Er wird sich denken, daß unsere Beiboote vernichtet wurden."

„Trotzdem, Sir!" wagte der Erste brummig zu erwidern. „Der Mann kann etwas."

„Niemand in der Solaren Flotte hat jemals bestritten,daß die Freihändler Könner sind. Wir sehen ihnen nur deshalb auf die Finger, weil wir ihrer Moral nicht trauen. Ich finde es nicht besonders schön, einem primitiven Wilden Glasperlen für Edelsteine anzudrehen."

„Geschmackssache", entgegnete der Offizier störrisch. Akanuras Auslegungen reizten ihn zum Widerspruch.

Der Kommandant holte tief Luft und beherrschte sich.

„Kommen Sie erst einmal zu sich, ehe Sie mit mir diskutieren", lehnte er eine weitere Unterhaltung ab. „Funkraum – wo bleibt die Bildsprechverbindung?“

„Läuft schon, Sir. Einfach lichtschnell. Der Freifahrer ist nahe genug. Achtung, Bild kommt herein. Ich schalte auf die Steuerzentrale um.“

Auf dem großen Bildschirm erschien ein junger Mann mit ausgeprägt männlichen Zügen und klaren, durchdringenden Augen.

Der Eindruck der Härte wurde jedoch von den gewellten Haaren gemildert. Sie ließen die hohe Stirn frei, wallten bis zum Nakken hinab und bedeckten dort einen Teil des blütenweißen Spitzenkragens.

Die kräftigen Hände des Mannes wurden bis zur Höhe der Knöchel ebenfalls von kostbaren Spitzen umschlossen. Die Stickereien auf seiner Weste funkelten, als bestünden sie aus Edelsteinen. Das unwirkliche Bild wurde durch einen blutroten Frack nach der Mode des endenden 18. Jahrhunderts und einem Dreispitz mit pelzbesetzten Rändern abgerundet.

„Roi Danton!“ ächzte Akanura. „Jetzt verstehe ich alles. Nur er konnte auf die Idee mit der nichtvorhandenen Flotte kommen.“

„So ist es, Monsieur“, klang die Stimme des Freihändlerkönigs aus dem Lautsprecher. „Comment allez-vous, Monsieur?“

„Was? Ich meine – bitte?“

Roi Danton runzelte die Stirn. Er erhob die Rechte, zog mit der anderen Hand ein Spitzentüchlein aus der Hemdmanschette und führte es zum Mund. Affektiert hüstelnd, betupfte er sich die Lippen und sagte dazu vorwurfsvoll über die Schulter hinweg zu einem nicht sichtbaren Mann:

„Oro – warum, um alles in der Welt, ist mein Tüchlein so schwach parfümiert? Muß ich denn ständig leiden?“

Akanura fluchte still in sich hinein. Das war charakteristisch für Roi Danton! Man nannte ihn einen Stutzer und Geck, der sich ganz in die Rolle eines verweichlichten Höflings des 18. Jahrhunderts hineingelebt hatte. Nur wenige Leute in der Solaren Flotte wußten, wie blitzschnell und hart dieser „Stutzer“ zuschlagen konnte.

„Ich fragte, wie es Ihnen geht, Herr Major“, klang Dantons Stimme erneut auf. „Es freut mich, Sie bei bester Gesundheit vorzufinden. Mein Beiboot wird in wenigen Minuten anlegen. Es wäre vielleicht empfehlenswert, wenn Sie mit dem Rest Ihrer Besatzung die KOBE verließen. Ich bin gerne bereit, Ihnen Nahrung und Unterkunft zu gewähren. Me comprenez-vous, Monsieur? Verstehen Sie mich?"

„Zum Teil", entgegnete Akanura wahrheitsgemäß. „Ich bin Ihnen wirklich dankbar, daß Sie uns ...!"

„Aber bitte, bitte, mein Bester. Ein wahrer Edelmann ist dem gemeinen Volk immer zugetan. Ich hoffe, Sie werden mir mit Ihren Männern nicht die Luft verunreinigen. Wie man hört, soll auf solaren Schiffen mit diesen widerwärtigen Desinfektionsmitteln sehr freizügig umgegangen werden. Oh – jetzt sollten Sie sich aber wirklich beeilen. Le combien sommes-nous aujourd'hui?"

„Was ...? Verdammt, ich ...!"

„Aber Monsieur! Sie sind taktlos. Ich fragte nach dem heutigen Datum."

„Wir schreiben den fünfundzwanzigsten August 2435 Standardzeit", keuchte Akanura. Sein Erster Offizier hatte die Hände vors Gesicht geschlagen und lachte Tränen. Eigentlich lachte jeder, bis auf den Kommandanten.

„Dann sollten Sie zusehen, daß Sie auch noch den Sechsundzwanzigsten erleben. Ihr Schiff brennt. Benutzen Sie das obere Notluk. Dort scheint noch alles in Ordnung zu sein. Bringen Sie Ihre ‚bagages' mit."

Akanura konnte sich nicht mehr bezähmen. Sein aufgestauter Ärger brach sich Bahn.

„Ich habe keine Bagage, sondern eine anständige Besatzung an Bord", brüllte er außer sich. „Herr, fast möchte ich sagen, es wäre mir lieber gewesen, im Feuer der Blues zu vergehen, als Ihnen zu begegnen."

Roi Danton schüttelte vorwurfsvoll den Kopf und betupfte sich wieder die Lippen.

„Aber, Monsieur, Sie mißverstehen! Ich habe Ihr Gepäck gemeint."

Jemand auf dem Freifahrerschiff lachte so laut, daß Roi schmerzhaft das Gesicht verzog.

„Oro!" sagte er nach hinten. „Beherrsche dich. Die Manieren dieser

Subjekte lassen nun einmal zu wünschen übrig. Man kann nicht von jedermann scharfen Geist und geziemendes Benehmen erwarten."

Akanura war so erregt, daß er die Hände vom Körper streckte, geziert die Finger spreizte und mit gespitzten Lippen nachäffte:

„... geziemendes Benehmen erwarten!"

Roi klatschte zurückhaltend, indem er mit zwei Fingerspitzen die linke Handfläche betupfte.

„Bravo, bravissimo, mein Bester. Sie lernen es allmählich."

Dann wandelte sich Roi Danton schlagartig. Sein Gesicht verlor das affektierte Lächeln und wurde hart. Er säuselte auch nicht mehr vornehm, sondern schrie:

„Vielleicht trifft Ihre Schlafmützengesellschaft bald in der oberen Notschleuse ein! Ihr Schiff explodiert! Oder meinen Sie etwa, ich hätte die Blues nur angegriffen, um Ihr dummes Gesicht zu bewundern?"

Akanura war erneut fassungslos. Trotzdem begann er jetzt zu handeln. Die Männer rannten zum Preßluftschacht VII hinüber und schwangen sich hinein.

Roi Danton schaltete ab. Er hielt sein edelsteinbesetztes Lorgnon vor die Augen und sah sich stirnrunzelnd um.

Die große Zentrale der FRANCIS DRAKE, ein achthundertfünfzig Meter durchmessender, starkbewaffneter Kugelriese, wimmelte von verwegen aussehenden Männern, die nur zum Teil auf der Erde geboren worden waren.

Dantons Erster Offizier, gleichzeitig stellvertretender Kommandant, war ein quadratisch gebauter Epsaler mit wilden Zügen. Nach dem Sprachgebrauch der Freifahrer wurde er mit „Edelmann" angeredet. Dieser Titel stand jedem Offizier zu. Die Kapitäne trugen die Bezeichnung „Fürsten"; die Besatzungsmitglieder „Bauern".

„Wollten Sie etwas sagen, Rasto Hims?" wurde der Koloß angesprochen.

Hims grinste nur. Er kannte seinen Chef.

„Also nicht. Schön, dann halten Sie sich von der KOBE fern. Sie dürfte bald zu einer Bombe werden. Entschuldigen Sie mich nun."

Roi stand auf, glättete seinen knielangen Frack und rückte den kostbaren Zierdegen zurecht. Seine Wadenhosen waren aus echtem

Samt gefertigt, die weißen Kniestrümpfe aus terranischer Seide, und die Schnallenschuhe wurden von Brillanten und Rubinen verziert.

Roi ging nicht aus der Zentrale, er tänzelte hinaus. Sein Leibwächter folgte ihm auf dem Fuße.

Oro Masut, ein gigantisch gebauter Ertruser mit blaurot vernarbtem Gesicht und Oberkörper, glich einem Ungeheuer in Menschengestalt. Wenn Oro lachte, wurden starke Männer blaß.

Danton blieb hinter dem Panzerschott stehen und wischte sich mit dem Handrücken über die Stirn.

„Das ist aber gar nicht vornehm", grinste der Ertruser. „Wollen Sie dem Kreuzerkommandanten noch länger auf die Nerven gehen, oder . . .!"

Danton unterbrach den Riesen durch eine Handbewegung. Sein Gesicht wirkte etwas abgespannt. Er verzichtete auf seine Maskerade.

„Rede nicht, Großer. Wir sitzen in der Falle. Unser Gigafeuer ist bemerkt worden."

„Es gab keine andere Möglichkeit, die Blues zu verjagen. Wenn der Kreuzer noch zwei Treffer erhalten hätte, wäre er zerplatzt."

„Du sagst es, Großer. Das mit anzusehen, brachte ich nicht übers Herz. Dennoch wird man im Imperium sehr hellhörig werden. Freifahrer mit Transformkanonen darf es nicht geben. Kümmere dich um die Tarnung der Geschütze. Wir haben eine peinliche Inspektion zu erwarten."

Der Ertruser kniff die Augen zusammen.

„Inspektion? Durch wen? Wir nehmen die Überlebenden mit und schleusen sie später auf einem bewohnten Planeten aus. Ganz einfach."

Roi seufzte und setzte sich wieder den Dreispitz auf.

„Bewahre dein kindliches Gemüt. Ehe wir unser Beiboot an Bord haben, dürften etliche Superschiffe der USO auf der Bildfläche erscheinen. Man hat die Notrufe der KOBE gehört, jedoch nicht geantwortet, um die Blues nicht zu einer Steigerung ihres Feuers zu bewegen. Wir . . .!"

Die Alarmsirenen begannen zu heulen. Der Ertruser fluchte. Roi fuhr ungerührt fort:

„Das sind sie schon, Großer. Verschwinde. Die Tarnung muß erstklassig sein. Wer weiß, wer zu uns an Bord kommt."

Oro Masut verschwand mit weiten Sprüngen. Roi schritt rasch den Rundgang entlang, stieg eine Treppe aus dunklem Edelholz hinunter und preßte die Handflächen gegen das Impulsschloß seiner Kabinensuite.

Edelmann Tusin Randta hielt es für ratsam, die plötzlich aufgetauchten und mit hoher Fahrt aufschließenden Raumer anzurufen, ehe in ihnen jemand eventuell auf die irrige Idee kam, das von Randta kommandierte Beiboot könne die Ursache für die Notrufe der KOBE sein.

Tusin Randta fungierte an Bord der FRANCIS DRAKE als Dritter kosmonautischer Offizier. Er hatte von Roi Danton den Befehl erhalten, die Überlebenden des Kreuzers zu bergen. Dies war mittlerweile geschehen.

Die fünfundvierzig erschöpften Männer, deren Gesichter von den Ereignissen gezeichnet waren, hielten sich in der Zentrale des Sechzigmeter-Bootes auf. Es glich einer terranischen Korvette, verfügte jedoch zusätzlich über einige Laderäume, da diese Boote von den Freihändlern zusammen mit den Mutterschiffen als Handelsfahrzeuge eingesetzt wurden.

Die Funkstation war der Zentrale direkt angegliedert. Major Akanura stand neben Tusin Randta und beobachtete dessen Schaltungen.

„Haben Sie plötzlich Platzangst?“ erkundigte sich der Terraner anzüglich. „Acht Ultraschlachtschiffe der USO sind ein beunruhigender Anblick, wie?“

„Spotten Sie nicht“, bat der Freifahrer. „Wenn der Chef des Verbandes zu den nervösen Typen gehört, erleben Sie einen zweiten Feuerüberfall. Bitte, bestätigen Sie sofort meine Aussagen.“

Der Funker rief die acht näherkommenden Riesenschiffe auf der gebräuchlichen Hyperfrequenz an. Die Verbindung gelang sofort. Man schien drüben auf einen Anruf gewartet zu haben.

Tusin Randta zog das Mikrophon vor die Lippen und wendete sein Gesicht der Bildaufnahme zu.

„Edelmann Randta, Dritter Offizier des Freifahrerschiffes FRANCIS DRAKE unter Kommandant Roi Danton, ruft Flaggschiff USO-Verband. Bitte melden.“

Es knackte in den Lautsprechern. Akanura lachte. Er stellte sich im Geiste vor, wie man drüben auf den Begriff „Edelmann“ reagierte. Wahrscheinlich bekam jetzt irgendein Kommandant einen Tobsuchtsanfall.

Eine Stimme dröhnte.

„Flagschiff IMPERATOR III an diesen – an diesen Offizier. *Was wollen* Sie sein? Ein Edelmann? *Wer* ist Ihr Chef?“

Randta ließ sich nicht beeindrucken.

„König Danton, IMPERATOR, genannt Roi Danton.“

„Der Teufel soll ihn stückweise holen.“

„Seien Sie nicht ungerecht. Wir haben Ihre KOBE aus dem Feuerhagel von elf Bluesschlachtschiffen herausgeholt. Ich habe fünfundvierzig überlebende Terraner an Bord. Das große Schiff, das Sie in Ihrem Grünsektor sehen, ist die FRANCIS DRAKE. Die Blues sind geflohen. Das wollte ich Ihnen nur vorsichtshalber mitteilen. Major Akanura, der Kommandant des Kreuzers, steht neben mir.“

„Sie werden es nicht glauben, Edelmann – wir haben ihn bereits bemerkt. Bleiben Sie am Gerät. Ich schalte um zu Lordadmiral Atlan.“

Tusin Randta wurde blaß. Atlan!

„Auch das noch“, meinte er stockend. „Welcher Ungeist hat Roi geraten, Ihr Wrack vor dem Untergang zu bewahren? Wissen Sie, was uns jetzt blüht?“

Er schaute Akanura an. Der Major wurde ernst. Er verstand die Frage sehr gut. Der Freifahrer dachte an die Transformkanonen.

Ehe der Kreuzerkommandant antworten konnte, wurde Atlans Oberkörper auf dem Bildschirm sichtbar. Der zehntausendjährige Arkonide gehörte ebenso wie Perry Rhodan zu den sagenhaftesten Männern der neueren Geschichte.

Randta erblickte zwei forschende Augen und ein markantes, von den Ereignissen eines langen Lebens gezeichnetes Gesicht. Atlans weißblondes Haar schimmerte auf dem Bildschirm wie ein Gewebe aus Silberfäden.

„Hören Sie mich, Mr. Randta?“

„Ausgezeichnet, Sir. Ich möchte nochmals betonen, daß . . .!“

„Sie brauchen nichts zu betonen“, unterbrach Atlan mit einem kaum merklichen Lächeln. „Mir genügt es, daß Sie fünfundvierzig Überlebende an Bord haben. Würden Sie so freundlich sein, die Männer direkt auf der IMPERATOR abzuliefern? Sie können Ihr Boot anschließend auf der DRAKE einschleusen."

„Ja, natürlich, wenn Sie es wünschen."

„Danke. Geben Sie mir bitte Major Akanura."

Der Kreuzerkommandant trat dichter vor die Aufnahme und nahm Haltung an. Randta reichte ihm das Mikrophon.

„Schildern Sie den Vorfall, Akanura", forderte Atlan.

Der Kommandant berichtete, wie die KOBE unverhofft in den Bluesverband hineingeflogen war. Während er sprach, glaubte Akanura, die Blicke seiner Männer wie glühende Dolche zu spüren.

Als er das Eingreifen der FRANCIS DRAKE erwähnte, hatte Akanura einen Entschluß gefaßt. Er „vergaß" mitzuteilen, welche Waffen Roi Danton benutzt hatte.

Atlan hörte aufmerksam zu. Als der Major nichts mehr zu sagen hatte, räusperte sich der Lordadmiral.

„Ich nehme an, Sie haben sich bereits bedankt. Falls das infolge der Umstände vergessen worden ist, möchte ich es hiermit nachholen. Hallo, FRANCIS DRAKE – hören Sie mit?"

„Versteht sich von selbst", dröhnte die tiefe Stimme des Epsalers Rasto Hims aus den Geräten. „Können wir etwas für Sie tun, Sir? Hier spricht der stellvertretende Kommandant Rasto Hims."

„Richten Sie Ihrem König aus, ich würde ihm gerne einmal die Hand schütteln. Dazu ist es erforderlich, daß ich an Bord der FRANCIS DRAKE komme."

„Haben Sie nicht so lange Arme, daß Sie *nicht* zu kommen brauchen?" fragte der Epsaler knurrig zurück. „Unser König hat eine feine Nase. Der Desinfektionsduft terranischer Uniformen macht ihn krank. Bei Epsal – warum muß bei euch alles und jedermann nach Astrylol stinken?"

„Wonach riecht es denn bei Ihnen?" erkundigte sich Atlan.

Der Epsaler wurde endlich auf dem Schirm erkennbar. Vorerst sah man jedoch nur ein grinsendes Gesicht. Es füllte die Bildfläche aus.

„Keine Ahnung, wie das Zeug heißt, Sir. Da müssen Sie schon Roi Danton fragen. Er kennt sich da besser aus. Also, Sie wollen wirklich zu uns an Bord kommen?"

„Ich bitte dringend darum. Faszinierende Persönlichkeiten soll man sich nicht entgehen lassen."

Hims' Augen verengten sich. Das Grinsen verschwand von seinen breiten Lippen.

„So, meinen Sie! Wir haben aber etwas gegen die ewige Schnüffelei. Auf meinem Schiff gibt es weder Rauschgiftballen noch sonstige verbotene Güter. Sie sollten wissen, daß wir uns an die Spielregeln halten."

„Natürlich tun Sie das. Sonst würden die Freibeuter auch längst nicht mehr existieren."

„Freifahrer!" berichtigte der Epsaler, und seine Stimme klang etwas lauter.

Atlan schmunzelte unterdrückt.

„Verzeihen Sie. Man verspricht sich so leicht. Sie werden bemerken, daß wir unsere Fahrt fast aufgehoben haben."

„Allerdings. Ein Anpassungsmanöver zur FRANCIS DRAKE haben Sie auch schon geflogen."

„Das gehört zur kosmonavigatorischen Routine."

„Zur Schnüffelei gehört das", schrie Hims plötzlich. „Sie haben kein Recht, im freien Raum ein von Terra und der USO unabhängiges Raumschiff einzukreisen."

„Tun wir das? Sie müssen sich irren, Hims."

„Edelmann Rasto Hims, wenn ich bitten darf. Ich spreche Sie ja auch mit ‚Sir' an. Etwas mehr Höflichkeit, die Herren von der USO, wenn's gefällt."

Major Akanura hielt die Luft an. Tusin Randta nickte beifällig. Die Geretteten der KOBE verfolgten den Wortwechsel mit steigender Spannung.

Atlan schaute auf seine Fingerspitzen nieder. Aus einigen Nebengeräuschen ging hervor, daß der Kommandant des USO-Flaggschiffes mit den Zähnen knirschte. Da er ebenfalls ein Epsaler war, klang es wie das Arbeitsgeräusch einer ausgeleierten Mühle.

Atlan sah wieder auf.

„Nun schön, wir wollen die Regeln beachten, Edelmann Hims. Ich bitte also darum, die FRANCIS DRAKE mit einigen Begleitern betreten zu dürfen."

„Schon besser. Mit wie vielen Begleitern?"

„Mit drei Spezialisten aus meinem Forschungsstab. Wir interessieren uns für Ihre Sitten und Gebräuche."

„Mon Dieu, was ist denn *nun* schon wieder los?" rief jemand weinerlich dazwischen. Die klagende Stimme war auf allen Schiffen zu hören.

„*Muß* das denn sein, Hims? *Muß* ich denn immer leiden? Kann man niemals Rücksicht auf meine angegriffenen Nerven nehmen? Welcher *lourdaud* stört meine verdiente Ruhe?"

Atlans Augen begannen zu funkeln. Er beugte sich so weit nach vorn, daß sein Gesicht den Bildschirm ausfüllte.

„War das Roi Danton?" erkundigte er sich.

„Allerdings", bestätigte Rasto Hims. „Sie haben den König gestört. Begreifen Sie nicht, daß er nach einem schweren Gefecht der Ruhe bedarf?"

Atlan lachte amüsiert.

„Die Type muß ich kennenlernen. Hims – wenn Sie auch nur ein Kilopond Schub freilassen, stehen Sie in einem Gigaring. Damit Sie klarsehen! ‚Lourdaud' heißt übrigens ‚Tölpel'. Wußten Sie das?"

„Nein!" grinste der Epsaler. „Woher wissen Sie es denn? In Ordnung, ich rühre mich nicht von der Stelle. Kommen Sie also mit Ihrem Inspektionskommando an Bord."

„Mit meinem wissenschaftlichen Team!"

„Ha . . . ha. Sie können doch einen erfahrenen Mann nicht hinters Licht führen. Hallo, Edelmann Randta – liefern Sie die Überlebenden auf der IMPERATOR ab. Passen Sie aber auf, daß man Ihnen keine Robotspione an die Außenzelle klebt. Bei diesen Brüdern ist alles möglich. Ende."

Atlan schaltete schnell ab, damit der Freifahrer nicht sein schallendes Gelächter vernehmen konnte.

„Haben Sie das gehört?" sprach er den Kommandanten des Flaggschiffes an.

„Man sollte den Kerl in Ketten legen", erklärte der Oberst. „So eine Frechheit!"

„Wieso? Haben Sie etwa noch nie Robotspione in fremde Raumschiffe geschmuggelt? Mir scheint, diese Burschen kennen uns. Ich bin in meinem langen Leben selten so neugierig gewesen. Setzen Sie einen Funkspruch an das Hauptquartier Terra ab. Schildern Sie den Vorfall.

Teilen Sie mit, ich würde versuchen, den Freihändlerkönig so lange festzuhalten, bis Perry Rhodan hier ist. Er wird sich für den charmanten Gauner genau so interessieren wie ich. Lassen Sie eine Space-Jet klarmachen."

Atlan verließ die riesige Zentrale des Ultraschlachtschiffes. Überall bemerkte er heftig diskutierende Männer. Daran glaubte der Lordadmiral feststellen zu können, daß sich Roi Danton innerhalb weniger Jahre einen legendären Ruf erworben hatte.

Knapp zwanzig Kilometer Steuerbord querab stand die FRANCIS DRAKE. Roi Danton blickte mit einem eigentümlichen Gesichtsausdruck auf den verblaßten Bildschirm. Oro Masut stand breitbeinig hinter seinem Chef.

„Ich kann mir nicht helfen, Sir – aber dieser Atlan gefällt mir. Er hat Humor in den Augen."

„Und Stahl in den Händen. Vergiß das nicht. Ich werde mich gehörig anstrengen müssen, um ihm plausibel zu erklären, was wir eigentlich in diesem Raumsektor zu suchen haben."

„Das geht ihn nichts an."

Danton wiegte zweifelnd den Kopf und stand auf.

„Ob einen Mann etwas angeht oder nicht, ist mehr oder weniger eine Frage seiner Macht. Atlan ist aber mächtig! Natürlich brennt er darauf, mich mit seinem Intellekt in ein Häufchen Unglück zu verwandeln. Er spricht ein besseres Französisch als ich."

„Das gibt's ja gar nicht, Sir", behauptete der Ertruser.

„Das gibt es doch. Atlan hat in der Französischen Revolution eine eigentümliche Rolle gespielt. Man sagt, er hätte bei Beginn des Terrors mehr als einen Adligen vor der Guillotine gerettet. Außerdem kannte er den Mann, dessen Namen ich trage. Peinlich, Großer, sehr peinlich. Eine andere Frage – sind die Waffen gut getarnt?"

„Besser geht es nicht mehr. Man müßte schon die Verkleidungen abnehmen, um in den angeblichen Traktorprojektoren Transformkanonen zu erkennen."

„Hoffentlich kommt er nicht auf die Idee. Schön, begeben wir uns zum Empfang in die Oberdeckschleuse. Wie sehe ich aus?"

„Klassisch", feixte der Leibwächter.

3.

Die schwer angeschlagene KOBE war vor drei Minuten explodiert. Dort, wo das Wrack soeben noch den Raum durchrast hatte, breitete sich ein blendender Feuerball aus.

Atlan achtete kaum darauf. Er konzentrierte sich auf das Einschleusungsmanöver.

Die breiten Tore glitten hinter der Space-Jet zu. Der Druckausgleich begann mit dem schrillen Pfeifen einströmender Luftmassen.

Als die Innentore aufschwangen, öffnete Atlan die winzige Schleuse der Jet und sprang auf den Boden. Nach ihm verließen die drei Männer seines Begleitkommandos das Kleinraumschiff.

Rasto Hims stampfte in den Raum und blieb vor den Männern stehen. Er musterte sie kritisch.

„So, Sie sind also Lordadmiral Atlan. Willkommen, Sir. Es freut mich, Sie einmal persönlich kennenzulernen.“

„Ganz meinerseits“, entgegnete Atlan verbindlich.

Hims lachte unterdrückt und wies zum großen Vorraum hinüber.

„Wenn ich bitten darf? Fallen Sie nicht über die Gleitschienen der Schleusentore, gehen Sie dem Erfassungstaster des Verladeroboters aus dem Wege und kippen Sie nicht aus den Stiefeln, wenn Sie in das Schwerefeld treten. Wir arbeiten mit eins komma eins Gravos.“

„Gibt es sonst noch irgendwelche Gefahren?“ erkundigte sich Dr.-Ing. Malaut, der Hochenergietechniker unter Atlans Begleitern.

„Ich werde rechtzeitig rufen“, versprach Rasto Hims mit einem schiefen Blick auf den kleingewachsenen, kahlköpfigen Mann. „Sie kommen von Notrin, wie? Dort sollen die Leute die Kraft im Gehirn haben; vorausgesetzt, sie haben eins mitbekommen. Worauf warten Sie noch?“

Atlan unterdrückte ein Schmunzeln. Dieser Hims paßte zu seinem Gebieter wie die Faust aufs Auge.

Der Notriner hüstelte erheitert. Dr. Aahl-Parut, der dem Volk der

Aras entstammende Chefarzt der IMPERATOR, betrachtete Hims mit prüfenden Blicken. Als er etwas sagen wollte, winkte Atlan ab.

Er ging auf die großen Schleusentore zu, stieg vorsichtig über die Gleitschienen hinweg und absorbierte den Sog der künstlichen Gravitationen.

In der Vorhalle hatten sich etwa fünfzig verwegen aussehende, buntgekleidete Männer eingefunden. Sie lehnten schief an den Wänden, einige kratzten sich die verwilderten Haare, und andere saßen auf mitgebrachten Klapphockern.

Major Skor Kandrete, dem Ersten Feuerleitoffizier und Waffenspezialist des USO-Flagschiffes, wurde fast übel. Kandrete war für seine strengen Disziplinforderungen bekannt. Er konnte es nicht unterlassen, vor sich hinzuflüstern:

„Lümmel! Dieses Benehmen ist unerhört."

Der Gigant stampfte auf einige Männer zu. Sie stießen sich mit den Schultern von den Wänden ab, erhoben sich und nahmen so etwas wie Haltung an.

„Na also", brummte der Epsaler zufrieden. „Was halten Sie von unserem militärischen Drill, Sir?"

Atlan beherrschte sich krampfhaft. Major Kandrete war blaß vor Wut, und Dr. Malaut war offenbar erschüttert.

Hims begann zu brüllen.

„Aufstehen, Haltung annehmen. Ihr da drüben – drückt nicht die Schotten ein. Ein hohes Tier muß ordentlich begrüßt werden. Na...?"

Nur der stangendürre Ara ließ sich nicht beeindrucken. Er bemerkte alles und sah alles.

„Phantastisch", lachte Atlan. „Ich habe selten disziplinierte Männer gesehen. Meine Hochachtung."

„Achtung, der König kommt!" schrie jemand aus dem Hintergrund.

Atlan wappnete sich innerlich auf die erste Begegnung mit einem Mann, den er bisher nur vom Hörensagen kannte.

Zuerst tauchte ein riesenhaft gebauter Ertruser auf. Sein zernarbter Oberkörper war nackt. Seine Beine steckten in farbenprächtigen Pumphosen, unter denen er rotgestreifte Strümpfe und grüne Stoffschuhe mit nach oben gewölbten Spitzen trug. Sein Haupt wurde von einer Art Turban bedeckt.

Oro Masut schritt gemächlich zwischen den Reihen der Freifahrer hindurch und zerstäubte aus seiner Handspritze Duftwolken.

Ab und zu brüllte er: „Platz dem König."

Major Kandrete bekam gläsern schimmernde Augen. Dr. Malaut zog seine elektronische Kamera aus der Tasche und begann zu filmen. Sein Gesicht drückte Verzückung aus. Malauts zweites Fachgebiet war kosmische Völkerkunde.

Masut blieb vor den Besuchern stehen, starrte sie an und umnebelte sie anschließend mit einer Duftwolke.

Atlan verzog keine Miene.

Roi Danton kam aus dem Gang hervorgetänzelt. Er trug unter dem Dreispitz eine weiße Perücke, hielt mit zwei Fingern den Griff des Kavalierdegens vom Körper ab und wedelte sich mit der anderen Hand Luft zu.

Als er Atlan bemerkte, blieb er stehen, legte theatralisch beide Hände gegen die Brust und säuselte verzückt:

„Bonjour, Sire, willkommen an Bord meines Schiffes. Permettez-vous que je me presente? Roi Danton, mon ami. Pardon – Sire."

Roi schob den linken Fuß vor, winkelte das rechte Knie an, riß den Dreispitz vom Kopf und ließ ihn während einer tiefen Verbeugung durch die Luft sausen. Mit der anderen, vom Körper abgespreizten Hand hielt er die Balance.

Rufe des Entzückens ausstoßend, tänzelte er auf Atlan zu und schwenkte nochmals den Hut.

„Comment allez-vous, Sire? Wie geht es Ihnen, Majestät?"

Atlan musterte den hochgewachsenen Mann mit einem alles umfassenden Blick. Starr in das gepuderte, lächelnde Gesicht sehend, entgegnete er:

„Merci, Monsieur, très bien."

„Was haben Sie gesagt?" erkundigte sich Kandrete argwöhnisch. „Stimmt etwas nicht?"

„Nein. Ich habe nur bestätigt, daß es mir gutgeht."

Roi lächelte unverzagt. Er führte seine Lorgnette vor die Augen, sah hindurch und meinte herablassend:

„Gestatten Sie, Monsieur, daß ich Sie lorgnettiere."

„Ich gestatte überhaupt nichts, was ich nicht verstehe", regte sich der Feuerleitoffizier auf. „Sprechen Sie zufällig auch Interkosmo?"

Roi fühlte Atlans Blicke wie Nadelstiche.

„Aber natürlich, Monsieur. Sie sollten wirklich nicht meine umfassende Bildung bezweifeln. Oh – wer ist das?"

Roi starrte den Ara durch sein Stielglas an und neigte verbindlich den Kopf.

„Ein Irrenarzt", grinste Kandrete mit plötzlich erwachendem Humor. „Sie haben doch nichts dagegen?"

„Schändlich, schändlich", sagte Danton mit einem vorwurfsvollen Blick. Zu Atlan gewendet, fuhr er im gleichen affektierten Tonfall fort:

„Sie sehen mich erstaunt, Sire."

„Woher kennen wir uns, Monsieur?" fiel ihm der Lordadmiral ins Wort. Seine Augen brannten. „Ich besitze ein fotografisches Gedächtnis."

„Bewundernswert."

„Woher kennen wir uns?" wiederholte Atlan. „Ich habe Sie ganz gewiß schon einmal gesehen. Mehr noch – ich muß Ihnen einige Male begegnet sein. Wollen Sie mir nicht helfen?"

Roi breitete bedauernd die Hände aus.

„Sie sehen mich völlig ahnungslos. Je suis très désolé, Sire. Es tut mir sehr leid."

Atlan erwachte wie aus einem Traum.

„Sie müssen sich sehr verändert haben", erklärte er sinnend. „Was verschafft mir übrigens die Ehre, mit dem Titel der französischen Könige angesprochen zu werden?"

Roi verdrehte die Augen, stieß einen klagenden Laut aus und nahm mit bebender Hand das Riechfläschchen entgegen, das ihm der herbeispringende Ertruser hinhielt.

„Pardon, Sire. Wem außer Ihnen stünde dieser Titel sonst zu? Es ist mir eine Ehre, den ehemaligen Imperator des Arkonidenreiches empfangen zu dürfen."

Atlan ging zum ersten Psychoangriff über. Sein Lächeln warnte den König der Freihändler.

„Sehr schmeichelhaft, Monsieur. Wie aber vereinbaren Sie dieses Gefühl der Ehre mit dem Namen, den Sie tragen? Sie sollten demzufolge beim Empfang eines ehemaligen absolutistischen Herrschers eher an die Guillotine denken. Ist es nicht so, Monsieur Danton?"

Der Freifahrer betupfte sich die Lippen und sah anklagend zur Decke.

„Sire, Sie haben mit dem Begriff ‚ehemalig' alles gesagt. Man hat Ihnen verziehen. Außerdem heiße ich nicht *Georges* Danton, sondern *Roi* Danton. Ich bin nicht gewillt, das Volk gegen Sie aufzuwiegeln."

Atlan unterdrückte ein Lachen. Dieser Danton war geschickter, als er gedacht hatte.

„Dennoch verkörpern Sie eine historische Figur, die den Absolutismus haßte. Ich kann mich an Dantons mitreißende Reden erinnern. Sie unterschieden sich etwas von den Aussagen,die er wenig später als Justizminister machte. Was halten Sie von den Septembermorden, die er billigte und zuließ? Es hätte nach gelungener Revolution auch andere Wege gegeben, den Feudalismus zu beseitigen."

Roi nickte verbindlich. Die umstehenden Männer hörten verständnislos zu.

„Sie sagen es, Sire. Bitte, unterscheiden Sie in der noblen Art eines Kavaliers. Hieße ich Georges, würde ich mich mit jenem Mann völlig identifizieren. So aber nenne ich mich Roi. Dies bedeutet, daß ich nur seine gute Seite übernommen habe, nämlich den Abscheu gegen die Gewalt. Me comprenez-vous, Sire?"

„Ja, ich verstehe Sie sehr gut. Kommen wir aber nun zu den Dingen der Praxis, Monsieur. Die irdische Geschichte hat Zeit. Darf ich fragen, welche Absichten Sie in diesen Raumsektor geführt haben?"

Rasto Hims fühlte sich indirekt angesprochen. Er kam näher. Diese Sprache verstand er besser.

„Das ist unsere Sache, Admiral", sagte er grollend. „Haben wir Sie jemals gefragt, was Sie hier suchen?"

„Das kann ich Ihnen sogar verraten. Es ist zum Wohle der Menschheit unerläßlich. Genügt Ihnen das?"

Hims biß sich auf die Lippen. Danton wedelte beschwichtigend mit seinem Spitzentüchlein.

„Aber, Hims, ich muß doch sehr bitten. Wahren Sie den Takt."

Vorwurfsvoll den Kopf schüttelnd, sah er dem davonschreitenden Epsaler nach.

„Er wird nie ein feiner Mann, Sire. Was Ihre Frage betrifft – nun, wie Sie wissen, leben wir vom Handel mit fremden Welten. Wir sind auf der Suche nach unerschlossenen Planeten."

„Hier, im Gebiet der Blues?"

„Warum nicht? Gerade hier sollte man nachforschen. Sie werden sicherlich nicht so taktlos sein und fragen, ob wir eventuell die Blues beliefern. Ich versichere Ihnen ehrenwörtlich, daß dies nicht in meiner Absicht liegt."

„Das glaube ich Ihnen sogar", meinte Atlan sinnend. „Meine drei Begleiter möchten sich etwas in Ihrem Schiff umsehen. Sind Sie einverstanden?"

„Also doch eine Kontrolle", rief Hims aufgebracht. „Habe ich es nicht gesagt?"

Danton winkte ab und roch verzückt an seinem Riechfläschchen.

„Ich habe wirklich nichts dagegen einzuwenden, Sire. Messieurs – führen Sie die drei Herren durch das Schiff und zeigen Sie ihnen jede Abteilung, die sie zu sehen wünschen. Genügt Ihnen das, Sire?"

Atlan musterte den Mann im roten Frack sehr ironisch.

„Ich sollte die Frage bejahen."

„Oh, Sie tun es nicht?"

Danton wich bestürzt zurück.

„Nicht direkt. Sie machen mich lediglich argwöhnischer, als ich es schon bin. Wie ist es Ihnen gelungen, elf Großkampfschiffe der Blues in die Flucht zu schlagen?"

Im Schleusenvorraum herrschte eisiges Schweigen.

„Durch exakt liegendes Punktfeuer, Sire. Aber *das* sollten Sie doch kennen! Die Bluesschiffe explodierten. Die Männer der KOBE werden wohl die Feuerbälle beobachtet haben."

Atlan wechselte mit Kandrete einen Blick. Der Waffenoffizier wiegte zweifelnd den Kopf.

„Punktfeuer, ach so", meinte er. „Welche Thermokaliber führen Sie denn?"

Roi betrachtete ihn anklagend.

„Sire, muß ich mich von einem gewöhnlichen Subjekt ohne Witz und Geist verhören lassen?"

Kandrete lief rot an. Atlan amüsierte sich.

„Natürlich nicht. Das könnte ich niemals dulden."

„Vielen Dank, Sire. Merci beaucoup. Oh, ich werde mich selbst verachten müssen! Ich lasse Sie in diesem ungastlichen Raum stehen. Nie kann ich mir das verzeihen."

Roi winkte seinem Leibwächter. Er schien zutiefst unglücklich zu sein.

„Oro, die Sänfte. Beeile dich doch. Muß ich mich denn immer echauffieren?“

Atlan wendete sich an seine Begleiter.

„Der König hat sich erregt. Folgen Sie uns und schauen Sie sich um. Aber mit offenen Augen!“

Kandrete nickte ergrimmt. Im Hintergrund tauchten vier buntgekleidete Epsaler auf. Die Kolosse trugen ein mit roten Samtpolstern belegtes Ruhebett auf den Schultern.

Atlan traute seinen Augen nicht. Roi ließ sich von seinem Wächter auf das Lager heben, wo er sich stöhnend ausstreckte.

„Darf ich bitten, Sire?“

Atlan bestieg mißtrauisch das Lager, setzte sich nieder und hielt sich fest. Als Kandrete folgen wollte, faßte ihn der Ertruser am Genick und stellte ihn wie eine Puppe zur Seite.

„Der Pöbel hat zu laufen“, knurrte der Gigant.

Atlan barg das Gesicht in den Händen. Seine Schultern zuckten. Roi bot ihm die edelsteinverzierte Schnupftabakdose an.

„Eine Prise gefällig, Sire?“

Atlan griff wortlos zu und schüttelte etwas Schnupftabak auf den Handrücken. Roi beobachtete ihn unauffällig.

Der Lordadmiral verteilte die Menge gleichmäßig auf beide Nasenlöcher und meinte dazu anzüglich:

„Gelernt ist gelernt, Monsieur. Man greift nicht mit den Fingerspitzen in die Dose hinein.“

Roi hüstelte. Die Epsaler nahmen die Tragstangen auf. Oro Masut schritt mit seiner Duftspritze vorneweg und kündigte durch laute Rufe die Ankunft der „Herrschaften“ an.

Kandrete ging zähneknirschend hinterher. Dr. Malaut lachte Tränen, und der Ara zermarterte sich das Gehirn, um welche Form des Irrsinns es sich bei den Freifahrern handeln könnte.

Vier Stunden später betrat Atlan wieder die Zentrale seines Flaggschiffes. Sein erster Blick galt den großen Bildschirmen der Ortung.

Die FRANCIS DRAKE verließ soeben den Erfassungsbereich der

Normaloptik. Wenig später war sie nur noch als grüner Punkt auf den Schirmen der Hyperortung zu sehen.

Als sie im Linearraum verschwand, drehte sich der Arkonide um. Hinter ihm standen Dr. Malaut, Dr. Aahl-Parut und Major Skor Kandrete.

„Auf und davon“, sagte der Waffenleitoffizier ärgerlich. „Das ist der unverschämteste Halunke, der mir jemals über den Weg gelaufen ist. Wir hätten ihn zwingen müssen, auf Perry Rhodan zu warten, Sir.“

„Dazu haben wir nicht das Recht. Oder haben Sie auf der DRAKE etwas gefunden, das uns eine Handhabe gegen die Freifahrer geliefert hätte?“

„Leider nichts“, gab Kandrete unwillig zu. „Der Gauner hat eine Bewaffnung an Bord, deren sich ein Schlachtkreuzer nicht zu schämen brauchte. Modernste Konstruktionen, überschwere Thermogeschütze mit autarker Energieversorgung und Zentralbündelung. Das ist allerhand.“

„Das ist nicht verboten. Haben Sie Transformkanonen gefunden?“

„Nein.“

„Na also. Meine Herren, ich konnte diesen Mann nicht gewaltsam festhalten. Außerdem habe *ich* nicht übersehen, daß er fünfundvierzig Terraner vor dem Untergang bewahrte. Sie sollten gelegentlich auch einmal daran denken. Sie finden mich in meiner Kabine. Leiten Sie den Rückflug zur Wachflotte ein.“

Atlan tippte grüßend an die Mütze, warf noch einen Blick auf die Ortungsschirme und verließ die Zentrale.

Eine halbe Stunde später wurde er von dröhnendem Gelächter aufgeschreckt. Die fünftausend Männer des Ultraschlachtschiffes sahen über die Rundrufanlage den Tonfilm, den Dr. Malaut in der FRANCIS DRAKE gedreht hatte.

Atlan wartete, bis sich die USO-Soldaten beruhigt hatten. Danach stand es für ihn fest, daß verschiedene Kommandanten zukünftig beide Augen zudrücken würden, falls der Freifahrer ihren Kurs kreuzte; selbst dann, wenn er ein kleines Vergehen auf dem Gewissen haben sollte.

Als sich der Verband bereits im Linearraum befand und das Eintauchmanöver vorbereitet wurde, ließ sich Major Akanura bei Atlan anmelden.

Der Lordadmiral nickte dem Pfortenroboter zu. Reglos schaute er dem eintretenden Kommandanten der explodierten KOBE entgegen.

Akanura trug eine frische Uniform. Seine leichten Brandwunden heilten bereits ab.

„Nehmen Sie Platz. Was haben Sie mir zu sagen?"

Atlan lehnte sich in seinem Schreibsessel zurück. Sein Gesicht war ausdruckslos.

Akanura war sehr blaß, aber auch sehr gefaßt. Er wußte, daß Roi Danton längst in Sicherheit war.

„Sir, ich habe eine dienstliche Meldung zu machen, die wahrscheinlich von Wichtigkeit ist. Sie betrifft den Freifahrer."

„Ja, bitte!"

Akanura schluckte den Kloß hinunter, der plötzlich in seiner Kehle steckte. Steif sitzend, die Beine zusammengepreßt, mit beiden Händen den Helm umklammernd, erklärte er stockend:

„Sir, ich habe bei der flüchtigen Berichterstattung kurz nach der Rettung übersehen, Ihnen mitzuteilen, daß der Freifahrer die Blues mit hoher Wahrscheinlichkeit durch Transformfeuer verjagte. Wir bemerkten einige typische Kunstsonnen, die nur von spontan detonierenden und vorher abgestrahlten Kernbomben schweren Kalibers erzeugt werden konnten. Es tut mir leid, Sir. Ich hätte sofort daran denken sollen."

Atlan schaute auf die Schreibtischplatte nieder. In Gedanken versunken, malte er mit einem Patentschreiber geometrische Gebilde auf die Unterlage. Akanura stellte nach einiger Zeit fest, daß es sich um Dreispitze handelte!

„Nun, dann haben Sie ja endlich Ihr Gewissen erleichtert", erklärte der Arkonide, ohne aufzusehen. „Selbstverständlich war das nur mit Transformkanonen möglich. Ich danke für Ihre Meldung, Herr Major. Leider haben wir auf der FRANCIS DRAKE keine Hyperwaffen dieser Art gefunden."

„Ich – ich bin überrascht."

Atlan warf den Schreibstift auf die Tischplatte und lehnte sich wieder zurück.

„Ich bin es nicht, Herr Major. Roi Danton hat übrigens von sich aus über die Kunstsonnen gesprochen, die Sie beobachtet haben. Er gibt einigermaßen plausibel an, sie wären durch explodierende Blueseinheiten entstanden, deren Waffen er vorher durch exakten Punktbeschuß mit konventionellen Thermokanonen zur Kernreaktion gezwungen hätte. Das klingt ganz gut, nicht wahr? Sie müssen sich also getäuscht haben, denn wir haben – wie erwähnt – keine Transformgeschütze entdeckt."

Akanura erkannte die goldene Brücke, die ihm von Atlan gebaut wurde.

„Sir, Sie waren soeben noch der Auffassung, Dantons Erfolg sei nur mit Transformkanonen möglich gewesen."

Atlan gähnte hinter vorgehaltener Hand.

„Ja, sicher habe ich das gesagt. Es ist auch jetzt noch meine Meinung. Etwas glauben und etwas beweisen können, sind jedoch zweierlei Dinge. Wir konnten es nicht beweisen. Also habe ich anzunehmen, daß es auf der FRANCIS DRAKE keine Hyperwaffen gibt."

„Obwohl Sie sicher sind, daß er mit Gigabomben angriff?"

Akanura wagte ein Lächeln.

Atlan zuckte mit den Schultern.

„Sie kennen meinen Standpunkt. Ich zweifle keine Sekunde an Dantons Loyalität gegenüber der Menschheit, mag er nun als charmanter Gauner verschrien sein oder nicht. Ein Mann, der Primitiven Glasperlen für hochwertige Rohstoffe gibt, muß noch lange nicht unser Gegner sein. Außerdem können wir den Freifahrern nicht verbieten, auf Planeten, die wir *noch nicht* gefunden und somit unter die solaren Schutzbestimmungen gestellt haben, Handel zu treiben, wie es ihnen möglich ist. Wir wissen sehr genau, daß Eingeborene niemals zu Tauschgeschäften gezwungen wurden. Vielleicht verführt; aber nicht gezwungen! Also ist Danton nach unseren Gesetzen kein Verbrecher. Wenn er tatsächlich Transformgeschütze besitzen sollte, so müssen wir uns mit dem Gedanken vertraut machen. Irgendwo gibt es dann nämlich Personen, die solche Waffen bauen können. Es wäre unsinnig, Danton auf Verdacht hin zu verhaften und den Fabrikationsort unbeachtet zu lassen. Hören Sie, Akanura – wir sollten die Zeit für uns arbeiten lassen und etwas Vertrauen in die Freifahrer setzen."

Major Akanura ging. Er ging mit der Gewißheit, daß der Zehntausendjährige ein weiser Mann war, der mit einem gewissen Maß an Risiko bestimmte Dinge anders sah als terranische Abwehrbeamte.

„Ich danke dennoch für Ihre Meldung“, rief ihm Atlan nach. „Sie beweist mir, daß Terras junge Männer bei aller Dankbarkeit nicht vergessen, was sie der Menschheit schuldig sind. Ich hatte Ihre Aussage erwartet. Kümmern Sie sich nicht mehr darum. Der Großadministrator wird von mir informiert werden. Sind Sie übrigens gut untergebracht worden?“

„Ausgezeichnet, Sir.“

Atlan blickte lange auf die Tür, hinter der Akanura verschwunden war. Der kleine Verband kehrte in das Normaluniversum zurück und nahm Funkverbindung mit der im Sektor Morgenrot stationierten Flotte auf.

Der Sektor lag in den südlichen Randzonen der Galaxis. Die Entfernung zur Erde betrug 2183 Lichtjahre.

Atlan dachte an die beiden Magellanschen Wolken, die weit im Süden ihre Bahn zogen. Diese Wolken, im Grunde genommen Kleingalaxien, die der Milchstraße vorgelagert waren und mit ihr durch eine Brücke aus interstellaren Gasen verbunden waren, waren *eine* der Ursachen, weshalb es zu einer Flottenkonzentration im Sektor Morgenrot gekommen war. In den Magellanschen Wolken waren zahlreiche solare Forschungsraumschiffe verschollen.

Der zweite Grund waren die Blues, die sich seit etwa hundertzehn Jahren in erbitterten Bruderkriegen aufrieben. Die ehemalige Vorherrschaft der Gataser war von den anderen Bluesvölkern längst gebrochen worden; mit dem Erfolg, daß die Sieger von einst die Verlierer von heute waren. Jeder bekämpfte jeden. Übergriffe einzelner Schiffe oder kleiner Verbände in das von Terra und den humanoiden Völkern beherrschte Westgebiet der Galaxis kamen immer wieder vor. Hier und da war es schon zu Vorstößen gegen arkonidische und solare Kolonialsysteme gekommen.

Trotz der waffen- und raumfahrttechnischen Unterlegenheit der Blues war es erforderlich, die Eastside sorgsam zu überwachen.

4.

Das Gebilde, das zwischen zwei einsamen Sonnen in den Normalraum eintauchte, wäre von jedem terranischen Schiffsbauingenieur als Alptraum eines geisteskranken Erfindergehirns bezeichnet worden.

In erster Linie war es gigantisch. Niemals hatten Terraner, Akonen oder Arkoniden etwas Ähnliches gebaut.

Im Zentralsektor, einer unübersehbar großen Halbkugel aus bläulich schimmerndem Metall, liefen gleichzeitig vier Positroniken. Jede bearbeitete und berechnete bestimmte Gegebenheiten.

Die Befehlshaber der zwölf plattformartigen Sektionen, die unter der Halbkugel sternförmig verankert waren, warteten mit steigender Nervosität auf das Ergebnis der Berechnungen.

Das Steuerorgan der sechsten Sektion meldete sich mit einem Impuls beim Zentralekoordinator. Der Impuls wurde übersetzt.

„Sektion Sechs. Ist alles in Ordnung?“

Es dauerte eine Weile, bis der Koordinator antwortete.

„Es steht noch nicht fest. Wie fühlen Sie sich?“

„Überanstrengt. Woher kommen die harten Schwingungen?“

„Ihre Plattformverankerung scheint nicht ganz in Ordnung zu sein. Ich gebe eine Reparaturanweisung an das Wartungsgehirn.“

„Danke, ich kann etwas Ruhe gebrauchen. Haben Sie schon ein Resultat vorliegen?“

„Warten Sie.“

„Wir haben lange Zeit gewartet. Die Sehnsucht in mir wird übermächtig.“

„Wir alle kennen nur das eine Ziel. Gedulden Sie sich. Ist Ihr System in Ordnung?“

„Ich habe auf Automatkontrolle geschaltet. Mir fehlt offenbar etwas.“

„Kein Problem. Lassen Sie sich Stabilisatoren zuführen. Es ist hart, ich weiß es.“

Das Steuerorgan der sechsten Sektion schwieg. Die anderen Kommandoeinheiten meldeten sich nicht. Es war bereits alles gesagt und beantwortet worden, was für die Existenz der Kommandeure und der von ihnen beherrschten Mammutmechanik erforderlich war.

Die vier großen Positroniken ließen sich nicht stören. Zehn Minuten nach dem Eintauchmanöver wurde die Auswertung vom Hauptkontrollautomaten unterbrochen. Ein Mitteilungsimpuls erreichte den Koordinator. Die Bitte um Genehmigung folgte sofort.

„Ausschleusung zehn Flugeinheiten für Fernerkundung erforderlich. Zielgebiet ist annähernd erreicht. Fernerkundung erforderlich . . .!"

Der Koordinator war erregt. Das Zielgebiet war annähernd erreicht!

Er rief die Sektionschefs an.

„Hauptautomat bittet um Genehmigung Fernerkundung. Sektion Sechs – wollen Sie das übernehmen? Es wird Sie ablenken."

„Sehr gerne. Sind Sie sicher, daß die Menschheit noch existiert? Wir wissen nicht genau, um wieviel Jahrzehnte oder Jahrhunderte wir uns verspätet haben. Vielleicht sind es gar einige Jahrtausende."

„Beruhigen Sie sich doch. Die Berechnungen waren so exakt wie möglich."

„So exakt, wie es den Gefangenen der Vergangenheit eben möglich war. Wir wissen nur ganz sicher, daß wir noch existieren."

„Und das ist schon ein Wunder. Ich . . .!"

Der Koordinator unterbrach seine Impulssendung. Die automatischen Übersetzer schalteten ab. Trotzdem wurde das schrille Heulen und Kreischen in allen Sektionen vernehmbar.

Als es abklang und schließlich mit einem letzten Wimmern verstummte, gab die Sektion Sechs durch:

„Haben Sie es gehört? Nummern drei und vier schreien wieder."

„Sie sollten nicht daran denken", meldete sich der Koordinator hastig. „Niemals – hören Sie – niemals dürfen wir daran denken! Die Belastungen sind nach den vorangegangenen Torturen sehr groß. Denken Sie an schöne Dinge. Stellen Sie sich vor, wie wir jubelnd begrüßt und von Fachwissenschaftlern versorgt werden. Ich bin sicher, daß uns die Menschheit mit offenen Armen aufnehmen wird."

„Wie schön", gab Sektion Neun durch. „Verzeihen Sie, ich wollte Sie nicht unterbrechen. Der Gedanke ist wirklich schön. Aber können wir uns nicht geirrt haben? Wie heißt das galaktische Gebiet, in dem sich

unter allen Umständen unverfälschte Menschen aufhalten müssen; selbst dann, wenn die Erde nicht mehr ihre Sonne umkreist und das Imperium zerschlagen ist?“

„Sektor Morgenrot. Wir fliegen den Punkt an und geben den SAS-Befehl.“

„SAS – STOP AND SEE!!!“ wiederholte Nummer Sechs. „Sie sind sehr optimistisch. Wollen Sie nun meine zehn Einheiten benutzen?“

„Ja. Warten Sie bitte.“

Der Koordinator rief den Hauptkontrollautomaten an. Der stellte die Verbindung zu den positronischen Kommandogehirnen der zehn Flugeinheiten her.

Das Steuerorgan von Sektion Sechs gab die Startgenehmigung.

Wenige Minuten später lösten sich von einer der zwölf Riesenplattformen zehn Kugelkörper. Sie nahmen Fahrt auf.

Ein Beobachter hätte, wenn er etwas von Kampfschiffen des Solaren Imperiums verstanden hätte, seinen Augen nicht getraut.

Die zehn Körper glichen terranischen Ultraschlachtschiffen der Galaxisklasse in allen Einzelheiten.

Die zehn Kugelriesen gingen nach kurzer Beschleunigungsperiode in den Linearraum und verschwanden. Die dreizehn Befehlshaber schwiegen. Dann meldete sich der Koordinator.

„Wir müssen die Beobachtungsergebnisse der Flugeinheiten abwarten. Eher können wir nicht die letzte Etappe einleiten. Wie ist die Zeit?“

„Wie ist die Zeit!“ wiederholten die gesunden Sektionschefs im Chor. „Wie ist die Zeit! Wir wissen es nicht. Wir hoffen nur.“

Es wurde still hinter den Panzerwänden des ungeheuren Raumflugkörpers. Er glitt auf ein imaginäres Ziel zu.

5.

Die FRANCIS DRAKE stieß mit aktivierten Prallschirmen in die Atmosphäre eines etwa marsgroßen Planeten namens Rubin vor.

Rubin war die dritte Welt von Rois System, das insgesamt acht

Planeten besaß. Die gelbrote Sonne war erst vor zwei Jahren von Roi Danton entdeckt worden.

Niemals zuvor hatte König Danton bessere Geschäfte gemacht als auf dem Planeten mit seinen weiten Steppen, Geröllwüsten, vegetationslosen Hochgebirgen und wenigen Wasserflächen.

Die dort lebenden Eingeborenen hatten vor Rois Ankunft noch niemals ein hochentwickeltes Intelligenzwesen gesehen. Die fast drei Meter großen, rothäutigen känguruhähnlichen Geschöpfe lebten noch im Steinzeitalter. Sie hatten die Freifahrer wie Götter begrüßt und behandelt.

Auf den anderen Welten der einsamen Sonne gab es kein intelligentes Leben.

Nach einem achttägigen Aufenthalt auf Rubin hatte man festgestellt, daß die steinernen Gerätschaften der Eingeborenen teilweise aus einem Mineral bestanden, das auf Terra und allen Planeten, deren Bewohner die Raumfahrt kannten, mit dicken Banknotenbündeln aufgewogen wurde.

Es handelte sich um Howalgonium, eine äußerst seltene Quarzstruktur mit fünfdimensional schwingender Variokonstante.

Dieser Schwingquarz spielte beim Bau von überlichtschnell arbeitenden Ortungsstationen, Hyperfunkanlagen und Feuerleitgeräten eine so wichtige Rolle, daß niemand, der solche Apparate herstellen wollte, darauf verzichten konnte. Die synthetische Erzeugung stieß wegen der natürlichen 5-D-Strahlung auf unüberwindliche Schwierigkeiten.

Roi Danton hatte erkannt, daß für ihn und seine Organisation das goldene Zeitalter angebrochen war. Auf Rubin schien es riesige Howalgoniumlager zu geben. Jeder Eingeborene wußte, wo diese „Steine“ zu finden waren. Sie lagen offen im Gelände. Die Geröllwüsten bestanden zum Teil aus ballgroßen Schwingquarzen.

Durch diesen Fundort war Danton zum wichtigsten Howalgonium-Lieferanten geworden. Perry Rhodan und die Verantwortlichen des Solaren Imperiums ahnten nicht, daß ihre großen Vorratslager von Danton gefüllt worden waren; selbstverständlich gegen gute Solarscheine mit Rhodans Kopfbildnis auf der Vorderseite.

Jede Reise zum Planeten Rubin brachte dem Freifahrer Milliardengewinne. Die rothäutigen Eingeborenen erhielten im Tauschgeschäft erstklassige Metallwaren aller Art, moderne Baustoffe, einfache Beförderungsmittel wie Handwagen und Ziehkarren, sowie Textilien, Saatgut und Zuchtvieh.

Roi Danton war nicht kleinlich genug veranlagt, um die kostbaren Schwingquarze mit Glasperlen oder sonstigem Tand zu bezahlen. In dieser Hinsicht wurde er von den solaren Kontrollbeamten völlig verkannt.

Danton war im Gegenteil im Begriff, die für die Eingeborenen wertlosen Quarze als Anlaß zu nehmen, die Steinzeitepoche auf Rubin mit Riesenschritten zu überspringen und das Metallzeitalter einzuführen.

Er verhinderte zudem erbitterte Bruderkriege, weil er sorgfältig darauf achtete, daß kein Stamm mehr Waren erhielt als der andere.

Drei Freifahrer seines Schiffes hielten sich ständig auf Rubin auf, um die Eingeborenen im Gebrauch der Gegenstände zu unterweisen. Dies galt vordringlich für die angelieferten Baustoffe, mit denen man bereits die primitiven Lehmhütten ersetzte.

Es war Rois Ziel, Technik und Kultur zu fördern; allerdings im Rahmen der geistigen und handwerklichen Fähigkeiten, die Rubins Urbewohner bereits entwickelt hatten.

Die Berichte der Lehrer lauteten günstig. Die Rubiner waren lernbegierig und strebsam. Infolgedessen hatte Roi Danton diesmal die ersten Schmelzöfen und Schmiedewerkzeuge mitgebracht. Die Lehrbesatzung hatte auf Rubin reiche Erzvorkommen entdeckt.

Roi war zu einem Wohltäter für die Eingeborenen geworden. Es war daher nicht verwunderlich, daß der große Landeplatz am Ufer eines zentral gelegenen Binnenmeeres von Eingeborenen wimmelte. Sie begrüßten das langsam niederschwebende Schiff mit schrillen Rufen und hocherhobenen Armen.

Anschließend zogen sie sich mit riesigen Sprüngen in die weite Ebene vor dem provisorischen Hafen zurück. Von oben betrachtet sah es aus, als flüchteten Zehntausende von riesenhaften Kängurus.

Die Rubiner kannten den glühenden Atem des Luftwagens. Er war heiß, schmerzhaft und unter Umständen vernichtend. Es war besser, den guten Göttern bei der Landung weit aus dem Wege zu gehen.

Roi verfolgte die Flucht der Eingeborenen auf dem Bildschirm. Ein stilles Lächeln umspielte seinen Mund. Danton wirkte in diesen Augenblicken gar nicht blasiert.

„Sehen Sie nur, Hims. Man hat schon viel gelernt. Sie weichen aus und kommen nach der Stillegung der Maschinen ohne Furcht zurück. Meinen Sie nicht auch, dies wäre ein sehr schöner Erfolg?“

Der Epsaler sah ihn von der Seite her an.

„Das ist es. Nur schade, daß andere Leute nicht bereit sind, uns zu glauben.“

Roi winkte ab.

„Das kommt noch. Rufen Sie einmal Edelmann Kargos an. Ich möchte wissen, wie die Eingeborenen mit den Zuchttieren zurechtgekommen sind. Fragen Sie auch an, wie sich die ersten Musterfarmen bewährt haben. Die terranischen Pferde dürften in diesem Klima gut gedeihen. Wenn sie von den Rubinern nicht verspeist werden, kann es sein, daß man hier in wenigen Monaten die ersten Pflüge über die Ebenen zieht.“

Ehe der Erste Offizier und stellvertretende Kommandant handeln konnte, wurde bereits ein dringendes Gespräch angemeldet. Am Apparat war Edelmann Kargos. Er war der Chef des Lehrkommandos auf Rubin.

Roi runzelte die Stirn. Begriffe wie „dringend“ hörte er nicht gerne.

Ohne es zu bemerken, fiel er in seine Rolle zurück. Er betupfte sich affektiert hüstelnd die Lippen und spreizte unwillkürlich die Finger. Niemand bemerkte den inneren Aufruhr, der plötzlich in ihm tobte. Roi Danton dachte mit steigender Unruhe daran, daß Rubin nur 819 Lichtjahre vom terranischen Aufmarschsektor Morgenrot entfernt lag.

Wäre diese Distanz nicht so gering gewesen, hätten die fünfundvierzig Überlebenden der KOBE nicht mehr auf Rettung zu hoffen brauchen. Rois Anwesenheit in diesem Raumgebiet war mit dem Planetennamen *Rubin* erklärt.

Nach einigen Störgeräuschen klang Kargos’ Stimme auf. Sein bärtiges Gesicht wurde auf dem Bildschirm erkennbar. Zu diesem Zeitpunkt schwebte die FRANCIS DRAKE noch fünftausend Meter über dem Gelände. Von unten war sie dennoch als kleiner Ball auszumachen.

„Edelmann Kargos spricht“, erklärte der Bärtige. „Schön, daß Sie so frühzeitig gekommen sind, Herr. Ich habe keine guten Nachrichten."

„Mon Dieu, wann haben *Sie* schon gute Nachrichten!" sagte Roi weinerlich. „Was gibt es denn, mon ami? Haben Sie Schwierigkeiten mit den Rubinern?"

„Nein. Die fressen mir vor Dankbarkeit allmählich die Stiefel auf."

„Bitte?"

„Tatsache, König! Passen Sie nur auf, wenn Sie von Bord gehen. Unsere neuen Stiefel müssen in der Gerblohe irgendwie salzhaltig geworden sein. Das macht die Roten ganz wild. Meine Schäfte sind bis auf eine hauchdünne Folie abgeleckt."

Danton grinste. „Man lernt nie aus, Edelmann Kargos. Hoffentlich ist die Schmutzkruste auf Ihren Füßen nicht auch salzhaltig. Oh, pardon!"

Kargos lachte.

„Scherzen Sie nicht, König. Die Sache ist ernst. Vor genau achtundvierzig Stunden, also am vierundzwanzigsten August Terra-Standard, ist Rubin von einem terranischen Kreuzer entdeckt worden."

„Hilf Himmel!" stöhnte Roi aufrichtig entsetzt. „Sind Sie sicher?"

„Und ob. Es war ein Hundertmeter-Schiff der Städteklasse. Den Namen konnten wir nicht erkennen. Wir hatten den Kahn vier Stunden lang in der Ortung. Außerdem fingen wir zahllose Fremdimpulse auf, darunter eindeutig Schwingungen von Materietastern, die wenigstens drei Stunden lang auf vollen Touren liefen. Die Besatzung *muß* herausgefunden haben, daß es hier Howalgonium in riesigen Mengen gibt.

Anschließend ging in der Südwüste ein Landungskommando von Bord. Man wird wohl Mineralproben mitgenommen haben. Ich habe mich mit meinen beiden Gehilfen in die nächste Höhle verkrochen und den Roten eingeredet, da kämen böse Geister an. Mehr konnte ich nicht tun."

Roi Danton verfärbte sich. Seine Lippen bildeten einen blutleeren Strich, der sich aus dem braungepuderten Gesicht deutlich hervorhob.

„Danke, das genügt. Flog der Kreuzer ab, *ohne* ein Landekommando zurückzulassen?"

„Zum Glück ja. Die Rubiner hätten die Terraner auch zweifellos überfallen. Mit unseren Metallwaffen! Stellen Sie sich die Folgen vor, wenn das herausgekommen wäre. Rhodan hätte uns vor einem Standgericht abgeurteilt."

„Machen Sie ihn nicht schlechter, als er ist", lehnte Roi ab. „Wieviel Howalgonium haben Sie auf Lager?"

„Etwa fünftausend Tonnen. Die größte Ausbeute überhaupt. Die Roten schleppen mit ihren Handkarren ganze Berge herbei. Mir wird allmählich klar, warum Sie den Mammutheuschrecken die Schiebewagen überlassen haben."

„Schämen Sie sich, Edelmann Kargos. Ich hatte keine Sekunde lang an die sekundäre Auswirkung gedacht!" behauptete Danton.

Hims sah sich grinsend um. Die charmanten Gauner in der Zentrale warfen sich Blicke der Verblüffung zu. Das war also der Grund für die seltsame Ladung gewesen!

Roi unterbrach das Gespräch und beschleunigte die Landung. Nach einer Reduzierung der Antischwerkräfte fiel das große Schiff viel schneller. Dreihundert Meter über dem Gelände begannen die Ringwulsttriebwerke zu brüllen.

Die FRANCIS DRAKE glitt mit weitgespreizten Landebeinen tiefer und setzte auf. Urweltliches Grollen erschütterte das weite Land. Die Druckwellen erreichten die wartenden Eingeborenen und wirbelten sie durcheinander.

Sie richteten sich freudeschreiend auf und rannten auf das Schiff zu, kaum daß die Triebwerke ausgelaufen waren. Sie wollten den „Roten Gott" sehen. Dantons Frack hatte selbst auf Rubin wunderbar gewirkt.

Der Chef des Lehrkommandos ging eilig an Bord. Als er die untere Polschleuse erreichte, erschienen Danton und Oro Masut im zentralen Antigravlift. Nach ihnen kamen die anderen Offiziere des Schiffes an.

Roi verzichtete darauf, den überfeinerten Stutzer zu spielen. Jetzt war keine Zeit dazu.

Er versammelte die Männer in der Verladungshalle um sich. Weiter vorn glitten schon die riesigen Schleusentore des Laderaumes I auf.

„Hören Sie gut zu, Messieurs. Der Kreuzer war am vierundzwanzigsten hier. Gestern, am fünfundzwanzigsten, retteten wir die Männer der KOBE. Als Atlan zu seiner Flotte zurückkam, dürfte der Kreuzerkommandant, der schändlicherweise Rubin fand, schon im Sektor Morgenrot auf seinen Chef gewartet haben. Perry Rhodan befindet sich auf der Reise zum Sammelpunkt Morgenrot. Ich nehme an, daß Atlan auf ihn wartet. Sollte der Großadministrator jedoch früher als von mir angenommen eingetroffen sein, dann kann es geschehen, daß ein von ihm geführter Flottenverband schon in zehn Minuten über Rubin erscheint."

„Sind Sie ein Hellseher, Sir?" erkundigte sich Rasto Hims.

„Nein, aber ich besitze ein funktionierendes Gehirn. Parbleu, potztausend – dieser Rhodan ist ein Genie! Atlan zerbrach sich noch den Kopf, was wir wohl in diesem östlichen Gebiet der Galaxis zu suchen hätten. Wenn die Geschichte mit Rubin bekannt wird, dürften sich die beiden Alten sehr schnell einig werden, wohin der arme Roi Danton geflogen ist. Messieurs, hurtig, eilig, Tempo! Schaffen Sie die fünftausend Tonnen Howalgonium an Bord, ehe die Terraner merken, daß wir direkt unter ihren Nasen einen Rohstoff gewinnen, den sie bisher mit vielen Milliarden Solar bezahlen mußten. Mon Dieu, Oro – mir wird übel. Das schöne Geld! Du ertrusischer Schafskopf – wer hat dir geraten, mir das Riechfläschchen unter die Nase zu halten? Was denkst du wohl, wovon deinem Gebieter schlecht wird? An einer Solarnote will ich riechen! Wo ist eine? Wollt ihr wohl rennen, ihr verflixten Halunken? Hinaus mit den Robotverladern. Werft die Tauschwaren für die Eingeborenen aus den Luken, damit wir nicht obendrein als Betrüger dastehen. Hurtig . . .!"

So lebhaft hatten die Freihändler ihren König schon lange nicht mehr gesehen. Danton zeigte sich den jubelnden Eingeborenen. Er schwebte auf einem Antigravpolster mitsamt Frack und Dreispitz durch die Luft, spielte den guten Halbgott und streute hüstelnd Schnupfpulver auf die nach oben gestreckten Känguruhköpfe der Rubiner nieder.

Sie niesten und schnieften begeistert. Als Danton gar mit beiden Händen Salz aus einem Kunststoffsack schaufelte und die weiße Masse nach unten rieseln ließ, kam es zu einer Prügelei ungeahnten Ausmaßes. Man kämpfte um jedes Körnchen.

„Den Trick hätte ich früher anwenden sollen", sagte Roi betrübt vor sich hin. „Sieh einer an! Was hätten *die* geduftet. Gewöhnliches Volk ist in der Tat leicht zu befriedigen. Oro, man sollte diesen Perry

Rhodan mit Salz bestreuen und da unten laufenlassen. So dürfte der hohe Herr noch nie gerannt sein. Was mag der gerissene Fuchs in diesem Augenblick unternehmen?“

Der „gerissene Fuchs“ war außer sich. Zum einen, weil die Angelegenheit mit den wahrscheinlich *doch* vorhandenen Transformkanonen nicht einwandfrei geklärt worden war; zum zweiten, weil etwa achthunderttausend terranische Raumfahrer über Malauts Film Tränen lachten, und zum dritten, weil die Entdeckungsmeldung des Kreuzerkommandanten Peril Akhanow nicht schnell genug beachtet worden war.

Während Rhodan jedoch grollte, gingen bereits achtzehn terranische Kampfschiffe auf Kurs. Major Peril Akhanow, der Kommandant des Leichten Kreuzers WOLGA, war mit seinem Offiziersstab an Bord des Flottenflaggschiffes CREST IV befohlen worden.

Die Männer befanden sich in heller Aufregung und waren bemüht, für Oberst Merlin Akran, den Kommandanten des Flaggschiffs, die richtigen Koordinaten auszuarbeiten. Ehe sie errechnet und in die Positroniken der anderen Schiffe überspielt worden waren, konnte an einen gezielten Anflug der achthundertneunzehn Lichtjahre entfernten Sonne nicht gedacht werden.

Das neunzehnte Schiff des Verbandes war Atlans IMPERATOR III.

Solarmarschall Tifflor blieb als Befehlshaber der Morgenrot-Flotte zurück.

Am 26. August 2435, 11:22 Uhr Standard, verschwand der kleine Verband im Linearraum.

Atlan folgte mit der IMPERATOR. Während des Fluges versuchte er, die Eindrücke, die er von Danton gewonnen hatte, nochmals und kritischer als zuvor zu verarbeiten. Er kam zu dem gleichen Ergebnis. Der Mann war vertrauenswürdig.

Auf der CREST IV, dem modernsten Schiffsneubau der Menschheit, war die Stimmung unter den Besatzungsmitgliedern etwas weniger ausgelassen als auf den anderen Einheiten der Wachflotte.

Es bestand kaum Zweifel daran, daß man im Zielsystem auf Roi Danton stoßen würde. Der an Howalgoniumvorräten reiche, neuentdeckte Planet dürfte das Ziel der FRANCIS DRAKE gewesen sein.

Deshalb befand sie sich in der Nähe des Sektors Morgenrot und konnte der KOBE so rasch zur Hilfe kommen. Die CREST-Besatzung hatte von Roi Danton genug gehört, um der bevorstehenden Begegnung dementsprechend entgegenzufiebern.

Auf dem neuen Ultrariesen befanden sich noch einige Männer, die schon vor dreißig Jahren auf der alten CREST III gewesen waren. Zu ihnen gehörten der jetzige Erste Offizier, Oberstleutnant Ische Moghu, der ergraute Leitende Ingenieur, Dr.-Ing. Bert Hefrich, der Zweite Kosmonautische Offizier, Drav Hegmar und der Chefarzt Dr. Ralph Artur.

Diese Männer konnten stundenlang erzählen, ohne sich jemals zu wiederholen. Sie hatten mit der alten CREST III die Erde zur Zeit der Lemurer kennengelernt; sie waren dabeigewesen, als die Meister der Insel besiegt wurden. Sie kannten den sagenhaften Andromedanebel! Das waren Gründe genug, um sie gleich Rhodan mit einem Glorienschein zu umhüllen.

Der alte Kommandant war nicht übernommen worden. Seine Stelle hatte Oberst Merlin Akran, ein Epsaler, besetzt.

Die CREST IV war mit vier modernen Kalups in Ultrakomp-Bauweise ausgerüstet. Die dafür vorgesehenen Maschinenräume waren weder größer noch kleiner als jene der CREST III. Infolge der Verkleinerung der Geräte war es jedoch möglich geworden, vier Aggregate an Stelle von nur drei Kalups aufzustellen. Trotz der Kompaktbauweise war die Reichweite pro Aggregat von ehemals vierhunderttausend Lichtjahren auf eins-komma-zwei Millionen Lichtjahre gesteigert worden. Mit einem Ultraschlachtschiff vom Range der CREST IV konnte man vier-komma-acht Millionen Lichtjahre ohne Werftüberholung zurücklegen. Die Entfernung zum Andromedanebel war für diese Schiffsriesen bedeutungslos geworden.

Die Offensivbewaffnung der neuen CREST bestand in erster Linie aus überschweren Transformkanonen, mit denen nun Fusionsladungen bis zu einer Energieentwicklung von zweitausend Gigatonnen pro Einheit verschossen werden konnten.

Der grüne Hochenergie-Überladungsschirm besaß die doppelte Abwehrkapazität bei gleichem Energieaufwand wie frühere HÜ-Schirme.

Drei Ungeheuer dieser Art flogen zusammen mit fünfzehn Schweren und Leichten Kreuzern auf die gelbrote Sonne von Rois System zu. Für den Freifahrer war es schon so gut wie aussichtslos geworden, noch einen Fluchtversuch zu wagen. Die geringe Distanz zu diesem Stern war für die modernen Multitypen der Solaren Flotte wie ein Sonntagsausflug.

Rhodan stand hinter dem Spezialsessel des Kommandanten. Auf dem Halbraumschirm leuchtete die Zielsonne. Das Eintauchmanöver sollte in wenigen Minuten erfolgen; und zwar so dicht vor dem dritten Planeten, daß eine sofortige Einkreisung möglich war.

Rhodan war immer noch in gereizter Stimmung. Er hatte miterlebt, wie die Besatzungen der achtzehn Schiffe auf die Vorführung von Malauts Film über die Verhältnisse an Bord der FRANCIS DRAKE reagiert hatten. Und diese Reaktionen, die in Lachsalven gemündet waren, hatten im Zusammenhang mit der Entdeckung des Howalgoniumplaneten seine Stimmung auf einen weiteren Tiefpunkt versetzt.

Er war davon überzeugt, daß Danton gegen die Gesetze des Imperiums verstoßen hatte.

Der Verband stieß knapp dreihunderttausend Kilometer von Rubin entfernt in den Normalraum vor. Die Triebwerke arbeiteten mit maximalem Gegenschub. Die achtzehn Einheiten schwenkten rasch auf eine zweifach gestaffelte Kreisbahn ein.

Ehe auf der FRANCIS DRAKE der Ortungsalarm von jedermann gehört worden war, war für Roi Danton die Situation aussichtslos geworden.

Perry Rhodan straffte sich, als ihm der Ortungschef des Flaggschiffes mitteilte, daß sich die FRANCIS DRAKE tatsächlich auf dem Planeten befand. Kurz darauf wurde das Freihändlerschiff auf den Bildschirmen der Zentrale sichtbar.

„Den hätten wir“, sagte Rhodan mit erzwungener Ruhe.

„Können wir überhaupt gegen ihn vorgehen?“ fragte Merlin Akran.

„Und ob!“ sagte Rhodan. „Danton beutet anscheinend eine Welt aus, die vor zwei Tagen von einem terranischen Kreuzer entdeckt wurde. Damit verstößt er gegen die solare Besiedlungsordnung.“

„Wenn er aber von der Entdeckung durch uns noch nichts weiß?“

Rhodan blickte den Epsaler geistesabwesend an, dann sagte er: „Nun gut, in diesem Fall sieht die Sachlage etwas anders aus. Dennoch werden wir sein Schiff einer gründlichen Untersuchung unterziehen, gründlicher als es Atlan getan hat." Er lächelte grimmig. „Und wehe wir entdecken etwas, was Atlan übersehen hat."

Er rief Major Akhanow zu sich.

„Wie viele Binnenmeere haben Sie kartographisch erfaßt?", fragte er, als Akhanow vor ihm stand.

„Sieben große Seen, Sir."

„Leben dort irgendwelche Fischer oder Inselbewohner?"

„Nein. Die Eingeborenen scheuen offenbar das Wasser. Die wenigen Inseln sind unbewohnt."

„Ist das ganz sicher?"

„Ja, Sir."

Rhodan entließ den Offizier und rief die Feuerleitzentrale an. Der Chef dieser Station meldete sich.

„Major Waydenbrak – machen Sie einige leichte Transformkanonen klar und strahlen Sie damit sieben, ich wiederhole – *sieben* leichte Fusionsbomben mit einer Energieentwicklung von fünf Megatonnen pro Einheit ab. Ziel sind die sieben Binnenmeere des Planeten. Zünden Sie die Ladungen in zehn Kilometer Höhe. Verwenden Sie absolut giftfreie Katalysebomben. Da unten darf keine radioaktive Strahlung entstehen. Nehmen Sie die Binnenmeere nach unserer Umlaufgeschwindigkeit unter Einzelfeuer. Alles verstanden? Dies ist eine Demonstration."

„Verstanden, Sir. Ist es Ihnen recht, wenn ich mit dem See anfange, der dem Landeplatz des Freifahrerschiffes am nächsten liegt?"

„Sie sind ein Genie, Waydenbrak. Die Druckwellen müssen sich verlaufen haben, sobald sie die Ufer erreichen. Berechnen Sie das. Wenn ein Binnenmeer dafür nicht groß genug ist, verzichten Sie auf den Beschuß. Es darf niemand geschädigt werden!"

Rhodan schaltete ab. Er trat wieder vor die Bildschirme. Der Landeplatz wanderte erneut in die Optik ein.

„Sir", wagte der Kommandant einzuwenden, „Danton hat fünfundvierzig Menschen das Leben gerettet."

„Das werde ich nicht vergessen", erklärte Rhodan mit einem seltsamen Lächeln. „Beruhigen Sie sich. Sie finden mich in der Funkzentrale."

Roi Danton war es nicht mehr gelungen, das kostbare Howalgonium vollständig an Bord zu nehmen. Er hatte seine Mannschaften zurückgerufen und die Eingeborenen mit dem Hinweis verscheucht, böse Geister kämen aus dem Himmel herab.

Der provisorische Raumhafen war leer. Vor der FRANCIS DRAKE stapelten sich die für die Rubiner bestimmten Waren.

Roi stand mit einigen Offizieren vor dem Schiff, stützte sich auf seinen zierlichen Stock und suchte mit der Lorgnette den wolkenlosen Himmel ab. Sein roter Frack schimmerte in der Einöde wie ein verwaschener Blutfleck.

„Wir sollten starten", drängte Rasto Hims. „Wir haben über die Hälfte der Ladung an Bord; mehr, als wir jemals mitgenommen haben."

„Hims, ich bin kein Selbstmörder. Haben Sie nicht achtzehn Schiffe geortet, darunter drei Ultrariesen?"

„Wir können vielleicht durchbrechen."

„Wenn das Arkoniden wären – ja! Sie haben aber Terraner vor sich, mein Bester. Die verwandeln unser schönes Schiff schneller in einen Schrotthaufen, als Sie fluchen können!"

Als er ausgesprochen hatte, flammte über dem südlichen Horizont der Glutball einer atomaren Explosion auf. Der Feuerschein war so stark, daß Danton die Augen schloß.

„Mir scheint, die verstehen keinen Spaß mehr", sagte er ächzend. „Laßt uns einen Imbiß zu uns nehmen, ehe die FRANCIS DRAKE von schlecht riechenden Landungstruppen besetzt wird. Danach kann man kaum noch etwas genießen. Diese ausgehungerten Flottengeier erhalten monatelang nur synthetische Speisen. Gehen wir, Messieurs."

Danton schwebte auf die ausgefahrene Laderampe zu. Er kam gerade noch rechtzeitig in der Zentrale an, um Rhodans Ultimatum zu vernehmen.

„... haben Ihr Schiff sofort zu verlassen und in einem Sicherheitsabstand von tausend Meter Aufstellung zu nehmen. Bei einem Fluchtversuch sehe ich mich gezwungen, Sie alle paralysieren zu lassen. Sie befinden sich auf solarem Hoheitsgebiet und unterstehen somit der solaren Gesetzgebung. Lassen Sie Ihre Waffen im Schiff zurück. Ich schleuse dreitausend Landungsspezialisten aus, die auf alle Fälle mit Ihnen fertigwerden. Haben Sie verstanden, FRANCIS DRAKE?"

Roi starrte auf das Fernbild des großen, legendären Terraners. Rhodans graue Augen fesselten ihn.

„Ein ziemlich junger Bursche, wie?“ säuselte Danton.

An Rhodans Reaktion bemerkte er, daß seine Worte gehört worden waren. Daß sie jedoch in jeder Abteilung der CREST IV und überdies in jedem anderen Schiff vernommen wurden, ahnte er nicht.

Unter den Männern der CREST-Beibootflottillen brach eine Lachsalve los. Rhodan war fassungslos. Er hatte am 8. Juni 2435 gerade sein 499. Lebensjahr vollendet.

Roi stolzierte vor die Bildaufnahme, beugte sich vor und führte das Stielglas an die Augen.

„Bonjour, Grandseigneur. Ich freue mich, Sie kennenzulernen. Oh – *doch* eine Falte! Darf ich Ihnen ein Schönheitspflästerchen übersenden?“

Roi zog den Dreispitz und schwenkte ihn durch die Luft. Was er damit auf den terranischen Schiffen anrichtete, konnte er sich kaum ausmalen. Die Männer genossen die Vorstellung.

Atlan, der mit seiner IMPERATOR weit abseits im Raum stand, amüsierte sich wie nie zuvor. Rhodan suchte nach Worten.

„Ihnen wird die Freude bald vergehen. Sind Sie dieser sogenannte Roi Danton?“

„Natürlich, natürlich, Grandseigneur. Immer zu Diensten.“

„Sie haben mein Ultimatum gehört“, sagte Rhodan scharf. „In einer Stunde stehen Sie und Ihre Besatzung einen Kilometer abseits der FRANCIS DRAKE.“

Roi Danton stemmte seinen Stockdegen in die Höhe, stolzierte auf den Kommandantensessel zu und ließ sich nach umständlichen Vorbereitungen durch Oro Masut darin nieder.

„Wir, Beherrscher der löblichen Freifahrer von Gottes Gnaden, haben in aller Entschiedenheit beschlossen:

Erstens: Wir . . .“

„Was heißt wir? Sind Sie nicht der Kommandant?“

„Barbar“, sagte Roi mit gespieltem Abscheu. „Sie kennen wohl nicht die königliche Ausdrucksform?“

„Ach so. Verzeihen Sie gütigst, Majestät. Ich bin nur ein kleiner Großadministrator.“

„Der Kerl wird anzüglich!“ staunte Roi, um fortzufahren:

„Erstens: Ich werde mit meinen Untertanen das Schiff wie gewünscht verlassen, jedoch ehrenvoll bewaffnet und gerüstet. Unsere Armierung wird lediglich aus harmlosen Paralysestrahlern bestehen, mit denen wir Ihren übelriechenden Kannibalen erbitterten Widerstand bis zum letzten Bewußtlosen leisten werden."

„Strapazieren Sie meine Geduld nicht zu sehr."

„Zweitens: Die ständig vorbereitete Schaltung zur atomaren Sprengung der FRANCIS DRAKE wird per Funk aktiviert, sobald es Ihre ungehobelten Landsknechte wagen sollten, die Schotte aufzubrechen."

„Sind Sie wahnsinnig?"

„Drittens: Ich fordere den einzigen wirklichen Edelmann in Ihren Reihen, Seine Majestät, Atlan, Kristallprinz und Imperator des Arkonidenreiches im Ruhestand, untertänigst auf, bei einem Degenduell zwischen Seiner Majestät und mir die Entscheidung darüber fallen zu lassen, ob meine Männer und ich ungeschoren und unter Zurücklassung der FRANCIS DRAKE mit den Beibooten abfliegen dürfen. In diesem Falle wird die Sprengschaltung *nicht* aktiviert. Das wäre alles, Grandseigneur."

Rhodan schnappte nach Luft. Er gab ein Fingerzeichen. Sekunden später explodierten die nächsten Demonstrationsbomben über den Binnenmeeren Rubins.

Ehe Perry etwas entgegnen konnte, schaltete sich Atlan über Kommandeursfunk in das Gespräch ein. Seine Augen funkelten.

„Ich nehme das Duell an, Roi Danton. Wenn Sie verlieren, haben Sie verspielt. In diesem Falle müssen Sie auf die Fürsprache der USO verzichten. Wägen Sie bedachtsam Ihre Chancen ab."

„Landungskommandos ausschleusen", rief Rhodan wütend. „Meine Herren, diesen Handel können Sie mit mir nicht machen. Ende . . .!"

Rhodan schaltete die Bildsprechverbindung ab.

Rois Schirm verblaßte. Er erhob sich und rieb sich überlegend das Kinn. Seine Männer starrten ihn fragend an.

„Messieurs, ich hoffe, daß er mir die nicht vorhandene Sprengschaltung glaubt. Wir verlassen auf alle Fälle das Schiff. Werfen wir den Wölfen wenigstens etwas zum Fraße vor. Atlan ist ein alter Kämpfer, aber ich werde ihn besiegen."

„Na, na!“ zweifelte Rasto Hims.

Roi warf ihm einen nachdenklichen Blick zu.

„Selbst wenn ich unterliege, kann *Ihnen* nicht mehr geschehen, als wenn wir uns nicht duellieren würden. Wir haben einige Chancen. Zweck dieser Übung ist es, von Rubin zu entkommen, ehe Rhodan unsere Transformkanonen entdeckt; und diesmal wird man die Tarnung durchschauen! Mit *unserem* Vermögen läßt sich leicht ein neues Schiff beschaffen. Gehen wir also. Es werden nur Schockwaffen mitgenommen. Ich schieße jedermann persönlich nieder, der sich vergessen sollte. Dieser Fall muß elegant gelöst werden. Kommen Sie. Die Zeit drängt.“

6.

Der Hauptkontrollautomat meldete sich mit einem Impuls, der nur vom Koordinator empfangen werden konnte.

„Zehn Flugeinheiten von Fernerkundung zurück und im Anflug. Es gibt Schwierigkeiten.“

„Daten!“ forderte der Koordinator erregt.

Die Daten kamen durch. Die primäre Folge davon war ein Übermittlungsversager von der großen Trägereinheit zu den angehängten Sektionen.

Das Riesengebilde schwankte einen Augenblick, als falsche Triebwerksschaltungen eine jähe Kursänderung bewirkten. Unter den Sektionsbefehlshabern brach eine Panik aus, die nur schwer zu beheben war.

Schließlich setzte sich der Koordinator mit seinen drängenden Befehlsimpulsen durch.

„Beruhigen Sie sich, beruhigen Sie sich. Ich war nur etwas zerstreut. Wir müssen den Dingen gefaßt entgegensehen.“

„Was hat die Erkundung ergeben?“ erkundigte sich das Kommandoorgan der neunten Sektion. Sie war nach dem Koordinator am stabilsten.

„Die Erkundungseinheiten sind im Anflug. Die Hauptkontrolle hat Funksprüche empfangen und ausgewertet."

„Ist es sehr schlimm?" warf der Chef der fünften Sektion zaghaft ein. „Dürfen wir der offenbar bedrängten Menschheit beispringen? Wir können insgesamt fünfzehntausendundachtzig überschwere, schnellbewegliche Kampfeinheiten ausschleusen. Dies sollte genügen, um jeden Gegner der Menschheit in seine Schranken zu weisen. Ich alleine verfüge über achthundertundvierzig machtvolle Einheiten."

„Bitte, warten Sie weitere Meldungen ab. Es ist noch nichts verloren. Die Erkunder haben vorerst nur festgestellt, daß es in einem Sonnensystem mit acht Planeten zu schweren Energieausbrüchen atomaren Ursprungs gekommen ist. Die dritte Welt dieses Systems wird beschossen. Wir können es schnell erreichen."

„Wer wird beschossen?" rief Nummer Sechs angstgepeitscht. „Wer? Menschen?"

„Ich weiß es noch nicht."

„Ich greife an", gab der sechste Sektionschef in heller Panik durch. „Geben Sie mir die Koordinaten für meine Kampfeinheiten."

„Sie warten ab!" entschied der Koordinator mit ungewohnter Härte. „Wenn wir eingreifen, werden wir es geschlossen und mit voller Macht tun. Vorher ist festzustellen, wer wen angreift und atomar bedroht. Sollten Menschen gefährdet sein, werde ich nicht zögern, Ihre Sektionen abzustoßen und Sie geschlossen zum Einsatz zu bringen. Wir werden jeden Gegner zerschlagen."

Die Erkunder kamen zurück. Zehn gigantische Ultraschlachtschiffe, die aussahen, als wären sie nach dem Typenprogramm der Galaxisklasse entworfen und gebaut worden, glitten in die zweieinhalb Kilometer durchmessenden Schleusenöffnungen der sechsten Sektion hinein und verschwanden.

Der Trägergigant hielt noch zwanzig Minuten seinen Kurs. Dann peitschten ungeheure Impulsströme aus dem Zentrum der Trägerhalbkugel.

Stabilisierungstriebwerke an den Außenrändern ließen ihre Schubimpulse zwischen den separat aufgehängten Sektionen hindurchpeitschen.

Wankend, unsicher und schwerfällig ging der Gigant auf einen neuen Kurs. Nach einer knappen Stunde hatte er die für ihn vorgesehene Eintauchfahrt erreicht und verschwand in den Linearraum.

Der Koordinator hatte den Sektor Morgenrot angeflogen in der Hoffnung, dort Menschen anzutreffen. Dies war kein Zufall, sondern das Produkt reiflicher Überlegungen. Jemand hatte von diesem Aufmarschgebiet gewußt und es in seine weitgesteckten Pläne als strategischen Faktor eingebaut.

Die Überlegung war relativ einfach gewesen! Wenn die Erde noch existierte, mußte es im Sammelpunkt Morgenrot auf alle Fälle Menschen geben. Wenn die Erde vernichtet und die Macht des Imperiums gebrochen war, würde Morgenrot einer der wenigen Sektoren sein, wo sich die Überreste der Solaren Flotte sammeln würden. Dies sah eine besondere Geheimplanung vor, die dem Koordinator bekannt war.

Niemand im Imperium ahnte, daß ein der Menschheit zugedachtes Geschenk riesenhaften Ausmaßes unterwegs war.

Niemand ahnte, daß ein relativ harmloser, eigentlich sogar völlig unbedeutender Zufall ausreichen konnte, um die labilen Befehlshaber dieses Geschenkes zu völlig falschen Schlußfolgerungen zu verleiten.

Niemand dachte auch daran, daß die Menschheit jemals das Opfer eines Irrtums werden könnte. Dies geschah am 26. August des Jahres 2435 n. Chr.

7.

Die neunhundert Freihändler schossen schnell und gut. Sie hatten sich zum nördlichen Platzrand zurückgezogen. Dort begann ein kleines Gebirge, das seine Geröllmassen seit Urzeiten in die endlose Ebene ergoß. Hier hatten sich die wilden Burschen unter Rois Führung verschanzt.

Die Deckung war sehr gut, von oben kaum einzusehen und von Norden her unangreifbar. Auch Rhodan hatte den Befehl gegeben, ausschließlich harmlose Betäubungswaffen einzusetzen.

Die dreitausend Mann des Landungskommandos waren von einem Feuerhagel aus verschiedenartigen Paralysatoren empfangen worden.

Ehe sie die Transportkorvetten verlassen hatten und in Deckung gegangen waren, war es schon zu Ausfällen gekommen.

Die Korvetten waren nach dem Absetzen der Landungstruppen wieder gestartet, so daß sich auf dem Landefeld nur noch die FRANCIS DRAKE befand.

Rhodan wollte keine Kampfroboter einsetzen. So blieb ihm keine andere Wahl, als seine Landungstruppen gegen die Stellung der Freifahrer anrennen zu lassen.

Er stand im Turmluk eines Flugpanzers und schaute kopfschüttelnd zu dem Kampfplatz hinüber. Hinter ihm dröhnte eine USO-Korvette zu Boden. Er achtete nicht darauf.

Als Atlan neben ihm auftauchte und grüßend die Hand erhob, stieß Rhodan nur eine Verwünschung aus.

Atlan lachte unterdrückt.

„Was nun, Terraner? Du brauchst nur einen Befehl zu geben, und die neunhundert Freifahrer sind einmal gewesen."

„Rede keinen Unsinn. Ich bin kein Ungeheuer. Außerdem hat mich dieser Halunke an der Ehre gekitzelt. Das ist ein großartiger Psychologe, der genau weiß, wie er die Leute zu nehmen hat. Da – schon wieder zehn Bewußtlose!"

Rhodan schlug mit der Faust auf das Turmluk und schwang sich aus dem Wagen.

Atlan lehnte mit dem Rücken an einem Landebein der FRANCIS DRAKE.

„Hast du dir schon einmal die Waren angesehen, die dort drüben liegen? Freund, ich habe mich in Danton *nicht* getäuscht! Das sind keine Glasperlen und bunten Papierfähnchen. Ich habe komplette Schmiedewerkstätten und Schmelzöfen mit Spezialwerkzeugen gefunden."

„Ich auch."

„Aha! Sagt dir das etwas?"

Rhodan ging langsam auf den Arkoniden zu und blieb so dicht vor ihm stehen, daß Atlan den Atem des Terraners spürte.

„Wenn ich *das* nicht gefunden hätte, wäre ich längst auf die Idee gekommen, meinen Männern die Benutzung der Individualschutzschirme zu befehlen! Sie tragen schließlich moderne Kampfanzüge."

Atlan lachte erneut. Er gab seine bequeme Haltung nicht auf.

„Seltsam, nicht wahr? Plötzlich kann man das nicht mehr befehlen, wenn man nicht die Achtung vor sich selbst verlieren will."

„Spotte nur so weiter, Beuteterraner!"

Atlan grinste. „Sieh an – schon wieder ein paar narkotisierte Helden von der Crest IV. Die Freihändler schießen ausgezeichnet. Wenn du weder Roboter noch Panzer noch Schutzschirme oder wirksame Waffen einsetzen läßt, nimmt das Gefecht kein Ende. Die Deckung ist zu gut."

„Höre auf mit deinem Gerede. Ich weiß, worauf du hinaus willst."

„In den Schiffen lacht man sich die Kehlen wund. Das müßtest du einmal hören. Der große Rhodan steht vor einem Problem, das er wegen seiner Anständigkeit nicht meistern kann. Ich bewundere dich, Barbar."

Rhodan trat zurück, stemmte die Arme in die Hüften und musterte den Lordadmiral aus verkniffenen Augen. Dann begann er unverhofft zu lächeln.

„Du möchtest dich auf das Duellangebot einlassen?"

„Warum nicht?"

Rhodan holte tief Luft, rannte zu dem Panzer und ließ sich das Kommandogerät reichen.

Sofort verstummte das Feuer der anstürmenden Terraner. Sie hatten in ihren Funkhelmen Rhodans Befehl vernommen.

Auch Roi ließ augenblicklich das Feuer einstellen. Die Landungsspezialisten zogen sich zur FRANCIS DRAKE zurück. Ihre besinnungslosen Gefährten trugen sie über den Schultern.

Seltsamerweise erblickte Atlan nirgends ein ärgerliches Gesicht. Man lachte ihn im Vorbeigehen an.

Da schritt der Arkonide hochaufgerichtet auf die Ebene hinaus und auf den Wall aus Felstrümmern zu. Ein roter Fleck wurde erkennbar.

Atlan winkte und schrie:

„Waffenstillstand, Monsieur. Sind Sie noch an dem Duell interessiert?"

„Aber ja. Ich wußte doch, Sire, daß es unter diesen Wilden noch einen Edelmann gibt."

„Dann kommen Sie mit Ihren Männern auf die Ebene. Es wird kein Schockschuß fallen. Überlassen wir die Entscheidung dem Duell. Haben Sie für mich einen Degen?"

Neunhundert angstschwitzende Freifahrer zwängten sich aus ihren Deckungen hervor. Sie hatten kaum Bewußtlose. Auf den Schiffen wurden Wetten abgeschlossen. Die Teleoptiken übermittelten einwandfreie Fernbilder.

Rhodan ging mit seinem Offiziersstab auf Roi Danton zu. Der König tänzelte seinen Freifahrern voran, schwenkte immer wieder den Dreispitz und verneigte sich graziös nach allen Seiten.

Da stürzte der einzige wirklich erzürnte Mann auf Roi Danton zu. Es war Major Skor Kandrete. Fäusteschwingend und Beschimpfungen ausstoßend, rannte er dem charmanten Gauner entgegen.

„Sie Lümmel! Sie Halsabschneider und Betrüger, ich werde Sie . . .!“

Aus Rois Lorgnette zuckte ein grüner Leuchtstrahl hervor. Kandrete sagte noch einmal „Lüm . . .“, dann fiel er bewußtlos um.

„Also dieser Tölpel war einfach zu unmanierlich“, beschwerte sich Roi. „Verzeihen Sie gütigst, Sire. Ist das nicht dieser Kandrete? Nun, kein Wunder! Ein Subjekt, das sich zusammen mit einem Edelmann auf die Sänfte setzen will, konnte kaum anders handeln.“

Zwei unterdrückt lachende Terraner von der CREST IV zogen den Offizier an den Füßen zur Seite.

„Wollen Sie ihn wohl ordentlich tragen?“ schrie Rhodan.

Roi schritt schon hüftschwenkend und mit seinem Tüchlein wedelnd auf Perry zu. Vor ihm angekommen, betrachtete er ihn durch das gefährliche Stielglas und meinte verblüfft:

„Parbleu – dieser Mensch ist so groß wie ich! Ich messe 1,89 Meter.“

„Passen Sie auf, daß Ihre Brille nicht losgeht“, erwiderte Rhodan. Seine Lippen zuckten spöttisch. „Ich möchte sehen, wie Sie von Atlan vorgeführt werden. Wie haben Sie eigentlich in dem verschnörkelten Ding einen Schockstrahler untergebracht?“

Roi überging die Frage mit einem Stirnrunzeln. Oro Masut, 2,60 Meter groß und in den Schultern so breit wie drei normale Männer, kam näher. Er trug auf den angewinkelten Unterarmen zwei lange Degen mit wundervoll gearbeiteten Körben.

„Ich war so frei, meinem Leibwächter zu befehlen, vorsorglich zwei Zeugen eines mannhaften Zeitalters mitzunehmen“, meinte Danton. „Verbindlichen Dank, Grandseigneur. Merci beaucoup für die großzügige Gewährung meiner Bitte. Ich finde Sie sehr charmant.“

„So unterlassen Sie doch Ihr affiges Getue", begehrte Rhodan auf. „Sie stehlen mir noch den letzten Nerv."

Roi verstummte und ließ sich von Oro Masut das Gesicht nachpudern.

Schnell gebildete Ordnungsmannschaften verteilten die fast viertausend Männer auf dem ebenen Gelände vor der Geröllhalde.

Hims steckte den Kampfplatz ab und erklärte Atlan, diese Zone dürfe während des Duells nicht verlassen werden. Man wolle ja schließlich auf seine Kosten kommen.

Ein rotbärtiger, verwildert aussehender Bursche packte demonstrativ allerlei verstaubte Instrumente aus, in denen Rhodan chirurgische Geräte erkannte.

„Eine Nahtmaschine habe ich leider nicht", grinste der Rotbart. „Wenn größere Gefäße verletzt werden, wird es kritisch."

„Sind Sie etwa Arzt?" erkundigte sich Rhodan. Er wurde plötzlich unruhig, obwohl Atlan gelassen die beiden langen Degen betrachtete und die Elastizität der Klingen prüfte.

Der Rotbart antwortete nicht. Sein gekränkter Blick sagte aber alles. Er *war* Arzt!

Roi strich einige Stäubchen von seinen Samthosen und stolzierte auf Atlan zu.

„Gute Arbeit, Sire? Diese Klingen entstanden in Toledo. Wie Sie sachkundig bemerken werden, handelt es sich um echte spanische Degen aus dem 16. Jahrhundert mit beidseitigem Schliff und beachtlicher Schwere. Ich darf Sie als Edelmann darüber aufklären, daß diese Klingen auch sehr gut als Hiebwaffen verwendet werden können."

„Wem erzählen Sie das, junger Mann? Ich darf Sie meinerseits darüber informieren, daß ich sowohl die hohe Schule des italienischen Fechtmeisters Florio de Liberi als auch die unkonventionelle römische Gladiatorenkampfweise beherrsche. Wie lauten die Regeln?"

Roi hüstelte überrascht und überlegte.

„Ich würde sagen, drei Körpertreffer, gleichgültig wo immer angebracht, sollten als Sieg bewertet werden. Ich möchte Sie nicht heftiger als nötig blessieren."

„Einverstanden. Die Männer des Landekommandos werden meine Zeugen sein."

Roi nahm mit einer Verbeugung an. Oro Masut überreichte den

beiden so ungleichen Männern die Degen. Die scharfen Klingen leuchteten im Sonnenlicht.

„Wollen die ernsthaft aufeinander losgehen?" erkundigte sich ein Offizier verblüfft. „Ich dachte, das wäre ein Spaß."

„Da irren Sie sich, Major!" berichtigte Perry. „Dieser Gockel hat einen schönen Hals, den er aus der Schlinge ziehen möchte."

Atlan und Roi Danton standen sich gegenüber. Roi entbot den Gruß mit zierlich schwingendem Degen. Atlan machte es eckiger und weniger elegant.

Roi begann zu tänzeln; diesmal aber nicht zur Aufrechterhaltung seiner Maske, sondern mit vollendeter Meisterschaft.

Er bevorzugte vorerst die zweite Mensur, bei der der Gegner nur durch einen Schritt vorwärts *mit* Ausfall berührt werden konnte.

Rois Faustposition wurde von Atlan sofort durchschaut. Atlan bot eine Blöße, eine Einladung an, aber Roi ließ sich nicht zum Angriff verleiten. Er wartete, bis Atlan mit einem blitzschnellen Kopfhieb rechts die Begegnung eröffnete und parierte mit einer gekonnten Quintparade links.

„Nicht übel, Sire! In der Tat, nicht übel."

Aus seiner Parade heraus führte er einen geraden Stoß nach Atlans Oberarm. Die Klinge des Arkoniden beschrieb mit der Spitze einen wirbelnden Kreis. Diese Kontraparade riß Danton beinahe den Degen aus der Hand. Atlans blitzschnell folgende Battuta, mit aller Härte auf die Klinge des Freifahrers geschlagen, erschütterte sie nochmals so stark, daß Roi Atlans Stoß rechts hoch nicht mehr exakt genug mit einer Sixtparade links abwehren konnte.

Der kostbare Frack zerfetzte über der rechten Schulter des Freifahrers. Roi reagierte jedoch schneller als erwartet. Sein Arretstoß fuhr in Atlans Angriff hinein. Die Klinge fuhr an der Schläfe des Arkoniden entlang und hinterließ einen blutenden Hautriß.

Angriffe und Paraden wechselten in so schneller Folge, daß die wenig sachverständigen Zuschauer kaum die einzelnen Hiebe, Stöße und komplizierten Paraden voneinander unterscheiden konnten.

Roi blutete an der rechten Schulter. Seit wenigen Sekunden wußte er, daß er einem wahren Meister gegenüberstand. Der zehntausendjährige Arkonide suchte mit verblüffender Schnelligkeit und Härte die enge Mensur.

Dr. Aahl-Parut, der Aramediziner, packte wortlos seinen Verbandkasten aus. Das konnte nicht mehr lange gutgehen.

Atlans Bein- und Fußhiebe kamen wie zuckende Blitze. Dazwischen schlug er Figuren aus der Bindung heraus, die in keinem Lehrbuch standen. Roi Danton kämpfte um sein Leben.

Ein zweiter Treffer schnitt seine rechte Wade auf. Der blütenweiße Seidenstrumpf färbte sich rot. Atlan führte den spanischen Raufdegen oftmals wie einen leichten Säbel. Wenn sich Roi einigermaßen auf die Hiebe eingestellt hatte, folgten einfache und Doppelfinten mit anschließenden Stößen auf alle Partien des Körpers.

Roi hatte es nur seiner schnellen Fußarbeit zu verdanken, daß er nicht längst schwerer getroffen oder wenigstens entwaffnet war.

Er wich zurück, suchte erneut die weite Distanz und schaffte sich somit etwas Luft.

Trotzdem verlor er sein Lächeln nicht.

„Ausgezeichnet, Sire. Ich bin glücklich, einen würdigen Gegner gefunden zu haben. Ihre Prim-Einladung ist etwas zu durchsichtig."

Rhodan sah auf die Uhr. Er hatte sich entschlossen, das Duell nach spätestens einer weiteren Minute abzubrechen.

8.

Niemand auf Rubin ahnte, daß ein ungeheures Gebilde in Rois System eingeflogen war. Die sonst stets wachsamen Ortungsfunker der neunzehn Einheiten waren so nachlässig wie noch nie.

Als der Riesenkörper noch außerhalb der achten Planetenbahn erschien und erneut seine Flugeinheiten zur Erkundung ausschickte, waren über den Binnenmeeren des dritten Planeten die Explosionspilze der leichten Kernladungen bereits verweht. Auf der Ebene vor dem Gebirge tobte jedoch ein Gefecht, dessen Harmlosigkeit nicht ohne weiteres erkannt werden konnte.

Vom Raum aus gesehen, erweckte es den Anschein, als bekämpften sich zwei Gruppen menschlicher Wesen bis zum letzten Blutstropfen.

Die pausenlosen Energieentladungen aus den Schockstrahlern der fast viertausend Männer wurden von den Tastern der Erkundungsschiffe registriert. Eine Meldung ging an die mit halber Lichtgeschwindigkeit näherkommende Trägereinheit, in der sofort die vom Koordinator befürchtete Unruhe ausbrach.

Diesmal nützten seine beruhigenden Impulse nichts mehr. Das Kommandoorgan der sechsten Sektion, offenbar am labilsten unter allen noch gesunden Kommandeuren, näherte sich dem Irrsinn.

Auf der dritten Welt dieses Systems, das so nahe dem Sektor Morgenrot stand, kämpften Menschen gegen Menschen!

Kleine Landungsfahrzeuge wurden von kreisenden Wachschiffen ausgeschleust. Bewaffnete Terraner eilten aus den Schleusen der sofort zurückfliegenden Boote und stürmten feuernd auf andere Menschen zu, die sich hinter Felsmassen verborgenhielten und auf die Angreifer schossen.

Diese Nachrichten genügten vollauf, um sogar den Koordinator wanken zu lassen.

„Ich greife an", schrie das sechste Kontrollorgan. „Der Notstand ist, wie erwartet, eingetreten. Das Chaos herrscht. Es gibt keine Menschheit mehr, sondern nur noch Splittergruppen, die sich untereinander bekämpfen. Wir haben für die Erhaltung der großen Waffe zu sorgen. Ich greife an."

Zwischen den Rufen des sechsten Kommandeurs klang das fürchterliche Heulen der außer Kontrolle geratenen Sektionen Drei und Vier auf.

Als die Erkunder zurückkehrten und die Positroniken rechnerisch feststellten, der Notstandsfall SAS sei eingetreten, schloß auch der Koordinator kurz.

Er hielt die Menschheit für verloren. Also hatte er laut Anweisung des Meisters *dafür zu sorgen, daß revoltierende Guerillabanden beseitigt und wenigstens ein Sonnensystem mit mindestens* einem *Sauerstoffplaneten abgeriegelt und für eventuell erscheinende Restgruppen der regulären Flotte sichergestellt wurde.*

Uralte Befehle, positronische Logikauswertungen, die an Hand der Ergebnisse zu keinen anderen Ergebnissen kommen konnten, und die plötzlich unter den Kontrollorganen ausbrechende Panik ließen die ohnehin schwankende Ordnung zusammenbrechen.

Der Koordinator öffnete den Lösungskontakt für die sechste Sektion. Die riesige Plattform fiel von dem Trägerkörper ab und nahm mit ihren autarken Triebwerken Fahrt auf.

Der Kommandeur schrie nur noch. Seine Impulse, die jetzt nach der erfolgten Abtrennung absolute Befehlsgewalt besaßen, aktivierten die positronischen Robotpiloten von achthundertvierzig Großraumschiffen, die Stück für Stück einem terranischen Ultrariesen der Galaxisklasse glichen.

Die achthundertvierzig Giganten nahmen Fahrt auf, gingen kurzfristig in den Linearraum und tauchten nur eine Minute später über Rubin auf.

Nochmalige Auswertungen ergaben, daß sich zwei Terraner mit primitiven Hiebwaffen Wunden schlugen. Die wahren Geschehnisse wurden nicht durchschaut.

Der solare Schlachtkreuzer BLACK HILLS, Kommandant Oberst Don Redhorse, brach plötzlich aus dem Linearraum hervor. Es war das zwanzigste Schiff, das in Rois System erschien.

Don Redhorse, ehemals Major und Flotillenchef auf der alten CREST III, hatte schon vor Jahren ein eigenes Kommando erhalten. Sein Schlachtkreuzer gehörte zu den modernsten Einheiten der Flotte.

Ganz im Gegensatz zu den Besatzungsmitgliedern der über Rubin kreisenden neunzehn Raumschiffe, zu denen auch die IMPERATOR gestoßen war, hatte die Mannschaft der BLACK HILLS keine Gelegenheit gefunden, die Ereignisse auf Rubin so fasziniert zu beobachten, daß die allgemeingültigen Sicherheitsvorkehrungen vernachlässigt worden waren.

Die Ortungsstation des heranrasenden Schlachtkreuzers erfaßte den fremdartigen Plattformkörper innerhalb weniger Sekunden. Sofort darauf wurden achthundertvierzig Gigantraumschiffe ausgemacht, die in geschlossener Formation der Plattform vorauseilten und eindeutig den dritten Planeten anflogen.

Don Redhorse traute seinen Augen nicht. Schlief man an Bord der neunzehn Einheiten?

Redhorse entschloß sich unverzüglich zu einem Hyperfunkspruch. Er verwendete den Alarmkode höchster Dringlichkeitsstufe.

Die Funker der IMPERATOR wurden zuerst auf das wilde Geschrei aufmerksam. Sie kehrten auf ihre Stationen zurück, und da erkannten sie das Gesicht eines maßlos erregten terranischen Obersten auf den Bildschirmen.

„Alarm", schrie Redhorse außer sich. „Ist da drüben jedermann verrückt geworden? Sie werden von achthundertvierzig Großkampfschiffen der Galaxisklasse angeflogen. Ihnen folgt eine ungeheuer große Plattform, die fast den kosmischen Werften der Paddler gleicht, die wir in Andromeda kennengelernt haben. Geben Sie Vollalarm. Wo ist Rhodan? Wo ist Atlan? Hier spricht Oberst Don Redhorse, Schlachtkreuzer BLACK HILLS. Meine Fernortung stellt einen weiteren Körper an den Grenzen des Systems fest. Genaue Daten bekomme ich aber nicht herein. Zum Teufel, nun rühren Sie sich endlich. Verschwinden Sie von Ihren gefährlichen Kreisbahnen. Was ist denn bei Ihnen los?"

Major Wai Tong, Chef der Funkzentrale auf der CREST IV, wurde schlagartig munter.

Er drückte auf die Alarmknöpfe. In der CREST IV begannen die Sirenen zu heulen. Als auch noch die Lärmpfeifen mit ihrem nervenzermürbenden Schrillen einfielen, erwachten die Terraner aus dem Bann. Sie rannten zu ihren Gefechtsstationen.

Auf Rubin sprach Rhodans Kommandogerät an.

Ehe Perry die Sachlage erfaßte, ehe man ihm mitteilen konnte, was man durch Don Redhorse selbst nur andeutungsweise und reichlich unklar wußte, kam es zu einem Ereignis, das den Kommandeur der sechsten Sektion um den Rest seiner Vernunft brachte.

Die Geschützmündungen der BLACK HILLS flammten auf. Vor dem halbkreisförmig anfliegenden Großverband explodierten drei Transformbomben in blendender Sonnenglut.

Don Redhorse hatte nach interkosmischen Gepflogenheiten einige Warnschüsse abgesetzt, nachdem die Fremden auf sofort abgestrahlte Funksprüche nicht reagiert hatten.

Diese Schüsse „vor den Bug" wurden nicht nur vom Chef der sechsten Sektion, sondern auch von den automatischen Ortern seiner achthundertvierzig Großkampfschiffe mißverstanden. Funkmeldungen gingen an den Koordinator ab. Von da an gab es für ihn keinen Zweifel mehr, daß revoltierende Guerillas die Schiffe seiner sechsten Sektion angriffen.

Während das Steuerorgan dieser Plattform zu rasen begann, klinkte der Koordinator zusätzlich zwei weitere Sektionen aus, darunter versehentlich eine Einheit, die schon lange nicht mehr gesund war.

Sektion Neun ging sofort in den Linearraum und tauchte kurz darauf vor Rubin in das Normaluniversum zurück. Die kranke Sektion schlingerte mit steigender Fahrt auf den dritten Planeten zu. Das Linearmanöver mißlang.

Alle diese Vorgänge und ihre Ursachen blieben Don Redhorse entweder ganz verborgen, oder sie blieben rätselhaft.

Es dauerte fünf Minuten, bis die sonst so reaktionsschnellen Terrabesatzungen gefechtsklar waren und ihre Funkanrufe einstellten. Die rasch näherkommenden Ultrariesen antworteten nicht.

Auf Rubin wurde das Duell unterbrochen.

Atlan und Roi sprangen zu Rhodans Befehlspanzer hinüber, aus dessen weitreichenden Hyperkomgeräten die unglaublichsten Nachrichten drangen.

„Alarmstart“, schrie Rhodan in das Mikrophon. „Sofort Fahrt aufnehmen und verschwinden. Oberst Akran, Sie übernehmen als Flaggschiffkommandant den Befehl über den Verband; auch über die IMPERATOR. Setzen Sie sich ab und stellen Sie aus genügender Sicherheitsentfernung fest, wer da eigentlich ankommt. Redhorse, haben Sie die Schiffe noch in Ihren Tastern?“

„Ja, Sir. Das sind einwandfrei Ultraschiffe der Galaxisklasse!“

„Sie sind ja verrückt!“ stöhnte Rhodan. „So viele Ultraraumer gibt es in der gesamten Flotte nicht.“

„Meine Geräte sind unbestechlich. Ich habe mich mit einem Kurzmanöver herangeschoben. *Das sind* moderne Multitypen der Galaxisklasse! Kugelform, typischer Triebwerkswulst in Äquatorhöhe, Zellendurchmesser zweieinhalbtausend Meter, Geschütztürme außenbords, enormes Energieecho. Jetzt schalten sie auch noch grüne HÜ-Schirme ein! So glauben Sie mir doch. Wir haben sie ja schon in der optischen Erfassung. Die Energieauswertung stimmt einwandfrei.

Dort drüben laufen schwere Impulstriebwerke und Fusionskraftwerke, wie sie auch auf der CREST zu finden sind."

„Don, machen Sie mich nicht wahnsinnig!" sagte Rhodan leichenblaß. „Das kann es nicht geben!"

„Die Schiffe eröffnen das Feuer", schrie der Cheyenne. Seine Stimme überschlug sich. „Sie schießen mit schweren Transformkalibern auf unsere Einheiten. Sir ...!"

Rhodan sah sich in völliger Hilflosigkeit um. Atlans Gesicht glich einer Maske, und Roi Danton hatte seine Rolle als Stutzer endgültig aufgegeben. Rhodan bemerkte kalte Augen und den konzentrierten Gesichtsausdruck.

„Das – das ist unmöglich!!!" stammelte Perry. „Sagen Sie doch etwas! Das gibt es nicht! So viele Ultrariesen haben wir nicht gebaut!"

Ein blendender Feuerschein zuckte aus dem dämmrigen Himmel auf das weite Land hinab. Rubins Sonne war inzwischen fast untergegangen. Die Nacht brach an. Die Funkverbindung mit Redhorse und den Kommandanten des mit Notleistung fliegenden Verbandes war abgebrochen.

Weit draußen im Raum waren schon vor einiger Zeit künstliche Sonnen aufgegangen. Ihr Licht erreichte jetzt erst die Augen der geblendet nach oben starrenden Männer.

Sie kniffen die Augen zusammen, hielten die Hände schützend davor und senkten schließlich schmerzgequält den Blick.

Über Rubins Nachthalbkugel brach erneut der Tag an; aber es war ein grauenvoller Tag.

Im Hyperkomgerät des Panzers vernahm man nur noch helles Knattern und zahllose Rufe. Hier und da blähte sich die blendende Feuerwand plötzlich auf und entließ flammende Gaszungen, die wie Eruptionen eines Sternes wirkten.

„Gigafeuer, Abschüsse, Totalverluste", stöhnte Rhodan und umklammerte Rois Arm. „Mein Gott, wer greift uns da an? Unsere Schiffe explodieren! Die Gaszungen entstehen durch die reagierende Munition. Ich – ich verstehe nicht ...!"

Atlan und Danton wechselten einen Blick. Da sagte der Arkonide laut und deutlich:

„Monsieur Danton – Sie sind Eigentümer und Kommandant der FRANCIS DRAKE, dem einzigen Raumschiff, das sich noch auf

Rubin befindet. Was schlagen Sie vor? Wir fügen uns Ihren Anweisungen. Können Sie einen Start riskieren?“

Danton starrte blinzelnd nach oben. Fast viertausend Männer, dreitausend Landungsspezialisten und neunhundert Freifahrer, drängten sich eng zusammen.

Roi entschied sich innerhalb weniger Sekunden. Seine Stimme war nicht zu überhören:

„Hims, öffnen Sie sämtliche Mannschleusen und Laderäume. Wir gehen an Bord. Falls man uns angreifen sollte, sind wir nirgends sicherer als im Schiff. Technische Besatzung zuerst einsteigen. Kraftstationen anlaufen lassen, klar bei Abwehrschirmen. Beeilen Sie sich, aber bewahren Sie die Ordnung. Alle Terraner steigen durch die großen Ladeschleusen ein. Springen Sie einfach in die Antigravfelder und stoßen Sie sich ab.“

Die Freifahrer der technischen Besatzung rannten schon. Sie verschwanden in den Luken, als draußen im Raum neue Sonnen aufleuchteten.

Die Männer konnten nur vermuten, was dort oben geschah. Beim ersten Feuerschlag der fremden Schiffe waren vier terranische Kreuzer explodiert. Die zweite Salve vernichtete einen Schlachtkreuzer und einen Schweren Kreuzer. Dei dritte Salve hüllte das neue Ultraschlachtschiff RASMUS in ein Meer aus atomaren Gluten, die von etwa fünfzig gleichzeitig explodierenden und exakt gezielten Gigaladungen aus schweren Transformgeschützen erzeugt wurden.

Der Hochenergie-Überladungsschirm hielt diesen Gewalten nur einen Augenblick stand.

Ehe er zusammenbrach, wurde der Schiffsriese aus dem Kurs gerissen. Dann griffen die Gluten auf die plötzlich ungeschützten Zellenwandungen über.

Die meterstarke Außenpanzerung aus Terkonitstahl begann zu glühen, wölbte sich auf und zerplatzte unter dem inneren Überdruck.

Die Totalvernichtung folgte augenblicklich. Der Untergang der zu einer riesigen Bombe werdenden RASMUS erschütterte sogar den weit entfernten Planeten Rubin.

Die ungeheure Gasausdehnung erreichte die obersten Schichten der Atmosphäre und brachte sie zum Aufglühen. Keilförmige

Druckwellen schlugen bis zur Oberfläche durch, rissen die dichteren Luftschichten auf und erzeugten einen Orkan ungeahnten Ausmaßes.

Der Himmel lohte in violettem Feuer.

Roi Danton warf sich zu Boden und riß Rhodan mit sich. Er wälzte sich auf die zuckenden Schultern des fassungslosen Mannes, drückte Perrys Gesicht gegen das Gelände und umklammerte mit seinen Schnallenschuhen einen hervorstehenden Bolzen des Landetellers VIII.

Als die Druckwelle die FRANCIS DRAKE erreichte, geschah es mit der Gewalt eines Taifuns. Die Soldaten wurden über den Boden gewirbelt und verschwanden irgendwo in den Staub- und Sandwolken. Die Besinnungslosen konnten überhaupt keinen Widerstand leisten. Sie wurden gegen die mächtigen Landebeine des Raumschiffes geschmettert, zu der großen Geröllhalde hinübergeweht und von niederstürzenden Gesteinsmassen begraben.

Auf Rubin gab es die ersten Toten und Schwerverletzten, obwohl auf dem Planeten selbst kein Schuß gefallen war. Hätte die explodierte RASMUS noch auf der alten Kreisbahn gestanden, wäre Rubin zerrissen worden.

Roi klammerte sich mit erstaunlichen Kräften an dem Bolzen fest. Das Stöhnen des hochgewachsenen Mannes wurde von Rhodan mehr instinktiv als mit dem Gehör erfaßt. In diesen Augenblicken gewann der Großadministrator den klaren Verstand zurück. Seine Hilflosigkeit schwand.

Seine Hände glitten nach vorn und krallten sich um den Tellerbolzen. Rois Beinmuskulatur wurde sofort entlastet. Die Gegner von gestern sahen gemeinsam dem Tod ins Auge. Sie besiegten ihn auch gemeinsam.

Als der Orkan nachließ, richteten sie sich gleichzeitig auf. Die überwiegende Anzahl der Soldaten und Freifahrer war verschwunden. Es dauerte einige Zeit, bis sich die ersten Körper aus den dichten Staubwolken herausschälten und auf die offenstehenden Luken zutaumelten.

Roi Danton, Atlan und Rhodan organisierten mit tragbaren Funksprechgeräten die Bergung der Verletzten und Toten.

Draußen im Raum vollendeten die angreifenden Riesenschiffe der sechsten Sektion ihr Vernichtungswerk. Die RASMUS hatte noch drei andere Terraschiffe mit ins Verderben gerissen. Von dem Verband waren nur neun Einheiten entkommen, darunter die CREST IV und die IMPERATOR III.

Don Redhorse stand mit seinem Schlachtkreuzer im Rotsektor der Kampflinie.

Die Ortungsfunker der BLACK HILLS waren erneut die ersten Männer in Rois System, die das Auftauchen einer zweiten Plattform beobachteten.

Sie sahen auch, daß sich in den zehn Kilometer hohen Seitenwandungen unzählbare Schotte öffneten, aus denen Ultraschlachtschiff auf Ultraschlachtschiff herausperlte.

Ein großer Teil der quadratischen Plattform, die lediglich an einer Seite eine keilförmige Verjüngung mit deutlich erkennbaren Triebwerksdüsen besaß, schien als Großschiffshangar ausgebildet zu sein.

Weitere achthundertvierzig Kugelriesen, die sich wiederum bis ins kleinste glichen, nahmen mit hohen Werten Fahrt auf und verstärkten die ohnehin schon gigantische Front der zuerst erschienenen Raumer.

Von da an berichtete Don Redhorse ganz nüchtern und sachlich. Er hatte es aufgegeben, über die Herkunft der monströsen Gebilde und ihre ausgeschleusten Waffenträger nachzugrübeln.

„Kommandant Schlachtkreuzer BLACK HILLS, Oberst Don Redhorse, an Rhodan, Atlan und alle überlebenden Kommandanten: Ich stehe Steuerbord querab mit sieben Grad Überhöhung und etwas zurückversetzt beim unbekannten Flottenverband. Soeben ist eine weitere Trägerplattform aus dem Linearraum gekommen. Sie schleuste ebenso wie die zuerst gesichtete Insel achthundertvierzig Großkampfschiffe aus. Auch diese Schiffe gleichen unserer Galaxisklasse. Die Plattformkonstruktion ist mir dagegen fremd. Von Rubin ist von hier aus wegen der Feuerwand kaum noch etwas zu sehen. Die Fremdschiffe fliegen ein hartes Ausweichmanöver, um nicht in ihre eigene Gigazone einzudringen. Soeben kommen die ersten Meßdaten herein. Die Plattform, wohl eine Art Mutterschiff, ist quadratisch mit einer Seitenlänge von genau fünfzig Kilometer. Die Stärke beträgt zehn Kilometer. Nur eine Schmalseite läuft etwas keilförmig zu. Dort bemerken wir die Düsenbündel überschwerer Impulswerke. Die Mutterschiffe sind demnach autarke Einheiten, die, den Beobachtungen gemäß, auch den Linearraum bezwingen können. Auf der Oberfläche der zuletzt erschienene Landeinsel bemerken wir in den Randzonen zahlreiche Bauwerke und technische Einrichtungen. Der Körper ist eine Energiesender ersten Ranges. Er muß über riesige Maschinenanlagen verfügen. Soeben kommen die letzten Ultraschlachtschiffe aus seinen Schmalseiten hervor und gehen mit hoher Beschleunigung auf Kurs. Weder das Mutterschiff noch die Raumer antworten auf meine Funkanrufe und Identifizierungssymbole. Es ist für uns aussichtslos, diese Flotte anzugreifen. Sie besteht ausschließlich aus Ultraschlachtschiffen. Sie umfliegen die Feuerzone und schwenken auf eine sehr weite Kreisbahn ein. Anfrage an Kommandant CREST IV: Wo ist Perry Rhodan?"

Oberst Merlin Akran meldete sich sofort. Er hatte das Flaggschiff einigermaßen wohlbehalten aus dem Feuer herausmanövriert.

„CREST an BLACK HILLS: Perry Rhodan befindet sich mit Atlan und dreitausend Mann Landungstruppen auf Rubin. Dazu kommen noch etwa neunhundert Freifahrer unter Roi Danton. Dantons Frachter, die FRANCIS DRAKE, war bis zum Erscheinen der unbekannten Schiffe tadellos in Ordnung und wahrscheinlich auch startklar. Es ist anzunehmen, daß sich unsere Männer auf den Frachter zurückziehen, um mit ihm den Durchbruch zu versuchen. Die Landungsboote sind nach Erfüllung ihrer Aufgabe zurückbeordert worden."

Don Redhorse beging einen verhängnisvollen Fehler in seinen Überlegungen.

Redhorse, der erfahrene Frontoffizier, hatte nur „Frachter" verstanden. Man hatte ihm nicht mitgeteilt, daß Dantons Schiff wahrscheinlich besser bewaffnet war als sein moderner Schlachtkreuzer. Also nahm Redhorse an, sein höchster Chef und der Oberbefehlshaber der USO, Atlan, seien zusammen mit dreitausend Mann auf die dünnwandige Zelle eines Handelsraumschiffes angewiesen, das schon bei einem mittelstarken Thermotreffer wie eine Seifenblase zerplatzen mußte.

Es war Dons Unglück, daß Rhodan in diesen Augenblicken auf dem Boden einer fremden Welt lag und einen tobenden Orkan über sich hinwegrasen lassen mußte. Auch auf der FRANCIS DRAKE hatte man Redhorses Bericht nicht gehört. Die Techniker hatten jetzt andere Dinge zu tun, als in den Raum zu lauschen.

Als Redhorse den Entschluß faßte, Rhodan unter allen Umständen aus dieser Hölle herauszuholen, richtete sich dieser soeben vom Boden auf. Das folgende Hyperkomgespräch mit der CREST IV wurde auf der FRANCIS DRAKE ebenfalls nicht aufgenommen.

„Redhorse an Kommandant Flaggschiff: Meine BLACK HILLS ist voll gefechtsklar. Außerdem stehe ich in einer günstigen Durchbruchposition. Ich durchfliege die Ausläufer der Gigawolke und lande auf Rubin. Wo ist der Frachter zu finden? Geben Sie mir geographische Daten."

Redhorse erhielt sie. Die Automatpeiler spielten sich auf Länge und Breite ein. Außerdem wurden dem Cheyenne noch Gruppenbilder übermittelt.

„Viel Glück", gab Merlin Akran durch. „Sie müssen es schaffen. Ich traue diesem Roi Danton viel zu; aber der Durchbruch in den freien Raum wird ihm mit seinem Schiff nicht gelingen. Nehmen Sie ihn und seine Männer mit. Er hat die Überlebenden der KOBE geborgen. Wir können Ihnen keine wirksame Hilfe leisten. Meine restlichen neun Schiffe sind alle mehr oder weniger schwer beschädigt. Wenn es ganz heiß wird, geben wir Ihnen Deckungsfeuer über Ferndistanz."

„Verstanden. Ich melde mich ab."

Die BLACK HILLS nahm Fahrt auf. Mit hochgespannten Abwehrschirmen raste Oberst Don Redhorse auf die schwach nachleuchtenden Ausläufer der gigantischen Explosionskette zu. Er wußte, was er seinem modernen Schlachtkreuzer zutrauen konnte. Außerdem war er nicht der Mann, der vor Schwierigkeiten kapitulierte.

9.

Jenseits der achten Planetenbahn von Rois System wurden dem Koordinator die letzten positronischen Rechenergebnisse und Logikauswertungen zugeleitet.

Da die Bezugsdaten falsch waren, war alles falsch. Dem Koordinator wurde dringend geraten, die große Trägereinheit über dem entdeckten

Sauerstoffplaneten zu stationieren und das gesamte System laut Katastrophenplan STOP AND SEE abzuriegeln.

Somit könne der Wunsch des Meisters verwirklicht werden. Die allem Anschein nach aufgesplitterte Menschheit könne das Geschenk erst dann in Empfang nehmen, wenn es gelungen sei, autorisierte Persönlichkeiten oder reguläre Flotteneinheiten zu finden.

Ferner riet die Positronik, den Stopbefehl so lange aufrechtzuerhalten, bis Fernerkunder festgestellt hätten, ob die Erde noch existierte oder nicht.

Der Koordinator sah darin einen Ausweg. Er wagte es, an einen eventuellen Irrtum zu denken. Dies teilte er den Kommandeuren jedoch nicht mit.

Die Berichte der ausgeklinkten Kampfsektionen lauteten günstig. Die wenigen Guerillaschiffe waren in die Flucht geschlagen oder vernichtet worden.

Der Koordinator beschloß, mit halber Lichtgeschwindigkeit weiterzufliegen und auf ein kompliziertes Linearmanöver zu verzichten. Die beiden Kampfsektionen über dem Sauerstoffplaneten reichten aus, um dort Ordnung zu schaffen.

Die versehentlich ausgeklinkte Sektion mit dem erkrankten Steuerorgan wurde ständig zur Rückkehr aufgefordert. Sie störte sich nicht daran, sondern schlingerte weiter auf das Ziel zu. Dort würde man sie wohl wieder aufnehmen können.

Die strahlenden Kunstsonnen waren blasser geworden. Es wurde wieder dunkel.

Roi Danton, Rhodan, Atlan und die anderen Offiziere bemühten sich immer noch um die Bergung der Verletzten und Gefallenen. In der FRANCIS DRAKE liefen Maschinen, deren machtvolles Arbeitsgeräusch Perry Rhodan aufhorchen ließ.

Roi hatte die Ereignisse bereits geistig und körperlich überwunden. Hier und da brach sein zweites Ich durch.

Er stand in der Zentrale seines Schiffes und beobachtete die Bildschirme. Die Ortungsstation war dreifach besetzt. Terraner saßen neben Freihändlern und verfolgten die Anzeige.

Die Bergungskommandos fuhren mit Rhodans Kommandopanzer

und Prallfeldgleitern des Frachters über das weite Land und suchten nach Vermißten.

Atlan erschien in der Zentrale. Die Wunde an seiner Schläfe hatte sich geschlossen. Rois Verletzungen waren in aller Eile behandelt worden.

Er begrüßte den Lordadmiral mit einem Wink. Sekundenlang schaute er dem Arkoniden in die Augen.

„Den Ausgang unseres Duells hatte ich mir anders gedacht. Haben Sie eine Idee, woher diese Schiffe kommen? Wer baute sie? Wer befehligt sie? Warum greifen sie an? Wenn ich mir vorstelle, daß da oben zirka siebzehnhundert Riesen vom Typ der Galaxisklasse kreisen, wird mir fast übel."

„Nanu, Sie können ja auch vernünftig sprechen!"

Roi zeigte sofort sein blasiertes Gesicht.

„Pardon, Sire, ich habe mich vergessen. Wo ist Ihr Freund?"

„In der Bodenschleuse. Wir geben in fünf Minuten die Suche auf. Die drei fehlenden Männer werden wir unter den gegenwärtigen Umständen wohl kaum finden."

In der Funkzentrale wurde es laut. Roi fuhr herum. Ein Freifahrer rief ihm durch die offene Schleusentür zu:

„Da stimmt etwas nicht. Wir empfangen Gesprächsfetzen zwischen einem Oberst Redhorse, oder so ähnlich, und der CREST."

„Don Redhorse", verbesserte Atlan. „Was gibt es?"

„Es hört sich so an, als würde er Rubin anfliegen. Er muß schon die Linien der Fremdschiffe durchbrochen haben. Er will anscheinend die Terraner abholen."

Atlan wurde blaß. Rhodan betrat soeben die Zentrale. Er hatte die letzten Worte gehört.

Sofort sprang er zum Funkraum hinüber und rief laut nach Redhorse.

„Don, Rhodan spricht. Unterlassen Sie den Unfug. Sie kommen nicht durch. Don Redhorse – hören Sie mich? Hallo, BLACK HILLS, antworten Sie! Don . . .!"

Die Antwort war ein blendender Feuerschein, der wie ein Blitz auf den Bildschirmen aufzuckte. Rhodan legte das Mikrophon zur Seite. Mit hängenden Schultern schritt er in die Zentrale zurück.

Die BLACK HILLS antwortete nicht mehr.

Redhorse war es gelungen, die noch nicht fugenlos formierten Sperrlinien der unbekannten Einheiten mit halber Lichtgeschwindigkeit zu durchbrechen. Er hatte Manöver geflogen, die sein Schiff bis zur Zerreißprobe belasteten.

Die hohe Fahrt bewirkte eine Treffungenauigkeit, die Redhorse ausreichend erschien.

Daß sie das nicht war, bemerkte er, als die vorjustierte Selbstlenkautomatik mit vollen Schubwerten zu bremsen begann. Die BLACK HILLS mußte wohl oder übel ihre Fahrt aufheben, wenn sie in die dichte Lufthülle des Planeten eintauchen wollte.

Während der Bremsperiode, die wegen der Sekundenbruchteile, auf die es bei einem so gewagten Manöver ankam, nur von einer Automatik durchgeführt werden konnte, lag der Schlachtkreuzer für etwa zweiunddreißig Sekunden auf einem konstanten Kurs.

Diese zweiunddreißig Sekunden genügten den leistungsfähigen Steuergehirnen der Fremdschiffe. Sie maßen den Terraner an, ermittelten seine Fahrt, den Bremsschub und die Geschwindigkeit, die er nach achtundzwanzig Sekunden haben mußte.

Daraus ließ sich sehr genau berechnen, an welchem Punkt das Schiff nach Ablauf der achtundzwanzig Sekunden stehen mußte. Dieser Punkt wurde augenblicklich unter Beschuß genommen.

Dons Automatik brauchte vier bis fünf Sekunden zuviel Zeit.

Die Männer der Zentralebesatzung sahen noch die blauweißen Atomsonnen materialisierender und sofort reagierender Gigabomben vor sich aufblitzen. Im nächsten Augenblick raste die BLACK HILLS in die Glutbälle hinein.

Ihr grüner HÜ-Schirm brach zusammen. Die Außenpanzerung glühte auf. Trotzdem hatte Don Redhorse Glück im Unglück. Er war mit seinem Schlachtkreuzer gerade noch durch eine Lücke zwischen zwei Energiebällen geschlüpft, ehe sich die beiden expandierenden Kunstsonnen vereinten.

Die BLACK HILLS, vor einer Sekunde noch ein kampfkräftiges Schiff, stürzte ab. Sie dröhnte weißglühend in die oberen Luftschichten Rubins hinein – und da geschah das zweite Wunder!

Einige Ringwulsttriebwerke arbeiteten noch. Die Antigravitationsanlage war ebenfalls nicht ausgefallen.

Die Aggregate liefen mit höchster Notleistung, die aber nicht mehr ausreichte, den Sturz des fünfhundert Meter durchmessenden Körpers aus Stahl und Kunststoffen auf Landegeschwindigkeit zu drosseln.

Der Boden kam rasend schnell näher. Draußen heulten die verdrängten Luftmassen am Rumpf entlang und erhitzten ihn noch mehr. Don Redhorse schloß mit dem Leben ab.

Auf der FRANCIS DRAKE wurde der Absturz beobachtet. Ein leuchtender Ball raste durch die Nacht, verschwand hinter dem Horizont und wurde nicht mehr gesehen.

Erst Minuten später pfiff eine schon stark abgeschwächte Druckwelle über das Handelsschiff hinweg. Das war alles, was man noch feststellen konnte.

Roi Danton erfaßte in diesen Sekunden aber noch etwas. Er stellte instinktiv fest, daß seine Chance gekommen war. Die Fernortung wies aus, daß etwa hundert Großkampfschiffe des unbekannten Gegners auf den Punkt zuglitten, wo Redhorse die Linie durchbrochen hatte. Dadurch wurde ein anderer Sektor vorübergehend von Wachschiffen entblößt.

Rhodan und Atlan wurden vom Aufbrüllen der Triebwerke völlig überrascht. Die FRANCIS DRAKE wurde von Roi und Rasto Hims in Manuellsteuerung geflogen. Sie raste mit Halbschub los. Vier Sekunden später hatte sie bereits die dünnen Luftschichten erreicht.

Roi schaltete schnell und sicher. Die in den Laderäumen zusammengedrängten Terraner lauschten atemlos auf das Donnern der Maschinen. Die Spezialisten unter ihnen stellten alleine nach dem Gehör fest, daß diese Aggregate eine Schubleistung entwickelten, die für einen Handelsfahrer äußerst ungewöhnlich war.

Die FRANCIS DRAKE beschleunigte mit den Werten eines modernen Schlachtkreuzers. Rhodan erkannte verblüfft, daß Danton mit genau 700 Kilometer pro Sekundenquadrat in den Raum raste.

Der Planet fiel mit enormer Schnelligkeit unter dem großen Schiff hinweg. Atlan setzte sich schleunigst in den nächsten Kontursitz und legte die Sicherheitsgurte an. Er ahnte, was der Besatzung noch bevorstand.

Rhodan folgte seinem Beispiel. Er schrie Atlan fassugnslos zu:

„Es sollte mich nicht wundern, wenn der verwegene Bursche einen Feuerzauber entfacht wie ein Raumer der Imperiumsklasse. Das ist ja unerhört!“

„Ich würde an deiner Stelle froh sein, mit heiler Haut von Rubin zu entkommen. Wenn Roi noch zehn Minuten länger gewartet hätte, wäre der Durchbruch nicht mehr gelungen.“

Kommandos kamen über die Lautsprecher. Rhodan beobachtete die Reaktion der Freifahrer. Da wurde er erneut überrascht.

Diese verwildert aussehenden Männer bildeten eine Elitebesatzung. Sie befolgten die Anweisungen ungeheuer schnell und genau, und sie korrigierten nach eigenem Ermessen, wenn sie geringfügige Fehlerquellen erkannten.

Ein maßloses Aufheulen dicht unter der Zentrale ließ Rhodan die Handflächen gegen die Ohren pressen. Dort wurden Kraftwerke auf Maximalleistung hochgefahren. Atlan brachte es fertig, in dieser Situation zu lachen.

Das Lachen verging ihm, als auf den großen Zentralebildschirmen plötzlich ein tiefgrünes Wabern erkennbar wurde.

„Ein HÜ-Schirm!“ staunte der Lordadmiral. Diesmal lachte Rhodan auf; aber es war ein verzweifeltes Lachen.

Er dachte daran, wie viele Freifahrer wohl mit den geheimsten Waffen der Menschheit ausgerüstet sein mochten.

Den größten Schock erhielten die beiden Flottenbefehlshaber und Staatsmänner, als Roi Danton seine nächsten Befehle gab.

Die Waffenleitzentrale des großen Freifahrerschiffes war innerhalb der Mittelkugel eingebaut worden. Rhodan und Atlan konnten die Leuchtanzeigen sehr gut sehen.

Ein kleiner, dürrer Bursche ließ seine Finger mit artistischer Gewandtheit über die Schaltknöpfe der Feuerorgel huschen.

Im nächsten Augenblick verwandelte sich die äußerlich so harmlose FRANCIS DRAKE in ein feuerspeiendes Ungeheuer, das aus wenigstens zehn hochmodernen Transformkanonen Fusionsgeschosse mit einem Energiegehalt von etwa tausend Gigatonnen TNT pro Einheit abstrahlte.

Das wäre nicht besonders bemerkenswert gewesen, wenn Rhodan nicht auf speziellen Beobachtungsschirmen hätte sehen können, daß der Ladevorgang vollautomatisch und mit ungewohnter Schnelligkeit erfolgte. Er erblickte eine energetische Geschoßzuführung, die mindestens dreimal so schnell arbeitete wie die mechanischen Einrichtungen auf terranischen Schiffen.

Atlan sagte nichts mehr. Es wäre in diesem Inferno auch zwecklos gewesen.

Rechts und links der davonrasenden FRANCIS DRAKE entstand je eine Kette aus miteinander verschmelzenden Atomsonnen riesigen Ausmaßes. Roi jagte mit unverminderter Schubleistung durch diesen künstlich geschaffenen Energiekorridor hindurch und wagte es sogar, auf seinem voraussichtlichen Kurs einige Feuerbälle aufleuchten zu lassen.

Die Transformsalven der fremden Schiffsriesen lagen ungenau. Der tiefgrüne HÜ-Schirm wies die auftreffenden Randenergien ohne besondere Belastungserscheinungen ab.

Dann wuchs die violette Feuerwand, die Danton selbst erzeugt hatte, immer mächtiger vor dem Schiff auf.

„Roi . . .!“ schrie Rhodan entsetzt.

Ehe er die Augen schließen konnte, ging der sogenannte Frachter in den Linearraum und ließ alles hinter sich, was ihm gefährlich werden konnte.

Das fürchterliche Tosen verstummte. Die Waffen wurden mit ihren Kuppeln eingefahren, der HÜ-Schirm erlosch.

Rhodan und Atlan stocherten mit den kleinen Fingern in den strapazierten Ohren herum, bis die FRANCIS DRAKE nach kurzem Linearflug in den Einsteinraum zurückkehrte. Die gelbrote Sonne von Rois System war nur noch in der Größe eines Tennisballes zu sehen.

Rhodan wollte etwas sagen, doch da begannen die Triebwerke schon wieder zu tosen. Danton rückte lächelnd seine zerzauste Perükke zurecht. Bei der Gelegenheit bemerkte Atlan, daß der Freifahrerkönig die darin eingebauten Geräuschdämpfer über die Ohren streifte.

Nochmals zehn Minuten später hatte der Frachter seine Eintauchfahrt aufgehoben. Er glitt mit geringer Restgeschwindigkeit aus dem Sonnensystem hinaus.

Roi Danton löste die Gurte und erhob sich aus seinem Sessel. Hüstelnd, mit seinem Spitzentuch die Stirn betupfend, kam er auf die wichtigsten Männer des Imperiums zu.

Oro Masut war auch schon wieder da. Ohne eine Miene zu verziehen, versprühte er aus einer riesigen Spritze duftende Essenzen.

Roi blieb vor dem Großadministrator stehen und schaute auf ihn hinunter.

Perry sah ihm starr in die Augen.

„Es ist gelungen“, begann Danton fröhlich. „Das Glück ist mit dem Tüchtigen. Comment allez-vous, Messieurs? Sie fühlen sich doch wohl? Oder sollte ich mich irren?“

Rhodan ließ die Gurte aufschnappen und stand auf. Schwer atmend, die Hände zu Fäusten geballt, stand er vor dem Freifahrer.

Atlan erhob sich ebenfalls. Er blickte den Freifahrer wieder eigentümlich forschend an.

Roi musterte sie durch seine Stielbrille. Dann sagte er: „Ich bin leider genötigt worden, einige meiner kleinen Geheimnisse zu offenbaren. Hätte ich es nicht getan, würden wir jetzt nicht mehr unter den Lebenden weilen. Dies soll natürlich keine Erinnerung an Ihre selbstverständliche Dankespflicht sein.“

Atlan unterdrückte ein Lächeln. Dieser undurchsichtige Mann war tatsächlich ein hervorragender Psychologe.

Rhodan räusperte sich. Er bemühte sich, sachlich und ruhig zu sprechen.

„Hören Sie, Monsieur – ich habe nichts dagegen, daß Sie Ihr Schiff mit Triebwerken ausrüsten, die eigentlich einem Imperiumsraumer mit Fünfzehnhundertmeter-Zelle zustünden. Ihre Ortungs- und Funkanlagen interessieren mich auch nicht. Das ist Ihr Vergnügen.“

„Merci beaucoup, Grandseigneur. Oro – meinen Hut. Ich möchte ihn schwenken.“

„Unterlassen Sie die Albernheiten. Wer lieferte Ihnen die Transformkanonen? Wer konstruierte die energetischen Magazine mit der enorm schnellen Geschoßzuführung? Wer gab Ihnen die streng geheimen Projektoren für Ihren Hochenergie-Überladungsschirm?“

Roi seufzte und führte sein Riechfläschchen an die Nase.

„Sie werden es nicht glauben. Ein naher Verwandter zeichnet dafür verantwortlich.“

„Sein Name? Wohnsitz?“

„Unbekannt, Grandseigneur. Sie sehen mich untröstlich. Mein Schiff wurde auf einer mir fremden Welt mit diesen schönen Dingen ausgerüstet und mir von der Werftbesatzung im freien Raum übergeben."

Rhodan beherrschte sich immer noch.

„Wer außer Ihnen ist sonst noch mit Transformkanonen und HÜ-Schirmen ausgerüstet? Welche Freifahrerkapitäne?"

Roi wurde ernst.

„Sie sollten mir glauben, Sir, daß ich der einzige Freifahrer bin, der darüber verfügt! Meine Kollegen sind recht ehrenhaft; aber ich halte sie nicht für reif genug, ihnen solche Spielzeuge zu überlassen. Das lehnt übrigens auch mein Verwandter ab, der letztlich die anderen Schiffe auszurüsten hätte. Sie sollten mir das gleiche Vertrauen schenken, das Sie bereits Zehntausenden Ihrer jungen Kommandanten geschenkt haben. Jeder hat Transformkanonen und HÜ-Projektoren an Bord, nicht wahr? Sie können sicher sein, daß jeder dieser Kommandanten im extremsten Fall – natürlich! – eher bereit wäre, das Geheimnis auszuliefern als ich. Das soll keine Wertminderung Ihrer Offiziere sein."

Rhodan verschränkte die Hände auf dem Rücken, musterte den zerzaust aussehenden König nochmals von oben bis unten und schritt dann auf die Bildschirme zu.

„Bitte, benachrichtigen Sie per Hyperfunk meinen Flaggschiffkommandanten. Geben Sie ihm Ihre jetzige Position. Rufen Sie auch vorsichtshalber die Morgenrotflotte unter Solarmarschall Tifflor an."

Roi Danton begann wieder zu lächeln. Als er Atlans Blick spürte, wandte er sich schnell ab. Über die Schulter hinweg erkundigte er sich:

„Sire, würden *Sie* mir die geheimen Waffen anvertrauen?"

Atlan zögerte keine Sekunde mit der Antwort.

„Nach dem, was vorgefallen ist, bedenkenlos! Die Menschheit kann es sich nach dem Auftauchen einer völlig unbekannten, offenbar aber ungeheuren Gefahr nicht leisten, ihre besten Söhne zu schockieren. Ich habe nämlich das Gefühl, als müßten wir alle recht bald zu einer noch engeren Einheit werden als bisher. Etwa siebzehnhundert Ultraschlachtschiffe über Rubin; befehligt von einer unbekannten Macht; ausgerüstet mit Waffen, die man Ihnen nicht genehmigen will – Monsieur, das ist für meine Begriffe Grund genug, Sie auf jeder solaren Flottenwerft mit offenen Armen zu empfangen. Sie sind schließlich nicht der einzige Außenstehende, der plötzlich mit Transformkanonen schießt; nur mit dem bemerkenswerten Unterschied, daß Sie nicht auf uns geschossen haben! Das kann man von den Kommandeuren der Riesenflotte gerade nicht behaupten."

Es wurde still in der großen Zentrale der FRANCIS DRAKE. Rhodan sagte nichts. Er drehte auch nicht den Kopf. Er starrte auf die Bildschirme, als hätte er noch nie die sternfunkelnde Pracht der Galaxis aus unmittelbarer Nähe gesehen.

In Rois System tobte kurze Zeit später eine unwirkliche Schlacht. Solare Flottenverbände unter Tifflors Führung versuchten, die Phalanx der gegnerischen Armada aufzuspalten. Es mißlang.

Die Superriesen der Sektionen neun und sechs reichten bereits völlig aus, um die fünftausend Einheiten der Morgenrot-Flotte ohne Eigenverluste abzuwehren. Dies resultierte aus der leicht erklärbaren Tatsache, daß Tifflors Flotte aus gemischten Verbänden aller Größenordnungen bestand. Auf der anderen Seite gab es nur Ultraschlachtschiffe!

In den frühen Morgenstunden des 28. August 2435 n. Chr. zog Tifflor seine Geschwader zurück.

Fast zur gleichen Stunde hatte die CREST IV ihr Anpassungsmanöver beendet. Die dreitausend Männer des Landungskommandos befanden sich bereits an Bord des Flottenflaggschiffes, dessen Gefechtsschäden größtenteils mit Bordmitteln behoben worden waren.

Perry Rhodan und Atlan standen dem König der Freifahrer in der oberen Polschleuse gegenüber. Nur Rasto Hims, Oro Masut, der Kommandant der CREST IV und sein Erster Offizier, Oberstleutnant Ische Moghu, befanden sich noch in dem kleinen Vorraum.

Roi spielte wieder seine Rolle. Er hatte sich neu eingekleidet und frisch parfümiert.

„Ich hoffe, Sie bald wieder einmal zu treffen, Danton", erklärte Rhodan. „Ich lasse Sie in Frieden ziehen, weil ich mir über Sie noch nicht im klaren bin, und Sie sich dem Imperium gegenüber loyal gezeigt haben. Ich bedanke mich für Ihre Hilfe. Leben Sie wohl."

Rhodan legte die Hand an den Mützenschirm, drehte sich abrupt um und ging in die Schleuse hinein. Roi sah ihm ausdruckslos nach.

Dann meinte er leise:

„Ich bedanke mich für Ihre Unterstützung, Sire."

Atlan winkte ab.

„Das wäre fehl am Platz. Perry Rhodan hat sich ohne mein Zutun dazu entschlossen, Sie unbehelligt zu lassen, zumal Sie ihm glaubhaft versichern konnten, Rois System bereits vor zwei Jahren entdeckt zu haben." Atlan lächelte seltsam. „Wissen Sie, noch vor wenigen Tagen war er davon überzeugt, daß Sie gegen Imperiumsgesetze verstoßen hätten. Nun, diese Einstellung dürfte sich inzwischen geändert haben."

Auch Atlan verabschiedete sich von Danton und folgte Rhodan.

Die Innentore der Luftschleuse glitten zu. Minuten später startete die Space-Jet und verschwand im riesigen Rumpf der CREST IV.

Roi wendete sich an seinen Ersten Offizier.

„Nach Hause, Hims; aber passen Sie auf, daß Boscyks Stern nicht auch noch gefunden wird."

„Ich staune nur noch", sagte Rasto Hims. „Er hat uns sogar die Howalgonium-Ladung gelassen."

„Eben, eben. Man lernt nie aus. Nun befreien Sie mich aber von Ihrer Gegenwart und nehmen Sie Fahrt auf. Dieser Raumsektor wird mir allmählich unheimlich."

Hims ging. Er murmelte einige Verwünschungen vor sich hin, die Roi geflissentlich überhörte.

Nur Oro Masut folgte dem König der Freifahrer in seine Wohnräume.

Roi warf den Dreispitz auf eine Edelholztruhe und beobachtete auf dem Bildschirm den Start der CREST IV. Sie verschwand in der Finsternis des Alls.

„Bedrückt?" erkundigte sich der Ertruser mit ungewohnt leiser Stimme.

„Ja, etwas. Weißt du, Großer – wenn ein Mann von seinem Vater anerkannt und gewürdigt wird, ohne daß dieser Vater weiß, daß der von ihm Gewürdigte sein leiblicher Sohn ist, so bedeutet das sehr viel. Ich habe meinen Vater nie so sehr geschätzt und geliebt wie jetzt; jetzt, nachdem er mein Schiff verlassen hat, ohne mich erkannt zu haben. Der bunte Gockel, der Stutzer und Hanswurst hat seine Rolle gut gespielt."

„Vielleicht. Er sah mich einige Male forschend an. Atlan scheint noch mehr zu ahnen. Er machte einige beunruhigende Bemerkungen."

Roi lachte leise vor sich hin.

„Er wiegte mich auf seinen Knien und vertuschte meine Jungenstreiche. Er ist wundervoll. Wenn ich nur einen Teil seiner menschlichen Größe gewonnen habe, werde ich heimkehren. Bisher habe ich jedoch lediglich Milliarden gewonnen und einen wirtschaftlichen Machtfaktor aufgebaut."

„Reicht das nicht für Ihre Selbstachtung?"

„Ein kluger Geschäftsmann und Freifahrerkönig ist noch lange kein Perry Rhodan! Was habe *ich* schon für die Menschheit getan? Nein, Oro, die Zeit ist noch nicht reif."

Die FRANCIS DRAKE nahm Fahrt auf. Ihr Ziel war eine Welt namens Olymp. Sie umlief als zweiter Planet Boscyks Stern.

10.

Der Tod kam laut und schnell zu Nibur.

Er kam in Gestalt einer Feuersäule, die durch die kuppelförmige Decke der Zentrale der BLACK HILLS einbrach und fauchend hinunterlangte, eine flammende Riesenzunge ungebändigter Energie.

Nibur, der gerade dabei war, seinen Schutzanzug zu verschließen, verschwand in dem Inferno, als hätte es ihn nie gegeben.

Zachery Parral, der unterhalb der großen Fluchtröhre stand, wandte sich ab. Überall in der BLACK HILLS starben in diesem Augenblick die Besatzungsmitglieder. Manche ebenso schnell wie Nibur, andere langsamer und unter Qualen.

Nur die Männer, die sich innerhalb der Zentrale des Schlachtkreuzers befanden, hatten eine Chance, der Katastrophe zu entkommen. Die Hauptzentrale war der am besten geschützte Ort innerhalb eines terranischen Schiffes.

Trotzdem wunderte sich Zachery Parral, daß er bereits wieder auf den Beinen war und einen schweren Schutzanzug trug. Er erinnerte sich an den Aufprall, mit dem das weißglühende Schiff auf der Oberfläche des Planeten Rubin aufgeschlagen war. Die Erschütterung hatte Parral aus seinem Sitz geschleudert. Er war durch die Zentrale geschlittert. Nur der Tatsache, daß seine verzweifelt nach Halt suchenden Hände sich am Bein eines Kartentisches festgeklammert hatten, verdankte er sein Leben.

Besser gesagt, verdankte er dieser Tatsache, daß er *in diesem Augenblick* noch lebte, denn bereits in der nächsten Sekunde konnte er tot sein.

Leutnant Zachery Parral hatte sich immer gefragt, wie es sein mochte, wenn man innerhalb eines Raumschiffes starb. Er war 23 Jahre alt und hatte noch nie eine Raumschlacht erlebt. Er gestand sich ein, daß seine Vorstellungen, die er sich vom Ende eines terranischen Schiffes gemacht hatte, falsch waren.

Für Heroismus und pathetische Worte blieb den Männern keine Zeit. Sie starben, bevor sie handeln oder sprechen konnten. Das Ende war brutal und unmenschlich.

Zachery war sich darüber im klaren, daß ihn nur ein Zufall vor Niburs Schicksal bewahrt hatte. Während der letzten beiden Jahre war Nibur ihm vertraut geworden, er hatte die polternde Freundlichkeit dieses Mannes geschätzt. Nibur, ein Mann, der mit klobigen Händen unglaubliche elektronische Reparaturen gemacht hatte. Nibur, ein Mann, der nie über seine Vergangenheit gesprochen, aber nie ein Hehl aus seiner Vorliebe für weite und einsame Landschaften gemacht hatte.

Das alles war mit einem Schlag ausgelöscht worden.

Jemand rüttelte Zachery an den Schultern und brachte ihn in die Wirklichkeit zurück. Parral blickte auf. Er sah Oberst Don Redhorse, den Kommandanten der BLACK HILLS, ebenfalls mit einem schweren Schutzanzug bekleidet vor sich stehen. Das hieß, jetzt war der Cheyenne nur noch Kommandant eines ausgeglühten Wracks, und – wenn sie Glück hatten – von einigen Space-Jets, die die Katastrophenschaltung rechtzeitig ausgeschleust hatte.

„Worauf warten Sie noch, Leutnant?“ schrie Redhorse. „Nach oben!“

Zachery nickte benommen. Er straffte sich und ergriff die Katapultschaltung der Fluchtröhre. Aus Flammen und Rauch, die sich vom

Mittelpunkt der Zentrale ausbreiteten, sah er weitere Männer in Schutzanzügen heranstürmen. Einige von ihnen taumelten, andere wurden von ihren Begleitern gestützt.

Was wird nun werden? schoß es durch Zacherys Gedanken.

Er fühlte den Schalter in den Händen, aber sein Arm war wie gelähmt.

„Kommen Sie, Junge!“ rief Redhorse und löste Zacherys erstarrte Hand von der Schaltung. „Lassen Sie mich das machen.“

Fast im gleichen Augenblick fühlte sich Zachery Parral nach oben gerissen. Die plötzliche Aufwärtsbewegung löste Übelkeit in ihm aus. Der Leutnant wußte, daß die Fluchtröhren aus einer Speziallegierung gefertigt waren, deren Schmelzpunkt extrem hoch lag. Trotzdem ließ ihn der fürchterliche Gedanke nicht los, daß die Röhre irgendwo verstopft sein könnte. Er hörte ein dumpfes Rauschen, in das sich in rascher Folge Explosionen mischten.

Zachery kam sich innerhalb der Röhre eingepreßt vor. Um ihn herum war es dunkel, und er konnte nicht zum Helm greifen, um den Scheinwerfer einzuschalten.

Als er glaubte, es nicht mehr aushalten zu können, wurde es plötzlich hell um ihn. Geistesgegenwärtig schaltete er den Flugantrieb seines Schutzanzugs ein. Aus dem Qualm kam einen Gestalt ohne Schutzanzug mit paddelnden Bewegungen auf ihn zu. Das glatte Gesicht kam Parral bekannt vor. Gleich darauf erkannte er, wen er vor sich hatte.

„Spinoza!“ stieß er überrascht hervor. „Wie kommst du hierher?“

„Auf die gleiche Weise wie Sie, Sir“, sagte der Experimentalrobot der *Whistler*-Company. „Mit der BLACK HILLS.“

„Ich wußte nicht, daß du fliegen kannst“, bemerkte Parral verblüfft. „Außerdem bin ich erstaunt darüber, daß du ohne Schutzanzug überleben konntest.“

„Ich bin der beste Robot, den *Whistler* jemals gebaut hat“, versetzte Spinoza. „Vergessen Sie das nicht, Sir. Ich besitze einen eingebauten Antigravantrieb. Außerdem hält mein Körper extremen Temperaturunterschieden stand. Ich bin glücklich, daß es zu dieser Katastrophe gekommen ist. Nun kann ich endlich unter den richtigen Bedingungen getestet werden.“

„Halte deinen unverschämten Mund!“ rief eine neue Stimme.

Sergeant Cafana Velarde kam aus den Rauchwolken auf sie zugeflogen. Seine untersetzte Gestalt füllte den Schutzanzug vollkommen aus.

„Ein Roboter mit Glücksempfinden!“ knurrte Velarde. „Und der Grund seines Glücks ist das Ende der BLACK HILLS mit fast ihrer ganzen Besatzung.“

„Mein Glück ist völlig ichbezogen“, erklärte Spinoza unbeeindruckt. „Und selbst wenn ich Trauer empfände, so würden dadurch die Raumfahrer nicht wieder lebendig.“

„Eines Tages schlage ich dir den Schädel ein!“ prophezeite der Sergeant.

„Ich fürchte, das wird Ihnen nicht gelingen, Sir“, meinte Spinoza. „Meine Schädeldecke besteht aus einer Rumalinplatte.“

Sergeant Cafana Velarde stieß einen Fluch aus und verschwand wieder aus Zacherys Sichtweite.

Parral beachtete den Robot nicht länger, sondern machte sich an der Steuerung seines Flugaggregats zu schaffen. Er schwebte aus den Rauchwolken hinaus. Jetzt konnte er das Wrack der BLACK HILLS unter sich liegen sehen. Er wunderte sich, daß er aus diesen Trümmern hatte entkommen können. In Zacherys unmittelbarer Nähe flogen noch sieben Männer. Ihr Ziel waren die beiden Space-Jets, die in zwei Kilometern Entfernung von der BLACK HILLS gelandet waren. Mehr als diese beiden Kleinraumschiffe hatte die Katastrophenautomatik offenbar nicht mehr ausschleudern können.

Wahrscheinlich sind die Jets beschädigt, dachte Parral mutlos, während er ebenfalls darauf zuhielt.

Als er zurückblickte, sah er einige Männer aus den Qualmwolken kommen.

„Hier spricht Redhorse!“ dröhnte die ruhige Stimme des Kommandanten in seinem Empfänger. „Wir fliegen sofort zu den beiden ausgeschleusten Jets. Von den Eingeborenen Rubins brauchen wir nichts zu befürchten. Sie haben sich wahrscheinlich vor Angst verkrochen. Es besteht jedoch die Gefahr, daß wir von den Schiffen angegriffen werden, die uns abgeschossen haben.“

Zachery Parral erinnerte sich an die Ultrariesen, die sie angegriffen hatten. Auf den Bildschirmen hatten sie wie terranische Schiffe ausgesehen, aber das konnte nur ein Zufall sein. Die Männer an Bord der BLACK HILLS hatten schon gehofft, sie könnten den Feuerring der fremden Schiffe unbeschadet durchbrechen, doch dann hatte der moderne Schlachtkreuzer mehrere Treffer aus Transformkanonen erhalten und war abgestürzt.

Obwohl dies alles erst vor kurzem passiert war, schien es Zachery, als lägen die Ereignisse bereits Tage zurück. Er konnte sich kaum noch an Einzelheiten des Absturzes erinnern, aber er wußte, daß er völlig automatisch reagiert hatte. Er hatte genau das getan, was er auf der Weltraumakademie gelernt hatte.

Die BLACK HILLS war am Rande einer Wüste aufgeschlagen und hatte sich tief in den Boden gebohrt. Teile der Terkonitpanzerung hatten sich aus der Außenfläche gelöst und waren wie Bomben in den Wüstensand eingeschlagen. Zachery sah meterlange Furchen, aufgepflügt von Trümmerstücken des Schlachtkreuzers.

Erst jetzt widmete der Leutnant seine Aufmerksamkeit der Umgebung. Auf der anderen Seite der Wüste lag ein flacher Gebirgszug. In der Zone zwischen Wüste und Bergen gab es einzelne Oasen, dunkelbraune Tupfer im gleichförmigen Gelb der Wüste. Wenn Parral nach links blickte, konnte er am Horizont eine dunkle Wand sehen. Wahrscheinlich war es ein Wald.

In den Bergen lebten die Eingeborenen Rubins.

Der Leutnant bedauerte diese Wesen. Sie waren in einen Kampf hineingezogen worden, von dem sie nichts verstanden.

Darin, überlegte er mit grimmigem Lächeln, unterschieden sie sich nur unwesentlich von ihm. Denn was wußte er schon von dieser Auseinandersetzung? Wer hatte sie entfesselt? Was waren die Gründe für den Angriff der mysteriösen Riesenschiffe?

Leutnant Zachery Parral glaubte wie die meisten jungen Offiziere an die Unbesiegbarkeit der Solaren Flotte. Dieser Glaube war ihm nicht anerzogen worden. Im Gegenteil, seine Lehrer auf der Weltraumakademie hatten sich stets bemüht, ihn und seine Kameraden darauf hinzuweisen, daß die Existenz des Solaren Imperiums gefährdet sei.

Zachery hatte solche Befürchtungen nur belächelt. Wer innerhalb der Galaxis wollte die Menschheit noch bedrohen?

In der Atmosphäre des Planeten Rubin, 2917 Lichtjahre vom Solsystem entfernt, war Zachery Parrals Glaube an diese Unbesiegbarkeit zum erstenmal erschüttert worden.

Jetzt, da er sich den beiden Space-Jets näherte, hatte er seine Furcht bereits wieder verloren. Zuversichtlich dachte er an die Verstärkungen, die bald in Rois System eintreffen und den Gegner besiegen würden.

Leutnant Zachery Parral war groß und schlank. Das auffallendste Merkmal an ihm war sein verkrüppeltes linkes Ohr. Bisher hatte er sich immer geweigert, es operativ verschönern zu lassen. Parral trug sein strohblondes Haar sehr lang, so daß fast immer eine Strähne in seiner Stirn hing. Eine besondere Marotte des Leutnants war eine Sammlung alter Taschenuhren, die er bei allen Einsätzen mitführte.

Etwas wehmütig dachte er an die wertvollen Uhren zurück, die jetzt verschmort in den Trümmern der BLACK HILLS lagen. Von den über 200 Exemplaren, die er besessen hatte, existierte nur noch jenes, das er bei sich trug.

Zachery landete mitten unter den Männern, die bereits bei den Space-Jets niedergegangen waren. Er hörte kaum auf ihre Gespräche. Ein Blick auf die beiden Boote zeigte ihm, daß der Beschuß und die Erschütterungen auch an ihnen nicht spurlos vorbeigegangen waren.

Zachery befürchtete, daß alle empfindlichen Geräte, in erster Linie Ortungs- und Hyperfunkanlagen, in Mitleidenschaft gezogen waren.

Eine große Gestalt sank zu ihnen herab und ging mit entschlossenen Schritten auf einen Space-Jet zu. Es war Oberst Redhorse.

„Wieviel Überlebende?“ fragte der Kommandant der BLACK HILLS.

„Fünfzehn“, erwiderte jemand.

„Und ich, Sir“, sagte Spinoza freundlich.

Redhorse wandte sich um und blickte auf den schlanken Roboter, der wie ein gepflegter junger Mann aussah.

„Ich habe erstaunliche Ergebnisse erzielt“, berichtete Spinoza eifrig. „Es wird Sie interessieren, welche Hitzegrade ich während des Verlassens des Wracks registriert habe. Hinzu kommt, daß ich nahe am Zentrum einer Explosion stand. Das war unmittelbar vor dem Aufprall. Ich weiß nicht, was explodierte, aber die Erschütterung konnte meiner Positronik nichts anhaben. Der Test verläuft zufriedenstellend. Ich wäre dankbar, wenn wir uns mit einer Jet noch einmal in die Nähe des Gegners begeben könnten. Die Auswirkungen eines unmittelbaren Beschusses auf meinen Körper würden mich interessieren."

„Unsere Gegner werden sich schneller um uns kümmern, als uns lieb ist", unterbrach Redhorse den Redeschwall Spinozas.

„Ausgezeichnet", sagte der Robot befriedigt.

„Captain Carruther!" rief Oberst Redhorse.

„Haben Sie Befehle, Sir?"

„Ja! Wählen Sie sieben Männer aus und gehen Sie mit ihnen an Bord einer Space-Jet. Versuchen Sie, in den Bergen ein Versteck zu finden. Ich folge mit den übrigen Männern in der zweiten Jet, sobald wir sicher sein können, daß es keine weiteren Überlebenden gibt."

Captain Carruther begann mit der Auswahl seiner Begleiter. Zachery war nicht dabei. Spinoza weigerte sich, an Bord von Carruthers Schiff zu gehen. Er hoffte, daß er in Redhorses Nähe schneller Gelegenheit zu einem neuen „Test" bekommen würde.

Als eine der Space-Jets startete, wandte sich Redhorse an Parral.

„Wir werden uns in den Bergen ein Versteck suchen, Leutnant", sagte er. „Dort haben wir Zeit, um die beiden Jets zu reparieren. Sobald Rois System von unseren Gegnern verlassen wird, starten wir und versuchen ein terranisches Schiff zu erreichen."

Zachery lächelte schwach. Das hörte sich alles sehr einfach an. Er bezweifelte jedoch, daß Redhorses Pläne sich so leicht verwirklichen ließen. Die Skepsis des jungen Mannes entging dem erfahrenen Kommandanten nicht.

„Ich erinnere mich an Situationen, im Vergleich zu denen mir unsere jetzige Lage geradezu paradiesisch erscheint", sagte Redhorse. Durch die Sichtscheiben der Helme sah Zachery das dunkelhäutige Gesicht des Obersten, das durch die tiefen Falten um die Augen maskenhaft wirkte. Nur über Redhorses hervortretenden Bakkenknochen war die Haut gespannt.

Redhorse merkte, daß Parral ihn musterte.

„Ich bedaure, daß mir jede Erfahrung fehlt, Sir", sagte Zachery. Das war eine Phrase, denn im Grunde genommen bedauerte er überhaupt nichts. Er war überzeugt davon, daß das Wissen, das er sich auf der Weltraumakademie erworben hatte, völlig genügte, um in jeder Situation zu bestehen. Eine solche Behauptung hätte Redhorse wahrscheinlich nur ein müdes Lächeln entlockt.

„Sie werden bald Gelegenheit erhalten, Erfahrungen zu sammeln“, meinte Sergeant Velarde mißvergnügt.

Zachery war sicher, daß ihn der vierschrötige Raumfahrer nicht mochte. Velarde schien überhaupt niemand zu mögen, denn er war stets schlecht gelaunt und für seine Nörgeleien bekannt. Außerdem hatte Velarde dafür gesorgt, daß Parral an Bord der BLACK HILLS unter dem Spitznamen *Leutnant Tick-Tack* bekannt geworden war. Der Name bezog sich auf Zacherys Leidenschaft für alte Uhren.

Zachery warf einen Blick auf Spinoza. Der Roboter hatte den Kopf in den Nacken gelegt und suchte ununterbrochen den Himmel ab. Er wartete offenbar auf einen Angriff.

„Wir können nicht länger warten“, sagte Redhorse. Er deutete zum brennenden Wrack hinüber. „Ich glaube auch nicht, daß wir noch jemand helfen können.“

Zachery kletterte durch die offene Schleuse in die Space-Jet. Er hatte das Pech, daß ausgerechnet Spinoza neben ihm stand und von den Vorzügen seines Körpers zu berichten begann. Er verstummte erst, als Redhorses Stimme aufklang.

„Die Hyperfunkanlage ist beschädigt“, stellte der Cheyenne fest. „Damit haben wir gerechnet. Allerdings hatte ich gehofft, daß der Kalup-Konverter noch in Ordnung wäre. Das ist jedoch nicht der Fall. Wir werden sehen, ob wir ihn reparieren können.“

Er startete das diskusförmige Schiff und flog in knapper Höhe den Bergen entgegen.

Zachery war froh, daß er den Helm seines Schutzanzuges öffnen konnte. Im Innern des Jet war die Luft warm und trocken. Das bewies dem Leutnant, daß auch die Frischluftanlage nicht einwandfrei arbeitete. Zum Glück besaß Rubin eine atembare Atmosphäre.

Parral tastete den Schutzanzug ab, bis er die dicke Taschenuhr in der Seitentasche spüren konnte. Er hätte sie gern herausgezogen, um zu sehen, ob sie noch funktionierte, aber er wollte die Blicke der anderen nicht auf sich ziehen.

So lehnte er sich gegen die innere Schleusenwand und hörte mehr oder weniger interessiert auf Spinozas Geplapper. Seine Gedanken dagegen beschäftigten sich ausschließlich mit den unbekannten Schiffen, die sie angegriffen hatten.

Wer war ihr geheimnisvoller Gegner?

Von wo war er gekommen?

Je länger Zachery Parral nachdachte, desto klarer wurde ihm, daß er die Gefahren für das Imperium unterschätzt hatte. Ein kosmischer Machtblock von der Größe des Solaren Imperiums war äußerst verwundbar. Er konnte von vielen Stellen angegriffen werden.

Zachery kam sich vor wie ein Mann, der sich die ganze Zeit über in einem baufälligen Haus sicher gefühlt hatte, und der erst mit dem Einsetzen des Sturmes begriff, wie gefährdet er war.

Zachery Parral stand mit halbgeöffneten Augen an einen Felsen gelehnt und atmete in tiefen Zügen die warme Nachtluft Rubins ein. Vor einer halben Stunde war er bei den Reparaturarbeiten abgelöst worden. Redhorse hatte ihm empfohlen, sich einen ruhigen Platz zu suchen und ein bißchen zu schlafen.

Zachery grinste vor sich hin. Abgesehen davon, daß der Lärm der Reparaturarbeiten weit durch die Nacht drang, hätten ihn seine erregten Gedanken nicht zur Ruhe kommen lassen.

Die beiden Space-Jets lagen in einer Felsschlucht, wo sie einigermaßen gut versteckt waren. Quellen gab es in dieser Schlucht nicht. Das Wasser aus den Vorratsbehältern der Jets schmeckte abgestanden und lauwarm.

Inzwischen hatte sich herausgestellt, daß die Hypersender beider Diskusschiffe nicht mehr zu reparieren waren. Den Männern fehlten dazu die notwendigen Ersatzteile. Redhorse hatte die Arbeiten an den Hypertriebwerken vorangetrieben, ohne daß sie bisher einen Erfolg erzielt hatten. An den Mienen der Raumfahrer erkannte Zachery, daß wenig Aussichten bestanden, den Schaden zu beheben. Redhorse hatte bereits davon gesprochen, daß sie eventuell mit den Normaltriebwerken in den Raum starten müßten.

Parral zog seine alte Taschenuhr hervor. Er blickte auf das Leuchtzifferblatt. Seit über acht Stunden befanden sie sich jetzt auf Rubin.

Schritte näherten sich dem jungen Leutnant. Hastig schob er die Uhr in die Tasche des Schutzanzugs zurück. Redhorse hatte darauf bestanden, daß sie die Anzüge anbehielten. Nur die Helme hatten sie abnehmen dürfen.

Sergeant Cafana Velarde kam aus der Dunkelheit. Er trug einen Scheinwerfer bei sich, der die Felsen in der näheren Umgebung in helles Licht tauchte. Einen Augenblick spürte Zachery den Lichtschein in seinem Gesicht, dann wanderte der Strahl über seinen Körper nach unten, wo er schließlich an der Uhrkette hängenblieb, die Parral in seiner Eile nicht mit in die Tasche geschoben hatte.

„Bei allen Planeten!“ stieß Velarde ungläubig hervor. „Sie tragen diese Dinger ja tatsächlich!“

Zachery errötete.

„Haben Sie etwas dagegen?“ fragte er zornig.

„Natürlich nicht, Parral“, versicherte Velarde.

„Für Sie bin ich immer noch *Leutnant* Parral!“ verbesserte Zachery.

„Entschuldigen Sie, Sir“, sagte Velarde gleichmütig. „Ich dachte nur, daß die besondere Lage, in der wir uns befinden, den Unterschied zwischen den einzelnen Dienstgraden bedeutungslos macht. Wir sitzen schließlich alle in der gleichen Falle.“

Parral war fassungslos über die Einstellung dieses Mannes. War es möglich, daß ein Sergeant von 44 Jahren nicht mehr Disziplin besaß? Oder handelte es sich in Velardes Fall nur um mangelnde Intelligenz?

„Wenn Sie sich noch einmal so betragen, melde ich Sie dem Kommandanten“, erklärte Parral aufgebracht. „Gleichgültig, in welcher Situation wir uns befinden, wir sind Mitglieder der Solaren Flotte und haben uns als solche an die Bestimmungen zu halten.“

„Ach du meine Güte“, sagte Velarde unbeeindruckt. „Sie sind ja noch so jung, Leutnant. Das legt sich im Lauf der Zeit.“

Eine dritte Gestalt trat in den Lichtkreis von Velardes Lampe. Es war Captain Carruther.

Carruther nickte Parral beiläufig zu und legte dem Sergeanten eine Hand auf die Schulter.

„Na, Sarge?“ erkundigte er sich freundlich. „Schnappen Sie ein bißchen nach frischer Luft?“

„In diesem Treibhaus gibt es überhaupt keine frische Luft, Captain“, brummte Velarde unwillig und ging davon.

Carruther und Zachery standen sich schweigend in der Dunkelheit gegenüber. Schließlich wurde dem Leutnant die Stille unangenehm.

„Ein unverschämter Kerl!“ stieß er hervor.

„Wer?“ fragte Carruther. „Velarde? Er ist bestenfalls ein bißchen schrullig. Ansonsten ist er sehr zuverlässig.“

„Das bezweifle ich“, behauptete Zachery steif. „Haben Sie sich jemals mit ihm über seine Ansichten über das Zusammenleben der verschiedenen Dienstgrade während einer besonderen Situation unterhalten, Sir?“

Carruther seufzte. „Klingt ja fürchterlich kompliziert, Leutnant. Warum sollte ich ausgerechnet mit Velarde darüber sprechen?“

Zachery kam sich wie ein Narr vor. Er begriff, daß Autorität keine Sache war, die sich mit Worten erreichen ließ.

Carruther besaß Autorität, sie umgab ihn als unsichtbare Aura. Er, Parral, dagegen wurde offenbar überhaupt nicht für voll genommen. Zachery biß sich auf die Unterlippe. Und er wäre fast zu Redhorse gegangen, um ihm ausgerechnet jetzt den Sergeanten zu melden! Der Oberst hätte ihn ausgelacht.

Vielleicht, dachte der Leutnant langsam, konnte man Autorität lernen.

„Für Sie ist das alles noch ein bißchen neu, Leutnant“, meinte der Captain wohlwollend. „Machen Sie sich nichts daraus, wenn einer dieser alten Kämpfer sich für sehr wichtig hält.“

Warum sagt mir jeder, daß ich unerfahren und jung bin? dachte Zachery wütend. Natürlich war alles neu für ihn, aber er war ebensoviel wert wie alle anderen. Er würde es ihnen schon beweisen. Schließlich wurde niemand aus einem Zufall heraus Leutnant. Man mußte arbeiten und lernen. Cafana Velarde war nur Sergeant und doppelt so alt wie Zachery. Was bildete er sich überhaupt ein?

Carruther ging davon. Seine Stiefel knirschten auf brüchigen Felsbrocken. In diesem Augenblick näherte sich eine schlanke Gestalt, die zwei Lampen im Gürtel hängen hatte.

„Hallo! Leutnant Tick-Tack!“ rief Spinoza aufgeräumt. „Ich bin gekommen, um hier einen Test zu machen.“

Parral erstarrte. Velarde war zu den Jets gegangen und hatte den Roboter über den Spitznamen des Leutnants informiert. Dieser bösartige Bursche, dachte Zachery gereizt. Ich werde es ihm heimzahlen.

„Mein Name ist Parral“, sagte er.

„Tick-Tack gefällt mir besser“, entgegnete Spinoza. „Es klingt so kybernetisch.“

Zachery seufzte ergeben Er mußte sich damit abfinden, daß er noch nicht als vollwertiges Mitglied dieser kleinen Gemeinschaft galt. Er beeilte sich, von Spinoza wegzukommen, bevor der Roboter mit einem seiner nicht immer ungefährlichen Tests begann.

Wenige Augenblicke später trat er in den Lichtkreis der großen Scheinwerfer der Jets. Redhorse kam ihm entgegen. Der Oberst sah nicht müde aus, obwohl er ununterbrochen arbeitete.

„Ich dachte, Sie würden schlafen“, sagte Redhorse erstaunt.

Zachery fühlte, wie er trotz der Wärme der Nachtluft erschauerte. Er kam sich plötzlich sehr verlassen vor.

„Gehen Sie wieder an die Arbeit!“ befahl Redhorse.

Parral nickte dankbar. Endlich jemand, der ihm eine Aufgabe stellte und nicht davon sprach, wie unerfahren er noch war. Er kletterte in die Schleuse. Sergeant Velarde trat ihm entgegen und drückte ihm einen kleinen Schweißbrenner in die Hände.

„Damit können Sie doch umgehen, Sir?“ fragte er spöttisch.

Schweigend zündete Zachery die Düse an und richtete den Flammenkegel gegen das Gesicht des Raumfahrers.

„Noch ein Ton, und ich brenne Ihnen die Nase ab“, sagte er.

Velarde lachte dröhnend und entfernte sich. Zachery vertiefte sich in die Arbeit und verlor jeden Zeitbegriff. Ab und zu richtete er sich auf und streckte sich. Seine Müdigkeit war verflogen. Nach ungefähr drei Stunden hatte er seine Arbeit erledigt. Seine Augen brannten von der Helligkeit der Flamme, in die er die ganze Zeit über geblickt hatte. Ein Schutzschirm hätte ihn beim Arbeiten gestört.

Er spürte, wie ihn eine eigenartige Befriedigung durchströmte. Er fühlte sich mit den anderen auf eine geheimnisvolle Art verbunden. Da waren sie, verloren und abgeschnitten, und kämpften gemeinsam um ihr Leben. Dabei war es gleichgültig, ob sie Offiziere oder einfache Raumfahrer waren.

Ich denke schon wie Velarde, überlegte er, als er die Jet verließ.

„Unmöglich“, murmelte er vor sich hin. „Dieser Barbar ist überhaupt nicht in der Lage, solche Dinge zu verstehen.“

Er wanderte ein paar Schritte über den harten Boden.

„Wir werden jetzt einen Start versuchen“, erreichte ihn Redhorses

Stimme von der Schleuse einer Space-Jet aus. „Die Mannschaften bleiben die gleichen. Carruther, holen Sie Ihre Männer an Bord."

Zachery blieb ungläubig stehen. Die Lineartriebwerke waren nur notdürftig repariert. Durch die Schweißarbeiten konnten Spannungen in der Ummantelung des Konverters aufgetreten sein. Es war sogar möglich, daß sich das Material verzogen hatte. Sie besaßen weder Vorglüher noch Spezialelektroden, um das vermeiden zu können.

„Die Radargeräte beider Schiffe funktionieren noch", fuhr Redhorse fort. „Wir haben damit den Raum um Rubin abgesucht. Rois System scheint verlassen zu sein."

Radar! dachte Zachery. Diese Geräte garantieren keine zuverlässige Ortung.

„Einige von Ihnen werden der Ansicht sein, daß das Risiko, mit reparierten Triebwerken und unzuverlässigen Ortungsergebnissen zu starten, zu groß ist. Ich glaube jedoch nicht, daß jemand bessere Vorschläge hat."

„Wir könnten warten, bis man uns abholt", sagte jemand. „Perry Rhodan weiß, daß die BLACK HILLS abgestürzt ist. Er wird nach Schiffbrüchigen suchen lassen, Oberst."

„Weitere Einwände?" fragte der Kommandant.

Als sich niemand meldete, fuhr er fort: „Also gut, Michanelli. Sie können hierbleiben und auf Hilfe warten. Wir lassen Ausrüstungsgegenstände für Sie zurück."

Zachery hörte, wie jemand heftig ausspuckte.

„Ich bleibe doch nicht allein hier zurück, Oberst", sagte Michanelli.

„Dann ist ja alles in Ordnung", meinte Redhorse gelassen. „Leutnant Zachery, kommen Sie nach vorn. Sie werden während des Fluges Radargerät und Bildschirm im Auge behalten.

„Sofort, Sir!" rief Zachery voller Eifer.

Bevor er seinen Platz einnehmen konnte, wurde in unmittelbarer Nähe ein Poltern hörbar. Die Raumfahrer richteten ihre Scheinwerfer auf die Stelle, von wo der Lärm kam. Zachery konnte Spinoza sehen, der unter einigen großen Felsen hervorkroch und ihnen zuwinkte.

„Gesamtgewicht über eine Tonne!" rief der Robot zufrieden. „Ich bin begeistert von der Widerstandskraft meines Körpers." Er schüttelte sich und wurde in eine Staubwolke gehüllt.

„Hör jetzt mit diesem Unsinn auf!" befahl Redhorse.

Spinoza klopfte den Staub aus seinen Kleidern und kam auf die Space-Jet zu. Er murmelte Zahlen vor sich hin. Unmittelbar hinter Zachery kletterte er in das Diskusschiff.

Der Leutnant ging auf seinen Platz. Gleich darauf erschien Redhorse. Der Cheyenne schaltete den Normalfunk ein. Auf dem Bildschirm des Telekoms erschien Carruthers sorgenvolles Gesicht.

„Alles in Ordnung, Captain?“ fragte Redhorse und ließ sich auf seinen Sitz sinken.

„Hoffentlich, Sir“, gab Carruther zurück.

„Sobald wir gestartet sind, muß jeder versuchen, auf eigene Faust durchzukommen, Captain. Kümmern Sie sich nicht um die von mir geflogene Jet, und ich werde mich nicht um Ihre kümmern.“

Carruthers Mundwinkel zuckten. „Gewiß, Sir“, sagte er.

Zachery behielt den Bildschirm in den Augen. Captain Carruther war ein schwarzhaariger Mann mit dichten Augenbrauen. Auf der Mattscheibe sah sein Gesicht anders aus, als es Parral in Erinnerung hatte. Es hatte alle Lebendigkeit verloren und wirkte wächsern.

„Schleuse schließen!“ ordnete Redhorse an.

„Ich wollte gerade vorschlagen, daß ich während des Startes in der Schleusenkammer bleibe“, sagte Spinoza. „Allerdings müßte die äußere Schleusenwand dann geöffnet sein. Es wäre ein ausgezeichneter Test.“

„Wenn du noch einmal den Mund aufmachst, mußt du auf Rubin zurückbleiben“, drohte ihm Redhorse. „Dann kannst du dich testen, bis du dein Pseudo-Leben aushauchst.“

Spinoza verkroch sich hastig im hinteren Teil des Kommandoraums. Redhorse blickte auf.

„Es geht los, Captain!“ rief er. „Wir starten mit dem Normaltriebwerk. Sobald wir den Weltraum erreicht haben, versuchen wir die Lineartriebwerke einzuschalten.“

Zachery strich mit den Händen unauffällig über die Außenfläche des Schutzanzugs. Seine Hände waren feucht. Er bewunderte die Ruhe, mit der Redhorse die notwendigen Vorkehrungen traf.

Die beiden Beiboote hoben fast gleichzeitig von der Oberfläche Rubins ab. Zachery schaltete Radar und Normalortung ein. Nur die von Carruther gesteuerte Jet wurde sichtbar. Als Parral aufblickte, konnte er sehen, daß der Captain plötzlich grinste.

„Normaltriebwerk funktioniert ausgezeichnet, Oberst“, meldete er.

Einige helle Wolkenfetzen huschten vorüber, dann drangen die beiden Beiboote der BLACK HILLS in den Weltraum vor. Zachery starrte auf den Radarschirm, auf dem es plötzlich von Peilpunkten wimmelte.

„Sir!“ stammelte Parral. Seine Kehle war wie zugeschnürt.

„Schon gesehen“, knurrte der Oberst und beschleunigte weiter.

Carruthers Gesicht zeigte Panik. „Die Fremden sind noch da, Sir!“ schrie er über Normalfunk. „Es sind mindestens tausend Riesenschiffe.“

„Verlieren Sie nicht die Nerven“, sagte Redhorse. „Wir schalten jetzt unser Lineartriebwerk ein. Wenn es funktioniert, sind wir verschwunden, bevor man uns angreifen kann.“

Carruther schluckte.

„Ein ausgezeichneter Test steht bevor“, kam Spinozas Stimme aus dem Hintergrund. Gleich darauf hörte Zachery Sergeant Velarde einen Fluch ausstoßen. Ein schepperndes Geräusch wurde hörbar, und Spinoza sagte aufgebracht: „Hören Sie auf, mich zu schlagen!“

Parral konnte seine Blicke nicht von den Ortungsgeräten lösen. Jeder dieser Leuchtpunkte trug den Tod mit sich.

Redhorse schaltete auf Linearantrieb. Die Space-Jet machte einen Ruck. Sie beschleunigte jedoch nur noch unregelmäßig.

Wir sind verloren, dachte Zachery. Das Hypertriebwerk funktioniert nicht.

Die Jet wurde von den in Intervallen erfolgenden Schüben heftig durchgeschüttelt. Zachery klammerte sich an den Außenlehnen seines Sitzes fest. Redhorse machte sich noch immer an den Kontrollen zu schaffen.

„Es setzt immer wieder aus“, sagte er ärgerlich. „Vielleicht gelingt es uns, den Ring gegnerischer Schiffe zu durchbrechen.“

Zacherys Magen schrumpfte zu einem kleinen Knoten zusammen. Bei jedem Ruck, den das Schiff machte, wurde er fast vom Sitz geschleudert.

„Wir müssen zurück, Sir!“ hörte er sich rufen. „Nur auf Rubin sind wir sicher.“

„Unsinn“, sagte Redhorse lakonisch. Damit war der Vorschlag

abgetan. Zachery hatte ein flaues Gefühl in der Magengegend. Als er aufblickte, sah er Carruthers Gesicht noch immer auf dem Bildschirm des Telekoms. Der Captain blinzelte, als müßte er direkt in eine Sonne blicken.

„Unser Lineartriebwerk springt nicht an, Oberst“, sagte er ruhig. „Wir sind schon zurückgefallen.“

„Versuchen Sie es noch einmal, Captain“, sagte Redhorse.

Carruther schüttelte den Kopf.

„Wir sind von sechs Feindschiffen eingekreist. Hoffentlich haben Sie mehr Glück, Oberst. Dann werden ...“

Seine Stimme brach ab. Fast gleichzeitig flammte der Bildschirm auf. Von einer Sekunde zur anderen löste sich Carruthers Gesicht auf. Das letzte Bild, das Zachery von dem Captain sah, erinnerte ihn an einen überbelichteten Film. Aber das war nur die ungeheure Hitze des Energiebeschusses, in dem die Space-Jet verglühte.

Zacherys Kopf sank auf die Brust. Er zitterte.

Redhorse versetzte ihm einen derben Rippenstoß.

„Beobachten Sie die Geräte!“ schrie der Oberst. „Wozu, glauben Sie, sind Sie auf diesem Platz?“

Parral kam wieder zu sich. Die Ortungsgeräte zeigten ihm, daß es nur wenig Lücken im Ring der feindlichen Schiffe gab. Um durch diese Lücken hindurchzustoßen, mußte man ein überlichtschnelles Schiff haben. Aber die von Redhorse gesteuerte Space-Jet erreichte nicht die nötigen Werte, um in den Linearraum vorzustoßen. Ein neuer Schub warf den Diskus nach vorn. Das kleine Schiff schien sich aufzubäumen. Mit jedem dieser Schübe wurden ungeheure Energiemengen nutzlos ausgestoßen. Nach jeder Beschleunigung verlor die Jet wieder an Geschwindigkeit. Die Trägheit ihrer Masse nahm zu, so daß sie auch bei gleichstarken Schüben immer langsamer wurde.

Zachery riskierte einen Blick auf die Kontrollanzeigen. Die Zeiger schwankten über den Meßskalen hin und her. Exakte Berechnungen ließen sich unter diesen Umständen nicht anstellen.

„Wir müssen versuchen, den Ring zu durchbrechen“, murmelte Redhorse.

Von allen Seiten kamen die Feindschiffe jetzt heran. Unmittelbar hinter der Jet flog ein Kugelraumer, der in Ausmaßen und Aussehen einem Ultraschlachtschiff der Galaxisklasse in allen Einzelheiten glich. Die Besatzung dieses Schiffes, aus welchen Wesen sie auch immer bestand, hatte offenbar Mühe, sich auf die unberechenbaren Manöver des kleineren Schiffes einzustellen.

Plötzlich geriet ein anderer Flugkörper in den Bereich der Ortungsgeräte der Space-Jet. Es war eine jener riesigen Plattformen, die man unmittelbar nach dem Erreichen dieses Systems an Bord der BLACK HILLS geortet hatte.

Zachery schüttelte sich. Er wagte es nicht, die Seitenlehnen seines Sessels loszulassen, denn noch immer bewegte sich das Beiboot mit unregelmäßigen Sprüngen durch Rois System.

Inmitten dieser feindlichen Einheiten glich die Space-Jet einer Wespe in einem Schwarm von Raubvögeln. Einer Wespe ohne Stachel allerdings, dachte Zachery, als ihm dieser Vergleich einfiel.

Er wunderte sich über Redhorses Kaltblütigkeit. Der Oberst steuerte das Beiboot der BLACK HILLS mit einer Gelassenheit, als befände er sich in einer Testkanzel auf ebener Erde. Auch die Ruhe der übrigen Besatzungsmitglieder fand Zachery erstaunlich. Niemand schien nervös zu sein, obwohl sie alle das Ende von Carruther miterlebt hatten. Die Ruhe der Besatzung war nicht zuletzt in dem Vertrauen begründet, das sie alle in Don Redhorse setzten.

Aber der Cheyenne war nicht mehr der Mann, der in tollkühnen Einsätzen sein Leben riskiert hatte. *Diesen* Don Redhorse gab es seit dreißig Jahren nicht mehr. Oberst Redhorse war gelassen und umsichtig. Er traf seine Entscheidungen mit der Abgeklärtheit des erfahrenen Raumfahrers.

Was bedeutete diese Erfahrung gegen eine Übermacht von tausend Schiffen? fragte sich Zachery Parral.

„Sie kommen näher!" stieß Redhorse hervor. „Ich muß jetzt Ausweichmanöver fliegen, bevor wir einen Treffer erhalten."

Die Space-Jet verließ ihre bisherige Flugbahn. Zu Zacherys Entsetzen hielt Redhorse genau auf einen Pulk gegnerischer Schiffe zu. Dann jedoch ließ der Cheyenne das kleine Schiff absacken und beschleunigte. Das Lineartriebwerk begann noch heftiger zu stottern. Einmal – Zachery atmete bereits auf – drang der Diskus in die Librationszone ein. Er schaffte jedoch nur einen Sprung von einigen tausend Meilen, dann fiel er in den Normalraum zurück.

Hätte jemand Zachery nach seiner Meinung über ihre Erfolgsaussichten gefragt, hätte der junge Mann nur stumm den Kopf geschüttelt. Die vielen Erschütterungen hatten Parrals Eingeweide durcheinander gebracht. Er fühlte sich elend. Der schwere Schutzanzug drückte auf seinen Körper, und seine Uniformkombination, die er unter diesem Anzug trug, klebte vor Schweiß. Voller Wehmut dachte Zachery an die Flüge zurück, die er bisher an Bord der BLACK HILLS oder auf den Schulschiffen der Weltraumakademie erlebt hatte.

Ein terranisches Raumschiff war Zachery bisher wie ein blitzendes und präzis funktionierendes Instrumentarium vorgekommen, das durch nichts besiegt werden konnte.

Ein bis auf wenige Kilometer herangekommener Verfolger eröffnete das Feuer auf die Space-Jet. Die Gigasalve, die das kleine Schiff nur streifte, genügte, um es aus seiner Flugbahn zu schleudern. Redhorse schien solche Ereignisse gewöhnt zu sein, denn er nahm den Beschuß ohne Kommentar hin.

Zachery mußte an sich halten, um nicht aufzuspringen. In Gedanken erfand er die unglaublichsten Fluchtmöglichkeiten. Eine davon war, aus der Schleuse zu springen und mit Hilfe des Schutzanzugs auf Rubin zu landen.

Die Space-Jet war eine Falle, in der sie alle früher oder später den Tod finden würden.

Da! Auf den Bildschirmen zeichneten sich die Umrisse zweier weiterer Plattformen ab. Zachery beugte sich unwillkürlich nach vorn. Sein Mund klappte auf. Wer hatte diese Riesendinger gebaut? Gegenüber diesen Gebilden nahmen sich selbst die Großraumschiffe der Solaren Flotte wie Kinderspielzeug aus.

Irgend etwas an diesen Plattformen war unheimlich. Er markierte die Feineinstellung und meldete Redhorse seine Entdeckung.

Der Oberst meinte nüchtern: „Wir müssen damit rechnen, daß auch dies noch nicht die einzigen Plattformen sind, die sich in diesem Gebiet aufhalten. Schließlich funktioniert unsere Hyperortung nicht, so daß wir nur die Flugkörper auf die Ortungsgeräte bekommen, die sich in einem bestimmten Umkreis aufhalten."

„Was nun?" fragte Sergeant Velarde.

Vielleicht waren diese beiden Worte mehr als eine Frage, überlegte Zachery, als er feststellte, daß Redhorse keine Antwort gab. Vielleicht hatte Cafana Velarde eine Feststellung getroffen. Er hatte vielleicht sagen wollen, daß nun jedes weitere Manöver sinnlos war.

Vor der Space-Jet waren die Plattformen. Hinter ihr näherten sich in breiter Front die Verfolger.

Eine Energiesalve streifte die Space-Jet und schleuderte sie ein paar hundert Meter aus ihrer Bahn. Zachery hatte ein Gefühl, als würde der Sitz unter ihm weggerissen. Der Bildschirm unmittelbar über ihm zerbarst mit einem trockenen Knall. Scherben regneten auf Zachery herab. Einen Augenblick sah er auf der spiegelnden Außenfläche der Kontrollverkleidung sein Gesicht, das vor Angst verzerrt war. Als er in seinen Sitz zurückfiel, sah er, daß Redhorse noch immer dasaß, als sei er mit seinem Sessel verschweißt.

Der Oberst deutete auf die Meßuhren.

„Alles ausgefallen“, sagte er. „Die Erschütterung war zu heftig.“

Zachery griff in die Tasche und zog seine alte Uhr hervor. Er hängte sie vor Redhorse an die Kontrollen.

„Sie funktioniert“, sagte er.

Redhorse lächelte. „Sie wird uns nicht weiterhelfen.“

„Natürlich nicht, Sir. Aber es ist ein angenehmes Gefühl, zu sehen, daß noch irgend etwas funktioniert.“

„Hm“, machte Redhorse.

„Wir treiben immer näher auf die eine Plattform zu, Sir!“ rief eine Stimme aus dem Hintergrund.

Sie waren bereits so nahe an das riesige Gebilde herangekommen, daß Zachery sich fragte, warum das Feuer nicht auf sie eröffnet wurde. Besaß die Plattform keine Waffen? Zachery bezweifelte es.

„Ich werde versuchen, auf dieser Plattform zu landen“, sagte Redhorse in diesem Augenblick. „Es ist unsere einzige Chance.“

Zu diesem Zeitpunkt wäre Zachery bereit gewesen, selbst in der Hölle zu landen. Sie hatten nichts mehr zu verlieren. Die verfolgenden Schiffe kamen immer näher.

Redhorse lenkte das Beiboot auf die Plattform zu. Irgend etwas schien mit der Steuerung jedoch nicht in Ordnung zu sein; denn Redhorse hatte Mühe, den Kurs zu halten.

„Feuer im Geschützraum!“ rief eine schrille Stimme.

„Sitzenbleiben!“ rief Redhorse. „Ich muß jetzt abstoppen. Wir werden einen Augenblick eine herrliche Zielscheibe abgeben.“

„Ausgezeichnet!“ jubelte Spinoza. „Ich werde unzählige Eindrücke sammeln können.“

Die Geschwindigkeit der Space-Jet verringerte sich schlagartig.

„Das Feuer breitet sich schnell aus, Oberst!“ rief Sergeant Celarde. „Die Löschanlage ist ausgefallen.“

„Kümmern Sie sich nicht darum!“ befahl der Kommandant der BLACK HILLS.

Zachery starrte wie gebannt auf die Hände des Obersten. Es schienen zwei selbständig handelnde Gebilde zu sein. Schnell, aber ohne nervös zu wirken, glitten sie über die Schalthebel.

„Wir setzen zur Landung an“, sagte Redhorse.

Ein Lichtblitz hüllte plötzlich den gesamten Diskus ein. Zachery fuhr zurück und schloß geblendet die Augen. Er hörte einen Aufschrei. Ein unwiderstehlicher Druck preßte ihn in den Sitz. Aus dem unteren Teil der Space-Jet kam das Geräusch einer Explosion. Zachery hatte das Gefühl einer unvorstellbar schnellen Abwärtsbewegung. Sein Magen hob sich. Ein heißer Luftstrom fuhr über ihn hinweg. Er öffnete mühsam die Augen. Alles drehte sich um ihn.

Aus dem Chaos drang eine Stimme an sein Gehör.

„Schutzanzüge verschließen!“ rief sie. „Helme aufsetzen!“

Redhorse! dachte er verblüfft. Seine Hände tasteten die Umgebung ab, bis er die glatte Rundung des Helmes fühlen konnte. Er schob ihn über den Kopf und hörte ihn im Wulst einrasten. Gleich darauf bekam er Atemnot. Hastig schaltete er das Sauerstoffaggregat ein.

Der Druck, der auf seinem Körper lastete, ließ unverhofft nach. Zachery wollte schon aufatmen, als ihn eine gewaltige Erschütterung aus dem Sitz hob und gegen die Kontrollen warf. Etwas gab unter ihm nach. Er sah, wie eine hagere Gestalt quer durch den Kommandoraum auf ihn zutorkelte. Die Notbeleuchtung flackerte. Der Raumfahrer, der rechts neben Redhorse gesessen hatte, lebte nicht mehr. Er hatte sich beim Aufschlag das Genick gebrochen. In schlaffer Haltung hing er über einer Seitenlehne des Sessels.

„Wir sind gelandet“, sagte Don Redhorse in diesem Augenblick.

Es gehörte schon sehr viel Selbstvertrauen dazu, diesen Absturz als Landung zu bezeichnen, dachte Zachery grimmig, dann verlor er das Bewußtsein.

11.

Seine Ohnmacht war nur von kurzer Dauer. Als er zu sich kam, sah sich Zachery Parral von Spinoza und von Lujan, einem schlanken Techniker, gestützt. Sie standen in etwa zehn Metern Entfernung vom Wrack der Space-Jet. Zwischen ihnen und dem zerstörten Beiboot stand Don Redhorse und starrte auf den Trümmerhaufen, der von dem Diskus übriggeblieben war.

Die Plattform befand sich noch innerhalb von Rois System. Vom Standpunkt der Beobachter stand die gelbrote Sonne ein Stück über ihr, so daß die Männer und Roboter lange Schatten warfen. Der vierte Mann, der den Absturz überlebt hatte, war Sergeant Cafana Velarde. Als Zachery sich von seinen beiden Helfern löste, konnte er den untersetzten Raumfahrer ein paar Schritte hinter sich stehen sehen.

„Unsere Verfolger haben abgedreht, als wir auf dieser Plattform niedergingen", sagte Velarde erleichtert. „Ich weiß zwar nicht warum, aber vorläufig besteht keine Gefahr für uns."

Spinoza stolzierte auf das Wrack zu. Es war ein seltsamer Anblick, den Robot, der wie ein Mensch aussah, ohne Schutzanzug auf der Plattform stehen zu sehen.

„Ich habe diesmal noch mehr Erfahrungen gesammelt als beim Absturz der BLACK HILLS", erklärte der Experimentalrobot. „Allerdings beginne ich allmählich zu befürchten, daß wir die Erde nie wiedersehen werden. Unter diesen Umständen wären die von mir durchgeführten Tests völlig sinnlos."

Redhorse überreichte dem Robot einige Ausrüstungsgegenstände, die er aus dem Wrack hatte retten können.

„Drei Männer liegen tot in der Jet", sagte er dumpf. „Sie sind während des Aufpralls gestorben." Trotz des Schutzanzugs sah Zachery, daß der Oberst den Kopf schüttelte. „Ich habe versucht, einigermaßen glatt zu landen. Aber der schwere Treffer, den wir während des Bremsmanövers erhielten, hat die Steuerung fast lahmgelegt."

Die Männer sahen sich betreten an. Dann begannen sie ihre Schutzanzüge zu überprüfen. Dabei stellten sie fest, daß ein Teil der Geräte ausgefallen war. Die Flugaggregate funktionierten noch, ebenfalls die Sauerstoffversorgung. Hingegen waren die Generatoren zur Erzeugung von Schutzschirmen und Deflektorfeldern unbrauchbar geworden. Überschlagsenergien hatten diese Geräte beim Absturz der Space-Jet zerstört.

Die Space-Jet war ungefähr im hinteren Drittel der Plattform niedergegangen. Trotzdem hatte Zachery den Eindruck, daß sich die riesige Fläche nach allen Seiten vor ihm aufzuwölben schien.

„Wenn mich nicht alles täuscht, besteht die Oberfläche dieser Plattform aus Terkonitstahl", bemerkte Spinoza. „Zumindest aber aus einer Legierung, die Terkonitstahl sehr ähnlich ist."

„Ich glaube nicht an Gespenster", sagte Sergeant Velarde. „Aber es ist doch seltsam, daß nicht nur die feindlichen Raumschiffe so aussehen, als wären sie in einer terranischen Werft gebaut worden, sondern daß auch das Material unter unseren Füßen von Terra stammen könnte."

Zachery wußte, daß es sinnlos war, über diese Probleme nachzudenken. Sie mußten sich jetzt mit den Tatsachen abfinden und versuchen, alles zur Erhaltung ihres Lebens zu tun.

Redhorse warf einen Blick auf das Kombinationsmeßgerät, das er aus dem Wrack gerettet hatte.

„Es gibt einen weiteren merkwürdigen Tatbestand", sagte er. „Vielleicht ist er Ihnen bereits aufgefallen."

„Die Schwerkraft auf dieser Plattform", meinte Lujan, der ein sehr schweigsamer Mann zu sein schien. An Bord der BLACK HILLS hatte Zachery diesen Raumfahrer öfters gesehen, aber nie mit ihm gesprochen.

Lujan war ein mittelgroßer Mann von ungefähr 30 Jahren. Seine vornehme Ausdrucksweise ließ Parral vermuten, daß der Techniker irgendeine Privatschule besucht hatte und erst später in die Solare Flotte eingetreten war. Er fragte sich, warum ein Mann mit Lujans Bildung in einem Raumschiff als Techniker arbeitete.

„Sie haben recht", wurde Zachery bei seinen Überlegungen von Redhorse unterbrochen. „Auf der Oberfläche dieses seltsamen Flugkörpers herrscht eine Schwerkraft von genau einem Gravo. Zweifellos handelt es sich um künstlich erzeugte Gravitation. Vielleicht sind die Wesen, die das alles geschaffen haben, uns in jeder Beziehung ähnlich."

Ohne es zu wollen, begann Zachery wieder über die geheimnisvollen Erbauer dieses riesigen Mutterschiffes nachzudenken. Warum hatte man bisher nie Spuren dieses Volkes entdeckt? Keine raumfahrende Zivilisation konnte mit einem Schlag eine derartige Macht entfalten. Um solche Raumschiffe zu entwickeln und zu bauen, benötigte man Jahrzehnte.

„Vielleicht gibt es im Innern der Plattform atembare Luft", hoffte Velarde. „Wir sollten nach einem Eingang suchen."

„Und die Besatzung?" gab Zachery zu bedenken. „Wahrscheinlich hat man uns längst entdeckt und beobachtet, was wir unternehmen."

„Der Leutnant hat recht", sagte Redhorse. „Wir müssen damit rechnen, daß wir von der Besatzung der Plattform angegriffen werden. Wenn man uns nicht tötet, wird man uns zumindest gefangennehmen."

„Auf jeden Fall werden wir die Erbauer dieses seltsamen Gebildes kennenlernen", sagte Spinoza. „Einige interessante Tests stehen bevor."

Zachery war nicht so sicher, ob sie tatsächlich mit den Besitzern dieses Flugkörpers zusammentreffen würden. Als sie sich noch in der Space-Jet aufgehalten hatten, waren sie gnadenlos gejagt worden. Dann jedoch, als sie abgestürzt waren, hatten sich die Verfolger nicht mehr um sie gekümmert. Irgendwie war dieses Verhalten widersprüchlich. Zachery vermochte keinen Sinn darin zu erkennen.

Da sah er, wie in fünfzig Metern Entfernung eine Öffnung in der Oberfläche entstand. Auf einer Fläche von etwa zehn Metern öffnete sich ein Zugang ins Plattforminnere.

„Sehen Sie sich das an, Sir!" rief Sergeant Velarde, der den Vorgang ebenfalls beobachtet hatte.

„Wenn Sie gestatten, schaue ich mir die Sache einmal aus der Nähe an", erbot sich Spinoza eifrig.

„Hiergeblieben!" sagte Redhorse scharf. „Wir warten ab, was jetzt geschieht."

Zachery sah einen metallischen Kopf in der Schachtöffnung auftauchen. Gleich darauf erschienen mehrere Roboter.

„Das darf doch nicht wahr sein!“ stöhnte Velarde ungläubig. „Das sind *terranische* Kampfroboter!“

„Sie sehen wie terranische Kampfroboter aus“, verbesserte Redhorse gelassen.

„Jemand kopiert unsere Schiffe und unsere Roboter“, stellte Lujan fest.

Kopieren! Zacherys Gedanken wirbelten durcheinander. Warum sollte sich jemand die Mühe machen, solche Kopien anzufertigen? Der Leutnant glaubte nicht länger an einen Zufall. Die Ähnlichkeit der Raumschiffe konnte man noch als Zufall bezeichnen, aber bei den Robotern lag die Sache völlig anders. Hier standen derartig viele Konstruktionsmöglichkeiten offen, daß es einfach unmöglich war, daß zwei verschiedene Sternenvölker gleiche Modelle schufen. Die Ähnlichkeit war aus irgendeinem Grund beabsichtigt.

Ein Schauer lief über Parrals Rücken, als er daran dachte, wie gut die Fremden die terranischen Fabrikationsmethoden kennen mußten, um solche Kopien zu schaffen.

Inzwischen waren die Roboter nähergekommen. Sie machten einen kampfbereiten Eindruck. Ihre Waffenarme hielten sie gesenkt. Zachery zählte etwa dreißig Roboter.

Dann geschah etwas, was Zachery an seinem Verstand zweifeln ließ. Der Anführer der Roboter verbeugte sich und sagte in einwandfreiem Interkosmo:

„Seid gegrüßt, Große Freunde!“

Die vier Terraner waren so verblüfft, daß keiner von ihnen antwortete. Nur Spinoza, der über die Haltung der fremden Roboter offenbar sehr enttäuscht war, ließ sich zu einer unpassenden Entgegnung hinreißen.

„Ich hatte gehofft, ihr würdet uns angreifen“, sagte er. „Es bestehen geradezu ideale Testmöglichkeiten.“

Redhorse packte den Roboter an den Schultern und zog ihn zurück. Er wandte sich an das Empfangskomitee.

„Nach dieser freundlichen Begrüßung können wir sicher damit rechnen, den Besitzern dieses Mutterschiffes vorgeführt zu werden“, vermutete er.

Der Sprecher der Roboter schien über diese Antwort verwirrt zu sein. Er diskutierte halblaut mit seinen Begleitern.

„Die Plattform gehört euch, Große Freunde“, sagte er schließlich. „Folgt uns ins Innere.“

Redhorse warf seinen Begleitern einen ratlosen Blick zu. Zachery zuckte mit den Schultern. Die Lage wurde immer verworrener. Schiffe, die zu dieser Plattform gehören mußten, hatten sie angegriffen. Die BLACK HILLS lag als Wrack auf der Oberfläche Rubins. Von ihrer Besatzung lebten noch vier Männer.

Nun wurden sie als „Freunde“ empfangen!

„Wir sollten vorsichtig sein, Sir“, warnte Sergeant Velarde. „Ich glaube, man will uns ins Innere locken. Dort wird man unsanfter mit uns umgehen.“

„Das wäre unlogisch“, meinte der Cheyenne. „Wenn man uns töten will, hätte man die Roboter damit beauftragen können. Wir haben keine Chance, gegen diese Übermacht zu bestehen.“

„Wer ist ‚man‘, Sir?“ warf Lujan ein.

„Das ist die entscheidende Frage“, gab Redhorse zu. „Wir stehen in jeder Beziehung vor einem Rätsel. Nur im Innern der Plattform können wir Antworten auf unsere Fragen erhalten. Deshalb wird es am besten sein, wenn wir den Robotern folgen.“

Die Kampfroboter, die schweigend abgewartet hatten, begrüßten den Entschluß Redhorses mit Freudenrufen. Bevor Zachery sich wehren konnte, wurde er von zwei Automaten gepackt und auf die Schultern gehoben. Die drei anderen Männer wurden auf die gleiche Weise geehrt. Nur Spinoza mußte zu Fuß weitergehen.

Während Zachery auf den Schultern der Roboter hin und her schwankte, schossen ihm die verrücktesten Gedanken durch den Kopf. Er dachte an die uralte Theorie mehrerer, durch Dimensionen voneinander getrennter Wahrscheinlichkeitswelten. War es möglich, daß sich die Dimensionen verschoben hatten, so daß es jetzt *zwei* Solare Flotten gab, die sich nur wenig voneinander unterschieden?

„Unsinn!“ Unwillkürlich hatte er laut gesprochen. Zu seiner Erleichterung hatte ihn niemand verstanden. Ganz bestimmt gab es für alles eine einleuchtende Erklärung. Zachery hatte das Gefühl, daß die Lösung sehr einfach und gerade deshalb nicht zu erkennen war.

Es blieb ihnen jetzt nichts anderes übrig, als das Vorhandensein von Schiffen und Robotern zu akzeptieren, die aussahen, als hätte man sie auf Terra produziert.

Sie langten vor der Plattformöffnung an. Zachery glaubte, vor dem Antigravschacht eines terranischen Schiffes zu stehen. Große Scheinwerfer beleuchteten eine Schleusenkammer.

„Der Schacht ist als Schleuse ausgebaut“, bemerkte Velarde. „Vielleicht gibt es im Innern der Plattform atembare Luft.“

Leutnant Parral wurde von seinen Trägern auf den Boden gesetzt. Die Roboter schwangen sich in die Kammer und ließen sich auf die innere Trennwand hinabsinken.

„Folgt uns, Große Freunde!“ wurden sie von den Robotern aufgefordert.

„Sie üben keinen Zwang auf uns aus“, stellte Redhorse erstaunt fest. „Es sieht so aus, als sollten wir wie willkommene Gäste behandelt werden.“

Parral kniff nachdenklich die Augen zusammen. Warum hatte man sie bis zum Augenblick des Absturzes hartnäckig bekämpft, wenn man ihnen nun mit einer solchen Freundlichkeit entgegentrat? Bereitete es ihren Gegnern Vergnügen, mit ihnen zu spielen?

Die Kampfroboter warteten innerhalb des Schachtes darauf, daß ihnen die vier Männer und Spinoza folgten. Sie winkten und wiederholten immer wieder ihre freundliche Aufforderung.

„Worauf warten wir noch, Sir?“ erkundigte sich Sergeant Velarde. „Hier oben auf der Plattform haben wir keine Überlebenschance. Im Innern finden wir vielleicht ein Hyperfunkgerät, das wir benutzen können.“

Velardes Hoffnungen erschienen Zachery übertrieben zu sein, aber auch er wartete ungeduldig darauf, die Oberfläche des Mutterschiffs zu verlassen.

Redhorse trat an den Rand des Schachtes.

„Wohin wollt ihr uns bringen?“ rief er den Robotern zu.

„Es bleibt euch überlassen, wohin ihr euch wenden wollt, Große Freunde“, erwiderte einer der Kampfroboter. „Wir führen euch dorthin, wo es euch am besten gefällt.“

„Wir sollten hierbleiben, Sir“, meldete sich Spinoza zu Wort. „Dort unten scheint es überhaupt nicht gefährlich zu sein. Wie soll ich unter diesen Umständen meine Testserie fortsetzen?“

Velarde zog seinen Kombistrahler und richtete ihn auf Spinoza.

„Er wird allmählich lästig, Oberst“, sagte er drohend.

„Versuchen Sie bitte, meine linke Brustseite zu treffen", forderte Spinoza den Sergeanten auf. „Es würde mich interessieren, wie die Befestigung der Hauptbrustplatte auf einen direkten Beschuß reagiert."

Velarde stöhnte und schob die Waffe wieder in den Gürtel. Der *Whistler*-Robot schien enttäuscht zu sein.

„Wir folgen den Kampfrobotern", entschied Don Redhorse. „Ich bin gespannt, was uns im Innern der Plattform erwartet."

Er sprang in den Schacht und wurde von den Robotern mit offensichtlicher Freude empfangen. Zachery warf einen zögernden Blick auf Sergeant Velarde. Dieser nickte ihm zu und folgte Redhorse.

„Kommen Sie, Leutnant!" rief Redhorse.

Zachery sah, daß auch Lujan und Spinoza bereits in der Schleusenkammer waren. Er fragte sich, warum er sich plötzlich fürchtete, den anderen zu folgen. Er warf einen letzten Blick in Richtung der Sonne, dann sprang er in den Schacht. Fast im gleichen Augenblick schloß sich über ihm die äußere Schleusenwand.

Eine Falle schlägt zu! dachte Zachery unbehaglich.

Die innere Trennwand glitt zur Seite, und die Männer schwebten hinter den Kampfrobotern tiefer ins Innere des gigantischen Gebildes. Zachery sah überall Plattformen, die in die verschiedenen Zwischenetagen mündeten. Gewaltige Türen versperrten den Männern den Blick in die Hallen und Gänge.

„Ich hatte gehofft, daß wir unsere Helme ablegen können", sagte Redhorse. Er hob das Kombinationsmeßgerät. „Es sieht jedoch so aus, als gäbe es hier keine atembare Luft."

Zachery schluckte. Das bedeutete, daß sie auf den Vorrat ihrer Sauerstoffaggregate angewiesen waren. Dieser hielt bestenfalls noch einige Stunden.

„Der Antigravschacht ist hermetisch von den Ausgängen abgeschlossen, Sir", sagte Lujan. „Es ist also durchaus möglich, daß wir irgendwo Räumlichkeiten finden, in denen es Frischluft gibt."

Zachery hoffte, daß der Techniker recht behalten würde. Seine Gedanken wurden vom Sauerstoffproblem abgelenkt, als die Kampfroboter auf einer Plattform landeten. Zachery schaute sich um. Alles sah hier aus, als sei es gerade aus der Fabrik gekommen. Nirgends gab es Spuren, die auf Abnutzung oder Verfall hindeuteten.

Der Antigravschacht war quadratisch und durchmaß etwa fünfzig Meter. Seine Abmessungen ließen Zachery vermuten, daß er auch als Transportschacht gedacht war.

Die Plattform, auf der der junge Leutnant jetzt stand, besaß die Form eines Halbkreises, wobei das abgerundete Ende etwa zehn Meter in den Schacht hinausragte. Zachery vermutete jedoch, daß es mit Hilfe von hydraulischen Kräften noch weiter hinausgeschoben werden konnte. Teleskopstangen an beiden Seiten schienen diese Ansicht zu bestätigen.

„Wir sind etwa fünftausend Meter weit in die Plattform eingedrungen", gab Redhorse bekannt. „Jetzt scheinen wir uns unserem Ziel zu nähern."

„Sicher sind die Großen Freunde hungrig und sehnen sich nach frischer Luft", sagte einer der Kampfroboter. „Wenn ihr gestattet, bringen wir euch jetzt in ein angenehmes Quartier."

„Das klingt sehr verlockend", meinte Sergeant Velarde.

Nachdem sie abermals eine schleusenähnliche Kammer passiert hatten, gelangten sie in einen breiten Gang. Alles, was Zachery sah, erinnerte ihn an das Innere eines terranischen Raumschiffs. Nur besaß hier alles größere Ausmaße.

Lujan, der neben ihm ging, deutete auf einige flache Kästen, die überall an den Gangwänden angebracht waren.

„Energieumformer", sagte der Techniker. „Ich könnte schwören, daß sie irgendwo auf Terra gebaut wurden."

Die plötzliche Gesprächigkeit des sonst so schweigsamen Mannes versetzt den Leutnant in Erstaunen.

„Sind Sie sicher?" erkundigte er sich.

„Absolut", entgegnete Lujan. „Natürlich müßte ich die Verkleidung eines Umformers abmontieren, um zu sehen, wie es darunter aussieht."

Redhorse blieb stehen.

„Warum tun Sie das nicht?" fragte er. „Die Roboter haben uns angeboten, daß wir hier alles in Besitz nehmen können. Ich bin gespannt, wie sie darauf reagieren, wenn wir einen dieser Umformer auseinandernehmen."

„Vielleicht gibt es Krieg", warf Spinoza hoffnungsvoll ein.

Lujan, der offenbar froh darüber war, daß er etwas zu tun bekam, ging schnell auf einen der Umformer zu. Er unterzog ihn einer kurzen Untersuchung. Die Kampfroboter umringten die vier Männer und Spinoza, ohne einzugreifen.

„Sehen Sie sich das an, Oberst", forderte Lujan den Kommandanten auf. „Die Befestigungen der Verkleidung unterscheiden sich durch nichts von denen, wie sie an Bord unserer Schiffe üblich sind." Er klopfte mit den Fäusten gegen das Material. „Einfache Arretierungen und Magnetverschlüsse", sagte er dann.

Mit wenigen Griffen hatte er die Verkleidung abgenommen. Zachery blickte auf die Spulen des Umformers. Lujan klemmte einige Kabel ab und zog dann einen stabförmigen Gegenstand unter den Spulen hervor.

„Das ist die Seele eines Umformers", erklärte er. „Ohne diesen Gleichrichter kann das Gerät nicht arbeiten."

Er hob ein Knie und preßte den Stab mit einer ruckartigen Bewegung dagegen. Das kristalline Gebilde zerbrach in Stücke. Lujan warf sie zu Boden.

„Die Roboter haben nicht eingegriffen", sagte er erstaunt.

„Wir gehen weiter", entschied Redhorse. „Wir können nicht einen Umformer nach dem anderen zerstören, nur um herauszufinden, wann unsere Begleiter die Geduld verlieren."

Zachery glaubte nicht, daß man aus dem passiven Verhalten der Roboter auf ihre Loyalität gegenüber den Terranern schließen konnte. Was bedeutete schon ein Umformer unter Hunderten? Außerdem konnte das Gerät repariert werden, sobald sie außer Sichtweite waren.

Der einzige Beweis, den Lujan mit der Demontage des Umformers erbracht hatte, war der, daß dieses Gerät tatsächlich in allen Einzelheiten terranischen Modellen glich. Aber das hatte wohl keiner der vier Männer bezweifelt, dachte Zachery.

Durch eine kleine Schleuse gelangten sie in einen Seitengang. Hier gab es atembare Luft, wie die Männer erleichtert feststellten. Redhorse klopfte gegen sein Kombinationsmeßgerät und öffnete den Helm seines Schutzanzugs. Er machte einige tiefe Atemzüge. Als Zachery ebenfalls nach seinem Helm greifen wollte, hielt ihn Redhorse am Arm fest.

„Einen Augenblick!" rief er aus. „Wir haben keine Gelegenheit, eine Analyse durchzuführen. Meine Lungen müssen das Labor ersetzen. Wenn ich in zehn Minuten keine Reaktionen zeige, die Anlaß zu Befürchtungen geben, können Sie alle Ihre Helme ebenfalls abnehmen."

Parral hielt diese Vorsichtsmaßnahme für übertrieben. Er trug den schweren Schutzanzug jetzt seit einigen Stunden. Seitdem er vor Jahren die Weltraumakademie verlassen hatte, versuchte er vergeblich, seine Aversion gegen Schutzanzüge zu überwinden. In einem Anzug mit geschlossenem Helm fühlte er sich stets unsicher.

Seine Aufmerksamkeit wurde von den Kampfrobotern in Anspruch genommen, die die Tür zu einem großen Raum geöffnet hatten. Der Leutnant blinzelte verwirrt, als er die Einrichtung des Zimmers sah. Es gab moderne Pneumoliegen, Massagesessel, Spieltische und einen Schrank mit eingebauter Leinwand für Filmvorführungen. Die Filmspulen standen ordentlich sortiert in einem Regal. Die Farben der Einrichtungsgegenstände entsprachen zwar nicht Zacherys Geschmack, waren aber phantasievoll zusammengestellt. Dieses Zimmer hätte Teil eines Gebäudes auf der Erde sein können. An den Wänden hingen einige 3-D-Bilder mit Raumfahrtmotiven.

Einer der Kampfroboter drückte auf einen schwarzen Knopf neben dem Schrank. Die Wand glitt zur Seite und gab den Blick auf einen großen Baderaum frei. Die Wände des Badezimmers bestanden aus bernsteinähnlichem Material.

Alles blitzte vor Sauberkeit. Redhorse näherte sich dem Schrank und strich mit der Hand über eine Ablage.

„Imitiertes Holz", stellte er fest. „Fühlt sich an wie Puralin."

Puralin war ein Kunststoff, der auf der Erde fast ausschließlich zur Möbelherstellung verwendet wurde.

Inzwischen war Lujan ins Bad gegangen und hatte sich dort umgesehen.

„Die Dusche wurde noch nie benutzt", sagte er. „Alles scheint vollkommen neu zu sein."

„Sie können Ihre Helme jetzt abnehmen", sagte Redhorse. „Ich bezweifle nicht, daß diese Räume nur dazu eingerichtet wurden, damit sie eines Tages von Terranern benutzt werden."

„Glauben Sie nicht, daß diese Räume den Bewohnern der Plattform gehören?" fragte Zachery.

Redhorse machte eine alles umfassende Geste. „Wo sind die Besitzer des Mutterschiffs? Warum zeigen sie sich nicht? Ich glaube immer mehr, daß die Plattform nur von Robotern besetzt ist."

Zachery hörte ihn kaum. Er hatte endlich den Helm gelöst. Niemals zuvor hatte er so lange dazu gebraucht. Meine Hände zittern, dachte er verwundert. Dabei war die neue Umgebung weder fremdartig noch gefährlich. Aber vielleicht war *das* der Grund für seine innere Erregung.

Velarde warf seinen Helm auf den Tisch und ließ sich ächzend in einen Sessel sinken. Sein Kopf bewegte sich ruckartig über der Halskrause des Schutzanzugs. Der Sergeant erinnerte Zachery an einen alten Boxer, der während der Pause zwischen den Runden in seiner Ringecke hockt und die Zuschauer beobachtet. Velardes breite Nase verstärkte diesen Eindruck. Der Sergeant grinste unverschämt, als er spürte, daß Zachery ihn anstarrte.

„Warum setzen Sie sich nicht, Leutnant?" erkundigte er sich.

Zachery schüttelte den Kopf. Er rieb mit einer Hand seinen Nacken und sah Redhorse und Lujan zu, die den Schrank und das Badezimmer untersuchten.

Spinoza stand wie eine Statue neben dem Eingang. Er schien jedes Interesse an seinen Begleitern verloren zu haben.

Einer der Kampfroboter kam auf Zachery zu. Unwillkürlich nahm der Leutnant eine Abwehrstellung ein. Der Roboter reagierte nicht darauf, sondern verbeugte sich höflich.

„Wir nehmen an, daß unsere Großen Freunde hungrig sind", sagte er.

Zachery starrte den Roboter an.

„Natürlich sind wir hungrig", mischte sich Velarde ein. „Um Himmels willen, Leutnant! Bestellen Sie irgend etwas. Wer weiß, ob wir noch eine solche Chance erhalten."

„Bringen Sie uns etwas zu essen", sagte Zachery förmlich. Er hörte Velarde kichern und kam sich wie ein Narr vor. Redhorse und Lujan hatten sich überhaupt nicht um die Roboter gekümmert, seit sie sich innerhalb dieser Räume aufhielten.

Der Kampfroboter hastete davon.

„Jetzt sind wir allein", stellte Velarde befriedigt fest. „Ich möchte wissen, ob man uns eingeschlossen hat."

Lujan ging zur Tür. Sie ließ sich öffnen.

„Draußen im Gang sind ein paar Roboter“, sagte er. „Ich glaube jedoch nicht, daß sie als Wächter fungieren. Wir können diese Räumlichkeiten jederzeit verlassen.“

Es gab viele Arten von Gefangenschaft, dachte Zachery müde. Was nützte es ihnen, wenn sie sich in der riesigen Plattform frei bewegen konnten? Eine Flucht war unmöglich.

Zachery ging zum Eingang des Badezimmers und warf einen sehnsüchtigen Blick hinein. Redhorse, der ihn beobachtete, lachte leise.

„Möchten Sie ein Bad nehmen, Leutnant?“ fragte der Oberst.

„Mit Vergnügen, Sir“, antwortete Parral. Es war ein verlockender Gedanke, den Schutzanzug abzulegen und sich unter die Dusche zu stellen. Er würde sich wie neu geboren fühlen, wenn er gebadet war.

„Warum sollen wir nicht von den Einrichtungen Gebrauch machen?“ meinte Redhorse. Er ging ins Bad und stellte das Wasser an. Zachery hörte das Rauschen der Brause. Er öffnete seinen Schutzanzug und legte ihn ab.

Als er gebadet hatte und in das andere Zimmer zurückkehrte, erwartete ihn eine warme Mahlzeit. Auf seinem Teller lagen verschiedene Fleischstücke. Daneben stand eine Salatschüssel.

„Keine Syntho-Masse“, sagte Redhorse und wischte sich den Mund ab. „Ich glaube, wir werden es hier einige Zeit aushalten können.“

Zachery fühlte, wie ihm das Wasser im Mund zusammenlief. Er setzte sich und griff nach dem Eßbesteck. Er wunderte sich nicht, daß es genau seinen Vorstellungen entsprach. Er stach mit der Gabel in einen Fleischbrocken, um sich ein Stück abzuschneiden.

In diesem Augenblick kam aus den überall angebrachten Lautsprechern ein gellender Schrei.

Zachery erstarrte. Seine Blicke trafen sich mit denen Velardes. Der Sergeant schüttelte unwillig den Kopf, als sei er einer Täuschung zum Opfer gefallen. Es hatte sich angehört, als habe ein Mensch in höchster Not geschrien.

„Was war das?“ fragte Lujan entsetzt.

Bevor jemand antworten konnte, erschallte wahnwitziges Gelächter aus den Lautsprechern. Dann folgte ein langgezogener Heulton, der allmählich schwächer wurde und in ein Wimmern überging.

Zachery ließ die Gabel fallen und sprang auf. Seine Hand tastete nach dem Strahler.

Woher kam der Lärm? Wer hatte ihn verursacht?

„Legen Sie Ihren Schutzanzug wieder an, Leutnant“, sagte Redhorse gelassen. „Es sieht so aus, als müßten wir anderen vorläufig auf ein Bad verzichten.“

Die Stimme des Obersten übte einen beruhigenden Einfluß auf Zachery aus. Trotzdem zuckte er zusammen, als das irrsinnige Lachen erneut hörbar wurde.

Spinoza, der die ganze Zeit über ruhig neben dem Eingang gestanden hatte, bewegte sich jetzt wieder. Er rechnete offenbar damit, daß er bald Gelegenheit für einen neuen Test erhalten würde.

Redhorse trat auf den Gang hinaus.

„Es ist kein Roboter in der Nähe, den wir nach der Ursache des Spektakels fragen könnten“, sagte er enttäuscht.

Zachery bückte sich und hob die Gabel auf. Er hätte jetzt keinen Bissen hinuntergebracht. Plötzlich hatte die Plattform alles Vertraute verloren. Sie war zu einem Ort unbekannter Gefahren geworden.

„Der Schutzanzug, Leutnant!“ erinnerte Redhorse.

Parral griff nach seinem Schutzanzug. Aus den Lautsprechern kam jetzt ein animalisches Heulen. Zachery hatte niemals zuvor etwas Ähnliches gehört. Trotzdem hätte er geschworen, daß diese Geräusche von einem menschlichen Wesen erzeugt wurden.

12.

Die Erinnerung war von ständigen Schmerzen begleitet.

Sie bestand aus schemenhaften Gedankenbildern, von denen jedes einzelne zwar eine Bedeutung besaß, die aber als Gesamtheit keinen Zusammenhang ergaben. Es war, als läge er am Grund eines tiefen Brunnens und könnte den Wechsel von Tag und Nacht beobachten, ohne deshalb irgend etwas von der Welt außerhalb des Brunnens zu wissen.

Das einzige Gefühl, das von Gedankenbild zu Gedankenbild reichte, war der Schmerz. Der Schmerz hüllte ihn ein wie eine Blase. Eine atmende Blase, dachte er, die sich bei jedem Luftholen zusammenzog und gegen ihn preßte. Dann, wenn die Luft ausgestoßen wurde, fühlte er sich einen Augenblick befreit und konnte klarer denken.

Es war tragisch, daß er in seinen Erinnerungsfetzen kein Bild seines Körpers fand, obwohl damals sein Selbstbewußtsein sehr ausgeprägt gewesen sein mußte.

Manchmal überkam ihn eine dumpfe Ahnung von etwas Körperlichem. Dann wußte er sogar, daß er sich bewegt hatte. Allein der Gedanke daran erfüllte ihn mit Abscheu gegen sich selbst. Über seinen jetzigen Zustand wußte er nichts.

Er empfing Impulse und sendete Impulse. Nur ein unbedeutender Teil der empfangenen Impulse war ihm verständlich. Oft erhielt er dringende Nachrichten, die keinerlei Sinn ergaben. Er existierte in der Blase aus Schmerzen, empfing und sendete.

Von den Impulsen, die er sendete, blieben die meisten unbeachtet. Die positronische Steuerzentrale reagierte einfach nicht darauf. Sie war wie ein unüberwindlicher Block, die ihm den Zugang zu den verschiedenen Sektionen der Plattform versperrte.

Oft peinigte ihn der Schmerz so sehr, daß er Hunderte von Impulsen in kurzer Zeit abgab. Dann begann er zu toben. Die Impulse wurden aufgezeichnet und von der synchron zur Steuerpositronik geschalteten Lautsprecheranlage in Töne verwandelt.

Nach solchen Ausbrüchen brauchte er lange, um sich zu erholen. Während dieser Zeit war er vollkommen apathisch.

Um ihn herum wurden in einer Sekunde Tausende von Schaltungen vorgenommen. Früher war er Mittelpunkt dieser Schaltungen gewesen, doch jetzt vermochte er sie kaum noch zu beeinflussen. Die positronische Steuerzentrale hatte vom Koordinator den Auftrag erhalten, eine bestimmte Art von Impulsen zu ignorieren.

Es schien, als sei er nicht mehr in der Lage, andere Impulse zu senden.

Oft wünschte er, er würde aufhören zu existieren, obwohl er sich nicht vorstellen konnte, wie das Ende seiner rätselhaften Existenz herbeizuführen war. Vielleicht mußte er nur aufhören zu denken. Aber das war unmöglich. Sobald die Blase zusammenschrumpfte, zwangen ihn die Schmerzen zum Denken.

In seiner Erinnerung gab es derart viele Existenzformen, daß er es nicht wagte, sich mit einer davon zu vergleichen. Auch waren sie alle körperlich, und er wußte nicht mit Sicherheit, ob er selbst körperlich existierte. Seine Schmerzempfindlichkeit schien zwar der Beweis für das Vorhandensein irgendeines Körpers zu sein, aber war es nicht möglich, daß ein bloßes Bewußtsein ebenfalls Schmerzen fühlen konnte?

Seine Erinnerungen waren viel zu abstrakt, als daß er daraus Beziehungen auf seine Existenz hätte ableiten können.

Im Grunde genommen war er ununterbrochen auf der Suche nach seinem Körper. Er stellte unzählige Überlegungen an, wie er wohl aussehen mochte.

Über seine Umwelt hatte er sehr konkrete Vorstellungen. Er konnte, wenn er den Wunsch hatte, die gesamte Plattform beobachten. Die Impulsbilder zeigten ihm jede Einzelheit des gewaltigen Mutterschiffs. Alles, was er von seiner Umgebung sah, ließ sich nicht in Zusammenhang mit seiner rätselhaften Existenz bringen.

Er hatte vage Vorstellungen, daß er seit langer Zeit auf irgend etwas wartete. Er erinnerte sich an endlose Vorbereitungen, die jedoch abgeschlossen waren.

Worauf wartete er?

Auf die fünf Körper, die in die Plattform eingedrungen waren?

Einer der fünf Fremden war ein Roboter. Innerhalb der Plattform gab es Tausende von Robotern. Warum sollte er auf eine solche Existenzform gewartet haben?

Die vier anderen Körper waren interessanter. In seiner Erinnerung tauchten immer wieder Wesen auf, die ebenso aussahen wie diese Unbekannten.

Seit das Raumschiff der Fremden abgestürzt war, empfing er ununterbrochen Impulse. Er reagierte nicht darauf, weil er den Sinn der Nachrichten nicht verstand.

Die positronische Steuerzentrale hatte ihre Einstellung ihm gegenüber nicht geändert. Seit dem Aufprall des fremden Raumschiffs hatte er ständig Impulse abgestrahlt. Die Schaltungen hatten einwandfrei funktioniert, doch die Steuerzentrale hatte keinen seiner Befehle befolgt.

Resigniert beobachtete er, wie die fünf Eindringlinge von den Robotern in ein Quartier gebracht wurden.

Die Blase atmete ein und preßte ihn zusammen. Er begann wütend Impulse auszustoßen, die augenblicklich in Töne umgeformt wurden.

Wie durch einen Schleier konnte er beobachten, daß die Fremden durch diesen Lärm verwirrt wurden. Er schrie weiter, weil ihn ihre Unsicherheit belustigte. Es war die einzige Möglichkeit, sich bemerkbar zu machen. Die Umwandlung der Impulse in Töne konnte die Steuerzentrale nicht verhindern.

Die unbekannten Raumfahrer bewegten sich hastig. Jede ihrer Bewegungen deutete darauf hin, wie intensiv diese Wesen sich ihres Körpers bewußt waren. Da gab es nur Reaktionen, die dem körperlichen Aussehen entsprachen.

Wie er sie haßte!

Wenn er durch irgendein Wunder plötzlich einen Körper besessen hätte, der dem eines dieser Wesen glich, hätte er nichts damit anzufangen gewußt. Denn was nützte ein Körper, dessen man sich nicht vollständig bewußt wurde?

Er schrie seinen Haß und seine Verzweiflung in der Flut von Impulsen hinaus.

Tötet sie! sendete er. Tötet sie! Tötet sie!

Die Impulse drangen bis zur positronischen Steuerzentrale vor und wurden dort aufgefangen.

Erschöpft stellte er die Sendungen ein. Erneut trafen Nachrichten ein. Fast ausschließlich kamen sie vom Koordinator. Er kapselte sich dagegen ab, weil sie ihm sinnlos erschienen. In letzter Zeit war der Koordinator dazu übergegangen, sich direkt an die Roboter der Plattform zu wenden. Sie schienen einen Sinn in den Impulsen zu erkennen.

Allmählich ließ der Schmerz wieder nach.

Er erinnerte sich an einen großen freien Platz, der von eigenartigen Gebäuden umgeben war. Plötzlich öffneten sich in allen Gebäuden ein Fenster. Augenlose Köpfe wurden sichtbar. Die Augenhöhlen glotzten auf irgend etwas herab, was sich inmitten des freien Platzes befand.

„Seht nur!“ schrie eine gellende Stimme. „Er hat keinen Körper!“

Das war eine Erinnerung, die immer wiederkam. Er selbst war es, der inmitten des freien Platzes auf eigenartige Weise existierte. Die anderen, die aus den Fenstern starrten, konnten ihn sehen, aber er wußte nichts über sein Aussehen.

Waren das tatsächlich Erinnerungen? fragte er sich. Oder handelte es sich um Träume, die durch irgendwelche Einflüsse ausgelöst wurden?

Das Bild wechselte. Er sah sich in einen kleinen Raum versetzt.

Innerhalb dieses Raumes befand sich ein Wesen, dem er eine wichtige Mitteilung machen mußte. Aber was er auch unternahm, um sich bemerkbar zu machen, das Wesen konnte ihn nicht erkennen. Hilflos existierte er als nacktes Bewußtsein neben dem Fremden, ohne mit ihn in Verbindung treten zu können.

Da er von unzähligen Schaltungen umgeben war, fragte er sich oft, ob das vielleicht sein Körper sein könnte? Eine Ansammlung von Modulen! Denn er konnte die Module benutzen, wie andere ihren Körper benutzten.

Wenn seine Vermutung zutraf, dann war die Verbindung zwischen seinem Bewußtsein und seinem Körper vollkommen abstrakt und entsprach keinem Muster, das er bisher kennengelernt hatte. Deshalb glaubte er, daß er Mittelpunkt dieser Schaltungen war, daß sie ihm aber im Grunde genommen ebenso fremd waren wie die Roboter, die sich überall auf der Station herumtrieben.

Wenn er mehr über den Ursprung seiner Existenz gewußt hätte, wäre es ihm vielleicht möglich gewesen, sich eine gewisse Vorstellung seiner selbst zu machen. Solange er jedoch zurückdenken konnte, existierte er unter Schmerzen und lückenhaften Erinnerungen. Unter diesen Umständen war es erstaunlich, daß er einen gewissen Sinn für die Zeit besaß. Er konnte fast exakt zwischen länger zurückliegenden und gerade geschehenen Ereignissen unterscheiden. An der Deutlichkeit seiner Erinnerungen konnte er erkennen, wie lange irgendein Geschehnis bereits zurücklag. So hatte er seine Erinnerungen in unzählige Zeiteinheiten gestaffelt. Bei neu auftauchenden Gedankenbildern wußte er stets sofort, in welche Zeiteinheit er sie einzureihen hatte. So gab es in jeder „Staffel" eine Vielzahl von Erinnerungen. Früher hatte er gehofft, auf diese Weise irgendwelche Zusammenhänge herausfinden zu können, doch das hatte sich als Fehlspekulation erwiesen. Selten hatten die Erinnerungen einer Zeiteinheit etwas gemeinsam.

Es war überflüssig gewesen, die einzelnen Zeiteinheiten mit Bezeichnungen zu versehen, weil es immer wieder vorkam, daß zwischen zwei Einheiten eine dritte eingeschoben werden mußte. Das passierte dann, wenn eine neue Erinnerung zeitmäßig zwischen zwei andere fiel.

Es kam vor, daß er einige Zeit ruhig blieb. Dann kam er auf absurde Gedanken. Er fragte sich, ob seine Umwelt vielleicht nur Illusion war oder ein nicht endenwollender Alptraum.

Irgendwann in ferner Vergangenheit mußten seine Beziehungen zur Umwelt völlig anderer Natur gewesen sein. Aber das lag so lange zurück, daß ihm keine Einzelheiten mehr einfielen.

13.

Als die Lautsprecher endlich verstummten, schien Zachery die Stille unangenehmer zu sein als der vorausgegangene Lärm. Er hatte das Gefühl, in einer schrecklichen Leere zu schweben. Vergeblich versuchte er, seine Gedanken zu ordnen oder sie auf irgend etwas zu konzentrieren.

„Helme aufsetzen!“ befahl Redhorse. „Ich möchte, daß wir auf alles vorbereitet sind.“

„Was halten Sie von der Sache, Oberst?“ fragte Lujan.

„Ich weiß nicht, was ich dazu sagen soll“, gestand Redhorse. „Es gibt derart viele Möglichkeiten, das Geschrei zu erklären, daß es sinnlos ist, darüber nachzudenken.“

„Vielleicht handelt es sich um eine Bandaufnahme“, meinte Sergeant Velarde. „Es muß nicht unbedingt eine Bedeutung haben.“

Redhorse wandte sich um und blickte Zachery an.

„Was meinen Sie, Leutnant?“

Zachery gab sich Mühe, ein Lächeln zustande zu bringen. „Vielleicht war es eine Art Begrüßung“, sagte er unsicher.

Er sah, daß Velarde grinste. Zachery fühlte, daß ihn die ununterbrochene nervliche Anspannung einer Krise entgegentrieb. Das Gefühl seiner Hilflosigkeit inmitten dieser gigantischen Plattform lag ständig wie ein körperlicher Druck auf ihm. Er dachte an die unzähligen psychologischen Tests, die er mitgemacht hatte.

Die Psychologen hatten ihm Ausgeglichenheit und Mut bestätigt.

Zachery schluckte trocken. Er fühlte sich weder ausgeglichen noch mutig.

Seine Furcht, daß er versagen könnte, war fast noch stärker als die vor der unbekannten Drohung.

„Eine Begrüßung“, griff Redhorse Parrals Worte auf. „Warum nicht? Diese Idee ist ebensogut wie jede andere.“

Spinoza, der draußen im Gang gestanden hatte, kam herein und wedelte aufgeregt mit seinen Armen.

„Die Roboter kommen!“ rief er. „Diesmal scheinen sie uns jedoch nicht freundlich gesinnt zu sein.“

Redhorse warf einen Blick hinaus. Er zog schnell den Kopf wieder zurück und schloß die Tür.

„Diesmal ist es eine größere Abordnung“, sagte er. „Sie halten ihre Waffen schußbereit.“ Er schaute sich im Raum um. „Sucht euch eine Deckung.“

Zachery starrte benommen auf das Essen hinab, auf das er nun verzichten mußte. Dann gab er sich einen Ruck und tauchte hinter einen Sessel. Lujan war im Badezimmer verschwunden. Velarde lag unter einem Tisch und lächelte grimmig. Oberst Redhorse hatte sich zum Schrank zurückgezogen.

Nur Spinoza stand erwartungsvoll vor dem Eingang.

Die Tür glitt zur Seite und gab den Blick auf eine Reihe metallischer Körper frei. Hinter der ersten Reihe drängten sich noch einige Dutzend Roboter im Gang. Die Waffenarme der Automaten waren ins Innere des Zimmers gerichtet.

„Willkommen!“ rief Spinoza freundlich. Dann trat er vor, packte zwei Roboter an ihren Spiralhälsen, hob sie hoch und ließ ihre Köpfe zusammenkrachen.

Gleich darauf war Spinoza inmitten der Roboter verschwunden. Die Angreifer kreisten den *Whistler*-Robot ein. Es dauerte ein paar Minuten, bis Spinoza überwältigt war.

Zachery, der hinter dem Sessel hervorspähte, konnte sehen, wie man den Testrobot auf einen flachen Fahrzeug abtransportierte. Ein paar Fetzen Bioplastmaterial hingen von Spinozas Gesicht.

„Wir schießen, sobald sie im Eingang auftauchen“, sagte Redhorse.

Zachery hob den Kombistrahler, schaltete ihn auf Impulsmodus und zielte auf den Eingang. Bei der Größe des Zieles war es nicht so schlimm, daß er stark zitterte. Er würde auf jeden Fall etwas treffen. Draußen im Gang versammelten sich die Roboter. Es dauerte ein paar Minuten, bis sie wieder vorrückten.

„Feuer!“ befahl Redhorse.

Zachery drückte ab. Die Tür verschwand in Rauch und Flammen. Ein getroffener Roboter torkelte ins Zimmer, knickte zusammen und stürzte auf einen Tisch, der unter ihm nachgab.

Da hörte Zachery hinter sich einen Aufprall. Sein Kopf flog herum. Er sah, daß Lujan quer vor dem Eingang des Badezimmers lag. Nichts deutete darauf hin, daß er einen Treffer erhalten hatte.

„Sie benutzen Narkosestrahler!“ rief Redhorse. „Wir müssen aufpassen.“

Die Roboter wollten sie also nicht töten, sondern nur außer Gefecht setzen, überlegte Zachery. Lujan war in den Bereich eines Narkosestrahls geraten und lag paralysiert am Boden.

Im Eingang türmten sich die Wracks von mindestens zehn Robotern. Dahinter hatten die anderen Angreifer Stellung bezogen. Zachery wartete darauf, daß seine Augen ein Ziel fanden. Sobald er sah, daß sich im Gang etwas bewegte, drückte er ab.

„Jetzt hat es Redhorse erwischt!“ stieß Velarde hervor.

Zachery riskierte einen Seitenblick. Der Oberst war vor dem Schrank zusammengesunken und bewegte sich nicht.

„Was nun?“ fragte Zachery bestürzt.

„Nur nicht nervös werden, Leutnant“, sagte Velarde beruhigend.

Parral sah, wie der Sergeant auf Redhorse zukroch. Velarde rüttelte den Obersten an der Schulter. Redhorse zeigte keinerlei Reaktion.

„Er ist vollkommen betäubt“, knurrte Velarde.

Zachery fragte sich, warum er dem Kampf kein Ende bereitete und kapitulierte. Da Redhorse nicht mehr bei Bewußtsein war, hatte Zachery das Recht, den Befehl zu übernehmen. Dagegen kauerte er nur hinter dem Sessel und wartete darauf, was Velarde vorschlagen würde.

„Bleiben Sie in Deckung, Leutnant!“ rief der Sergeant. „Ich werfe eine Mikrobombe auf den Gang hinaus.“

Bevor Zachery protestieren konnte, explodierte die Bombe mitten unter den Robotern. Die Druckwelle warf den Leutnant zu Boden. Der Sessel fiel auf ihn. Als er den Kopf hob, sah er überall die Überreste von Robotkörpern herumliegen. Der Eingang war leergefegt.

Velarde taumelte auf die Tür zu. In einer Hand hielt er den

Strahler, mit der anderen umklammerte er den Unterarm eines Roboters wie eine Keule.

Zachery richtete sich auf. Er wollte dem Sergeanten folgen.

Da sah er, wie Velarde schwankte. Im Gang schienen sich noch immer Roboter aufzuhalten. Velardes Waffenhand zuckte konvulsivisch, dann polterte der Strahler zu Boden.

Unschlüssig blieb Zachery stehen. Er griff nicht ein, als Cafana Velarde endgültig zu Boden sank und sich nicht mehr bewegte. Der junge Raumfahrer kam sich jetzt vollkommen hilflos vor. Was sollte er allein gegen den Feind unternehmen?

Er sah eine Bewegung draußen im Gang und schoß. Dann stürmten plötzlich ein Dutzend Roboter auf ihn zu. Er traf einen direkt, aber dann spürte er, wie seine Arme schwerer wurden. Er sah, wie sich einige Roboter bückten und Velarde aufhoben. Sie trugen ihn davon.

Zachery hatte keine Kraft mehr in den Beinen. Er sank zu Boden. Ich darf nicht bewußtlos werden, dachte er. Er konzentrierte sich auf den vor ihm stehenden Roboter. Lujan wurde vorbeigetragen. Seine Beine baumelten nach unten und schleiften auf dem Boden.

Das war das letzte, was Zachery Parral von seiner Umgebung wahrnahm.

Zachery kam langsam wieder zu sich. Er lag ausgestreckt in vollkommener Dunkelheit auf hartem Untergrund.

Das Summen des Sauerstoffaggregats alarmierte ihn. Das Aggregat hatte während seiner Bewußtlosigkeit auf die Reservepatrone umgeschaltet. Das bedeutete, daß er mehrere Stunden ohne Besinnung hier gelegen hatte.

Parral öffnete den Helm und spürte sofort, daß innerhalb des Raumes, in dem er lag, atembare Luft vorhanden war. Er schaltete das Sauerstoffaggregat ab und richtete seinen Oberkörper auf.

Einen Augenblick lauschte er in die Dunkelheit hinein. Er schien allein zu sein. Er löste den Scheinwerfer vom Helm und schaltete ihn ein. Das Licht fiel auf eine glattpolierte Metallfläche. Zachery ließ den Lichtstrahl weiterwandern, bis er gegen eine Wand traf. Auch die Wand war vollkommen glatt und lieferte dem Leutnant keinerlei Hinweise darüber, in welchem Teil der Plattform er sich befand. Kurz darauf hatte er herausgefunden, daß er in einem quadratischen, vollkommen leeren Raum erwacht war, der nicht übermäßig groß, aber über fünf Meter hoch war. An der Decke befanden sich zwei runde Verschlußklappen. Die Tür war nur an den Fugen zu erkennen, es gab weder Griffe noch sichtbare Zuhaltungen.

Zachery erhob sich vollständig. Er war noch unsicher auf den Beinen. Das rührte von der gerade überwundenen Lähmung her. Er fragte sich, wo Redhorse und die beiden anderen Männer waren. Hatte man sie in ähnlichen Räumen untergebracht?

Der Leutnant klopfte nacheinander alle Wände ab. Er erhielt keine Antwort. Nach mehreren Versuchen mußte er feststellen, daß sich die Tür nicht öffnen ließ. Er besaß keine Waffe mehr, so daß er sich keinen Durchgang in das Metall brennen konnte.

Seine einzige Chance, aus seinem Gefängnis zu entkommen, waren die beiden Absperrklappen in der Decke. Zachery warf einen zögernden Blick hinauf.

Er schaltete das Flugaggregat seines Schutzanzugs ein. Langsam schwebte er zur Decke hinauf. Die Verschlußklappen besaßen einen Durchmesser von etwa einem Meter. Wenn es ihm gelang, eine davon zu öffnen, konnte er leicht in den über ihm liegenden Raum entkommen.

Und dann?

Auf Zacherys Stirn erschien eine steile Falte. Wohin wollte er überhaupt fliehen? War es nicht besser, wenn er in diesem Raum darauf wartete, was geschehen würde?

Er preßte die Zähne aufeinander. Nein, entschied er. Er mußte irgend etwas unternehmen. Er war sicher, daß Redhorse an seiner Stelle ebenso gehandelt hätte. Mit beiden Händen drückte er gegen eine der Klappen. Sie gab nicht nach. Zachery hämmerte mit den Fäusten dagegen, aber er hatte keinen Erfolg.

Er wandte sich der zweiten Klappe zu. Er versuchte, sie nach verschiedenen Richtungen wegzuschieben. Endlich gab sie ein paar Zentimeter nach.

Über Zachery lag eine beleuchtete Halle. Der Leutnant sah Teile eines gerüstförmigen Gebildes. Er stemmte sich mit dem Rücken gegen die Klappe. Dann drückte er sich mit den Händen in der Deckenvertiefung ab. Die Absperrung knirschte und rutschte ein

Stück weiter zur Seite. Es gelang Zachery, beide Arme in den entstandenen Spalt zu schieben. Mit Aufbringung aller Kräfte konnte er die Öffnung jetzt so weit vergrößern, daß er seinen Oberkörper durchzwängen konnte.

Er hing bewegungslos in der runden Öffnung. Mit dem oberen Teil seines Körpers befand er sich in einer riesigen Halle. Überall standen Gerüste und Masten. Durch dieses Gewirr war es Zachery unmöglich, die Ausdehnung der Halle zu erkennen.

Er überlegte, ob es einen Sinn hatte, dorthin zu fliehen. Wenn er nicht vorsichtig war, konnte er sich hoffnungslos verirren. Er besaß nicht genügend Erfahrung, um einen eingeschlagenen Weg später wieder bis zum Endpunkt zurückverfolgen zu können.

„Was machen Sie da oben, Sir?“ fragte da eine bekannte Stimme unter ihm.

Zachery ließ sich zurücksinken. Unter ihm stand Spinoza. Er hatte sein Gesicht notdürftig in Ordnung gebracht, aber an manchen Stellen schimmerte das blanke Metall durch das zerrissene Bioplastmaterial.

Der Anblick des Roboters erleichterte Zachery ungemein. Er hätte Spinoza am liebsten umarmt. Er beherrschte sich jedoch und sank langsam auf den Boden des Raumes zurück. Ein Blick auf die verbogen neben dem Eingang liegende Tür zeigte ihm, auf welche Weise Spinoza sich Zutritt verschafft hatte.

„In den vergangenen Stunden habe ich eine Reihe aufschlußreicher Tests durchgeführt“, bemerkte Spinoza selbstzufrieden. Er betastete sein Gesicht. „Sie sehen jedoch, daß nicht alles zu meiner Zufriedenheit verlief.“

„Wo sind die anderen?“ erkundigte sich Zachery, ohne auf die Worte des Testroboters zu achten.

Spinoza hob die Schultern. Hätten seine metallenen Gelenke dabei nicht geknackt, hätte es wie eine menschliche Geste gewirkt.

Zachery deutete zum Eingang.

„Wir müssen sie suchen“, entschied er.

„Gewiß, Leutnant Tick-Tack“, stimmte Spinoza zu. „Ich muß Sie jedoch darauf aufmerksam machen, daß diese Suche für Sie mit Gefahren verbunden sein wird.“

„Die Roboter“, sagte Zachery abfällig. „Wir gehen ihnen aus dem Weg.“

„Die Roboter brauchen wir nicht zu fürchten“, entgegnete Spinoza. „Wohl aber die Bewohner dieses Teiles der Plattform.“

„Was?“ entfuhr es Zachery. „Von welchen Bewohnern sprichst du?“

„Ich besitze ein eingebautes Infrarotspürgerät“, erklärte Spinoza. „Damit habe ich Wärmeimpulse empfangen. Sie sind so zahlreich, daß sie unmöglich von Oberst Redhorse und den beiden anderen Männern herrühren können.“

„Hast du einen der Unbekannten gesehen?“

„Ich bin ihnen ausgewichen, Leutnant Tick-Tack“, erwiderte Spinoza. „Wenn sie wie Menschen aussehen, kann ich sie nicht angreifen. Das verbietet meine Programmierung.“

„Wenn du mich noch einmal Leutnant Tick-Tack nennst, sorge ich dafür, daß du kurzgeschlossen wirst“, versicherte Zachery grimmig. Er kratzte sein verkrüppeltes linkes Ohr und blickte Spinoza drohend an.

„Ich darf nur von einem Mitglied der *Whistler*-Company kurzgeschlossen werden“, belehrte Spinoza den Offizier.

Zachery seufzte ergeben und begab sich zum Eingang. Der im Halbdunkel liegende Gang war zu seiner Erleichterung verlassen.

„Los!“ rief er Spinoza zu. „Wir müssen vor allen Dingen Oberst Redhorse finden.“

Der Experimentalrobot, der sich trotz seines hohen Körpergewichts schnell und fast lautlos bewegte, kam an seine Seite.

„Hör zu, Spinoza“, flüsterte Zachery. „Sobald du merkst, daß jemand in unsere Nähe kommt, mußt du mich sofort informieren. Und versuche, endlich diese verdammten Tests zu vergessen.“

„Was soll ich vergessen?“ fragte Spinoza bestürzt.

„Nichts, nichts“, sagte Zachery hastig. Er mußte vorsichtig sein, sonst kam es in Spinozas empfindlicher Positronik noch zu einer Fehlschaltung. Dann war der Robot überhaupt nicht mehr zu gebrauchen.

Spinoza! dachte Zachery verständnislos. Was für ein Name für einen Roboter.

„Die Fremden sind in allen umliegenden Räumen“, informierte ihn Spinoza. „Sie können jeden Augenblick auf den Gang herauskommen.“

„Sprich nicht so laut!“ befahl Zachery. „Willst du sie herauslokken?“

Der Leutnant trat weiter auf den Gang hinaus und sah sich nach beiden Richtungen um. Er hielt es für riskant, einfach loszugehen, ohne zu wissen, wo sie herauskommen würden. Er bezweifelte nicht, daß die drei anderen Männer irgendwo in der Nähe gefangengehalten wurden. Zachery packte Spinoza am Arm und zog ihn mit sich in den kleinen Raum zurück. Er deutete zur Decke.

„Vielleicht haben alle Räume auf dieser Etage solche Klappen“, sagte er. „Wir müssen es herausfinden, indem wir uns in die Halle über uns begeben. Wenn meine Vermutung zutrifft, können wir von der Halle aus alle Räume zu beiden Seiten dieses Ganges kontrollieren.“

Spinoza nickte.

„Kommen von dort oben Wärmestrahlungen?“ fragte Parral.

„Nein, Leutnant Tick-Tack“, erwiderte Spinoza.

„Du mußt vorausfliegen“, ordnete Zachery wütend an. „Vergrößere die Öffnung in der Decke, so daß du in die Halle gelangen kannst. Stelle fest, ob sich dort oben Roboter aufhalten.“

Spinoza löste sich vom Boden und hing gleich darauf unter der Decke. Er zappelte mit den Beinen. Mit einem Ruck beseitigte er die Klappe. Es gab einen lauten Knall. Zachery hielt den Atem an und wartete auf das Geräusch von Stimmen und Schritten. Es blieb jedoch alles still.

Er blickte wieder nach oben. Spinoza stand breitbeinig über der runden Öffnung und winkte ihm zu.

„Keine Roboter, Sir!“ rief er mit voller Lautstärke.

„Nicht so laut, du Narr!“ gab Zachery zurück. Er schaltete sein Flugaggregat ein und landete gleich darauf neben Spinoza. Der Roboter schob die Platte wieder über die Öffnung. Zachery mußte lächeln. Wenn die Fremden jetzt kamen, um ihn abzuholen, würden sie sich Gedanken darüber machen, wohin er verschwunden war. Da die Tür nicht mehr an ihrem Platz war, würden seine unbekannten Gegner vermuten, daß er durch den Gang geflüchtet war.

Wer waren diese Wesen, die in diesem Teil der Plattform lebten? Hatten sie die Roboter geschickt, die die vier Männer überwältigt hatten? Die Vermutung lag nahe. Bedeutete das nicht, daß es innerhalb der Plattform zwei Gruppen von Robotern gab? Eine Partei war den Terranern gegenüber freundlich eingestellt, die anderen jedoch führten die Befehle unbekannter Wesen aus. Waren die Unbekannten mit den Erbauern der Plattformen identisch?

Alles Nachgrübeln hatte keinen Sinn, sagte sich Zachery. Je länger er sich auf dem riesigen Mutterschiff aufhielt, desto verworrener schienen ihm die Zusammenhänge.

„Dort drüben sind weitere Klappen, Leutnant Tick-Tack", bemerkte Spinoza eifrig und deutete in Richtung eines kleineren Gerüsts.

„Sehen wir uns die Sache aus der Nähe an", sagte Zachery. Seit Spinoza bei ihm war, fühlte er sich selbstsicherer.

Sie kamen an einem Mast vorbei. Spinoza blieb stehen und warf einen sehnsüchtigen Blick nach oben.

„Ein Kranenmast", stellte er fest. „Wäre es nicht ein interessanter Test, von oben abzuspringen?"

Spinoza würde wie eine Bombe aufschlagen, dachte Zachery. Wahrscheinlich würde er sogar durch den Boden brechen und in einen Raum unter der Halle fallen.

Als sie neben den nächsten Klappen standen, hatte der Roboter seine fixe Idee bereits wieder vergessen.

„Unter uns sind Fremde", sagte er zu Zachery. „Es sind insgesamt acht. Zwei bewegen sich, die anderen nicht."

Zachery dachte angestrengt nach. Wenn sie eine der Klappen öffneten, ging es bestimmt nicht ohne Lärm ab. Er wollte auf keinen Fall jetzt schon entdeckt werden. Aber die Versuchung war groß. Er wollte endlich wissen, wer seine Gegner waren.

„Öffne eine der Klappen!" befahl er Spinoza.

Der Robot wollte sich bücken, doch Parral hielt ihn zurück.

„Warte!" zischte er. „Du mußt versuchen, alles völlig lautlos zu machen. Man darf nicht auf uns aufmerksam werden."

Spinoza verzog sein Gesicht zu einem einfältigen Grinsen. Dabei löste sich ein Fetzen Bioplastmaterial. Hastig klebte Spinoza es wieder fest.

Er ergriff den Metalldeckel mit beiden Händen und hob ihn etwas an. Es gab ein kaum wahrnehmbares Geräusch. Zachery fühlte, daß sein Herz schneller zu schlagen begann. Wie gebannt blickte er auf die sich langsam vergrößernde Öffnung.

Da verlor Spinoza das Gleichgewicht und stolperte über die Platte.

Es gab einen Knall, als er losließ. Er richtete sich bolzengerade auf und senkte den Kopf.

Das Loch in der Decke war jedoch groß genug, um Zachery einen Ausschnitt des unter ihm liegenden Raumes zu zeigen.

Genau unter ihm standen zwei Fremde.

Zachery starrte wie gelähmt zu ihnen hinab.

Und sie starrten zu ihm herauf.

Der Raum schien zu eng zu sein, um den rastlosen Schritten Cafana Velardes genügend Platz zu bieten. Der Sergeant ging wie ein gefangenes Raubtier von einer Wand zur anderen. Nur ab und zu blieb er stehen und stieß einen Schwall von Verwünschungen aus.

Redhorse, der neben Lujan am Boden saß, beobachtete den aufgebrachten Raumfahrer lächelnd.

„Sie werden noch eine Wand einrennen, Sarge", prophezeite er.

„Er ist ein verdammt grüner Junge", sagte Velarde erregt. „Ich wußte, daß wir durch ihn in Schwierigkeiten kommen würden."

„Wahrscheinlich befindet sich Leutnant Parral in einer noch unangenehmeren Lage als wir", vermutete Redhorse. „Sie mögen ihn nicht, das ist alles."

„Sie sind hier, Sir. Lujan ist hier, und ich ebenfalls. Nur Parral ist nicht bei uns. Daraus können wir schließen, daß er irgend etwas getan hat, was die Roboter veranlaßte, ihn woanders hinzubringen."

„Spinoza ist ebenfalls nicht hier", sagte Redhorse.

„Spinoza", knurrte Velarde. „Der verrückte Roboter ist sowieso keine Hilfe für uns. Wahrscheinlich prügelt er sich mit einigen unserer Wächter, um die Reichweite seiner Arme zu testen."

Velarde blieb vor der Tür stehen und schlug mit beiden Fäusten dagegen.

„Wie lange sollen wir noch warten, daß man sich um uns kümmert?" rief er. „Hat man uns hierher gebracht, um uns verhungern zu lassen?"

Redhorse zog eine altmodisch aussehende Uhr aus seiner Gürteltasche und warf einen Blick darauf.

„Parrals Uhr!" sagte Velarde fassungslos. „Wo haben Sie die gefunden, Sir?"

„Er hat sie mir kurz vor dem Absturz der Space-Jet zur Verfügung gestellt", berichtete Redhorse. „Sollten wir hier je herauskommen, werde ich sie ihm als Erinnerungsstück überreichen. Es sind jetzt fast sechs Stunden vergangen, seit man uns aus unserem Quartier entführt hat. Seit einer Stunde sind wir wieder bei Bewußtsein."

„Wir müßten einen Fluchtversuch unternehmen", sagte Velarde.

Redhorse ließ seine Blicke durch den Raum gleiten. Auch er hatte bereits an Flucht gedacht. Aber wie sollten sie aus diesem Raum entkommen, dessen einziger Ausgang verschlossen war? Sie besaßen keine Waffen. Man hatte Redhorse sogar das Kombinationsmeßgerät abgenommen. Zum Glück gab es innerhalb ihres Gefängnisses frische Luft, denn der Vorrat ihrer Sauerstoffgeräte war aufgebraucht.

„Man hat uns aus einem bestimmten Grund gefangengenommen", sagte Redhorse. „Läge es in der Absicht unserer Gegner, uns zu töten, hätten die Roboter keine Lähmungsstrahler benutzt. Man hat irgend etwas mit uns vor."

„Während wir hier warten, begeht Leutnant Tick-Tack wahrscheinlich irgendwo große Dummheiten", sagte Velarde ahnungsvoll.

„Sie sprechen von einem Offizier, Sarge", sagte Redhorse betont.

„Er hat keine Erfahrung", sagte Velarde. „Haben Sie beobachtet, wie nervös er war, Sir?"

„Sie sind auch nicht gerade die Ruhe in Person", warf Lujan ein.

Velarde warf dem schlanken Techniker einen bösen Blick zu. „Wollen Sie vielleicht die Partei dieses Grünschnabels ergreifen?"

„Das genügt, Sergeant Velarde", sagte Redhorse scharf.

„Tut mir leid, Sir!" sagte der Sergeant. Er nahm seine Wanderung quer durch das Zimmer wieder auf.

Obwohl Redhorse es den beiden anderen Männern nicht eingestand, machte er sich ebenfalls Sorgen um Leutnant Parral. Wohin hatte man den jungen Offizier gebracht? Warum hatte man ausgerechnet ihn von der Gruppe abgesondert?

Hatte Parral vielleicht während des Kampfes in ihrem Quartier den Tod gefunden?

Redhorse hoffte es nicht. Die angreifenden Roboter hatten ausschließlich Narkosestrahler eingesetzt. Der Oberst hatte aber schon davon gehört, daß Menschen mit einem schwachen Kreislauf durch den Beschuß solcher Waffen getötet werden konnten.

Zachery Parral war jedoch ein Raumfahrer, der unzählige Gesundheitstests überstehen mußte, bevor er sein Offizierspatent erhielt. Es war mehr als unwahrscheinlich, daß er durch eine Narkosewaffe den Tod gefunden hatte.

Redhorses Überlegungen wurden unterbrochen, als sich jemand an der Tür zu schaffen machte. Er blickte auf und erhob sich. Velarde war abrupt stehengeblieben und blickte zum Eingang.

„Jemand kommt!“ stellte Lujan unnötigerweise fest.

Die Tür glitt zur Seite.

Sechs Kampfroboter mit erhobenen Waffen kamen herein. Draußen im Gang postierten sich einige zusätzliche Wächter. Redhorse lächelte. Sie wurden von ihrem Gegner offenbar als sehr gefährlich eingeschätzt.

„Mitkommen!“ befahl einer der Roboter und winkte mit seinem Waffenarm.

Redhorse wollte sich in Bewegung setzen, wurde jedoch von einer Metallklaue am Arm festgehalten.

„Halt!“ rief der Roboter. „Nebeneinander Aufstellung nehmen.“

Lujan und Velarde kamen an Redhorses Seite. Redhorse erhielt einen unsanften Stoß in den Rücken.

„Vorwärts!“ kommandierte einer der Roboter.

„Wir sollten versuchen, sie zu überrumpeln“, raunte Velarde dem Cheyenne zu.

„Immer mit der Ruhe, Sarge“, gab Redhorse in gedämpftem Tonfall zurück. „Draußen auf dem Gang warten noch einige Aufpasser. Die Übermacht ist zu groß.“

Die drei Terraner wurden in den Gang gebracht. Dann führte man sie einige hundert Meter weiter, bis zu einer Doppeltür, die den Eingang zu irgendeinem Raum verschloß.

„Anhalten!“ ordnete einer der Robotwächter an.

Gehorsam blieben Redhorse und seine beiden Begleiter stehen. Die Doppeltür glitt nach beiden Seiten in die Wand.

Redhorse blickte in einen hellbeleuchteten Raum, der ihn auf den ersten Blick an die Kommandozentrale eines mittelgroßen terranischen Schiffes erinnerte. Links vom Eingang befanden sich eine Reihe von Bildschirmen, unter denen Kontrollen und Schaltanlagen aufgebaut waren. Es gab sogar mehrere Sessel, die genau den Bedürfnissen eines humanoiden Körpers entsprachen. Über den Bildschirmen war ein breiter Panoramabildschirm angebracht. Inmitten des Raumes stand eine Beobachtungsglocke. Daneben gab es mehrere Karten- und Navigationstische. Auf der rechten Seite standen zwei Großpositroniken. Redhorses Herz schlug schneller, als er eine komplette Funkanlage erblickte.

Die drei Männer wurden von den Robotern durch den Eingang geschoben. Hinter ihnen schloß sich die Tür.

»Warten!« ordnete einer der Roboter lakonisch an.

„Ob das die Zentrale der Plattform ist?" fragte Velarde.

„Nein", sagte Lujan überzeugt. „Das ist wahrscheinlich nur einer von mehreren Schalt- und Kommandoräumen. Die eigentliche Kommandozentrale der Plattform muß wesentlich größer sein. Ich nehme an, daß das Mutterschiff in eine bestimmte Anzahl von Sektionen unterteilt ist. Zu jeder Sektion muß ein Raum wie dieser gehören."

Für einen Mann wie Lujan war das eine lange Rede.

Die drei Terraner wurden von den Robotern zu einigen Sesseln gebracht und erhielten die Erlaubnis, sich zu setzen. Hinter ihnen postierten sich ein halbes Dutzend Roboter mit angeschlagenen Waffen.

Redhorse sah, wie durch einen der vielen Eingänge ein umgebauter Transportwagen in den Schaltraum gerollt kam. Auf der Plattform des Fahrzeugs kauerten einige seltsame Geschöpfe.

Die Wesen sahen aus wie Riesenraupen, waren zwei Meter lang und etwa vierzig Zentimeter dick. Ihre Körper waren mit Pelzen von unbestimmbarer Farbe bedeckt. Der Raupenkörper endete in einem Seehundskopf mit zwei Riesenaugen, einem breiten Maul und verkümmerten Ohren. Sechs Spinnenbeine dienten den Kreaturen zur Fortbewegung. Unmittelbar hinter dem Kopf wuchsen den Unbekannten zwei kräftige Arme mit sechsfingrigen Händen aus dem Körper.

Insgesamt sieben dieser Geschöpfe befanden sich auf dem Wagen. Redhorse, der den Anblick der verschiedensten Lebensformen gewohnt war, verhielt sich abwartend. Er bezweifelte, daß die sieben Abkömmlinge zu den Besitzern oder Erbauern dieser Plattform gehörten. Aber auch sie mußten mit dem mysteriösen Riesenflugkörper in Zusammenhang stehen.

Das Fahrzeug näherte sich den drei Terranern. Die Roboter wichen bereitwillig zur Seite, um Platz zu machen. Redhorse schloß daraus, daß die Roboter von den Unbekannten kontrolliert wurden.

Der Wagen hielt an. Einer der Fremden richtete die vordere Hälfte seines Raupenkörpers auf. Er stand jetzt auf vier Beinen, während das dritte Beinpaar nutzlos herabhing.

„Ihr schäbigen Landräuber!" zischte das Wesen in einwandfreiem Interkosmo. „Ihr habt wohl geglaubt, ihr könntet euch hier einnisten?"

Redhorse riß die Augen auf. Er hatte mit allem gerechnet, nur nicht damit, in Interkosmo angesprochen zu werden. Und was hatten die Worte zu bedeuten?

Bevor Redhorse oder einer der Männer sich von ihrer Verblüffung erholen konnten, sprach der Fremde bereits weiter.

„Wir lassen uns nicht von hier vertreiben. Seit vielen Generationen gehört uns diese Plattform. Wir töten euch, bevor wir euch diese Räume überlassen."

Redhorse und Velarde wechselten einen verständnislosen Blick.

„Wir haben nicht die Absicht, hier zu bleiben", versicherte Redhorse hastig. „Wir wären glücklich, wenn wir die Plattform wieder verlassen könnten."

„Alles Lügen", sagte die Riesenraupe. „Wir werden euch einem strengen Verhör unterziehen, dann werden wir bald wissen, was euch hierher geführt hat."

„Unser Schiff wurde abgeschossen", berichtete Redhorse. „Das Wrack liegt auf der Oberfläche der Plattform. Roboter brachten uns ins Innere des Mutterschiffes."

Der Sprecher der Fremden gab den Robotern einen Wink.

„Fesselt sie!" sagte er schrill. „Ich will mir die Lügengeschichte nicht länger anhören."

Die terranischen Raumfahrer mußten es geschehen lassen, daß sie von den Robotern an die Sitze festgebunden wurden. Redhorse wußte, daß jede Gegenwehr sinnlos war. Die Fremden waren gereizt und glaubten den Erklärungen Redhorses nicht.

Der Oberst war jetzt überzeugt davon, daß die Raupenwesen nicht mit den Besitzern der Plattform identisch waren. Sie schienen jedoch bereits seit Generationen hier zu leben und betrachteten alles als ihr Eigentum. Die Terraner sahen sie als Eindringlinge und Räuber an.

„Allmählich beginne ich, an Gespenster zu glauben“, bemerkte Velarde. „Die Burschen sprechen Interkosmo. Sie sprechen es so perfekt, daß sie es unmöglich erst gelernt haben können. Es hört sich an, als sei es ihre eigene Sprache.“

„Wir müssen ihnen irgendwie begreiflich machen, daß wir keine bösen Absichten verfolgen, Sir“, sagte Lujan. „Ich glaube nicht, daß sie sehr intelligent sind, aber sie beherrschen diesen Teil der Plattform, und anscheinend verstehen sie auch mit den Robotern umzugehen.“

Sie hatten sich in Englisch unterhalten, so daß die Fremden sie nicht verstehen konnten. Als Redhorse sich an das Wesen wandte, das offensichtlich ein Anführer der Raupen war, benutzte er wieder Interkosmo.

„Wir sprechen die gleiche Sprache“, sagte er. „Deshalb bin ich überzeugt, daß wir Freunde werden können.“

„Freunde?“ wiederholte die Riesenraupe ungläubig. „Zwei eurer Begleiter sind aus ihrem Gefängnis ausgebrochen und bereiten uns große Schwierigkeiten. So handeln keine Freunde. Ihr seid gekommen, um uns unseren Besitz streitig zu machen.“

„Der Grünschnabel und Spinoza“, stöhnte Velarde. „Ich ahnte, daß wir noch Ärger bekommen würden.“

„Parral ist offenbar in Freiheit“, sagte Redhorse. „Der *Whistler*-Robot ist bei ihm.“

Lujan versuchte, sich trotz der unnachgiebigen Fesseln etwas aufzurichten.

„Wie sollen wir diese Wesen jetzt davon überzeugen, daß wir keine kriegerischen Absichten haben?“ fragte er.

Redhorse holte tief Luft und spürte, wie die Fesseln sich dabei lockerten. Als man ihn festgebunden hatte, hatte er den Atem angehalten. Er war sicher, daß er sich aus eigener Kraft befreien konnte.

„Wir müssen irgendwie mit Leutnant Tick-Tack Verbindung aufnehmen“, sagte Velarde grimmig. „Er begeht sonst weitere Dummheiten.“

„Ich finde unsere augenblickliche Lage nicht so schlecht“, meinte Redhorse versonnen.

„Was?“ Velarde runzelte ungläubig die Stirn. „Schlechter kann sie kaum noch werden. Wir sind diesen Fremden ausgeliefert.“

„Wir können trotzdem auf Erfolge hoffen", beharrte der Oberst auf seinem Standpunkt. „Zachery Parral und Spinoza kämpfen auf ihre Weise gegen die Raupenwesen. Wir dagegen benutzen die älteste und beste Waffe, die es gibt!"

„Waffe?" Velarde verdrehte die Augen. „Von welcher Waffe sprechen Sie, Sir?"

„Ich meine die Diplomatie", erklärte Redhorse gelassen. „Damit können wir die offenbar recht naiven Walkers überrumpeln."

„Wer sind die Walker?" erkundigte sich Velarde.

„Das ist der Name, den ich für die Raupen geprägt habe", belehrte Redhorse den Sergeanten. „Damit wäre bereits der erste Schritt für eine Verständigung getan."

Velarde gab ein verächtliches Grunzen von sich. Die Sprache, die diese Fremden verstehen würden, war die Sprache der Gewalt, dachte er überzeugt. Aber der einzige Terraner, der jetzt noch kämpfen konnte, war ein grüner Junge, der alte Uhren sammelte.

Sergeant Cafana Velarde schloß die Augen. Er hatte Redhorse vor diesem Parral gewarnt, aber der Oberst hatte nicht auf ihn gehört.

Zachery Parral und Spinoza, dachte Velarde düster. Was für ein Gespann!

14.

Die Tatsache, daß die beiden Unbekannten über das plötzliche Zusammentreffen ebenso erschrocken waren wie er, half Zachery Parral schnell über seine Verwirrung hinweg. Er bückte sich und schob die Platte wieder über die Öffnung.

„Ich habe offensichtlich einen Fehler begangen, Sir", sagte Spinoza, ohne schuldbewußt zu wirken.

„Allerdings", stimmte Zachery zu. Er merkte, daß seine Stimme vor Aufregung schrill klang. Zum erstenmal in seinem Leben hatte er den Angehörigen eines Volkes gegenübergestanden, das ihm vollkommen fremd war.

Raupen! dachte er entsetzt. Raupen mit Spinnenbeinen.

Jetzt wußten sie, daß er aus seinem Gefängnis entkommen war und wo er sich aufhielt.

„Wir müssen hier weg", sagte er zu Spinoza.

„Flucht", sagte Spinoza philosophisch, „ist immer ein Zeichen von Schwäche."

„Meinetwegen", erwiderte Zachery. „Auf jeden Fall werde ich nicht hier warten, bis man mich abermals gefangennimmt."

„In welche Richtung sollen wir uns wenden?" erkundigte sich der Testroboter. „Meiner Ansicht nach sind Sie überall gleich gefährdet."

Zachery schaute sich um. Das Gewirr der unzähligen Gerüste und Masten bot sich als sicheres Versteck an. Inmitten der riesigen Halle konnten die Kampfroboter lange nach ihm suchen.

Die Klappe, die Zachery gerade wieder über die Öffnung geschoben hatte, bewegte sich. Parral fröstelte. Wenn nur Redhorse oder einer der beiden anderen Männer bei ihm gewesen wäre. Sie wußten bestimmt, wie man sich in einer solchen Lage verhalten mußte.

Wieder bewegte sich die Klappe. Spinoza stellte sich darauf und verschränkte seine Arme über der breiten Brust.

„Ich decke Ihren Rückzug, Sir", sagte er. „Verstecken Sie sich zwischen den Gerüsten. Ich folge Ihnen sofort."

Zachery nickte schwach und schaltete sein Flugaggregat ein. Er hob sich vom Boden ab und flog dem Mittelpunkt der Halle entgegen. Spinoza blieb unter ihm zurück, offenbar tief befriedigt, daß er die Auswirkungen seines Körpergewichtes in einem bescheidenen Test bestätigt fand.

Zachery schwebte vorsichtig an die oberen Querverbindungen eines Gerüsts heran und klammerte sich daran fest. Er zwängte sich zwischen einigen Streben hindurch. Er schätzte, daß er sich hundert Meter über dem Boden befand. Er konnte nur durch Zufall entdeckt werden. Er suchte sich eine halbwegs bequeme Stellung, um Spinoza beobachten zu können.

Plötzlich mußte er über die Situation, in die er geraten war, lächeln. War dies nicht das große Abenteuer, die Gelegenheit zur Selbstbestätigung, die er immer gesucht hatte?

Zachery gestand sich ein, daß er sich sein Zusammentreffen mit einer fremden Macht anders vorgestellt hatte. Seit dem Absturz der

BLACK HILLS befand er sich, von kurzen Unterbrechungen abgesehen, auf der Flucht. So, wie es jetzt aussah, besaß er wenig Aussichten, vom Verfolgten zum Verfolger zu werden.

Seine Aufmerksamkeit wurde von Spinoza in Anspruch genommen, der sich langsam von seinem Platz entfernte und rückwärts auf einen Mast zuging. Der Robot schien irgend etwas zu beobachten. Zachery wußte, daß seine Augen dem Linsensystem Spinozas hoffnungslos unterlegen waren. Es war möglich, daß der Robot etwas sah, was außerhalb von Zacherys Blickfeld lag.

Der *Whistler*-Robot hob sich vom Boden ab und schwebte zur Mastspitze hinauf. Im gleichen Augenblick sah Zachery mindestens zwanzig Kampfroboter von der anderen Seite der Halle herankommen. Sie schienen Spinoza noch nicht entdeckt zu haben; denn sie rückten in breiter Front vor und suchten alle Stellen ab, die als Versteck in Frage kamen.

Spinoza klebte wie ein Artist an der Mastspitze und machte sich an irgend etwas zu schaffen. Leutnant Parral gab ihm Handzeichen, doch der Robot achtete nicht darauf.

Plötzlich stieß Spinoza einen schrillen Pfiff aus.

Das war das Signal für die Kampfroboter, auf den Mast zuzustürmen. Ihre Waffenarme waren drohend nach oben gerichter. Zachery murmelte eine Verwünschung. Er hatte geahnt, daß er durch Spinoza nur Schwierigkeiten haben würde.

Da begann sich der Mast, an dessen Spitze sich Spinoza festklammerte, zur Seite zu neigen. Er kehrte noch einmal in die Ausgangsstellung zurück, dann kippte er, immer schneller werdend, in Schräglage. Mit geöffnetem Mund sah Zachery zu.

Als der Mast aufschlug, begrub er die Hälfte der Kampfroboter unter sich. Spinoza hatte sich kurz vor dem Aufprall gelöst und schwebte jetzt mit äußerster Geschwindigkeit auf eine Gruppe von drei verwirrten Robotern zu. Bevor sie auf ihn schießen konnten, hatte er sie zu Boden geworfen und floh in das Gewirr der Gerüste. Ein paar Schüsse strichen hoch über ihn hinweg.

Zachery wußte nicht, ob er über Spinozas Erfolg erleichtert sein sollte. Die Niederlage würde den Gegner veranlassen, Verstärkungen in diese Halle zu schicken. Dann konnte auch der Testrobot nicht mehr helfen.

Die Aussichten, mit Redhorse und den beiden anderen Männern in Verbindung zu treten, erschienen Zachery mehr als gering. Wenn er weiterhin auf der Flucht vor den Robotern bleiben mußte, bestand die Gefahr, daß er sich irgendwo verirrte und nicht mehr in diesen Teil der Plattform zurückfand. Auch wußte er nicht, wo es innerhalb der Plattform atembare Luft gab.

Vielleicht war es ein Fehler gewesen, daß er ausgebrochen war.

Es gab nur eine Möglichkeit, um die anderen Männer wiederzufinden: Er mußte sich ergeben!

Zachery schüttelte unwillig den Kopf. Noch war er nicht so in die Enge getrieben, um einfach aufzugeben. Es war möglich, daß er den Gegner zu Verhandlungen zwingen konnte, wenn er und Spinoza durchhielten.

Parral sah den Testrobot zwischen den Gerüsten auf sich zufliegen. Gleich darauf landete Spinoza neben ihm. Das Gerüst schwankte, als der schwere Robot sich darauf niederließ.

„Ich glaube nicht, daß wir hier noch sicher sind, Sir", sagte Spinoza. „Wir müssen die Halle verlassen und ein sicheres Versteck suchen."

„Und was ist mit Redhorse und den beiden anderen?" Zachery deutete nach unten. „Wir müssen sie unbedingt finden. Ich habe auch bereits einen Plan, wie wir vorgehen können. Während du die Roboter ablenkst, suche ich nach den drei Männern."

Spinoza nickte in Richtung einer neuen Horde von Kampfrobotern, die in die Halle strömte. Es waren mindestens fünfzig.

„Ich fürchte, es sind zu viele, Sir", sagte er.

„Wir müssen es trotzdem versuchen", entschied Zachery. „Du mußt sie zum Mittelpunkt der Halle locken. Inzwischen werde ich mich ein bißchen umsehen."

Er merkte, daß Spinoza zögerte.

„Was ist los?" fragte der Leutnant erstaunt. „Du warst doch die ganze Zeit so erpicht darauf, deinen Körper zu testen."

„Das ist es ja eben", murmelte Spinoza. Er druckste herum und wagte es offensichtlich nicht, mit Zachery über seine Probleme zu sprechen.

„Heraus mit der Sprache!" forderte ihn Parral auf. „Was ist los?"

„Die körperlichen Tests sind abgeschlossen, Sir", erklärte Spinoza. „Sie sind wahrscheinlich zufriedenstellend verlaufen. Doch das wird sich erst herausstellen, wenn man mich auf der Erde untersucht. Nun hat die zweite Testserie begonnen."

„Die zweite Testserie?" wiederholte Zachery. „Wovon sprichst du?"

„Sie wissen, daß ich ein perfekter Roboter sein soll, Sir", sagte Spinoza. Es klang entschuldigend. „Perfektionismus in kybernetischer Hinsicht läßt sich jedoch nicht ausschließlich durch körperliche Vollkommenheit erzielen."

Zachery blickte Spinoza an, als sähe er ihn zum erstenmal. Obwohl er ahnte, was nun folgen würde, richtete er eine weitere Frage an den Robot.

„Du meinst also, du müßtest deine Vollkommenheit auch in anderer Hinsicht testen?"

Spinoza nickte eifrig. „Sie haben verstanden, Sir. Nachdem ich den Mast umgeworfen hatte, war meine körperliche Testserie beendet. Nun habe ich mich bereits auf die geistigen Tests konzentriert."

„Aha!" machte Zachery, der seine Vermutungen bestätigt sah. „Siehst du wenigstens eine Möglichkeit, wie du uns durch deine geistigen Bemühungen vor unseren Verfolgern retten kannst?"

„Ich sammle ununterbrochen Daten", informierte ihn Spinoza. „Diese werte ich dann aus und fasse einen logischen Entschluß."

„Hast du bereits einen unser Problem betreffenden Entschluß gefaßt?" erkundigte sich Zachery.

„Nein", erwiderte Spinoza. Tröstend fügte er hinzu: „Es kann jedoch nur noch eine Frage von Stunden sein, bis ich eine Antwort auf unsere Frage finde."

„Stunden!" entfuhr es Zachery. „Solange kann und will ich nicht warten. Ich bin enttäuscht von dir, Spinoza. Jeder halbwegs vernünftige Robot kann mit Hilfe seiner Positronik in kürzester Zeit logische Entscheidungen treffen. Du jedoch, der du ein perfekter Robot sein willst, benötigst Stunden für ein einziges Problem."

„Ich fürchte, Sie verkennen meine Aufgabe", sagte Spinoza. „Meine Auswertung behandelt nicht nur die technische Seite eines Problems. Zum erstenmal in der Geschichte der Kybernetik soll ein Roboter auch auf die philosophische Seite einer gestellten Frage eingehen. Sie werden also von mir nicht nur die rein logische und technisch durchführbare Lösung unseres Problems erhalten, sondern auch eine philosophische Betrachtung, die Rückschlüsse auf das Gesamtproblem zuläßt."

„Spinoza!" stöhnte Zachery. „Daher also dieser Name!"

„Sie haben es erraten, Sir", stimmte der *Whistler*-Robot zu. „Jetzt bitte ich Sie jedoch, mich nicht weiter zu stören. Der ständige Ansturm unzusammenhängender Faktoren beeinflußt meine Meditationen."

Zachery starrte auf die näherkommenden Roboter hinab.

„Ich befehle dir, die Angreifer abzulenken und nötigenfalls gegen sie zu kämpfen", sagte er streng.

Unterhalb von Spinozas Kehlkopf öffnete sich ein schmaler Schlitz. Ein Plastikstreifen wurde ausgespien. Zachery fing ihn auf. Der Streifen war mit winzigen Buchstaben bedruckt.

Modell: Whistler. Serie: 345 c18 wk. Eigenname: Spinoza.

Baujahr: 2435. Der Robot wird gerade getestet. Bitte wenden Sie sich mit Ihren Wünschen an ein anderes Modell!

Innerhalb des Kommandoraums hatten sich jetzt über dreißig Walkers versammelt. Sie diskutierten lautstark miteinander, und der Lärm, den sie machten, wurde nur ab und zu unterbrochen, wenn einige Roboter hereinkamen und den Walkers in kleinen Behältern Nahrungsmittel reichten.

Don Redhorse war sicher, daß es sich bei den Walkers um ein degeneriertes Volk handelte, das durch irgendwelche Umstände ins Innere dieser Plattform verschlagen worden war. Vor Generationen bereits hatten es diese Wesen verstanden, einen Teil der Robotbesatzung für ihre Zwecke zu programmieren.

Einer der Walkers kam auf seinen Spinnenbeinen auf die drei Gefangenen zu. Der dichte Haarteppich auf der Unterseite seines Körpers schleifte über den Boden.

„Wir beraten noch darüber, war mit euch geschehen soll", sagte er.

„Wir auch", entgegnete Redhorse ruhig.

Die großen Augen richteten sich fragend auf ihn.

„Was heißt das?" fragte der Walker. „Ihr dürft nicht über euer eigenes Schicksal bestimmen."

„Das meinte ich auch nicht", gab Redhorse zurück. „Wir beratschlagen über euer Schicksal."

Der Walker ging davon, um seinen Freunden diese erstaunliche Neuigkeit zu übermitteln.

„Was versprechen Sie sich davon, Oberst?“ erkundigte sich Velarde. „Sollten wir nicht versuchen, uns mit diesen Kerlen vernünftig zu unterhalten? So, wie es jetzt aussieht, beratschlagen sie in zehn Stunden immer noch.“

„Werden Sie nicht ungeduldig, Sarge“, meinte Redhorse. „Noch haben die Walkers Leutnant Parral und Spinoza nicht gefangen. Das beweist, daß sie nicht so überlegen sind, wie wir vermutet haben. Sie sind faul und nicht besonders intelligent. Wenn wir sie beeindrucken, überzeugen wir sie am ehesten, daß es besser für sie ist, wenn sie mit uns zusammenarbeiten.“

Man konnte dem Gesichtsausdruck des Sergeanten entnehmen, daß er Redhorses Ansichten nicht teilte.

Das Stimmengemurmel der Plattformbewohner legte sich, als auf einem mit Matten belegten Transporter ein älterer Walker hereingefahren kam und direkt auf die drei Gefangenen zusteuerte. Zu Redhorses Überraschung hielt das Schweigen auch noch an, als der Neuankömmling sich von seinem Sitz erhob und die Terraner mit offensichtlichem Mißfallen betrachtete. Endlich, als Redhorse bereits glaubte, die wortlose Musterung würde nie vorübergehen, wandte sich der alte Walker an einen der Umstehenden.

„Sind das die betreffenden Personen?“ erkundigte er sich in arrogantem Tonfall.

„Ja, Burnett“, erwiderten einige Walkers eifrig.

Burnett war ein terranisch klingender Name, aber Redhorse hatte gar nicht damit gerechnet, daß die Walkers andere Namen trugen.

Die Augen Burnetts tränten, als er sich wieder den drei Gefangenen zuwandte. Er machte einen gelangweilten und müden Eindruck, so, als hätte man ihn von einer überaus wichtigen Beschäftigung weggeholt, um ihn mit der Lösung eines einfachen Problems zu strapazieren.

„Ich habe gehört, daß sich zwei eurer Freunde noch in Freiheit befinden“, sagte der alte Walker, ohne seine Stimme zu erheben. „Einige unserer Roboter fielen einem heimtückischen Angriff der beiden zum Opfer.“

Zachery war also mit Hilfe Spinozas ziemlich aktiv, dachte Redhorse.

„Es wird zu einer Katastrophe kommen, wenn man uns nicht freiläßt“, prophezeite Redhorse.

Burnett strich mit einer Hand über den Haarteppich, der von seiner Brust herabhing. Er schien sich zu amüsieren. In Wirklichkeit jedoch, das erkannte der Cheyenne deutlich, dachte der Walker angestrengt nach. Burnett war ein ausgezeichneter Schauspieler. Dieser Tatsache schien er seine Stellung zu verdanken.

In den seltensten Fällen wurde ein Volk von seinen intelligentesten und fähigsten Mitgliedern regiert, dachte Redhorse. Die Walkers bildeten darin keine Ausnahme.

„Ich bin Ihrer Ansicht“, sagte Burnett. Seine Stimme kratzte, und Redhorse begriff sofort, daß dieser vermeintlichen Zustimmung irgendeine Drohung folgen würde.

„Die Katastrophe wird darin bestehen, daß einer Ihrer Freunde sterben wird“, fuhr Burnett fort. Er ging auf Lujan zu und drückte den Kopf des Technikers zurück.

„Dieser Mann wird von uns getötet, wenn sich Ihre Freunde nicht ergeben“, sagte er.

Lujan keuchte. Er bekam kaum noch Luft. Velarde stieß eine Verwünschung aus und zerrte verzweifelt an seinen Fesseln.

Redhorse sah die Mordlust in Burnetts feuchten Augen und zweifelte nicht daran, daß der Walker sein makabres Versprechen verwirklichen würde. Burnett war nicht besonders intelligent, aber er schien einen Sinn für Notwendigkeiten zu besitzen und mit einer teuflischen Schläue ausgestattet zu sein.

Nicht nur das, Burnett schien auch schon seit langem auf ein Ereignis gewartet zu haben, das ihm Gelegenheit gab, seine führende Position zu untermauern. Der alte Walker hatte die Grenzen abgesteckt. Redhorse hatte nicht damit gerechnet, daß seine Verhandlungsmöglichkeiten auf eine derart drastische Weise eingeschränkt werden könnten.

„Warum sprechen Sie nicht?“ fragte Burnett lauernd.

„Ich bin überzeugt davon, daß meine beiden Freunde sich nicht auf Ihre Aufforderung hin ergeben würden“, sagte Redhorse, jedes Wort betonend. „Daher schlage ich vor, daß Sie mir Gelegenheit geben, selbst mit den beiden zu sprechen.“

„Ich weiß nicht, ob das ein Trick sein soll“, sagte der Walker.

„Es gibt innerhalb der Plattform eine Interkomanlage“, sagte Redhorse. „Ich weiß es, weil wir aus den Lautsprechern bereits eigenartige Geräusche gehört haben. Sie brauchen mich nur gefesselt an das Mikrophon des Interkoms zu bringen, dann werde ich mit den Flüchtlingen sprechen.“

Burnett war aufmerksam geworden. „Ab und zu hören wir Lärm über den Interkom“, sagte er. „Wir wissen jedoch nicht, woher er kommt.“

„Ich dachte, Ihr Volk sei für diesen Spektakel verantwortlich“, sagte Redhorse verblüfft.

Sollte es außer den Walkers noch eine Machtgruppe innerhalb der Plattform geben? Warum wußten diese Wesen, die schon seit Generationen hier zu leben schienen, nichts über den Ursprung des wahnsinnigen Gelächters?

„Wir kümmern uns nicht um diesen Lärm“, sagte Burnett. „Geräusche bedeuten keine Gefahr für uns.“

Richtig, dachte der Oberst. Sie können jedoch eine Gefahr ankündigen.

Burnett winkte einige Roboter heran.

„Bindet den großen Fremden los!“ befahl er. „Führt ihn zur Funkanlage. Laßt ihn jedoch nicht aus den Augen.“

„Die Funkanlage, Sir!“ stieß Lujan auf Englisch hervor. „Ich bezweifle, daß die Walkers sich mit den Geräten auskennen. Versuchen Sie, einen Hyperfunkspruch abzusetzen.“

Burnett schob seinen zwei Meter langen Körper zwischen Redhorse und den Techniker.

„Was hat er gesagt?“ erkundigte er sich ungehalten.

„Er schlug vor, daß ich nicht auf Ihr Angebot eingehen sollte“, antwortete Redhorse. „Er stirbt lieber, als seine Freunde wieder als Gefangene zu sehen.“

Mit einem Ruck wandte sich Burnett von Redhorse ab und blickte Lujan an.

„Leben Sie nicht gern?“ fragte er.

Lujan gab ihm keine Antwort. Drei Roboter befreiten Redhorse von den Fesseln und führten ihn quer durch den Raum zur Funkanlage. Der Cheyenne fragte sich erregt, ob sich Lujans Idee verwirklichen ließe. Da auch die Einrichtung dieses Raumes bis in alle Einzelheiten terranischen Vorbildern glich, bezweifelte Redhorse nicht, daß sich die Funkanlage durch nichts von den ihm bekannten Geräten unterscheiden würde.

Vielleicht erhielt er jetzt eine Chance, mit Perry Rhodan oder dem Kommandanten irgendeines Schiffes der Solaren Flotte in Verbindung zu treten.

Burnett ging hinter Redhorse und den drei Robotern her.

Mit gleichgültigem Gesichtsausdruck ließ sich Redhorse auf dem Platz nieder, der für den Funker bestimmt war. Ein Walker hätte in diesem Sessel unmöglich sitzen können. Der Platz war für einen humanoiden Körper konstruiert.

Redhorses Blicke flogen über die Geräte. Alles, was zu einer kompletten Funkanlage gehört, war vorhanden. Rechts von Redhorse bildete das Hyperfunkgerät einen kompakten Block, der von mehreren Bildschirmen umgeben war.

Der Interkom lag in der Mitte, auf der linken Seite war der Normalfunk installiert.

Ohne zu zögern, wandte sich Redhorse dem Hyperfunk zu. Er mußte von Anfang an alles riskieren, wenn er Burnett bluffen wollte.

Als seine Hände die Schaltknöpfe berührten, erhielt er einen Schlag in den Nacken, der ihn fast aus dem Sessel herauswarf.

„Keine Tricks!" krächzte Burnett wütend. „Wenn Sie noch einmal versuchen, mich zu hintergehen, lasse ich Ihren Freund töten."

Redhorse biß sich auf die Unterlippe. Er ließ sich seine Schmerzen und den Zorn auf Burnett nicht anmerken. Als wäre nichts geschehen, schaltete er den Interkom ein.

„Leutnant Parral!" rief er in das Mikrophon. „Ich hoffe, daß Sie mich hören können. Spinoza und Sie müssen sich ergeben. Wenn Sie noch länger gegen die Roboter kämpfen, gerät Lujan in Lebensgefahr."

„Das genügt", bestimmte Burnett und drückte auf den Mikrophonschalter.

„Ich hätte meine Aufforderung noch ein paarmal wiederholen sollen", sagte Redhorse. „Wir können nicht sicher sein, ob sie bereits gehört wurde."

„Wir werden es bald wissen", meinte Burnett.

Bevor Redhorse sich erheben konnte, packten ihn die Roboter und zerrten ihn in die Höhe. Dann wurde er nicht gerade sanft zu seinem Sessel zurückgebracht und wieder festgebunden. Er hoffte, daß Leutnant Parral die Nachricht empfangen hatte. Eine andere Frage war, wie der junge Offizier auf Redhorses Worte reagieren würde. Mußte Parral nicht an eine Falle glauben?

Redhorse wünschte, die Walkers hätten ihm Zeit für die Übermittlung einer längeren Botschaft gelassen. Burnett war jedoch mißtrauisch. Er hatte offenbar befürchtet, Redhorse könnte mit Hilfe eines Kodes den beiden Flüchtlingen irgendwelche Befehle geben.

Burnett ließ sich vor den drei Terranern nieder und beobachtete sie.

Don Redhorse entschloß sich, die Initiative zu ergreifen.

„Wohin fliegt die Plattform jetzt?" fragte er den Walker.

„Warten Sie", empfahl ihm Burnett. „In wenigen Augenblicken können Sie auf den Bildschirmen beobachten, wie wir uns dem Zentrum nähern."

Redhorse warf einen Blick auf den großen Panoramabildschirm. Er konnte fünf Plattformen ausmachen, die sich alle in der gleichen Richtung durch den Raum bewegten.

„Wem gehören diese Plattformen?" erkundigte sich Redhorse.

„Das wissen wir nicht", gestand Burnett. „Es gibt insgesamt zwölf, doch wir können nur in zweien davon leben."

„Zwölf Plattformen!" stieß Lujan hervor.

Wenn diese Zahl stimmte, dann gab es innerhalb der Galaxis eine militärische Macht, die dem Solaren Imperium tatsächlich mehr als gefährlich werden konnte. Redhorse hätte gern Einzelheiten erfahren, doch Burnett war entweder verschwiegen, oder er besaß keine ausreichenden Informationen.

„Wieso leben die Walkers nur auf zwei Plattformen?" fragte Redhorse.

„Ich weiß es nicht", sagte Burnett. „Die Geschichten der Alten warnen uns, andere Plattformen zu betreten. Nur innerhalb der Sektionen Drei und Vier können wir leben."

Redhorse bezweifelte nicht, daß der Walker die Wahrheit sprach. Warum aber durften sich die Walkers nur auf zwei von insgesamt zwölf Mutterschiffen niederlassen? Welcher Unterschied bestand zwischen den Sektionen Drei und Vier und den übrigen Plattformen?

„Wie lange lebt ihr bereits hier?“ wandte sich der Oberst wieder an Burnett.

Der Anführer der Walkers senkte seinen runden Kopf. Nachdem er einige Zeit intensiv nachgedacht hatte, erwiderte er: „Sehr lange.“

Vermutlich seit Jahrhunderten, fügte Redhorse in Gedanken hinzu. Die Walkers schienen ein schnellebiges Volk zu sein. Im Laufe der Generationen hatten sie vergessen, unter welchen Umständen sie die beiden Plattformen betreten hatten. Die Herkunft der Walkers war ebenso rätselhaft wie die der Mutterschiffe.

Redhorse war sicher, daß zwischen diesen riesigen Flugkörpern und den Walkers ein Zusammenhang bestand. Vielleicht waren die Walkers von den Besitzern der Plattformen irgendwann einmal als Wächtervolk eingesetzt worden. Die Wesen, die Redhorse und seine Begleiter gefangengenommen hatten, waren nur noch die degenerierten Überreste eines einstmals hochzivilisierten Volkes. Redhorse war überzeugt davon, daß die Walkers früher alle Anlagen dieser Plattform beherrscht hatten. Heute besaßen sie nur noch ein Pseudo-Wissen, das ausreichte, um sie am Leben zu erhalten. Sie programmierten einen Teil der Robotbesatzung für ihre Zwecke und ließen sich bedienen.

In einigen hundert Jahren würde es keinen einzigen Walker mehr an Bord der Sektionen Drei und Vier geben. Diese Wesen waren zum Aussterben verurteilt, weil sie allmählich jede Eigeninitiative verloren.

„Auf dem Bildschirm, Sir!“ Lujans erregte Stimme unterbrach Redhorses Überlegungen. Der Cheyenne blickte auf. Auf dem Panoramaschirm zeichneten sich die Umrisse eines monströsen Körpers ab. Das Gebilde war noch um vieles größer als eine Plattform. Es besaß die Form einer Halbkugel und stand bewegungslos im Weltraum.

„Was, um Himmels willen, ist das?“ stieß Sergeant Velarde hervor.

„Das ist die Zentrale“, sagte Burnett zu Redhorse. „Passen Sie auf, was jetzt geschieht.“

Da Redhorse die auf den Bildschirmen sichtbaren Plattformen als Vergleichsmöglichkeit benutzte, konnte er die ungefähre Größe der Halbkugel schätzen. Sie durchmaß etwa zweihundert Kilometer.

Der Oberst beobachtete, wie eine Plattform sich dem gigantischen Flugkörper näherte. Es schien ein Manöver zu sein, das sich schon oft wiederholt hatte, denn es gab keine Unsicherheiten im Flug des Mutterschiffs. Die Plattform stoppte in kurzer Entfernung vor der Halbkugel. Dann drehte sie sich um ihre eigene Achse und schwebte mit dem keilförmigen Heckteil voran auf eine deutlich sichtbare Ausbuchtung in der Randzone der Halbkugel zu.

Redhorse begriff, daß die Plattform verankert wurde. Er sah, wie zwei Greifarme aus dem Zentralkörper hervorschossen und sich mit zwei Haltevorrichtungen im vorderen Drittel der Plattform verbanden.

„Das ist unser Ziel“, sagte Burnett. „Unsere Sektion wird ebenfalls an der Zentrale anlegen.“

Redhorse sah plastisch vor sich, wie alle zwölf Plattformen rund um die Halbkugel verteilt waren. Die technische Perfektion der gewaltigen Anlage bereitete ihm Unbehagen. Wer diese Gebilde geschaffen hatte, war von bestimmten Voraussetzungen ausgegangen. Solche Anlagen errichtete man nicht, um Handel zu betreiben.

Die Halbkugel mit ihren zwölf Sektionen war dazu bestimmt, in Raumschlachten eingesetzt zu werden. Für diesen Zweck waren Form und Anordnung der Sektionen geradezu ideal. Wahrscheinlich wurden die Mutterschiffe von der gigantischen Zentrale in die Nähe des Kampfsektors gebracht. Danach lösten sich die Plattformen und rasten auf die gegnerischen Einheiten zu. Allein ihre Größe mußte Angst und Verwirrung stiften. Den größten Effekt jedoch würden dann die Verbände der Ultraschlachtschiffe erzielen, die von den Plattformen ausgeschleust wurden.

„Es ist eine Maschine“, murmelte Redhorse. „Die gewaltigste Kampfmaschine, die diese Galaxis je gesehen hat.“

Erst jetzt sah Redhorse, daß die Oberfläche der Halbkugel nicht glatt, sondern mit unzähligen warzenförmigen Erhöhungen bedeckt war. Entsetzt erkannte er, um was es sich bei diesen Metallbügeln handelte. Es waren einige tausend weitere Riesenschiffe, die dort in Außenhangars verankert waren.

Redhorse überlegte. Während des Kampfes im All hatte man an Bord der BLACK HILLS beobachtet, daß die Plattformen je 840 Ultrariesen ausspien. Vorausgesetzt, daß alle zwölf Plattformen über die gleiche Menge an Schiffen verfügten – und alles sprach dafür – befanden sich allein in den Plattformen insgesamt 10080 Ultraschlachtschiffe. Hinzu kamen noch jene, die sich in der Halbkugel befanden, so daß alles in allem überschlägig mit etwa 15000 Riesenschiffen zu rechnen war.

Der Oberst wunderte sich nicht mehr über die Niederlage der Solaren Flotte in Rois System. Rhodan mußte unter allen Umständen vor diesem übermächtigen Feind gewarnt werden. Wenn dieses Gebilde im Solsystem auftauchte, konnte es zu einer katastrophalen Vernichtungsschlacht kommen.

Die Plattform, auf der die Terraner sich befanden, hatte sich der Halbkugel jetzt so weit genähert, daß diese den gesamten Bildschirm ausfüllte. Redhorse konnte die etwa vierzig Kilometer breite Ausbuchtung erkennen, in die sich das keilförmige Heck des Mutterschiffes schieben würde.

Ein derartiges Manöver konnte nur von einer Großpositronik gesteuert werden. Trotzdem war die Schnelligkeit erstaunlich, mit der die Plattformen verankert wurden.

Redhorse, der aufgrund der verblüffenden Ähnlichkeit aller Einrichtungen mit terranischen Geräten noch immer an Geheimwerften auf irgendwelchen Kolonialplaneten geglaubt hatte, zweifelte jetzt nicht länger daran, daß sie mit einer außerirdischen Macht zusammengetroffen waren. Aus irgendeinem Grund hatte der Gegner beim Bau dieses Gigantkörpers die terranische Technik als Vorbild gewählt.

„Jetzt legen wir an", sagte Burnett schrill. Redhorse glaubte, einen gewissen Stolz aus der Stimme des Walkers herauszuhören.

Die Plattform wurde von einer heftigen Erschütterung durchlaufen. Redhorse wurde an ein Erdbeben erinnert. Der Sessel, auf dem man ihn festgebunden hatte, vibrierte heftig. Burnett sagte irgend etwas, doch in dem Krachen, mit dem sich das Heck des Mutterschiffes in die Vertiefung schob, ging jedes andere Geräusch unter. Es hörte sich an, als würden gleichzeitig Tausende von Urwelttieren schreien. Das Knirschen von Metallflächen, die sich auf einer Länge von mehreren Kilometern aneinander rieben, pflanzte sich durch alle Räume und Gänge der Plattform fort.

Die Sektion zerbricht! schoß es Redhorse durch den Kopf.

Auf dem Bildschirm war jetzt nur ein Teil der Halbkugel zu sehen. Das Bild wackelte. Redhorse sah zu den Walkers hinüber. Die seltsamen Wesen zeigten keinerlei Unruhe. Das bewies dem Cheyenne, daß die Verankerung stets unter solchen Begleitumständen vonstatten ging.

Ein letzter Ruck erschütterte die Plattform, dann wurde es still.

Redhorse, der unwillkürlich den Atem angehalten hatte, holte tief Luft. Jetzt war ihre Sektion zusammen mit elf anderen unterhalb der Randzone des Zentralkörpers verankert.

„Wir sind angelangt", stellte Burnett gleichmütig fest. „Jetzt können wir uns um Ihre beiden Freunde kümmern."

„Handeln Sie nicht voreilig", sagte Redhorse eindringlich zu dem alten Walker. „Sie müssen uns glauben, daß wir nicht in die Plattform gekommen sind, um Ihrem Volk den Lebensraum streitig zu machen." Redhorse deutete auf die Bildschirme. „Überlegen Sie, daß wir nur zu fünft gekommen sind. Halten Sie uns wirklich für so dumm, daß wir annehmen, die Walkers mit einer so kleinen Streitmacht besiegen zu können?"

Zum erstenmal zeigte sich Burnett etwas versöhnlicher gestimmt.

„Natürlich könnt ihr uns nicht gefährlich werden", sagte er.

„Auf der Oberfläche der Plattform liegt unser Schiff", erinnerte Redhorse ihn. „Es ist nur noch ein Wrack. Wir sind abgeschossen und von Robotern in die Plattform gebracht worden. Sie müssen wissen, Burnett, daß nicht alle Roboter den Befehlen der Walkers gehorchen."

„Das ist richtig", gab Burnett zu. „Aber ihr seid nun einmal hier, und ich weiß nicht, was ich mit euch anfangen soll."

Redhorse spannte seine Muskeln und sprengte die Fesseln, die ihn gehalten hatten. Die Walkers zischten aufgeregt. Redhorse fühlte, wie sich der Lauf einer Waffe in seinen Nacken preßte.

Er breitete seine Arme aus.

„Geben Sie uns frei, Burnett!" sagte er fest. „Helfen Sie uns, die Plattform wieder zu verlassen."

15.

Die Plattform ist mit irgend etwas zusammengestoßen! dachte Zachery und klammerte sich verzweifelt an einer Verstrebung des Gerüsts fest. Zu seinem Erstaunen ließen sich die Kampfroboter am Boden der Halle weder von den Erschütterungen noch vom Lärm bei ihrer Suche aufhalten. Sie hatten sich verteilt und suchten ein Gerüst nach dem anderen ab.

Bald würden sie auch dorthin kommen, wo Zachery Parral und der Testrobot Spinoza um ihr Gleichgewicht kämpften. Zachery hätte sich mit Hilfe seines Flugaggregats von den Metallverstrebungen lösen und davonfliegen können. Dann hätten ihn die Roboter jedoch sofort gesehen. Er zog es deshalb vor, auf ein Ende der Erschütterungen zu warten.

Als der Lärm verstummte und die Plattform zur Ruhe kam, atmete Zachery auf. Er dachte an Redhorses Stimme, die er vor kurzer Zeit über mehrere Lautsprecher gehört hatte. Hatte man den Obersten gezwungen, sich mit ihm in Verbindung zu setzen, oder bestand tatsächlich eine Gefahr für Lujan? Wenn es ein Trick war, durfte Zachery sich nicht ergeben, weil er dann seinen letzten Trumpf verspielte. Woher aber sollte er wissen, ob Redhorse freiwillig oder unter Zwang gesprochen hatte?

Spinoza gab auf keine Frage eine Antwort. Er war offenbar so in seine Meditationen versunken, daß er für Zachery keine Hilfe bedeutete.

Der Leutnant war müde und hungrig. Die Befürchtung, daß es von dieser Riesenplattform kein Entkommen gab, gewann in seinen Überlegungen allmählich die Oberhand. Die Ausweglosigkeit der Lage lähmte Zacherys Entschlossenheit.

Die Kampfroboter waren jetzt an der Gerüstreihe angelangt, die nur fünfzig Meter von Zacherys Versteck entfernt stand. In wenigen Augenblicken würden sie Zachery und den Robot entdecken.

„Wir können nicht länger warten", sagte Parral zu Spinoza. „Hör zu, du Riesenbaby. Ich empfehle dir, mich zu begleiten. Wenn du zurückbleibst, werden dich unsere Verfolger bald aus deinen hübschen Träumen reißen."

Spinozas weltentrückter Blick änderte sich nicht. Zachery zuckte mit den Schultern und kletterte zwischen den Streben hindurch auf die Außenseite des Gerüsts. Er brauchte nicht nach unten zu blicken, um zu wissen, daß ihn die Roboter jetzt erblickt hatten.

Er schaltete das Flugaggregat auf volle Beschleunigung und schwebte an den Gerüsten und Masten entlang auf die nächstgelegenen Hallenwand zu. Ein Blick zurück zeigte ihm, daß Spinoza dicht hinter ihm war.

Unter ihnen, über hundert Meter zurück, versammelten sich die Roboter.

Zachery dachte an die BLACK HILLS, an Nibur, an Carruther und an den Aufprall der Space-Jet auf der Plattform. Wann würde diese Serie von Katastrophen für die letzten Überlebenden der BLACK HILLS ein Ende haben?

Vielleicht würde er hier sterben, ohne daß jemals ein anderer Mensch erfuhr, auf welche Weise er ums Leben gekommen war. Zachery verzog schmerzlich das Gesicht. Er begriff, wie sehr er sich darauf verlassen hatte, daß immer jemand in seiner Nähe sein würde, daß er immer im Schutz einer unübertrefflichen Maschinerie stehen würde.

Wahrscheinlich machten alle Raumfahrer die gleiche Erfahrung, wenn sie in die Lage kamen, ohne jede Unterstützung um ihr Leben zu kämpfen und wichtige Entscheidungen zu treffen.

„Es gibt einen Faktor, den wir nicht vorausberechnen können", hatte ein Psychologe während eines Lehrgangs auf der Weltraumakademie zu Zachery Parral gesagt. „Wir können mit keinem uns bekannten Test sicher herausfinden, wie Sie in einer ungewöhnlichen Lage reagieren werden."

Natürlich wußten die Psychologen, daß bestimmte Charaktereigenschaften die Reaktionen während einer Krise beeinflußten, aber kein Mensch glich einem anderen so sehr, daß man anhand eines Prototyps das Verhalten einer größeren Gruppe vorherbestimmen konnte.

Zachery erkannte, daß er seit Beginn der Krise, also seit dem

Absturz der BLACK HILLS, am Rande einer unvernünftigen Panik gelebt hatte. Besonders, als man ihn von den drei anderen Männern getrennt hatte, war er gefährdet gewesen.

Jetzt hatte er sich daran gewöhnt, allein zu handeln.

Unwillkürlich mußte er lächeln. Sollte er jemals wieder an Bord eines terranischen Schiffes kommen, würde er die jungen Raumfahrer mit der gleichen freundlichen Herablassung behandeln, die Sergeant Velarde ihm gegenüber an den Tag gelegt hatte. Dabei, so erkannte Zachery jetzt, kam es nicht so sehr auf Dienstgrad und Alter, sondern nur auf die Summe der Erfahrungen an.

Und in diesen wichtigen Stunden glaubte Zachery Parral die gesamte Skala möglicher Erfahrungen durchgemacht zu haben. Alles andere konnten nur Variationen sein, bei denen lediglich Umgebung oder Personen ausgetauscht wurden.

Diese Überlegungen ließen ihn ruhig werden.

Als er die Hallenwand erreichte, sah er unter sich die Öffnung eines Schachtes. Er wußte nicht, ob es sich um einen Antigravschacht handelte, aber das war auch bedeutungslos für ihn. Sein Flugaggregat gestattete ihm, überall hinzufliegen, wo er genügend Bewegungsfreiheit besaß.

Spinoza flog schweigend neben ihm und schien die Verfolger zu beobachten, die zwischen zwei Gerüstreihen herangeschwebt kamen. Zachery deutete auf die Öffnung des Schachtes. Dann ließ er sich so schnell in die Tiefe sinken, daß sein Magen zu rebellieren begann. Als er in der Schachtöffnung verschwand, eröffneten die Kampfroboter das Feuer aus ihren Narkosestrahlern. Sie waren jedoch noch zu weit entfernt, um Zachery zu gefährden. Er fühlte nur ein kurzes Prickeln auf der Haut.

Der Schacht war nicht lang.

Zachery Parral fiel in eine Halle, die so groß war, daß er ihr Ende nicht erkennen konnte. Es war ein gigantischer Hangarraum für Ultraschlachtschiffe.

Die gewaltigen kugelförmigen Raumschiffe standen in endlosen Reihen nebeneinander. Zachery kam sich wie Gulliver vor, der plötzlich in eine Welt der Riesen versetzt wurde.

Alle Räume, die er bisher gesehen hatte, erschienen ihm im Vergleich zu diesem Hangar winzig. Sie besaßen auch nur eine untergeordnete Bedeutung. Die eigentliche Aufgabe der Plattform war der Transport dieser Riesenschiffe. Zachery sah nur wenige Schiffe, alles andere verschwamm zu einer formlosen Masse aus Metall irgendwo im Hintergrund.

Jedes Schiff, das Zachery sehen konnte, hätte zur Solaren Flotte gehören können. Er flog jetzt unmittelbar über dem Ringwulst eines Schiffes und prägte sich die Einzelheiten ein. Er hätte mit geschlossenen Augen fliegen können und hätte doch gewußt, was unter ihm vorbeiglitt. Sogar der eigentümliche Glanz der Außenfläche war der gleiche, wenn man die Wirkung der hellen Beleuchtung in Betracht zog.

Ohne sich dessen bewußt zu werden, kratzte sich Zachery an den Überresten seines linken Ohres. Das tat er immer, wenn er auf besondere Art erregt war. Nicht etwa dann, wenn er Angst empfand oder unter innerer Spannung stand, sondern nur, wenn er eine gewisse Entdeckerfreude empfand.

Er blickte über die Schulter und sah die Roboter nacheinander aus dem Schacht fallen, in den verschiedensten Haltungen und mit wild rudernden Gelenken, als stürzten sie aus einem Sack, der von irgend jemand heftig geschüttelt wurde.

Und doch war in diesem Chaos metallischer Körper ein System zu erkennen. Sobald die Roboter unter der Schachtöffnung wegflogen, streckten sie sich und näherten sich einem gemeinsamen Ziel.

Das Ziel hieß Zachery Parral.

Zachery ließ sich auf den Wulst hinabsinken, der ihm jetzt wie eine gewaltige Terrasse erschien. Er hätte in eine der unzähligen Öffnungen hineinkriechen können, doch das wäre eine Sackgasse gewesen.

Spinoza blieb unmittelbar an seiner Seite, ein lautloser Begleiter, der für Zachery keine Hilfe bedeutete.

Unmittelbar über dem Wulst schwebte Zachery um das Schiff herum. Der Schatten seines gestreckten Körpers huschte unter ihm über das Metall, seltsam verzerrt und ab und zu, wenn er an einer Öffnung vorbeiglitt, zu einem unförmigen schwarzen Fleck werdend.

Kaum waren die Verfolger außer Sichtweite, ließ sich Zachery absinken und flog unter den Ringwulst. Hier, im Halbdunkel, fühlte er sich einigermaßen sicher. Er näherte sich einer Landestütze, die dick genug war, um Spinoza und ihn gleichzeitig vor Blicken zu schützen.

Jetzt konnte er sehen, daß der Boden des Hangars abgestuft war. Um Platz zu gewinnen, hatten die Erbauer der Plattform eine Einteilung vorgenommen, die verhinderte, daß der Ringwulst zweier Schiffe auf gleicher Höhe lag.

Das bedeutete zusätzliche Platzersparnis, wenn es auch den Nachteil hatte, daß nicht alle Schiffe gleichzeitig starten oder landen konnten.

„Leutnant Parral!“ drang eine Stimme an sein Ohr, die er als die Redhorses erkannte. „Es ist uns gelungen, die Walkers von unserem guten Willen zu überzeugen. Für Lujan besteht keine Gefahr mehr. Wir dürfen zwar nicht den Hyperfunk benutzen, doch man will uns helfen, ein kleines Raumschiff zu finden. Deshalb ist es unerläßlich, daß Sie sich von den Robotern zu uns bringen lassen.“

Vergeblich suchten Zacherys Augen nach den Lautsprechern, aus denen die Stimme kam.

„Wahrscheinlich denken Sie, daß dies einTrick ist, um Sie wieder in Gefangenschaft zu bringen“, fuhr Redhorse fort. „Denken Sie daran, wie gering Ihre Chancen sind, auf die Dauer den Robotern zu widerstehen. Ergeben Sie sich, Leutnant. Dies ist ein Befehl.“

Zachery blickte Spinoza an. „Jetzt soll ich mich ergeben“, sagte er wütend. „Die Sache hatte gerade angefangen, mir Spaß zu machen.“

Spinoza schwieg und starrte ins Leere.

Was soll ich nur tun? überlegte Zachery.

Da tauchten über ihm die ersten Roboter auf. Parral ließ die Arme sinken und flog hinter der Landestütze hervor. Sein Wille zur Flucht war so stark, daß seine Beine zuckten. Trotzdem blieb er an seinem Platz.

Die Roboter erreichten ihn und nahmen ihn schweigend in ihre Mitte.

Koordinator an die Sektionen Eins, Zwei und Fünf bis Zwölf: „SAS-Schaltung bleibt bestehen. Fünf Terraner sind in Sektion Drei eingedrungen.“

Sektionen Eins, Zwei und Fünf bis Zwölf an Koordinator: „Sind die beiden Öd-Sektionen nicht zu erreichen?“

Koordinator: „Beide Sektionen empfangen Nachrichtenimpulse, oh-

ne darauf zu reagieren. Die einzige Kontaktmöglichkeit besteht im größten Teil der Kampfroboter innerhalb der Öd-Sektion."

Sektion Eins, Zwei und Fünf bis Zwölf: „Wir schlagen vor, die Eindringlinge durch die Roboter zu vernichten."

Koordinator: „Ich überlege."

Impulse huschten über Module, wurden verstärkt und weitergeleitet. Ein ständiger Energieaustausch zwischen den einzelnen Anlagen ließ die anfallenden Nachrichten in kürzester Zeit zu Symbolgruppen werden.

Koordinator: „Ich überlege."

Unruhe unter den Sektionsleitern. Es war gefährlich, die fünf Terraner in den beiden Öd-Sektionen in Ruhe Untersuchungen durchführen zu lassen. Eine nicht zu kontrollierende Sektion bedeutete, daß der gesamte Komplex gefährdet war. Und es gab zwei Sektionen, die auf die Impulse des Koordinators nicht reagierten. Niemand konnte wissen, wann sich die Sektion Drei und Vier endgültig aus dem Komplex lösen würden.

Koordinator: „Ich überlege."

Die Situation war unübersichtlich. Man war auf Terraner gestoßen. Terraner hatten gegen Terraner gekämpft. Bedeutete das nicht in letzter Konsequenz, daß die fünf Eindringlinge in Sektion Drei vernichtet werden mußten?

Koordinator: „Ich überlege."

Sektionen Eins, Zwei und Fünf bis Zwölf: „Wir befürworten schnelle Entscheidung, bevor es zu einer Krise kommen kann."

Der Koordinator spürte die Furcht, die aus diesen Impulsen sprach. Aber er zögerte noch immer. Wenn er den Kampfrobotern den Befehl gab, die fünf Männer zu töten, müßten die Terraner als erbitterte Feinde eingestuft werden. Es wäre ein weiterer Schritt zum Krieg gegen die Menschheit. Der Koordinator fühlte sich verwirrt. Aus irgendeinem Grund hatte er sich die Auswirkungen der SAS-Schaltung immer anders vorgestellt.

Sektionen Eins, Zwei und Fünf bis Zwölf: „Wir warten auf eine Antwort."

Ich muß es noch einmal versuchen, dachte der Koordinator. Er schickte eine Serie von Impulsen zu den beiden Öd-Sektionen. Er bemühte sich, vor allem die Gleichgültigkeit von Sektion Drei zu durch-

brechen. Wenn es ihm gelang, mit Drei Verbindung aufzunehmen, ließ sich das Problem der fünf Eindringlinge durch einen lokalen Eingriff lösen. Dann war es unnötig, daß er sich einschaltete.

Wie er erwartet hatte, brachten seine Bemühungen keinen Erfolg.

Die Öd-Sektionen reagierten auf keine noch so dringlichen Impulse.

Ab und zu empfing der Koordinator Impulse von diesen beiden Plattformen. Er wollte es sich nicht eingestehen, aber es waren Impulse, wie sie nur von Wahnsinnigen abgestrahlt werden konnten. Er durfte nicht über die Tragik dieses Geschehens nachdenken, sonst bestand die Gefahr, daß auch er in Mitleidenschaft gezogen wurde.

Das hätte das sichere Ende bedeutet. Er war sich darüber im klaren, was er für den Komplex bedeutete. Dieses Gefühl verlieh ihm weder Triumph noch Stolz, aber eine beglückende Verantwortung.

Sektionen Eins, Zwei und Fünf bis Zwölf: „Der Kontaktversuch zu den Öd-Sektoren verlief ergebnislos. Was nun?"

Der Koordinator sendete eine Serie beruhigender Impulse. Er würde nun eine Entscheidung treffen. Die fünf Terraner gefährdeten Sektion Drei. Da keine Verbindung zu Drei hergestellt werden konnte, bedeutete die Anwesenheit der Männer eine Gefahr für den gesamten Komplex.

Koordinator: „Wir müssen einen Weg finden, um die Eindringlinge zu entfernen."

Sektionen Eins, Zwei und Fünf bis Zwölf: „Es gibt nur eine Möglichkeit. Die Roboter müssen eingeschaltet werden."

Koordinator: „Ja."

Einen Augenblick herrschte betroffene Stille, als seien sich alle darüber im klaren, daß eine Entscheidung von ungeheurer Tragweite gefallen war. Nun gab es kein Zurück mehr, dachte der Koordinator. Trotz aller Bestürzung war er froh, daß er sich endlich entschieden hatte. Er leitete die Impulse zu den Öd-Sektionen um und sendete direkt an die Kampfroboter in der dritten Plattform.

Sektionen Eins, Zwei und Fünf bis Zwölf: „Wurde der Befehl gegeben, die fünf Terraner zu töten?"

Koordinator: „Ja."

Er hatte irgendeine Erklärung hinzufügen wollen, doch nun erschien ihm angesichts der sich abzeichnenden Konsequenzen jedes weitere Wort banal. Wieder spürte er die Unruhe der anderen. Die Impulse von den einzelnen Sektionen kamen jetzt unregelmäßig und aufgeregt. Von der disziplinierten gegenseitigen Abstimmung war nichts mehr zu bemerken.

Der Koordinator konnte das gut verstehen.

Sektionen Eins, Zwei und Fünf bis Zwölf: „Wie lange wird es dauern, bis die fünf Männer tot sind?“

Warum fragen sie danach? Ist es nicht bedeutungslos?

Koordinator: „Nicht sehr lange, glaube ich.“

Sektionen Eins, Zwei und Fünf bis Zwölf: „Wie lautet die Einstufung der Terraner?“

Koordinator: „Terraner werden als erbitterte Feinde eingestuft.“

Anstelle von Zufriedenheit spürte er die dumpfe Angst der anderen. Oder waren es seine eigenen Gefühle? Warum glaubte er ständig, daß entscheidende Fehler begangen wurden? Schon die SAS-Schaltung erschien ihm als Katastrophe.

Wir haben einfach zu lange gewartet, dachte er. Unsere Verwirrung wird sich im Laufe der Zeit mit Bestimmtheit legen.

Sektionen Eins, Zwei und Fünf bis Zwölf: „Keine weiteren Entschlüsse?“

Koordinator: „Nein, vorläufig nicht. Wir warten, bis die fünf Eindringlinge nicht mehr am Leben sind.“

Die Impulse ließen an Intensität nach. Schließlich flossen nur noch die Beobachtungs- und Wachimpulse von Sektion zu Sektion und berührten dabei den Bereich des Koordinators.

Normalerweise wurde er unter diesen Umständen immer schläfrig. Diesmal jedoch blieb er angespannt mit den Robotern in Verbindung, die sich aufmachten, um die fünf Terraner in Sektion Drei zu töten.

Burnett sagte: „Wir lassen Sie frei. Sollten Sie jedoch noch einmal diesen Teil der Plattform betreten, werden wir Sie töten.“

Zachery wußte, daß die Walkers alle Räume als ihr Eigentum betrachteten, in denen es Frischluft gab. Burnett hatte dafür gesorgt, daß die Sauerstoffaggregate der vier Terraner eine neue Füllung erhalten hatten. Der Inhalt reichte jedoch nur für drei Stunden. Jeder Versuch, die Walkers zur Abgabe einer größeren Menge Sauerstoff zu überreden, war gescheitert. Redhorse und seine Begleiter hatten nur eine knappe Frist, eine Möglichkeit zum Verlassen der Plattform zu finden. Dann würden die Kampfroboter der Walkers Jagd auf sie machen.

Zachery Parral, der sich seit einer Stunde ebenfalls im Kommandoraum aufhielt, hatte längst herausgefunden, daß die Walkers fürchteten, sie könnten von irgendwelchen Eindringlingen aus dem Mutterschiff vertrieben werden. Die Raupenwesen hatten sich im Laufe der Zeit so daran gewöhnt, von Robotern bedient zu werden, daß sie ohne Hilfe der Automaten in kurzer Zeit sterben würden.

Unter diesen Umständen war es erstaunlich, daß Burnett sie freiließ. Trotz aller Versicherungen mußte der alte Walker damit rechnen, daß seine Gefangenen irgendwann mit Verstärkung zurückkommen und einen Krieg gegen die Walkers beginnen würden.

Wahrscheinlich rechnete Burnett überhaupt nicht damit, daß den Terranern eine Flucht von der Plattform gelingen könnte. Nach Ablauf der drei Stunden würden sie ersticken oder von den Robotern erschossen werden. Burnett hatte ihnen eine Chance gegeben, die seiner Ansicht nach nur ein Aufschub war.

„Stellen Sie uns einige Roboter zur Verfügung, die uns zu einem kleinen Hangar führen", sagte Redhorse zu dem Anführer der Walkers.

Zachery blickte auf. Die Walkers hatten erklärt, daß es innerhalb der Plattform auch Kleinraumschiffe gab. Wenn man ihren Behauptungen glauben konnte, handelte es sich um Space-Jets.

„Zwei Roboter werden euch begleiten", stimmte Burnett zu.

Zachery preßte die Lippen aufeinander. Er konnte sich vorstellen, warum der alte Walker so schnell zugestimmt hatte. Wenn er ihnen zwei Roboter als Begleiter zur Verfügung stellte, behielt er sie ständig unter Kontrolle.

„Noch etwas", sagte Redhorse gedehnt. „Wir wollen unsere Waffen zurückhaben."

Burnett war so verblüfft, daß er mit einer Antwort zögerte.

„Waffen?" wiederholte er schließlich.

„Richtig!" Redhorse schien entschlossen, seinen Wunsch mit allem Nachdruck durchzusetzen. Zachery bezweifelte jedoch, daß der gerissene Walker ein solches Risiko eingehen würde.

„Waffen benötigt man zum Kämpfen", sagte Burnett. „Innerhalb der Plattform leben nur wir. Wozu braucht ihr Waffen?"

„Erinnern Sie sich an das Gelächter, das ab und zu aus den Lautsprechern dringt?“ fragte der Cheyenne. „Die Walkers sind nicht die einzigen Bewohner dieser Sektion.“

„Wir haben bisher noch keinen Gegner innerhalb dieser Plattform gefunden“, erklärte Burnett.

„Weil ihr euch immer in den gleichen Räumen aufhaltet“, sagte Redhorse. „Wir müssen das Gebiet der Walkers verlassen. Dabei kann es zu Zusammenstößen kommen.“

„Die beiden Roboter werden euch verteidigen“, sagte Burnett unnachgiebig.

„Vielleicht warten Sie nur darauf, daß wir in den anderen Räumen erschossen werden“, sagte Redhorse ruhig. „Ist es das, Burnett?“

„Es ist mir gleichgültig, was mit euch geschieht“, behauptete Burnett. „Wichtig ist nur, daß ihr niemals zurückkommt.“

Redhorse streckte ihm fordernd die Hand entgegen. „Unsere Waffen“, verlangte er hartnäckig.

Während der alte Walker den Kopf schüttelte, überlegte Parral, ob es klug war, Burnett zu reizen. Wenn der Oberst ihn noch weiter unter Druck setzte, änderte er vielleicht seine Meinung und ließ seine Gefangenen nicht frei.

Parral fragte sich, warum Redhorse soviel an den Waffen lag. Fürchtete er einen Wortbruch der Walkers? Oder gab es innerhalb der Plattform tatsächlich noch einen anderen Gegner, der sich bisher im Hintergrund gehalten hatte?

„Er wird uns die Waffen nicht geben, Sir“, sagte Sergeant Velarde.

Burnetts Seehundskopf bewegte sich unruhig. Der Walker deutete zu einem der Ausgänge.

„Es wird Zeit, daß Sie gehen“, sagte er. „Und vergessen Sie nicht: Es gibt keinen Weg zurück.“

Redhorse gab keine Antwort. Zachery sah zwei Roboter herankommen. Das waren ihre Begleiter. Zachery fragte sich, ob sie von Burnett irgendwelche Sonderbefehle erhalten hatten, oder ob sie wirklich den Weg zu einem Kleinraumschiff kannten.

Velarde und Lujan, die noch immer auf ihren Sitzen gefesselt waren, wurden losgebunden. Daran, daß die Roboter ihre Waffen schußbereit hielten, erkannte Zachery, daß Burnett weiterhin mißtrauisch blieb.

Redhorse wandte sich an Velarde und Lujan: „Alles in Ordnung? Können Sie gehen?"

„Ich würde kriechen, um aus der Nähe der Walkers wegzukommen", verkündete Velarde.

Auf Redhorses Befehl verschlossen sie ihre Helme. Die beiden Roboter übernahmen die Führung. Zachery fühlte die Blicke der Walkers auf sich ruhen, als er auf den Ausgang zuging.

Die Roboter führten die vier Männer und Spinoza auf den Gang hinaus. Durch eine kleine Schleuse erreichten sie jenen Teil der Plattform, in dem es keinen Sauerstoff gab. Sie durchquerten einige Räume und gelangten abermals in einen Gang.

Die beiden Roboter blieben plötzlich stehen.

„Was ist los?" erkundigte sich Redhorse. „Warum geht ihr nicht weiter? Bringt uns zum Hangar."

Er erhielt keine Antwort. Zachery hatte den Eindruck, als würden sich die Roboter auf irgendwelche Nachrichten konzentrieren, die sie über Funk erhielten.

„Das gefällt mir nicht, Sir", sagte Lujan. „Die Roboter stehen mit irgend jemand in Verbindung."

„Wahrscheinlich mit Burnett", knurrte Velarde wütend. „Ich wußte, daß wir dem Walker nicht trauen können."

Redhorse wandte sich wieder an die Roboter. „Ihr habt den Befehl, uns zu einem Hangar zu bringen", sagte er. „Richtet euch danach."

„Der Befehl wurde soeben aufgehoben", erwiderte einer der Automaten. „Wir gehen zurück."

„Burnett!" stieß Velarde hervor. Es klang wie eine Verwünschung.

„Es ist etwas geschehen, was uns zum Rückzug zwingt", sagte der Roboter. „Wenn wir weitergehen, werden wir angegriffen."

„Angegriffen? Von wem?" forschte Redhorse.

Keiner der Roboter antwortete. Sie drehten sich um und gingen davon. Zachery starrte ihnen nach. Dann richtete er seine Augen auf Redhorse. Nun mußten sie ohne fremde Hilfe einen Hangar finden. Sie hatten noch knapp drei Stunden Zeit.

„Wir sind verraten worden!" fauchte Velarde empört. „Wer sollte uns hier schon angreifen?"

„Wir müssen auf jeden Fall in der eingeschlagenen Richtung weitergehen", entschied Redhorse. „Ich bin sicher, daß Burnett seine Drohung wahrmacht, wenn wir noch einmal in dem von den Walkers beherrschten Teil der Plattform auftauchen."

Sie gingen weiter und erreichten das Ende des Ganges. Nun standen sie vor der Wahl, entweder einen Seitengang auf der linken oder den Durchgang in eine größere Halle auf der rechten Seite zu benutzen.

Nach kurzem Nachdenken entschied sich Don Redhorse für die Halle.

„Warum teilen wir uns nicht, Oberst?" erkundigte sich Velarde. „Lassen Sie Leutnant Parral und mich in der anderen Richtung suchen."

Zachery warf dem Sergeanten einen erstaunten Blick zu. Er wunderte sich, daß Velarde ausgerechnet ihn als Begleiter ausgewählt hatte.

„Wir bleiben zusammen", lehnte Redhorse Velardes Idee ab. „Es ist möglich, daß wir angegriffen werden, dann ist immer noch Zeit, in verschiedene Richtungen zu fliehen."

Zachery hielt diese Überlegung für richtig. Er schaute sich innerhalb der Halle um. Hier hatten die Erbauer der Plattform ein Ersatzteillager eingerichtet. Alles, was Parral auf den Regalen liegen sah, kam ihm bekannt vor. Unter anderen Umständen hatte der Anblick dieser Geräte in Zachery angenehme Erinnerungen an die Erde hervorgerufen, doch all diese Dinge hier zu sehen, ließ ihn erschauern. Angefangen von den Ultraschiffen in den Hangars über die Funkanlagen bis zu den einfachsten Verschraubungen schien alles ein Anachronismus zu sein.

Anachronismen hatten seit jeher Zacherys Widerwillen hervorgerufen. Niemals jedoch waren ihm Dinge, die eigentlich alltäglich waren, so fremd erschienen. Hätten anstelle der an terranische Vorbilder erinnernden Ersatzteile völlig unsinnige Gegenstände auf den Regalen gelegen, wären sie Zachery weniger rätselhaft vorgekommen.

Nur unbewußt hatte er wahrgenommen, daß sie inzwischen die große Halle durchquert hatten und in einen langgestreckten Korridor eingedrungen waren. Die Männer sprachen nur selten. Lujan und Velarde stießen alle erreichbaren Türen auf. Es gab jedoch keinen Raum, der auch nur annähernd wie ein Hangar aussah.

Vielleicht liegt der Hangar gerade über uns, überlegte Zachery.

Woher wollten sie wissen, ob sie nicht eine Etage zu tief suchten? Der Leutnant fühlte, wie Zorn in ihm aufstieg. Burnett und seine faule Bande hatten wahrscheinlich nur nach einem Grund gesucht, um die vier Männer zu töten. Zachery konnte sich vorstellen, daß die Walkers und ihre Roboter bereits auf die Rückkehr der Terraner warteten.

Parral warf einen Blick auf die Meßskala des Sauerstoffaggregats. Ein Fünftel des nachgefüllten Sauerstoffs war bereits verbraucht. Sie konnten nicht weitersuchen, bis sie keine Atemluft mehr hatten, weil sie einen kleinen Vorrat benötigten, um die Räume der Walkers zu erreichen.

Verdammt! dachte Zachery hoffnungslos. Burnett kann auf die Sekunde genau ausrechnen, wann wir wieder auftauchen.

Alle Vorteile lagen auf seiten der Walkers.

„Stehenbleiben!" rief Redhorse scharf.

Zachery blickte auf und erschrak.

Am anderen Ende des Ganges wimmelte es von Kampfrobotern. Sie kamen mit erhobenen Waffenarmen auf die Terraner zugestürmt.

Waren das die Angreifer, die Burnetts Roboter befürchtet hatten?

Der grelle Lichtfinger eines Energiestrahls traf Spinoza. Der Testrobot riß sich einige Fetzen verschmorten Bioplastmaterials vom Körper.

Diesmal benutzten die Roboter keine Narkosewaffen. Sie schossen, um zu töten.

„Sofort umkehren!" rief Redhorse.

Zachery hatte sich bereits herumgeworfen. Er schaltete sein Flugaggregat ein und schwebte mit außerster Geschwindigkeit durch den Korridor. Er kam auf diese Weise schneller voran als zu Fuß.

„Burnett, dieser Halunke!" schrie Sergeant Velarde.

„Das sind nicht die Roboter der Walkers", sagte Redhorse. „Irgendwie hat Burnett von diesem Angriff erfahren und seine Roboter zurückgezogen."

Zachery versuchte, nicht mehr an den Hangar oder gar an eine Space-Jet zu denken. Sie konnten froh sein, wenn sie den Verfolgern entkamen. Wieder hatte er den Eindruck, als werde diese Plattform von konträren Kräften beherrscht.

Sie waren von Robotern empfangen worden, die sich über ihr

Erscheinen gefreut und sie bedient hatten. Schließlich hatten die von den Walkers programmierten Roboter sie gefangengenommen.

Zu welcher Partei gehörte die Gruppe von Angreifern, die jetzt aufgetaucht war?

Don Redhorse, der unmittelbar neben Parral flog, bog in einen Seitengang ein, und der Leutnant folgte ihm. Spinoza überholte sie. Lujan und Velarde bildeten den Abschluß.

Nur dem Zufall, daß der erste Schuß Spinoza getroffen hatte, verdankten sie ihr Leben. Die Roboter hatten daraufhin den Abstand zwischen sich und den Flüchtlingen zu verringern versucht, weil sie annehmen mußten, daß diese ausnahmslos die Widerstandsfähigkeit des Getroffenen besaßen.

„Hier hinein!“ rief Redhorse.

Zachery wunderte sich, wie ruhig die Stimme des Kommandanten der zerstörten BLACK HILLS blieb. Redhorse hatte eine Tür aufgestoßen, sich kurz umgesehen, und war dann in einen unbeleuchteten Raum eingedrungen. Die Helmscheinwerfer der vier Männer gaben genügend Licht ab, um den Raum zu erhellen. Zachery sah einige torbogenförmige Aufbauten. Kabelstränge und Rohrleitungen bildeten unter der Decke ein netzähnliches Geflecht.

Der Schein von Redhorses Lampe traf eine zweite Tür. Sie flogen darauf zu. Redhorse landete, öffnete und verschwand im anschließenden Raum. Zachery blickte zurück. Velarde und Lujan hatten die Tür auf der anderen Seite des Raumes wieder zugestoßen, aber das würde die Verfolger nicht von der Spur abbringen.

Einen Augenblick war Parral von der Lichtfülle des nächsten Raumes geblendet. Er blinzelte, orientierte sich und sah Redhorse und Spinoza schräg über sich auf eine runde Deckenöffnung zufliegen.

„Schneller, Leutnant!“ rief Velarde, der plötzlich an seiner Seite auftauchte. Zachery lächelte grimmig. Der Sergeant konnte weitaus besser mit seinem Flugaggregat umgehen. Auf Zacherys rechter Seite erschien jetzt Lujan, selbst im Schutzanzug überschlank und feinnervig wirkend. Der Techniker blickte ständig zurück.

Redhorse und Spinoza waren bereits durch die Deckenöffnung geflogen. Velarde folgte ihnen; eine stämmige Gestalt, die Zachery an einen im Wasser treibenden Balken erinnerte. Der Sergeant schoß in die Höhe und war gleich darauf Parrals Blicken entschwunden.

Zachery flog durch die Öffnung und sah einen mindestens dreißig Meter breiten Gang vor sich. Es gab in unmittelbarer Nähe mehrere Seitengänge, Nischen und Eingänge in verschiedene Räume und Hallen. Zachery atmetet auf. Jetzt konnten sie ihren Vorsprung vielleicht vergrößern.

Redhorse verlor keine Zeit. Zielbewußt steuerte er auf einen Seitengang zu. Inzwischen war Zachery auch von Lujan überholt worden. Er kniff die Augen zusammen. Es konnte nicht allein an der Flugtechnik liegen, wenn er immer weiter zurückfiel.

Das Flugaggregat! dachte er bestürzt. Etwas ist damit nicht in Ordnung!

Bevor er hinter den anderen im Gang verschwand, warf er einen Blick zurück und sah die Köpfe einiger Roboter über der Öffnung auftauchen.

Sie sind uns auf den Fersen, dachte Zachery.

Die unmittelbare Bedrohung ließ ihn die Sorgen um sein Flugaggregat einen Augenblick vergessen, bis ihn die Unregelmäßigkeit seines Fluges wieder gnadenlos daran erinnerte.

„Leutnant Parral!" klang Redhorses Stimme in Zacherys Helmempfänger auf.

„Ich bleibe etwas zurück, Sir", sagte Zachery. Er versuchte, seiner Stimme einen entschlossenen Klang zu verleihen, aber er befürchtete, daß sie trotzdem ziemlich kläglich wirkte. „Mit meinem Aggregat ist etwas nicht in Ordnung."

Redhorse wartete auf Parral, während die anderen weiterflogen. Der Cheyenne ließ sich dicht über Zachery herabsinken.

„Strecken Sie die Arme nach vorn", sagte er. „Die Beine müssen Sie etwas nach unten hängen, dann kann ich besser an Ihren Rückentornister."

Zachery spürte, wie sich auf seiner Stirn Schweißtropfen bildeten. Was hatte der Oberst vor? Wollte er vielleicht während des Fluges eine Reparatur vornehmen?

„Da ist nichts zu machen, Leutnant", verkündete Redhorse. „Eine der beiden Mantelflächen ist so stark erhitzt, daß sich der Energieausstoß verringert."

„Ich kann explodieren!" entfuhr es Zachery. Gleich darauf hätte er sich ohrfeigen können. Warum hatte er nicht daran gedacht, daß das

Aggregat sich abschaltete, bevor die Temperatur einen kritischen Punkt erreichte?

„Explodieren werden Sie nicht", tröstete ihn Redhorse. „Aber Sie werden sich nicht mehr lange oben halten können."

„Lassen Sie mich zurück, Oberst", sagte Zachery. „Es ist sinnlos, daß Sie Ihr Leben aufs Spiel setzen. Die beiden anderen brauchen Sie."

„Unser Leutnant Tick-Tack besitzt einen ausgeprägten Heroismus", klang Velardes Stimme auf.

„Ruhe!" befahl Redhorse.

Ein heller, breitgefächerter Strahl zischte über Redhorse und Parral hinweg. Die Decke färbte sich dunkel. Mit einem Griff packte Redhorse den jungen Offizier um die Hüften und riß ihn zur Seite.

„Schnell!" sagte er. „Dort vorn liegt der Eingang, in dem die anderen verschwunden sind."

Jedes Geräusch schien in Zacherys Gehör zu dröhnen. Fast mechanisch glich er seinen Flug den Zick-Zack-Bewegungen des Obersten an. Wieder flammten die Waffen der Verfolger auf, und der Gang wurde in giftgrünes Licht gebadet.

Der Leutnant atmete keuchend, obwohl die körperliche Anstrengung während des Fluges gering war.

„Achtung!" rief Redhorse und schwenkte ihn herum, als sei er eine Marionette mit unbedeutendem Körpergewicht.

Zachery wurde schwindlig. Er schloß die Augen. Als er sie wieder öffnete, schwebte er in einem großen Raum, dessen Mittelpunkt ein Diskusschiff bildete, das einer terranischen Space-Jet in allen Einzelheiten glich.

Die Schleuse war offen, und innerhalb der Schleusenkammer stand Sergeant Velarde und winkte.

Zu spät, dachte Zachery benommen. Seine Gedanken waren verworren. Die Umwelt versank um ihn, und er sah nur noch die Schleuse, in der Velarde aufgeregt herumhüpfte.

Plötzlich fühlte er sich nach vorn gerissen. Redhorse hatte ihn wieder gepackt und zog ihn mit sich. Zachery blickte zurück. Der Cheyenne hatte daran gedacht, den Eingang des Hangars wieder zu verschließen. Parral bezweifelte jedoch, daß ihr Vorsprung groß genug war.

Dann war er in der Schleusenkammer. Die Wände umschlossen ihn wie schützende Arme. Hinter ihm loderte etwas auf, und er fühlte sich in bildhafter Deutlichkeit an Niburs Ende erinnert. Er hatte plötzlich das Gefühl unerträglicher Hitze. Er würgte nach Luft. Seine Hände fuhren hoch, umklammerten den Wulst des Helmes.

Da wurde es dunkel. Zachery krächzte ein paar unvernünftige Laute, dann fühlte er sich von kräftigen Händen gepackt und davongetragen. Jemand nahm ihm den Helm ab. Sein Verlangen nach frischer Luft war so stark, daß er den Kopf nach oben riß, als könnte er auf diese Weise allen Sauerstoff, den es in diesem Raum gab, in sich hineinziehen.

„Zum erstenmal bin ich unseren unbekannten Gegnern dankbar, daß sie unsere Schiffe nachbauen", hörte er Sergeant Velarde sagen.

Zachery wurde sich seiner Umgebung wieder bewußt. Er sah sich schlaff in einem Sessel liegen. Er befand sich im Innern einer Space-Jet. Vor ihm flimmerten Bildschirme und Kontrollgeräte. Alles, sogar die Geräusche um ihn herum, war vertraut.

Parral blickte an sich herab und sah, daß der größte Teil seines Schutzanzugs verschmort war. Mühsam richtete er sich auf und sah auf die Bildschirme der Außenübertragung. Die Roboter hatten sich um die Space-Jet versammelt und schienen ratlos zu sein.

„Wir sind vorläufig in Sicherheit", sagte Velarde. „Ich rechne jedoch damit, daß die Kerle dort draußen früher oder später beginnen, ein Loch in die Außenhülle der Jet zu brennen."

„Bis sie auf diesen Gedanken kommen, müssen wir verschwunden sein", sagte Redhorse.

Velarde zog den Kopf zwischen die Schultern und blickte unschlüssig von Lujan auf Zachery.

„Impulskanone besetzen!" befahl Redhorse.

„Sir!" krächzte Velarde. „Was haben Sie vor?"

„Ganz einfach", erwiderte Redhorse. „Wir schießen uns eine Öffnung, die groß genug ist, um mit der Jet durchzukommen, in die äußere Hangarwand. Es ist die einzige Möglichkeit, denn keiner von uns kann sich noch einmal hinauswagen, um nach der Schaltung für die Hangarschleuse zu suchen."

Velarde kratzte sein unrasiertes Kinn. „Das ist nicht ungefährlich, Sir“, gab er zu bedenken. „Es kann passieren, daß die Jet dabei beschädigt wird.“

„Sie Optimist“, warf Lujan ein. „Wenn es mit einer Beschädigung abgeht, können wir froh sein.“

Redhorse ließ sich nicht beirren. „Wir haben gute Chancen“, verteidigte er seinen Plan. „Nehmen Sie Ihre Plätze ein. Sie schießen auf meinen Befehl, Sarge. Stellen Sie das Feuer sofort ein, wenn ich es Ihnen sage.“

In diesem Augenblick brach Spinoza sein langes Schweigen.

„Ich habe den ersten geistigen Test beendet“, verkündete er den überraschten Männern. „Das bedeutet, daß ich Ihnen eine theoretische Lösung Ihres ersten Problems liefern kann. Es gibt eine ganz einfache Möglichkeit, sich mit den Walkers zu einigen.“

„Was du nicht sagst!“ brachte Lujan hervor.

„Ruhe, Spinoza!“ befahl Redhorse. „Das ist alles längst vorüber.“

„Warum sind Sie nicht bei den Walkers geblieben, bis ich mit meinen Meditationen fertig war?!“ beklagte sich Spinoza.

Velarde richtete sich hinter den Kontrollen der Impulskanone auf. Seine Stimme klang so verändert, daß Zachery zusammenzuckte.

„Sobald wir hier heraus sind, erwürge ich diesen Testrobot mit bloßen Händen“, sagte er.

„Feuer!“ rief Redhorse.

Velarde ließ seine Hände über die Schaltungen fliegen. Auf den Bildschirmen konnte Zachery Parral sehen, wie der Energiestrahl auf der Hangarwand auftraf und reflektiert wurde. Energieblitze zuckten durch den großen Raum.

„Temperatur steigt!“ rief Lujan. „Landestütze drei gibt nach. Schräglage von vier Grad.“

„Antigravtriebwerk einschalten!“ ordnete Redhorse an. Lujan bestätigte das Kommando. Ein Zittern lief durch den diskusförmigen Körper. Zachery blickte zu Velarde hinüber. Das Gesicht des Sergeanten war fahl und eingefallen. Sein Mund war halb geöffnet.

Da brach die Hangarwand auf. Mit einem Schlag dehnte sich die angesammelte Energie bis in den Weltraum aus.

„Feuer einstellen!“ befahl Redhorse. „Was halten Sie von der Öffnung, Lujan? Glauben Sie, daß wir hindurchkommen?“

„Nein, Sir!“ erwiderte der Techniker. „Aber ich versuche es.“

„Sobald wir draußen sind, gehen Sie sofort auf Höchstgeschwindigkeit. Wahrscheinlich werden wir beschossen. Nur eine schnelle Flucht in die Librationszone kann uns retten.“

Lujan befeuchtete seine Lippen mit der Zungenspitze. Es war zum erstenmal, daß Zachery bei diesem Mann Nervosität feststellen konnte.

„Wir werden OLD MAN schon überlisten“, sagte Redhorse zuversichtlich.

„OLD MAN?“ wiederholte Velarde verständnislos. „Wie kommen Sie auf diese Bezeichnung, Sir?“

„Dieser Name scheint mir passend“, meinte der Cheyenne.

Keiner der Männer konnte ahnen, wie zutreffend die von Redhorse gewählte Bezeichnung war.

Die Space-Jet hatte sich der gewaltsam geschaffenen Öffnung genähert und schob sich langsam durch sie hindurch. Ein metallisches Geräusch ließ Zachery den Atem anhalten. Die Männer starrten gebannt auf die Bildschirme. Nur Lujan konzentrierte sich auf die Steueranlage.

„Wir sind durch“, sagte Velarde plötzlich. Zachery hörte die unsagbare Erleichterung aus der Stimme des Sergeanten heraus. Er fühlte, wie er sich entspannte, und hatte den übermächtigen Wunsch, den anderen seine Freude mitzuteilen. Doch bevor er etwas sagen konnte, dröhnte Redhorses Stimme bereits wieder in seinen Ohren.

„Beschleunigen, Lujan!“ rief der Oberst. „Worauf warten Sie noch?“

Die Space-Jet schoß voran und entfernte sich von der Plattform, die ihr lange Zeit als Station gedient hatte. Auf den Bildschirmen war der Weltraum sichtbar.

„Wir werden beschossen!“ schrie Velarde aufgeregt. „Thermobahnen von der Halbkugel.“

„Auf der Halbkugel gibt es Geschützstellungen“, sagte Redhorse ruhig. Er schien die gigantischen Glutstrahlen, die auf den Bildschirmen sichtbar wurden, überhaupt nicht zu sehen.

Jetzt darf es nicht mehr schiefgehen, dachte Zachery beinahe inbrünstig.

Als hätte das Lineartriebwerk den beschwörenden Gedanken des jungen Offiziers auf geheimnisvolle Weise verstanden, erreichte es in diesem Augenblick den kritischen Punkt der Beschleunigung. Die Space-Jet verließ das normale Raum-Zeit-Kontinuum und drang in die Halbraumzone ein.

„Wir nehmen Kurs auf Sektor Morgenrot", ordnete Redhorse an. „Dort werden wir am schnellsten auf terranische Schiffe treffen."

Zachery wußte nicht, was er mehr bewundern sollte: Redhorses unvergleichliche Beherrschung oder den Sprung, mit dem Sergeant Velarde aus seinem Sessel hochkam.

„Wir haben es geschafft!" schrie der stämmige Sergeant und hieb Zachery Parral auf die Schulter, daß es krachte. „Wir haben es geschafft!"

16.

Perry Rhodan schüttelte jedem der vier müden Männer die Hand.

„Ich danke Ihnen für Ihren Bericht und Ihren vorbildlichen Einsatz", sagte er. „Ihre Informationen über das seltsame Gebilde, das wir entsprechend Redhorses Vorschlag OLD MAN nennen wollen, sind sehr wertvoll für uns."

„Ich bedaure, daß wir weder Unterlagen noch irgendwelche Gegenstände mitbringen konnten", sagte Redhorse. „Wir sind froh, daß wir unser Leben gerettet haben. Außerdem glaube ich nicht, daß unseren Wissenschaftlern solche Dinge genutzt hätten. Es gibt an Bord der Plattform nichts, was wir nicht bereits innerhalb der Solaren Flotte benutzten."

„Diese Ähnlichkeit mit terranischen Vorbildern ist rätselhaft", sagte Rhodan. „Ich befürchte, daß wir so schnell nicht erfahren werden, was es damit auf sich hat. Vielleicht hilft uns Ihr Hinweis, daß die Walkers nur auf zwei der insgesamt zwölf Plattformen leben können. Das bedeutet, daß sich diese beiden Sektionen von den anderen in irgendeiner Weise unterscheiden."

Zachery Parral konnte erkennen, daß Perry Rhodan sich Sorgen machte. Die Solare Flotte hatte in Rois System eine Niederlage erlitten. Was nutzte es den Terranern, wenn sie von der mysteriösen Ähnlichkeit aller technischen Einrichtungen wußten? Weder die Erbauer der Station noch ihre Ziele waren bekannt.

Warum war OLD MAN ausgerechnet in Rois System aufgetaucht? War das Zufall, oder verfolgten die Besitzer des gigantischen Flugkörpers einen bestimmten Zweck?

Die wichtigste Frage war im Augenblick, ob OLD MAN erneut seine Plattformen ausschicken würde, damit sie mit ihren Schiffen gegen terranische Einheiten kämpften.

Zachery ahnte, daß dem Solaren Imperium ruhelose Tage bevorstanden.

Perry Rhodan, der die vier Männer fast vergessen zu haben schien, wandte sich unvermittelt wieder an sie.

„Sie können sich jetzt ausruhen", sagte er. „Später werden Sie dann ausführliche Berichte auf Band sprechen. Vielleicht gibt es noch irgendwelche wichtigen Dinge, die Sie bei Ihrem ersten Bericht vergessen haben."

Zachery salutierte und beeilte sich, aus der Zentrale der CREST IV hinauszukommen. Er hatte Mühe, seine Müdigkeit zu unterdrücken. Er fühlte, wie ihn die neugierigen Blicke der Männer innerhalb der Zentrale verfolgten. Früher hätte es ihn verlegen gemacht, so im Mittelpunkt zu stehen. Jetzt fühlte er sich weitaus sicherer.

Das macht die Erfahrung, dachte er grinsend.

„Leutnant Parral!"

Er blieb stehen und blickte zurück. Er sah, wie Don Redhorse aus der Zentrale kam und sich ihm näherte. Der Oberst lächelte ihm zu.

„Was kann ich noch für Sie tun, Sir?" fragte Zachery.

„Warum so förmlich?" erkundigte sich Redhorse. „Haben Sie sich bereits wieder an den üblichen Dienst gewöhnt?"

„Keineswegs, Sir", versicherte Zachery hastig. „Ich bin nur einfach müde."

Redhorse nickte und zog etwas aus seiner Tasche hervor. Ein runder Gegenstand blitzte im Licht der Deckenlampen. Als Zachery erkannte, was es war, machte ihn die Überraschung sprachlos.

„Ich dachte, es würde Ihnen gefallen, sie wiederzuhaben", meinte Redhorse.

„Natürlich“, stammelte Zachery und nahm die Taschenuhr entgegen. „Vielen Dank, Oberst Redhorse.“

Der Cheyenne sah ihn bedeutungsvoll an.

„Sie müssen sie aufziehen“, sagte er. „Sie ist stehengeblieben.“

17.

Mory Rhodan-Abro war am 10. Juni des Jahres zweitausenddreihundertvier geboren worden und somit einhundertdreißig Jahre alt. Als sie den Zellaktivator des getöteten Obmanns Iratio Hondro erhielt, war sie fünfundzwanzig Jahre alt geworden. Und genauso sah sie auch noch heute aus. Der Zellverfall war angehalten worden; sie alterte seither nicht mehr.

Suzan Rhodan-Waringer aber tat es. Sie war bereits dreißig Jahre und somit physisch älter als ihre Mutter. Diese merkwürdige Tatsache störte die Freundschaft zwischen Mutter und Tochter keineswegs. Im Gegenteil: Sie war oft Anlaß zu freundschaftlichem Geplänkel zwischen den beiden Frauen, die sich ausgezeichnet verstanden.

Dr. Waringer, Suzans Mann, war nicht in New-Taylor. Er trieb sich irgendwo in der Galaxis herum und ging seinen geheimnisvollen Geschäften nach, die meist darin gipfelten, daß er eine neue Erfindung praktisch erprobte. Rhodan war dann der letzte, der davon erfuhr.

Wenn er davon erfuhr.

New-Taylor war die Hauptstadt von Plophos, des dritten Planeten des Eugaul-Systems. Dieser Planet gehörte zu den acht Welten, die den gelben Stern Eugaul umkreisten. Sie war erdgleich und erfreute sich fast der gleichen klimatischen Bedingungen wie sie.

Plophos war achttausendzweihunderteinundzwanzig Lichtjahre von der Erde entfernt.

Auf einem bewaldeten Hügel unweit der Stadt New-Taylor stand Morys Palast. Hier wohnte sie, wenn sie nicht gerade auf der Erde bei Rhodan war, und sie hatte ihre Räume so eingerichtet, daß sie jederzeit Rhodans Anwesenheit spürte, selbst wenn er Tausende von Lichtjahren entfernt war. Stereobilder an den Wänden sorgten dafür, daß man aus großen Fenstern auf irdische Landschaften zu blicken glaubte. Eine Funkbildanlage verband Mory mit der Hauptstadt und dem Regierungspalast. Das war notwendig, denn Mory war noch immer Obmann von Plophos und somit Regierungsoberhaupt des Planeten.

Die Tür öffnete sich. Suzan betrat den Raum und ging zu der bequemen Sitzecke. Mory lächelte ihr entgegen.

„Wenn Geoffry nicht da ist, verliebst du dich regelmäßig in meinen Park und gehst stundenlang spazieren. Du mußt schon jeden Pfad auswendig kennen."

„Tue ich auch", sagte Suzan und setzte sich ihr gegenüber. „Die frische Luft ist herrlich – fast so wie auf der Erde. Sie erinnert mich an meine Jugend..."

Morys helles Lachen unterbrach sie.

„Das muß schon lange her sein, Suzan. Aber manchmal ist es wirklich so, daß Erinnerungen – je länger sie zurückliegen, um so lebendiger werden. Ich weiß das von mir. Und ich bin hundert Jahre älter als du."

„Doch du siehst jünger aus", stellte Suzan ohne Bitterkeit fest.

„Das bildest du dir nur ein, Kleines. Du hast keine Falte mehr als ich – nämlich wirklich keine."

Suzan wollte antworten, aber sie wurde durch das Summen des Bildfunkgerätes unterbrochen. Mory zog die Augenbrauen in die Höhe und stand auf.

„Was wollen denn die schon wieder?" Sie ging zum Schaltpult und drückte einige Knöpfe ein. Sofort wurde der Bildschirm hell. Das Gesicht eines Mannes erschien darauf. „Ja, was gibt es denn?"

„Das terranische Schlachtschiff POSEIDON hat einen Passagier abgesetzt, Obmann. Eigentlich zwei."

Mory schüttelte den Kopf.

„Was denn nun? Einen oder zwei?"

„Eigentlich nur zwei halbe, Obmann. Es handelt sich um Nichthumanoide. Beide tragen die Uniform der terranischen Flotte, allerdings eine Spezialanfertigung. Das eine der Wesen kann perfekt Interkosmo sprechen und verlangt, zu Ihnen gebracht zu werden."

Mory hatte eine ungewisse Ahnung, aber sie wollte Gewißheit.

„Und der Name? Hat der Besucher keinen Namen genannt?"

„Doch. Lucky oder so ähnlich."

„Vielleicht Gucky?"

„Das war es, stimmt. Was soll mit ihm geschehen?"

Mory holte tief Luft.

„Ich erwarte den hohen Besuch von Terra in meinem Palast. Sorgen Sie dafür, daß er mit einem Regierungsgleiter hierher transportiert wird. Sein Begleiter auch."

„Zu Befehl", stammelte der junge Offizier fassungslos, dann wurde das Bild dunkel.

Mory setzte sich wieder.

„Gucky...! Dann wird es ja hier in den nächsten Tagen recht munter zugehen. Der Mausbiber war schon lange nicht mehr hier, und diesmal scheint er noch Iltu mitgebracht zu haben. Will der vielleicht hier seine zweiten Flitterwochen verbringen?"

„Ich mag Gucky sehr gern", gab Suzan zu. „Er ist immer so lustig und guter Dinge. Vielleicht kann ich ihn dazu bewegen, mich auf meinen Spaziergängen im Park zu begleiten."

„Er geht nicht gern", machte Mory sie aufmerksam. „Seine Beinchen sind zu kurz, und ein bißchen Fett hat er auch schon angesetzt. Der Himmel weiß, wie alt er nun ist. Ich fürchte, er weiß es selbst nicht so genau."

„Wann kann er eintreffen?"

„Mit dem Gleiter in einer halben Stunde, wenn man die Formalitäten der Behörde hinzurechnet." Sie sah auf die Uhr. „Er kann es auch in zwanzig Minuten schaffen." Sie schüttelte den Kopf und lächelte nachsichtig. „Der Kleine hat schon immer eine Schwäche für mich gehabt."

Mory irrte sich.

Es war nicht Iltu, die sich in Guckys Begleitung befand, sondern sein im Dezember 2402 geborener Sohn. Zwar zählte der Sprößling inzwischen fast 33 Jahre, doch war dies, wie Gucky versicherte, für Mausbiberbegriffe ein noch ziemlich jugendhaftes, um nicht zu sagen kindliches Alter, so daß Gucky von seinem Nachwuchs oft als „Söhnchen" sprach. Daß er noch keinen Namen hatte, lag daran, daß Gucky noch keinen passenden gefunden hatte.

„Söhnchen“ war etwa einen Kopf kleiner als Gucky und trug die gleiche Spezialuniform mit dem bestickten Schlitz am Hinterteil, der für den platten Biberschwanz bestimmt war. Die fremde Umgebung verwirrte ihn ein wenig, und das mochte wohl der Grund dafür sein, daß er brav und mit unschuldigem Gesicht neben seinem Vater stand und den Offizier der Plophoser nicht einmal unterbrach, als der ihnen die behördlichen Bestimmungen vorlas.

Gucky lauschte aufmerksam, obwohl er den Sermon schon auswendig kannte. Er wollte seinem Sohn mit gutem Beispiel vorangehen.

Dann kam ein zweiter Offizier hinzu und verkündete den Befehl Morys, die Gäste sofort in den privaten Palast zu bringen. Der erste Plophoser schob daraufhin seine Vorschriften in die Tasche und marschierte mit steifen Schritten davon.

„Würden Sie mir bitte folgen“, sagte der andere höflich.

Gucky nickte ebenso höflich, nahm Söhnchen bei der Hand und marschierte hinter dem Offizier her. Der brachte sie zu einem Gleiter mit spitzen Seitenflügeln, die völlig überflüssig waren. Ein Wappen verriet, daß es sich um ein Regierungsflugzeug handelte.

„Bringt der Onkel uns zu Tante Mory?“ fragte Söhnchen.

Gucky warf ihm einen strafenden Blick zu.

„Tante Mory ist nicht unsere Tante“, sagte er leise. „Und der Onkel da ist noch lange nicht unser Onkel. Du mußt nicht immer zu jedem fremden Mann gleich Onkel sagen.“

Der kleine Mausbiber hielt den Mund, aber er zeigte dem Plophoser beim Einsteigen freundlich seinen schönen und besonders weiß schimmernden Nagezahn, auf den er so stolz war. Er hatte einen viel schöneren Zahn als Papa, der dauernd nach Horropolis zu Dr. Frettl mußte, um ihn sich reparieren zu lassen.

Die Tür schloß sich, und dann waren sie unterwegs. Der Koffer würde mit einem anderen Gleiter nachgebracht werden, da Gepäckstücke in einem Regierungsgleiter verboten waren. Wahrscheinlich hatte man Angst vor heimlich mitgeführten Bomben.

Gucky überzeugte sich davon, daß der Pilot nicht hören konnte, was in der Passagierkabine gesprochen wurde.

Er tat es, indem er einfach in seinen Gedanken las. Aber der Mann dachte nur an seine zahlreiche Familie und seine bevorstehende Beförderung zum Chefpiloten.

„Hör zu, mein Sohn, was ich dir zu sagen habe – und hör gut zu! Mach mir keine Schande bei Tante ... ähem ... Freundin Mory. Du weißt, sie ist Rhodans Frau und sehr einflußreich. Sie ist immer gut zu mir gewesen, und ich habe ihr erzählt, du seist ein tüchtiger und gehorsamer Sohn."

„Bin ich das nicht?" erkundigte sich Söhnchen unschuldig.

„Du bist ein Nichtsnutz und Taugenichts, wenn du es unbedingt wissen willst. Wenn ich an vorgestern denke, als du den Kommandanten der POSEIDON bei seinem Inspektionsgang fast in den Suppentopf stolpern ließt. Mir standen die Haare zu Berge ..."

„Er hat doch so gern Suppen", entschuldigte sich Söhnchen.

Gucky beherrschte sich eisern.

„Oder denke nur an vorige Woche auf dem Mars. Axo hat heute noch blaue Flecken, weil du ihn bei der Teleportationsübung einfach fallen gelassen hast."

„Seit er Aktionär sämtlicher Brauereien von Terrania ist, wird er täglich dicker. Und schwerer!"

„Axo ist ein würdiger Mausbiber und viel älter als du. Hast du denn überhaupt keinen Respekt mehr vor Älteren?"

„Er trinkt Bier!" sagte Söhnchen patzig.

Gucky holte hörbar Luft.

„Was soll er denn sonst trinken? Wasser vielleicht?"

„Karottensaft, Papi, wie du!"

Guckys Gesicht wurde wieder friedlich.

„Willst du damit sagen, daß ich Axo ein Vorbild sein könnte? Nun, ich gebe zu, ich bin natürlich viel intelligenter als er, aber meine Bescheidenheit läßt es nicht zu, das anderen zu zeigen. Und Biertrinken finde ich auch gewöhnlich. Trotzdem ...", und er hob drohend den Finger, „... trotzdem ist es ungehörig für einen kleinen Mausbiber, Erwachsene kritisieren zu wollen. Merke dir das, Kaspar."

Söhnchen horchte auf.

„Kaspar? Warum hast du eigentlich dauernd neue Namen für mich? Jede Minute nennst du mich anders. Wie heiße ich nun wirklich?"

Gucky wurde plötzlich sehr verlegen. Er druckste ein wenig herum, dann sagte er:

„Die Sache ist die, Kleiner: ich suche noch nach einem passenden Namen für dich. Darum probiere ich alle aus, die mir einfallen. Ich lausche dem Klang nach, und meistens gefallen mir diese Namen nicht. Ich bekam viele Vorschläge, aber sie sind alle nicht gut. Du sollst einmal einen Namen erhalten, auf den du stolz sein kannst. Er soll voller Bedeutung sein und deinen Charakter ausdrücken. Es soll ein Name sein, wie er einmalig im Universum ist. Du bist mein einziger Sohn, und ich heiße Gucky."

„Ja, das weiß ich schon", versicherte Söhnchen ernsthaft. „Was hat das mit meinem Namen zu tun?"

Gucky schluckte, dann seufzte er.

„Ohne mich gäbe es dich gar nicht", stellte er tiefsinnig fest. „Aber du bist noch zu jung, um das zu verstehen. Und sei schön artig und bereite dich darauf vor, Freundin Mory zu begrüßen."

„Ich möchte aber lieber doch Tante Mory zu ihr sagen. Darf ich nicht?"

Gucky warf ihm einen prüfenden Blick zu, dann nickte er.

„Also meinetwegen: Tante Mory – und Tante Suzan."

Als der Gleiter auf dem flachen Dach des Palastes landete, standen Mory und Suzan auf der seitlich angebrachten Terrasse und warteten. Beide kannten natürlich Guckys Sohn bereits, aber sie hatten ihn viele Jahre nicht mehr gesehen.

„Viel kleiner als Gucky ist er aber nicht", wunderte sich Suzan, als die beiden Mausbiber quer über das Dach auf sie zukamen. „Und er watschelt schon genau so. Sieht putzig aus, findest du nicht?"

„Laß Gucky das nicht hören", warnte Mory schnell, ehe sie den beiden Besuchern mit ausgestreckten Händen entgegenging. „Herzlich willkommen auf Plophos, Gucky", sagte sie und bückte sich, um ihn zu begrüßen. „Wie wir uns über deinen Besuch freuen!"

Gucky richtete sich zu seiner vollen Größe von einem Meter auf und deutete auf Söhnchen. „Gestatten, mein Sohn."

Söhnchen machte eine vollendete Verbeugung und führte Morys Hand an seine spitzen Lippen.

„Äußerst angenehm", piepste er schrill, um sofort unvermittelt zu fragen: „Wo ist die Küche?"

Mory lachte hell auf. Sie drehte sich zu Suzan um.

„Was sagst du nun? Kaum ist er hier, hat er schon Hunger."

„Entschuldige, er ist noch sehr ungezogen. Guten Tag, Suzan! Wie geht es dir?“

„Gut, Gucky. Machst du Urlaub?“

Gucky hielt Söhnchen mit einer Hand fest, damit er nicht entwischen konnte.

„Ja, Urlaub. Endlich einmal richtigen Urlaub. Allerdings fürchte ich, daß von Erholung keine Rede sein kann, aber Iltu hat sie nötig. Darum nahm ich meinen Sohn mit. Ich hoffe, es gibt hier einen stabilen Keller, wo man ihn notfalls einsperren kann. Er kann noch nicht so gut teleportieren, um einfach abzuhauen.“

„Werden wir ja sehen“, schrillte Söhnchen empört und watschelte zu Suzan hinüber. „Freust du dich, Tante Suzan?“

„Natürlich freuen wir uns beide über euren Besuch“, versicherte Suzan aufrichtig. „Das bringt ein wenig Abwechslung in unser eintöniges Dasein. Aber gehen wir doch ins Haus. Hier oben weht ein kühler Wind. Dein kleiner Sohn wird sich erkälten.“

Gucky nickte und nahm Söhnchen bei der Hand. Der Lift brachte sie ins unterste Stockwerk des Palastes, wo die Wohnräume lagen.

„Jetzt gibt es einen Willkommenstrunk, und dann zeige ich euch die Zimmer, in denen ihr wohnen werdet“, sagte Mory.

Einige Tage später ...

Mory hatte gerade ihre Morgentoilette beendet und wollte das gemeinsame Frühstück vorbereiten lassen, als die Funkstation von New-Taylor sich meldete. Ein junger Offizier berichtete, daß von der Erde ein längerer Text in Geheimkode eingetroffen sei und daß man ihm den Auftrag erteilt hatte, den Text unverzüglich an den Obmann von Plophos weiterzuleiten.

Mory runzelte die Stirn.

„Keine Erklärungen sonst?“

„Keine, Obmann. Soll ein Kurier den Text überbringen?“

„Tonträger?“

„Ja, Obmann.“

„Gut. Sorgen Sie dafür, daß ich die Nachricht so schnell wie möglich bekomme. Danke!“

Sie schaltete das Gerät ab.

Während sie mechanisch die Vorbereitungen traf, die das Frühstück angingen, dachte sie über die Nachricht nach, die von der Erde eingetroffen war. Geheimkode – das bedeutete in diesem Fall: Rhodan. Er war es, der ihr eine Botschaft schickte. Das kam selten vor, wenigstens in Geheimkode. Eine Anlage zum Entschlüsseln war vorhanden, aber sie wurde nur selten benützt. Die meisten Nachrichten, auch die persönlicher Natur, kamen im Klartext an.

Es mußte sich also um eine wichtige Botschaft handeln.

Suzan, Gucky und Söhnchen versammelten sich wie üblich im Frühstückszimmer und unterhielten sich. Man machte Pläne für den Tag und beschloß, einen Ausflug ins nahe Gebirge zu unternehmen. Gukky wollte für die Lebensmittelvorräte zum Picknick sorgen. Suzan kümmerte sich um einen Gleiter, der sie in die Berge bringen sollte. Söhnchen versprach, heute besonders artig zu sein.

Mory lächelte, als sie von den Plänen hörte.

„Einverstanden, aber wir werden den Aufbruch ein wenig verschieben müssen. Von der Erde ist eine Nachricht eingetroffen, die ich noch entschlüsseln und abhören muß. Ihr könnt dabeisein, denn ich wüßte nicht, welche Geheimnisse Rhodan vor euch haben könnte. Warten wir also, bis der Speicherkristall eintrifft."

Gucky verlor auf einmal allen Appetit.

„Eine Nachricht von Perry? Und verschlüsselt? Was soll denn das nun wieder?"

„Keine Ahnung. Warten wir ab."

Als sie mit dem Frühstück fertig waren, landete ein Schnellgleiter und brachte den Speicherkristall mit Rhodans Nachricht. Mory legte ihn in den Spezialapparat, der ihn zugleich entschlüsselte und vorspielte. Ohne besondere Aufregung zu zeigen, schaltete sie dann das Gerät ein.

Die Stimme Rhodans klang verändert, ein wenig mechanisch, aber es war zweifellos Rhodans Stimme.

Mory hörte gespannt zu.

Die Nachricht lautete:

„An Mory Rhodan-Abro, Obmann von Plophos! Hallo, Mory, ich hoffe, es geht dir gut und du bist gesund. Ich bin es auch. Wenn ich heute eine Nachricht in Geheimkode sende, so wegen der Abhörgefahr. Es ist ein Gegner aufgetaucht, der uns einige Rätsel aufgibt. Bei diesem Gegner handelt es sich um einen Riesenroboter unbekannter Herkunft, der uns in einem kleinen Sonnensystem in der Nähe des Sektors Morgenrot plötzlich angegriffen hat. Don Redhorse und einige seiner Männer hat es durch tragische Umstände an Bord eines der Sektionen des Riesenroboters verschlagen, und er konnte wertvolle Detailinformationen sammeln, ehe ihm und seinen Leuten die Flucht gelang."

Es folgten eine Reihe von Daten, die nähere Aufschlüsse über den fremden Gegner zum Inhalt hatten.

„Redhorse hat dieses Gebilde OLD MAN getauft. OLD MAN führt an die 15000 modernster robotgesteuerter Ultraschlachtschiffe mit sich. Es sind Schiffe terranischer Bauart, und das ist das unbegreifliche Rätsel des Angreifers.

Wir sind ratlos, Mory. Wenn der Robot die Erde findet, sind wir verloren. Ich brauche nun alle Kräfte, und ich möchte dich bitten, mir meinen besten Helfer zur Erde zu schicken. Er ist bei dir und verbringt dort seinen wohlverdienten Urlaub, aber ich brauche ihn. Bitte Gukky, daß er seinen Urlaub abbricht und sofort nach Terra zurückkehrt. Sein Sohn kann bei dir bleiben. Das ist eigentlich alles. Weitere Einzelheiten treffen bis morgen bei dir ein. Ende."

Mory blieb sitzen, denn das Gerät schaltete sich selbständig ab.

„Nun, Gucky?" fragte sie.

Gucky sah auf.

„Wie soll ich hier wegkommen? Erst in acht Tagen kommt die POSEIDON von ihrem Patrouillenflug wieder zurück, um mich und den Racker aufzunehmen. Solange kann ich nicht warten."

„Du bekommst ein Schiff von mir. Wenn Perry dich ruft, mußt du folgen. Er braucht dich sofort, nicht erst in einer Woche. Was mag das für ein Gegner sein, von dem er spricht?"

„Ein Roboter, das hast du doch gehört. Aber ein Roboter, der einen Durchmesser von zweihundert Kilometern hat . . . das gibt es doch gar nicht!"

„Verrückt!" Gucky sah seinen Sohn an. „Du kommst natürlich mit. Mama wird auf dich aufpassen. Ich kann Tante Mory nicht zumuten, auf dich aufzupassen."

„Er stört nicht", versicherte Mory.

„Er kommt mit und damit basta!" bestimmte Gucky.

Mory stand auf und ging zu dem Nachrichtengerät, das sie mit dem Regierungspalast verband.

„Wann willst du aufbrechen?“ fragte sie und drehte sich um. „Ich muß das Schiff abkommandieren.“

„Was wird aus der Bergtour?“ fragte Suzan traurig. Sie hatte sich schon so darauf gefreut. „Wenn wenigstens Söhnchen bliebe...“

„Wir starten morgen“, entschied Gucky. „Und heute gehen wir in die Berge – Riesenroboter oder nicht...!“

„Du bekommst den modernsten Städtekreuzer, den wir haben“, sagte Mory am anderen Tag nach dem Frühstück. „Den Hundert-Meter-Kugelraumer ASBESI. Der Kommandant ist Major Ronar Meztu, ein äußerst fähiger Offizier meiner Leibgarde. Er ist Plophoser und mir treu ergeben. Ich habe ihn angewiesen, Gucky, deinen Befehlen unbedingt Folge zu leisten, wie immer sie auch lauten mögen. Nutze das bitte nicht aus.“

Gucky kratzte sich das Rückenfell.

„Und Söhnchen kommt natürlich mit, nicht wahr? Das weiß Meztu doch hoffentlich und hat sich darauf eingerichtet.“

„Selbstverständlich. Das Schiff ist startbereit und wartet auf deine Befehle.“

Mory sagte es ernst, aber mit einem etwas spöttischen Unterton, der Gucky gar nicht behagte. Sie mußte ja der Meinung sein, Gucky würde nun auf schnellstem Weg zur Erde fliegen und die ASBESI zurückschicken.

Sie ahnte natürlich nicht, wie sehr sie sich täuschte, denn Gucky hatte schon gestern einen heroischen Entschluß gefaßt.

Gestern abend, als eine zweite Nachricht von Rhodan eintraf, die in beschwörenden Worten nochmals die große Gefahr schilderte, die von dem unbekannten Riesenrobot ausging.

Es war das Geheimnisvolle, das Gucky reizte, und es war die Tatsache, daß man nichts über den Gegner wußte. Und vor allen Dingen war es ein Satz in Rhodans Nachricht, der Gucky bewog, seine ganzen Pläne zu ändern. Rhodan hatte nämlich gesagt, daß man ein Schiff des Roboters möglichst unbeschädigt erobern müsse, um weiterzukommen.

Also beschloß Gucky, ein solches Schiff zu erobern.
So einfach war das für ihn.
Natürlich sagte er Mory nichts davon.
„Gut, wir starten in zwei Stunden“, entschied er und nickte würdig in Richtung Morys. „Ich danke dir für deine Hilfe. Eines Tages wirst du verstehen, daß du damit das Universum vor dem endgültigen Untergang bewahrt hast.“
Mory starrte ihn verwundert an, dann lächelte sie.
„Natürlich, Gucky, so ist es wohl. In zwei Stunden also? Dann muß der Gleiter dich in neunzig Minuten abholen. Wir haben noch Zeit, uns in aller Ruhe zu verabschieden . . .“
„Ich bleibe hier“, sagte Söhnchen plötzlich und rutschte auf Suzans Schoß.
Gucky sah ihn erstaunt an.
„Du kommst mit!“ sagte er energisch. „Du kannst zeigen, daß du ein erwachsener Mausbiber bist, Kleiner. Dann bekommst du auch deinen Namen. Mir wird schon einer einfallen.“
Mory beugte sich vor.
„Nur ein Routineflug zur Erde . . . wie soll dein Sohn da beweisen, daß er erwachsen ist?“
Gucky erkannte, daß er sich fast verraten hätte. Gleichmütig meinte er:
„Man weiß niemals, was auf so einem Flug alles passieren kann, Tante Mory. Habe ich nicht recht?“
Sie nickte genauso gleichmütig.
„Natürlich hast du recht, Gucky.“

Major Ronar Meztu war ein junger und gut aussehender Offizier. Er war genügend vorbereitet worden und verzog keine Miene, als ihm Gucky vorgestellt wurde. Als er die Hand zum Gruß an die Mütze legte, akzeptierte er den Mausbiber symbolisch als seinen Vorgesetzten auf Zeit.
Mory nahm Gucky beiseite.
„Du paßt auf deinen Sohn auf, nicht wahr? Und mute ihm nicht zuviel zu, hörst du? Er ist noch jung und verspielt. Vergiß das niemals.“

„Wie sollte ich? Bin ich nicht genauso wie er?"

„Eben", sagte Mory und drückte seine Hand. „Viel Glück!"

„Kann ich gebrauchen", gab Gucky zurück. Danach bestieg er mit seinem Sprößling das startbereite Schiff.

Gucky war mit der Doppelkabine zufrieden, die man ihm und Söhnchen angeboten hatte. Meztu selbst zeigte sie ihnen.

„Haben Sie sonst noch Befehle, Sir?" fragte er, als er sich verabschiedete.

Gucky betrachtete ihn abschätzend. Nein, das war kein Mann, mit dem man Scherze treiben konnte. Meztu war ein Plophoser mit Ehrgefühl und Respekt. Er hatte Achtung vor anderen Lebewesen, also mußte man auch Achtung vor ihm haben.

„Danke, Major! Und nennen Sie mich nicht ‚Sir'. Ich heiße Gucky. Stimmt es, daß ich offiziell Ihr Vorgesetzter bin?"

„Obmann Mory Abro hat es so bestimmt."

Gucky sah ihn offen an.

„Und paßt Ihnen das? Ich meine, es ist schließlich Ihr Schiff, und Sie sind der Kommandant."

Meztu lächelte.

„Ich bin Offizier, und als solcher gelten für mich die Befehle des Obmanns. Sie, Gucky, sind für mich hier an Bord der Vorgesetzte."

Ein leichter Ruck zeigte an, daß die ASBESI gestartet war. Meztu deutete eine Verbeugung an und verließ den Raum. Gucky sah ihm nach, dann drückte er den ungeduldigen Sohn in die Polster des Sessels zurück.

„Ja, ich weiß. Du möchtest die Zentrale sehen und auf die Bildschirme gucken. Aber dazu ist später noch Zeit. Du bleibst brav hier, denn dein Vater hat noch etwas zu erledigen. Hast du verstanden? Hierbleiben und nicht von der Stelle rühren."

Söhnchen versprach gehorsam zu sein, und beruhigt verließ Gucky die Kabine, um sich umzusehen. Er kannte den Typ des Städtekreuzers, denn er war eine terranische Konstruktion. Es wäre ihm nicht schwergefallen, gleich in die Kommandozentrale zu teleportieren, aber er ging zu Fuß und nahm die Lifts. Es war reiner Zufall, daß er dabei auch an der Haupt-Funkzentrale vorbeikam.

Die Aufregung fiel ihm auf. Die Funkoffiziere liefen durcheinander, und einer von ihnen stellte gerade die Verbindung zur Kommandozentrale her.

Es dauerte einige Augenblicke, bis Meztus Gesicht auf dem Interkomschirm erschien. Er war noch ganz außer Atem.

„Was ist denn los? Wir haben gerade das System verlassen . . .“

„Eine Meldung von der Erde, Sir. Wichtig!“

„Geben Sie durch“, befahl Meztu.

Gucky stand unbeachtet in einer Ecke und konnte alles sehen und hören. Niemand kümmerte sich um ihn, als der Funkoffizier das Wiedergabegerät einschaltete und die gespeicherte Hyperbotschaft ablaufen ließ.

Es war diesmal nicht Rhodans Stimme, aber war es die Stimme eines Terraners.

Sie sagte:

„Achtung, an Plophos, Obmann Mory Rhodan-Abro! Im Auftrage von Rhodan, Terra. OLD MAN ist direkt in den Sektor Morgenrot eingedrungen und hat mit zehntausend Ultra-Schlachtschiffen die Terra-Flotte angegriffen. Es wird befürchtet, daß der Gegner bis zur Erde vorstößt und angreift. Es sind Verluste eingetreten. Die Verbündeten werden aufgefordert, jedem terranischen Schiff im Notfall zu Hilfe zu eilen. Ein wirksamer Gegenschlag kann erst dann erfolgen, wenn die wahre Natur des unbekannten Angreifers erkannt ist. Eine Analyse erfolgt, wenn eins der fremden Schiffe unbeschädigt in unsere Hand gefallen ist. Ende der Meldung.“

Gucky teleportierte in seine Kabine zurück. Die Nachricht überraschte ihn zwar, aber sie bestärkte ihn nur in seinem längst gefaßten Entschluß, nicht direkt zur Erde zu fliegen.

Die Entfernung bis zum Sektor Morgenrot betrug vom augenblicklichen Standort der ASBESI aus ungefähr siebentausend Lichtjahre.

„Sei ruhig und laß mich nachdenken“, befahl Gucky seinem Sohn, als der ihn mit Fragen bestürmen wollte. „Bin gleich wieder zurück.“

Mit dem Ergebnis seiner Berechnungen bewaffnet, teleportierte er in die Kommandozentrale.

Meztu verbarg seine Überraschung, als der Teleporter auftauchte. Er wußte natürlich von den Fähigkeiten des Mausbibers, aber es ist eben doch kein alltäglicher Anblick, wenn jemand aus dem Nichts heraus materialisiert.

„Major, ich muß Ihnen einen Vorschlag machen. Haben Sie Zeit?"

Meztu winkte einem anderen Major zu.

„Übernehmen Sie solange, Regal Kherma. Bisheriger Kurs, Koordinaten bekannt. Linearflug in fünf Minuten."

„Über welche Strecke und welche Richtung?" fragte Gucky schnell.

Meztu zeigte keinerlei Befremden.

„Zweitausend Lichtjahre, Sektor drei."

„Gut. Kommen Sie, Major."

Meztu führte Gucky in seine Kabine. Ohne Neugier zu zeigen, deutete er auf einen Sessel und nahm dann selbst Platz.

„Ich nehme an, es ist etwas äußerst Wichtiges, das sie mir zu sagen haben."

„Es ist wichtig, aber ich kann es kurz machen", sagte Gucky und strich seine Kombination glatt. „Die Richtung stimmt etwa, Sie müssen nur mehr nach den B-Koordinaten abweichen beim nächsten Sprung. Die Erde ist nicht mehr unser Ziel. Wir fliegen zum Sektor Morgenrot, den Sie ja auch kennen."

Diesmal konnte Meztu seine Überraschung nicht verbergen. Er erhob sich fast aus seinem Sitz und ließ sich wieder zurücksinken.

„Sagten Sie Morgenrot, Gucky? Was soll das heißen? Ich habe Auftrag, Sie auf schnellstem Wege nach Terra zu bringen, und ich werde..."

„Sie betonten ausdrücklich, daß ich berechtigt sei, Ihnen neue Anordnungen zu geben. Und meine Anordnung besagt, daß wir zum Sektor Morgenrot fliegen. Ich werde Ihnen die Gründe erläutern."

„Dafür wäre ich Ihnen sehr dankbar."

„Sie haben selbst gehört, was geschehen ist. Ein Riesenroboter ist aufgetaucht und greift uns an. Er ist eine Konstruktion, die so ungeheuerlich scheint, daß Menschen sie nicht erbaut haben können – und doch hat dieser Robot, OLD MAN genannt, Schiffe terranischer Bauart an Bord. Perry Rhodan ist vorerst nicht in der Lage, diesen Gegner zu stoppen, er ist in hoffnungslose Kämpfe verwickelt. Was das bedeutet, wissen Sie. Wenn Terra verloren ist, wird auch Plophos niemand mehr helfen können. Daher ist es ganz logisch, daß wir in den Sektor Morgenrot fliegen."

Major Meztu sah Gucky ratlos an.

„Wieso ist das so selbstverständlich?“

Gucky seufzte.

„Hat Mory Ihnen denn nicht berichtet, wer ich bin? Hat sie Ihnen nicht erzählt, daß ich bereits mehrmals das ganze Universum vor dem totalen Zusammenbruch rettete? Wissen Sie nicht, daß ich Rhodans bester Freund und Helfer bin? Nicht? Gut, dann habe ich es Ihnen jetzt erzählt. Und damit dürfte es doch wohl klar sein, daß wir mit der ASBESI ein Schiff des Roboters kapern und dann Rhodan übergeben. Auf Sie fällt dann auch ein Teil der Anerkennung, die man uns zuteil werden läßt.“

Meztu schluckte.

„Anerkennung, meinen Sie? Ich fürchte vielmehr, daß ich Schwierigkeiten bekommen werde, wenn ich Sie nicht heil auf Terra abliefere.“

Gucky schüttelte den Kopf.

„Ich trage die volle Verantwortung. Und ich befehle Ihnen jetzt, die neuen Koordinaten bestimmen zu lassen und Kurs auf den Sektor Morgenrot zu nehmen. So schnell wie möglich. Und noch etwas: keinen Funkverkehr mehr mit Terra oder der terranischen Flotte. Bleiben Sie aber auf Hyperempfang, damit wir unterrichtet sind, was geschieht.“

Meztu war noch immer unschlüssig.

„Ich weiß nicht recht...“

„Aber ich weiß es, lieber Major. Sie sind im Begriff, ein galaktischer Held zu werden. Sie werden an meiner Seite gegen einen unglaublichen Gegner kämpfen – allein das schon bedeutet Ruhm für Sie, unsterblichen Ruhm. Und wenn wir Rhodan das erbeutete Schiff bringen, ist die Beförderung so gut wie sicher. Nun, sind wir uns einig?“

Major Meztu stand auf. Plötzlich grinste er. Es war ein Grinsen, das Erleichterung und heimliche Freude verriet. Sein Gesicht veränderte sich, wurde tatenfreudiger und erregter. Seine Gestalt straffte sich.

„Natürlich haben Sie mich zu dieser Entscheidung gezwungen“, sagte er und zwinkerte mit einem Auge. „Ich denke, Ihr Einfluß ist größer als meiner, wenn wir die Rechnung bezahlen müssen.“

Gucky grinste zurück.

„Mein lieber Major – ich weiß genau, daß niemand glücklicher ist als Sie, wenn es um ein Abenteuer geht. Schließlich bin ich Telepath, und ich wußte, daß Sie mein Mann sind. Hoffentlich ist Ihre Mannschaft in Ordnung."

„Auf die können Sie sich verlassen", beruhigte ihn Meztu. „Die Männer gehen mit mir durch die Hölle, wenn's sein muß."

„Dann kann uns kaum noch etwas passieren", prophezeite Gucky.

18.

Was Gucky plante, war eine glatte Befehlsverweigerung. Er hatte Anweisung erhalten, zur Erde zurückzukehren, um dort mit anderen Mutanten zu einem Einsatz zusammengestellt zu werden. Er tat genau das Gegenteil. Er tat es nicht, um irgend jemand Schaden zuzufügen, sondern er war davon überzeugt, Rhodan im Endeffekt einen Dienst zu erweisen. Ihm und dem Solaren Imperium. Allen Menschen.

Ronar Meztu hingegen hatte ganz andere Motive, über den neuen Auftrag erfreut zu sein. Natürlich reizte es auch ihn, den Terranern einen Dienst zu erweisen, denn gerade Rhodan geizte niemals mit Anerkennung und Lob, wenn sich jemand hervortat und besondere Leistungen vollbrachte. Aber in erster Linie war es sein Draufgängertum, das ihn dazu veranlaßte, Guckys Befehle zu befolgen, ohne seinen Obmann speziell um Erlaubnis zu fragen.

Die neuen Koordinaten wurden festgelegt, und schon bei der zweiten Linearflugetappe nahm die ASBESI Kurs auf den Sektor Morgenrot.

Gucky machte inzwischen einen Rundgang durch das Schiff, um sich seine Leute auszusuchen, die er für das geplante Unternehmen brauchte. Telepathisch stöberte er in den Gehirnen der Plophoser herum und lernte ihren Gedankeninhalt kennen. Allmählich konnte er so eine Auswahl treffen, und er konnte sicher sein, die besten Männer der ganzen Besatzung gefunden zu haben. Nur wußten diese

Männer noch nichts von ihrem Glück. Major Meztu würde sie erst unmittelbar vor dem Einsatz unterrichten.

In der Hyperfunkzentrale herrschte dauernd Hochbetrieb. Laufend fing man Funksprüche der terranischen Flotte auf.

Die Schiffe Rhodans befanden sich in einem verzweifelten Abwehrkampf. Selbst die hervorragenden Transformkanonen versagten gegen die Übermacht des Feindes. Der Feind selbst hatte die gleich wirksamen Transformkanonen und auch als Schutz die grünen HÜ-Schirme.

Je mehr sich die ASBESI dem Sektor näherte, um so häufiger wurden die Funksprüche. Einmal wurden sogar Notrufe aufgefangen, aber sie kamen aus so großer Entfernung und so weitab vom Kurs, daß man nichts unternehmen konnte.

Major Meztu kam nicht mehr aus der Uniform. Er blieb ständig in der Zentrale und hielt sich mit Medikamenten wach. Aber wahrscheinlich wäre er trotz seiner Müdigkeit vor lauter Aufregung nicht eingeschlafen, selbst dann nicht, wenn er in seinem Bett gelegen hätte.

Gucky kam zu ihm und nahm neben ihm Platz. Auf den Bildschirmen waren während der Linearflugunterbrechungen die Sterne weniger geworden. Die ASBESI näherte sich der sternarmen Randzone der Milchstraße.

„Ich habe mir einige Namen notiert", sagte Gucky und reicht Meztu einen Zettel. „Soweit ich das beurteilen kann, sind das die geeignetsten Männer der Besatzung – kühn, tapfer und verwegen. Natürlich verlasse ich mich ganz auf Ihr Urteil."

Meztu las die Namen und nickte.

„Erstaunlich, Gucky. Sie haben genau die Burschen gefunden, die auch ich ausgesucht hätte. Mit einigen hat es schon Ärger wegen der Borddisziplin gegeben, aber das ist nur ein gutes Zeichen, wenn es um einen riskanten Einsatz geht. Die schlechtesten Kasernensoldaten sind meist die besten Kämpfer. Eine alte Geschichte." Er deutete auf den Zettel. „Besonders dieser Kmehr! Das ist ein fragwürdiger Offizier, aber ich wette, Sie können sich im Einsatz auf ihn verlassen. Nehmen Sie ihn als Kommandoführer?"

„Er ist der einzige Offizier, den ich aussuchte. Alle anderen sind Unteroffiziere oder Kadetten."

„Ein richtiges Piratenkommando", sagte Meztu und grinste. „Damit können Sie den Teufel aus der Hölle holen, wenn es sein muß."

„Ich fürchte, der Roboter OLD MAN ist schlimmer als der Teufel", erwiderte Gucky. „Ich schätze, es wird bald losgehen. Zwischen uns ist also alles klar? Wir gehen vor, wie wir besprochen haben . . ."

„Ich halte die Lösung für die einzig gangbare, Gucky. Aber wir benötigen dazu eine gehörige Portion Glück."

Gucky nahm den Zettel wieder an sich.

„Halten Sie die Leute bereit und erklären Sie ihnen, worum es geht. Wenn es dann soweit ist, habe ich keine Zeit mehr dafür. Und sorgen Sie dafür, daß sie erreichbar sind. Ich werde inzwischen meinen Sohn instruieren. Er hat noch keine Ahnung."

„Der wird Augen machen!" meinte Meztu und kümmerte sich wieder um die Navigation.

Im Sektor Morgenrot herrschte das Chaos. Die Schwärze des Raumes wurde immer wieder durch grelle Glutbälle durchbrochen, hervorgerufen durch unzählige Transformentladungen.

Die ASBESI pirschte sich mit Hilfe kurzer Linearetappen immer näher an die aufeinanderprallenden Einheiten heran. Zwar wußte man, daß die fremden Angreifer ausschließlich zweitausendfünfhundert Meter durchmessende Schiffe besaßen, die Terraner hingegen verschiedene Schiffsklassen einsetzten. Dennoch waren Freund und Feind oft schwer voneinander zu unterscheiden, da sich auch auf terranischer Seite viele Ultraschlachtschiffe im Kampfgetümmel aufhielten.

Gucky war fest entschlossen, das Rätsel der Unbekannten zu lösen.

Mit dem Kommandanten der ASBESI war alles abgesprochen. Major Meztu würde plangemäß vorgehen, und dazu gehörte das Auffinden eines einzelnen OLD MAN-Schiffes, welches man aufzubringen versuchen würde.

Der Mausbiber wurde im Augenblick in der Zentrale nicht gebraucht, so daß er wieder in seine Kabine teleportierte, wo sein Sohn auf ihn wartete.

„Nun, Söhnchen, wie fühlst du dich vor so einem gefährlichen Unternehmen?"

Söhnchen knabberte an einer Rübe vom Planeten Plophos.

„Ist ein bißchen zäh", piepste er vorwurfsvoll, als sei er einigermaßen verblüfft darüber, daß sein Vater derartige Sorgen habe, wo doch die Verpflegung so zu wünschen übrigließ. „Wie ich mich fühle? Ausgezeichnet. Diesmal werde ich nicht danebenspringen."

„Wäre auch peinlich für dich, mein Sohn. Ein Fehlsprung, und du bist im ... eh ... du bist verloren."

Gucky bemühte sich, seinem Sohn nicht die Ausdrücke beizubringen, die er selbst von Bully gelernt hatte. Manchmal fiel ihm das reichlich schwer.

„Wo bin ich drin?" erkundigte sich Söhnchen befremdet.

„Im Weltraum!" entfuhr es Gucky glücklicherweise rechtzeitig, ehe er seine gute Erziehung vergaß. „Wir müssen aber direkt in das feindliche Schiff springen, und noch drei Männer mitnehmen. Ich zwei, und du einen. Glaubst du, daß du das schaffst?"

„Kinderleicht", bekräftigte Söhnchen die heimliche Hoffnung seines Vaters.

„Also genau richtig für dich", sagte Gucky und war zufrieden.

Zwei Stunden später meldete sich Meztu.

Gucky hatte ein wenig geschlafen, war aber sofort hellwach.

„Ja, was gibt's?"

„Ein abseits stehendes Schiff von OLD MAN. Scheint darauf zu lauern, daß es uns abschießen kann. Aber wir sind noch zu weit entfernt."

Gucky schlüpfte in den arkonidischen Kampfanzug, nahm seinen kleinen Kombistrahler und schob ihn in den Gürtel. Dann zog er seinen Sohn ebenfalls an. Eine Waffe allerdings gab er ihm nicht.

„Und nun hör gut zu, mein Sohn: Du darfst heute zum erstenmal deinen Vater auf einem seiner berühmten Einsätze begleiten. Du kannst zeigen, daß du das Zeug zu einem Helden in dir hast. Aber du bist noch sehr jung und unerfahren. Darum mußt du auf mich hören. Wenn du das einmal nicht tust, kannst du uns alle in Lebensgefahr bringen. Hast du das gut verstanden?"

„Ja, Papi."

„Gut. Dann richte dich danach. Befolge meine Befehle, ohne zu fragen. Bei mir kannst du das ruhig machen, denn ich bin keiner der verrückten Generale, wie es sie in der Geschichte der Terraner mehr als genug gab. Wenn ich etwas befehle, dann kann ich das auch verantworten. Du wirst einen Plophoser mit in das andere Schiff teleportieren, ich nehme zwei. Und dann wieder zurück, und wir springen so oft, wie es möglich ist. Insgesamt habe ich zwanzig Mann ausgesucht. Kommt ganz darauf an, wie lange wir den HÜ-Schirm des anderen Schiffes lahmlegen können. Vielleicht gelingt es uns überhaupt nicht ..."

Der Interkom summte erneut. Gucky schaltete ein, und Meztus Gesicht erschien auf dem kleinen Kabinenschirm.

„Zehn terranische Schiffe im Anflug. Wir haben uns identifizieren müssen. Ich habe sie davon überzeugen können, daß sich uns hier die Chance bietet, ein einzelnes Robotschiff zu kapern. Sie werden daher den OLD MAN-Raumer angreifen und versuchen, seinen Schutzschirm zu knacken, ohne daß das Schiff dabei vernichtet wird. Wenn wir Glück haben, ergibt sich für Sie die Chance in das Schiff einzudringen, Gucky."

„Ich bin sofort in der Zentrale. Stehen die ausgesuchten Männer bereit?"

„Alles klar. Kommen Sie. Wir warten."

Gucky nahm Söhnchen bei der Hand und teleportierte mit ihm in die Zentrale. Das feindliche Schiff stand klar und deutlich auf dem Panoramaschirm – ein Riesenraumer mit zweieinhalb Kilometern Durchmesser. Der grüne HÜ-Schirm hüllte es völlig ein. Erst beim konzentrierten Beschuß durch eine deutliche Übermacht konnte es gelingen, den Energieverbrauch des Schirms so zu steigern, daß er für kurze Zeit zusammenbrach. Diesen Augenblick mußte man nutzen.

Die terranischen Schiffe hatten ihr Einkreisungsmanöver beendet und eröffneten das Feuer auf den Riesen, der keine Anstalten unternahm, sich in Sicherheit zu bringen.

Die ASBESI stand ein wenig abseits des Geschehens, aber immer noch nahe genug, um Gucky einen sicheren Sprung zu ermöglichen. Die zwanzig ausgesuchten Plophoser warteten. Ihre Gesichter verrieten Spannung und Erregung. Zum erstenmal in ihrem Leben würden sie teleportiert werden. Das war nicht jedermanns Sache, und ein merkwürdiges Gefühl in der Magengegend hatte nichts mit Angst zu tun.

Meztu manövrierte die ASBESI noch näher an das Roboterschiff heran. Es begann, das Feuer der Terraner zu erwidern. Atomsonnen flammten in gefährlicher Nähe der terranischen Einheiten auf.

Major Meztu und Gucky ließen den Gegner nicht aus den Augen.

„Die Übermacht ist zu groß. Er wird sich bald aus dem Staub machen“, vermutete der Mausbiber. „Noch keine Anzeichen, daß der Schirm zusammenbricht.“

„Er hat schon geflackert“, widersprach Meztu. „Bei dem Beschuß muß er zusammenbrechen – früher oder später.“

Der grünliche Schimmer veränderte seine Intensität. Er schien zu pulsieren, wurde heller und dann wieder dunkler.

Und dann erlosch er plötzlich. Der Transformbeschuß der zehn Terraschiffe hörte auf. Deutlich konnten die Männer und die beiden Mausbiber auf den Bildschirmen die ungeschützte Riesenkugel wahrnehmen und die Aufschrift, die sie trug: VIII-696.

„Jetzt!“ rief Meztu mit heiserer Stimme.

Gucky ergriff Leutnant Kmehrs Hand und packte dann einen zweiten Mann, um den für die Teleportation notwendigen körperlichen Kontakt herzustellen. Er überzeugte sich davon, daß auch Söhnchen zur Teleportation bereit war. Ein letzter Blick auf das jetzt schutzlose Roboterschiff zur Orientierung – und dann waren die beiden Mausbiber und die drei Plophoser verschwunden . . .

Als Gucky materialisierte, stand er auf einem leeren Korridor. Er ließ die beiden Plophoser los, die sofort ihre Waffen schußbereit erhoben, obwohl es keinen Gegner gab.

Sekunden später rematerialisierte auch Guckys Sohn mit seinem Mann.

„Na, wie habe ich das gemacht?“ erkundigte sich der Kleine stolz.

Aber Gucky hatte jetzt keine Zeit, die Leistungen seines Sohnes zu bewundern.

„Los, zurück in die ASBESI. Wir müssen die nächsten holen.“ Er wandte sich an Leutnant Kmehr: „Warten Sie genau hier. Nicht von der Stelle bewegen. Wir sind gleich zurück.“

In diesem Augenblick öffnete sich seitlich eine Tür. Ein Roboter terranischer Bauart betrat den Korridor, die beiden Waffenarme erhoben und auf die drei Plophoser gerichtet.

Kmehr reagierte so blitzschnell, daß selbst Gucky beinahe nicht rechtzeitig mehr aus der Schußlinie gelangte. Der Energieblitz traf den Roboter direkt über der gepanzerten Brustplatte und zerschmolz die wichtigen Steuerelemente. Er blieb einige Sekunden bewegungslos stehen, dann kippte er langsam um und polterte auf den Metallboden. Einige Teile lösten sich und rollten ein Stück davon, ehe sie endlich liegenblieben.

„Sie sind aber schnell“, erkannte Gucky neidlos an.

Kmehr nickte.

„Noch schneller, wenn es sein muß. Beeilen Sie sich. Bringen Sie die anderen. Allein schaffen wir es nie.“

Gucky nahm Söhnchen bei der Hand und sprang.

Er materialisierte in der Zentrale der ASBESI.

Wahllos nahm er zwei Plophoser bei der Hand und wartete, bis auch Söhnchen fertig zur Rückteleportation war.

Sie waren kaum zum zweitenmal in VIII-696 angelangt, als der grüne HÜ-Schirm wieder aufflammte.

Gucky, sein Sohn und die sechs Plophoser waren abgeschnitten.

Kurz darauf nahm das Robotschiff Fahrt auf und verschwand im Linearraum. Major Meztu wußte, was er nun zu tun hatte.

Während die zehn Terraschiffe, enttäuscht darüber, daß ihnen das Robotschiff durch die Lappen gegangen war, zu ihren Verbänden zurückkehrten, nahm er Kontakt zu Perry Rhodan auf.

Es dauerte einige Minuten, bis über die ihm bekannte Flottenwelle die Hyperfunkverbindung zustande kam.

Meztu berichtete und betonte, daß er von Mory Rhodan-Abro den Befehl erhalten habe, alle Anordnungen des Mausbibers widerspruchslos auszuführen. Und schließlich sei der Obmann sein erster Vorgesetzter, dem er zu gehorchen habe.

Rhodan unterbrach Meztu kein einziges Mal, aber sein Gesicht wurde immer finsterer. Deutlich stand in ihm die Sorge um Gucky geschrieben, der mal wieder im Alleingang versuchte, die Erde und das Universum vor dem sicheren Untergang zu bewahren – wie er meinte.

„Sie bleiben auf Ihrer jetzigen Position“, sagte Rhodan, nachdem Meztu schon längst aufgehört hatte zu reden. „Warten Sie dort auf mich. Aber es kann eine Weile dauern. Ich kann meine Angriffsflotte jetzt nicht zersplittern, solange der Gegner in der Übermacht ist. Warten Sie also, aber nehmen Sie die Verfolgung sofort wieder auf, wenn Ihre Orter das Robotschiff aufspüren sollten. Wenn es aus dem Linearraum zurückkehrt und nicht zuweit entfernt ist, dürfte das möglich sein. Werden Sie es wiedererkennen?"

Meztu fiel ein, daß er etwas vergessen hatte.

„Sir, wir haben den Namen des Robotschiffs erkennen können. Er lautet: VIII-696."

Rhodan starrte ihn an, dann nickte er.

„Eine terranische Typenbezeichnung – wie hätte es anders sein können. Bezieht sich wahrscheinlich auf die achte der zwölf Sektionen von OLD MAN. Also, Sie haben verstanden?"

„Ja, Sir. Und bitte, glauben Sie mir, daß ich niemals so gehandelt hätte, wenn nicht Sonderoffizier Gucky..."

„Sie brauchen mir nichts zu erkären. Ich kenne Gucky. Besser als Sie, Major. Niemand kann Gucky zurückhalten, wenn er sich etwas in den Kopf gesetzt hat. Auch ich nicht." Er lächelte flüchtig, auch wenn er einen gewissen Zorn nur mühsam verbarg. Die Eigenmächtigkeiten des Mausbibers waren allein aus dem Grund halbwegs tolerierbar, weil der kleine Kerl am Ende fast doch immer mit einem Erfolg zurückkam. Und diesen brauchten die Terraner jetzt dringend.

„Wir sehen uns später, Major Meztu."

Der Bildschirm wurde dunkel.

Meztu fühlte sich erleichtert.

19.

Als Gucky und sein Söhnchen erneut zur ASBESI teleportieren wollten, wurden sie vom HÜ-Schirm zurückgeschleudert. Es dauerte einige Sekunden, bis Gucky wieder klar denken konnte. Ächzend erhob er sich und blickte in die betroffenen Gesichter der sechs Plophoser, die nicht so recht wußten, was sie nun tun sollten.

Der Mausbiber winkte ihnen beruhigend zu, dann sah er nach

seinem Sprößling, der soeben wieder zu sich kam. Nachdem er sich vergewissert hatte, daß sein Sohn den Schock heil überstanden hatte, wandte Gucky sich an die Plophoser.

„Kein Grund zur Panik“, sagte der Mausbiber. „Wir sind zwar nur acht Personen, aber wir werden es auch so schaffen.“

Ehe die anderen etwas erwidern konnten, ging ein leichter Ruck durch das Schiff, und das Rumoren der anspringenden Triebwerke zeigte an, daß das Robotschiff Fahrt aufnahm.

„Ich wette, daß das Ungetüm in den Linearraum geht“, bemerkte Kmehr trocken.

Gucky nickte und wandte sich an Söhnchen.

„Bist du in Ordnung?“

„Ja“, piepste dieser, allerdings etwas kleinlaut.

„Gut, dann werden wir beide die sechs Männer in die Beobachtungskuppel teleportieren. Dort können wir die nähere Umgebung des Robotschiffes direkt beobachten. Außerdem scheint mir die Beobachtungskuppel der sicherste Ort zu sei, denn dort werden sich vermutlich keine Roboter aufhalten.“

Die Plophoser hatten keine Einwände, und zwei Minuten später standen alle in der Kuppel.

Sie war genauso eingerichtet wie auf allen terranischen Schiffen. Die transparente Wand gestattete einen freien Blick in den Weltraum, von dem aber im Augenblick nichts zu sehen war, denn das Robotschiff war inzwischen in den Linearraum eingedrungen.

Doch schon bald darauf waren die Sterne wieder da. Das Robotschiff war in den Normalraum zurückgekehrt. Es hatte während des Linearfluges nur eine relativ kurze Strecke zurückgelegt, vielleicht zwanzig Lichtjahre.

Genau in Flugrichtung leuchtete eine riesige, grünblaue Sonne. Die Entfernung betrug nicht mehr als zwanzig oder dreißig Lichtminuten.

VIII-696 hielt exakt darauf zu.

„Fliegen wir in die Sonne hinein?“ fragte Söhnchen ängstlich.

„Ich weiß es nicht, Kleiner“ erwiderte Gucky ernst. „Sieht wohl so aus, aber wir werden auch mit diesem Problem fertig.“

Er blickte zu den sechs Plophosern.

„Ich schlage vor, daß Sie vorerst hier bleiben. Ich werde mich inzwischen mit meinem Sohn in der Kommandozentrale umsehen und sie später nachholen."

Die Männer nickten unsicher. Sie waren noch zur Untätigkeit verurteilt. Gucky nahm Söhnchen bei der Hand und teleportierte.

Sie materialisierten in der Zentrale, die sich auf den ersten Blick durch nichts von Zentralen terranischer Schiffe unterschied. Gucky erkannte auf den Kontrollanzeigen, daß die VIII-696 mit zehntausend Kilometern pro Sekunde auf die Sonne zuflog. Das bedeutete, daß sie noch etwa zehn Stunden Zeit hatten.

„Kannst du nicht versuchen, das Schiff zu übernehmen, Papi?"

Gucky betrachtete seinen Sohn mit Wohlwollen.

„Du traust mir wirklich sehr viel zu, mein Kleiner. Natürlich könnte ich das, aber ich möchte nicht voreilig sein. Zuerst müssen wir versuchen, eine eventuell vorhandene Selbstvernichtungsschaltung außer Betrieb zu setzen. Sie könnte alles verderben."

Er beobachtete seinen Sohn von der Seite, während er sprach. Stolz konnte er feststellen, daß der Kleine trotz verständlicher Unsicherheiten nicht viel ängstlicher war als er selbst. Vielmehr betrachtete er interessiert und voller scheuer Bewunderung die gewaltige Kontrollanlage des Riesenschiffes und konnte sich nicht sattsehen an den vielen bunten Lämpchen und Hebeln. Davor standen die schweren Drehsessel, leer und unbenutzt. Es war, als warteten sie.

Auf was oder auf wen warteten sie?

Der Robotkommandant hatte das plötzliche Eindringen der beiden Wesen registriert. Er wußte allerdings nicht, wie er sich ihnen gegenüber verhalten sollte. Er hatte seine Anweisungen, und diese besagten, daß Terraner als Feinde zu betrachten seien.

Die beiden Wesen, die von seinen Sensoren erfaßt wurden, waren aber aufgrund der Individualimpulse keine Terraner. Das Steuergehirn hatte natürlich auch die Anwesenheit von sechs anderen Wesen registriert, deren Ausstrahlung terranischer Natur war. Und diese sechs anderen waren offensichtlich gemeinsam mit den beiden Wesen an Bord gekommen, die sich in der Zentrale befanden.

Der Robotkommandant war mit dieser Situation kurzfristig überfordert. Er faßte daher den Entschluß, die beiden Eindringlinge vorerst zu ignorieren und sich statt dessen den Eindringlingen zu widmen, die sich in der Beobachtungskuppel befanden.

Ein Befehl von ihm setzte Kampfroboter in Bewegung. Kurz darauf wurden ihm die ersten Gefechte mit den Eindringlingen gemeldet.

Die Positronik des Kommandanten begann sich wieder zu stabilisieren...

Gucky ahnte von alledem nichts. Er stand noch immer am gleichen Fleck und beobachtete. Er wartete auf etwas, von dem er nicht wußte, was es war.

Die Bildschirme waren alle in Funktion. Auf dem großen Panoramaschirm stand die Riesensonne. Immer noch flammte sie blaugrün, aber die Farben waren intensiver geworden. Riesige Protuberanzen schossen wie Feuerzungen in den Raum hinaus und kehrten in gewaltigen Bögen wieder in die glühende Chromosphäre zurück.

Es war ein Anblick, der Gucky zutiefst beeindruckte, bis er daran dachte, daß sie genau auf diese Hölle zuflogen und von ihr vergast werden sollten.

Wenn nichts geschah.

„Die Sonne wird immer größer", piepste Söhnchen und riß Gucky aus den Gedanken. „Warum tust du denn nichts, Papi? Du mußt was tun...!"

Gucky strich seinem Sohn sanft über den Kopf.

„Keine Sorge, ich werde auch etwas tun."

Er blickte sich aufmerksam in der Zentrale um, dabei entdeckte er im Hintergrund des großen Raumes mehrere schwarze Kuppeln.

Der Robotkommandant! durchzuckte es ihn.

Gucky war schon oft an Bord terranischer Robotschiffe gewesen und wußte daher, daß dort die Kommandogehirne genauso angeordnet waren wie hier. Wieder eine der unglaublichen Parallelen!

Er wandte sich an seinen Sohn und zeigte in die Richtung der Kuppeln.

„Dort ist der Kommandant dieses Schiffes" sagte er. „Wenn wir ihn ausschalten können..."

Aber er ließ sich nicht ausschalten. Nicht einmal telekinetisch, wie Gucky nach einigen Versuchen feststellen konnte. Der Robot besaß eine verborgene Sicherheitsschaltung, die völlig abisoliert war, und zwar durch ein fünfdimensionales Energiefeld unbekannter Struktur.

Gucky gab es auf.

Von seinem Standort aus blickte er auf die breite Rückenlehne des Pilotensessels; sie verdeckte die Kontrollen und kleineren Bildschirme davor.

Gucky behielt Söhnchen an der Hand, als er vorsichtig auf den Sessel zuging, ihn umrundete und dann vor den Hauptkontrollinstrumenten stand. Sie waren identisch mit den Kontrollen irdischer Schiffe. Bis in alle Einzelheiten, sogar bis zur Farbe der verschiedenen Hebel und Schaltknöpfe.

„Allerhand", murmelte Gucky. „Wenn dieses Schiff nicht von Menschen gebaut wurde, dann will ich mich drei Monate nicht mehr waschen."

„Hoffentlich verlierst du", piepste Söhnchen schadenfroh. „Da wird Mama sich freuen . . ."

Gucky gab ihm einen leichten Stoß und den Rat, nicht so vorlaut zu sein. Er studierte die Kontrollen und kletterte schließlich in den Pilotensessel. Dabei ließ er Söhnchens Hand los. Irgend etwas irritierte ihn. Er wußte nicht sofort, was es war, aber es gehörte nicht hierher. Es war ein Fremdkörper, den er mit einem Blick gestreift und wieder aus den Augen verloren hatte. Er mußte es wiederfinden.

Und dann sah er es.

Auf einem der Bildschirme klebte ein Stück buntes Papier. Es war rechteckig und so groß wie eine der Postkarten, die man früher auf der Erde zur Nachrichtenübermittlung gebraucht hatte. Es verdeckte nur ein Viertel des kleinen Schirms, der in Betrieb war.

Gucky starrte fasziniert darauf.

Es war eine farbige Photographie.

Sie zeigte das Gesicht eines jungen, lachenden Mannes mit frischem, energischem Gesicht. Ein Stück der Schulter war noch sichtbar, und ganz zweifellos trug der Unbekannte die Uniform der Solaren Flotte sowie die Rangabzeichen eines Captains.

Fast hätte Gucky das Atmen vergessen, aber dann holte er doch tief Luft, als er den Plastikstreifen entdeckte, der unmittelbar unter dem Farbphoto auf dem Bildschirmrand klebte.

Auf ihm gedruckt standen Buchstaben.

Terranische Buchstaben!

Sie formten Worte.

Terranische Worte!

Hintereinander gelesen ergaben sie einen Sinn. Er lautete:

„Willkommen, Freunde. Übernehmen Sie. Anweisungen liegen auf dem Tisch. Nun, wie haben wir das gemacht?“

Keine Unterschrift, nichts.

Nur die vier Sätze, ganz klar und unmißverständlich, und doch voller Rätsel und ungelöster Probleme.

Es war Gucky, als unterbreche sein Verstand seine Funktion. Was er da erlebte, war eine glatte Unmöglichkeit und völlig verrückt. Es war noch nie ein Terraner auf diesem Schiff gewesen.

Oder doch?

Hatten es nicht Terraner gebaut?

„Willkommen, Freunde!“

Das bedeutete doch einwandfrei, daß man hier Terraner erwartet. Warum dann die feindliche Einstellung der Roboter?

„Übernehmen Sie!“

Das wiederum bedeutete einwandfrei, daß die geheimnisvollen Besitzer der Robotschiffe damit einverstanden waren, daß Terraner sie übernahmen. Die Tatsachen selbst aber sprachen dagegen.

„Anweisungen liegen auf dem Tisch.“

Gucky sah auf den schmalen Tisch zwischen Sessel und Kontrollen. Da lag ein länglicher Umschlag, verschlossen und versiegelt. Er griff danach und nahm ihn auf. Er war ziemlich schwer und dick. Nach einigem Zögern riß er den Umschlag auf. Er enthielt ein zusammengefaltetes Stück Schreibplastik, auf dem nur wenig geschrieben stand.

Gucky las:

„Um die Robot-Automatik im gesamten Schiff auszuschalten, sollten Sie den roten Hebel mit grünem Griff nach unten legen. Wir gratulieren.“

Gucky las die beiden Sätze zweimal, um richtig zu begreifen.

Der rote Hebel ragte links vom Kommandantensitz aus dem Bodenbelag. Er war unübersehbar und groß. Oben war er durch eine Plombe gesichert.

Ein Geräusch ließ Gucky herumfahren.

Die Tür öffnete sich.

Schwere Kampfmaschinen, mit schußbereiten Strahlern, kamen herein und eröffneten das Feuer auf die beiden Mausbiber.

Der Robotkommandant hatte seine Krise überwunden und war zu einer Entscheidung gekommen.

Die beiden Fremdwesen waren mit den Terranern verbündet.

Deshalb mußten auch sie sterben.

Gucky ergriff Söhnchens Hand und teleportierte in die andere Ecke der Zentrale. Er fand hinter den Kuppeln des positronischen Steuergehirns Deckung und warf sich auf den Boden.

„Liegenbleiben“, befahl er seinem Sohn und richtete seinen Impulsstrahler in Richtung der Tür. „Jetzt kannst du mal sehen, wie dein Vater mit diesen Blechfritzen fertig wird. Aber behalte den Kopf unten. Gleich ist alles zu Ende.“

Es dauerte schon ein bißchen länger, aber im Prinzip behielt Gucky recht.

Die Roboter quollen in die Kommandozentrale herein, aber sie mußten vorsichtig sein, um ihren eigenen Robotkommandanten nicht zu beschädigen, hinter dem die beiden Mausbiber Schutz gesucht hatten. Das war ein gewaltiges Handicap, dem sie schließlich zum Opfer fielen.

Denn Gucky hatte nun Gelegenheit, sich an verschiedene Dinge zu erinnern.

Wie zum Beispiel an seine telekinetischen Fähigkeiten.

Drüben neben dem Kommandosessel war der rote Hebel mit dem grünen Griff.

Was besagte die Anweisung?

Mit dem roten Hebel ließ sich die Robot-Automatik des Schiffes ausschalten.

Also auch alle Kampfmaschinen, über die VIII-696 verfügte!

Gucky schalt sich einen Narren, daß er nicht früher daran gedacht hatte.

Es galt nun, keine Sekunde mehr zu verlieren.

Um sich konzentrieren zu können, schoß er schnell noch zwei vordringende Roboter ab, dann sah er hinüber zu dem roten Hebel mit dem grünen Griff.

Er bewegte sich um ein paar Millimeter, bis die Plombe das Weiterrucken sperrte. Gucky griff telekinetisch fester zu, riß an dem Hebel.

Er bewegte sich erneut, diesmal stärker.

Der Metallfaden der Plombe riß.

Mit einem harten Ruck schnellte der Hebel nach unten und wurde von automatisch hervortretenden Klammern eingefangen. Laut und deutlich rastete er ein.

Von dieser Sekunde an änderten sich die ganzen Verhältnisse in dem Robotschiff.

Die Roboter, die eben noch wütend angriffen, blieben plötzlich stehen, mitten in ihrer Bewegung. Ihre Waffenarme sanken herab. Durch das Schiff ging ein metallisches Kreischen, das aber schnell wieder verstummte. Das Vibrieren des Antriebs blieb.

Gucky stieß Söhnchen an.

„Du kannst aufstehen. Die Schlacht ist geschlagen. Dein Papi hat es mal wieder geschafft. Hast du dir auch alles gut gemerkt? Eines Tages wirst du berichten müssen, wie dein Vater ein feindliches Robotschiff eroberte und Rhodan übergab.

Söhnchen stand auf. Er nickte und sagte ernsthaft:

„Ich habe aber mitgeholfen, Papi."

Gucky zuckte zusammen.

„So, hast du?" Er betrachtete seinen Sohn von oben herab, aber dann ließ er seinen Nagezahn sehen und grinste. „Schön und gut, Kleiner, natürlich hast du mitgeholfen. Schließlich bist du mein Sohn. Aber jetzt ist es Zeit, daß ich mich um die Plophoser kümmere."

Er gab seinem Sohn zu verstehen, sich nicht vom Fleck zu rühren, bis er zurückkam, dann entmaterialisierte er.

In der Beobachtungskuppel angekommen, sah er sofort, daß auch hier viele Kampfroboter herumstanden, die sich gewaltsam Zutritt zu diesem Raum verschafft hatten.

Leutnant Kmehr war verständlicherweise frustriert. Viele Heldentaten hatten die Plophoser nicht vollbringen können. Aber er war dankbar dafür, daß die Desaktivierung der Roboter gerade zur rechten Zeit erfolgt war, denn länger hätten sie sich nicht mehr halten können.

In drei Sprüngen brachte der Mausbiber die sechs Männer in die Zentrale und ließ sich anschließend im Kommandosessel nieder. Umringt von seinem Sohn und den Plophosern.

„Na, was sagt ihr nun?“ fragte er stolz. „Das Schiff gehört uns.“ Dann fiel ihm das Bild wieder ein, das er gefunden hatte.

Er deutete darauf und fragte: „Kennt jemand diesen Mann?“

Kmehr betrachtete das Bild und schüttelte den Kopf.

„Wer ist denn das? Ein Terraner?“

„Wahrscheinlich. Ihm haben wir es zu verdanken, wenn wir nun die Herren des Robotschiffs sind. Er war so freundlich, uns einige Hinweise zu geben. Ohne ihn hätte ich es schwieriger gehabt.“

„Eine rätselhafte Angelegenheit“, sagte Kmehr und sah sich unsicher in der Kommandozentrale um. „Ich traue dem Frieden nicht ganz.“

„Das können Sie aber beruhigt tun. Das Schiff gehört uns . . .“

In diesem Augenblick knackte der Hauptlautsprecher unter der Decke. Dann ertönte eine Roboterstimme, klar, deutlich und in Interkosmo.

Sie sagte:

„Automatik und Kommandogehirn ausgeschaltet. Übernehmen Sie.“

Gelassen zeigte Gucky zur Decke empor.

„Na, was habe ich gesagt? Das Schiff gehört uns.“

Leutnant Kmehr ging auf einen zweiten Sessel zu und ließ sich darin nieder.

„Ich verstehe überhaupt nichts mehr“, gab er zu und starrte auf den Panoramaschirm. Er fuhr zusammen. „Sie ist aber verdammt nahe, diese grünblaue Sonne. Wir müssen etwas tun, sonst sind wir verloren. Wir sitzen hier herum, als wären wir in Sicherheit.“

„Bitte, ich überlasse Ihnen die Steuerung des Kahns“, erbot sich Gucky und rutschte aus dem Pilotensessel. „Glauben Sie, daß wir eine Ortsbestimmung vornehmen können? Wenn wir nicht wissen, wo wir sind, können wir auch nicht wissen, wohin wir fliegen sollen.“

Kmehr nahm Guckys Platz ein und winkte seinen Männern zu.

„Brenton, Sie übernehmen die Navigation. Die Funkzentrale gehört Ihnen, Gola; Bradock und Wahro kümmern sich um die Feuerleitzentrale. Sie bleiben in Reserve, Bingo. Alles klar? Gut, dann ’ran an die Arbeit . . .“

Brenton hatte bereits nach zehn Minuten die Ergebnisse seiner Messungen. Er runzelte die Stirn.

„Der Kurs muß innerhalb von zwei Stunden geändert werden, sonst geraten wir in den Bereich einer überharten Strahlung, die selbst den HÜ-Schirm gefährden kann. Es handelt sich um einen pulsierenden Stern mit außerordentlichen Magnetfeldern. Ich schlage eine sofortige Kursänderung vor."

„Noch keine Koordinaten?"

„Keine. Standort schwer zu bestimmen."

Kmehr nickte.

„Nicht weiter schlimm. So ungefähr sehen wir ja, wo wir stecken. Gola, was ist mit Ihnen? Können Sie den Hypersender in Betrieb nehmen?"

Über Interkom meldete der Sergeant:

„Das dauert noch etwas, Sir. War alles auf Automatik geschaltet. Ich muß erst alle Sperren finden und ausschalten. In einer halben Stunde."

„Gut." Kmehr beugte sich vor und studierte die Steuer- und Antriebskontrollen. „Solche Sperren wird es hier auch geben. Aber ich kenne sie."

Gucky hatte mit Söhnchen eine oberflächliche Inspektion des Schiffes vorgenommen. Überall hatten sie bewegungslose Roboter vorgefunden, die keine Gefahr mehr bedeuteten. Unten in den Antriebssektionen liefen die Maschinen weiter. Sie warteten auf neue Befehlsimpulse.

Als Gucky in die Kommandozentrale zurückkehrte, kam er gerade zurecht, um die blaugrüne Sonne seitlich aus dem Panoramaschirm herauswandern zu sehen. Das Schiff würde links an ihr vorbeifliegen, in sicherer Entfernung.

„Gratuliere", sagte er zu Leutnant Kmehr, der bequem in dem großen Sessel saß und endlich wieder zufrieden aussah. „Wie haben Sie das geschafft?"

„Alle Sperren gefunden und ausgeschaltet. Der Rest war einfach. Nun fehlen mir nur noch die Koordinaten. Möchte wissen, wo Major Meztu uns jetzt sucht..."

„Zwanzig Lichtjahre von hier vielleicht. Hatte Gola schon Erfolg?"

„Er funkt seit zehn Minuten ununterbrochen."

„Dann soll er mal zwischendurch auf Empfang gehen", schlug

Gucky lässig vor und stolzierte hin und her. „Ich habe Hunger. Wie wäre es mit etwas zu essen? Im Schiff habe ich keine Vorräte gefunden."

„Wir haben nur die Notverpflegung. Die dürfen wir noch nicht anbrechen. Nur Konzentrate sind erlaubt..."

„Was heißt erlaubt? Auf meine Verantwortung, Kmehr, darf die Notverpflegung angebrochen werden. Und mein Sohn und ich kriegen etwas davon ab."

Kmehr seufzte. Er nickte Bingo zu, dem jüngsten im Team – allerdings auch dem dicksten. Bingos Hunger war ein Dauerzustand.

„Nehmen wir Ihr Paket zuerst, Kadett. Verteilen Sie den Inhalt..."

Bingo tat es, mit einem lachenden und einem weinenden Auge.

Er tröstete sich damit, daß es den anderen später auch nicht besser ergehen würde.

In diesem Augenblick meldete sich wieder Gola aus der Funkzentrale:

„Sir, ich habe Kontakt mit der ASBESI..."

Major Meztu hatte kurz geschlafen und dann die aussichtlose Suche nach den Vermißten wieder aufgenommen. Neue Instruktionen von Rhodan waren nicht eingetroffen. Wahrscheinlich waren die Terraner immer noch in Abwehrkämpfe verwickelt worden, die ihnen keine Zeit für andere Dinge ließen.

Major Regal Kherma, der Erste Offizier, stand auf, als Meztu in die Zentrale kam.

„Ablösung, Sir?"

„Ja. Ich übernehme jetzt. Immer noch keine Spur?"

„Nichts, Sir. Auch keine Ortungen, die uns einen Hinweis geben könnten. Das Robotschiff ging in den Linearraum und ist seitdem spurlos verschwunden. Eine scheußliche Sache."

„Besonders für Kmehr und seine Leute."

Aber dann, einige Minuten später, meldete sich die Hyperfunkzentrale:

„Funkzeichen, Sir. Entfernung zweiundzwanzig Lichtjahre. Koordinaten etwa GH-07-JK. Sergeant Gola."

Meztu riß es fast aus dem Kommandosessel.

„Sagten Sie Gola? Haben Sie Kontakt?“

„Ist abgerissen, aber ich versuche erneut Verbindung zu erhalten. Impulse sind sehr schwach. Soll ich durchschalten?“

„Natürlich. Ich spreche selbst. Legen Sie den Verstärker dazwischen.“

„In Ordnung, Sir.“

Meztu verspürte eine ungeheure Erleichterung. Sergeant Gola lebte also noch. Da er der Funker des kleinen Kommandos war, war anzunehmen, daß auch die anderen noch lebten. Das Robotschiff war also in einer Entfernung von mehr als zwanzig Lichtjahren wieder in das Normaluniversum zurückgetaucht.

Meztu ließ die Berechnungen für die Navigationsautomatik anlaufen und nahm als Grundlage die Koordinaten des Funkers. Inzwischen vernahm er die Kontaktversuche des Hyperfunkers und hoffte, daß Gola sie empfing.

Dann, endlich, meldete sich der Sergeant. Seine Stimme klang undeutlich und verzerrt. Meztu unterbrach ihn.

„Geben Sie genaue Standortmeldung, Sergeant. Wir kommen zu Ihnen. Wie ist die Lage?“

„Wir haben das Schiff in der Hand, Sir.“ Meztu mußte sich anstrengen, um Gola zu verstehen. „Leutnant Kmehr bittet um weitere Anweisungen. Sollen wir hier warten oder eine neue Position anfliegen.“

„Wir kommen. Warten Sie, wenn keine Gefahr besteht. Warum ist die Verständigung so miserabel?“

„Es kann an der Sonne liegen, Sir. Wir stehen in unmittelbarer Nähe einer Riesensonne, keine Lichtstunde entfernt. Ist so gut wie Orterschutz. Ah, die genauen Koordinaten ...“ Er gab sie durch, und sie waren mit den vorherigen Angaben fast identisch. Minuten später nahm die ASBESI Fahrt auf, während verschlüsselte Funksprüche an Rhodan abgestrahlt wurden. Dazu gehörte auch die Positionsangabe des erbeuteten Robotschiffes.

20.

„Und das sind die Konverter, Racker. Schöne Apparate, was?"

Söhnchen staunte, wie sein Vater es von ihm erwartete. Er war froh, daß er endlich einmal Gelegenheit hatte, sich das Innere eines so großen Schiffes anzusehen. Die Technik imponierte ihm mächtig, aber niemand hatte es bisher für nötig befunden, ihm ein Schiff zu zeigen und zu erklären.

„Und damit kann es fliegen?" wunderte er sich.

Gucky fühlte sich ganz als Lehrer und Meister, obwohl er von Kalupkonvertern und anderen technischen Dingen auch nicht gerade allzuviel verstand. Immerhin verstand er mehr davon als sein Sohn, und so fiel es ihm nicht schwer, den Überlegenen zu spielen. Mit viel Worten erklärte er Söhnchen recht wenig, aber Söhnchen war damit zufrieden und fühlte sich geschmeichelt.

„Nicht nur allein damit", erklärte Gucky. „Aber das wäre sicherlich zu kompliziert für dich. Komm, sehen wir weiter. Du darfst nicht vergessen, dies ist ein robotgesteuertes Schiff. Da war bis jetzt alles automatisch – und das ist es noch zum größten Teil. Sechs Männer steuern ein Schiff, das zweieinhalbtausend Meter Durchmesser hat. Das geht nicht ohne Automatik. Aber das Gehirn ist nun kein Roboter mehr, sondern es heißt Leutnant Kmehr. Und natürlich Gucky, dein Vater."

Söhnchen sah ehrfürchtig zu ihm empor.

„Du bist wirklich ein Held, Papi. Ich werde es Mama erzählen."

Gucky strahlte und warf sich in die Brust.

„Mama weiß es", versicherte er überzeugt.

Aber Söhnchen war anderer Meinung.

„Sie hat mal gesagt, du wärst ein Aufschneider."

Guckys Gesicht verfinsterte sich.

„So, hat sie?" Gucky grinste verzerrt. „Frauen leben in ihrer eigenen kleinen Welt und verstehen die Welt von uns Männern nicht.

Daran mußt du dich gewöhnen, mein Sohn. Mama ist eine gute Frau, aber eben nur eine Frau. Dafür kann sie nichts."

Er nahm seinen Sohn bei der Hand und spazierte weiter. Zwischendurch fragte er Kmehr über den Interkom, ob alles in Ordnung sei.

„Wann kommt denn Rhodan?" fragte Söhnchen.

Gucky war froh, das Thema wechseln zu können.

„Er muß bald eintreffen und uns abholen." Er holte Luft. „Er wird uns sicherlich für die Heldentat loben. Ich hoffe es wenigstens."

„Warum sollte er das nicht tun, Papi?"

„Weil... nun, weil ich nicht das getan habe, was ich tun sollte. Aber hätte ich nun das getan, was ich eigentlich hätte tun sollen, wären wir jetzt nicht hier in einem eroberten Robotschiff. Dann säßen wir vielleicht jetzt noch auf der Erde und warteten auf einen langweiligen Einsatzbefehl. So, und nun teleportieren wir zur Feuerleitstelle. Sie funktioniert auch automatisch, aber jetzt haben Bradock und Wahro die Funktion der Roboter übernommen. Wenn wir angegriffen werden, sollst du mal sehen, was die Plophoser können."

Bradock und Wahro waren noch immer damit beschäftigt, die Sperrschaltungen zu beseitigen. Solange das Schiff von dem Robotkommandanten befehligt wurde, reagierten die einzelnen Sektionen nur auf positronische Impulse. Das taten sie jetzt nicht mehr, aber um auf manuelle Bedienung zu reagieren, mußten die einzelnen Automatik-Schaltungen beseitigt werden.

„Kampfbereit?" erkundigte sich Gucky leutselig und spazierte in dem riesigen Leitstand umher, Söhnchen hinter sich herziehend. „Kann ja sein, daß man uns angreift."

„Den Angreifern werden wir es zeigen", versicherte Bradock optimistisch. „Sofort, wenn es sein muß."

Gucky sah richtig erschrocken aus.

„Malen Sie nicht den Teufel an die Wand", riet er. Er stieß seinen Sohn an und ging weiter. „Nun, was sagst du jetzt? Sind das Geschütze?"

„Ich sehe keine", gestand Söhnchen etwas verwirrt. Er sah auch wirklich keine. Er sah nur Kontrolltafeln, eine Unmenge von Hebeln, Skalen, Meßanzeiger, Computer, Bildschirme und Zielnehmer. „Woher weiß man denn, wie und auf wen man schießen soll?"

„Ziemlich schwer zu erklären, wenn man noch so jung ist wie du. Jedenfalls sieht man den Gegner auf den Bildschirmen, und dann nimmt man ihn unter Feuer. Geht alles automatisch.“ Er spazierte weiter. „Aber das soll nicht unsere Sorge sein. Vorläufig sind wir in Sicherheit, und niemand weiß, daß Robotschiff VIII-696 von Menschen übernommen wurde.“

„Und von Ilts“, fügte Söhnchen stolz hinzu.

„Sehr richtig“, bestätigte Gucky und zog ihn mit sich.

Am Armgelenk schrillte der Minikom.

„Ja, Kmehr? Sind Sie es?“

„Funkkontakt mit Meztu. Rhodan ist bereits hierher unterwegs. Die ASBESI ebenfalls. Bald wird es hier von Schiffen wimmeln.“

„Schon unterwegs? Wie lange noch?“

„Können jeden Augenblick eintreffen. Sie kommen besser in die Zentrale, Gucky. Schließlich war es ja Ihre Idee ...“

„Schon gut, Kmehr. Den Alleingang verantworte ich gern. Es wäre etwas anderes, wenn wir Pech gehabt hätten. Hatten wir aber nicht. Wir haben ein Schiff von OLD MAN gestohlen. Wir haben einen Orden verdient.“

„Ob Rhodan ihn uns persönlich verleihen wird?“

„Selbstverständlich, ganz bestimmt.“ Gucky schluckte, wenn er an Orden dachte. Besonders jetzt. Er hatte trotz allem ein schlechtes Gewissen. „Sie können sich auf meine Fürsprache verlassen.“

„Danke“, sagte Kmehr gerührt und sah sich im Geiste schon mit dem Tapferkeitsorden des Solaren Imperiums durch New-Taylor stolzieren. „Ich werde Ihnen das niemals vergessen.“

„Hm“, murmelte Gucky verlegen. Er nahm Söhnchen bei der Hand. „Es geht los, Kleiner. Festhalten ...“

Die ASBESI war zuerst da. Nur zwei Lichtminuten von VIII-696 entfernt kam sie aus dem Linearraum und wurde sofort geortet. Der Funkkontakt wurde hergestellt, und kurze Zeit später erschien Major Meztu mit einigen Offizieren an Bord des erbeuteten Schiffes. Er schüttelte seinen tapferen Leuten die Hände und vergaß auch Gucky und seinen Sohn nicht.

Meztu ließ sich alles von Kmehr erklären, und als der Leutnant damit fertig war, meldete die Funkzentrale Kontakt mit der CREST und zehn anderen Ultra-Schlachtschiffen der Terraner. Sie waren wenige Lichtminuten entfernt aus dem Linearraum gekommen und näherten sich der VIII-696 und der ASBESI.

Es war soweit.

Rhodan und seine Experten kamen mit einer Space-Jet und wurden von dem Robotschiff eingeschleust. Kaum hatte sich der Hangar wieder mit Luft gefüllt, stieg Rhodan mit seiner Begleitung aus. Ein Lift brachte die Männer zur Kommandozentrale hoch.

Major Meztu erstattete Meldung. Er war Rhodan noch nie persönlich gegenübergetreten und dementsprechend nervös. Er verhedderte sich bei der Meldung, aber Rhodans Gesicht zeigte keine Veränderung. Unbeweglich stand er in dem großen Raum, und seine Augen nahmen blitzschnell alles auf, was ihm wichtig erschien.

„Danke, Major", sagte er, als Meztu fertig war. Sein Blick suchte Gucky. Der Mausbiber stand bescheiden und mit ernstem Gesicht ein wenig abseits neben dem Navigationscomputer. An der Hand hielt er seinen Sohn, der stolz und wichtig um sich schaute. „Nun, Gucky?"

Gucky gab sich einen Ruck.

Er ging vor und blieb vor Rhodan stehen.

„Robotschiff VIII-696 mit Hilfe von sechs tapferen Plophosern für das Solare Imperium erobert", meldete er mit schriller Stimme und drückte den Bauch heraus. „Keine eigenen Verluste. Leutnant Kmehr und fünf Mann angetreten zum Ordensempfang."

In Rhodans Gesicht zuckte ein Muskel, und dann lächelte er. Er bückte sich, nahm Gucky hoch und drückte ihn an die Brust. Stumm setzte er ihn dann wieder ab und begrüßte auf die gleiche Art auch Söhnchen, der heftig mit den Beinen strampelte und froh war, als er wieder festen Boden unter den Füßen hatte.

„Danke!" sagte Rhodan endlich zu den beiden Mausbibern. „Das habt ihr gut gemacht. Manchmal geht also doch nichts über Eigeninitiative, wenn die Lage es erfordert. Und sie erforderte es dringend. Aber dies ist kein Freibrief für künftige Extratouren, meine beiden Herren. Wir haben also ein Schiff des Riesenroboters! Prächtig."

Rhodans Lächeln verstärkte sich. Er wandte sich an Meztu:

„Major, sind Sie bereit, Ihren sechs Männern einen Sonderurlaub zu gewähren? Ich kann den Orden für besondere Verdienste nur auf terranischem Boden verleihen. Das ist Tradition. Ich erwarte Sie also in Terrania, sobald eine entsprechende Nachricht an Sie abgegangen ist."

Dann trat er zu Kmehr und reichte ihm die Hand.

Er drückte auch Brenton, Gola, Bradock, Wahro und Bingo die Hand.

Gucky stand dabei und grinste so, als habe man ihm eine ganze Mohrrübenladung geschenkt. Nichts bereitete ihm größere Freude, als andere glücklich zu sehen. Besonders dann, wenn sie durch ihn glücklich waren.

„Es *muß* den Terraschiffen nachgebaut worden sein, und zwar bis in die letzte Einzelheit. Wenn das Zufall ist, gibt es keine Zufälle im alten Sinn mehr. Allein das Photo des Captains beweist, daß Terraner ihre Hand dabei im Spiele hatten."

Rhodan hielt das Farbphoto in der Hand und betrachtete es nachdenklich.

„Ich weiß nicht, wer das ist, aber ich habe das Gefühl, diesen jungen Mann schon einmal gesehen zu haben. Ich kann mich nicht daran erinnern, wann und wo das gewesen sein soll. Niemand kann ihn identifizieren?"

Niemand hatte den Captain jemals gesehen.

„Was sonst?" fragte Rhodan, als sich die Experten in der Kommandozentrale versammelten. „Was ist mit den Maschinen und den Hangars?"

„Alles vorhanden, als habe man das Schiff für uns gebaut", berichtete ein Techniker. „Fertig zur Übernahme, wie auch die von Gucky aufgefundene Botschaft besagt. Es fehlt bloß noch die Bettwäsche, sonst könnte die Besatzung in Höhe von fünftausend Mann gleich einsteigen. Und in den Hangars fehlen die Korvetten und anderen Beiboote. Dafür fand ich einen Zettel." Der Techniker griff in die Tasche und zog einen Plastikstreifen daraus hervor. Er hielt ihn Rhodan hin. „Was sagen Sie dazu, Sir?"

Rhodan nahm den Zettel und las die wenigen Worte in terranischer Schrift und Sprache:

„Nur noch einrichten, bitte schön. Die kleinen Boote können Sie ja selbst nachbauen."

Er schüttelte den Kopf.

„Das Rätsel um OLD MAN ist damit noch größer geworden. Aber eines Tages werden wir auch dieses lösen.“

Rhodan nahm Kontakt mit Oberst Akran auf und sagte:

„Schicken Sie mir ein Stammpersonal herüber. Für alle Sektionen. Sie werden VIII-696 übernehmen und zur Erde bringen. Die Techniker bleiben ebenfalls an Bord. Das Schiff muß in allen Einzelheiten überprüft werden. Ich komme auf die CREST zurück. Wir fliegen ebenfalls nach Terra. Der Vormarsch von OLD MAN muß gestoppt werden. Vielleicht bekommen wir die Mittel dazu nun in die Hand.“

„Hoffen wir es“, sagte Akran.

„Wir sehen uns in einer Stunde.“ Rhodan wandte sich wieder an seine Experten. „Meine Herren, Sie haben Zeit, bis wir auf der Erde sind. Versuchen Sie noch soviel herauszufinden, wie eben möglich ist. Von ihrer Arbeit wird es abhängen, ob wir später bei der Verteidigung der Erde eine Chance haben oder nicht. Ich verlasse mich auf Sie.“

„Wir werden alles tun, was in unserer Macht steht.“

Rhodan nickte und lächelte.

„Danke!“ sagte er.

21.

„Was tun Sie hier, Oro?“

Der hünenhafte Ertruser wandte den Kopf und grinste. Er wirkte in diesem Augenblick wie ein nichtmenschliches Ungeheuer. Die wulstigen Brandnarben entstellten sein Gesicht zum grausigen Zerrbild eines menschlichen Antlitzes.

Michael Reginald Rhodan – alias Roi Danton – nahm es gar nicht wahr: Er kannte Oro Masut schon zu lange und zu gut, um etwas Außergewöhnliches an seinem Aussehen zu finden. Zudem hatte er ihn selbst aus jenem atomaren Feuerherd gerettet, in dem der Ertruser damals fast verbrannt wäre. Seitdem war Oro Masut nicht nur sein

Diener und Leibwächter, sondern auch sein treuester Freund und Vertrauter.

Selbstverständlich war Oro Masut mentalstabilisiert, wie alle Personen, die Dantons wahre Identität kannten. Damit wurde verhindert, daß Telepathen hinter dieses Geheimnis kamen.

„Da war etwas, Sir!“ flüsterte Oro.

Es erschien Michael Rhodan immer wieder wie ein Wunder, wenn er den Riesen von Ertrus flüstern hörte; für gewöhnlich besaß seine Stimme die Lautstärke eines zornigen Elefantenbullen.

Unwillkürlich griff Michael zur Waffe.

Oro Masut schüttelte beruhigend den Kopf.

„Es ist wahrscheinlich nur ein Tier.“

Er griff nach rückwärts, faßte behutsam die Hand seines Herrn, die in seiner großen Pranke verschwand, und zog Michael Rhodan neben sich. Dann deutete er nach vorn, wo zwischen einer Gruppe blühender Sträucher ein frisch aufgeworfener Erdhügel zu sehen war.

„Natürlich ist das ein Tier gewe . . .“, begann Rhodan.

„Da!“ rief Oro.

Die beiden Männer starrten wie hypnotisiert auf den Erdhügel. Frische, feuchte Erdschollen kullerten an seinen Flanken herab, zerplatzten auf der harten Grasnarbe und gaben ihre lehmig-sandige Beschaffenheit preis.

Eine Art Maulwurf! durchzuckte es Michael. Aber ein überdimensionierter Maulwurf! Der Erdhügel war mindestens vier Meter hoch – und er wuchs noch immer.

Plötzlich tauchte an seiner Spitze etwas metallisch Blinkendes auf. Die Erdmassen wurden wie von einer Titanenfaust zur Seite geschoben.

Gleichzeitig lagen Oro Masut und Mike Rhodan auf dem Boden, in der kümmerlichen Deckung kniehohen Grases. Ihre Augen funkelten erregt.

Das metallische Gebilde vollführte einen Satz, kippte nach vorn – und befreite sich jäh von den Erdmassen, die es vorher umklammert gehalten hatten.

Tatsächlich ein Maulwurf! dachte Mike verblüfft. Ein mechanischer „Maulwurf“, wie er zu Forschungen in planetaren Krusten verwendet wurde.

„Wie kommt so ein Ding nach Dahomey?“ fragte Oro Masut.

„Hm!“ machte Mike Rhodan.

Der Ertruser hatte recht. Dahomey gehörte zum plophosischen und damit zum menschlichen Einflußgebiet, aber der Planet selbst galt als unbesiedelt; aus diesem Grunde war Michael Rhodan mit seinem Freihändlerschiff FRANCIS DRAKE hier gelandet.

Und nun tauchte ein Maulwurf auf, dessen Konstruktionsmerkmale nach terranischer Produktion aussahen.

Der Maulwurf rollte noch etwa zwanzig Meter auf seinen acht unteren Gleiskettenpaaren, dann hielt er an. Die oberen Gleiskettenpaare verschwanden in der verschmutzten und verschrammten Hülle. Das Heck hing noch halb über dem Loch, aus dem er hervorgekommen war. Insgesamt maß die Maschine etwa zwanzig Meter in der Länge; ihr zylindrischer, an Bug und Heck verjüngter Körper mochte einen mittleren Durchmesser von fünf Metern besitzen.

Mit dumpfem Knall flog eine Luke an der Seitenwand des Gebildes auf. Unter Überdruck stehende Luft entwich minutenlang mit schrillem Pfeifen. Dann flammte die Innenbeleuchtung der Schleuse auf, und das innere Schott schob sich summend zur Seite.

Mike sah, wie sich Masuts Muskeln unter der Kombination spannten. Er legte dem Ertruser beschwichtigend die Hand auf den Unterarm.

Danach erhob er sich.

Stimmen, noch unverständlich, erschollen aus dem Innern des Maulwurfs. Dann tauchte eine Gestalt in eng anliegender, schwarzer Kombination auf. Das rotblonde Haar fiel bis auf die Schultern, und es umrahmte ein ovales, sonnengebräuntes Gesicht mit spöttisch blikkenden graugrünen Augen.

Eine Frau!

Sie sprang mit einem Satz ins Gras.

Erst dann entdeckte sie den Mann, der aufrecht in ungefähr fünfzig Metern Entfernung dastand und sie anstarrte.

„Mein Gott! Ein Primitiver!“ entfuhr es ihr in Interkosmo.

Mikes Unterkiefer sank in maßloser Verblüffung herab.

So hatte ihn noch niemand definiert.

Dann fiel ihm ein, in welcher Kleidung er auf dem Boden Dahomeys stand, und er lächelte.

Affektiert tänzelte er auf die fremde Frau zu, die linke Hand an seinem herrlich gearbeiteten Kavaliersdegen, die rechte geckenhaft abgespreizt.

Fünf Schritte vor ihr riß er seinen Dreispitz vom Kopf und schwenkte ihn in der typischen Art des Kavaliers aus dem ausgehenden 18. irdischen Jahrhundert.

„Bonjour, Mademoiselle! Permettez-vous que je me présente?" Er verbeugte sich. „Roi Danton, chère amie!"

Eine zweite Gestalt tauchte plötzlich in der Schleuse auf. Mit einem Satz landete sie neben der Frau, sie um mindestens eine Kopflänge überragend.

Es war ein Mann in metallisch bläulichem Kombi-Anzug, mit zwei schweren Gürtelwaffen und einem halbkugelförmigen Gebilde auf der linken Schulter.

Argwöhnisch musterte er Rhodans Sohn. Dann wandte er sich zu der Frau und fragte leichthin:

„Wußtest du, Janine, daß der Karneval auf Dahomey am 18. September beginnt?"

Mike Rhodan preßte den Dreispitz gegen seine Brust und verbeugte sich leicht.

„Bonjour, Monsieur!"

„Was hat er vorhin zu dir gesagt?" fragte der Mann, so, als ob Mike überhaupt nicht existierte.

„,Guten Tag, gnädiges Fräulein. Darf ich mich vorstellen?'" antwortete Janine lächelnd. „Und ‚Roi Danton, liebe Freundin'."

„Wahrhaftig, ein komischer Vogel!" rief der Mann voller Sarkasmus aus.

„Und einer mit ziemlich bekanntem Namen", fügte sie hinzu.

Er lachte.

„König Danton! Die rechte Hand von Kaiser Lovely Boscyk!"

Roi wedelte mit einem feinen Spitzentuch vor seinem Gesicht herum. Blasiert sagte er:

„Darf ich fragen, mit wem ich die Ehre habe?"

„Eine Tracht Prügel würde seinen verklemmten Sexualtrieb vermutlich normalisieren", murmelte der Fremde.

Aus dem Gras ertönte ein zorniger Ausruf.

Oro Masut erhob sich und näherte sich in drohender Haltung.

„Was fällt Ihnen ein, meinen Herrn zu beleidigen?“ schrie er.

Über das Gesicht des Fremden glitt ein Schimmer von Interesse.

„Sie sind vermutlich sein ertrusischer Muskelmann, wie? – Hoffentlich passen Sie immer gut auf das Baby auf.“

Das war zuviel für Masut. Er stürmte mit gesenktem Schädel vor. Seine Pranken griffen nach dem Fremden – und fuhren ins Leere.

„Ich vergaß, mich vorzustellen“, sagte der Fremde von der Seite her, „mein Name ist Orbiter Kaiman, und die Dame heißt Janine Goya.“

Er wich fast spielerisch dem nächsten Angriff Masuts aus. Keinen Augenblick schwand das spöttische Lächeln von seinem Gesicht.

Roi Danton sagte nichts. Er zog nur interessiert die Brauen hoch. Immerhin galt Oro Masut als einer der stärksten Männer von Ertrus...

Ein Fausthieb, der einen terranischen Elefantenbullen gefällt hätte, pfiff haarscharf an Kaimans kahlem Schädel vorbei. Aber der Fremde hatte diesmal darauf verzichtet, beiseite zu springen, sondern nur den Kopf um wenige Zentimeter bewegt.

Im nächsten Augenblick krachte seine Faust gegen Masuts Kinn.

Der Ertruser wurde einige Meter zurückgeschleudert und schlug lang hin. Der Boden dröhnte.

„Ce fut pour moi un plaisir“, murmelte Roi Danton.

„Was sagte der König der Freihändler?“ fragte Kaiman.

Janine lachte silberhell.

„Er meint, es wäre ihm ein Vergnügen gewesen.“

Orbiter Kaiman grinste. Er tat einen langen Schritt auf Roi zu und winkte beschwichtigend ab, als dieser zu einer seiner beiden doppelläufigen Perkussionspistolen griff, die in dem schmalen, reichbestickten Gürtel steckten.

„Es tut mir leid, wenn ich Sie verwirrt haben sollte, Mr. Danton. Aber es schien mir so, als hätten Sie viel für einen netten Spaß übrig. Falls eine meiner Bemerkungen Sie beleidigt haben sollte...“

Rhodans Sohn bewies, daß er sich schnell auf eine andere Lage einstellen konnte.

„Bitte, keine Entschuldigung, Mr. Kaiman. Es war mir wirklich ein Vergnügen, Sie kennenzulernen.“ Er lächelte galant. „Vor allem freue ich mich natürlich, die Bekanntschaft von Miß Goya machen zu dürfen. Sie ahnen nicht, wie sehr wir armen Raumfahrer derartig verzaubernde Anblicke vermissen."

Hinter ihm erhob sich Oro Masut mit grimmigem Stöhnen.

Roi blinzelte ihm belustigt zu.

„Gehen Sie und entschuldigen sie sich bei Mr. Kaiman, Oro. Sie haben angefangen, nicht er."

„Wenn Sie meinen, Sir!" knurrte der Ertruser.

Er ging auf Orbiter zu und streckte die Hand aus.

Kaiman schlug herzhaft ein, und Oros Mund entfloh ein weiteres Stöhnen.

„Mann! Wo haben Sie die Kraft her, einen Ertruser zu besiegen?" fragte er verwundert.

„Er ist Oxtorner", warf Danton mit gerunzelter Stirn ein. „Wußtest du das nicht?" Wie fast immer gebrauchte er Masut gegenüber jetzt wieder das vertrauliche „Du".

Oro schüttelte den Kopf. Dann blickte er Kaiman prüfend an.

„Jetzt freilich sehe ich es", meinte er zerknirscht.

„Fein!" erwiderte Rhodans Sohn ironisch. „Nun können wir vielleicht zur Kardinalfrage vorstoßen. – Was tun Sie hier auf Dahomey, Mr. Kaiman?"

Orbiter Kaiman verbeugte sich ironisch.

„Ich bin Anthropologe, Mr. Danton – und Miß Goya ist meine Assistentin und außerdem eine bekannte Kosmobiologin. Darf ich nunmehr den Grund *Ihres* Hierseins erfahren?"

Dantons Miene umwölkte sich.

„Vermutlich wissen Sie, daß Dahomey eine plophosische Welt ist. Ich hoffe, Sie führen eine Genehmigung bei sich, Untersuchungen auf diesem Planeten durchzuführen . . .!"

Kaiman wölbte die buschigen Brauen.

„Ihre Bemerkung befremdet mich, offen gestanden, Mr. Danton. Sie sind ebensowenig Plophoser wie wir. Und ich könnte Sie mit dem gleichen Recht fragen, ob Sie eine Genehmigung zur Landung auf Dahomey besitzen."

Roi lächelte undefinierbar.

„Wie treffend Sie das ausgedrückt haben! Aber es gibt einen kleinen

Unterschied, mein Freund: Im Verlauf der nächsten halben Stunde wird ein plophosisches Raumschiff hier landen – und der Kommandant ist über meine Anwesenheit unterrichtet, was für Sie kaum zutreffen dürfte."

Der Oxtorner zuckte unbehaglich die Schultern. Danach rückte er die seltsame Halbkugel auf der linken Schulter zurecht; das metallisch glänzende Gebilde war etwa faustgroß und paßte sich mit der Unterseite den Körperformen Kaimans ausgezeichnet an.

„Könnten Sie nicht einfach sagen, wir gehörten zu Ihnen, Mr. Danton?"

Oro Masut lachte brüllend.

Janine Goya hielt sich mit schmerzlich verzogenem Gesicht die Ohren zu.

„Hört euch das an!" rief der Ertruser erheitert. „Er scheint es für selbstverständlich zu halten, daß wir für ihn lügen!"

„Der Vorschlag ist gar nicht einmal so schlecht", sagte Roi Danton nachdenklich. „Mr. Kaiman, eine Frage: Suchen Sie etwas Bestimmtes auf Dahomey?"

„Das, was ich überall suche", entgegnete der Anthropologe seufzend. „Die Überreste von Bauwerken intelligenter Wesen. Eigentlich trifft meine Berufsbezeichnung nicht ganz zu, aber einen anderen Namen hat man leider noch nicht erfunden. Ich suche nicht nur nach Zeugen für die Entstehung und Entwicklung des Menschen und seiner Kulturen, sondern aller intelligenter Völker der Galaxis. Einige kleinere Funde habe ich bereits gemacht. Ich weiß nicht, ob Sie das Buch ‚Das endlose Ziel' kennen, Mr. Danton..."

„Soviel ich weiß, heißt der Verfasser John Grissom Avery und nicht Orbiter Kaiman!"

„Ein Pseudonym von mir, wenn Sie gestatten. Es gibt viele Menschen, die unter der Geborgenheit eines Pseudonyms arbeiten...!"

Mike Rhodan zuckte kaum merklich zusammen.

Wußte der Oxtorner etwa von seiner wirklichen Herkunft?

Doch Kaiman sprach weiter, als wäre seine letzte Bemerkung völlig bedeutungslos gewesen.

„Aber was sind schon Namen! Ob man mich Avery nennt oder

Kaiman oder Hawk oder sonstwie, mir ist es gleichgültig. Wollen Sie mir die kleine Gefälligkeit erweisen, Mr. Danton? Vielleicht kann ich mich einmal dafür revanchieren."

Roi schluckte.

Hawk? Wie kam Kaiman dazu, den Namen Hawk zu erwähnen, den Namen eines Mannes, der vor rund dreißig Jahren aus der Andromeda-Flotte seines Vaters desertiert war und von dem man in den kleinen Kreisen angeblich Eingeweihter die unglaublichsten Geschichten erzählte?

Der junge Rhodan bewies, daß er neben anderen Eigenschaften auch die unbezähmbare Wißbegier seines Erzeugers geerbt hatte.

Dieser Orbiter Kaiman interessierte ihn plötzlich über alle Maßen – weil er den Namen „Hawk" ausgesprochen hatte. Vielleicht konnte man von ihm einiges über diesen legendären Mann erfahren.

„Einverstanden, Mr. Kaiman. Unter einer Bedingung allerdings: Sie müssen mitsamt Ihrem Maulwurf an Bord der FRANCIS DRAKE kommen."

Er deutete auf die riesige Silhouette des Kugelschiffes, die sich scharf gegen den blutroten Schein der Abendröte abhob.

Orbiter Kaiman neigte lächelnd den Kopf.

„Vielen Dank, Mr. Danton."

Er nahm Janines Arm, und gemeinsam stiegen sie in ihr walzenförmiges Gefährt.

„Komische Leute!" murrte Oro Masut.

„Hm!" machte Roi nur, mehr nicht.

„Bonjour, Mademoiselle Rhodan!"

Suzan Rhodan-Waringer lächelte amüsiert.

Das Männergesicht auf dem Bildschirm des Interkoms glich dem berühmten Selbstbildnis des jungen Albrecht Dürer – jedenfalls, was die Haartracht und die selbstbewußten Gesichtszüge anging. Ansonsten wirkte Michael Rhodan männlicher, kühner – und ein wenig arrogant. Außerdem war die Farbe seines langen Lockenhaares tiefschwarz, und die Kleidung entsprach nicht dem Zeitalter des Kaisers Maximilian, sondern zum Teil dem des französischen

Königs Ludwig XVI., jenes unglückseligen Monarchen, der durch die Französische Revolution abgesetzt und 1793 hingerichtet worden war.

Suzan entdeckte den Schalk im Hintergrund der nachtblauen Augen. Mit gut gespieltem Bedauern seufzte sie und sagte:

„Armes Brüderchen! Ich muß dir doch einmal einen Scheck ausschreiben, damit du endlich Unterricht in Interkosmo nehmen kannst!"

Roi Danton verdrehte die Augen, führte ein Riechfläschchen an die Nase, zog den Duft tief ein und tupfte danach einen Tropfen von der kostbaren, bestickten Seidenweste.

„Mein Fräulein Schwester geruht wieder einmal, ihre grausamen Späße mit ihrem bedauernswerten Bruder zu treiben." Er sprach ein akzentfreies Interkosmo, was Suzan selbstverständlich gewußt hatte. „Mit Finanzhyänen soll man sich nicht einlassen."

Er streckte den linken Arm aus und klopfte auf etwas, das sie nicht sehen konnte, weil es außerhalb des Aufnahmewinkels lag.

„Vers la gauche, ma chérie! – Nach links, mein Herzblatt! Will sagen: nach Backbord, und zwar genau um dreieinviertel Grad, sonst findest du mich nicht!"

„Dein Freibeuterschiff ist überhaupt nicht zu übersehen!"

„Freihändlerschiff, Goldkind!"

„Ich sehe da keinen wesentlichen Unterschied. – Hoffentlich hast du dafür gesorgt, daß man unser Gespräch nicht abhören kann, sonst ist es aus mit deiner Anonymität. Ich möchte bloß wissen, was Vati sagen würde, wenn er erführe, daß der König der Freibeuter . . ."

„Freihändler!"

„. . . Freifahrer sein kleiner Mike ist."

Roi Danton grinste matt.

„Du hättest sein Gesicht sehen sollen, als Atlan und ich uns auf Rubin mit Degen duellierten. Er musterte mich einige Male sehr eigentümlich; aber erkannt hat er mich nicht. Atlan warf mir übrigens auch hin und wieder einen Blick zu, als wollte er sagen: ‚Wir kennen uns doch von irgendwoher, alter Gauner!' Sicher wird er mit Vater darüber gesprochen haben. Ach, sollen sich die beiden Alten ruhig ihre unsterblichen Köpfe zerbrechen!"

„Sprich bitte nicht so von Vater! Und auch Atlan ist ein feiner Kerl.

Weißt du noch, wie er dich damals dabei ertappte, als du eine selbstgebastelte Flüssigkeitsrakete in deinem Kinderzimmer ausprobieren wolltest? Er hat Vater kein Wort davon erzählt. Du warst damals elf Jahre alt."

Etwas wie Wehmut trübte Rois Blick. Aber nur kurz, dann siegten Ironie, Spott und Weltverachtung.

„Sie waren alle etwas zu nett zu mir, Mädchen. Wenn ich nicht von zu Hause fortgegangen wäre, hätten sie einen verhätschelten Playboy aus mir gemacht. Ein Mann aber muß ein Ziel haben, er muß das Universum umgestalten wollen, Suzan!"

In Suzans Lächeln lag schwesterliche Liebe, als sie erwiderte:

„Nimm dir nicht zuviel vor, Mike. Es hat sich vor dir schon so mancher übernommen. Bleib der Gauner mit Charme, der du jetzt bist."

Sie lachte.

„Aber du hast meine Frage noch nicht beantwortet...!"

„Ist auch nicht nötig. Du kennst mich und weißt, daß ich nichts besser hüte als das Geheimnis meiner Herkunft. Meine Kabine ist tausendfach abgesichert, und außerdem arbeitet der Kodierapparat einwandfrei. – Aber ich sehe auf den Instrumenten, daß deine Minijacht zur Landung ansetzt. A bientôt, Mademoiselle!"

Er schaltete den Telekom ab und wandte sich um.

„Ah! Es tut gut, wieder einmal ein Mitglied des Rhodan-Klans sehen zu dürfen!"

„Suzan Rhodan-Waringer ist eine bewundernswerte Frau!" erwiderte Oro Masut im Brustton der Überzeugung.

„Meine Trommelfelle!" ächzte Roi. „Hol mir die Schuhe, Großer. Hoffentlich sind sie geputzt, sonst blamieren wir uns vor meiner holden Schwester."

Der Ertruser grinste breit und massierte behutsam sein Kinn, an dem noch immer die Schwellung zu sehen war, die Kaimans Fausthieb verursacht hatte.

Danton sah es schmunzelnd.

Er streckte die Füße aus und ließ sich in die edelsteinbesetzten Schnallenschuhe helfen. Dann sprang er auf, ergriff seinen Dreispitz und ging mit schweren Schritten zum Schott.

Nachdem er seine Kabine verlassen hatte, veränderte sich sein

Benehmen wieder. Er tänzelte leichtfüßig dahin, ganz wie ein Geck vom Hofe Ludwigs des Siebzehnten.

Die grell leuchtenden Scheinwerfer der FRANCIS DRAKE übergossen das kleine Diskusschiff mit silbriger Lichtflut, als Roi aus der offenen Bodenschleuse trat, um seine Schwester zu begrüßen. Von oben blickten funkelnd die Sterne herab, und zwei der fünf Monde Dahomeys hingen gleich vergoldeten Tränen über dem nördlichen Horizont. Ein großes Gürteltier lief behäbig und furchtlos zwischen beiden Raumschiffen hindurch, ließ sich am Rand des Lichtkreises nieder und machte sich mit seinen schaufelförmigen Vorderpranken über den kuppelartigen Bau einer Insektenart her.

Drüben bei der Raumjacht fuhren zischend die Schotthälften der Bodenschleuse zurück. Zwei Ungetüme von Robotern rollten auf Gleisketten die Rampe herab und walzten eine breite Gasse durch kniehohes Gras und kugelige Büsche, während sie gleichzeitig ein schwaches Nervengift versprühten, um die möglicherweise gefährliche Bodenfauna zu lähmen.

Kurz danach löste sich ein kleines, schalenförmiges Fahrzeug aus dem Halbdunkel der Schleuse. Auf sechs ballonartigen Rädern rollte es über die von den Robotern geschaffene Straße, die ausgefahrene Rampe der FRANCIS DRAKE hinauf und in die geräumige Bodenschleuse des Freihändlerschiffes hinein.

Tänzelnd kam Roi Danton heran. Er half seiner Schwester aus dem Fahrzeug, dann schwenkte er seinen Dreispitz und versuchte, ihr die Hand zu küssen.

Suzan entzog sie ihm mit einer heftigen Gebärde des Abscheus.

„Laß endlich dein affiges Getue, Mike!“ fauchte sie ihn an. „Es widert mich an, einen Rhodan in der Art eines verliebten Gockels umherhüpfen zu sehen!“

Rois Haltung versteifte sich.

„Comment, s’il vouz plait? – Wie bitte?“

Gegen ihren Willen mußte Suzan lachen. Sie drohte ihrem Bruder mit dem Zeigefinger.

„Vergiß nicht, daß du mein kleiner Bruder bist, Mike. Immerhin war ich bereits acht Minuten vor dir auf der Welt. Hör’ also auf den Rat deiner älteren Schwester.“

Roi zog scheinbar indigniert die Brauen hoch.

„Akzeptiert, Schwesterherz, Goldkind, Schutzengel und so weiter."

Er zog sie lächelnd an sich und drückte ihr einen herzhaften Kuß auf die Wange.

„Blendend siehst du aus!"

Als er sie losließ, wurde sein Gesicht unvermittelt ernst.

„Hast du Informationen von Vater?"

Er flüsterte es nur, obwohl Oro Masut unter dem Innenschott stand und mit Argusaugen darüber wachte, daß niemand die Unterhaltung der Zwillinge belauschte.

Suzan nickte.

„Es sieht böse aus, Mike. Aber ich schlage vor, wir besprechen das in deiner Kabine."

„Selbstverständlich."

Er hakte sie unter, und schweigend gingen sie durch das Innenschott und betraten den Lift, der sie zum Chefdeck führte.

Der geräumige Kabinentrakt Roi Dantons war so eingerichtet, wie sich sein Besitzer die Wohnung eines Stutzers vom Hofe Ludwigs des Siebzehnten vorstellte. Aber hinter der verspielten Atmosphäre verbargen sich technische Einrichtungen höchster Präzision.

Suzan Rhodan-Waringer störten die Gegensätze nicht. Sie war sie gewöhnt. Seufzend ließ sie sich in ein besticktes Sitzmöbel fallen, schloß die Augen und entspannte sich.

Roi betätigte unterdessen eine getarnte Schaltung und wartete darauf, daß die Servoautomatik des zerbrechlich wirkenden Tischchens zwei Apéritifs servierte.

Danach hob er sein Glas und stieß damit gegen das seiner Schwester.

Lächelnd prosteten sie einander zu.

„Berichte, Schwesterlein!" forderte er sie auf, während er sich zurücklehnte.

Suzan setzte ihr Glas hart auf den Tisch zurück. Sie beugte sich vor und flüsterte, wobei sie jedes ihrer Worte besonders betonte:

„Das Bild, das Gucky auf dem erbeuteten Ultraschlachtschiff von OLD MAN gefunden hat, wurde inzwischen ausgewertet!"

Roi Danton zeigte nicht, ob er überhaupt zugehört hatte. Nur wer ihn genau kannte, hätte die plötzliche, winzige Anspannung seiner Muskeln wahrgenommen.

Suzan kannte ihn genau!

Ihre Stimme sank noch weiter herab, als sie fortfuhr:

„Es zeigt einen gewissen Captain Rog Fanther – einen der wagemutigen Männer, die am 14. Juli 2404 mit dem Versorgungstender DINO-3 in den ehemaligen Zeittransmitter Vario eindrangen . . .!"

Rhodans Sohn reagierte so, als ob in diesem Augenblick eine Fusionsbombe auf der oberen Polkugel der FRANCIS DRAKE explodiert wäre.

Er schnellte von seinem Sitzmöbel hoch, schnappte nach Luft und ließ sich anschließend so abrupt wieder fallen, daß die hölzernen Beine seines Stuhles verdächtig krachten.

„So ist das also!" flüsterte er.

Er stützte den Kopf in die Hände. Einige Minuten lang saß er fast wie leblos in dieser Haltung.

DINO-3!

Der Versorgungstender, der in die Vergangenheit aufbrach, um dem verschollenen Vater und dessen Flottenflaggschiff CREST III Hilfe zu bringen!

Das Unternehmen hatte sich damals zu einer Tragödie entwickelt. Als die Männer mit dem Tender in der Vergangenheit ankamen, mußten sie feststellen, daß der Mann, dem sie Hilfe bringen wollten, unterdessen durch die Zwischenstation Pigell einen Relativsprung um fünfhundert Jahre nach vorn gemacht hatte.

Fünfhundert Jahre trennten sie von der Erfüllung ihres Auftrages.

Und es gab keine Möglichkeit mehr, diese Zeitspanne ebenfalls in einem Relativsprung zu überbrücken!

Weder für die Männer der DINO-3 – noch für die der CREST III!

Fünfhundert Jahre! Nicht ein Fünftel der Zeit würden die Männer der DINO-3 überleben; sie waren zum Tod verurteilt, ohne jemals wieder in ihre Zeit, zu Menschen ihrer Epoche oder gar zur Erde zurückkehren zu können.

In dieser Lage faßte ein Teil der Besatzung – unter der Führung von Major Gus Barnard – den Entschluß, die fünfhundertjährige Wartezeit, die ihrer Meinung nach bis zur Entdeckung der DINO-3 vergehen würde, durch einen genau berechneten Dilatationsflug zu überbrükken. Sie brach mit dem 60-Meter-Beiboot GOOD HOPE auf, um sich 250 Lichtjahre von dem Flottentender zu entfernen und dann die gleiche Strecke wieder zurückzufliegen.

Niemand hatte seitdem wieder etwas von ihnen gehört.

Sie waren verschollen – vor 52432 Jahren, wenn man die Maßstäbe der Relativverschiebung anlegte.

Und nun tauchte plötzlich ein Bild jener Männer auf!

Ein Original-Farbfoto von Captain Rog Fanther und ein Plastikstreifen mit der aufgedruckten Botschaft: „Willkommen, Freunde. Übernehmen Sie. Anweisungen liegen auf dem Tisch. Nun, wie haben wir das gemacht?"

Der Schluß, der sich ganz offensichtlich daraus ergab, war so ungeheuerlich, daß er sogar Michael Rhodan, der an unkonventionelles Denken gewöhnt war und über eine außergewöhnliche Portion schöpferische Phantasie verfügte, zutiefst erschütterte.

Er senkte die Hände auf die Tischplatte und hob den Kopf.

„Mein Gott!"

Sein jungenhafter Übermut, seine zur Schau getragene Unbekümmertheit und sein oberflächliches Benehmen – all das war schlagartig von ihm abgefallen.

Suzan goß ihm einen Apéritif nach und reichte ihm das Glas.

Er schob es von sich.

„Nichts für ungut, aber ich muß jetzt einen klaren Kopf behalten. Mir ist plötzlich klargeworden, was da mit OLD MAN wirklich auf uns zukommt, aber das Beharrungsvermögen meines Denkens weigert sich noch immer, die Tatsachen anzuerkennen."

„Du meinst also auch, daß . . .?"

„Es gibt keine andere Möglichkeit, Suzan!"

Mike Rhodan erhob sich und ging mit langen Schritten in der Kabine auf und ab.

„Alles, was wir von OLD MAN bisher wissen, zeugt davon, daß er ein Produkt terranischer Technologie und terranischer Denkart sein muß. Nicht nur, daß seine Raumschiffe bis ins kleinste Detail den Ultraschlachtschiffen der Galaxis-Klasse entsprechen, auch seine Kampfroboter, seine Verbindungsschaltungen – kurzum, alles könnte von Terranern geschaffen worden sein."

Er blieb stehen und starrte gegen die Decke.

„Was für uns alle bisher ein Rätsel mit sieben Siegeln war, hat seine Lösung gefunden. Niemand anderes als die einunddreißig Männer unter Major Barnard können OLD MAN geschaffen haben. Nicht allein, denn dieses Werk bedarf der Technik eines hochentwickelten Volkes; aber ich sehe kein Hindernis für den Schluß, daß sie dieses Volk gefunden haben können. Was wissen wir bisher schon von unserer eigenen Galaxis!"

„Sehr wenig", gab Suzan zu.

„Fast nichts!" stieß Mike erbittert hervor. „Bedeutend weniger jedenfalls als beispielsweise Robespierre vom Erdmond wußte. Wir haben einen Teil der Galaxis besiedelt, aber unsere Rolle dabei ist nicht viel besser gewesen als die der Ameisen, die ja bekanntlich die Erde besiedelten, ohne mehr als insgesamt vielleicht einige Millionen Kubikmeter Bodenkruste wirklich kennenzulernen."

„Nicht bitter werden, Mike!"

Suzan erhob sich ebenfalls und legte ihrem Bruder den Arm um die Schultern.

„Schließlich stehen wir erst am Beginn einer Entwicklung. Auch wir Menschen können in wenigen hundert Jahren nicht alles kennenlernen, alles wissen und alles verstehen."

Er wandte sich um und tätschelte ihr die Wange.

„Schon gut, Schwesterherz. Finden wir uns damit ab, daß direkt vor unserer Haustür etwas herangewachsen ist, was uns wahrscheinlich helfen sollte, die Meister der Insel zu besiegen und nun durch irgendeinen verwünschten Fehler sich gegen seine Freunde wendet. Wie denkst du über diese Hypothese?"

„Genau wie du, Mike. Außerdem haben Geoffry und ich auf unserem Geheimplaneten eine mathelogische Berechnung angestellt – und sind praktisch zu dem gleichen Ergebnis gekommen wie du eben.

Der Riesenroboter OLD MAN mitsamt allen seinen Sektionen und Ultraschlachtschiffen muß einzig und allein das Werk jener einunddreißig Männer sei, die vor genau 52432 Jahren Erdzeit mit dem Beiboot GOOD HOPE verschollen sind. Wie sie es allerdings fertigbrachten, daß die Arbeiten nach ihrem Tode planmäßig bis in unsere Gegenwart weitergingen, das ist uns ein Rätsel geblieben. Kein Menschenwerk konnte bisher in der Geschichte über einen so ungeheuer langen Zeitraum hinweg kontinuierlich fortgesetzt und nach über 52000 Jahren beendet werden."

Roi nickte nachdenklich.

„Ganz recht. Und hier haben wir wahrscheinlich auch den Grund für das Versagen der Programmierung zu suchen."

„Vielleicht auch nicht, Mike. Geoffry ist der Ansicht, in die Grundschaltung des Riesenroboters müsse sich bereits von Anfang an ein entscheidender Fehler eingeschlichen haben. Wenn man aus den Absichten der einunddreißig Männer auf den Zeitpunkt schließt, zu dem diese Absichten am günstigsten hätten verwirklicht werden können, so hätte OLD MAN bereits vor dreißig Jahren auftauchen müssen, als die Meister der Insel noch eine Gefahr darstellten."

Roi Danton fuhr sich mit der Hand über die Stirn.

„Dreißig Jahre zu spät!" murmelte er. „Das könnte die Erklärung für die Handlungsweise des Riesenrobots sein. Hoffentlich ist der Fehler nicht irreversibel."

„Du meinst...?"

„Ganz recht. Wenn es uns nicht gelingt, den Fehler zu beheben, ist die Erde, ist das Solare Imperium verloren."

Der dritte der fünf Monde Dahomeys war zu den beiden zuerst erschienenen hinzugekommen, als Michael Rhodan die FRANCIS DRAKE verließ.

Eine frische Brise wehte vom nahen Nordmeer herüber und umfächelte angenehm die heiße Stirn des Mannes.

Mike hatte sein Stutzergewand ausgezogen und trug dafür eine graublaue Plastikkombination, schwarze Wadenstiefel, einen leichten Funkhelm und am breiten Gürtel eine schwere Kombiwaffe.

Er atmete tief ein.

Das tat gut, nach den Debatten um OLD MAN und die Programmierung des mathelogischen Rechengehirns!

Mike hatte sich aus seiner Kabine fortgestohlen, als seine Schwester fest eingeschlafen war. Er fand keine Ruhe, und er hoffte nur, daß sich seine Gedanken an der frischen Nachtluft klären würden.

Mit federnden Schritten überquerte er den Landeplatz. An einem der Landeteller, weit außerhalb des Schattens, den das Kugelschiff warf, trat eine gigantische Gestalt aus dem Grau der Nacht: ein Kampfroboter.

„Roi Danton!“ sagte Michael.

Der Roboter salutierte.

„R-08-D auf Wache, Sir. Keine besonderen Vorkommnisse!“

„Danke, halt die Augen offen!“ gab Mike zurück.

Er lächelte über seinen Scherz. Selbstverständlich besaß ein Roboter keine Augen im menschlichen Sinne, sondern nur Wahrnehmungszellen, die auf verschiedene Bereiche des Spektrums eingestellt waren. Noch wichtiger aber waren die hochempfindlichen Ortungsgeräte, die in der Maschine untergebracht worden waren und denen praktisch nichts entgehen konnte, jedenfalls nicht, was unter die programmierte Rubrik „verdächtig“ fiel.

Rein zufällig fragte Rhodans Sohn danach, ob der Roboter irgendwelche Tiere gesichtet hätte.

„Jawohl, Sir! Vor zehn Minuten durchquerte eine Raubkatze den Raum zwischen den Landestützen und tauchte im nordwestlichen Buschwald unter. Wenn ich mir die Zusatzbemerkung gestatten darf: Ich diente drei Jahre auf einem Handelsschiff der Freihändler, das mit Tiertransporten betraut war. Deshalb vermochte ich die Raubkatze als Abart des terranischen Königstigers zu klassifizieren; der Unterschied bestand lediglich in der blauen Färbung des Felles.“

Mike wölbte die Brauen.

„Ein blauer Tiger? Meines Wissens gibt es auf Dahomey überhaupt keine Raubkatzen und schon gar keine terranischen!“

„Jawohl, Sir. Aber ich kann nur berichten, was ich gesehen habe.“

Kopfschüttelnd setzte Michael Rhodan seinen Weg fort. Insgeheim beschloß er, eine Generalüberprüfung für R-08-D anzuordnen. Der Roboter konnte einfach keinen blauen Tiger gesehen haben.

Kurz vor dem Rand des Buschwaldes lag ein felsiger Hügel. Während Mike ihn erkletterte, ertönten aus dem Wald plötzlich die schrillen Schreie aufgeschreckter Tiere.

Er achtete nicht darauf, sondern stieg höher, bis er den tafelförmigen Gipfel erreicht hatte. Hier oben wuchsen in Steinritzen und zwischen abgesplittertem Felsgeröll nur harte niedrige Gräser, Flechten und Kriechpflanzen. Ein Schwarm handlanger asselähnlicher Tiere huschte davon und hinterließ einen beizenden Geruch.

Der Niesreiz überwältigte Mike Rhodan so unvermittelt, daß er nicht dagegen ankam.

Er nieste schallend: einmal ... zweimal.

„Gesundheit, Mr. Danton!“ erscholl es vom gegenüberliegenden Rand des Gipfelplateaus her.

Kurz darauf schwang sich eine menschliche Gestalt herauf. Als sie näherkam, entdeckte Michael auf ihrer linken Schulter ein halbkugelförmiges Gebilde.

„Orbiter Kaiman!“

Der Oxtorner lachte dröhnend. Einige Vögel flatterten ängstlich davon und segelten den Abhang hinab, wo sie sich im Gesträuch verkrochen.

„Eine herrlich klare Nacht, was, Freibeuter?“

Roi Danton stieß sich nicht an der Bezeichnung „Freibeuter“, weil er wußte, daß sie scherzhaft gemeint war. Aber er begriff nicht, wie es Kaiman hatte gelingen können, aus dem schwerbewachten Schiff zu kommen.

„Ich wußte gar nicht, daß Sie ebenfalls einen Nachtspaziergang unternehmen ...“

„Müßten Sie es denn wissen?“ fragte Orbiter unschuldig.

Roi trat einen Schritt näher.

„Hören Sie, Mr. Kaiman! Ich bin in geheimer Mission hier. Deshalb steht die FRANCIS DRAKE unter schärfster Bewachung. Kein Kind hätte das Schiff verlassen oder betreten können, ohne daß ich davon unterrichtet worden wäre!“

In gespielter Gleichgültigkeit zuckte der Oxtorner die Schultern.

„Bin ich vielleicht ein Kind?“

„Ich möchte wissen, wie Sie aus dem Schiff gekommen sind!“ beharrte Roi.

Orbiter Kaiman lächelte geheimnisvoll.

„Vielleicht habe ich mich in einen blauen Tiger verwandelt und bin in dieser Gestalt hinausgeschlichen ...!“

Roi lachte ärgerlich.

„Erlauben Sie mal! In einen blauen ... In einen blauen Tiger?“

Erschrocken und maßlos verblüfft wich er zurück. Die Meldung des Roboters kam ihm in den Sinn.

R-08-D hatte von einem blauen Tiger gesprochen, der den Raum zwischen den Landestützen durchquert hatte und in Richtung des Buschwaldes im Nordwesten davongeschlichen war.

Das war hierher!

Aber dann schüttelte er den Kopf.

Einen Roboter kann man weder hypnotisieren noch durch eine Verkleidung täuschen!

„Sie scheinen mehr zu sein als nur einfacher Anthropologe!“ stieß er zwischen zusammengebissenen Zähnen hervor, während sich seine Rechte zum Gürtelhalfter tastete. „Wer hat Sie nach Dahomey geschickt – ausgerechnet zu einem Zeitpunkt, an dem ich mit meiner...

Er brach ab.

Beinahe hätte er sich verraten.

Rasch zog er die Waffe.

„Drehen Sie sich um, Mr. Kaiman. Und gehen Sie zum Schiff zurück! Aber keine falsche Bewegung, bitte!“

Der Oxtorner lachte leise.

„Ich wollte sowieso zum Schiff zurück.“

Er ging an Danton vorbei in die Richtung, aus der die Lichter der FRANCIS DRAKE herüberleuchteten.

Roi Danton folgte ihm nachdenklich und verdrossen. Er wußte, daß ein Oxtorner nicht durch einen einzigen Schuß einer Schockwaffe gelähmt werden konnte – und zu einem zweiten Schuß wäre er – Mike – sicher nicht mehr gekommen.

Warum also fügte sich Kaiman so willig?

Mit Anbruch des neuen Tages geriet das Problem „Orbiter Kaiman“ in Vergessenheit. Michael Rhodan zwang sich dazu, an nichts anderes zu denken als an OLD MAN.

Suzan hatte bereits das Frühstück bereitet. Schmunzelnd sah sie zu, wie „König“ Danton ein tellergroßes Pfeffersteak mit Spiegeleiern verspeiste, dazu getoastetes Maisbrot aß und sechs Tassen starken, schwarzen Kaffee trank.

In dieser Beziehung unterschied er sich wahrscheinlich wesentlich von einem Höfling Ludwigs des Siebzehnten von Frankreich.

Als er jedoch gegessen hatte, konnte er es nicht unterlassen, wieder seine Rolle herauszukehren. Er tupfte den Mund mit der Serviette ab, zupfte an seinen Spitzenmanschetten und sagte geziert:

„Exquis, Mademoiselle!“

Suzan funkelte ihn erbost an.

„Wenn du schon wie ein Barbar ißt, dann benimm dich gefälligst auch so, Kleiner!“

Roi lachte, packte seine Schwester bei den Schultern und drückte ihr einen herzhaften Kuß auf den Mund.

„Sei lieb und nett, ja! – Und nun wollen wir sehen, welches Resultat die Mathelogik geliefert hat!“

Das mathelogische Gehirn befand sich in einem dafür reservierten Raum seiner Zimmerflucht. Es existierte zwar eine Simultanverbindung mit der großen Bordpositronik, doch konnte diese nur einseitig benutzt werden.

Roi öffnete das Panzerschott und zwängte sich in den engen Raum zwischen Tür und Frontwand des Gehirns. Vor sich hinpfeifend riß er die über Nacht ausgeworfenen Stanzstreifen ab, schob sie in die Dekodiermaschine und wartete auf den Klartext.

Eine hellgrüne Folie wanderte allmählich aus dem Ausgabeschlitz; exakt eingebrannte Buchstabenreihen wurden sichtbar.

Die Geschwister lasen stumm.

Dann – eine halbe Stunde mochte vergangen sein – sahen sie sich in die blaß gewordenen Gesichter.

Die Maschine hatte alles bestätigt – Befürchtungen und Hoffnungen!

Vor ihnen lag, auf hellgrünes Papier gedruckt, die Quintessenz ihrer eigenen Überlegungen und der Berechnungen, die Suzan mit ihrem Mann, dem Hyperphysiker Dr. Geoffry Abel Waringer, auf ihrem geheimgehaltenen Experimentalplaneten angestellt hatte.

Aus der Tatsache, daß der Mausbiber Gucky in dem erbeuteten Raumschiff des Riesenroboters zusätzlich zu den vollrobotisierten Anlagen komplette Einrichtungen zur Manuellbedienung gefunden hatte, ergab sich der Schluß, sämtliche Einheiten von OLD MAN müßten in der gleichen Art ausgestattet sein – einschließlich der Zentrale des Giganten selbst!

Das würde bedeuten, daß es überall die gleichen roten Schalthebel gab, mit denen man sämtliche Automatiken ausschalten konnte.

Die Mathelogik bestätigte ebenfalls die Theorie, daß die einunddreißig verschollenen Terraner, unter ihnen Captain Rog Fanther, einen militärischen Machtfaktor ersten Ranges schaffen wollten – und zwar zur Unterstützung der Menschheit. Sie mußten irgendwo Hilfe gefunden haben, denn allein hätten sie das gigantische Vorhaben nie durchführen können.

Daraus leitete die mathelogische Positronik eine andere, weitaus wesentlichere Folgerung ab:

OLD MAN, dazu geschaffen, der Menschheit zu helfen, mußte so programmiert sein, daß er mit der Menschheit auch Verbindung aufnehmen könnte. Ansonsten wäre die ganze Arbeit nicht nur sinnlos, sondern schädlich gewesen.

Logischerweise mußten aber Sicherheitsvorkehrungen getroffen worden sein, damit nicht Unbefugte sich in den Besitz des gigantischen Machtinstruments setzen konnten. Die Positronik bestätigte Suzans Behauptung, es gäbe eine Sperrschaltung, die nur von Perry Rhodan, Atlan und eventuell noch Reginald Bull bedient werden könnte – und von sonst niemandem!

„Anscheinend ist noch keiner der führenden Leute des Imperiums auf diesen Gedanken gekommen", sagte Roi Danton zynisch.

„Stimmt!" bestätigte Suzan. „Deshalb wirst du unter einem Vorwand die Erde anfliegen, eine Besprechung mit Vater herbeiführen – natürlich nicht als sein Sohn, sondern als König Danton – und ihn davon überzeugen, daß es nur einen vernünftigen Weg gibt, die schreckliche Gefahr zu neutralisieren, die uns allen in OLD MAN erstanden ist. Vater, Atlan und vielleicht noch Bully müssen in die Zentralkugel des Giganten eindringen, die Sperrschaltung finden und sie betätigen. Damit würde nicht nur die Gefahr beseitigt, sondern wir hätten noch dazu einen wertvollen Bundesgenossen gewonnen."

Roi verzog keine Miene. Er lehnte sich an die Frontwand des mathelogischen Gehirns, rieb sich das unrasierte Kinn und dachte nach.

Plötzlich ging ein Leuchten über sein Gesicht.

„Okay, Schwester, so müßte es gehen!"

Er drückt sie zärtlich, gab ihr einen Klaps auf den verlängerten Rücken und flüchtete ins Badezimmer, als er sah, wie die Zornröte in Suzans Gesicht stieg.

Als er, frisch rasiert, gewaschen und bester Laune, in das Wohnabteil seiner Kabine zurückkehrte, war seine Schwester verschwunden.

Auf dem Tischchen lag ein weißes Pappschild, auf das in roten Blockbuchstaben gemalt war:

ATTENTION, CHIEN DANGEREUX! – VORSICHT! BISSIGER HUND!

Während er noch grinsend überlegte, ob seine Schwester wohl jetzt ebenfalls Französisch lernte, um alles verstehen zu können, was er sagte, öffnete sich in seinem Rücken die Tür zum Schlafabteil; etwas Schweres, dumpf über den Boden Stampfendes schoß heraus, stieß Laute aus, die an das Kläffen eines gereizten Dorfköters erinnerten und fuhr Roi Danton schmerzhaft an die weißen Kniestrümpfe.

Michael Rhodan setzte im Schlußsprung über das Tischchen hinweg, riß seinen Kavaliersdegen aus der Scheide und wich bis zur Wand zurück, als er sah, was da auf ihn zukam und bellte.

Sein persönlicher Bedienungsroboter!

Im nächsten Augenblick ließ er sich in einen Fauteuil fallen und lachte, bis ihm die Tränen über die Wangen liefen.

Der Roboter watschelte auf allen vieren zu ihm, legte ihm den Kopf auf die Knie und machte:

„Waua!“

Ein donnernder Krach riß Roi aus seinem Heiterkeitsausbruch. Er fuhr hoch und erblickte Oro Masut.

Der Ertruser lag zwischen Tür und Angel – bewußtlos.

Es klickte vernehmlich.

Der Dienstroboter richtete sich zu seiner normalen Haltung auf, blickte seinen Herrn mit starren Augenzellen an und sagte monoton:

„Ich soll Ihnen vom gnädigen Fräulein Schwester ausrichten, daß Sie es mit Fassung ertragen möchten, Sir!“

„Das hättest du lieber Masut sagen sollen!“

Roi Danton wußte nicht, ob er über den Scherz seiner Schwester erzürnt sein oder ob er auf Rache sinnen sollte.

„Sie hat dich auf Zeit umprogrammiert, was?“

„Jawohl, Sir. Auf fünf Minuten.“

Oro Masut richtete sich stöhnend auf, rieb sich die Augen und betrachtete sinnend seinen Herrn und dessen Dienstroboter, die sich anscheinend in bestem Einvernehmen unterhielten.

„Ich fürchte, ich muß demnächst einen Psychiater aufsuchen!" murmelte er.

Die FRACIS DRAKE hatte eine Eskorte von drei Schweren Kreuzern, noch ehe sie dem Solsystem auf fünfzig Lichtstunden nahegekommen war.

Die Kreuzer waren plötzlich aus dem Linearraum aufgetaucht und hatten das Schiff zum Stoppen aufgefordert.

Roi war sich darüber klar, daß man die FRANCIS DRAKE nicht vernichten wollte, andererseits hatte es in letzter Zeit schon genug Irrtümer gegeben.

Als er noch überlegte, wie er sich verhalten sollte, gab der Bordfunker ein Hyperkomgespräch durch, in das er sich eingeschaltet hatte.

„Lassen Sie die FRANCIS DRAKE passieren, sagte Lordadmiral Atlan gerade zu den drei Kreuzerkommandanten, „sie hat freien Durchflug bis zur Terra-Luna-Sicherheitszone. Ende!"

Höflich funkte Roi zurück:

„Je vous remercie beaucoup! – Ich danke Ihnen sehr!"

22.

Fast dreißig Jahre waren verstrichen, seit die Meister der Insel besiegt worden waren. Seit dieser Zeit hatte sich das Solare Imperium der friedlichen Aufbauarbeit widmen können.

Dennoch hatte die Wachsamkeit der Imperiumsflotte nicht nachgelassen.

In der sogenannten „Sicherheitszone Terra-Luna" wimmelte es von Patrouillenkreuzern und von kleineren Einheiten bis hinab zum Moskito-Jäger. Trägerschiffe hingen gleich kolossalen Bienenstöcken im Raum, bereit, innerhalb von Sekunden ihre Wabenhangars zu öffnen und Tausende von Raumzerstörern und Raumjägern auszuspeien, die es infolge ihrer enormen Wendigkeit, ihrer Impulskanonen und ihrer HÜ-Schutzschirme mit jedem nichtterranischen Schlachtschiff aufnehmen konnten.

Über die Ortungsschirme der FRANCIS DRAKE huschte ein unablässiges Feuerwerk grünschimmernder Tasterreflexe. Das Freihändlerschiff bewegte sich in einer elliptischen Bahn um Erde und Mond, dicht vor der Sicherheitszone, und wartete auf Landeerlaubnis.

Und diese ließ nicht lange auf sich warten. Der Kommandant der Raumüberwachung auf Luna meldete sich und gab bekannt, daß die Landeerlaubnis für Feld Luna-II-B erteilt wurde.

Nachdem die Funkverbindung unterbrochen wurde, wartete Danton noch einige Minuten, dann begann er zu handeln.

„Kommandant an Funkzentrale!" sagte er ins Mikrophon des Interkoms. „Setzen Sie folgenden Spruch an die Raumsicherheitsbehörde Zone Terra-Luna ab: Danke für Landeerlaubnis, lande mit Beiboot MISC in angegebenen Koordinaten, Roi Danton, Ende!"

Er ließ das Mikrophon am federnden Haltearm zurückschnellen und hieb auf die „Rettungsschaltung" an der Armlehne seines Kontursessels.

Gleichzeitig mit dem Aufflackern einer roten Warnlampe und einem durchdringenden Pfeifsignal wurde der Sitz einschließlich Inhalt in cin stabilisiertes Feld gehüllt und versank im Boden.

Die Fahrt durch die Rettungsröhre zum 420 Meter entfernten Hangar dauerte vier Sekunden.

Während der leere Kontursitz zurückschoß, bestieg Roi Danton das kleine, elliptische Beiboot, warf sich in den Pilotensitz und aktivierte den Antrieb.

Zehn Sekunden nach dem Einschalten der Rettungsschaltung schoß ein acht Meter durchmessendes Phantom aus dem Tubenhangar, nahm Fahrt auf und raste auf den kraterbedeckten Erdmond zu.

Neun Minuten später setzte die MISC sanft wie ein fallendes Blatt innerhalb der strahlenden Kreisfläche des Felds Luna-II-B auf.

Roi schaltete den Antrieb ab und blickte auf die Bildschirme der Außenoptik.

Backbords ragten die zerrissenen Wälle der Kraterruine Hipparch silberweiß in den schwarzen Taghimmel, die Schatten waren kurz und scharf abgegrenzt; es war Mondmittag an dieser Stelle der Oberfläche.

Durch ein kaum wahrnehmbares Flimmern verriet sich der weitgespannte Schutzschirm eines Abwehrforts; die eigentlichen Verteidigungsanlagen befanden sich unter der Oberfläche.

An Steuerbord zeigten die Bildschirme eine ganz andere Szenerie. Roi zählte achtundzwanzig halbkreisförmig angeordnete Kuppelbauten; die Projektorbunker für Zugstrahlen und Situationsschutzschirme. Innerhalb der von ihnen eingeschlossenen Fläche standen mehrere dickbauchige Transportschiffe der Imperiumsflotte, über ihre düster glänzenden, metallenen Leiber ragte der Koloß eines nagelneuen Ultraschlachtschiffes rund tausend Meter hinaus. Das Schiff stammte anscheinend aus der Fertigung der Luna-Werften und wartete darauf, von der Übernahmekommission freigegeben und an seinen Bestimmungsort überführt zu werden.

Roi lächelte unwillkürlich angesichts des spiegelglatten Raumhafenbelags. Er entsann sich noch gut seines ersten Mondfluges; damals war er sechs Jahre alt gewesen und hatte davon geträumt, Militärkommissar von Luna zu werden. Der völlig ungeschützte und dennoch glatte Boden des Besucherhafens hatte ihn veranlaßt, sich an Onkel Reginald zu wenden, der mit ihm anläßlich seines sechsten Geburtstages zum Mond geflogen war, da Vater und Mutter einen unaufschiebbaren Staatsbesuch auf Plophos absolvieren mußten.

Auf die Frage, wie es käme, daß die Start- und Landefläche trotz des beständigen Meteorregens absolut unversehrt bliebe, hatte sein Patenonkel lachend entgegnet, daß die lunare Meteorgefahr nichts weiter sei als das Relikt jener Schauergeschichten, die im 20. Jahrhundert kursierten.

In Wirklichkeit, so erklärte er, sei die Meteorgefahr auf Luna nur um ein geringes größer als auf der Erde, denn obwohl die durchschnittliche lunare Atmosphärendichte nur ein Zehntausendstel der irdischen betrüge, so läge die Dichte in einer Höhe von achtzig Kilometern bereits gleich mit der irdischen in der gleichen Höhe; und weiter hinaus nehme die Dichte im Vergleich zu der der Erdatmosphäre sogar zu!

Er hatte es zuerst nicht glauben wollen, sondern für einen der zahlreichen Scherze Onkel Reginalds gehalten, aber der Reiseleiter erzählte später das gleiche.

Ein wenig wehmütig erinnerte er sich an diese Zeiten, in denen er noch ein Kind gewesen war, für das alle neuen Erfahrungen gleichsam Schritte in eine Welt der Wunder gewesen waren. Heute kannte er Hunderte von Planeten, Monden und Sonnen, hatte Millionen Lichtjahre zurückgelegt und fühlte sich am wohlsten zwischen den zahllosen Sternen des Weltraums. Aber Wunder gab es für ihn nicht mehr – und die letzten Illusionen zerflatterten eine nach der anderen.

Ein Prallfeldgleiter schoß quer über den Platz auf die MISC zu und hielt lautlos vor der Bodenschleuse des Beiboots.

Roi Danton schloß den Helm seines Raumanzugs und verließ die Kanzel.

Zwei in Rot und Schwarz gekleidete Offiziere des Lunaren Sicherheitsdienstes erwarteten ihn im Gleiter. Der eine der Leutnants salutierte knapp und sagte:

„Der Großadministrator erwartet Sie im Auswertungssektor Nathans, Sir."

Roi pfiff bedeutsam durch die Zähne.

„Merci, Messieurs! Ich bin bereit."

Von NATHAN, dem lunaren Riesenroboter, einem gigantischen biopositronisch-inpotronischen Gehirn, war nicht viel zu sehen, als der Subexpreß in die hell erleuchtete Bahnhofshalle einfuhr.

Dennoch wußte Roi aus früheren Erzählungen seines Vaters, daß er sich bereits mitten im Hirn des Solaren Imperiums befand. In einer komplizierten Maschine, die schneller, präziser und vielseitiger arbeiten konnte als ein menschliches Gehirn.

Ein beständiges Summen lag in der künstlichen Atmosphäre, als Roi Danton den Wagen verließ. Sekundenlang empfand er so etwas wie Ehrfurcht, doch dann unterdrückte er diese unsinnige Regung.

Seine beiden ersten Begleiter übergaben ihn zwei anderen Offizieren.

Roi runzelte nachdenklich die Stirn, als er auf dem Brustteil ihrer Uniform das stilisierte Symbol ihrer Einheit sah: den mächtigen Schädel eines blauen Tigers!

Die beiden Männer gehörten den „Blue Tigers" an, einer Eliteeinheit der terranischen Raumlandeverbände, die ausschließlich aus Oxtornern bestand.

Wo hatte er noch die Bezeichnung „Blauer Tiger“ gehört?

Dahomey, Wachroboter, Orbiter Kaiman! sagte seine Erinnerung.

Gab es hier eine Verbindung?

„Bitte folgen Sie uns, Sir!“ sagte der eine der Offiziere ungeduldig. „Der Großadministrator kann nur zehn Minuten erübrigen.“

Er gab sich einen innerlichen Ruck, verdrängte alle nebensächlichen Gedankengänge und sammelte sich geistig für das Gespräch mit seinem Vater.

Zehn Minuten! Lächerlich!

Vater würde unbegrenzt Zeit für ihn haben, sobald er erfuhr, worum es ging.

Er nickte den Elitesoldaten zu und ließ sich bereitwillig in die Mitte nehmen.

Ein Antigravlift brachte sie noch etwa hundert Meter tiefer, dann ging es einen breiten Flur entlang und durch ein automatisch aufgleitendes Schott in eine Art Schleusenkammer.

Roi wußte, daß hinter den harmlos anmutenden Wänden raffiniert programmierte Automaten ihn von Kopf bis Fuß überprüften. Es würde ihm niemals gelingen, einen Gegenstand mit zur Besprechung zu nehmen, der sich als Offensiv- oder als Defensivwaffe verwenden ließ.

Aus diesem Grund war er unbewaffnet gekommen.

Ein grünes Leuchtschild flammte über der gegenüberliegenden Tür auf.

„Untersuchung beendet, Messieurs“, bemerkte er zu seinen Begleitern und hatte die Befriedigung, den jüngeren von ihnen erröten zu sehen.

Die Tür öffnete sich summend.

Erneut ging es einen Korridor entlang, noch einmal durch eine Art Schleusenkammer – und dann in einen kuppelförmigen Saal, dessen Wände über und über mit Bildschirmen, Armaturen und Instrumenten bedeckt waren. Einige hundert Kolonnen schmaler, schrankähnlicher Aggregate durchzogen in schnurgerader Anordnung den Saal von einer Seite zur anderen.

Eine bisher unsichtbare Tür öffnete sich.

Roi wölbte die Brauen, als er erkannte, daß sie einen gewöhnlichen Fahrstuhl betraten. Durch die transparente Decke der Kabine hindurch konnte er Trag- und Steuerseil und die Führungsschienen sehen. Die Schiebetür allerdings ließ sich hermetisch verschließen, und neben einem Nothebel befanden sich unter Panzerglas Sauerstofflaschen und eine kleine Luftregenerierungsanlage.

Er nickte anerkennend.

Ein Antigravlift konnte schon ausfallen, wenn das viele Kilometer weit entfernte Kraftwerk versagte, ein Pneumolift benötigte zuviel Energie und setzte vor allem absolute Dichtigkeit des Schachtes und der Kabine voraus; ein gewöhnlicher Seilzuglift jedoch konnte von einem tragbaren Notstromgenerator versorgt und notfalls sogar mit einer Handkurbel bedient werden.

Die Architekten, die die sublunaren Anlagen entworfen hatten, verstanden ihr Fach. Sie ließen keine Möglichkeit außer acht.

Er bemerkte nicht, daß die beiden Oxtorner sich verstohlene Blicke zuwarfen. Plötzlich schwebte er an der Kabinendecke. Unmittelbar vor seinen Augen spulte sich das Seil wie rasend ab; die Schachtwände wurden zu trüben Lichtstreifen.

Wortlos stieß er sich ab, schwebte schwerelos bis zu einem Wandgriff und hielt sich fest. Als die Verzögerung einsetzte und ihm plötzlich zehnfaches Gewicht verlieh, war er darauf gefaßt und fing den schlimmsten Stoß mit den Knien ab.

Er sagte auch nichts, als die Kabine hielt und die Oxtorner ihn zu einer Tür brachten, vor der zwei Kampfroboter standen.

„Der Großadministrator erwartet Sie, Sir!“ meldete der ältere der beiden Begleiter.

Roi Danton verneigte sich leicht.

„Vielen Dank, Messieurs. Üben Sie weiter mit dem Lift; vielleicht lernen Sie es noch.“

Er wandte sich um und schritt zwischen den wartenden Kampfrobotern hindurch.

•

Roi Danton kannte nur einige der Männer, die um den runden Tisch saßen und in Stapeln von Dekodierfolien blätterten, die vor ihnen lagen, aber die wenigen, die er kannte, gehörten zur Führungsspitze des Solaren Imperiums: Sein Vater, Atlan, Onkel Bully, Tiff und John Marshall.

„Da ist ja der Lümmel schon wieder!" stieß Reginald Bull halblaut hervor, als er ihn erspähte.

Im ersten Augenblick schien es Roi, als hätte Vaters Stellvertreter ihn erkannt, denn die gleiche Redewendung pflegte er früher anzuwenden, wenn der junge Mike Rhodan auftauchte, um ihm „Löcher in den Bauch zu fragen", wie er immer behauptete.

Aber dann merkte er, daß Onkel Bully nicht seinen Neffen Michael, sondern den König der Freihändler, Roi Danton, gemeint hatte.

Rhodan warf Bull einen verweisenden Blick zu und gab ihm ein Zeichen. Daraufhin führte der Staatsmarschall Tiff und Marshall durch eine Seitentür hinaus.

Der Großadministrator aber kam auf Roi zu.

Er ignorierte die Verbeugung des Freihändlers und sagte knapp:

„Sie wollten mich sprechen, Mr. Danton. Bitte, folgen Sie mir in den Nebenraum!"

Das paßte kaum zu seiner Aussage, daß er hoffte, den König der Freihändler irgendwann wiederzusehen. Roi schob es der Last zu, die er gerade jetzt auf seinen Schultern trug.

Lordadmiral Atlan stand in der Nähe der Tür und musterte Roi Danton mit jenem seltsamen Blick, der dem Sohn Rhodans schon auf Rubin eiskalte Schauer über den Rücken gejagt hatte.

Der uralte Arkonide schien etwas zu ahnen. Aber anscheinend lief seine Vermutung in die falsche Richtung, sonst hätte er sehr schnell des Rätsels Lösung finden müssen.

Roi eilte hinter seinem Vater her.

Reginald Bull bot Plätze an.

Die Tür hatte sich automatisch geschlossen. Aus zwei Nebentüren marschierten plötzlich acht Kampfroboter ein und stellten sich an den Wänden auf.

Rhodan wandte den Kopf, nachdem er etwa eine Minute lang seinen Sohn angestarrt hatte, ohne ihn zu erkennen.

„Nun?"

John Marshall erwiderte den fragenden Blick mit ratloser Miene.

„Nichts."

Roi hüstelte.

„Sie sehen mich betrübt, Messieurs. Leider wird Monsieur Marshall keinen Erfolg bei mir erzielen. Ich gestehe, daß ich darüber untröstlich bin, aber ich darf meine Gedanken nicht preisgeben. Gewisse Leute könnten sonst unter Umständen seelischen Belastungen ausgesetzt sein, die zu einer Tragödie führen würden."

Er grinste Atlan zu.

„J'espère que vous ne prenez pas cela en mauvaise part! – Ich hoffe, Sie nehmen es mir nicht übel!"

„Kommen wir zur Sache!" fiel Rhodan mit Ungeduld in der Stimme ein. „Mr. Danton, meine Zeit ist sehr knapp bemessen, und ich bin nicht in der Stimmung, Ihre Redekünste zu genießen. Verzeihen Sie, aber es ist so."

Roi hob in dramatischer Gebärde die Hände gen Himmel.

„Grandseigneur, Sie ahnen ja nicht, wie sehr Sie mir damit entgegenkommen."

„Dann reden Sie! Was führt Sie zur Erde?"

Der Freihändler ließ seinen Blick über die Gesichter der Anwesenden schweifen. Er sah in den Mienen widerwillige Duldung, Ironie und mittelmäßige Spannung.

Das würde sich gleich ändern!

Er verschränkte die Arme vor der Brust und neigte den Kopf. Aber unter gesenkten Lidern hervor beobachtete er das Gesicht seines Vaters sehr aufmerksam.

„Ich möchte gern wissen, ob Sie über das Bild und die Mitteilung eines gewissen Captains Rog Fanther ebenso denken wie ich, Messieurs!"

Der temperamentvolle Bully stieß die Luft pfeifend aus.

Rhodan dagegen zuckte nur ganz leicht zusammen; doch Roi, der seinen Vater und dessen starke Selbstbeherrschung genau kannte, deutete es richtig als Anzeichen hochgradiger Erregung.

„Was wisen Sie über Captain Fanther?" fragte Atlan.

Roi Danton lächelte.

Er berichtete alles, was er von Suzan erfahren hatte – allerdings ohne seine Informationsquelle zu verraten, die letzten Endes sein Vater gewesen war, denn Suzan Rhodan-Waringer hatte ihre Informationen von Mory Rhodan-Abro erhalten und diese wiederum von ihrem eigenen Mann.

Als er geendet hatte, trat ein unheilverkündendes Schweigen ein.

Auf Perry Rhodans linker Schläfe pulsierte eine blaue Ader.

Die eisgrauen Augen richteten sich auf Rois Gesicht; die Blicke bohrten sich in die nachtblauen Augen, die den Vater unwillkürlich an den Sohn erinnerten, ohne daß er in der Lage gewesen wäre, die richtige Gedankenassoziation herzustellen.

„Der Mann verläßt vorläufig nicht den Raum!"

Perrys Stimme klang schneidend; sie war an die Kampfroboter gerichtet und enthielt so viel Kompromißlosigkeit, daß Roi einen kalten Schauer nicht verhindern konnte.

„So! Und nun möchte ich wissen, woher Sie diese streng geheime Information haben, Mr. Danton! Nur ein eng begrenzter Kreis absolut vertrauenswürdiger Mitarbeiter hat Kenntnis von der Tatsache, daß wir das bewußte Farbfoto als das Bild Captain Fanthers identifizierten."

Er beugte sich über den Tisch und umklammerte die Tischkanten dabei so fest, daß die Knöchel weiß hervortraten.

„Woher haben die Freihändler Lovely Boscyks ihr Wissen?"

Obwohl Roi über die fast grausame Härte in der Stimme seines Vaters erschrak, spielte er seine Rolle als Stutzer weiter.

Er leckte sich über die Lippen, tupfte danach die Feuchtigkeit mit einem Spitzentuch ab, führte ein Riechfläschchen an die Nase und murmelte auf französisch abwechselnd Sprichwörter, Verwünschungen und Stoßgebete vor sich hin, die sein Vater ganz sicher nicht verstand, die Atlan aber kennen mußte.

Plötzlich schlug Reginald mit der Faust auf den Tisch.

„Nun halten Sie aber bitte den Mund, junger Mann!"

Er stöhnte unterdrückt.

„Bei allen weißbärtigen Sternengöttern, ich würde den Kerl auf der Stelle verprügeln, wenn er mir nicht andererseits fast sympathisch wäre! Was haben sich die Freihändler in unsere Angelegenheiten zu mischen?"

Roi nieste.

„Zuerst einmal...", er verschluckte sich, denn beinahe hätte er „Onkel Reginald" gesagt, „... Monseigneur Bull: Außer meinem Diener ist kein Freihändler über das geheime Wissen informiert. Zum anderen allerdings muß ich Ihnen widersprechen: Wir Freihändler sind ebenso gute oder so schlechte Terraner wie die Menschen der Erde. Wenn dem Imperium eine Gefahr droht, so droht sie auch uns, denn unser Schicksal ist fest mit dem Terras verkettet. Folglich mische ich mich nicht in Ihre Angelegenheiten, sondern in meine eigenen!"

„Der Kerl gefällt mir immer mehr", äußerte Atlan sinnend. „Irgendwo und irgendwann habe ich schon einmal so einen ähnlichen jungen Mann kennengelernt. Aber wann im Strom der Zeit war das – und wo?"

Roi verbarg sein Erschrecken.

„Wir müssen den Riesenroboter überlisten, Grandseigneur", wandte er sich wieder an Rhodan. „Ein Mittel dazu haben wir in der Hand: das von Gucky erbeutete Ultraschlachtschiff ..."

In Rhodans Augen trat ein neuer Ausdruck. Es war keineswegs nur Achtung vor der Leistung des anderen, sondern es grenzte beinahe an Faszination. Dieser junge Mann, der den dekadenten Stutzer und Höfling spielte, wann immer er es für richtig hielt und es seinen Absichten nützte, dieser offenbar wildverwegene, zähe Bursche stand mit ihm und Atlan und Bully und John auf dem gleichen geistigen Niveau.

Er konnte eine große Hilfe bedeuten – aber er konnte auch immer noch zur Gefahr werden, trotz gewisser Sympathien.

„Tragen Sie Ihre Vorschläge vor!" verlangte Rhodan.

„VIII-696 ist zwar ein Ultraschlachtschiff der Galaxis-Klasse, wie sie von unseren eigenen Werften schon seit mehr als dreißig Jahren gebaut werden – aber gleichzeitig ist es mehr!"

„Inwiefern ist es mehr?" fragte Perry Rhodan.

Man sah seinem Gesicht an, daß er die Antwort kannte, aber es war schon immer seine Angewohnheit gewesen, zuerst die Meinung anderer anzuhören, bevor er sich selbst äußerte.

Roi kannte diese Angewohnheit nur zu gut – was aber wiederum sein Vater nicht wußte, denn der junge Mann mit dem schwarzen, bis auf die Schultern herabhängenden Lockenhaar, dem männlich-ebenmäßigen Gesicht und den nachtblauen Augen hatte zwar einige Ähnlichkeit mit Mike, doch der verschwundene Sohn war ein ausgesprochen sportlicher Typ mit kurz geschnittenem rotblondem Haar gewesen; und was die äußere Tarnung allein nicht fertiggebracht hätte, das schaffte Roi Danton mit der gut gespielten Rolle des dekadenten und überspannten Stutzers.

„Die VIII-696 kann sowohl von einer ausgebildeten Besatzung bedient werden, als auch als Robotschiff ohne jede Bemannung operieren. Die Veränderung wird mit einem einzigen Hebelgriff hervorgerufen.

Steht der Hebel auf Manuellbedienung, so ist das maschinelle ‚Bewußtsein' des Kommandogehirns ausgeschaltet, es kann sich später an nichts erinnern, was während der Herrschaft der Menschen vor sich gegangen ist.

Ich bitte Sie, sich an die ersten Begegnungen mit den Posbis zu erinnern, die anfänglich kein höheres Ziel kannten, als jedes organische Lebewesen zu vernichten. Damals benutzten die terranischen Kommandosoldaten sogenannte Individualabsorber, die jegliche Ausstrahlung organisch bedingter Gehirnimpulse verhindern. Ein Mensch mit aktiviertem IA wurde von einem Posbi stets als Roboter – und damit als Freund – eingestuft. Das dürfte auch für eine Begegnung mit den Robotern von OLD MAN zutreffen."

Perry Rhodan neigte den Kopf.

„Ausgezeichnet, Mr. Danton. Sie kennen die Geschichte der Menschheit gut. Immerhin liegt der erste Zusammenstoß mit den Posbis rund 320 Jahre zurück."

Roi lächelte undefinierbar.

„Mein Vater war der beste Geschichtslehrer, den man sich denken kann, Grandseigneur."

„Dieser Satz macht ihn mir fast wirklich sympathisch", murmelte Reginald Bull so leise, daß kein anderer es verstand – außer John Marshall, der in seinen Gedanken las. „Vorher ist mir niemals der Gedanke gekommen, er könnte überhaupt einen Vater haben."

„Wahrscheinlich hat er sogar eine Mutter", flüsterte John ins Ohr des Staatsmarschalls und Freundes.

„Sehr witzig!"

„Hatten Sie eine wichtige Bemerkung zum Thema zu machen, John?" fragte Perry Rhodan sanft.

„Nein!"

Der Telepath lehnte sich mit undurchdringlichem Gesicht zurück, und Bully bekam einen roten Kopf.

Solarmarschall Julian Tifflor saß mit äußerlich unbeteiligtem Gesicht dabei und verlor kein Wort. Er musterte nur immer wieder die

Gesichtszüge Roi Dantons und grübelte darüber nach, was ihm daran so bekannt vorkam. Doch er vermochte es nicht konkret zu definieren; es war nicht faßbar. Vielleicht, so dachte er, liegt das seltsam Vertraute nicht im Äußeren, sondern in der Ausstrahlung der Persönlichkeit, in dem Feuer der Augen, in der verhaltenen Vitalität, die unter der sonnengebräunten Haut pulst und in der Argumentation, die Genialität verrät.

„Bitte, fahren Sie fort!" forderte Rhodan den Freihändler auf.

„VIII-696 müßte mit einem Team ausgesuchter Spezialisten besetzt werden, Grandseigneur. Außerdem sollten Sie und der Sire ...", er blickte dabei Lordadmiral Atlan an, „... persönlich an der Expedition teilnehmen, da Sie entweder beide oder zumindest einer von Ihnen in der Lage sein dürfte, die umfassende Sperrschaltung von OLD MAN zu betätigen.

Das Schiff müßte zum bekannten Koordinatenpunkt des Riesenroboters geflogen werden. Kurz vor der Ankunft, schlage ich vor, muß die Automatik aktiviert und dann abgewartet werden. Das Bordgehirn wird von der Anwesenheit organischer Lebewesen nichts merken, da die gesamte Besatzung ihre Individualabsorber einschaltet, bevor sie das Schiff aus der Manuellkontrolle entläßt.

Ich bin sicher, daß OLD MAN sein Ultraschlachtschiff einholen wird. Damit dessen unplanmäßige Abwesenheit keinen Verdacht erregt, sollte die VIII-696 vorsätzlich beschädigt werden.

Das wäre alles, Grandseigneur."

Perry Rhodan überlegte einige Minuten lang mit geschlossenen Augen. Dann sah er dem Freihändler prüfend ins Gesicht.

„List und Verwegenheit – damit sind schon Sternenreiche erobert worden ..."

Er dachte dabei unwillkürlich an seine eigenen ersten Unternehmungen außerhalb des Solsystems. Auch er hatte damals List und Verwegenheit einsetzen müssen, um die materiell weit überlegenen Gegner der Menschheit abzuwehren.

Dieser Roi Danton erinnerte ihn immer mehr an seine eigene Bewährungszeit.

„Ihr Vorschlag entspricht in den Grundzügen unseren eigenen Überlegungen, Mr. Danton. Wir werden ihn NATHAN zur Überprüfung geben und danach die endgültige Entscheidung treffen."

Roi erhob sich.

„Dann bin ich jetzt entlassen, Grandseigneur?"

Perry Rhodan lächelte.

„Betrachten Sie sich als mein Gast. Sie haben so wertvolle Anregungen gegeben und dabei soviel taktisches und strategisches Talent bewiesen, daß ich Sie gern bis zum Abschluß der Planung dabei hätte. – Einverstanden?"

„Bien, oui, Grandseigneur. Merci beaucoup."

Er verbeugte sich und schwenkte den Dreispitz.

„Ja, sehr, Grandseigneur. Vielen Dank!" übersetzte Atlan mit nachdenklichem Lächeln.

23.

VIII-696 stand gleich einem Gebirge aus Terkonitstahl und gigantischen Kraftwerksanlagen auf dem von Schmelztrichtern, Einschußfurchen und glasierten Stellen übersäten Gelände des Experimental-Schießplatzes Luna T-323.

Als die Warnlichter am Platzrand zu blinken begannen, gingen Perry Rhodan, Atlan und Roi Danton im Beobachtungsbunker in Deckung. Die Bildschirme übertrugen die Szenerie wirklichkeitsgetreu.

Klackend schoben sich die Blenden über die Schirme, als draußen auf dem Schießplatz sonnenhelle Strahlbahnen von der Geschützkuppel ABN heranrasten und geisterhaft lautlos in die Hülle des Ultraschlachtschiffes einschlugen.

Überall dort, wo die Energiefinger auftrafen, entstanden kochende Schmelzkrater, spritzten Fontänen geschmolzenen Terkonits davon und erstarrten auf dem atmosphärenlosen Boden.

„Gut, das genügt!" sagte Perry Rhodan nach einiger Zeit.

Die Geschützkuppel stellte das Feuer ein. Die glühenden Schmelzränder der Lecks verblaßten allmählich, eine hausgroße Panzerplatte fiel zu Boden und schlug geräuschlos auf.

Plötzlich streifte ein scharfer Luftzug Rhodans Nacken.

Er drehte sich um und blickte den Mausbiber, der per Teleportation aufgetaucht war, aus zusammengekniffenen Augen an.

„Du hättest dich auch vorher anmelden können, Kleiner. Schließlich haben wir einen Gast, der deine Fähigkeiten noch nicht gewohnt ist!"

Gucky musterte den Freihändler von oben bis unten. Dann entblößte er seinen einzigen Nagezahn in voller Größe.

„Er sieht aber nicht danach aus, als wäre er bei meinem Auftauchen erschrocken. – Habe ich recht, Freibeuter?"

„Freihändler", verbesserte Roi Danton. „Es war sehr amüsant, Ihren Trick zu bewundern, Monseigneur Guck."

„Es war kein Trick, Freischärler!" protestierte der Mausbiber energisch.

„Freihändler!" beharrte Roi.

„Gut, dann eben freigelassener Händler!"

Der Mausbiber wandte sich an Perry Rhodan.

„Kommt diese Witzblattfigur mit zu OLD MAN, Perry?"

„Der Plan stammt von ihm, Kleiner!" sagte Rhodan streng. „Mr. Danton ist unser Gast, und wenn er daran interessiert ist, nehmen wir ihn selbstverständlich mit."

„Ich danke Ihnen, Grandseigneur!"

Roi verbeugte sich tief und legte dabei die Hand aufs Herz.

Gucky stieß einen schrillen Pfiff aus.

„Wie kommt das Unikum dazu, dich ‚Grandfather' zu nennen, Boß?"

„Grandseigneur!" verbesserte ihn Atlan. „Das heißt soviel wie ‚hoher Herr' oder ‚großer Herr', wenn man es wörtlich übersetzt. Für die Begriffe der Franzosen im 19. Jahrhundert bedeutete ‚Grandseigneur' soviel wie ‚Angehöriger des hohen Adels' und zugleich, daß der Betreffende auf ziemlich großem Fuße lebt."

Der Mausbiber starrte auf seine eigenen kleinen Füße.

„Dann bin ich wohl der ‚Kleinsänjör', wie?"

Atlan lächelte.

„Erstens hieße es ‚Petitseigneur', zweitens gibt es diesen Begriff nicht, und drittens hatte ich es in übertragener Bedeutung gemeint."

„So ist es, Sir!“ sagte Roi Danton in respektvollem Ton und mit einer weiteren Verbeugung.

„Umstandskasten!“ fuhr Gucky ihn an. „Jeder vernünftige Mensch hätte seinen Verstand geöffnet, wenn er Makulatur redet, damit ich mich wenigstens an seinen Gedanken orientieren kann!“

Roi verdrehte die Augen und zog wieder einmal sein Riechfläschchen hervor. Er schwankte, als würde er in der nächsten Sekunde ohnmächtig umfallen.

Gucky richtete ihn telekinetisch auf und nahm ihm – ebenfalls telekinetisch – das Riechfläschchen weg, um es unter seine eigene Nase zu halten.

Im nächsten Augenblick kippte er scheinbar bewußtlos um – und ihn vermochte niemand telekinetisch festzuhalten.

Roi Danton sprang hinzu. Aber er hob nicht etwa den Mausbiber auf, sondern sein Riechfläschchen, dessen Inhalt zum Teil verschüttet war und einen penetranten ätzenden Geruch verbreitete.

Erst, nachdem er es wieder zugestöpselt hatte, kümmerte er sich um Gucky. Einige Sekunden später öffnete der Mausbiber die Augen. Vorwurfsvoll blickte er Roi an.

Rhodans Sohn lächelte sardonisch.

„Wer andern eine Grube gräbt, fällt selbst hinein, Monseigneur Guck. Es tut mir außerordentlich leid, aber weshalb versuchten Sie auch, mich zur Öffnung meines Gedankenschirms zu verleiten?“

„Weshalb?“ Gucky tat verwundert. „Um Ihre Gedanken lesen zu können natürlich, Sie begriffsstutziger Freimaurer... äh... Freischwimmer oder so ähnlich! Ich möchte nur wissen, warum Sie sich so nennen; einen so schweren Namen kann sich doch kein Mensch merken!“

„Sind Sie denn ein Mensch, Monseigneur Guck...“

„Gott sei Dank nicht, Freiherr!“

„Ich gebe es auf, Messieurs“, erklärte Roi mit matter Stimme. „Kommen wir zur Sache.“

„Das denke ich auch“, sagte Atlan.

Er klappte seinen Druckhelm nach vorn und überprüfte die Dichtigkeit seines Raumanzuges. Die anderen folgten seinem Beispiel. Dann verließen sie den Beobachtungsbunker durch die Schleuse und betraten den Prallfeldgleiter, in dem sie gekommen waren.

„Zum Schiff!“ befahl Perry Rhodan dem Fahrer.

Der Mann nickte und aktivierte das Triebwerk.

In diesem Augenblick summte der Hyperkommelder.

Atlan griff nach der Schaltleiste des Geräts und fuhr verblüfft zurück, als auf dem kleinen Bildschirm das Gesicht Allan D. Mercants auftauchte, des Chefs der Galaktischen Abwehr.

„Allan . . .?“ fragte er ahnungsvoll.

Mercant verzog keine Miene.

„Nachricht von unseren Schiffen im Sektor Morgenrot: OLD MAN hat seine Ultraschlachtschiffe und Sektionen eingezogen und ist im Linearraum verschwunden. Ziel unbekannt!“

Roi Danton befand sich gerade in der Kommandozentrale der VIII-696, als sich Landefeld und Ausrüstungsrampen jählings verwandelten.

Ein Reigen zuckender, bunter Lichter flammte überall auf, die Feuerkuppeln zahlreicher Verteidigungsforts schossen überall auf dem Kamm des umgebenden Ringwalls aus dem Mondboden, und aus sublunaren Tubenhangars rasten glutspeiende Phamtome in den schwarzen Himmel.

Etwa fünfzig Ultraschlachtschiffe der Galaxis-Klasse zogen wenige tausend Meter über das Landefeld hinweg. Ihre grünen HÜ-Schirme waren aktiviert und übergossen den hellgrauen Mondboden mit fahlem Leuchten.

Kaum waren die Giganten verschwunden, da spannten sich riesige, schillernde Energieblasen über Raumhäfen und Forts.

Und danach trat Ruhe ein.

Alles in allem war kaum eine Minute vergangen, bis sich der Erdmond in voller Kampfbereitschaft befand.

Roi sah fragend hoch, als Lordadmiral Atlan mit blassem Gesicht aus dem Funkraum kam.

Aber der Arkonide winkte mit grimmigem Lächeln ab.

„Es ist noch nicht soweit, Mr. Danton – noch nicht! Das ist nur eine Ernstfallübung. Immerhin kann es innerhalb der nächsten Stunden und Tage wirklich ernst werden; OLD MAN ist wieder aufgetaucht.“

„Näher am Solsystem als zuvor, nicht wahr?“ fragte Roi.

„Das kann man wohl sagen. Nur siebenundzwanzig Lichtjahre entfernt."

„Wega-System?"

„Ja, Wega-System. Wir haben Ferrol in einer Blitzaktion geräumt, aber wohl doch nicht schnell genug. Die Schiffe des Stützpunktes erlitten beim Durchbrechen der feindlichen Phalanx verheerende Verluste."

Er seufzte.

„Es existiert keine Verbindung mehr mit Ferrol. Demnach hat OLD MAN mit kompromißloser Wucht zugeschlagen. – Außerdem haben die Springer, Arkoniden und Akonen ihre Handelsniederlassungen auf dem Mars vor knapp fünf Minuten geschlossen. Sie evakuieren das Personal und dessen Angehörige. Ein Konvoi von Handelsschiffen der Springer ist 0,5 Lichtjahre vor dem Solsystem mitsamt Fracht wieder umgekehrt und im Linearraum verschwunden."

„Die Ratten verlassen das sinkende Schiff, was?" erwiderte Roi.

„So ist es. – Wenn ich nur wüßte, was OLD MAN ausgerechnet im Wega-System sucht ...!"

Roi zuckte die Schultern. Doch dann weiteten sich seine Augen, als sähe er eine Vision.

„Ich weiß es, Sire!"

Nicht einmal in dieser ausweglos erscheinenden Situation legte er seine Maske ab.

„Was wissen Sie?"

Roi Danton führte das Riechfläschchen zur Nase und atmete tief ein.

„Je me sens mal. – Ich fühle mich schlecht."

Beinahe andächtig massierte er seine Schläfen. Er wartete so lange, bis Atlan kurz vor einem Wutanfall stand, dann sagte er wie beiläufig:

„OLD MAN will sich anscheinend auf Pigell umsehen, Sire. Der Roboter ist ratlos. Er weiß mit der Situation nichts anzufangen. Das erhärtet die Theorie, daß er ein Produkt der verschollenen Männer unter Major Barnard darstellt, denn nur sie konnten wissen, daß die CREST III damals von der MdI-Station auf dem sechsten Wega-Planeten um fünfhundert Jahre in die Relativzukunft versetzt wurde."

Der Arkonide ballte die Fäuste. Seine rötlichen Albinoaugen tränten, bei Leuten seiner Art das Anzeichen starker Erregung. Terraner hätten statt dessen transpiriert.

„Das leuchtet mir ein, Roi . . . äh . . . Mr. Danton."

Rhodans Sohn grinste über Atlans Versprecher, der auch nicht zum erstenmal vorgekommen war.

Der Lordadmiral schien es nicht zu bemerken. Er führte sein Armband-Minikom an die Lippen und rief nach Perry Rhodan, der sich in einem anderen Bereich des Schiffs aufhielt.

Als der Großadministrator sich meldete, berichtete er ihm über Dantons Vermutung.

Roi hatte an seinem Armbandgerät die gleiche Frequenz gewählt und konnte das Gespräch mit anhören.

Perry Rhodan erwiderte:

„Eine Blitzberechnung NATHANS hat das gleiche ergeben. Ich bin nun nahezu sicher, daß unsere Theorie stimmt."

Nach kurzer Pause fuhr er fort:

„Ich habe eine Beschleunigung der Aktion veranlaßt. Innerhalb der nächsten halben Stunde werden die restlichen Ausrüstungsstücke auf der VIII-696 eintreffen. Sorge bitte dafür, daß alles ordnungsgemäß verstaut wird. Ich komme so schnell wie möglich mit den anderen Expeditionsteilnehmern nach."

„Einen Moment!" rief Atlan hastig, als Rhodan die Verbindung trennen wollte. „Es dürfte dir klar sein, daß sich unser Plan in der alten Form nicht mehr durchführen läßt. Die Speichernavigationsdaten des erbeuteten Schiffes enthalten lediglich den Sektor Morgenrot als Standort von OLD MAN, nicht aber Wega. Das Zentralgehirn des Robots wird sofort Verdacht schöpfen, wenn die VIII-696 dennoch im Wega-System auftaucht."

„Hm!" machte Rhodan, und Roi konnte die Bestürzung aus der Stimme seines Vaters heraushören.

„Warten Sie, Grandseigneur!" rief er. „Es gibt eine Möglichkeit, diesen Verdacht zu beschwichtigen. Wir müssen eine Sonderschaltung in der Positronik des erbeuteten Schiffes vornehmen, eine Sonderschaltung, die praktisch überhaupt keinen konkreten Hinweis liefert, aus deren verstümmelten Impulsen OLD MAN aber schließen könnte, daß das Steuergehirn der VIII-696 unter Umständen auf normale Weise zu der Information über den neuen Standort gekommen ist."

„Eine sehr gewagte Sache!“ warf Atlan ein.

„Wir müssen es riskieren!“ sagte Roi Danton bestimmt.

„Ja, ich glaube auch, daß es die einzige Möglichkeit ist“, bemerkte Rhodan.

Langsam senkte sich die gigantische Kugel der FRANCIS DRAKE auf das Landefeld hinab. Die Ringwulsttriebwerke bremsten den Fall ab; ein bläuliches Flimmern drang aus den Felddüsen, setzte sich fort bis zur lunaren Oberfläche und breitete sich auf dem vorbestimmten Landeplatz gleich einem Teppich aus flüssigem Licht aus.

Ein schwaches Vibrieren lief durch den Boden, als die FRANCIS DRAKE in etwa zehn Kilometern Entfernung aufsetzte.

„Voilà!“ sagte Roi, der sich mit Atlan im Kontrollbunker befand und die Landung seines Schiffes beobachtete. Er setzte sich auf die Schleuse zu in Bewegung, vor der ein Gleiter wartete.

Atlan holte ihn mit schnellen Schritten ein, riß ihm den Dreispitz vom Kopf und sagte:

„Permettez-vous!“

Er drückte Danton die antiquierte Kopfbedeckung in die Hand und klappte dann energisch den Druckhelm des Freihändlers nach vorn.

„Vakuum soll ungesund für die Haut sein“, bemerkte er sarkastisch dazu.

„Sie sind sehr liebenswürdig, Sire!“ entgegnete Roi Danton förmlich, aber mit listigem Lächeln. „Vielleicht darf ich mich einmal revanchieren.“

Er winkte mit dem Dreispitz, bevor er ihn in einer Tasche seines Anzuges verstaute. Danach öffnete er das Innenschott und betrat die Schleuse.

Atlan wandte sich ab, als der Gleiter wegfuhr.

„Reeh Votanthar dovulum Moo!“ murmelte er auf Altarkonidisch. „Der Tag währt ewig, nur die Planeten drehen sich.“

Roi trieb unterdessen den Gleiterpiloten zu größter Eile an. Er hatte von seinem Vater die Erlaubnis erhalten, drei Begleiter für das bevorstehende Kommandounternehmen zu stellen, und er wußte schon genau, wen er nehmen würde.

Oro Masut erwartete ihn in der Bodenschleuse der FRANCIS

DRAKE. Roi sah dem Ertruser an, daß er sich Sorgen um ihn gemacht hatte. Gerührt schlug er ihm auf die Schulter.

„Da bin ich wieder, alter Knabe! Wo sind die beiden Anthropologen? Ich muß mit ihnen reden."

„Ich hoffe, sie halten sich in ihrer Kabine auf", gab Oro mürrisch zurück.

Roi blickte seinen Diener von der Seite her an.

„Sie *hoffen* es? Wissen Sie es nicht? Ich hatte angeordnet..."

„Ich weiß, Sir. Aber seit Sie uns verlassen hatten, waren sie zweimal nicht in ihrer Kabine anzutreffen gewesen – ohne daß die Tür geöffnet worden war. Niemand kann sich erklären, wie sie das gemacht haben."

„Haben Sie die beiden nicht gefragt?"

„Sie streiten alles ab, Sir. Und Gewalt dürfen wir ja nicht anwenden."

„Dabei bleibt es auch. Ich ahne, daß sie uns nicht feindlich gesonnen sind, und ich möchte mit List herausbekommen, was sich hinter ihren Masken der Biederkeit verbirgt."

Oro Masut preßte den Impulsschlüssel gegen die Tür, als sie die Kabine erreicht hatten. Ein grünes Kontrollämpchen leuchtete auf; es bewies, daß die Tür nicht unbefugt geöffnet worden war.

Dann glitt das Schott zurück.

Der Vorraum war leer, aber kaum hatten sie ihn betreten, erscholl Orbiter Kaimans Stimme durch die halbgeöffnete Tür zum Wohnraum.

„Bitte, treten Sie näher, meine Herren."

Der Anthropologe lag auf der Couch. Er legte das Buch, in dem er gelesen hatte, zur Seite und erhob sich, um seine Besucher zu begrüßen.

„Wo ist Ihre Assistentin?" fragte Roi scharf.

„Im Bad. Möchten Sie es nachprüfen?"

Der Freihändler wehrte errötend ab.

„Warten wir, bis sie zurückkommt. Wie gefällt es Ihnen an Bord der FRANCIS DRAKE?"

In den Augen des Oxtorners blitzte es auf.

„Was soll ich Ihnen darauf antworten? Wir mußten uns ja in der Kabine aufhalten, damit wir nicht ‚herumspionieren' konnten."

„Was Sie dennoch ausgiebig getan haben!" erwiderte Oro Masut.

Kaiman hob beschwörend die Hände.

„Aber ich bitte Sie! Wir haben die Tür nicht angerührt!"

„Eben!" sagte Roi Danton. „Dennoch waren Sie zweimal nicht aufzufinden. Mich interessiert, wie Sie das gemacht haben."

„Glatte Verleumdung!" wehrte Orbiter Kaiman ab.

Roi zuckte die Schultern.

„Lassen wir das! Ich bin wegen einer anderen Sache gekommen."

Er wirbelte herum, als sich die Tür zum Innenflur öffnete und Janine Goya erschien.

„Mademoiselle! Ich grüße die Tochter der Sonne und werfe ihr mein Herz zu Füßen! Wie fühlen Sie sich in meinen bescheidenen Räumen?"

„Miserabel! Ich bin nicht gewohnt, eingesperrt zu werden. Monsieur, ich protestiere aufs allerschärfste gegen diesen Akt der Freiheitsberaubung!"

„Sie sehen mich untröstlich, Mademoiselle", erwiderte Roi zerknirscht, „aber ich bin gekommen, um Sie zu erlösen. Bitte, hören Sie, was ich Ihnen vorzuschlagen habe!"

Er berichtete in knapper Form von dem Auftauchen des Riesenroboters im Wega-System und von dem geplanten Kommandounternehmen.

„Wenn Sie wollen, können Sie Monsieur Masut und mich begleiten", schloß er enthusiastisch. „Das große Abenteuer lockt, Mademoiselle!"

Sie sah ihn belustigt an.

„Eine Handvoll Männer und eine Frau gegen einen Riesenroboter, eine intelligente Maschine mit nahezu unbegrenzten Möglichkeiten! Glauben Sie daran, daß Ihr Plan gelingen wird?"

„Die Ungewißheit ist gerade das, was mich reizt, Mademoiselle!"

„Da ähneln wir uns, Monsieur", erwiderte sie.

Roi Danton legte die Hand aufs Herz.

„Das wollte ich hören. Wie ist es, Orbiter, gehen Sie mit?"

Der Oxtorner nickte stumm.

Roi lächelte ihn hintergründig an.

„Vergessen Sie Ihren ‚kleinen Mann' nicht, Monsieur!"

Er hatte die Befriedigung, Kaiman erschrecken zu sehen.

Also doch! sinnierte er. Die Halbkugel auf Kaimans Schulter ist mehr als irgendein wissenschaftliches Meßgerät! Vielleicht würde er es benutzen, wenn wir in OLD MAN in Lebensgefahr geraten sollten...

24.

Die Ausrüstungskammer befand sich nahe der Zentrale des Beuteschiffes. Techniker hatten sie als Spezialunterkunft für insgesamt dreiundzwanzig Personen hergerichtet: Perry Rhodan, Atlan, Roi Danton und Oro Musat sowie Orbiter Kaiman mit Assistentin und vier Angehörige des Mutantenkorps, unter ihnen John Marshall und Gucky. Die restlichen dreizehn Männer des Teams bestanden aus erfahrenen und bewährten Kosmonauten und Raumschiffstechnikern sowie Robotik-Spezialisten.

Die Kabine war eine kleine Welt für sich. Sie war mit einem starken Hypersender, Ortungsgeräten, Notstromaggregaten und mit einem energieautarken Hochleistungstransmitter ausgerüstet.

Theoretisch war für alle möglichen Fälle vorgesorgt worden. NATHAN hatte die entsprechenden Wahrscheinlichkeitsberechnungen angestellt und zu jedem errechneten Fall die Gegenmaßnahmen festgelegt. Das würde den Männern kostbare Zeit sparen helfen; nicht zu vergessen, daß ihr Wissen einen wertvollen psychologischen Faktor darstellte, denn wer auf alle möglichen Ereignisse vorbereitet war, konnte nicht die Nerven verlieren, sobald es darauf ankam, kaltblütig und exakt zu handeln.

Am 26. September 2435 – Erdzeit – hob das präparierte Ultraschlachtschiff des Riesenroboters von seinem lunaren Startplatz ab und verschwand in der Nacht des Weltraums.

Ein starker Flottenverband erwartete es wenige Lichtmonate vor dem Wega-System und folgte ihm in gebührendem Abstand, bis er die festgelegten Raumkoordinaten erreichte.

Der größte Coup der letzten zwei Jahrzehnte hatte begonnen.

Noch befanden sich die Männer des Teams in der Kommandozentrale.

Roi Danton war von einer seltsam berauschenden Erregung ergriffen worden. Er hütete sich, darüber zu sprechen, denn zum erstenmal seit dem Verlassen des Elternhauses fürchtete er, seine Maske nicht mehr aufrechterhalten zu können und sich durch den Ton seiner Stimme, durch bestimmte Bewegungen oder Blicke zu verraten.

Sein Vater dagegen wirkte wie immer beherrscht und ruhig. Doch die maskenhafte Starre seiner Gesichtszüge ließ den Sohn erkennen, daß auch er unter der allgemeinen Anspannung litt.

Atlans Gesicht dagegen zeigte offen seine Besorgnis. Der Arkonide hatte kein Hehl daraus gemacht, daß er ihre Chancen sehr gering beurteilte. Kurz vor dem Aufbruch noch hatte er Rhodan vorgeschlagen, die VIII-696 mit Robotern zu bemannen und ihnen den Befehl zu erteilen, sofort nach dem Einschleusen in OLD MAN eine Arkonbombe zu zünden. Zweifellos wäre das die erfolgversprechendste Maßnahme gewesen, eine Radikalkur. Aber Perry Rhodan wollte mehr: Er wollte OLD MAN erobern, und alle anderen hatten ihm zugestimmt.

Roi beobachtete den Oxtorner Kaiman.

Der angebliche Anthropologe kam ihm immer verdächtiger vor. Er schien offenbar der einzige des Teams zu sein, der sich keine Sorgen machte und keine Furcht empfand.

Roi Danton, der genau wußte, daß jedes geistig normale Lebewesen in einer Lage wie der ihren Furcht empfinden mußte, grübelte über das anscheinend abnormale Verhalten Kaimans nach, ohne eine Lösung zu finden.

Er glaubte nicht an einen geistigen Defekt des Oxtorners. Die Ursache seiner Selbstsicherheit und Furchtlosigkeit mußte etwas anderes sein. Sie mußte auf Wissen beruhen, auf einem Wissen, das kein anderer mit ihm teilte.

Roi hätte in diesen Minuten und Stunden seine FRANCIS DRAKE dafür gegeben, das Geheimnis Orbiter Kaimans zu erfahren.

Das Schrillen von Alarmpfeifen riß ihn aus seinen Grübeleien.

„Operationsgebiet OLD MAN erreicht!" erscholl die Stimme eines Kosmonauten aus den Interkomlautsprechern. „Ortung! Etwa zwölf Ultraschlachtschiffe des Robots in Sektor Grün, Distanz elf Millionen Kilometer, abnehmend mit Werten . . ."

„Ende!" klang die kühle Stimme Rhodans dazwischen. „Alle Mann in die Kabine!"

Roi fühlte seinen Puls in den Schläfen hämmern.

Es war soweit!

Bald würde sich erweisen, ob der Plan Aussicht auf Erfolg besaß oder nicht.

Ein eigentümliches Kältegefühl breitete sich in ihm aus.

Falls OLD MAN noch vor dem Einschleusen Verdacht schöpfte, würden sie es niemals erfahren. Im Weltraum brauchte der Riesenroboter keine Rücksichten auf seine Anlagen zu nehmen. Er würde die VIII-696 mit einem einzigen Feuerschlag vernichten, und der Tod würde blitzschnell über sie kommen.

In fieberhafter Eile, aber vollkommen exakt, schalteten die Techniker und Kosmonauten die Bedienungspulte für die Manuellsteuerung ab. Sie verschwanden einer nach dem anderen aus der Zentrale. Atlan wartete am Ausgang und kontrollierte, ob jeder seinen Individualabsorber aktiviert hatte; eine einzige Nachlässigkeit würde für alle den Tod bedeuten.

„Beeilen Sie sich, Danton!" rief er befehlend, als Roi zögerte.

Der Freihändler gab sich einen innerlichen Ruck, schaltete seinen Individualabsorber ein und verließ die Zentrale.

Im offenen Schott blickte er noch einmal zurück und sah, wie sein Vater den roten Hebel vor dem Steuersitz des Kommandanten wieder nach oben legte.

Nach einer Zeitspanne, die zu kurz war, als daß menschliche Sinne sie registrierten, begann die Vollpositronik des Schiffes schlagartig wieder zu arbeiten.

Perry Rhodan wich zurück, als wäre ihm plötzlich der Boden unter den Füßen heiß geworden. Mit blassem Gesicht tauchte er in der Spezialkabine auf.

Aber nichts geschah, was die allgemeinen Befüchtungen bestätigt hätte. Eigentlich war es nicht anders zu erwarten gewesen, aber jeder hatte insgeheim gefürchtet, die Individualabsorber könnten vielleicht von besonderen Spürgeräten geortet werden – nur Orbiter Kaiman offenbar nicht . . .

Spezialbildschirme zeigten den Raum um die VIII-696. Immer wieder schossen aus der Tiefe des Alls riesige Kugelraumschiffe heran – und schwenkten erst wenige hundert Kilometer vor dem Beuteschiff wieder ab.

„Vielleicht hätten wir doch lieber den Feuerleitstand besetzt halten müssen!“ stieß einer der Männer hervor, als wieder einmal eines der Robotschiffe mit unheimlicher Schnelligkeit zu einer den Bildschirm ausfüllenden Kugel anschwoll – und dann mit aufblitzenden Triebwerken abschwenkte.

„Was gedächten Sie damit zu erreichen?“ fragte Atlan.

Bevor der Mann antworten konnte, mußten die Terraner geblendet die Augen schließen. Schreie gellten auf, von Panik erfaßte Männer sprangen von ihren Sitzen und liefen durcheinander. Die Kontrollanzeige des Transmitters blinkte plötzlich.

„Transmitter aus!“ übertönte Rhodans Stimme den Lärm. „Und Ruhe bitte! Es ist überhaupt nichts geschehen.“

Die Männer gehorchten, obschon in der nächsten Sekunde erneut flimmernde Energiefinger den Raum durcheilten und sich an die VIII-696 herantasteten.

Roi Danton erhob sich, um einen um sich schlagenden Leutnant zu beruhigen, und fand sich plötzlich auf ihm liegend wieder. Schwere Erschütterungen rasten durch das Schiff. Über und unter ihm blähten sich die tödlich schillernden Kunstsonnen explodierender Transformgeschosse.

„Ruhe bewahren!“ ertönte Rhodans Stimme erneut. „Der Gegner testet das zurückgekehrte Schiff nur.“

„Das ist richtig, Sir“, meldete sich einer der Robotik-Spezialisten. „Man führt einen Reaktionstest durch. Wahrscheinlich erhält die Vollpositronik der VIII-696 gleichzeitig Stillhaltebefehle. OLD MAN muß von Terranern erbaut worden sein. Anders kann ich mir den Rest nicht erklären.“

„Ganz recht!“ ließ sich Atlan vernehmen. „Man führt Scheinangriffe durch, in der Annahme, daß eine organisch lebende Besatzung die Nerven verlieren und entsprechend reagieren würde. Solange wir uns passiv verhalten, kann überhaupt nichts passieren.“

„Le temps s’éclaircit“, murmelte Roi. „Das Wetter klärt sich auf.“

„Zum Wolkenbruch“, setzte Gucky flüsternd hinzu.

Roi wandte sich um.

„Oh, Monseigneur Guck! Sie sehen heute so kränklich aus. Was ist mit Ihnen? Haben Sie vielleicht Würmer? – Dann empfehle ich frischen Karottensaft.“

Der Mausbiber, der eben ansetzte, den Freihändler wieder einmal zu ärgern, piepste entsetzt und teleportierte zur anderen Seite der Kabine.

„Ein unmöglicher Kerl ist das!“ beschwerte er sich bei Atlan.

Der Arkonide war mit den Gedanken beim Ziel der Reise.

Er nickte ernsthaft und sagte:

„Das kann man wohl sagen! Mit seinen dreihundert Kilometern Durchmesser...“

Unwillkürlich schnellte Gucky herum und schätzte Rois Durchmesser ab.

Im nächsten Augenblick verschwand er schimpfend hinter dem Transmitter. Wahrscheinlich schämte er sich, daß er sich selbst hereingelegt hatte.

Roi Danton lächelte. Es war wirklich herzerfrischend, mit diesem Mausbiberwesen zusammenzuarbeiten. Auch wenn es ihn nicht erkannte, obwohl sie beide in Rois Kindheit viel zusammen erlebt hatten.

„Starker Funkverkehr zwischen OLD MAN und VIII-696!“ meldete ein Mitglied der Funküberwachung.

„Dekodiermaschine läuft!“ meldete ein anderer Spezialist. „Aber bisher noch keine Entschlüsselung der einlaufenden Symbolgruppen möglich.“

„Weitermachen!“ befahl Perry Rhodan kurz.

Weitermachen! dachte Roi. *Wie viele ausweglos erscheinende Situationen hatte es schon in der Geschichte der Menschheit gegeben – und sie hatte immer wieder weitergemacht.*

„Schiff nimmt Fahrt auf, beschleunigt mit Maximalwerten!“ kam die nächste Meldung.

„Peilstrahl fällt ein.“

„Steuergehirn der VIII-696 stellt Tätigkeit ein.“

„Fernlenkimpulse auf Hyperwelle QUA-7-ZERO, Triebwerke sprechen an.“

„Ortung! Dreifach und dreidimensional gestaffelter Abwehrschirm aus Ultraschlachtschiffen voraus!“

Die Meldungen jagten sich.

Fast spürbar stand die ungeheure Spannung im Raum, erfaßte jedes einzelne Hirn, ließ den Geist der Männer die Schwelle des Zumutbaren erreichen – und überschreiten. Doch diese Schwelle galt nur für Durchschnittsmenschen . . .“

„Erste Abschirmkette passiert!“

„Zweite Abschirmkette passiert!“

Die Triebwerke dröhnten unentwegt ihr berauschendes Lied, berauschend, wenn es in den Raum hinausging – und selbst dann noch berauschend, wenn es zum Rendezvous mit dem Tod ging, zum Rendezvous mit der Ausgeburt menschlicher Phantasie und menschlicher Opferbereitschaft.

Zwischen den Sitzenden erhob sich eine hagere Gestalt mit bleichem, entschlossenem Gesicht und eisgrauen Augen.

Roi Danton spürte, wie eine Welle der Sympathie zu seinem Vater ihn überspülte, eine Welle der Sympathie und der Liebe.

Er errötete.

War es recht, dem Vater den Sohn zu entziehen? Ihn im Ungewissen zu lassen über das Schicksal des Menschen, der sein Fleisch und Blut und sein Geist war.

Roi atmete schwer.

„Fertigmachen!“ erscholl eine beherrschte und beinahe suggestive Kraft ausstrahlende Stimme.

Die Sekunden des Zweifelns, der Gewissensnot und der Anfechtung verwehten.

Roi Danton reagierte genau wie die anderen Männer.

Er überprüfte noch einmal seinen Raumanzug, schloß den Helm und schnallte sich den Plastiktornister mit der Sonderausrüstung um. Danach zog er den schweren Kombistrahler heraus, überprüfte das Magazin und behielt die Waffe in der Hand.

Auf den Spezialbildschirmen tauchte ein technisches Monstrum auf.

OLD MAN!

Die Spannung wurde schier unerträglich.

Da teleportierte Gucky auf die Dekodiermaschine.

Der Mausbiber ließ seinen Blick schweifen, zeigte den einzigen Nagezahn und schrie mit piepsiger, überschnappender Stimme:

„Hic Guckydus, hic salta! – Hier ist Gucky, hier zeige, was du kannst!“

Befreiendes Gelächter war die Antwort. Die Männer des Teams besaßen sämtlich akademische Bildung, und wenn auch viel von ihrem Schullatein vergessen sein mochte, die Aussprüche der alten Römer beherrschten sie noch.

Dankbar empfand Roi, wie sich die Spannung löste, sich in eine unglaublich erscheinende, absolute Siegesgewißheit verwandelte.

„Lieber Gucky!“ murmelte er. „Du hast den psychologisch rechten Moment wieder einmal erfaßt.“

Ein Schatten fiel über die Bildschirme: der Schatten einer Hangarplattform von 25 000 Kubikkilometer Rauminhalt . . .

Das Dröhnen der Triebwerke erstarb in einem röchelnden Laut. Schweigend glitt die VIII-696 weiter in den Schatten der Plattform hinein, gezogen von einem mächtigen Traktorstrahl.

Perry Rhodan hob die Hand.

„Teleporter, los!“

Gucky und Tako Kakuta verschwanden. Knallend stürzte die umgebende Luft in die entstandenen Vakua.

Vornüber geneigt, die schußbereiten Waffen in den Fäusten, warteten die Männer.

Rois Blick fiel auf Orbiter Kaiman. Der Anthropologe hatte den Kopf leicht nach links geneigt, als lausche er einer Nachricht, die ihm das halbkugelförmige Ding auf seiner linken Schulter vermittelte. Janine Goya umklammerte mit ihren Händen einen Strahler, unter dessen Gewicht Roi zusammengebrochen wäre.

Er schluckte.

Warum war er nicht früher darauf gekommen, daß die Assistentin des Oxtorners ebenfalls von dieser Extremwelt stammte, an ihre Schwerkraft von 4,8 Gravos, ihren Luftdruck von acht Erdatmosphären und ihre Temperaturschwankungen zwischen minus und plus 120 Grad Celsius angepaßt war? Einen künstlichen Teint und eine Perükke konnte sie sich in jedem Kosmetiksalon anpassen lassen.

Bevor er daraus Schlußfolgerungen ziehen konnte, kehrten die Teleporter zurück.

„Alles okay, Jungs!" schrillte Gucky in seiner betont vulgären Art. „Kein Schwanz hat unsere Impulse geortet. Die Kampfroboter der Sektion VIII sehen uns überhaupt nicht für voll an."

Wenn der Großadministrator etwas nicht vertragen konnte, so war es diese Redeweise.

Roi Danton sah, wie er den Mund öffnete, um den Mausbiber zurechtzuweisen – und wie er ihn wieder schloß, sicher in der Erkenntnis, daß Guckys Ton in dieser Lage psychologische Positiva barg.

„Druckhelme schließen und Deflektorschirme aktivieren" befahl er. „Wir verlassen die Kabine und begeben uns zur Bodenschleuse Mittelstütze."

Jedermann wußte, daß die Deflektorschirme für hochwertige Kampfroboter kein ernstzunehmendes Hindernis waren. Ihre Spezialsensoren waren in der Lage, die lichtumlenkende Wirkung derartiger Felder zu registrieren. Aber in Verbindung mit den Individualabsorbern, würden die Deflektoren einen zusätzlichen Sicherheitsfaktor darstellen, da die Menschen für einfache Roboter, die keine Individualorter besaßen, unsichtbar bleiben würden. Und derartigen Robotern gegenüber galt primär der Einsatz der Deflektorschirme, da man nicht wußte, ob diese nicht jeden fremden Körper sofort an die Zentrale weitermelden würden und die Menschen dadurch verraten könnten.

Nachdem das Poltern schwerer Stiefel verklungen war, lag die Spezialkabine leer und still da.

Roi eilte mit den anderen zusammen zum Achslift und ließ sich von dem gepolten Feld nach unten tragen. In der Bodenschleuse angekommen, drängte er sich an die Seite seines Vaters.

Mit verhaltenem Zischen glitten die Schleusentore in die Wände der Mittelstütze.

Lordadmiral Atlan führte die erste Gruppe an.

Der Vormarsch der Männer in den Kampfanzügen wirkte gespenstisch. Man sah sich praktisch nur deshalb gegenseitig, weil jeder eine Antiflexbrille trug, die die Wirkung der Deflektorgeneratoren wieder aufhob.

Der Funkverkehr war nur mit minimaler Sendeleistung und nur auf

Normalfrequenz gestattet. Durch die in den Helmen integrierten Außenmikrofone wurden alle Geräusche der Umgebung registriert.

Mit der zweiten Gruppe brachen Roi und sein Vater auf.

Obwohl sie mit weit ausgreifenden Schritten marschierten, vergingen acht Minuten, bis sie aus dem ungeheuren Schatten des Schiffes heraus waren. Nun erst sahen sie die Schleusenhalle in ihrer ganzen Größe.

Innerhalb eines Raumes von etwa drei Kilometern Grundflächendurchmesser und drei Kilometern Höhe kamen die Menschen sich winzig und unbedeutend vor.

Sekundenlang hatte Roi eine schreckliche Vision:

Dreiundzwanzig Ameisen krabbelten durch ein kosmisches Fort, um es zu erobern. Niemand von der Besatzung sah sie, und sie hauchten ihr Leben aus, als eine Stiefelsohle sich rein zufällig auf sie herabsenkte...

Roi fröstelte.

Natürlich hinkte der Vergleich. Die menschlichen Eindringlinge waren nur bezüglich ihrer Körpergröße mit Ameisen in einem kosmischen Fort zu vergleichen; ihre Bewaffnung und sonstige Ausrüstung – und nicht zuletzt ihre Intelligenz – ließen sie zu vollwertigen Gegnern der superlativistischen Technik des Riesenroboters werden.

Irgendwo begannen plötzlich starke Maschinen anzulaufen. Das Geräusch kam Roi bekannt vor. Ihm war, als hätte er ein ähnliches Geräusch erst vor kurzem einmal gehört. Es war ein Rumpeln, Poltern und Summen.

Er beachtete es jedoch nicht weiter, als sich in den Wänden kleine Schotts öffneten und Kampfroboter in die Schleusenhalle stürmten.

Perry Rhodan und Atlan winkten aufgeregt mit den Armen.

Die Männer begriffen. Sie rannten auf die Innenwandung der Halle zu und versammelten sich dort mit schußbereiten Waffen.

Doch die Kampfroboter kümmerten sich nicht um sie.

Erst jetzt glaubte Roi Danton wirklich, daß ihre Anwesenheit bisher noch nicht bemerkt worden war – und auch nicht registriert werden würde, solange sie sich passiv verhielten.

Er lachte still in sich hinein.

Und sobald sie aktiv wurden – sobald sie den Hauptschalter der Zentralhalbkugel des Riesenroboters umlegten –, konnte ihnen nichts und niemand mehr etwas anhaben...

Ein unterdrückter Schreckensschrei ließ ihn herumfahren.

Noch mehr Schotts hatten sich geöffnet. Noch mehr Kampfroboter terranischer Bauart stürmten auf die VIII-696 zu – und nun konnte Roi auch erkennen, daß sie das Raumschiff einigermaßen merkwürdig behandelten, wenn man davon ausging, daß es zu ihnen gehörte.

Die Roboter betraten das Ultraschlachtschiff nicht nur durch die offene Bodenschleuse. Sie schwebten mit Hilfe von Antigravtriebwerken zu allen anderen Schleusen empor und zerschossen einfach die Schotts, anstatt darauf zu warten, daß ihre mechanischen Artgenossen von innen die Verriegelungen lösten.

„Das ist ein Angriff!" hörte er seinen Vater flüstern. „Gucky! Spring in die Steuerzentrale und sieh nach, was dort gespielt wird!"

Der Mausbiber entmaterialisierte.

Doch schon bevor er zurückkehrte, begann Roi zu begreifen, was vor sich ging: Das polternde, rumpelnde Geräusch war leiser und leiser geworden – und als er jetzt den Analysator an seinem Handgelenk betrachtete, entdeckte er, daß der Luftdruck in der Schleusenhalle von 790 Millimeter Hg auf 110 Millimeter Hg gefallen war.

„Sie pumpen die Schleusenhalle luftleer!" schrie er.

Gucky entmaterialisierte in der Zentrale des Ultraschlachtschiffes – und konnte nur mit einer Kurzteleportation zwei sonnenhellen Energiebündeln ausweichen, die links und rechts an ihm vorbeiröhrten.

Im ersten Augenblick der Panik dachte er, die Kampfroboter hätten ihn geortet. Aber dann bemerkte er, daß die Maschinenwesen, die die VIII-696 gestürmt hatten, ihn überhaupt nicht beachteten. Ihre Vernichtungswut galt einzig und allein den technischen Inneneinrichtungen der Steuerzentrale.

Knallend zerbarst eine Staffel Bildschirme. Rauch quoll in dichten Schwaden aus einer Notspeicherbatterie. Zu kochendem Magma zerlaufendes Terkonitplastik wallte über den Boden.

Und immer noch feuerten die Kampfmaschinen auf die Schaltpulte.

Der Mausbiber zog sich vorsichtig an den Lifteinstieg zurück. Er versuchte, hinter der Aktion einen Sinn zu erkennen: Es gelang ihm nicht.

Die Roboter konnten doch nicht so naiv sein und die Verwüstung nur deshalb anrichten, damit die Vollautomatik des Schiffes nicht mehr arbeitete. Um das zu erreichen, hätte ein Umlegen des roten Hauptschalters genügt!

Eine dumpfe Explosion erschütterte das Schiff.

Gucky duckte sich unter einem Hagel weißglühender Splitter: zwei Roboter wurden getroffen. Sie begannen im Kreis herumzulaufen und sinnlos in die Gegend zu schießen.

Der Mausbiber wußte, daß es nutzlos und gefährlich war, noch länger zu bleiben.

Er konzentrierte sich auf die Teleportation in die Schleusenhalle.

Aber bevor er den Sprung ausführen konnte, riß ihm eine imaginäre Pranke die Beine unter dem Körper weg. Er stürzte in den Liftschaft und flog von einer Wand gegen die andere, während er allmählich abwärts taumelte.

Anscheinend arbeiten die Andruckabsorber nicht mehr kontinuierlich! durchfuhr es ihn.

Erst dann fiel ihm ein, daß die Andruckeffekte trotzdem nicht auftreten dürften – es sei denn, die VIII-696 beschleunigte!

Ungeachtet der tödlichen Gefahr, die ihn dort erwartete, sprang er in die Zentrale zurück.

Er erstarrte.

OLD MAN war nur noch ein handgroßes Gebilde in den teilweise intakten Heckschirmen – und von Sekunde zu Sekunde schrumpfte es mehr zusammen.

Mit einem Entsetzensschrei wich Gucky bis an den Lifteinstieg zurück.

Dann fiel ihm ein, daß die VIII-696 möglicherweise in den Linearraum gehen sollte – und von dort aus gab es keine Rückkehr zu Perry und den anderen.

Der Mausbiber versuchte, sich auf die Schleusenhalle der VIII-Sektion zu konzentrieren.

Doch immer wieder mußte er die Paraströme seines Gehirns umstellen, denn das Ultraschlachtschiff raste mit nahezu neunzig Prozent der Lichtgeschwindigkeit durch den Raum, und die dabei auftretenden Dilatationseffekte behinderten Gucky außerordentlich stark.

Er machte verzweifelte Anstrengungen.

Jede Sekunde konnte den Linearraumeintritt bringen – und wer weiß, wo der Austritt erfolgte. Vielleicht in nur wenigen Lichtstunden Entfernung oder in Lichtjahren.

Endlich spürte Gucky, daß der immaterielle Ring um den Parasektor seines Gehirns zersprang.

Er teleportierte mit aller Kraft.

Ein vielstimmiger Schrei gellte im Minikomempfänger des Druckhelmes.

Es war Roi, als müßte er zu einem Eisblock erstarren.

Weit draußen im freien Raum war eine riesige Kunstsonne entstanden – VIII-696 hatte sich in Energie verwandelt.

Und Gucky . . .!

„Was starrt ihr denn alle auf die Schleuse?“ schrillte es piepsig.

Roi Danton zuckte zusammen, wandte sich um und entdeckte den Mausbiber, der jetzt ebenfalls durch die Schleusenöffnung starrte und auf dessen Gesicht sich nachträglich höchste Todesangst widerspiegelte.

„Was . . . was . . . ist das?“

„Das *war* die VIII-696; ich bitte um Verzeihung, Kleiner!“ sagte Perry Rhodan. „Wenn ich geahnt hätte, daß OLD MAN das eigene Raumschiff vernichten läßt, hätte ich dich nie gebeten . . .“

„Schon gut“, unterbrach ihn Gucky mit zitternder Stimme. „Niemand konnte das wissen. Wenn ich nur einen blassen Schimmer hätte, warum die VIII-696 vernichtet wurde! Diese Handlung war einfach widersinnig!“

Perry Rhodan antwortete nicht darauf. Er trat zu Roi und musterte ihn eindringlich.

„Nun, Monsieur“, fragte er, „was raten Sie denn jetzt?“

Roi lächelte unbekümmert.

Er schaute sich mit mildem Interesse um und registrierte achselzuckend, daß sich die Schotts wieder schlossen und die Pumpen erneut anliefen, um die Halle mit einer Atmosphäre zu füllen.

„Ne m'en veuillez pas, Grandseigneur. – Seien Sie mir nicht böse, Hoher Herr. Aber worüber regen Sie sich überhaupt auf? Darüber, daß die VIII-696 nicht mehr existiert?"

Er lachte.

„Schließlich gibt es in der achten Sektion mehr als ein Ultraschlachtschiff. Falls die Datenauswertung durch NATHAN zuverlässige Resultate erbracht hat, besitzt jedes Raumschiff von OLD MAN einen Umschalter."

Rhodan fiel in das Lachen ein.

„Ihr Glück, Monsieur Freihändler, daß Sie nicht versucht haben, jede Verantwortung an der Verfahrenheit der Lage abzustreiten. Mir gefallen Männer, die für ihre Ratschläge einstehen. Dennoch geht die erste Runde an OLD MAN. Mit dem explodierten Schiff sind eine Menge wichtiger Ausrüstungsgegenstände verlorengegangen, darunter vor allem der Hypersender und der Transmitter. Wir sind sozusagen Gefangene."

„Nur solange wir wollen, Grandseigneur!"

Atlan hob die Hand.

„Haben Sie eigentlich auch schon daran gedacht, daß alle anderen Ultraschlachtschiffe dieser Sektion ausgeschleust sein könnten...?"

Roi breitete pathetisch die Arme aus.

„Sire! Es gibt noch elf andere Sektionen. Irgendwo werden wir immer ein Raumschiff auftreiben können!"

Atlan nickte grimmig.

„Allerdings. Aber ich denke, wir sind nun einmal hier und sollten versuchen, das beste daraus zu machen. Dringen wir in die Zentralhalbkugel und bringen wir OLD MAN unter unsere Kontrolle."

Ein Raunen ging durch die Gruppe der Männer, als Orbiter Kaiman sich erstmalig zu Wort meldete.

„Bitte, sprechen Sie, wenn Sie einen Vorschlag haben!" forderte Perry Rhodan ihn auf.

Der Oxtorner neigte mit undefinierbarem Lächeln den kahlen Schädel, dessen ölige Haut durch den transparenten Kugelhelm schimmerte.

„Das Ziel ist ungefähr hundertfünfzig Kilometer von uns entfernt, Sir – und wir dürfen nicht hoffen, gradlinig voranzukommen, so daß wir für Umwege vielleicht noch einmal fünfzig Kilometer hinzurechnen müssen. Das sind zweihundert Kilometer Entfernung – etwas viel für einen Fußmarsch, bei dem wir noch dazu äußerst vorsichtig vorgehen müssen ..."

Rhodan nickte.

„Ich habe nicht die Absicht, zu Fuß zu gehen, Mr. Kaiman. Auch wenn wir unsere Antigrav- und Flugaggregate wegen der Ortungsgefahr nicht benutzen können. Aber rechnen Sie sich selbst aus, wie lange zwei Teleporter benötigen, um sich und einundzwanzig Mann hundertfünfzig Kilometer weit zu transportieren!"

„Höchstens eine Stunde!" rief Gucky.

Kaiman lachte ironisch.

„OLD MAN ist nach der Datenauswertung NATHANS von Terranern konstruiert worden, nicht wahr?"

Rhodan nickte und sah den Anthropologen fragend an.

Roi Danton dagegen wurde blaß. Er wußte plötzlich, welche Befürchtungen der Oxtorner hegte.

Die nächsten Worte Orbiter Kaimans bestätigten es.

„Die Konstrukteure wußten folglich, daß ihr Werk unter Umständen gegen Teleporter geschützt werden mußte ..."

Mehr brauchte er nicht zu sagen. Die Mienen der anderen Männer verrieten ihm, daß er von allen verstanden worden war.

„Also schön ...", setzte Rhodan an.

„Einen Augenblick!" rief Gucky dazwischen. „Probieren geht über studieren, Freunde! Laßt mich einen Versuch machen. Was kann mir dabei schon passieren?"

Der Großadministrator winkte energisch ab.

„Das kommt nicht in Frage, Gucky. Wir haben erlebt, daß du beinahe mit der VIII-696 vernichtet worden wärst. Dieses Risiko gehe ich nicht noch einmal ein."

Rhodans Miene war ernst.

„Lassen Sie mich ihn begleiten, Sir", bat Kaiman. „Ich glaube, ich weiß, wie ich uns schützen kann – aber ich vermag natürlich einen Antipsischirm nicht aufzulösen."

Atlan musterte den Oxtorner von oben bis unten.

„Wer sind Sie, daß Sie so reden, Mr. Kaiman?"

„Ein humanoides, mit Vernunft begabtes Lebewesen wie Sie auch, Herr Lordadmiral", gab der Oxtorner zurück.

Einige Männer lachten.

Atlan wandte sich an Roi Danton.

„Nun, Monsieur, Sie haben den Herrn bei uns eingeführt. Garantieren Sie dafür, daß er nicht gegen unsere Interessen handelt?"

„‚Unsere Interessen', das ist ein sehr weitgespannter Begriff, Sire", erwiderte Roi vorsichtig. „Ich kann nur garantieren, daß er weder gegen die Interessen des Solaren Imperiums noch gegen den Erfolg unserer Expedition arbeiten wird."

„Danke!" sagte Orbiter Kaiman knapp.

Der Arkonide zögerte noch immer.

Aber Gucky meinte bedächtig:

„Gebt ihm eine Chance. Ich werde mit ihm fertig, falls es sich als notwendig erweisen sollte."

Perry Rhodan rang sich zu einem Entschluß durch.

„Gut, einen Versuch hast du frei, Gucky. Aber ich befehle dir, sofort zurückzukehren, wenn euch Gefahr drohen sollte."

„Einverstanden!" piepste der Mausbiber.

Er hoppelte zu Kaiman und ergriff dessen Hand.

„Fertig, Mr. Krokodil?"

„Fertig. – Ich heiße Kaiman, Sir."

Man sah deutlich, wie Guckys Brust zu schwellen begann, als er mit „Sir" angeredet wurde.

„Also gut, Mr. Kaiman", sagte er schließlich. „Hüpfen wir!"

25.

Aus Don Redhorses Bericht waren Grundriß und Aufgliederung der OLD-MAN-Plattform in etwa bekannt. Gucky hatte einen Punkt angepeilt, der rund fünf Kilometer über dem Boden der Schleusenhalle lag. Wenn Redhorses Angaben stimmten, mußte die Wiederverstofflichung auf dem sogenannten Hauptdeck erfolgen, das jede Plattform in zwei große Abteilungen unterteilte.

Es schien so, als sei der Sprung tatsächlich gelungen.

Gucky sah sich bedächtig um. Dieser Teil des Hauptdecks schien nur aus ineinander verschachtelten, rechteckigen Zellen zu bestehen, die jedoch nicht vollständig durch Wände eingeschlossen wurden. Überhaupt konnte der Mausbiber nur Fragmente von Wänden, vom Boden und von der Decke erkennen. Durch das gesamte Labyrinth hindurch zogen sich breite und schmale Flure, spiralförmige Rampen und senkrechte Schächte.

Über der ganzen Szenerie lag gespenstisches, rötliches Licht, das in der verwirrenden Konstruktion unzählige Schatten hervorrief.

„Zu Fuß möchte ich hier nicht spazierengehen“, sagte Gucky schaudernd. „Ich glaube, ich würde innerhalb der ersten Minute mehrmals in ein Loch fallen.“

„Einmal würde genügen!“ stellte Orbiter Kaiman lakonisch fest.

Gucky pfiff schrill.

„Sie sind auch so einer, der seine Mitwesen mit schwarzem Humor zum Gruseln bringen will, was?“

„Durchaus nicht.“ Der Oxtorner lächelte. Seine Gesichtszüge wirkten in der trüben Beleuchtung satanisch. „Ich möchte Sie nur warnen, allein umherzuirren.“

„Hm!“ machte der Mausbiber, als hätte er die Antwort Kaimans nicht gehört. „Eigentlich sollte es hier typisch terranisch aussehen. Ich bin aber in meinem reichbewegten Leben bisher noch nicht auf eine terranische Konstruktion gestoßen, die derartig ineinander verschachtelte Bauelemente aufweist.“

Er unterbrach sich und lauschte dem Geräusch, das plötzlich ertönte.

Es klang, als wenn über ihnen ein Riese mit schweren Schritten dahintappte. Im nächsten Augenblick kamen die Geräusche von unten, dann von links – und brachen schlagartig ab.

Guckys Augen leuchteten.

„Wenn wir OLD MAN aufs Kreuz legen, verkaufe ich dieses Konstruktionsprinzip an die Terraner der britischen Erdregion. Die haben eine Vorliebe für Gespensterschlösser.“

„Ihre Sprache wird Ihnen kaum die Türen zum englischen Adel öffnen“, erwiderte Kaiman vorwurfsvoll. „So wie Sie spricht man einfach nicht.“

„Und so wie Sie *widerspricht* man nicht!“ empörte sich Gucky.

Er versuchte, sich hinterm Ohr zu kratzen, was jedoch wegen des geschlossenen Druckhelms mißlang.

„Verflixt und zugenäht! Ich sollte mir wirklich einen kleinen Mann bauen lassen, der ...“

Verblüfft starrte er den Oxtorner an.

Orbiter Kaimans Gesicht verriet tiefes Erschrecken. Er packte den Mausbiber bei den Schultern und schüttelte ihn.

„Was war das mit dem ‚kleinen Mann‘?“

Strampelnd versuchte Gucky, sich zu befreien. Er quietschte zornig. Außerdem schmerzte der harte Griff des Oxtorners.

Er entzog sich den Fäusten schließlich, indem er einen Meter zur Seite teleportierte.

Dabei geriet er jedoch über den Rand des bogenförmig geschwungenen Ganges hinaus und stürzte in die Tiefe.

Bevor er sich telekinetisch auffangen konnte, landete er auf einer abwärts führenden Rampe und rutschte in rasender Fahrt das spiralförmige Gebilde entlang.

Plötzlich gab es schräg unter ihm einen heftigen Aufprall und eine starke Erschütterung. Im nächsten Augenblick rissen ihn die kräftigen Arme des Oxtorner von der Rampe.

Gucky zuckte zusammen, in der Erwartung, daß Orbiter Kaiman ihn erneut schütteln würde.

Doch der Anthropologe setzte ihn nur sanft auf festem Boden ab.

Gucky bekam sogleich wieder Oberwasser.

„Warum gönnen Sie mir nicht einmal eine kleine Rutschpartie, Sie Kraftprotz? Müssen Sie mir denn jeden Spaß verderben?“

Kaiman grinste nur dünn und zeigte auf die Öffnung, in der die Spiralrampe verschwand. Über der Öffnung schimmerte ein fluoreszierendes Leuchtschild mit dem interkosmischen Symbol für tödliche Strahlungsgefahr.

„Was ist das?“

Orbiter Kaiman grinste nicht mehr.

„Höchstwahrscheinlich der Eingang zu einem Konverter!“

Auch der Mausbiber verlor jählings seinen Humor, als er die Bedeutung von Kaimans Worten erfaßte.

Es gab kein intelligentes Volk im bekannten Universum, die seine Atomkonverter so anlegte, daß jemand versehentlich hineinfallen konnte.

Hier jedoch konnte man beim geringsten Fehltritt eine Rampe hinabgleiten, die ganz normal aussah – außer der Tatsache, daß sie in einen Zufuhrtunnel mündete, der in einem Atomkonverter endete.

Folglich handelte es sich bei diesem Teil des Hauptdecks von Sektion VIII um eine Todesfalle. Wer hierher kam, kam zu einem Rendezvous mit dem Tod.

Es zeugte von Sadismus, daß über der Öffnung des Todestunnels das interkosmische Symbol für tödliche Strahlungsgefahr angebracht war, damit das unglückliche Opfer wußte, welcher Tod es erwartete – denn dagegen tun konnte es nichts mehr, es sei denn ein Oxtorner wie Kaiman risse es mit seinen gewaltigen Körperkräften vor dem gähnenden Schlund zurück.

„Ich glaube, es wird besser sein, wenn wir zurückteleportieren, Mr. Kaiman“, sagte er kleinlaut.

Orbiter Kaiman sah ihn prüfend an. Dann sagte er:

„Kannst du schweigen, Gucky?“

Der Mausbiber stellte die Ohren steif und öffnete den Mund ein wenig.

„Schweigen . . .?“

„Stell dich nicht dümmer, als du bist, Kleiner!“

Gucky stemmte die Fäuste in die Seiten.

„Dümmer als ich kann überhaupt . . . Oh! – Was erlauben Sie sich eigentlich, Sie Krokodil? Erst duzen Sie mich ungefragt, und dann beleidigen Sie mich auch noch!“

„Einen Moment mal!“ erwiderte Orbiter Kaiman tonlos. „Wegen des Duzens bitte ich um Entschuldigung; ich dachte, ich täte dir damit einen Gefallen, damit du mich ebenfalls nicht mehr ‚Mr. Kaiman‘ nennen mußt.“

„Unsinn! Von mir aus kannst du Gucky zu mir sagen, und ich nenne dich Orb oder so ähnlich. Die Tatsache, daß ich schon mehrere Leute mit deinem Vornamen kennengelernt habe, macht ihn auch nicht besser. Außerdem habe ich das Gefühl, daß du nicht nur – wenn überhaupt – Anthropologe bist. Und wenn das zutrifft, heißt du auch nicht Orbiter Kaiman, und dann kann es dir vollkommen wurscht sein, wie ich dich nenne. Kapiert?“

„Vollkommen. Aber deine Redeweise ist beinahe schon ordinär. Immerhin gibst du also zu, daß du Verdacht hinsichtlich meines – ähem . . . kleinen Mannes geschöpft hast?“

Gucky starrte den Oxtorner eine Weile erneut verständnislos an, dann schlug er mit der flachen Hand gegen die Stirnseite seines Druckhelms.

„Junge, Junge! Nur gut, daß Bully nichts von der Blamage erfährt. Deshalb wurdest du wild, als ich einen kleinen Mann erwähnte. Du nahmst an, es bezöge sich auf das Ding auf deiner Schulter!“

„Ja, bezog es sich denn nicht darauf? Dann allerdings begreife auch ich einiges. Ich nehme das mit dem ‚Dummstellen‘ selbstverständlich zurück, Kleiner.“

„Vielen Dank. Also, wie verhält sich das mit dem kleinen Mann, Orbi?“

Orbiter Kaiman holte tief Luft.

„Little Man ist ein Roboter, der eine Menge mehr über das Universum weiß, als ich es allein jemals erfahren könnte. Er gibt mir Ratschläge, wenn ich ihrer bedarf, und er warnt mich vor Gefahren und tut noch einiges andere. Als Gegenleistung trage ich ihn mit mir herum, leiste ihm Gesellschaft und gebe ihm Gelegenheit, seine Theorien in der Praxis zu erproben.“

„Hm!“ machte Gucky. „Also so etwas wie ein robotischer Symbiont, wie?“

„Man könnte es vielleicht so nennen. Aber ich möchte dich bitten, über mein Geheimnis zu schweigen. Außer mir weiß nur Janine Bescheid, und Roi Danton scheint etwas zu ahnen; dieser Freihändler ist ein bemerkenswerter Bursche. Es sollte mich nicht wundern, wenn die Menschen im Imperium in einigen Jahren von ihm sprechen.“

„Dafür würde ich sogar jede Wette eingehen. Dieser junge Mann verbirgt seinen wirklichen Charakter hinter einer vollendet einstudierten Maske; aber er hat etwas an sich wie Perry Rhodan in seinen jungen Jahren, als er daranging, die Terraner zur stärksten Macht in der Galaxis zu machen.“

Er pfiff bekräftigend.

„Mach dir um dein Geheimnis keine Sorgen, Orbi. Ich kann schweigen wie ein Grab; blöde Redensart überhaupt: Wer keinen Mund hat, kann nicht schweigen, er kann höchstens stumm veranlagt sein. Dieser

Bully! Er bringt immer dümmere Ausdrücke auf den Markt, und ich falle meistens darauf herein!"

„Einsicht ist der erste Schritt zur Besserung!"

„Wie bitte? Äh, was sagt dein Little Man dazu, daß wir zurückteleportieren?" Er kicherte. „Kurios! Wir haben einen Kleinen Mann in den Alten Mann gebracht!"

Orbiter Kaiman lachte schallend.

Aber er wurde schnell wieder ernst.

„Ich fürchte, der Kleine Mann befindet sich nicht mehr in OLD MAN, Kleiner. Dieser Baustil hier entspricht in keiner Weise der bewiesenen Tatsache, daß alles an und in OLD MAN nach terranischen Konstruktionsprinzipien gebaut wurde..."

„Spielt das denn eine Rolle?"

„Und ob! Ich fürchte, wir wurden während der Teleportation von einem Abwehrfeld erfaßt und umgeleitet, in eine Falle, die überall und nirgends liegen kann, nur nicht in OLD MAN."

„Ich verstehe. Schauen wir also nach, wo wir uns wirklich befinden!"

„Versuchen können wir's ja", gab der Oxtorner trocken zur Antwort.

„Wo die beiden nur bleiben?"

Perry Rhodan trat ungeduldig von einem Fuß auf den anderen. Unwillkürlich umklammerte er den Strahler fester, als zwei Kampfroboter nur wenige Meter entfernt vorübergingen. Aber die Maschinen bemerkten nichts von den Eindringlingen.

Eine monströse Gestalt im Kampfanzug der Solaren Flotte trat vor.

Iwan Iwanowitsch Goratschin war zweieinhalb Meter groß und entsprechend breit, doch das auffälligste Mutationsmerkmal stellten seine beiden Köpfe dar, von denen jeder ein eigenes Gehirn und demzufolge auch eine eigene Persönlichkeit besaß. Der eine wurde scherzhaft Iwan genannt, der andere Iwanowitsch – obwohl beide Namen natürlich zusammengehörten und „Iwanowitsch" lediglich besagte, daß Iwans Vater ebenfalls Iwan geheißen hatte.

Der gebürtige Sibirier war eine negative Mutation – aber nur vom äußeren Erscheinungsbild her. Hinter der Fassade stand die Parabegabung, durch koordinierte geistige Konzentration beider Gehirne Kalzium- und Kohlenstoffatome über große Entfernungen hinweg zum Kernfusionsprozeß anzuregen. Deshalb nannte man ihn den „Zündermutanten".

„Darf ich einen Vorschlag äußern?" fragte Goratschin bescheiden.

Er war immer bescheiden, dieser Riese von Gestalt – und den Großadministrator verehrte er mit der Hingabe eines Mannes, der Kindheit und Jugend und Reife in der Atmosphäre von Mißtrauen, Furcht und Abscheu zugebracht hatte, bis Perry Rhodan ihn als erster Mensch als das behandelte, was er wirklich war: als gleichwertigen Menschen.

Dieser Zeitpunkt, von dem an sich Iwans Leben grundlegend geändert hatte, lag über vierhundert Jahre zurück; aber ebensowenig, wie der Mutant seit dem Empfang des Zellaktivators gealtert war, ebensowenig war seine Treue zu Rhodan geringer geworden.

Perry lächelte den Gefährten ermunternd an.

„Bitte, sprechen Sie, Iwan Iwanowitsch!"

Goratschin räusperte sich verlegen.

„Danke, Sir! – Ich wollte vorschlagen, daß wir uns auf den Weg nach oben machen."

Er deutete mit einer Kopfbewegung gegen die Decke der Schleusenhalle.

„Gucky hätte von seinem Sprung zum Hauptdeck längst zurück sein müssen. Ich fürchte, er ist in eine Falle geraten."

„Das fürchte ich auch!" rief John Marshall. „Zumindest wagt er sich nicht zu rühren, ja nicht einmal den Individualabsorber für einen Sekundenbruchteil abzuschalten und mir eine telepathische Nachricht zukommen zu lassen."

„Ich verstehe das nicht", warf Roi Danton ein. „Schließlich hat Monsieur Kaiman ihn begleitet, und ich bin davon überzeugt, daß der Oxtorner eine größere Hilfe für ihn darstellt als Sie oder ich beispielsweise."

„Sie müssen es ja wissen, Monsieur Danton!" sagte Perry Rhodan sarkastisch. „Auf Ihr Zureden hin haben wir der Aktion bekanntlich zugestimmt."

„Niemand ist vollkommen, Grandseigneur. Und für jeden Mann

gibt es einmal den Zeitpunkt, da er einem noch besseren gegenübersteht – oder in diesem Falle etwas besseren."

„Sie plädieren also ebenfalls für einen Vorstoß nach oben?"

Roi verneigte sich.

„Oui, Grandseigneur! Mit einer Einschränkung allerdings: Mindestens einer der anwesenden Herren muß hierbleiben, damit Gucky im Falle seiner Rückkehr informiert wird."

„Ich halte den Vorschlag für vernünftig", rief Atlan.

„Ich auch", erwiderte Rhodan. „Wenn Sie einverstanden sind, Monsieur Danton, dann bleiben Sie bitte hier."

„Ich bleibe ebenfalls hier!" warf Janine Goya ein. „Orbiter kommt sicher mit dem Mausbiber zurück, und er würde sich wundern, mich nicht mehr anzutreffen."

„Einverstanden, Miß Goya", erwiderte Rhodan. „Dann ist wenigstens jemand da, der auf den leichtsinnigen Monsieur aufpaßt."

Orbiter Kaiman zögerte kurz, bevor er die schmale, grazile Brücke betrat.

Das war sein Glück.

Die Brücke löste sich innerhalb eines Sekundenbruchteils in Nichts auf. zwischen den beiden scheibenförmigen Räumen klaffte ein sechs Meter breiter Abgrund.

Aber sechs Meter waren für einen Oxtorner unter Erdschwerebedingungen nur ein halber Schritt.

Er griff nach hinten, hob den Mausbiber hoch und nahm ihn auf den Arm. Dann setzte er ohne spürbare Anstrengung hinüber.

Mit angespanntem Gesicht landete er auf beiden Füßen – und stieß erleichtert den Atem aus, als der Boden diesmal stabil blieb.

Nachdem Gucky ebenfalls aufgeatmet hatte, konnte er sich eine seiner üblichen provozierenden Bemerkungen nicht verkneifen.

„Du brauchst gar nicht so zu zittern, Orblich! Wenn der Boden sich als Vater Montana erwies . . ."

„Fata Morgana!" korrigierte ihn Kaiman.

„Ich sagte ja: Moloch Fatala! – Ähem . . . also, als fatales Loch erwiesen hätte, wäre ich einfach mit dir teleportiert. Innerhalb kleiner Radien vermag ich mich durchaus sicher zu versetzen."

„Hm!“ brummte der Oxtorner. „Das habe ich vorhin gesehen, als du auf die Todesrutsche teleportiertest. Besser, du läßt solche Seitensprünge bleiben. Es könnte beim nächstenmal niemand da sein, der uns vor dem Konverter bewahrt.“

„Immerhin weißt du nun, daß ich im Notfall unser Rettungsanker bin. Dieses Wissen wird dir Sicherheit genug verleihen, um uns hier herauszubringen.“

„Aha!“ machte Orbiter.

Er setzte den Mausbiber auf den Boden zurück und kletterte eine kurze Rampe hinauf. Nach einer Weile kehrte er zurück und sagte:

„Ich habe einen relativ guten Weg gefunden, Gucky. Soll ich dich tragen, oder möchtest du allein gehen?“

„Ich gehe allein!“ protestierte Gucky, fügte aber rasch hinzu: „Zumindest könnte ich das, wenn ich wollte. Aber ich mag nicht. Wenn du mich trägst, kann ich dich schneller in Sicherheit teleportieren, falls es notwendig sein sollte.“

Der Oxtorner lächelte.

Er hatte inzwischen herausgefunden, daß der Mausbiber nicht gern lief. Das war verständlich, wenn man bedachte, daß sein birnenförmig plumper Rumpf auf Dauer viel zu schwer für die schwach ausgeprägten Beinchen war.

Er hob ihn auf den rechten Arm und lief gewandt die Rampe hinauf. Eine ovale Plattform tauchte auf. Sie schwebte anscheinend frei in der Luft, aber sie trug das Körpergewicht der beiden Wesen, und das war schließlich die Hauptsache.

Orbiter Kaiman sah sich um, doch nirgends gab es ein Anzeichen für die Anwesenheit anderen Lebens.

Und doch hatten sie vor etwa einer halben Stunde Geräusche vernommen, die an das Stampfen eines Riesen – oder eines Roboters – erinnerten!

Behende eilte der Oxtorner über die Plattform. An ihrem Ende führte eine spiralige Rampe mit zwei Meter hohen, nach innen gewölbten Wänden in die Tiefe. Unten verlief sie in einer Bremsbahn und endete scheinbar neben einem Gleitband.

Aber Orbiter traute dem äußeren Anschein nicht.

Gar zu leicht mochte sich das, was jetzt wie ein Bremsband aussah, in die Mündung einer Vernichtungsmaschine verwandeln, sobald sie erst einmal abwärts glitten – und wer konnte wissen, was mit dem Gleitband geschah, wenn man es betrat.

Er setzte sich auf den Rand der Plattform und streckte einen Fuß aus, um die Realität der benachbarten Plattform zu erproben. Er stieß auf festen Widerstand.

Und doch sprang er in eine Falle.

Es war ein Gefühl, als wäre er in transparenten, zähflüssigen Schleim geraten, in eine sirupähnliche Masse, die seinen Bewegungen hemmend entgegenwirkte.

Sobald er merkte, daß er trotz einer gewissen Bewegungsfreiheit keinen Schritt vorankam, blieb er stehen.

„Was ist?“ fragte Gucky. „Soll ich teleportieren?“

Kaiman wollte den Kopf schütteln, brachte aber nur eine lahme Achteldrehung zuwege.

„Lieber nicht, Gucky. Hab etwas Geduld. Ich muß erst einmal nachdenken.“

Er schloß die Augen und „rief“ Little Man.

Als er die Augen nach einigen Minuten wieder öffnete, fragte Gucky spöttisch:

„Nun, was hat dein Kleiner Mann vorgeschlagen?“

Kaiman ging nicht auf den Ton ein. Ernsthaft erwiderte er:

„Er meint, wir sollten auf dem Höhepunkt der Ultraschwingungsphase teleportieren.“

„Ultraschwingungsphase? Was ist das?“

Der Oxtorner zuckte unmerklich die Achseln.

„Little Man sagte, wir würden es schon merken. Erklärungen seien überflüssig und zeitraubend, denn bis zum Einsetzen der Ultraphase müßten wir ein Gebiet maximaler Instabilität erreicht haben.“

„Dein Kleiner Mann spricht in Rätseln, Freund. Oder meint er mit maximaler Instabilität etwa den Zustand dieser komischen Bauelemente?“

„Er sieht das ein wenig anders, Gucky. Er betrachtet das, was wir als fragmentarisches Bauwerk ansehen als eine selektive Raumspannungsmodifikation.“

„Scheint ein gelehrter Bursche zu sein. Also los, dann wollen wir das Gebiet maximaler Instabilität in dem selektiven Dingsda suchen. Perry wird schon zappelig sein, weil wir nicht zurückkommen.“

Orbiter Kaiman lächelte verkrampft.

Mit aller Kraft stieß er sich von der Plattform ab – und das, was ihn an der horizontalen Fortbewegung gehindert hatte, setzte der vertikalen Bewegung keinerlei Widerstand entgegen.

In etwa zehn Metern Höhe griff der Oxtorner nach einem überhängenden Bauelement, zog sich daran hoch und schritt darauf vorwärts – in ein Gebiet hinein, in dem mehr und mehr der skurrilen Gebilde sich in Nichts auflösten, sobald sie berührt wurden.

Roi Danton sah der Gruppe mit verkniffenem Gesicht nach. Im Gänsemarsch verschwanden die Männer durch eines der offenen Schotts, wobei sie sich dicht an den Wänden hielten; immer wieder tauchten Arbeitsroboter im angrenzenden Gang auf, und ein Zusammenstoß hätte die Menschen verraten.

Nachdem die Gefährten in einen Seitengang abgebogen waren, räusperte sich Roi und wandte sich der hübschen Oxtornerin zu.

„Janine Goya ...", sagt er nachdenklich. „Hieß einer Ihrer Vorfahren vielleicht Francisco José ...?"

„Kein direkter Vorfahr von mir." Sie lächelte. „Francisco war ein Verwandter meiner Urahnen. Er selbst hinterließ keine legitimen Nachkommen."

„Immerhin ... Es ist doch seltsam, wie oft die großen Namen der Vergangenheit auch heute noch auftauchen. Der große Maler und Radierer Francisco José de Goya – der Revolutionsheld Danton: Beide lebten in etwa der gleichen Geschichtsepoche, und ihre direkten oder indirekten Nachkommen treffen sich im Wega-System, in der Schleusenhalle eines Riesenroboters ..."

„Reden Sie doch nicht solchen Unfug!" wehrte Janine ab. „Sie sind doch überhaupt kein Nachfahre des Revolutionärs Danton!"

Roi legte die Hand aufs Herz.

„Mademoiselle, mein Name lautet Roi Danton. Was kümmert es mich, ob die Verwandtschaft mit Georges-Jacques fleischlicher oder geistiger Natur ist. Im Spiegel der Historie werden wir beide einmal als Revolutionäre auftauchen."

Janine Goya lachte verächtlich.

„Wollen Sie etwa eine Revolution gegen Perry Rhodan aufziehen?"

„Aber ich bitte Sie, Mademoiselle! Wir Freihändler sind treue Bürger des Imperiums, und wir haben nicht die Absicht, die Einheit der Menschen zu gefährden. Nein, unsere Revolution richtet sich gegen den Konservativismus in jeder Form, gegen die Verknöcherung des Geistes und gegen die ewige Gefahr der Dekadenz."

„Nun, die Völker, die von Ihnen ins kosmische Handelsnetz einbezogen wurden, werden ganz bestimmt nicht zur Dekadenz neigen; dazu haben Sie sie viel zu sehr ausgeplündert."

„Geschäft ist Geschäft, Mademoiselle. Jeder nimmt, was er kann und gibt, was er muß."

Er lächelte.

„Auf keinen Fall können Sie behaupten, daß irgendeine beliebige Art, die wir entdeckt und für den interkosmischen Handel erschlossen haben, eine Verschlechterung ihres Lebensstandards hinnehmen mußte. Sie verdiente stets daran, wenn auch zugegebenermaßen nicht immer im gleichen Umfang wie wir."

„Auch das bleibt Ausbeutung, Monsieur Danton. Da lobe ich mir doch den Konservativismus der alten britischen Händler des neunzehnten Jahrhunderts."

„Sie verdienten an einer Ware oft mehr als tausend Prozent, Mademoiselle Goya. Nennen Sie das etwa ein positives Beispiel?"

Ärgerlich wandte sie sich ab.

„Ach, mit Ihnen wird man ja doch nicht fertig! Überlegen wir lieber, wie wir Orbiter helfen können!"

Roi grinste.

„Halten Sie uns für fähiger als den ‚kleinen Mann' Ihres verehrten Partners?"

„Unsinn! Little Man muß erst noch . . . Oh!"

„Aha! Er heißt also tatsächlich ‚Kleiner Mann'. Wie interessant! Ist es ein Roboter?"

Janine warf ihm einen zornigen Blick zu. Ihre Rechte fuhr unwillkürlich zu der schweren Waffe, die sie in das Gürtelhalfter zurückgeschoben hatte. Aber dann winkte sie resignierend ab.

„Fangen Sie nicht noch einmal davon an, Danton, sonst vergesse ich mich eventuell!"

„Excusez mon importunité!" murmelte er. „Entschuldigen Sie meine Zudringlichkeit."

Da sie daraufhin lachte, versuchte er es noch einmal.

„Was wollten Sie vorhin sagen, Little Man muß erst noch ...? Lernen? Oder was?“

Doch Janine preßte nur die Lippen zusammen und schwieg.

Roi lehnte sich gähnend an die Wand.

„Nun, dann kann ich Ihrem Orbiter auch nicht helfen!“

Aber wenn er geglaubt hatte, Janine Goya würde sich dadurch hinreißen lassen, ihm das Geheimnis von Little Man zu verraten, so hatte er sich getäuscht.

Janine schwieg.

Rund zehn Minuten später kehrte Perry Rhodan mit seiner Gruppe zurück.

Er machte einen ziemlich verwirrten Eindruck, was Roi von allen Anwesenden am meisten erschreckte, denn er wußte besser als sie, daß sein Vater sich normalerweise überhaupt nicht verwirren ließ.

„Wir kommen nicht durch“, sagte Atlan. „Etwa fünfhundert Meter von hier beginnt etwas, das man mit unseren Begriffen überhaupt nicht erklären kann: eine Krümmung der Raum-Zeit-Linien vielleicht oder ein semi-materielles Labyrinth. Ich weiß es nicht.“

Der Boden löste sich unter seinen Füßen auf.

Orbiter Kaiman warf sich nach rechts, fiel durch etwas hindurch, das er bisher für eine stabile Wand gehalten hatte, und geriet in den Sog eines aufwärts gerichteten Gravitationsfeldes.

Gucky klammerte sich an dem Oxtorner fest und starrte mit großen Augen umher. Diese Umgebung war für ihn noch unheimlicher als für Kaiman, denn er vermochte in ihr mit seinen Parakräften so gut wie nichts anzufangen.

„Ich werde meinen Individualabsorber für kurze Zeit ausschalten“, meinte er. „Dann sollte es mir gelingen, telepathische Verbindung mit John Marshall zu bekommen.“

Kaiman gab nur einen empörten Schnaufer von sich; er war mit dem Schädel gegen eine Decke geprallt, die vorher nicht dagewesen war. In dem eigentümlich glitzernden Material zeigte sich eine schüsselförmige Einbuchtung.

Er stieß sich mit der Hand ab, denn der gravitatorische Sog war konstant geblieben. Erst schnell, dann langsam fielen sie nach unten. Eine zungenförmige Ausbuchtung bot der suchenden Hand des Oxtorners Halt. Er zog sich hinauf, pendelte einige Sekunden lang mit aufwärts gerichteten Beinen hin und her, da die Ausbuchtung elastisch nachgab – und schnellte sich dann in eine parallelelogrammförmige Öffnung.

Eine Weile hatte er damit zu tun, sich aus einem Gewirr klebriger Fäden zu befreien.

Danach richtete er sich ächzend auf.

„Hattest du etwas gesagt, Kleiner?"

„Mmmpf!" machte Gucky.

Orbiter lachte und entfernte das Fadenbündel, das sich quer über den Mund des Mausbibers gelegt hatte.

„Pfui Teufel!" schimpfte Gucky. „Ich konnte das Zeug nicht einmal telekinetisch wegkriegen!"

Er spuckte aus.

„Ich schlug gerade vor, meinen Individualabsorber kurzfristig zu desaktivieren und während dieser Zeit mit Marshall telepathische Verbindung aufzunehmen."

Der Oxtorner überlegte einen Augenblick, dann nickte er.

„Ich denke, das kann nichts schaden, da wir uns anscheinend nicht in OLD MAN befinden."

Der Mausbiber hob die Hand und drückte einen Knopf des Hauptschaltgeräts am Gürtel.

Hallo, John! dachte er so intensiv wie möglich. *Gib einen kurzen Impuls durch, falls du mich hörst!*

„Keine Antwort!" murmelte er enttäuscht.

Er versuchte es noch einmal.

Beim drittenmal glaubte er, einen ganz schwachen Impuls wahrzunehmen. Aber als der Empfang besser wurde, identifizierte er nur eine schmerzerzeugende Schwingung.

Er berichtete dem Oxtorner davon.

„Schwingung?" sagte Kaiman. „Einen Augenblick, bitte!"

Wieder schien es so, als neige er den Kopf lauschend nach links, dem halbkugelförmigen Little Man zu.

„Das ist die Ultraschwingungsphase!" rief er gleich darauf. „Gucky, wir haben sie!"

„Nein, sie hat mich!“ gab der Mausbiber kläglich zurück. „Mir ist, als ob in meinem Gehirn tausend Maulwürfe graben.“

„Komisch, ich spüre nichts.“

„Wahrscheinlich nur... Au! Oh, es zerreißt mir den Verstand!“

Er stöhnte einige Minuten lang.

„Wahrscheinlich werden nur Wesen mit Paragaben betroffen“, sagte er in einer Schmerzpause.

Orbiter Kaiman antwortete nicht.

Der Oxtorner stand steif wie eine Säule.

Ihn bewegte nur ein Gedanke:

Hoffentlich sind wir nun in dem bewußten Gebiet maximaler Instabilität!

Verzweiflung stand in den Blicken der Männer. Sie hatten erfahren müssen, daß es keinen Weg nach oben gab. Das bedeutete nicht nur, daß sie weder dem Mausbiber noch dem Oxtorner helfen konnten, sondern es machte auch ihre Hoffnung zunichte, jemals ein anderes Schiff erbeuten und mit ihm fliehen zu können.

„Ich verstehe das nicht“, sagte Iwan Iwanowitsch Goratschin. „Diese Raum-Zeit-Verbindung deutet darauf hin, daß die Ortungstaster von OLD MAN etwas Verdächtiges innerhalb der achten Sektion festgestellt haben. Aber weshalb benehmen sich dann die Kampf- und Arbeitsroboter genau so unwissend wie zuvor? Das ist doch ein Widerspruch!“

Perry Rhodan blickte zu einem Kampfroboter auf, der einen Meter an ihm vorbeimarschierte.

Das Ungetüm terranischer Konstruktion stampfte bedächtig vorüber. Der Kopf drehte sich weder nach rechts noch nach links.

„Nein, die Roboter sind nicht informiert“, flüsterte er erregt. „Und das bedeutet nach allen Erfahrungen, die wir bisher mit Warn- und Alarmsystemen gemacht haben, daß OLD MAN nichts von unserer Anwesenheit in Sektion VIII weiß.“

„Und Orbiter? Und Gucky?“ schrie Janine Goya. „Sie wären doch längst zurückgekehrt, wenn sie nicht von irgendeinem Sicherheitsmechanismus betäubt, gefangengenommen oder gar... getötet worden wären!“

„Es gibt noch eine andere Möglichkeit", warf Tako Kakuta ein.

Alle sahen den terranischen Teleporter an. Kakuta besaß ebensoviel Erfahrungen auf dem Gebiete der Teleportation wie Gucky. Vielleicht konnte er die Lage von allen Anwesenden am besten beurteilen.

„Gucky könnte den Sprung falsch angesetzt haben. Möglicherweise materialisierte er mit Mr. Kaiman in einer anderen Sektion von OLD MAN."

Er zuckte hilflos die Achseln.

„Sie brauchen mir natürlich nicht zu sagen, wie unwahrscheinlich ein Fehlsprung des Mausbibers ist. Ich weiß besser als Sie, mit welcher Genauigkeit er ein Ziel anpeilt und wie exakt er seine Sprungenergie nach den jeweiligen Koordinaten bemißt."

„Könnte eine automatische und autark arbeitende Teleporterfalle nicht auch ...?" begann Goratschin.

Kakuta schüttelte den Kopf.

„Theoretisch ja, aber in der Praxis hätte das unweigerlich einen Großalarm ausgelöst, Iwan. Bedenken Sie bitte, daß alle nicht paraphsychisch begabten Wesen – und dazu gehören auch alle Roboter mit eigenem Bewußtsein – eine instinktive Abwehrhaltung gegen jeden sogenannten Mutanten einnehmen. Falls es eine Teleporterfalle in Sektion VIII gäbe, wäre die Reaktion ausgesprochen allergisch gewesen."

Roi Danton seufzte.

Er hatte seine bestimmten Vorstellungen davon, welchen Wert wissenschaftliche Debatten besaßen, sobald sie einen toten Punkt erreicht hatten.

„Ich will den Anfang dieses semimateriellen Labyrinths sehen", sagte er entschlossen.

Er drängte zwei Männer beiseite und ging auf das Schott zu, durch das sein Vater mit den anderen vorhin zurückgekehrt war.

„Ich komme mit!" rief Janine Goya.

Sie eilte hinter ihm her und holte ihn kurz vor dem Schott ein.

„Was soll das?" fragte Atlan. „Meinen Sie etwa, Sie würden mehr finden als wir?"

Roi Danton hörte nicht darauf.

Er hatte Mühe, der Oxtornerin zu folgen.

„Links abbiegen!“ sagte er nach hundert Metern.

Er wußte noch genau, wo die Gruppe seines Vaters abgebogen war.

Und einige hundert Meter weiter mußte das seltsame Labyrinth beginnen.

Doch nachdem sie etwa hundert Meter gelaufen waren, hatten sie immer noch kein Labyrinth entdeckt. Arbeits- und Kampfroboter kamen ihnen in normaler Gangart entgegen.

Endlich blieb Janine stehen.

„Hier gibt es kein Labyrinth.“

Roi atmete keuchend und rang nach Luft. So schnell war er lange nicht gelaufen.

„Es ist fort!“ stieß er hervor. „Weg! Einfach verschwunden!“

Er schaltete seinen Helmkom auf minimale Reichweite.

„Hier Danton, Messieurs. Kein Labyrinth oder etwas Ähnliches. Ende!“

Niemand antwortete.

Aber einige Sekunden später materialisierte Tako Kakuta neben ihnen und blickte sich verwundert um.

Nach mehreren Minuten stürmten Perry Rhodan, Atlan und Goratschin um die letzte Biegung. Hinter ihnen erschienen die anderen Männer.

Und dann erscholl die allen gut bekannte, piepsige und freche Stimme des Mausbibers.

„Was soll der Zirkus? Warum lauft ihr alle weg, wenn ich komme? Ein bißchen mehr Begeisterung hatte ich ja erwartet, wenn auch nicht gerade Blumen.“

„Die Lage ist weitaus verworrener als am Anfang“, kommentierte Perry Rhodan die letzten Ereignisse. „Gucky und Mr. Kaiman waren in einem Labyrinth instabiler Gebilde gefangen, während wir nur wenige hundert Meter von der Schleusenhalle entfernt auf ein anscheinend semi-materielles Labyrinth stießen.

Beide Labyrinthe verschwanden schlagartig und zur gleichen Zeit, als in Guckys Aufenthaltsort der Zustand maximaler Instabilität mit dem Einsetzen einer sogenannten Ultraschwingungsphase zusammenfiel. Von all dem hat OLD MAN offensichtlich nichts bemerkt.

Die nächstliegende Folgerung aus diesen Beobachtungen ist, daß jene Ereignisse sich ohne Wissen und ohne Dazutun des Riesenroboters abspielten. Im anderen Falle wären wir längst nur noch gejagtes Wild."

Er blickte von einem zum anderen.

„Falls jemand von Ihnen einen guten Rat bei der Hand hat, dann soll er damit herausrücken. Wir kommen der Lösung nur dann näher, wenn alle geistig mitarbeiten."

„Vielleicht sollten wir einen Test durchführen", schlug Tako Kakuta vor. „Ich konzentriere mich auf die Koordinaten des Hauptdecks und teleportiere."

Rhodan hob abwehrend die Hände.

„Auf gar keinen Fall. Es besteht ein ziemlich hoher Wahrscheinlichkeitsgrad dafür, daß das Labyrinth – oder wie man es sonst nennen könnte – durch das Freiwerden größerer Quantitäten von Paraenergie aktiviert wird. Und wir wissen nicht, ob die Sache beim zweitenmal wieder so relativ harmlos abgeht."

„Wir haben eine Menge Fakten gesammelt", warf Atlan ein. „Ich schlage vor, wir besetzen ein zweites Ultraschlachtschiff und benutzen dessen Normalpositronik, um die Fakten auszuwerten."

„Das wäre zu gefährlich!" rief Roi Danton. „OLD MAN würde es sofort entdecken, wenn wir mit der Positronik eines seiner Schiffe manipulieren. Außerdem befürchte ich, daß uns ein positronisches Gehirn nicht mehr sagen kann, als wir selbst schon wissen."

Er warf dem Oxtorner einen bedeutungsvollen Blick zu, als wollte er damit sagen: Wäre es anders, hätte Ihr Kleiner Mann es uns schon gesagt.

„Wir müssen uns damit abfinden", erklärte er bestimmt, „daß wir wieder ganz am Anfang stehen. Die beiden Teleporter sind nur begrenzt einsatzfähig, und das Labyrinth müssen wir ausklammern, bis wir das wichtigste Problem gelöst haben."

„Also Vorstoß zur Zentralehalbkugel?" fragte Perry Rhodan.

„Ja!"

Der Großadministrator nickte.

„Wie denkst du darüber, Freund?" wandte er sich an Atlan.

Der Arkonide seufzte.

„Akzeptiert. Eine Flucht würde ich sowieso nicht befürworten."

„Höchstens eine Flucht nach vorn", erwiderte Rhodan mit ironischem Lächeln. „Denn das ist es, was wir von nun an in Wirklichkeit tun."

26.

„Ich komme mir vor wie eine nackte Ameise in einem Bienenstock", stieß Oro Masut zornig und hilflos hervor.

Roi Danton lachte. Aber es war kein freudiges Lachen. Die Vorstellung, daß der ertrusische Riese sich als Ameise fühlte, entbehrte nicht einer gewissen Tragik, denn unter ähnlichen Vorstellungen hatten sie alle zu leiden.

Zwischen Perry Rhodan und seinem Sohn flimmerte die Luft, dann materialisierte Gucky.

Er nickte, das war das Zeichen dafür, daß die nächste Abteilung der achten Sektion ungefährdet betreten werden konnte.

Rhodan hob die rechte Hand, ballte sie zur Faust und stieß sie dreimal ruckartig nach oben. Das war in dem Augenblick, in dem sich das Schott vor ihm öffnete und eine Gruppe stumpfsinnig dahintrottender Wartungsroboter durchließ.

Die Männer des Einsatzkommandos verstanden das Signal.

Sie folgten Rhodan durch das offene Schott. Mit langen Sprüngen und dennoch so leise wie möglich hetzten sie vorwärts.

Hinter dem Schlußmann knallte das schwere Panzertor in die Hermetikdichtung zurück.

Langsamer gingen sie weiter.

In etwa hundert Metern Entfernung würden sie auf das nächste Schott stoßen – und wiederum darauf warten müssen, bis es sich von selbst öffnete, um Wartungs- oder Kampfroboter oder Versorgungskarren durchzulassen.

Es war eine Art des Fortkommens, die den Menschen ihre gefährliche Lage zusätzlich demonstrierte. Wahrscheinlich hätten die Öffnungsmechanismen der Schotte auch angesprochen, aber höchstwahrscheinlich wurde jeder dieser Vorgänge kontrolliert und ausgewertet, und wie eine Auswertungspositronik auf die Tatsache reagieren würde, daß sich Schotte scheinbar geisterhaft selbständig öffneten und schlossen, ohne jemanden passieren zu lassen, konnte sich jeder selbst ausrechnen.

Innerhalb von Sekunden wäre die Tarnung durch Individualabsorber und Lichtwellenreflektoren nutzlos geworden.

Roi hielt sich in der Nähe seines Vaters.

Neben ihm wiederum hielt sich beharrlich die Riesengestalt Oro Masuts, seines ertrusischen Leibwächters.

Orbiter Kaiman bildete den Schluß.

„Ich möchte meinen Helm gern wieder einmal abnehmen, Monsieur!" drang Masuts Stimme aus Rois Helmkom.

Roi grinste.

„Falls Sie Stickstoffatmer sind, bitte . . .!"

Oro fluchte unterdrückt.

Roi Danton grinste nicht mehr. Auch er hätte ein ungezwungenes, freies Atmen diesem Vegetieren innerhalb des Raumanzug-Kreislaufs vorgezogen. Aber was sollte man tun, wenn die Räume unterhalb des Hauptdecks nur eine Stickstoffatmosphäre besaßen? Ganz im Gegensatz zu dem Schleusenhangar, in dem sie angekommen waren! Stickstoff genügte für die Roboter und das Material der Inneneinrichtungen. Selbst das Vakuum des Weltraums hätte keine Schäden hervorgerufen, jedenfalls nicht sofort. Aber eine Stickstoffüllung garantierte die maximale Lebensdauer des Materials, eine höhere Lebensdauer, als es bei einer Sauerstoffatmosphäre irdischer Zusammensetzung der Fall gewesen wäre.

Perry Rhodan streckte den Arm aus. Die flache Hand bedeutete Halt!

Roi Danton sah das geschlossene Schott.

Wieder einmal würden sie warten müssen, bis es sich öffnete, um Roboter oder Gerätekarren durchzulassen.

So, wie ein Hund geduldig wartete, bis sein Herr die Tür öffnete, um hinauszugehen . . .

Der Freihändler lächelte bei diesem Vergleich voller Zynismus.

Zischend fuhren die Tore des Schotts zur Seite, früher als erwartet.

Eine Kavalkade von acht robotgesteuerten Gerätewagen rollte auf kleinen, breitflächigen Rädern an den wartenden Männern vorbei.

Wieder stieß Rhodans Faust nach oben.

Wieder sprangen die Männer vorwärts, versammelten sich in einem kuppelförmigen Raum, von dem aus mehrere Flure und Antigravlifts abzweigten.

Perry Rhodan wandte sich um und musterte seine Leute.

Dann ertönte seine Stimme aus den aktivierten Helmempfängern.

„Noch können wir uns dafür entscheiden, ein Ultraschlachtschiff zu erbeuten und damit zu fliehen . . .“

„Und bringe uns nicht in Versuchung . . .“, murmelte Roi.

Einige Männer lachten, andere stießen leise Verwünschungen aus.

Rhodan verzog mißbilligend das Gesicht. Roi Danton sah es deutlich durch den transparenten Kugelhelm hindurch; er sah aber auch im Hintergrund der Augen des Vaters die leichte Belustigung.

Rhodan deutete mit der Hand auf einen der Gänge.

„Dort geht es zu einem Hangar. Dort winkt das Tor zur Freiheit.“ Er wies mit einer Kopfbewegung auf das Doppeltor des Lifts. „Hier geht es Gefahren entgegen, die wir nur vage kennen. Entscheiden Sie sich.“

Roi Danton wandte sich ebenfalls um. Er breitete die Arme aus und rief den Männern theatralisch zu:

„Messieurs! Sie haben es gehört. Aber meiner maßgeblichen Meinung nach hatten wir uns bereits entschieden, bevor wir zu diesem Unternehmen aufbrachen. Wir waren bereit, den Gefahren kühn ins Auge zu blicken und notfalls unser Herzblut hinzugeben für die große Idee der Freiheit und der Würde des Menschen, der sie besitzt.“

Lordadmiral Atlan lachte rauh.

„Sehr scharfsinnig, Monsieur Danton. Aber immerhin: Ich befürworte ebenfalls, daß wir das einmal begonnene Unternehmen so oder so zu einem Ende bringen. Auch ohne die Spezialausrüstung in der vernichteten VIII-696 sind wir nicht zu verachten. Jeder Mann besitzt in seinem Ausrüstungstornister genügend Mikrosprengkörper, um OLD MAN entscheidend schädigen zu können. Doch das sollte wirklich nur getan werden, wenn alle anderen Möglichkeiten endgültig ausgeschlossen werden müssen.“

Zustimmende Rufe wurden laut.

„Im Notfall zerstöre ich OLD MAN ganz allein!“ rief Iwan Goratschin.

„Und seine Blicke waren wie die Blitze aus dem Himmel, wie das Feuer aus den Vulkanen und die Eruptionen aus der Sonne!“ sagte Roi todernst.

„Ach hören Sie doch auf!“ brauste John Marshall auf. „Wir brauchen hier keinen Hofnarren, sondern klardenkende Menschen!“

Roi griff nach einem imaginären Degen.

„Das ist eine tödliche Beleidigung, Monsieur! Ich werde Ihnen meine Sekundanten schicken!“

„Schweigen Sie!“ befahl Perry Rhodan.

Einige Sekunden lang redeten die Männer durcheinander. Außer Atlan schien niemand zu merken, daß sich der Freihändler über die Wirkung seiner Worte königlich amüsierte.

Als Stille eintrat, sprachen sich auch die restlichen Mutanten sowie die Spezialisten für eine Fortsetzung des Unternehmens aus.

„Ich danke Ihnen“, sagte Perry Rhodan schlicht. „Und ich denke, wir werden Erfolg haben.“

Er wandte sich um und schritt auf einen der Liftschächte zu.

Ein kurzer Peilstrahl hatte die Entfernung bis zum Ende des Schachtes mit zweieinhalb Kilometern ausgelotet.

Zweieinhalb Kilometer, das war die Hälfte der Strecke bis zum Hauptdeck, das die Plattform VIII in zwei große Abteilungen unterteilte.

Roi brauchte sich nicht anzustrengen, um auszurechnen, daß man nur noch drei gleichartige Liftschächte benötigen würde, um zum Oberdeck der achten Sektion zu gelangen.

Aber zwischen Theorie und Praxis klafft oft eine unüberbrückbare Kluft.

So auch hier.

Sie hatten etwa die Hälfte der zweieinhalb Kilometer zurückgelegt, als sich in der vier Meter durchmessenden Röhre ein dunkles Etwas herabsenkte.

Eine Lastplattform!

„Zurück!“ befahl Perry Rhodan.

Das war leichter gesagt als getan, denn es hätte den Einsatz der Antigravgeneratoren vorausgesetzt, was leicht zu orten gewesen wäre.

Sie befanden sich im Bann eines gravitatorischen Umkehrsogs, der die Abschlußdecke des Schachts zur Bodenfläche einer imaginären Welt von etwa 0,2 Gravos machte – so hatten sie jedenfalls bisher geglaubt, weil es in ihren Raumschiffen so war.

Doch das konnte nicht stimmen, denn sonst hätte sich die Plattform nicht herabsenken können.

„Partial-Situationsschaltung!“ rief Orbiter Kaiman. „Wir müssen die Plattform herankommen lassen und dann versuchen, sie zu entern!“

„Gucky, Kakuta!“

Das war wieder Perry Rhodans Stimme.

Der Großadministrator hatte erkannt, daß Kaimans Vorschlag besser war als sein erster. Aber er schwebte an der Spitze der Kolonne und besaß deshalb einen besseren Überblick als der Oxtorner.

Und Roi Danton erkannte, was seinen Vater zu seinem alarmierenden Ruf veranlaßt hatte.

Der Zwischenraum zwischen Wandung und Plattform betrug höchstens einen halben Meter, und er schwankte zudem noch, da die mächtige Platte leicht schlingerte.

Wer von ihrem Rand gegen die Wandung gepreßt wurde, der würde einen schmerzhaften Tod sterben.

Die beiden Teleporter mochten es gesehen haben oder nicht. Jedenfalls handelten sie, ohne detaillierte Befehle abzuwarten. Sie kannten Perry Rhodan fast ebenso gut wie sich selbst; für sie war er ein vertrauter Gefährte durch die Jahrhunderte – und das machte sich in Lagen wie dieser tausendfach bezahlt.

Roi spürte, wie sich eine Hand auf seine Schulter legte. Dann verschwamm alles um ihn her und machte im gleichen Moment dem Raum oberhalb der Plattform Platz.

Neben ihm materialisierten sein Vater und Masut. Danach kamen Atlan, Goratschin und Marshall.

Und endlich waren alle Teilnehmer der Expedition auf der Plattform versammelt.

Keine Sekunde zu früh.

Ein Ruck verriet, daß die schwer beladene Platte am Grund des Schachts aufgesetzt hatte.

„Wenn da noch einer darunter gewesen wäre...!" murmelte jemand bedeutungsvoll.

Die Partial-Situationsschaltung stand immer noch auf Abwärts. Das hieß: Alles, was sich oberhalb der Unterkante der Plattform befand, wurde nach unten gezogen – in diesem Fall: am Schachtgrund festgehalten.

Verladeroboter auf Gleisketten fuhren heran und streckten von drei Seiten ihre mächtigen Greifklauen aus, um die Ladung zu löschen.

Die Terraner vollführten einige Minuten lang einen ekstatisch anmutenden Tanz, um den hart zupackenden Greifern und den durch die Luft schwebenden Kisten auszuweichen.

Am schlechtesten waren die Riesen Goratschin und Oro Masut daran.

Der Ertruser erhielt einen Stoß gegen die Brust und stürzte genau zwischen die stumpfen Zähne einer Greifklaue.

Geistesgegenwärtig packte Orbiter Kaiman zu. Der Oxtorner hielt mit seinen titanischen Körperkräften die Greifklauen gegen den Druck der Hydromatik solange auseinander, bis sich Masut in Sicherheit befand. Hinterher waren die Backen so weit auseinandergebogen, daß sie nicht mehr faßten.

Iwan Goratschin mußte zwar keine Todesängste ausstehen, aber auch er kam in große Verlegenheit, als sein Ausrüstungstornister erfaßt wurde. An einer Greifklaue hängend, wurde der Zünder-Mutant auf die Ladefläche des Verladeroboters gesetzt.

Fluchend kroch er auf die Plattform zurück.

Endlich war auch diese Gefahr vorübergegangen, ohne daß man ihre Anwesenheit entdeckt hatte.

Nur einer der Techniker hegte Bedenken wegen der verbogenen Greifbacken.

„Die Verladeroboter haben zwar selbst nicht soviel Verstand, um die Ursache der Beschädigung zu ergründen: Für sie existierte ganz einfach nur ein Widerstand – und verging wieder. Anders wäre es, wenn eine Positronik der Sache auf den Grund ginge und herauszufinden versuchte, weshalb die Kraft der Klauenbacken nicht ausreichte, die betreffende Last festzuhalten. Sie könnte auf den Gedanken kommen, daß hier eine Manipulation Unbefugter vorliegt."

Atlan stimmte dem Mann zu.

„Es braucht nur noch die Belastung der Plattform vor und während der Entladearbeiten überprüft zu werden, dann ist unser Trick mit den I-Absorbern und den Reflektoren nichts mehr wert. Die Hauptpositronik wird anhand der gesammelten Fakten innerhalb weniger Minuten zum richtigen Schluß kommen."

„Wenn ihr der Vorfall überhaupt gemeldet wird", warf Roi Danton ein. „Ich nehme an, derartige Kleinigkeiten werden von Reparaturrobotern bereinigt, ohne daß kriminalistische Nachforschungen angestellt werden. Bestenfalls wird man die Programmierung des betreffenden Entladeroboters überholen und die beschädigte Greifklaue ersetzen."

„Ich teile Ihren Optimismus nicht ganz, Monsieur", sagte Perry Rhodan sarkastisch. „Sie haben sich in der Vergangenheit ein wenig zu oft als zu optimistisch erwiesen. Wir werden lieber auf Nummer Sicher gehen. Von nun an wird kein Lift mehr benutzt. Es muß andere Aufgänge geben."

„Anstrengendere!" warf Gucky ein.

Rhodan lächelte flüchtig.

„Kinder und Mausbiber dürfen teleportieren."

Hinter einem Schwarm etwa zwei Meter durchmessender diskusförmiger Robotmechaniker drangen Perry Rhodan und seine Mannschaft in eine Schleusenhalle ein.

Vor ihnen wölbte sich jählings der gigantische Koloß eines Ultraschlachtschiffes in den stählernen Himmel.

Die Robotmechaniker stiegen lautlos nach oben, tauchten in die finstere Öffnung eines Düsentrichters ein und begannen mit ihrer Arbeit.

„Wir müssen zur anderen Seite", flüsterte Tako Kakuta.

Der Teleporter hatte in einem Kurzsprung das Schott erkundet, das zu einer der Notfallrampen führte.

Roi sah, wie Perry Rhodan die Faust in die Höhe stieß. Er beeilte sich, seinem Vater zu folgen. Neben ihm stapfte der ertrusische Riese

Masut, dahiner kamen Atlan und Goratschin, und der Mausbiber Gucky ließ sich zur Zeit von dem Doppelkopfmutanten auf dem Arm tragen.

Wenn man betrachtete, wie emsig die Wartungs- und Reparaturroboter der achten Sektion in der Schleusenhalle umherschwärmten, wie sie ihre Arbeit verrichteten, ohne sich um die Eindringlinge zu kümmern, so hätte man denken können, man befände sich auf einer Besichtigungstour durch die neueste Errungenschaft der Imperiumsflotte.

Doch die Roboter beachteten sie nur deshalb nicht, weil sie sie nicht sahen. Und die Kampfroboter an den Ein- und Ausgängen verhielten sich nur darum passiv, weil die individuellen Hirnwellenimpulse der Terraner von den aktivierten Individualabsorbern verschluckt wurden.

Ein noch so winziges technisches Versagen eines dieser Geräte – und innerhalb von Sekunden würde die Hölle über die Terraner hereinbrechen . . .

Es war ein Tanz auf dem Vulkan, dieses ganze Unternehmen.

Sie hatten knapp die Hälfte der Strecke zurückgelegt, als die Arbeitsroboter plötzlich aus den Luken und Düsenmäulern des Ultraschlachtschiffes herausschwärmten und auf die Schotts der Innenseite zuschwebten . . .

Gleichzeitig damit liefen die gigantischen Pumpen an, die die Stickstoffatmosphäre aus der Halle absaugten.

Gelbe Leuchtschilder flammten an den Wänden und auf dem Boden auf.

Ohne ein Wort zu verlieren, begann Perry Rhodan zu rennen. Die Männer begriffen sofort. Sie hasteten hinter ihm her, auf den mehr als kilometerweit entfernten Rand der Landestützen zu.

Aber lange, bevor sie in Sicherheit waren, setzten mit infernalischem Tosen die Kraftwerke des Raumschiffes ein. Hinter der runden Wandung aus Terkonitstahl tobten unvorstellbare Energien, bereit, einen Teil davon mitsamt der Stützmasse aus den Triebwerksdüsen zu schleudern.

Die Farbe der Leuchtschilder wechselte von Gelb zu Rot.

Roi wußte, das Schiff würde innerhalb der nächsten zehn Sekunden starten – und bis dahin waren sie noch nicht aus dem Bereich tödlicher

Gefahr. Selbst dann, wenn die Triebwerke erst draußen im Raum zu arbeiten begannen, würden sie allein von der furchtbaren Abstoßkraft der Gegenpolfelder zerrissen werden.

Unwillkürlich zählte er die Männer vor und neben sich.

Einundzwanzig Männer – und Janine Goya!

Ein Mann fehlte!

Roi wandte sich um.

Er erstarrte.

„Kaiman!"

Doch Orbiter Kaiman reagierte nicht auf den Zuruf.

Der Oxtorner stand aufrecht unter dem gewaltigen Leib des Ultraschlachtschiffes und schien Selbstgespräche zu führen.

Als Roi Danton erkannte, mit wem Kaiman wirklich sprach, waren die zehn Sekunden bis zum Start um.

Und nichts geschah.

Die Warnfelder strahlten plötzlich in beruhigendem Grün.

Sekunden später erscholl das Poltern der riesigen Pumpen erneut, zuerst nur schwach, da die Stickstoffkonzentration in der Schleusenhalle noch zu gering war, um den Schall normal zu leiten, dann stärker und stärker.

Minuten später verstummte es ganz.

Die Schleuseneingänge öffneten sich. Reparaturroboter ergossen sich gleich Insektenschwärmen in die Halle, schwebten um das Raumschiff und drangen durch Luken ein, die sich selbstätig öffneten.

Roi wartete, bis ihn der Oxtorner eingeholt hatte. Dann legte er ihm die Hand auf den Unterarm, schaltete den Helmkom aus und preßte den Helm gegen den des anderen.

Orbiter verstand; er schaltete sein Helmfunkgerät ebenfalls aus.

„Wie haben Sie das gemacht?" fragte Roi dringlich. „Oder war es Ihr Little Man?"

„Wovon sprechen Sie eigentlich?" frage Kaiman zurück.

„Versuchen Sie nicht, mich für dumm zu verkaufen!" fuhr Roi ärgerlich auf. „Entweder geben Sie mir eine vernünftige Antwort, oder ich bitte den Großadministrator, dieses Gebilde da auf Ihrer Schulter durch seine Spezialisten untersuchen zu lassen!"

„Erpressung?" Der Oxtorner lachte verächtlich.

Roi Danton fiel in das Lachen ein; es war ein kalter, drohender Unteron darin.

„Sie sind zwar Oxtorner, und die Bewohner dieser Extremwelt gelten als die treuesten Kolonisten des Imperiums, aber an Ihnen ist etwas, das irgendwie auf eine undefinierbare Art und Weise anders ist. Außerdem besitzen Sie eine Miniaturpositronik, mit der Sie Zwiesprache halten und die Probleme zu lösen vermag, denen die besten Leuten Rhodans ratlos gegenüberstehen. Verstehen Sie, weshalb mich das mit Mißtrauen erfüllt? Begreifen Sie bitte, daß Ihre Fähigkeiten – oder die Fähigkeiten Ihres Little Man eine potentielle Gefahr darstellen. Wenn Sie schon Ihr Geheimnis nicht preisgeben wollen, so machen Sie wenigstens mir einige Andeutungen, damit ein Außenstehender informiert ist und beurteilen kann, ob Ihr Geheimnis eine Bedrohung unserer Sicherheit darstellt!"

„Sie meinen, damit wenigstens Sie Ihre Neugier befriedigen können, Monsieur Danton!"

Kaiman grinste, schon halb versöhnt.

„Als Freihändler haben Sie verdammt starkes Interesse an der Sicherheit der solaren Führungselite. Aber ich wäre mit einem Tausch einverstanden: Ihr Geheimnis gegen meines ..."

Rois Haltung versteifte sich.

„Nichts da! Von mir wissen Sie, wer ich bin und wessen Interessen ich vertrete. Außerdem besitze ich keine technischen Geheimnisse. Sie dagegen haben uns zwar soeben das Leben gerettet, aber mit Mitteln, die außerhalb unseres Wissens liegen."

Der Oxtorner seufzte in gespielter Resignation.

„Also schön, da Sie es einmal erraten haben: Ich habe einen Defekt in der Triebwerksregulierung verursacht, Monsieur Danton. Daraufhin wurde der Start von der Kontrollautomatik verschoben, bis der Schaden behoben ist. Das muß Ihnen genügen. Mehr Informationen erhalten Sie nicht."

Der Freihändler wollte die Diskussion fortsetzen, aber Kaiman rückte von ihm ab, so daß der Helmkontakt abbrach, und sagte, indem er an ihm vorbeisah und seinen Kom wieder aktivierte:

„Das war wirklich ein rettender Zufall, Sir. Nicht war?"

Roi Danton fuhr herum und sah seinen Vater und Atlan auf ihn und Orbiter Kaiman zukommen.

Der Arkonide zeigte ein kaltes Lächeln.

„Solche Zufälle besitzen einen äußerst geringen Wahrscheinlichkeitsgrad, Mr. Kaiman. Was meinen Sie, was da oben ...", er deutete zur unteren Polrundung des Ultraschlachtschiffes hinauf, „... vorgefallen sein könnte, das einen Startaufschub hervorrief?"

Kaiman zuckte die Schultern.

„Irgendein Defekt, Sir. Wir werden kaum erfahren, was es wirklich war; dazu gibt es in einem derartigen Raumgiganten zu viele Möglichkeiten."

„Allerdings", bestätigte Perry Rhodan. „Nur dürfte auch hier eine Startfreigabe erst dann erfolgen, wenn der Check eine hundertprozentige Startbereitschaft ausweist. Seltsam, daß perfekte Automatiken derartige Fehler begehen. Meinen Sie nicht auch?"

„Wo gibt es keine Fehler!" erwiderte der Oxtorner. Seine Stimme hatte einen leicht ironischen Unterton, den niemand überhören konnte.

Aber sowohl Atlan als auch Rhodan gaben sich zufrieden.

Roi Danton, der seinen Vater ebenso gut kannte wie sich selbst, wußte jedoch, daß dieser von nun an ein wachsames Auge auf Kaiman haben und nicht eher ruhen würde, bis er dessen Geheimnis ergründet hatte.

Orbiter Kaiman aber schien tatsächlich zu glauben, daß die Sache nun erledigt sei – oder er wußte mit absoluter Sicherheit, daß niemand ohne seine Zustimmung hinter sein Geheimnis kommen würde.

Und das, so folgerte Roi, ließ darauf schließen, daß ihnen der Oxtorner noch einige Rätsel mehr aufgeben würde ...

Der Eingang zur Nottreppe war düster und eng. Eigentlich handelte es sich nicht einmal um eine richtige Treppe, sondern nur um eine sehr steile Rampe mit einem Boden aus nacktem Stahlplastik, der von zahllosen Querrillen durchzogen war. Die einzige Beleuchtung bestand aus dem Licht, das von außen hereinfiel, und das reichte nicht weit. Alles andere lag im Dunkeln.

„Hm!" machte Perry Rhodan nachdenklich. „Wenn uns jemand entdeckt, während wir auf halber Strecke sind, stecken wir in der Falle."

Roi wußte, daß sein Vater recht hatte. Im Falle einer Entdeckung wäre es sicher nicht mehr möglich gewesen, Teleporter einzusetzen. Bestimmt gab es entsprechende Sicherungen dagegen.

Dennoch mußte es gewagt werden.

„Permettez-vous, Grandseigneur!“

Entschlossen, mit dem hitzigen Temperament seiner Jugend, schob sich Roi Danton an seinem Vater vorbei, wobei er ihn zur Seite drängte.

„Moment!“ protestierte Rhodan.

Roi stand bereits an der verwischten Zone zwischen Hell und Dunkel. Er wandte sich um, riß einen imaginären Degen aus einer ebenso imaginären Scheide und schwang ihn über seinen Kopf.

„Allons, enfants de la patrie! – Vorwärts, Kinder des Vaterlands!“

Er rief es so zündend, daß es selbst seinen Vater mitriß. Einige Techniker, vermutlich stammten sie aus der französischen Region der Erde, stimmten in den Ruf ein – den Anfang jenes Liedes, das die Soldaten der französischen Revolution des 18. Jahrhunderts zu unwahrscheinlichen Leistungen aufgepeitscht hatte: der Marseillaise.

Atlans Augen glitzerten feucht. Vermutlich entsann sich der uralte Arkonide jener historischen Ereignisse, die eine neue Geschichtsepoche eingeleitet hatten, jenes ersten Aufbäumens der Unterdrückten und Verachteten gegen die brutale, gewissenlose und dekadente Herrschaft einer blutsaugerischen Clique . . .

Der alte Ruf hatte auch heute, wo die meisten Menschen sich kaum noch an ihn erinnerten, seine zündende Wirkung nicht verloren. Ihm wohnte eine beinahe magische Kraft inne, die das Blut schneller durch die Adern trieb und die Herzen mit Wagemut erfüllte.

Und als Roi Danton sich wieder der Rampe zuwandte und mit schnellen Schritten hinaufstürmte, eilten die anderen ihm ohne Zögern nach.

Der Weg war beschwerlich zu gehen. Menschliche Füße fanden nur schlecht Halt auf den schwach ausgeprägten Rillen, und die Antigravaggregate der Kampfanzüge durften nach wie vor nicht aktiviert werden, um die Anmessung der entstehenden Energieemission zu vermeiden.

Gucky hatte seinen „Träger“ gewechselt. Er hockte nun auf Oro

Masuts Schultern, stieß von Zeit zu Zeit einen aufmunternden Pfiff aus und schaukelte vergnügt hin und her.

Eine Stunde später beschrieb die Rampe einen scharfen Knick nach rechts, und als Roi Danton um die Ecke bog, sah er vor sich den Schimmer rötlichgelben Lichts.

Eine Minute danach trat er durch die immaterielle Tarnprojektion des Ausgangs auf einen langen und breiten Flur hinaus.

„Voilà!" sagte er, als sein Vater neben ihm auftauchte. „Das hätten wir geschafft. Wir befinden uns in der oberen Sektion dieser Abteilung!"

Perry Rhodan warf ihm einen undefinierbaren Blick zu, schwieg aber.

Auch Atlan sah den Freihändler merkwürdig an.

Gucky dagegen stieß einen hell pfeifenden Laut aus und sagte dann:

„Meinen Glückwunsch, Freibeuter! Soeben haben Sie mir neuen Stoff für mein Weltraum-Epos verschafft."

Roi verneigte sich.

„Merci bien, Monsieur! Ich wünsche Ihnen, daß die Auflageziffer Ihres grandiosen Epos ebenso steil ansteigt wie die Rampe, die Oro Masut Sie hinaufzutragen geruhte."

Perry Rhodan räusperte sich.

„Bleiben wir bei der Sache! Wir haben nur ein Viertel des Weges bis zum Oberdeck der Plattform geschafft. Ich denke, wir suchen sofort nach dem nächsten Aufgang."

Sie fanden ihn schon nach zwanzig Minuten, aber vor der Tarnprojektion, die den Zugang als festen Bestandteil der betreffenden Gangwand erscheinen ließ, stand ein wuchtig gebauter, zweieinhalb Meter hoher Kampfroboter...

Rhodan hob die Hand, und die Menschen blieben stehen.

„Ich möchte wirklich wissen, ob die Maschine nur zufällig hier steht!" murmelte er.

Roi stutzte.

Aus der Bemerkung seines Vaters hörte er heraus, daß diesem das ganze Unternehmen trotz aller bisherigen Zwischenfälle viel zu glatt vonstatten ging. Er, der es gewohnt war, auf den Wegen zu seinen Zielen Schwierigkeiten über Schwierigkeiten gehäuft zu finden, wurde mißtrauisch, weil der Riesenroboter OLD MAN bisher keine Notiz von den Eindringlingen genommen hatte.

„Höchstwahrscheinlich“, beantwortete Roi die rhetorische Frage. „Robot bleibt Robot, ganz gleich, ob es sich um ein Gebilde wie dieses hier...“, er zeigte auf den unbeweglich verharrenden Kampfroboter, „... oder um die Riesenpositronik von OLD MAN handelt. Seine rein logischen und auf maximale Zweckmäßigkeit ausgerichteten Gedankengänge erlauben nur massives Vorgehen. Wüßte OLD MAN von uns, hätte er mehr getan als nur diesen einen Zugang durch einen einzigen Kampfroboter bewachen zu lassen.“

„Sicher haben Sie recht, Monsieur – wie immer“, erwiderte Perry Rhodan sarkastisch. „Dennoch bleibt die Frage ungelöst, wie wir an dem Koloß vorbeikommen, ohne ihn zu alarmieren.“

„Soll ich ihn telekinetisch beiseiterücken?“ piepste Gucky und watschelte unbeholfen auf den Roboter zu.

Wenige Zentimeter vor ihm blieb er stehen und stemmte die kleinen Fäuste in die Speckhüften.

„Allez hopp!“

Atlans Hand schnellte vor und riß den frechen Mausbiber energisch zurück.

„Laß das sein, du Nichtsnutz! Willst du uns alle in Teufels Küche bringen?“

Er holte tief Luft.

„Entschuldige bitte den ‚Nichtsnutz‘. Aber du hattest mir einen gehörigen Schreck eingejagt, Kleiner.“

Der Mausbiber entblößte seinen Nagezahn in voller Größe.

„Es sei dir verziehen“, sagte er gönnerhaft. „Also, wie ist es? Wenn ich ihn millimeterweise...“

„Nicht einmal mikrometerweise!“ befahl Rhodan streng. „Er würde es registrieren und Alarm schlagen. Roboter glauben bekanntlich nicht an Gespenster oder Halluzinationen!“

„Also schön!“ seufzte Gucky entsagungsvoll. „Dann teleportieren Tako und ich euch eben hinüber.“

Perry schüttelte den Kopf.

„Ohne zu wissen, was sich auf der anderen Seite befindet...? Nein!“ Er wehrte ab, als Gucky widersprechen wollte. „Natürlich, aller Wahrscheinlichkeit nach werden wir nur die Rampe vorfinden.

Ebenso gut kann der Roboter vor dem Zugang aber auch bedeuten, daß dahinter irgendwelche Reparaturarbeiten stattfinden. Und wenn du auf dem Kopf eines Reparaturroboters materialisierst . . .!“

„Irgend etwas aber müssen wir unternehmen, Grandseigneur“, sagte Roi. „Vielleicht gelingt es uns, ihn von hier . . .“

Wegzulocken, hatte er sagen wollen; doch einen Augenblick zuvor erkannte er, daß sie dazu irgendeine verdächtig erscheinende Handlung hätten begehen müssen. Und gerade das mußten sie unter allen Umständen vermeiden.

Wütend starrte er den Metallkloß an.

Der Roboter stand absolut unbeweglich da. Die in je einer Impulskanone und einem schweren Desintegrator auslaufenden Waffenarme hingen herab. Nur das schwache, rötliche Glühen der Augenzellen verriet, daß das Ungetüm aktiviert war.

Plötzlich stutzte Roi.

Eine der Augenzellen war soeben erloschen. Für den ersten Moment hatte es ausgesehen, als blinzelte die Maschine. Aber die Linse blieb schwarz.

Ein, zwei Sekunden verstrichen.

Dann wandte sich der Kampfroboter um und marschierte mit knallenden Schritten den Flur hinab.

Roi Danton warf Orbiter Kaiman einen fragenden Blick zu.

Der Oxtorner erwiderte ihn mit blasiert wirkendem Desinteresse.

Dennoch war Rhodans Sohn sicher, daß auch diesmal der angebliche Anthropologe seine Hand im Spiel gehabt hatte.

„Das geht nicht mit rechten Dingen zu“, murmelte Oro Masut. Der Ertruser hatte die Sendestärke seines Helmkoms gedrosselt, so daß Roi nur ein Wispern hörte.

„Wieso?“ Roi tat erstaunt. „Eine Augenzelle ist ausgefallen; ich konnte es einwandfrei beobachten. Logischerweise meldete der Roboter den Defekt bei seiner Sektionszentrale und erhielt die Anweisung, sich in die Reparaturwerkstatt zu begeben. So etwas kommt in einem Riesengebilde wie OLD MAN bestimmt öfter vor.“

„Sicher, sicher! Aber die Wahrscheinlichkeit dafür ist gering, daß so etwas innerhalb von zwei Stunden in unserer Anwesenheit geschieht.

Und die Wahrscheinlichkeit, daß ein derartiger Vorfall uns jedesmal aus einer anscheinend ausweglosen Lage hilft, ist gleich Null. Nein, da steckt etwas anderes dahinter!"

Roi lächelte gequält. Ihm widerstrebte es, seinen Diener und Vertrauten zu belügen. Andererseits konnte er hier nicht über das Geheimnis Kaimans sprechen, ohne daß der eine oder andere mithörte.

„Sie sind ein unverbesserlicher Pessimist, Masut. Solche Leute habe ich gern", fügte er scherzhaft hinzu, „die aus einem Positivum gleich negative Schlüsse ziehen."

Er schimpfte unterdrückt, als er auf einem Ölfleck ausrutschte und beinahe hingefallen wäre.

Offenbar wurde dieser Notaufgang öfter benutzt als der, durch den sie zuerst gestiegen waren.

Wer weiß, was für Hindernisse noch im Dunkeln lauerten!

Aber Licht durften sie nicht benutzen. Die sicherlich vorhandenen Detektoren hätten jede Art von Licht zweifellos aufgespürt.

Es war ein seltsames Gefühl, sich innerhalb der Hangarwandungen fortbewegen zu müssen. Doch das traf eigentlich auf alle normalen Gänge und Lifts in Sektion VIII zu; es stellte die rationellste Bauweise für ein derartiges Monstrum von Hangarplattform dar.

Auf halber Höhe legten sie eine kurze Pause ein. Die Männer waren zwar sämtlich in ausgezeichneter Kondition, aber bei den Technikern und Kybernetikern fehlte doch das nötige Training. Auch Roi spürte die Anstrengung.

„Procurez-moi un taxi, s'il vous plaît" forderte er Atlan auf.

Der Arkonide lachte.

„Wozu ein Taxi, Monsieur Danton? Gehen ist viel gesünder."

„Vous êtes bien aimable", murmelte Roi. „Sie sind sehr liebenswürdig."

„Was gibt es da schon wieder, was anständige Leute nicht hören sollen?" fragte Gucky neugierig. „Erzählt ihr euch schmutzige Witze?"

„Ihre Anspielungen lassen mich erröten, Monsieur Guck!" erwiderte Roi Danton.

„Schade, daß man das im Dunkeln nicht sehen kann", warf Iwan Goratschin ein. „Ich hätte zu gern einen errötenden Freihändler gesehen."

„Diese Brüder erröten sogar sehr oft, habe ich mir sagen lassen", frozzelte der Mausbiber, „und zwar jedesmal, wenn sie ihr sauer verdientes Geld zur Bank bringen."

Aus den Helmlautsprechern erscholl brüllendes Gelächter. Die Männer hatten das Wortgeplänkel ausgezeichnet mitverfolgen können und sich darüber köstlich amüsiert.

Gucky grinste verstohlen, nur konnte es wegen der herrschenden Finsternis keiner sehen.

Aber diesmal legte er keinen Wert auf Beifall. Ihm genügte es, die psychischen Spannungen wieder einmal auf seine bewährte Art gelöst zu haben.

„Ruhe!" befahl Perry Rhodan. „Ich sehe den Ausgang. Gleich werden wir das Zwischendeck erreicht haben."

Allmählich nahm die Stärke des Lichteinfalls zu. Die Konturen der Männer und Janines schälten sich aus der Dunkelheit. Sie wirkten wie von einer goldgelben Aura umgeben, sobald sie in die Helligkeit des Zwischendecks hinaustraten.

Roi nahm die Lichteffekte als ein gutes Omen.

Immerhin hatten sie nun die achte Sektion zur Hälfte durchquert, ohne entdeckt worden zu sein. Das gab wieder stärkeren Auftrieb.

„Hm!" machte Gucky. „Die Räume sind zwar sehr groß, aber nicht gerade besonders hoch."

„Wir befinden uns im Fußboden der oberen Abteilung, Kleiner", sagte Atlan. „Daran sollten wir immer denken. Das sogenannte Hauptdeck ist nichts weiter als eine Trennwand zwischen unterer und oberer Abteilung."

Roi Danton nickte unwillkürlich. Er kannte den Bericht von Don Redhorse ebenso gut wie Atlan oder sein Vater.

Fast alles, was sie bisher von OLD MAN wußten, hatten sie von Redhorse erfahren. Der Wert dieser Informationen ließ sich überhaupt nicht abschätzen. Ohne sie wäre dieser Einsatz nicht möglich gewesen – ja, nicht einmal erwogen worden.

„Wenn ich nur wüßte", überlegte er laut, „warum Redhorse innerhalb der beiden sogenannten Öd-Sektionen luftleere Hauptdecks vorfand. Normalerweise werden Inneneinrichtungen doch unter einer Stickstoffatmosphäre gehalten, wie wir es hier feststellen konnten. Ich frage mich, ob ein ähnlicher Unterschied auch in den Oberdecks besteht, ob wir in Sektion VIII dort oben eine atembare Sauerstoffatmosphäre vorfinden oder nicht."

„Das werden wir sehen, sobald wir oben sind", erwiderte Iwan Goratschin. „Warum sollten wir uns schon jetzt die Köpfe darüber zerbrechen."

„Warum ...? Weil das beweisen würde, daß die bewohnbaren Oberdecks der Sektionen entweder bei der Ankunft des Riesenroboters im Sektor Morgenrot oder kurz danach mit Luft gefüllt worden sind. Das wäre logisch, nicht wahr? Zumindest dann, wenn wir annehmen, daß die terranischen Konstrukteure unter Major Barnard und Captain Rog Fanther für die reibungslose Übernahme von OLD MAN durch die regelmäßigen Eigentümer – in diesem Fall durch den Herrn Großadministrator und dessen eigene Leute – gesorgt haben."

„Sie meinen, das wäre ein handfester Beweis dafür, daß OLD MAN zur Unterstützung des Solaren Imperiums gebaut und in Marsch gesetzt wurde?" fragte Perry Rhodan.

Roi lächelte.

„Zur Unterstützung eines Solaren Imperiums, das entweder durch Sie oder durch Atlan oder Staatsmarschall Bull repräsentiert wird, Grandseigneur. Das dürfte ein wesentlicher Unterschied sein, und vielleicht erklärt sich daraus die Fehlreaktion des Riesenroboters."

Rhodan seufzte.

„Dennoch darf ich mich nicht einfach zu erkennen geben. Wie erklären Sie sich das, Monsieur Danton?"

Der Freihändler zuckte die Achseln.

Er hatte mehrere Hypothesen aufgestellt, aber keine von ihnen schien ihm absolut stichhaltig. Darum schwieg er lieber. Mit bloßen Vermutungen war niemandem gedient.

Perry Rhodan deutete das Achselzucken richtig. Er wandte sich um und schritt den schnurgerade verlaufenden Flur entlang, der dem Augenschein nach bis in die Unendlichkeit reichte.

Roi Danton schloß sich seinem Vater an. Ein grüblerischer Zug lag um seine Lippen.

Warum, so überlegte er, *sind es ausgerechnet immer wieder die Menschen selbst oder ihre Werke, die dem Menschen die größten Schwierigkeiten bereiten?*

Er verhielt den Schritt, als eine Erschütterungswelle durch den Boden lief. Fernes Dröhnen drang an seine Ohren.

Auch die Gefährten waren stehengeblieben.

In der nächsten Sekunde schritten sie schneller aus. Spürbar stand eine bange Frage im Raum:

Waren die Erschütterungen das Zeichen für einen Massenstart, für den Großangriff auf das Solsystem?

Noch gab es keine Antwort darauf.

Innerhalb des gigantischen Gebildes waren die Menschen von der Außenwelt abgeschnitten. Nichts verriet ihnen, ob OLD MAN sich noch im Wega-System befand oder schon zwischen den Planetenbahnen von Sol.

Im letzten Sektor der oberen Abteilung herrschte Ruhe. Die Männer mußten rund sechs Kilometer des Hangardecks durchschreiten, bevor sie einen Aufgang fanden.

Bei diesem Marsch sahen sie zum erstenmal mehrere Raumschiffe nebeneinander und bemerkten, daß die betreffenden Standflächen höhenmäßig gegeneinander versetzt waren. Durch diese Höhenunterschiede wurde eine größere Stapeldichte erreicht; denn die Triebwerksringwülste griffen hierbei gleich gigantischen Zahnrädern ineinander, so daß die Abstände zwischen den Ultraschlachtschiffen das absolute Minimum erreichten.

Perry Rhodan hielt sich keine Sekunde länger auf als unbedingt nötig. Er wollte Gewißheit haben, ob sich OLD MAN noch immer im Wega-System befand oder etwa schon im Sol-System.

Dieser Drang wurde von den anderen Expeditionsteilnehmern geteilt. Sie holten das Letzte aus sich heraus, obwohl sie alle die Folgen versäumten Schlafes spürten.

Der Schritt aus den Hangars ins Oberdeck glich dem Schritt in eine andere Welt.

Sie eilten einen Gang entlang und traten durch eine offene Tür in einen wohnlich ausgestatteten Raum. Breite Synthledersessel waren um Robotbedienungstische gruppiert, Kübel mit extraterrestrischen

Blattpflanzen lockerten die Atmosphäre auf, und fensterähnliche Panoramaschirme an jeder Wand vermittelten die Illusion eines unmittelbaren optischen Kontaktes mit der Umgebung von Sektion VIII.

Perry Rhodan hatte jedoch in den ersten Minuten nur Interesse für das, was die Bildschirme zeigten.

Zuerst war nichts Wesentliches zu erkennen. Der Weltraum sah überall gleich aus, und die Milliarden von Sternen auf dem samtig schwarzen Hintergrund bewiesen, daß OLD MAN im Weltraum schwebte.

Ab und zu zogen Kugelraumschiffe mit flimmernden Triebwerkwülsten vorüber. Ansonsten herrschte eine friedliche Ruhe draußen.

Fast gleichzeitig identifizierten Rhodan und sein Sohn die handtellergroß erscheinende, blauweiß strahlende Scheibe mit der flammenden Korona als die Sonne Wega.

Zur gleichen Zeit seufzten sie erleichtert auf.

OLD MAN befand sich noch immer im Wega-System!

Die Erde war noch nicht unmittelbar bedroht!

Atlans Worte ernüchterten sie wieder.

„Wir haben noch eine Frist, meine Herren", sagte der Arkonide ernst. „Ewig wird sich OLD MAN nicht hier aufhalten. Über kurz oder lang startet er zum Solsystem. Und wenn wir dann nicht in der Lage sind, die Umschaltung vorzunehmen . . .!"

Niemand benötigte eine ausführliche Erklärung. Sie alle wußten, was auf dem Spiel stand. Aber sie wußten auch, daß es nicht allein um die Erde ging. Auf dem Wegaplaneten Ferrol lebte der Großteil eines befreundeten Volkes, der Ferronen. Sie waren nicht nur Partner und Verbündete der irdischen Menschheit, sondern zugleich Mitglieder des Solaren Imperiums – und das alles verpflichtete die Menschen, ihnen so schnell wie möglich zu helfen, die ungeheuerliche Bedrohung von ihnen zu nehmen, die OLD MAN darstellte.

„Wir teilen uns auf!" entschied Perry Rhodan ohne Zögern. „Die Spezialisten legen eine Ruhepause ein; danach untersuchen sie mit der gebotenen Vorsicht die umliegenden Räumlichkeiten. Gucky sucht in kurzen Teleportersprüngen die weitere Umgebung ab, während Tako Kakuta als Eingreifreserve hierbleibt, sobald er mit den Nachzüglern eingetroffen ist. Atlan, Marshall und Goratschin begleiten mich auf einem Rundgang durch das Oberdeck. Vielleicht finden wir einen sicheren Aufgang zur freien Oberfläche."

„Ich bitte, mitkommen zu dürfen, Grandseigneur!" sagte Roi.

Rhodan schüttelte lächelnd den Kopf.

„Sie bleiben hier, Monsieur Danton!"

„Aber..."

„Das ist ein Befehl!"

„Jawohl, Grandseigneur", murmelte Roi niedergeschlagen.

Es gab keine Möglichkeit, sich gegen den Befehl seines Vaters aufzulehnen. Als er ihn um Teilnahme an der Expedition bat, hatte er sich damit automatisch verpflichtet, sich während der ganzen Aktion an seine Anordnungen zu halten.

„Dürfen wir die Helme öffnen?" fragte er. „Die Analysatoren zeigen ein erdgleiches Luftgemisch an, außerdem beträgt die Temperatur plus zwanzig Grad Celsius."

„Und die Schwerkraft genau ein Gravo", fügte Perry Rhodan hinzu. „Einverstanden."

Roi Danton verbeugte sich.

„Merci infiniment, Grandseigneur!"

Rhodan winkte ab. Dann sagte er mit verstecktem Lächeln:

„Würden Sie mir einen großen Gefallen tun, Monsieur?"

Roi breitete die Arme zu einer alles umfassenden Geste aus.

„Befehlen Sie, Grandseigneur, und ich werde gehorchen!"

„Affe!" schrillte Gucky.

Roi zuckte zusammen.

So ähnlich wie der Mausbiber hatte sich vor einigen Tagen seine Schwester ihm gegenüber ausgedrückt.

Perry Rhodan warf Gucky einen verweisenden Blick zu. Danach wandte er sich wieder an Roi.

„Hören Sie bitte nicht auf Guck. Er hat vieles mit Ihnen gemeinsam. Nun zu meiner Frage: Könnten Sie während meiner Abwesenheit den Befehl über die Gruppe der Techniker, Piloten und Kybernetiker übernehmen?"

„Sie sehen mich verlegen, Grandseigneur! Es wird mir eine Ehre sein, als Ihr unwürdiger und unterwürfigster Diener eine solche Aufgabe erfüllen zu dürfen."

„Ich danke Ihnen, Monsieur!“ erwiderte Rhodan und ging.

Roi wunderte sich darüber, daß die beiden Oxtorner nicht darum gebeten hatten, sich Rhodans Gruppe anschließen zu dürfen. Und das, obwohl ihnen der Wunsch bestimmt erfüllt worden wäre; sie waren körperlich noch frisch, und vor allem: Sie stellten ein Rätsel dar, dessen Lösung im Interesse des Großadministrators liegen mußte.

27.

Gucky materialisierte in einem Raum, der seiner Meinung nach überall im Universum, aber niemals in einem Gebilde, wie OLD MAN es war, hätte vorkommen dürfen.

Viele Terraner des 25. Jahrhunderts hätten wahrscheinlich überhaupt nicht erfaßt, welchem Zweck dieser Raum diente, denn sie kochten prinzipiell nicht selbst, darum enthielten ihre Wohnungen keine Küchen, sondern nur sogenannte Anforderungszentralen, in denen man aus einem Angebotsspeicher die gebotenen Gerichte entnehmen und über Rohrpost bei der Versorgungszentrale bestellen konnte.

Nur wenige Millionen bedienten sich dann und wann der altväterlichen beziehungsweise altmütterlichen Methode und bereiteten sich ihre Mahlzeiten selbst – aus Bestandteilen, die im rohen Zustand angeliefert wurden.

Gucky selbst gehörte zwar nicht zu ihnen, aber in Bullys Bungalow am Goshun-Salzsee und auch in der Villa Allan D. Mercants gab es solche snobistischen Einrichtungen.

Darum konnte der Mausbiber sowohl den Elektroherd als auch die Arbeitsplatte, den Kühlschrank und die verschiedensten Küchenmaschinen identifizieren.

Gedankenlos ließ er einen Pfeifkessel telekinetisch durch die Luft schweben, öffnete und schloß die Türen des Küchenschrankes und formierte mit Brotschneidemaschine, Durchschlag, Nudelholz und

Schneebesen eine seltsame, fliegende Prozession, die schließlich scheppernd und klirrend im Spülbecken landete.

Mißtrauisch beäugte er eine Eieruhr. Das war etwas, dessen Zweck er nicht kannte. Kopfschüttelnd beobachtete er den rieselnden Sand.

„Komisch!“ murmelte er. „OLD MAN scheint selbst ein Snob zu sein!“

Er legte die Eieruhr so behutsam auf den Tisch, als fürchtete er, sie könnte explodieren. Danach hoppelte er zum Kühlschrank und inspizierte dessen Inhalt.

Staunend zog er ein reifbedecktes Paket aus dem Gefrierfach, kratzte den Reif fort und stieß einen Pfiff aus.

„Junge Nancy-Karotten“, las er auf der Verpackung.

Darunter stand, mit einem Magnetschreiber geschrieben:

„Für Gucky!“

Unwillkürlich blickte er sich um, ob der Schreiber dieses Hinweises etwa plötzlich auftauchte.

Aber natürlich konnte niemand kommen.

Der das geschrieben hatte, war seit über 50000 Relativjahren tot...

Der Mausbiber schneuzte sich gerührt. Die Rührung hinderte ihn jedoch nicht daran, das Paket aufzureißen und seinen Inhalt in den Entfroster zu schütten. Innerhalb von fünf Minuten konnte er die aufgetauten und auf zwanzig Grad plus erwärmten Karotten herausnehmen. Er verstaute sie in den Außentaschen seiner Kampfkombination, öffnete den Helm und steckte sich einige in den Mund, und teleportierte, mit vollen Backen kauend.

Er materialisierte mitten in gelbbraunem Steppengras – in Steppengras der Erde...

Vor Schreck erstarrt, hockte er einige Minuten lang reglos da. Sogar das Kauen hatte er eingestellt, wenn auch als letzte sichtbare Tätigkeit, und als die Erstarrung wich, war der Nagezahn das erste, was sich an ihm wieder bewegte.

Eine halbierte Karotte fiel zu Boden.

Gucky merkte es nicht einmal, obwohl er bei Karotten normalerweise keinen Krümel verderben ließ.

Ein heißer, trockener Wind spielte mit den etwas längeren Haaren zwischen den Ohren. In etwa hundert Metern Entfernung ragten die kahlen Äste und Stämme eines kleinen Schirmakazienhaines in die bleischwer drückende Luft. Vereinzelte stachlige Büsche zitterten im Wind. Die Sicht auf den Horizont wurde von einer Kette kahler, tiefzerklüfteter Berge versperrt.

„Serengeti-Steppe", murmelte der Mausbiber nachdenklich.

Vor vielen Jahren hatte er zusammen mit Julian Tifflor und Ras Tschubai eine Fotosafari durch das afrikanische Territorium Terras unternommen. Das riesige Schutzgebiet in und um die Serengeti war ihm am besten in der Erinnerung geblieben.

Und hier, auf dem Oberdeck der Hangarplattform eines Riesenroboters, sah es genauso aus.

„Fehlt bloß noch, daß eine Herde Gnus vorbeidonnert", sagte er zu sich selbst.

Als hätte er damit eine Art Zauberformel ausgesprochen, verspürte er plötzlich eine Erschütterung des Bodens. Tausende harter Hufe schienen gegen den harten Steppenboden zu trommeln.

Zur Rechten wirbelte eine gewaltige Staubwolke empor, kam näher – und dann schälten sich aus dem Staub die Umrisse galoppierender Pferde.

Pferde...?

Nein, keine Pferde!

Gucky erkannte an den rasch näherkommenden Tieren die charakteristischen Buckelrücken, nach innen gebogenen Hörner und gedrungenen Leiber von Gnus. Dazwischen bewegten sich wesentlich graziler schwarz-weiß gestreifte Zebras.

Natürlich! dachte Gucky geistesabwesend. *Auch in der Serengeti waren Gnus und Zebras immer zusammen anzutreffen. Warum sollte es hier anders sein!*

Ein dumpfes Grollen riß ihn in die Realität zurück.

Unwillkürlich blickte er nach oben. Aber der blaue, von einem hauchdünnen Staubschleier überzogene Himmel war völlig wolkenlos.

Die Gnus und Zebras schwenkten ab und rannten nun direkt auf ihn zu.

Erschrocken starrte Gucky die Tierleiber und die unzähligen Beine an.

Er wollte zu dem Akazienhain teleportieren – aber er brachte es einfach nicht fertig. Es war, als hätte er niemals die Gabe der Teleportation besessen.

Und die Tiere kamen näher und näher ...

Wieder erscholl das dumpfe Grollen.

Der Mausbiber spürte, wie sich sein Nackenfell steil aufrichtete. In jäher Todesangst hoppelte er ziellos hin und her. Die Akazien waren zu weit entfernt, als daß er sie erreicht hätte, bevor die Gnus und Zebras herangekommen waren.

Und da waren sie auch schon.

In dem Augenblick, in dem der Tod ihm so nahe zu sein schien wie selten zuvor in seinem bewegten Leben, wurde Gucky wieder ganz ruhig. Er zog seinen Strahler. Dann stieß er einen schrillen Pfiff aus und feuerte in die Luft.

Das heißt, er wollte feuern – aber nicht eine Spur von Energie kam aus der Mündung seiner Waffe.

Doch der Tod ging noch einmal vorüber. Die flüchtende Herde teilte sich unmittelbar vor ihm. Links und rechts stoben die staubbedeckten Leiber vorbei, trommelten die Hufe ein wahnwitziges Stakkato.

Dann war es vorüber.

Nur zwei große, gelbe Doggen setzten in weiten geschmeidigen Sprüngen der Herde nach. Eine andere Dogge gab es auf. Müde trottete sie noch einige Meter weiter, dann warf sie sich ins Steppengras und stieß ein furchterregendes Gebrüll aus.

Gucky begann zu zittern.

Erst jetzt entdeckte er, daß dieses Tier im Unterschied zu den beiden anderen eine braune Mähne besaß.

Ein Löwe!

Und die anderen waren keine gelben Doggen, sondern Löwinnen gewesen!

Auf die Phase des Schreckens folgte die Phase der Ernüchterung.

Die Männer unter Major Barnard mochten eine Halle mit einem künstlichen Himmel versehen und den Boden mit Erde und Grassamen aufgefüllt haben, aber im Flottentender DINO-3 hatten sich bestimmt keine Gnus oder Zebras befunden, und erst recht keine Löwen. Terranische Flottenfahrzeuge waren keine fliegenden Zoos.

Und auf anderen Planeten mochte es ähnliche Tiere wie auf der Erde geben, niemals aber die gleichen!

Jetzt richtete sich der Löwe auf und gähnte herzhaft. Eine lange Zunge und scharfe Reißzähne wurden sichtbar. Schnappend schlugen die Kiefer wieder zusammen.

Das Raubtier streckte sich – und verwandelte sich scheinbar in eine Statue!

Die gelben Augen blickten unverwandt auf den Mausbiber.

Gucky unterdrückte gewaltsam den Fluchttrieb, der jedem Lebewesen mehr oder minder eigen ist.

„Das ist nur eine Halluzination!" sagte er laut.

Doch als der Löwe daraufhin knurrte, begann er wieder daran zu zweifeln, daß seine Vermutung zutraf.

Und wenn sie nicht zutraf...

Er holte eine Karotte hervor, warf sie in die Luft und wollte sie telekinetisch auffangen.

Aber sie fiel auf seine nach oben gereckte Nase.

Also weder Teleportation noch Telekinese!

Er tastete nach den Hirnwellenimpulsen des Tieres.

Nichts.

Absolut nichts.

Folglich war er seiner Parafähigkeiten völlig beraubt.

Vielleicht sollte ich doch lieber einen taktischen Rückzug vornehmen! überlegte er.

Aber dazu war es bereits zu spät.

Das Raubtier schlich geduckt heran. Das Steppengras ließ nur einen Teil des Kopfes hervorsehen.

Und dann legte sich der Löwe etwa fünf Meter vor Gucky ins Gras; wild peitschte der Schweif den harten Boden. Die Augen funkelten drohend.

Als das Tier zum Sprung ansetzte, hüpfte der Mausbiber hastig zur Seite. Wütend fauchend fuhr der Löwe herum.

Gucky schleuderte ihm die nutzlose Waffe in den aufgerissenen Rachen.

Der Löwe machte einen Luftsprung, überschlug sich und krachte schwer herab. Ein Zittern durchlief den mächtigen Körper, dann streckte er sich und lag still.

Der Mausbiber seufzte.

„Eine Filmkamera sollte ich bei mir haben . . ."

Er schloß unwillkürlich die Augen, als sich die Umgebung von einer Sekunde zur anderen in flirrende, silbrig schimmernde Nebel auflöste.

Als er sie wieder öffnete, saß er in dem breiten Sessel einer Hypno-Video-Anlage. Sein Strahler steckte im Halfter, und die halbierte Karotte hing noch immer an der Spitze des Nagezahns.

„Schade!" murmelte er. „Nun kann ich Bully nicht sagen, ich hätte einen ausgewachsenen Löwen totgeworfen!"

Er fuhr entsetzt auf, als in seinem Gehirn ein wahrhaft homerisches Gelächter erscholl.

Aber so sehr er seine Augen und seine Parasinne anstrengte, er vermochte niemanden außer sich selbst in der Halle des Hypno-Video-Kinos zu entdecken.

„Allmählich werde ich verrückt in diesem Riesenroboter!" stieß er schaudernd hervor. „Ha! Speicherkristalle hat dieses HyVid, als ob Terraner sie bespielt hätten!"

Er kratzte sich hinter den Ohren.

„Na ja, haben sie ja auch. Worüber rege ich mich eigentlich auf? Von dieser Sorte Lebewesen kenne ich mehr als genug."

Aber obwohl er sich fortwährend beruhigend zuredete, konnte er sich zu keiner weiteren Teleportation mehr entschließen. Das Abenteuer mit der HyVid-Anlage hatte ihm gereicht, und wer wußte denn, wo er beim nächstenmal rematerialisieren würde!

Es zuckte ihm in den Fingern, die Anlage näher zu untersuchen, doch dann unterließ er es. Erst allmählich fand er seine typisch mausbiberische Haltung wieder.

„Ich bin gespannt, was es hier noch alles für Überraschungen gibt!"

Er schob eine neue Karotte in seinen Mund und teleportierte wieder.

Diesmal aber nur bis auf den angrenzenden Gang hinaus.

Dort hoppelte er neben dem desaktivierten Gleitband dahin. Auf das Band getraute er sich nicht. Wahrscheinlich würde es sich automatisch einschalten, aber dieser Vorgang unterlag sicher der Zentralregistration, und damit hätte er seine Anwesenheit verraten und die Gefährten in Gefahr gebracht.

Zehn Minuten lang bewegte er sich hoppelnd durch Gänge, streckte den Kopf durch offene Türen, wich Wartungsrobotern aus und wußte selbst nicht recht, wonach er nun eigentlich suchte.

Dann verlor er die Geduld.

Er sagte sich, daß er wochenlang durch das Oberdeck laufen könnte, ohne einen Hinweis zu finden, der von Wichtigkeit für ihre Expedition wäre. Zudem hatte Perry Rhodan ihn ja losgeschickt, weil er der fähigste Angehörige des gesamten Solaren Mutantenkorps war.

Er wölbte die Brust vor.

„Was kann mir schon passieren? Ich springe!"

Er konzentrierte sich auf einen Ort gleicher Ebene, einen halben Kilometer von hier entfernt, und teleportierte.

Mit angehaltenem Atem materialisierte er wieder.

„Na also!" frohlockte er, als sich die Umgebung diesmal weder als Labyrinth noch als Hypno-Video entpuppte. „Ich hab's ja gleich gewußt!"

Sozusagen zur Selbstbelohnung verleibte er sich eine weitere Karotte ein.

Mitten im Kauen aber stockte er.

Sekundenlang versuchte er herauszufinden, was seine Sinne alarmiert hatte.

Dann spürte er es.

Der Boden unter seinen Füßchen vibrierte zwar nur schwach, aber die Vibrationen kamen und gingen in einem ganz bestimmten Rhythmus, einem Rhythmus, der ihn an irgend etwas erinnerte.

Er überlegte eine Weile, fand jedoch die Lösung nicht.

Kurz entschlossen suchte er nach einem Schacht oder einer Rampe, die hinabführte unter die Bodenplatte des Oberdecks.

Er befand sich in einem kreisförmig angelegten Saal mit ebener Decke, etwa vier Meter hoch und in der Grundfläche fünfzig Meter durchmessend. In regelmäßigen Abständen standen zylindrische Säulen von etwa zwei Meter Durchmesser. Ansonsten war der Saal leer.

Der Mausbiber kannte die Bauweise des 25. Jahrhunderts terranischer Zeitrechnung gut genug, um zu wissen, daß bei einem Raum dieser geringen Größe Stützsäulen absolut überflüssig waren.

Folglich dienten sie einem anderen Zweck.

Er schluckte den Karottenbrei in seinem Mund hinunter, hoppelte auf eine der Säulen zu und legte das Ohr gegen die Wandung.

Nichts.

Er trat mit der Stiefelspitze dagegen.

Wieder nichts.

Entweder war die Säule nicht hohl, oder die Wandung besaß eine außergewöhnliche Stärke.

Zumindest aber fühlte sie sich nicht heiß an, und der Strahlungsdetektor wies auf keine übernormale Radioaktivität hin.

Gucky überlegte, ob er probeweise in die Säule teleportieren sollte, da ein anderer Zugang nicht zu erkennen war. Das Risiko, das er dabei eingehen würde, hielt sich in normalen Grenzen; entweder erwies sich das Gebilde als Röhre, dann würde er wiederverstofflichen – oder der Körper war voll, dann würde er an den Ausgangspunkt der Teleportation zurückgeschleudert.

„Hm!“ brummte er nachdenklich.

Zur Vorsicht schloß er den Helm, bevor er sprang.

Das rettete ihm das Leben; denn er rematerialisierte in einem Vakuum.

Sein erster Reflex ließ ihn zurückspringen.

Doch nachdem er sich wieder in der Halle befand, sah er ein, daß ihm in der Röhre nichts zustoßen konnte, solange er seinen Raumanzug geschlossen hielt. Außerdem hatte er eine sanft abwärts ziehende Kraft verspürt, wie er sie von Antigravlifts her kannte.

„Und noch einmal!“ murmelte er in einem Anflug von Selbstironie, bevor er zum zweitenmal in die Röhre teleportierte.

Diesmal hatte er zuvor die Helmlampe eingeschaltet, so daß er sich die neue Umgebung betrachten konnte.

Er sah, daß er langsam an glatten Wänden vorüber nach unten glitt. Als er den Kopf in den Nacken legte, entdeckte er das Ende der Röhre – oder des Schachtes – in wenigen Metern Entfernung.

„Komisch!“ sann er. „Der Lift geht nicht über die Halle hinaus. Aber weshalb, bei allen Raumgeistern, gibt es dann keine Eingänge zu den Säulen!“

Er nahm sich nicht die Zeit, nach einer Antwort zu suchen.

Indem er sich weit vorbeugte, leuchtete seine Helmlampe den Schacht nach unten aus.

Anfänglich tasteten sich die Lichtreflexe an den Wänden entlang. Dann brach sich das Licht mitten im Schacht an einem flimmernden Widerstand.

Gucky richtete den Armbanddetektor darauf.

Eine Energieschleuse!

Der Mausbiber glitt darauf zu – und hindurch. Darunter befand sich eine atembare Atmosphäre, und er öffnete den Helm.

Kurz darauf berührten seine Füße den Boden einer halbkugelförmigen Kammer.

In diesem Augenblick flammte die Beleuchtung auf.

Der Mausbiber stieß einen Schrei aus.

Zum erstenmal während seines Aufenthalts in der Hangarplattform VIII hatte er einen Mechanismus ausgelöst, der unmittelbar mit einer zentralen Steuerungsstelle zusammenhängen mußte.

Doch die Sekunden verstrichen, ohne daß irgendwelche Anzeichen auf einen Alarm hindeuteten.

Gucky atmete auf.

Nun betrachtete er den einzigen Bildschirm in der Kammer genauer. Die ovale Fläche zeigte das Innere eines großen, vollkommen kugelförmigen Raumes – und in diesem Raum schwebte, offenbar von Antigravprojektoren gehalten – eine zweite Kugel, ein mächtiges Gebilde, dessen Außenhaut einen außerordentlich stabilen Eindruck machte.

Dicke Kabelstränge hingen schlaff von der Decke herab und mündeten in der Panzerkugel. Sie wirkten wie gigantische Nabelschnüre und bewegten sich in einem gleichmäßig pulsierenden Rhythmus . . .

In dem Rhythmus, den Gucky in der Säulenhalle gespürt hatte!

Der Mausbiber schüttelte sich.

Er empfand instinktive Abneigung gegen die schwebende Kugel – gleichzeitig aber fühlte er sich auf rätselhafte Weise zu ihr hingezogen, als wäre sie ein vertrauter Freund.

Er zwang sich zu kühler, sachlicher Überlegung.

Das war zweifellos die Hülle des kommandierenden Robotgehirns der Achten Sektion – und er, Gucky, hatte es gefunden!

Allmählich erst kam ihm zu Bewußtsein, was für einen wichtigen Fund er gemacht hatte.

Dann aber handelte er rasch.

Er teleportierte in die Säulenhalle zurück und von dort aus in kleinen, vorsichtigen Sprüngen an den Ort, an dem er sich von den Gefährten getrennt hatte.

Als er dort Perry Rhodan vorfand, der inzwischen mit seinen Begleitern wieder zurückgekehrt war, lachte er im Bewußtsein seines Triumphes.

Er ahnte nicht, wie wenig Grund er dafür hatte – er und alle die anderen, die mit ihm in der Achten Sektion weilten.

28.

Der Koordinator war alt – uralt nach menschlichen Begriffen. Und dennoch war er, relativ gesehen, jünger als beispielsweise Perry Rhodan . . .

Doch davon wußte Perry Rhodan ebensowenig wie von der Existenz des Koordinators.

Von seiner Hülle in der großen Trägerkuppel des Riesenroboters OLD MAN aus steuerte er diesen ganzen gigantischen Mechanismus. Er hatte zwölf Helfer bei dieser ungeheuerlichen und verantwortungsvollen Arbeit, zwölf menschliche Gehirne, die, losgelöst von ihren Körpern, in einem Erhaltungsplasma schwammen, die Verbindung mit dem dreizehnten Gehirn aufrechterhielten und dessen Anweisungen ausführten. Ihnen oblag die Steuerung jeweils einer großen Hangarplattform, und sie hatten weit über 50 000 Relativjahre hinweg diese Aufgabe erfüllt.

Doch nichts hat ewigen Bestand, und allmählich ließ die psychische Kraft der zwölf Gehirne nach. Ihr Urteilsvermögen wurde getrübt.

Zwei von ihnen verloren den Verstand. Sie handelten noch, aber ohne Ziel und Plan und ohne jegliches Verantwortungsgefühl für die gemeinsame Aufgabe.

Ihre Hangarplattformen wurden vom Koordinator als Öd-Sektionen bezeichnet.

An diesem Tag, dem 28. September 2435 Erdzeit, geschah etwas noch weitaus Schlimmeres, etwas, das niemand hatte voraussehen können;

denn die gleiche Gefahr war schon einmal in der Vergangenheit aufgetaucht und, so schien es damals den Verantwortlichen des Solaren Imperiums, abgewendet worden.

Nun bewahrte sich die alte Weisheit, daß eine Gefahr so lange nicht als beseitigt gelten darf, solange ihre Ursache noch weiterbesteht.

Und die Ursache bestand weiter!

Doch weder der Koordinator noch die zehn funktionsklaren Gehirne und schon gar nicht die Gehirne der Öd-Sektionen besaßen auch nur die geringste Information über die Gefahr, ihre Erscheinungsform und ihr Wesen.

Darum wurde sie auch völlig verkannt.

Der Koordinator stellte lediglich fest, daß in den Sektionen III und IV unbegreifliche Dinge vorgingen. Die wahnsinnigen Gehirne entwickelten plötzlich eine gespenstische Aktivität, die ganz im Widerspruch zu ihren erlahmten psychischen Energien stand.

Noch griff die Aktivität nicht auf die Trägerkuppel und die anderen zehn Plattformen über, aber der Koordinator war gewohnt, vorauszuplanen und Schwierigkeiten, die die Aufgabe gefährdeten, im Keim zu ersticken.

Er hatte OLD MAN zum Wega-System gesteuert – beziehungsweise dem Robotmechanismus die entsprechenden Befehlsimpulse erteilt –, weil er sich in dem von Menschen relativ dicht bewohnten und nahe Sol liegenden System endgültig davon überzeugen wollte, ob sich die Menschheit in einem Bruderkrieg befand, wie er aus den Ereignissen am Rand vom Sektor Morgenrot geschlossen hatte.

Doch bevor er das tat, mußte er die Lage in den beiden Öd-Sektionen wenigstens einigermaßen stabilisieren.

Er gab deshalb an alle noch funktionsklaren Gehirne eine Situationsmeldung durch und teilte gleichzeitig mit, er würde nach einer Lösung des Problems suchen.

Aber bevor er damit beginnen konnte, trat etwas anderes ein...

„Ich wäre dafür, unser Ziel auf geradem Wege weiterzuverfolgen“, sagte Lordadmiral Atlan. „Solange wir nicht genau wissen, warum OLD MAN uns bekämpft, darf uns nur die Hauptschaltzentrale interessieren, nichts weiter!“

Perry Rhodan schabte mit dem Handrücken gedankenverloren über seinen Dreitagebart.

„Meiner Ansicht nach ist es immer gut, wenn man an untergeordneten und demzufolge weniger gefährlichen Objekten übt, bevor man sich dem Hauptobjekt zuwendet!"

Er schob sich einen Fleischkonzentratwürfel zwischen die Zähne.

„Höchstwahrscheinlich stimmen die Konstruktionsprinzipien der Sektionspositroniken mit denen der Zentralpositronik überein. Das gleiche dürfte auf die Sicherheitsvorrichtungen zutreffen. Wir könnten also an der Panzerkugel, die von Gucky entdeckt wurde, beispielhaft lernen, wie wir später den gesamten Riesenroboter umzuschalten haben."

„Und wenn wir bereits dort entdeckt werden?"

Rhodan zuckte die Achseln.

„Dann wären wir von der Hauptpositronik erst recht entdeckt worden. Außerdem ist Gucky ziemlich nahe an die Panzerkugel der Sektionspositronik herangekommen, ohne daß ein Alarm ausgelöst wurde."

Er wandte sich an den Mausbiber.

„Wie nahe warst du etwa?"

„Fünfzig Meter, schätzungsweise."

„Na bitte! John, wie denken Sie darüber?"

Der Chef des Mutantenkorps räusperte sich.

„Der Zeitverlust dürfte sich doppelt und dreifach bezahlt machen."

„Und Sie, Monsieur Danton?"

Roi betupfte sich das Gesicht mit seinem Spitzentüchlein.

„C'est un malheur, Grandseigneur! Keine Rasur, kein frisches Wasser, keine Wäsche zum Wechseln! Ich fühle mich elend vor Schmutz und Schweiß. Dennoch würde ich das große Opfer auf mich nehmen und zuerst die Positronik dieser Sektion liquidieren."

Er hielt sich das Riechfläschchen unter die Nase und schnüffelte traurig. Danach musterte er vielsagend den niedrigen Flüssigkeitspegel.

„Wenn man sich wenigstens rasieren könnte und die Hände waschen...!"

„Tut mir leid", entgegnete Rhodan schroff. „Jede Benutzung der Einrichtungen könnte uns verraten!"

Gucky senkte den Kopf.

Er hatte nichts davon erwähnt, daß er den Entfroster benutzt hatte. Und er zog es vor, auch weiterhin zu schweigen. Was in dieser manuell zu bedienenden Küche noch einmal gutgegangen war, konnte bei anderen Anlagen zur Katastrophe führen.

„Ich stelle fest, die allgemeine Meinung ist, daß wir zuerst das Sektionsgehirn untersuchen, Atlan“, bemerkte Perry Rhodan.

„Selbstverständlich schließe ich mich in diesem Fall der Mehrheit an“, erwiderte der Arkonide lächelnd. „Ich wollte Ihnen nur einen Umweg ersparen, meine Herren – und meine Dame.“

Perry Rhodan blickte auf die Uhr.

Es war kurz vor einundzwanzig Uhr. In drei Stunden begann der 29. September 2435.

Seit mehr als vier Wochen lebte die Menschheit im Schatten der furchtbaren Drohung, die OLD MAN verkörperte.

„Hoffentlich haben wir Glück!“ sagte er inbrünstig.

Danach gab er das Zeichen zum Aufbruch.

Die Expeditionsteilnehmer stellten sich in der gewohnten Marschordnung auf. An der Spitze würden wieder Perry Rhodan und Roi Danton gehen, dahinter Oro Masut, Atlan und die Mutanten, in der Mitte die Spezialisten und am Schluß Orbiter Kaiman und seine Assistentin Janine Goya.

Rhodan blickte mit maskenhaft starrem Lächeln die Reihe der Gefährten entlang. Hinter dem Lächeln verbarg sich ein ganzes Kaleidoskop von Gefühlen: Wehmut, Stolz, Trauer und Zuversicht waren einige davon.

„Vorwärts!“ befahl er mit rauher Stimme.

Er wandte sich um und marschierte los. Die anderen folgten ihm, einer hinter dem anderen und jeweils zum Vordermann einen halben Meter nach links oder rechts versetzt, so daß das Schußfeld im Notfall nicht verdeckt war.

Der Mausbiber sprang zusammen mit Tako Kakuta vor und zurück, um den Weg zu erkunden. Entdeckten die Teleporter voraus Lastkarren oder Roboter, so warnten sie. Je nach Lage zog Perry Rhodan seine Gruppe in einen Seitengang zurück und ließ die Automaten passieren, während er sich mit seinen Männern eng an die Wand preßte.

Das war durchaus nicht ohne Risiko. Zwar besaßen sogar die Lastkarren eine Anti-Kollisionsautomatik, aber da deren Radartaster nicht in der Lage waren, die Terraner zu orten, hielten sie den Gang für frei. Das veranlaßte sie oft, zu zweien nebeneinander herzufahren, und in solchen Fällen blieb den Terranern nichts anderes übrig, als sich mit verzweifelten Sprüngen in Sicherheit zu bringen. Als sie endlich die Säulenhalle erreichten, waren sie – bis auf die beiden Oxtorner und den Ertruser – in Schweiß gebadet.

Perry Rhodan ordnete an, die Wände und Säulen nach getarnten Türen abzusuchen. Er konnte nicht glauben, daß es nur die eine Möglichkeit geben sollte, zur Sektionspositronik zu gelangen: den Weg der Teleportation.

„Normalerweise brauchten wir nur ein Loch in die Wand zu brennen“, sagte einer der Techniker, nachdem er eine Säule vergebens untersucht hatte.

Roi, der die Worte gehört hatte, nickte.

„Selbstverständlich, Monsieur! Dann nämlich, wenn wir unbedingt geortet werden wollten. Aber das hätten wir einfacher haben können, und schneller.“

„Ich weiß“, gab der Mann verdrießlich zurück. „Aber dann verraten Sie mir einmal, wie wir zur Positronik kommen sollen!“

Roi zuckte lächelnd die Achseln. „Je suis moi-même étranger ici!“

„Ich bin selber fremd hier!“

Janine Goya übersetzte die Antwort, und Roi Danton wartete insgeheim auf ein schallendes Gelächter.

Als es ausblieb, sah er sich beunruhigt um.

Er blickte in angespannte Gesichter mit nervös und gereizt flackernden Augen.

„Ich würde vorschlagen, daß Sie und ich mit den Teleportern in die von Gucky entdeckte Kammer springen, Grandseigneur“, raunte er seinem Vater zu. „Die Untätigkeit zerrt an den Nerven der Leute.“

Perry Rhodan nickte.

„Sie haben recht, Monsieur. Dennoch verstehe ich nicht, daß der Zugang zum Antigravschacht nur für Mutanten da sein soll. Schließlich wurde OLD MAN von Normalmenschen konstruiert und gebaut.“

„Man wird seine Gründe gehabt haben“, gab Roi orakelhaft zurück.

Roi Danton und Perry Rhodan standen in der halbkugelförmigen Kammer und blickten auf den Bildschirm, der ihnen die Panzerkugel der Sektionspositronik zeigte.

Gucky und Tako, die sie hierhergebracht hatten, hielten sich im Hintergrund.

Nach einiger Zeit wandte Rhodan sich um und sagte halblaut, als fürchte er, die Positronik könnte sonst mithören:

„Dir ist hoffentlich klar, daß die Sektionspositronik sowohl fünfzig als auch fünftausend Meter entfernt sein kann . . ."

Gucky öffnete den Mund und entblößte grinsend seinen Nagezahn.

„Aber ich habe behauptet, sie wäre nur fünfzig Meter entfernt, nicht wahr?"

„Genau! Ich möchte wissen, wie du das behaupten kannst. Schließlich würde sich das Bild, das wir auf dem Schirm sehen, selbst dann nicht ändern, wenn das Sektionsgehirn fünfzig Kilometer entfernt wäre!"

Der Mausbiber grinste noch stärker. Behäbig hoppelte er heran. Dicht unter dem Bildschirm blieb er stehen und starrte gegen die Wand.

Plötzlich schien die Bildwiedergabe seitlich zu verrutschen. Ein Flimmern huschte über den Schirm, dann stabilisierte sich das Abbild der Panzerkugel erneut.

„Telekinese?" fragte Roi Danton.

Der Mausbiber nickte.

„Die Kamera befindet sich unmittelbar hinter der Wand. Deshalb beträgt die Entfernung nur fünfzig Meter."

„Und was ist der kürzeste Weg dorthin?" wollte Danton wissen.

„Dort hinaus!" zeigte Gucky mit ausgestrecktem Arm. „Etwa fünfzig Meter geradeaus, Mossjöh, und Sie sind da. Zufrieden?"

„Hm!" machte Roi verlegen. „Sie sind zu freundlich, Monsieur Guck. Aber dieser Weg ist für einen normalen Menschen nicht gangbar."

„Aber für einen normalen Mausbiber." Er wandte sich zu Perry Rhodan um. „Wie ist es? Darf ich teleportieren?"

Rhodan wiegte zweifelnd den Kopf.

„Wir versuchen es zuerst auf normalem Wege. Meiner Ansicht nach muß es den ebenfalls geben. Wir befinden uns hier offensichtlich nur in einem Beobachtungsraum. Der Zugang zur Sektionspositronik liegt irgendwo anders."

Er winkte Tako Kakuta heran.

„Tako, Sie teleportieren mit mir zurück in die sogenannte Säulenhalle. Von dort aus versuchen wir, unter die Positronik-Kugel zu gelangen."

„Und ich?" maulte Gucky.

„Du bleibst hier. Ich möchte jemanden hier wissen, der im Notfall nicht nur teleportieren kann. Und das bist du. Klar?"

„Klar, Boß!" erwiderte Gucky geschmeichelt. „Du kannst dich auf mich verlassen. Notfalls springe ich in die Positronik und teleportiere mit ihr in den freien Raum. Dann dürfte sie auch ausgeschaltet sein."

„Wenn du *das* könntest, könnte es Tako auch", gab Rhodan sarkastisch zurück. „Denk dir etwas Besseres aus!"

Er legte die Hand auf Kakutas Unterarm und nickte dem Mutanten zu.

Im nächsten Augenblick verschwanden die beiden Männer. Der entstehende Sog riß Roi den Dreispitz vom Kopf.

Zehn Minuten später materialisierten Perry Rhodan und Tako Kakuta wieder.

Roi und Gucky blickten den Großadministrator fragend an.

„Nichts!" sagte Perry Rhodan resignierend. „Es scheint absolut keinen Zugang zur Sektionspositronik zu geben."

„Wieso scheint es nur so?" fragte Roi. „Glauben Sie denn, daß es entgegen dem äußeren Anschein doch noch normale Zugänge gibt?"

„Ich bin sicher!"

„Aber noch sicherer ist meine Methode!" triumphierte Gucky.

Perry Rhodan schüttelte den Kopf.

„Sie spart uns nur Zeit. Aber gut, wenn du noch willst, dann darfst du teleportieren."

Roi lächelte verstohlen über die diplomatische Ausdrucksweise seines Vaters. Er gab dem Mausbiber keinen Befehl, sondern stellte ihm frei, ob er teleportierte oder nicht, wobei unterschwellig die Frage anklang, ob er sich noch getraue, den Auftrag durchzuführen.

Der Mausbiber konnte gar nicht anders als zustimmen. Außerdem fieberte er wirklich der Entscheidung entgegen. Wenn ihm der Sprung zum Gehirn gelang, dann würde sich herausstellen, ob eine Umschaltung ohne weiteres möglich war oder nicht, und danach konnte man sich bei der Aktion gegen die Zentralehalbkugel richten.

„Wie willst du vorgehen?“ fragte Perry Rhodan.

Gucky reckte sich wichtigtuerisch.

„Ganz einfach. Ich springe direkt hinein in die Positronik!“

„Ist das nicht zu riskant? Sieh mal, wenn du zuerst bis zur Panzerhülle und dann . . .“

„Irgendwann einmal muß ich *hinein!*“ entgegnete der Mausbiber heftig. „Und zwar auf jeden Fall unvorbereitet. Was sich innen befindet, erfahre ich erst, nachdem ich hineinteleportiert bin.“

„Akzeptiert, Gucky. Aber sei vorsichtig. Im Falle von Gefahr kommst du sofort zurück – oder du rufst über Helmfunk, und Danton und ich kommen mit Takos Hilfe nach.“

„Keine Bange!“ sagte Gucky verächtlich. „Wir werden das Kind schon in den Brunnen kriegen.“

„Schaukeln, meinen Sie wohl!“ warf Roi ein.

Der Mausbiber nickte ernsthaft.

„Ganz recht. Wir werden das Kind schaukeln und in den Brunnen werfen, bevor er abgedeckt wird. Denken Sie bloß nicht, ich würde mich mit terranischen Sprichwörtern nicht auskennen!“

Gedankenverloren zog er zwei Karotten aus seiner Brusttasche und schob sie unter den Nagezahn.

„Für Gucky . . .!“ murmelte er versonnen und so leise, daß niemand es verstehen konnte.

„Mit vollem Munde sollte man nicht teleportieren!“ rügte ihn Roi Danton.

„Falsch! Nischcht schpräschen!“ nuschelte Gucky.

Er hob den Zeigefinger, blinzelte – und sprang!

Die Luft stürzte in das entstandene Vakuum – und wurde im nächsten Augenblick wieder verdrängt.

Gucky wälzte sich in konvulsivischen Zuckungen auf dem Boden der Beobachtungskammer. Er schrie, aber er schien seine Umgebung nicht bewußt wahrzunehmen.

Perry Rhodan war mit einem Satz bei dem Mausbiber und versuchte, ihn zu beruhigen.

Roi Danton kümmerte sich jedoch nicht um Gucky. Er fühlte, daß etwas geschehen war, das ihre ganzen Pläne umwerfen würde.

Rasch trat er näher an den Bildschirm – und erstarrte.

Um die massive Panzerkugel spannte sich ein schwach flimmernder grünlicher Schutzschirm.

„Ein HÜ-Schirm!" rief Roi. „Sofort zurück!"

Er gab Tako Kakuta einen Stoß, der ihn neben den Mausbiber beförderte. Der Japaner begriff, was Roi Danton von ihm verlangte. Er packte mit je einer Hand Perry Rhodan und Gucky und teleportierte.

In der nächsten Sekunde war er schon wieder da.

„Los, fort!„ schrie er mit überschnappender Stimme. „Die Sektionspositronik hat Alarm gegeben!"

Das Schrillen von Alarmklingeln und das an- und abschwellende Heulen der Alarmpfeifen wirkte wie eine fühlbare Bedrohung, wie ein Angriff, der von allen Seiten zugleich vorgetragen wurde.

Als Roi Danton mit Kakuta zusammen in der Säulenhalle rematerialisierte, schleuderte ihn die Druckwelle einer Explosion von den Füßen. Er blieb liegen und überblickte den Raum.

Die Männer des Einsatzkommandos hatten sich an die Eingänge verteilt. Mit schußbereiten Waffen bewachten sie die offenen und geschlossenen Schotte. Neben einem der offenen Schotte knieten Oro Masut und Orbiter Kaiman und ließen die sonnenheißen Energieblitze ihrer überschweren Handwaffen in den Gang hinauszucken.

Zwei Roboter lagen nahe der Tür, zu unförmigen Klumpen glühenden Metalls zusammengeschmolzen.

Ein dritter Kampfroboter flog soeben auseinander.

OLD MAN hatte den Feind erkannt und griff kompromißlos an.

Tako Kakuta entmaterialisierte erneut, nachdem er Perry Rhodan zugerufen hatte, daß er sich nach einem Fluchtweg umsehen wollte.

Roi erhob sich auf die Knie, visierte ein halbkugelförmiges Gebilde an, das sich aus der Decke der Säulenhalle geschoben hatte, und schoß.

Ein Regen glühender Bruchstücke ging in den Raum hernieder.

„Was ist los?" schrie Perry Rhodan hinter einer Säule hervor.

Der Freihändler lächelte dünn.

„Spezialortungsgeräte, Grandseigneur! Unsere Deflektorschirme und I-Absorber werden anscheinend von ihnen angemessen. Wir sollten uns in eine Gegend zurückziehen, in der es die Ortungskuppeln nicht gibt."

Er zerschoß ein zweites Kugelgebilde.

„Hierher!" brüllte Tako Kakuta plötzlich durch den Kampflärm.

Roi sah den Teleporter winken und eilte mit raschen Sprüngen an seine Seite.

„Oro, du nimmst Gucky!" befahl er. „Grandseigneur! Würden Sie bitte zum taktischen Rückzug blasen lassen?"

Perry Rhodan gab den entsprechenden Befehl.

Oro Masut hob den aktionsunfähigen Mausbiber auf und lief hinter Kakuta her, der die Führung übernommen hatte. Roi wartete, bis sein Vater ihn eingeholt hatte, dann glich er seine Geschwindigkeit der Rhodans an. Er würde schon aufpassen, daß seinem Vater nichts zustieß.

Hinter ihnen kam das Gros des Kommandos. Die beiden Oxtorner bildeten wieder den Schluß. Sie kämpften wie die Löwen.

Wie die Tiger...! verbesserte sich Roi Danton in Gedanken.

Janine Goya stand Kaiman in nichts nach. Sie handhabte die überschwere Kombiwaffe, als hätte sie ihr Lebtag nichts anderes getan. Eine bessere Rückendeckung konnte sich das Einsatzkommando nicht wünschen. Kein einziger Roboter kam gegen den Feuersturm der Oxtorner an; ja, manchmal erschien es Roi sogar, als zögerten die verfolgenden Kampfroboter immer gerade jenen Bruchteil einer Sekunde, die die Menschen langsamer reagierten als sie.

Doch das mußte eine Täuschung sein.

Und wenn nicht? Welche Schlüsse ließen sich daraus ziehen?

Wenn wir hier jemals lebend herauskommen sollten, schwor sich der Freihändler, dann versuche ich die Oxtorner dazu zu überreden, sich mir anzuschließen. Eines Tages werde ich schon hinter ihr Geheimnis kommen!

Er feuerte in einen Seitengang, in dem er beim Vorüberlaufen Bewegung wahrgenommen hatte. Es war eine unwillkürliche Reaktion gewesen, denn er befand sich bereits ein Dutzend Schritte weiter, bevor ihn das Donnern einer neuen Explosion erreichte. Anscheinend hatte jeder der vorbeistürmenden Männer in der gleichen Weise reagiert und einen Schuß in den Gang abgegeben.

Als sie eine Kreuzung passierten; schoben sich wieder halbkugelförmige Ortungskuppeln aus der Decke.

Sie konnten sie nicht zerstören, da sie sonst die nachfolgenden eigenen Leute gefährdet hätten. Aber Orbiter Kaiman vernichtete sie jedesmal, nachdem er die Kreuzung als letzter übersprungen hatte.

„Wir werden nicht eher Ruhe haben, bis wir aus dem Bereich der Spezialorter heraus sind!“ keuchte Kakuta.

Das Feuer hinter ihnen wurde stärker. Anscheinend hatten die Oxtorner gegen eine Übermacht zu kämpfen.

Atlan wollte ihnen zusammen mit einigen Spezialisten zu Hilfe eilen, doch Kaiman schrie ihn an, er solle lieber die Flankendeckung übernehmen, mit den Verfolgern würden sie schon allein fertig.

Einen Vorteil hat die Entdeckung wenigstens, dachte Roi, als er ein Schott öffnete. Wir brauchen nun nicht mehr darauf zu warten, daß wir mit einigen Robotern zusammen durch Schotte gehen dürfen.

Die Antigravlifts mieden sie jedoch. Zu leicht hätte man sie dort fangen können, indem man die Röhre schloß.

Die Kampfroboter aber benutzten die Lifts. Allerdings gaben sie das bald wieder auf, denn die Terraner ließen in jede Liftöffnung, an der sie vorüberkamen, eine Minithermalbombe fallen, die alles zerschmolz, was sich innerhalb der Schächte befand.

Kakuta teleportierte erneut.

Seine Parafähigkeit erwies sich als unschätzbarer Verbündeter. Ohne diese Hilfe wäre das Einsatzkommando sehr schnell in die Enge getrieben und aufgerieben worden. Aber er konnte blitzschnell in weitem Umkreis sondieren und den taktisch günstigsten Fluchtweg aussuchen. Dadurch wurden die Einkreisungsversuche der Sektionsroboter immer wieder zunichte gemacht.

Roi Danton lächelte plötzlich und scheinbar unmotiviert.

Die Mosaiksteinchen formten sich in seinem Geist zu einem Bild. Er ahnte, warum das Sektionsgehirn durch einen HÜ-Schirm abgesichert worden war – und er ahnte noch mehr.

Eine Stunde später, als Tako sie in einen Sektor geleitet hatte, in dem es keine Spezialortungsgeräte gab, und als die Verfolger für einige Zeit abgehängt worden waren, trug er seinem Vater und Atlan seine Überlegungen und Folgerungen vor.

„Ich bin überzeugt davon", sagte er, „daß es trotz des Hochenergie-Überladungsschirmes eine Mögichkeit gibt, in die Kommandokugel der Achten Sektion einzudringen. Doch dürfte diese Möglichkeit so kompliziert angelegt sein, daß man sie nicht ohne weiteres herausfindet.

Die einunddreißig Männer der GOOD HOPE scheinen doch ein wenig klüger gewesen zu sein, als wir anfänglich dachten. Wahrscheinlich haben sie damit gerechnet, daß in der Zwischenzeit auf der Erde eine Mutantenrevolte ausgebrochen sein könnte. Folglich sorgten sie dafür, daß sogar Mutanten nicht unbefugt in die Kommandokugel eindringen können.

Ich behaupte ferner, daß die Männer der GOOD HOPE dafür gesorgt haben, daß Unbefugte niemals die gesamte Großanlage umschalten können. Wir werden uns Stück für Stück an die Trägerkuppel herantasten müssen. Die Umschaltung einer Sektionspositronik dürfte nicht genügen; höchstwahrscheinlich würde dann die Kommandopositronik ihre Aufgabe mitübernehmen."

Perry Rhodan lehnte sich gegen die Wand und schloß die Augen, als hätte er nicht das mindeste Interesse an Dantons Ausführungen.

Roi kannte diese Haltung jedoch genau und wußte, daß sein Vater ganz einfach alle Umwelteindrücke ausschloß, wenn er konzentriert nachdenken mußte.

Lordadmiral Atlan dagegen zeigte ganz offen sein Interesse an den Ausführungen des jungen Mannes. Ungeniert starrte er ihn an. Die uralten Arkonidenaugen, die mehr gesehen hatten als die Augen aller anderen Wesen, die Roi kannte, schienen sein Äußeres und Inneres förmlich zu sezieren.

Aber Atlan war nicht so eiskalt, wie er sich gab.

Roi Danton kannte den Freund seiner Eltern zu genau, als daß er ihm etwas hätte vormachen können. Doch das wußte Atlan natürlich nicht.

„Nicht schlecht, Monsieur", sagte er schließlich mit seiner tiefen Stimme. „Sie können logisch und exakt denken, besser als die meisten Männer, die ich in meinem langen Leben kennengelernt habe."

Er lachte rauh. Dann wurde er abrupt wieder ernst und ließ seine Augen noch einmal prüfend auf dem Gesicht des Freihändlers ruhen.

„Ich möchte nur wissen, ob wir uns schon einmal begegnet sind, Monsieur Danton . . .! Irgendwo und irgendwann muß ich Ihr Gesicht schon einmal gesehen haben."

Roi blieb auch diesmal ruhig.

„Das Universum ist groß, Sire", erwiderte er lässig. „Und jeder Mensch hat seinen Doppelgänger, das ist eine altbekannte Tatsache. Ich jedenfalls bin Ihnen noch nie zuvor begegnet."

Der ehemalige Arkonidenadmiral lächelte spöttisch.

„Sie hätten das mit den Doppelgängern nicht so sehr betonen sollen, Monsieur. Normalerweise versuchen meine Gesprächspartner stets, sich an eine Begegnung zu erinnern, wenn ich eine solche Möglichkeit andeute. Sie dagegen waren von allem Anfang an absolut desinteressiert. Das kann mehrere Gründe haben, zum Beispiel den, daß Sie genau wissen, wo wir uns einmal gesehen haben und keinen Wert darauf legen, daß ich mich erinnere . . ."

„Il est encore trop tôt", flüsterte Roi. „Es ist noch zu früh."

Bevor Atlan darauf reagieren konnte, schlug Perry Rhodan die Augen auf und stieß sich von der Wand ab, an der er die ganze Zeit gelehnt hatte.

„Wir machen weiter!" rief er. „Tako! Sondieren Sie bitte den Weg zur Trägerkuppel! Was ist mit Gucky?"

„Er wird gleich aufwachen!" meldete Janine Goya, die sich des Mausbibers angenommen hatte. „Ich glaube nicht, daß er einen bleibenden Schaden davonträgt."

Rhodans Gesicht entspannte sich etwas.

„Gut. Mr. Masut, würden Sie Gucky bitte auch jetzt wieder tragen?"

„Ich nehme ihn selbst!" protestierte Janine. „Außerdem bin ich kräftiger als der Ertruser."

Oro Masut zuckte grinsend die mächtigen Schultern.

„Meinetwegen", sagte Rhodan, und in seiner Stimme war plötzlich nur noch eiskalte Entschlossenheit. „OLD MAN ist für die Menschheit bestimmt. Folglich gibt es auch einen Weg für Menschen, die Kommandopositronik in der Trägerkuppel zu erreichen und umzuschalten."

Er schwieg und sah seine Leute der Reihe nach an. Offenbar von dieser Musterung befriedigt, lächelte er zuversichtlich und befahl:

„Vorwärts!“

29.

Koordinator an Steuergehirne der Sektionen Eins, Zwei, Fünf, Sechs, Sieben, Acht, Neun, Zehn, Elf, Zwölf: „Die Individualsteuerung wird aufgehoben. Bitte, sofort in meine Lenkimpulse einschalten. In den Öd-Sektionen geschehen fürchterliche Dinge. Die Verbindung droht endgültig abzureißen!“

Steuergehirne der Sektionen Eins, Zwei, Fünf, Sechs, Sieben, Acht, Neun, Zehn, Elf, Zwölf an Koordinator: „Verstanden. Schalten uns ein; Ende!“

Anfrage von Sektion Acht an Koordinator: „Trifft der Befehl auf mich in vollem Umfange zu?“

Koordinator an Sektionsgehirn Acht: „Voll und ganz. Die andere Gefahr ist sekundärer Natur. Ende!“

Fünf Minuten nach dem Aufbruch stießen sie auf eine Hundertschaft Kampfroboter.

Eine erbitterte Schlacht entbrannte, und die Terraner unterlagen nur deshalb nicht, weil den Robotern in dem Gangsystem ihre Überzahl nichts nützte, während diese Enge des Kampfschauplatzes Tako Kakuta die Möglichkeit gab, blitzschnell im Rücken der Robotertruppe aufzutauchen, eine Minibombe zu werfen und zu verschwinden, bevor man auf sein Erscheinen reagieren konnte.

Gucky erholte sich ebenfalls sehr schnell. Er wollte unbedingt in den Kampf eingreifen, aber Perry Rhodan untersagte es ihm mit der Begründung, daß er viel mehr würde leisten können, wenn er noch etwas ruhte.

Doch ein Kampf Menschen gegen Roboter ist immer ein ungleicher

Kampf, und selbst dann, wenn die Menschen über einen Teleporter verfügen und durch dessen Einsatz ihre naturgegebene physische Unterlegenheit kompensieren, wird dieser Ausgleich von der Überzahl der Kampfmaschinen früher oder später zunichte gemacht werden.

Perry Rhodan und seine Einsatztruppe mußten diese bittere Wahrheit zur Kenntnis nehmen, als sie in einer Verteilerhalle festsaßen. Von allen Seiten marschierten die zweieinhalb Meter hohen Gebilde aus Terkonitstahl heran. Ihre Schritte dröhnten ehern, und ihre Impuls- und Desintegratorkanonen legten eine Zone der Verwüstung und des Feuers um die Terraner. Aus dieser Sperrzone heraus trugen sie ihre Angriffe blitzschnell vor. Wurden sie an einer Stelle zurückgeschlagen, so griffen sie Sekunden später an einer anderen Stelle an.

„Neuf!" stieß Roi Danton hervor, als wieder ein Roboter in der Explosionswolke einer Minirakete verging.

„Neun!"

„Dix! – Zehn!"

Längst hatte er, wie die Gefährten auch, seinen Helm wieder geschlossen. Die unablässig heranrasenden Glutwellen hätten ihn sonst zu Asche verbrannt. Auch der Individualschutzschirm war eingeschaltet; er hatte ihm bereits einige Male das Leben gerettet, denn die Roboter schossen mit übermenschlicher Präzision. Nur die Schnelligkeit der unterbewußten menschlichen Reflexe kompensierte die kürzere Reaktionszeit der positronischen Gehirne. Der Mensch, dessen Hände und Augen sozusagen losgelöst vom Gehirn handelten, dessen Geist sich lediglich mit der Rahmenplanung der Kampfhandlungen befaßte, hatte selbst gegen Kampfroboter gute Überlebenschancen.

„L' Onzième!" stieß er zornig hervor. „Der elfte!"

Die Explosionswelle schleuderte ihn einige Meter weit zurück. Aber er kroch sofort wieder vorwärts.

Einen Herzschlag lang dachte er daran, daß es für einen verantwortungsbewußten Mann mit Idealen leichter sei, gegen Roboter als gegen Menschen zu kämpfen. Keine moralischen Skrupel hemmten ihn dabei, denn er vernichtete ja nur Maschinen und keine vernunftbegabten Wesen. Auch das war etwas, das dabei half, die physische Überlegenheit der Kampfroboter zu kompensieren.

Wieder verließ eine Minirakete das Rohr seiner Redeye-M-XI,

suchte sich ihr Ziel anhand der Infrarotstrahlung, die das Kraftwerk des Roboters erzeugte, und explodierte genau an der am leichtesten verwundbaren Stelle der Kampfmaschine.

„Le douzième – Der zwölfte!"

Roi lächelte während der einsetzenden Kampfpause darüber, daß die Rolle, in die er sich anfangs mühsam hatte hineinleben müssen, um seine wahre Identität zu verbergen, inzwischen fast die ursprüngliche Persönlichkeit verdrängt und ihn zu dem gemacht hatte, was er eigentlich nur spielen wollte. Selbst die hochgradige Erregung des Kampfes vermochte die Fusion der beiden Ichs nicht mehr zu lösen.

Der Kampflärm brandete nun an der gegenüberliegenden Seite der Verteilerhallte auf. Aber dort hielten die beiden Oxtorner Wache, und bei ihnen würde kein einziger Roboter durchkommen.

Roi wandte den Kopf und sah, daß sein Vater, der neben ihm lag, ihn prüfend ansah.

Der Freihändler lächelte.

„Il approche de minuit, Grandseigneur. – Es geht auf Mitternacht, hoher Herr." Sein Lächeln vertiefte sich. „Vielleicht bringt die Geisterstunde die entscheidende Wende."

Perry Rhodan erwiderte das Lächeln nur flüchtig. Dann sagte er mit einer Mischung aus Vorwurf und Nachsicht:

„Können Sie eigentlich nie richtig ernst sein, Monsieur Danton?"

„Das Leben ist ernst genug, Grandseigneur", erwiderte Roi. „Warum sollten wir es uns nicht ein wenig heiterer gestalten?"

„Wohl dem, der noch so naiv sein kann wie Sie", murmelte Rhodan. „Früher dachte ich ähnlich; heute lastet die Verantwortung wie ein Fels auf meinen Schultern. Da fällt es schwerer, über alles mit einem Lächeln hinwegzugehen."

Sein Gesicht verschwand plötzlich, als eine Druckwelle ihn anhob und fortschleuderte.

Roi Danton stürzte über seinen Vater. Die Schutzschirme berührten einander und gingen sekundenlang ineinander über. Entladungsblitze gab es nicht; dafür sorgte eine Sicherheitsautomatik.

Im nächsten Augenblick waren sie wieder auf den Beinen.

Sie blickten durch Rauchschwaden und blendende Glut hindurch auf das Loch, das in der Decke der Verteilerhalle entstanden war.

„Das ist das Ende", erklang die tonlose Stimme eines Mannes in ihren Helmempfängern. „Jetzt räuchert man uns auch noch von oben und unten aus."

Perry Rhodan richtete sich steil auf.

„Welcher Narr redet solchen Unsinn! Wir sind erst dann verloren, wenn wir uns selbst aufgeben. Achtung! Fertigmachen zum Ausbruch! Masut, Sie ziehen sich hierher zurück, sobald ich das Zeichen dafür gebe. Sie, Danton, Atlan und ich brechen gemeinsam durch, die anderen folgen uns. Kaiman und Assistentin halten solange den Zugang zum Durchbruchsflur, während Tako vorausspringt und Gucky in den gegenüberliegenden Gängen Thermalbomben legt. Das dürfte die Roboter nicht nur eine Zeitlang aufhalten, sondern erheblich dezimieren."

Er wartete noch einige Sekunden lang, dann rief er:

„Masut!"

Sofort sprang der Ertruser in gewaltigen Sätzen durch die Halle in den Gang hinein, vor dem Rhodan und Danton wachten.

Perry Rhodan und der Freihändler folgten ihm. Atlan lief, so schnell es ging, hinterher.

Die Roboter wurden durch den Ausbruch völlig überrascht. Sie, die mit ihren positronischen Gehirnen streng logisch dachten, hatten es für ausgeschlossen gehalten, daß die Terraner ihre relativ sichere Deckung verlassen würden, um eine Übermacht anzugreifen.

Das Feuer aus Masuts, Rhodans und Dantons Strahlern vernichtete fünf Kampfroboter und machte den Weg frei.

Die anderen Männer stießen nach. Einer löste den anderen in der Spitzengruppe ab, dadurch wurde die psychische und physische Belastung des Kampfes gleichmäßig verteilt.

Aber die anderen Kampfroboter reagierten schnell auf die veränderte Lage. Sie ließen die Terraner laufen und verfolgten sie lediglich in den Parallelgängen, um ihnen den Weg verlegen zu können.

Guckys Thermalbomben hatten dennoch ungefähr dreißig Kampfmaschinen vernichtet oder beschädigt.

Doch nach zehn Minuten anstrengenden Laufs vernahmen die Terraner überdeutlich das harte Stampfen Hunderter von Kampfrobotern – von links und rechts, von hinten, von oben und von unten.

Roi erkannte, daß die Initiative langsam aber sicher an die Roboter überging.

„Wir müssen es riskieren und ein Stockwerk hinabsteigen!“ rief er seinem Vater zu.

Perry Rhodan nickte mit verschwitztem, stoppelbärtigem und von Strapazen gezeichnetem Gesicht.

Aber bevor er die nötigen Befehle erteilen konnte, geschah etwas völlig Unerwartetes.

Das Stampfen der Kampfroboter hörte mit einem Schlag auf.

Einige Sekunden lang herrschte Grabesstille in Sektion VIII. Selbst die Menschen waren stehengeblieben und wagten kaum noch zu atmen.

Dann ertönten die Schritte der Roboter von neuem. Doch sie kamen nicht näher.

Sie entfernten sich.

Die Terraner, soeben noch von der Vernichtung bedroht und auf ein neues verzweifeltes Ausbruchsmanöver sinnend, waren wie vor den Kopf geschlagen.

Man ignorierte sie absolut.

Knapp fünf Meter vor der Spitze marschierten sechs der Robotkolosse mit herabhängenden Waffenarmen vorüber. Sie schenkten den Terranern keinen Blick, und obwohl Roi und die anderen sie mühelos hätten zerstören können, taten sie es nicht. Selbst Maschinen vernichtete man nicht grundlos.

„Qu'est-ce que cela signifie?“ flüsterte Roi Danton fassungslos. „Was bedeutet das?“

Wie zur Antwort darauf krachte es plötzlich in den Empfängern der Außenmikrophone.

Dieses Geräusch war so typisch, daß jeder der Männer sofort wußte: Die Lautsprecher einer Rundrufanlage sind eingeschaltet worden.

Dann erscholl aus unzähligen getarnten Lautsprechern eine menschliche Stimme in einwandfreiem Interkosmo. Geisterhaft hohl und von allen Seiten hallte es durch die Flure, Kuppeln und Schächte:

„Überlagerungsschaltung spricht. An alle Freunde: Suchen Sie Schutzräume auf. Verschlußzustand beginnt in zehn Minuten Standardzeit!“

Rois Kopf fuhr herum.

Mit flackernden Augen starrte er in die verzerrten Gesichter seines Vaters und Atlans.

„Mon dieu!“

Das war alles, was der Freihändler hervorbrachte.

Weiterer Worte bedurfte es nicht.

Niemand hatte eine Ahnung, wo die sogenannten Schutzräume lagen.

Aber jeder wußte, was mit „Verschlußzustand“ gemeint war.

Die Erkenntnis, daß die Anrede „an alle Freunde“ nur auf Terraner gemünzt sein konnte, verblaßte angesichts einer viel bedeutungsvolleren Erkenntnis:

In zehn Minuten mußten sie die Räumlichkeiten innerhalb der Sektion verlassen und die freie Oberflächenplattform erreicht haben, oder es würde kein Entkommen mehr geben!

Perry Rhodan reagierte zuerst.

„Mir nach!“ überschrie er die monotone Wiederholung der Lautsprecherdurchsagen. „Schnell!“

An Gucky und Kakuta brauchte er keine Sonderbefehle zu geben. Die beiden Teleporter sprangen kurze Strecken voraus und sondierten das Gelände. Weiter als zwischen hundert bis zweihundert Meter wagten sie sich jedoch nicht. In dieser verzweifelten Lage durften sie nicht riskieren, von einem der geheimnisvollen Labyrinthe eingefangen zu werden.

Roi Danton rannte mit keuchenden Lungen neben seinem Vater her. Vor sich sah er den massigen Rücken Oro Masuts. Der Ertruser stürmte wie ein gereizter Stier vorwärts, bereit, alles beiseite zu fegen, was seinen Herrn behindern könnte.

Aber es gab nichts, was sie am Vorwärtskommen hinderte. Nur ab und zu begegneten sie Roboterkolonnen, die unbekannten Zielen zumarschierten und sich überhaupt nicht um die Menschen kümmerten.

Es war gespenstisch.

Soeben hatten Menschen und Roboter noch einen Kampf auf Leben und Tod ausgefochten, jetzt ignorierten sie einander.

Roi begann zu ahnen, daß der angekündigte Verschlußzustand nicht gegen sie gerichtet war.

Am Ergebnis würde das jedoch nichts ändern.

„Bong!"

Eine von zehn Minuten war vorüber.

Oro Masut sprang mit einem gewaltigen Satz durch ein enges Schott und landete auf einer Inspektionsgalerie, die sich kreisförmig um die Innenwand eines Raumschiffshangars herumschwang.

Roi stürmte hinterher.

Die Schritte der Gefährten trommelten auf den Boden, als schlügen die Hufe einer durchgehenden Rinderherde gegen den Steppenboden.

Mit hallenden Schlägen schlossen sich die Schotte der abgestellten Ultraschlachtschiffe.

Roi warf zufällig einen Blick hinüber auf die etwa drei Kilometer entfernten Schleusentorte.

Eine eiskalte Faust schien sein Herz zusammenzupressen.

Unwillkürlich schrie er auf.

Vor dem gewaltigen Schott stand das grüne Leuchten eines HÜ-Schirms!

„Schneller!" schrie Masut von vorn.

Roi Danton sah kurz darauf den Grund.

Eine Schiebetür aus massivem Terkonitstahl schob sich aus dem Boden auf der Grenzlinie zwischen zwei Abstellplätzen empor; eine zweite Schiebetür wuchs ihr von oben entgegen, etwas versetzt, wie es die ineinander verzahnten Ringwulsttriebwerke der Raumgiganten erforderten.

Er holte das letzte aus sich heraus, so glaubte er jedenfalls.

„Bong!"

Schlug der Gong zum zweiten- oder zum drittenmal?

Jegliches Gefühl für die Zeit ging verloren.

Rois rechter Ellenbogen stieß unsanft gegen die Hauswand.

Mit entsetzt aufgerissenen Augen erkannte er, daß die Inspektionsgalerie in die Wand eingefahren wurde.

Über den Lärm zuschlagender Schotte und dem Knirschen und Stöhnen sich schließender Schiebetüren hinweg alarmierte sein Warnschrei die Gefährten.

„Flugaggregate aktivieren!" befahl Perry Rhodan.

Einer nach dem anderen oder in Gruppen zu zweien und dreien

hoben die Männer von der Inspektionsgalerie ab und schwebten mit aktivierten Antigravgeneratoren und Mikro-Impulstriebwerken auf die Lücke zwischen den beiden nächsten Schiebetürhälften zu, die sich mehr und mehr verringerte.

Sie schafften es gerade noch.

Hinter ihnen prallten die gewaltigen Saugwülste der Innenkanten gegen die Triebwerksringwulste der Ultraschlachtschiffe und schlossen den Hangar hermetisch ab.

Und vor ihnen war inzwischen das gleiche geschehen . . .

„Bong! Noch fünf Minuten bis zum Verschlußzustand!“

Roi Danton war es, als verkündete die Stimme ein unwiderrufliches Urteil.

In fünf Minuten würde niemand und nichts mehr aus Sektion VIII herauskommen – aber die Terraner in dem hermetisch verschlossenen Raumschiffshangar wußten nicht einmal, wie sie während der verbleibenden fünf Minuten einen Weg zur Oberflächenplattform finden sollten!

“Halbzeit!“ spöttelte einer der Kosmonauten. Aber das Beben seiner Stimme wies den vermeintlichen Humor als Galgenhumor aus.

Plötzlich materialisierte Gucky.

Roi sah nur, wie der Mausbiber mit den kleinen Ärmchen herumfuchtelte und dann in seinem Kampfanzug vorausflog.

Ohne zu wissen, wohin es ging, folgte ihm die ganze Mannschaft. Die Männer wußten, daß sie Gucky vertrauen konnten, auch wenn das kleine Pelzwesen oft recht kindische Spiele und Scherze trieb.

Dennoch atmete der Freihändler auf, als er die hell erleuchtete Mündung eines Flures entdeckte. Er beschleunigte etwas, als Guckys Mikro-Impulswerk heller aufflammte.

Innerlich fühlte er noch immer die Furcht vor dem Eingeschlossenwerden, die anscheinend jedem Menschen als Urtrieb vererbt worden war. Das Dröhnen und Tosen in der Achten Sektion schwoll zu einem ohrenbetäubenden Konzert an. Ununterbrochen knallte Stahl auf Stahl; es war, als schlügen Giganten mit riesigen Hämmern den gesamten Riesenroboter in Stücke.

Und jedes Geräusch bedeutete, daß wieder ein Fluchtweg verschlossen worden war!

Dicht an dicht schossen die Männer durch den engen Flur. Die verdrängte Luft strich pfeifend an ihren Schutzschirmen entlang.

Da – eine Abzweigung!

Wumm!

Weiter!

Ein Schrei.

„In den Liftschacht!"

Knisternd baute sich eine grünlich flimmernde Wand vor der Doppelschachtmündung auf.

Es gibt noch mehr Schächte!

Das Halbrund einer großen Verteilerhalle empfing sie mit beruhigendem Licht. Acht, neun Schotts waren schon verschlossen.

Ein Schott steht noch auf!

Hindurch!

Eine riesige Schiebetür kroch aus der Wand, schob sich mit quälender Langsamkeit über eine tiefe Rille im Boden zur anderen Seite.

Dreiundzwanzig Terraner kurvten mit fauchenden Triebwerken um das Hindernis herum, wurden von dem einzigen noch offenen Gang aufgenommen und suchten weiter.

Eine gigantische Öffnung: der Zugang zu einem leerstehenden Raumschiffshangar.

Dahinter, in mehr als drei Kilometern Entfernung: die erleuchteten Konturen eines Ultraschlachtschiffes!

Eine Möglichkeit: das Schiff besetzen, starten, fliehen!

Ein Energieschirm spannte sich.

Aus! Vorbei!

Und immer wieder dröhnte der Gong, zerrte an den Nerven der Menschen, die vergebens versuchten, aus dieser perfekten Falle zu entrinnen.

„Noch eine Minute bis zum Verschlußzustand!"

Jetzt schlug der Gong jede Sekunde, als wollte der seelenlose Mechanismus die Wesen verhöhnen, die sich mit etwas angelegt hatten, das zu groß war für sie.

Jemand lachte gellend.

Jemand fluchte.

„Ach, halt den Mund! Menschen haben OLD MAN erbaut!“

Ja, dachte Roi. Menschen haben diese gigantische Maschinerie geschaffen, und Menschen werden mit ihr fertig werden!

Tako Kakuta materialisierte zwischen ihm und Atlan.

Der Teleporter öffnete den Mund und schrie etwas, das in dem Dröhnen und Tosen der Maschinen unterging.

Roi packte Tako an der Schulter, riß ihn herum und deutete mit ausgestrecktem Arm nach vorn.

Der Mutant begriff.

Er schaltete sein Mikro-Triebwerk auf Maximalbeschleunigung, glitt mit hellem, singendem Düsenlaut an Perry Rhodan vorbei, überholte Oro Masut und flog voraus, den Gefährten den Weg weisend, den er entdeckt hatte.

Hoffentlich ist der Weg noch offen, wenn wir hinkommen! dachte Roi.

Er bremste ganz mechanisch ab, als der Warnschrei in seinem Helmempfänger ertönte. Sein Schutzschirm flammte auf, als er die Wand eines großen Schachtes berührte. Andere stießen von hinten auf ihn.

Sekundenlang herrschte ein unentwirrbares Chaos in der Mündung des Antigravschachtes. Dann lösten sich die Männer voneinander und stiegen auf den kaum sichtbaren Impulswellenbündeln ihrer Tornisteraggregate senkrecht empor.

Wahrscheinlich wäre Roi Danton so lange weitergeflogen, wie sein Fusionskraftstoff reichte, wenn eine befehlsgewohnte Stimme ihn nicht zurückgerufen hätte – ihn und ein Dutzend andere Männer.

Er erwachte aus einem Alptraum und sah sich um.

Über sich und zur Linken sah er Myriaden glitzernder Punkte vor einem samtschwarzen Hintergrund. Rechts und unter sich entdeckte er einen gigantischen, dunklen Schatten: OLD MAN.

Es währte noch eine Sekunde, bis er begriff, daß er sich im Weltraum befand, daß er frei war, daß die Enge und die Schotte und die Energieschirme der achten Sektion hinter ihm lagen.

Jemand schluchzte.

Andere lachten.

Rauhe Stimmen wetteiferten darin, ebenso rauhe Scherze zu machen.

Dann schloß sich der letzte Ausgang – der Ausgang, durch den sie soeben gekommen waren.

Da wurden sie still.

Einer nach dem anderen sanken sie auf die freie Oberflächenplattform herab, sammelten sich um den Mann, von dem sie erwarteten, daß er ihnen sagen würde, wie es weitergehen sollte: um Perry Rhodan.

Aber Perry Rhodan war auch nur ein Mensch.

Er stand selbst vor einem Rätsel, zutiefst beunruhigt über die Vorgänge in OLD MAN und ohne eine Idee zur Lösung ihres Hauptproblems.

„Les visiteurs sont invités à quitter le bateau", murmelte Roi. „Die Besucher werden gebeten, das Schiff zu verlassen."

„Vielleicht haben Sie gar nicht so unrecht", warf Janine Goya ein. „Aber wann fährt das nächste Schiff nach Terra?"

Roi zuckte die Schultern.

Atlan räusperte sich und sagte:

„Ich schlage vor, wir fliegen zu den von Redhorse entdeckten Öd-Sektionen. Dort brauchen wir uns weder vor Robotern in acht zu nehmen noch mit einem Verschlußzustand zu rechnen, wie er in VIII und sicher auch in allen anderen Sektionen außer III und IV herrscht. Die dort lebenden Walkers stellen ebenfalls keine Gefahr dar."

„Nur werden wir von dort aus niemals in die Trägerkuppel gelangen", wandte Roi ein. „Die Öd-Sektionen sind vollkommen abgeriegelt."

„Das stimmt. Aber von hier aus kommen wir augenblicklich auch nicht hinein. Zudem besteht die Gefahr, daß OLD MAN in den Linearraum geht – und auf einer ungeschützten Oberflächenplattform möchte ich das nicht erleben."

„Deine Argumente sind stichhaltig, Atlan", sagte Perry Rhodan. „Wir begeben uns zur Sektion III. Bitte, überprüfen Sie alle Ihre Raumanzüge und Raumflugaggregate. Wir haben einen schweren Weg vor uns."

Roi Danton grinste dünn.

Diese Feststellung seines Vaters war eine glatte Untertreibung. Er hob den Kopf, legte ihn bis in den Nacken und schaute an der gigantischen Trägerkuppel empor. Die obere Polrundung war von hier aus nicht einzusehen, da sie hinter der Wandungskrümmung lag. Doch auch so wirkte OLD MAN wie ein Alptraum aus Terkonit und schwach flimmernden Separatschutzschirmen.

Roi schloß die Augen und schüttelte den Kopf, um das Schwindelgefühl zu unterdrücken, das ihn jäh überfiel. Er hatte sekundenlang den Eindruck gehabt, die Trägerkuppel kippte ihm entgegen. Doch das war eine Halluzination, ausgelöst durch den Widerspruch zwischen der offensichtichen Tatsache, daß die künstliche Schwerkraft von einem Gravo die Plattformoberfläche relativ zu ihm waagerecht erscheinen ließ – und dem Wissen, daß dieses Waagerecht rein subjektiv war.

Von der dritten Sektion war nichts zu sehen; sie lag annähernd auf der entgegengesetzten Seite OLD MANS. Auch Sektion IV, die um fünfzig Kilometer näher lag, befand sich außerhalb des Gesichtswinkels. Von seinem Standpunkt aus dem äußeren Drittel der achten Plattform aus konnte Roi Danton lediglich die Lichter von Nummer VII und VI und eine Ecke von Nummer V erkennen.

Über alle diese Plattformen würden sie hinwegfliegen müssen – und über die vierte Plattform ebenfalls; denn obwohl Nummer IV zu den Öd-Sektionen gerechnet werden mußte, war sie im Vergleich zu Nummer III noch unbekannt, und in ihrer Lage durften die Männer des Einsatzkommandos auch nicht das geringste vermeidbare Risiko eingehen.

Unbehaglich zog Rhodans Sohn den Kopf ein. Die Risiken waren auch so groß genug.

Hastig überprüfte er seinen Raumanzug und die Flugaggregate. Dabei kam ihm wieder einmal zu Bewußtsein, wie winzig sie alle doch waren gegen den Riesenroboter – nicht größer als Mücken es gegen ein Ultraschlachtschiff vom Range der CREST IV gewesen wären.

Obwohl dieser Vergleich dazu angetan war, Minderwertigkeitskomplexe zu wecken, lächelte Roi grimmig bei dem Gedanken daran. Wahrscheinlich würde es nur ihre relative Winzigkeit sein, die ihnen eine Überlebenschance verlieh.

Die Abwehreinrichtungen der CREST IV würden kaum auf Objekte von der relativen Größe einer Mücke ansprechen. Blieb nur zu hoffen, daß dies auch auf OLD MAN zutraf.

„Wir halten uns nicht zu nahe beieinander“, ertönte die Stimme seines Vaters im Empfänger des Helmkoms, „aber dennoch in Sichtweite. Jeder achtet auf jeden, damit niemand unbemerkt zurückbleiben kann. Sobald wir auf Sektion III gelandet sind, sammeln wir uns wieder. Während des Fluges darf der Helmkom nur in Notfällen benutzt werden.“

Nach kurzer Pause fuhr Rhodan fort:

„Achtung! Start erfolgt in zehn Sekunden! – Zehn... neun... acht...“

Roi hörte nur mit halbem Ohr hin. Er blickte zu den beiden Oxtornern.

Orbiter Kaiman und Janine Goya standen dicht beisammen; ihre Druckhelme berührten sich. Offensichtlich hatten sie ihre Funkgeräte ausgeschaltet und unterhielten sich mit Hilfe des Helmkontakts.

Das gefiel dem Freihändler nicht.

Kaiman und seine Assistentin waren für ihn ein Rätsel geblieben, und obwohl er keine Hinterlist von ihnen fürchtete, wollte er doch so lange ein wachsames Auge auf sie haben, bis er sich klar darüber geworden war, was es mit den beiden auf sich hatte.

Hawk! dachte er. Orbiter Kaiman hat mir gegenüber den Namen Hawk erwähnt. Ob zwischen diesem ehemaligen Oberleutnant der Galaktischen Abwehr und dem angeblichen Anthropologen Orbiter Kaiman eine Verbindung besteht?

Früher, als er noch ein Kind gewesen war, hatte Michael Rhodan aus den Gesprächen zwischen seinen Eltern und zwischen seinem Vater und Onkel Reginald herausgehört, Oberleutnant Hawk hätte mit Billigung des Großadministrators im Bereich des Andromedanebels „desertiert“, hätte einen gewissen Baar Lun mitgenommen, einen sogenannten Modul und Energietransformer, und wäre in dem Ewigkeitsschiff des Hüter des Lichts aufgebrochen, um zwischen Maahks und Tefrodern Frieden zu stiften.

Später, als Roi zum Mann heranwuchs, war das Thema in seiner Gegenwart nicht mehr berührt worden. Und als er zum Mann geworden war, zu einer Zeit also, zu der sein Vater ihn gewiß in das Geheimnis um Hawk und den Hüter des Lichts aus Andromeda eingeweiht hätte, war er von zu Hause weggegangen, um seine Zukunft aus eigener Kraft zu gestalten.

„Drei . . . zwei . . . eins . . . null!“ zählte Perry Rhodan. „Los!“

Zweiundzwanzig Männer und eine Frau erhoben sich gleichzeitig von der Oberflächenplattform der achten Sektion. Die Impulswellenbündel ihrer Tornisteraggregate waren für menschliche Augen nahezu unsichtbar. Nur manchmal erschien ein leichtes Flimmern hinter den Feldmündungen, ein Beweis für das fortwährende Zusammentreffen der Abstrahlenergie mit interplanetarem Staub und Gas, dessen Dichte in dem großen System der Wega besonders hoch war.

„Ein einziger Energiestrahl von OLD MAN, und wir vermehren das interplanetare Gas um einige unbedeutende Partikelchen!“ grollte Iwan Goratschins Stimme aus den Empfängern.

„Ruhe!“ befahl Rhodan.

Danach wurde es wieder still.

Roi aber lachte lautlos in sich hinein.

Verblüffend, wie sich menschliche Gedankengänge gleichen! dachte er.

Danach versuchte er, wieder in die Nähe seines Vaters zu gelangen.

Perry Rhodan führte den Pulk an. Er steuerte einen schnurgeraden Kurs, der sie über der sechsten Plattform in Minimaldistanz zur Wandung der Trägerkuppel bringen mußte. Das war die rationellste Art des Vorgehens, auch wenn sie einige Risiken barg.

Allmählich schrumpfte der Abstand zur siebten Plattform zusammen.

Die Entfernung zur Sektion VII betrug etwa noch einen Kilometer, als unmittelbar unter den Terranern die gigantischen Kugeln dreier Ultraschlachtschiffe auftauchten.

Sofort ging Perry Rhodan in den Steigflug über.

Offenbar waren die Raumschiffe erst kurz vor OLD MAN aus dem Linearraum gekommen. Nun näherten sie sich mit hoher Geschwindigkeit der siebenten Plattform.

Gespannt beobachtete Roi, wie sie ihre Triebwerke mit voller Kraft einsetzten, um die Restfahrt abzubremsen. Dieses Schauspiel an sich interessierte ihn wenig; er hatte Ähnliches zu oft erlebt, um noch Erregung dabei zu empfinden. Aber er wartete darauf, ob sich die

Hangartore öffnen würden, um die zurückkehrenden Raumschiffe einzulassen. Das würde dem Verschlußzustand widersprechen.

Doch die Steuerungspositroniken der Ultragiganten hatten anscheinend bereits entsprechende Befehle erhalten. Sie flogen nicht auf die geschlossenen Hangars zu, sondern stiegen plötzlich empor.

Ihr Ziel war offensichtlich die freie Oberflächenplattform, sozusagen der Nothafen, auf dem sie das Ende des Verschlußzustandes abwarten konnten.

Das Manöver entwickelte sich zur Katastrophe für die Terraner.

Roi fühlte sich in der Lage eines Insekts, das von einer gigantischen Faust bedroht wurde. So sehr er auch beschleunigte, die Ultraschlachtschiffe waren unvergleichlich schneller.

„Hundert Meter Distanz", las er von der Skala des Dopplergerätes vor seiner Brust ab.

Und im nächsten Augenblick waren es nur noch fünf Meter Distanz!

Roi Danton hielt den Atem an und lockerte seine Körperhaltung, um den erwarteten Aufprall abzufangen.

Einige Männer schrien um Hilfe.

Roi schloß die Augen.

Das emporschießende Schiff mußte ihn mit der Gewalt eines Dampfhammers treffen und zermalmen – ihn und alle anderen.

Wild riß er am Beschleunigungshebel, aber das kleine Triebwerk besaß keine Leistungsreserven mehr.

Als er sich wunderte, daß er noch lebte, waren seit dem Auftauchen der Raumschiffe nur wenige Sekunden vergangen. Doch diese Zeit hatte nach seinem Ermessen ausreichen sollen, um ihn und die anderen zu töten . . .

Statt dessen entfernten sich die Ultragiganten allmählich von ihnen. Die Distanz betrug vier Kilometer und wuchs noch immer!

Plötzlich verschwanden die drei Schiffe aus seinem Gesichtsfeld – und Sekunden später gingen draußen im freien Raum drei künstliche Sonnen auf.

Ein gellender Schrei hallte vielstimmig durch den Helmkom.

Roi wußte hinterher nicht, ob er mitgeschrien hatte oder nicht. Aber er wußte, daß er ebenso entsetzt und verblüfft war wie die Gefährten.

OLD MAN hatte drei seiner eigenen Raumschiffe vernichtet.

Diese Handlungsweise war ein Rätsel.

Jedenfalls traf das auf die meisten Angehörigen des Einsatzkommandos zu.

Nur Rhodans Sohn hatte einen vagen Verdacht – vage deshalb, weil sein Verstand sich weigerte, das Ungeheuerliche anzuerkennen, das sich da offenbart hatte.

Die Raumschiffe waren ihnen ausgewichen, hatten ihren ursprünglichen Kurs geändert – und damit den von der Zentralpositronik bestimmten Landekurs verlassen.

OLD MAN mußte das als ungewöhnlich und besorgniserregend einstufen, jedenfalls dann, wenn der Befehl zu dem Manöver nicht von seiner Hauptpositronik gekommen war.

Aber von wem war der Befehl dann gekommen?

Von Orbiter Kaiman? Von Little Man, wie der Oxtorner seinen Mikroroboter nannte?

Doch wie konnte ein kaum fußballgroßes Gebilde mit einem Positronengehirn von etwa der Größe zweier Fäuste – denn größer war es bestimmt nicht – die Befehlsgewalt eines Riesenroboters von der Größe OLD MAN's brechen?

„Mein Gott!" hörte er im Helmempfänger eine tonlose Stimme. „Was war das? Warum leben wir noch?"

„Genügt Ihnen die Tatsache an sich nicht?" fragte Roi zynisch. „Sie können sich ja bei OLD MAN beschweren, wenn Sie der Meinung sind, er hätte Sie betrogen. Aber dann warten Sie bitte, bis wir uns in Sicherheit befinden. Im Gegensatz zu Ihnen lieben wir unser Leben nämlich – zumindest behaupte ich das von mir!"

„Ich hatte Funkstille angeordnet, Monsieur Danton!" erscholl Perry Rhodans tadelnde Stimme.

Das Ausweichmanöver, das sie beim Auftauchen der drei Ultraschlachtschiffe eingeleitet hatten, rettete sie vor der nächsten Gefahr.

Sie befanden sich in ungefähr dreißig Kilometern Höhe über Sektion VII und hatten die Oberflächenplattform etwa zur Hälfte überquert, als die Elektronenanzeigen der Energieortungsgeräte unverhofft hochschnellten.

Gleichzeitig verschwammen die Umrisse der Plattform für den Bruchteil einer Sekunde, als wäre sie in bewegtes Wasser getaucht worden.

„HÜ-Schirm!“ meldete Atlans Stimme aus dem Telekom. „Sie schalten die Oberflächenschutzschirme ein!“

„Hoffentlich nicht auch in den Öd-Sektionen!“ entfuhr es Roi.

Niemand erwiderte etwas darauf.

Was hätte man auch sagen sollen! Die dritte Sektion lag noch in weiter Ferne. Sie konnten nur hoffen, daß in den sogenannten Öd-Sektionen die Befehle des Zentralgehirns tatsächlich so wenig Gewicht hatte, wie Don Redhorse es berichtet hatte.

Verhielt es sich anders – oder unterwarfen sich die Sektionsgehirne von Nummer drei und vier in bestimmten Fällen doch dem Willen der Hauptpositronik – dann waren sie so gut wie verloren, im Weltraum ausgesetzt und dahinvegetierend, bis ihre Vorräte an Wasser und Luft aufgebraucht waren.

Niemand von der Imperiumsflotte würde ihnen zu Hilfe kommen können; jedes fremde Raumschiff wäre von den Abwehrbatterien OLD MANS bereits weit draußen im Raum vernichtet worden, wenn die ausgeschwärmten Ultraschlachtschiffe es überhaupt so nahe herangelassen hätten.

Der Schutzschirm über der Oberfläche von Sektion VI wölbte sich bis in eine Höhe von fünfundzwanzig Kilometern.

Und vor dem Erscheinen der drei Schiffe hatte die Flughöhe des Einsatzkommandos bei einem halben Kilometer Paralleldistanz gelegen . . .

Es war ein Zeichen dafür, wie weit die Männer schon gegen Gefahren abgestumpft waren, daß keiner mehr ein Wort darüber verlor, daß sie innerhalb einer halben Stunde zum zweitenmal mit knapper Not dem Tode entgangen waren.

Und weiter ging der Flug, über den Rand der Plattform hinaus, über den Abgrund, der sie von Sektion VI trennte – und immer hing zur Rechten die Außenwand von OLD MAN im Raum, als wäre dort die Grenze des Universums.

Roi Danton sah die beiden mechanischen Halterungen, die die Plattform hielten, aus nächster Nähe. Wie alles an OLD MAN übertrafen sie die bisherigen terranischen Superlative um das Vielfache. In dem Riesenroboter war ohne Zweifel das gigantischste Monstrum aller Zeiten entstanden – ein Monstrum, das seinem Besitzer ein ungeheuerliches Maß an Macht verlieh.

Bis jetzt aber hatte OLD MAN noch keinen Besitzer!

Zwar schien es festzustehen, daß die gesamte Menschheit der rechtmäßige Eigentümer war, aber die Menschheit hatte noch nicht Besitz ergreifen können von ihrem Eigentum . . .

Plattform Fünf!

Auch hier spannte sich ein Schutzschirm aus gebändigter Hochüberladungsenergie über die freie Oberfläche, verhinderte jeglichen Zutritt und perfektionierte den schon früher eingetretenen Verschlußzustand.

Plattform Vier!

Die erste Öd-Sektion war erreicht – aber noch nicht die, die man sich zum Ziel gesetzt hatte.

Roi Danton atmete auf, als er die völlig ungeschützte Oberflächenplattform schräg unter sich auftauchen sah. Hier gab es keinen HÜ-Schirm.

Aber dafür gab es etwas anderes.

Atlan hatte es zuerst entdeckt.

Sein Zuruf machte die anderen Männer aufmerksam auf das, was über ihren Häuptern reglos im Weltraum hing:

Hunderte von Ultraschlachtschiffen!

Gleich einer unübersehbaren Traube aus gigantischen Beeren schwebte ein tiefgestaffelter Pulk jener Überriesen der Galaxis-Klasse über der Öd-Sektion. Er befand sich im Schatten der langsam rotierenden Trägerkuppel, und die Strahlen der Wega, die gleich einem Heiligenschein um die Wandung des Riesenroboters spielten, erreichten ihn nicht. Deshalb sah man mit bloßem Auge nichts außer dem gelegentlichen Aufblitzen der Korrekturtriebwerke.

Erst auf dem Klappschirm des im Helm eingebauten Mini-Energietasters vermochte Roi Danton die Umrisse der Kugelkörper zu erkennen.

Es war ein gespenstisches Bild in seiner Lautlosigkeit und Erstarrung. Doch wer die Kampfkraft von Ultraschlachtschiffen terranischer Konstruktion kannte, der ahnte zumindest, daß dort oben genügend potentielle Feuerkraft schwebte, um ein Hangardeck von fünfzig mal fünfzig mal zehn Kilometern Größe in seine Atome aufzulösen – mitsamt allem, was sich darin aufhielt.

Ein kalter Schauer rieselte Rois Rücken hinab.

Er wußte, daß diese Drohung nicht den zweiundzwanzig winzigen Wesen galt, die sich wie Diebe in der Nacht von Sektion zu Sektion stahlen – aber er konnte sich nicht vorstellen, daß die Hauptpositronik in der Trägerkuppel eine derartige Streitmacht über einer Plattform massierte, in der nach Redhorses Aussage lediglich Verwirrung und Stagnation herrschten.

Das Rätsel mußte eine ganz andere Lösung haben – und insgeheim fürchtete sich Rhodans Sohn vor dem Augenblick, in dem sie offenbar wurde.

Er schluckte, als der Vater vor ihm verschwand und in steiler Fahrt nach unten wegzog. Im ersten Moment hatte er geglaubt, ihm wäre etwas zugestoßen. Doch nachdem er sich von den Grübeleien der letzten Minuten befreit hatte, wußte er, daß es nun in die letzte Phase ging: hinab auf die Sektion III, in der sie vorübergehendes Asyl zu finden hofften.

Nur: Würden sie es auch finden . . .?

30.

Sie taumelten vor physischer und vor psychischer Erschöpfung; denn sie waren durch eine Hölle gegangen, durch eine Hölle fortwährender Todesgefahr und durch Schwierigkeiten, die bei weniger stabilen Naturen Minderwertigkeitskomplexe hervorgerufen hätten. Sie waren im letzten Augenblick aus einer Falle geflohen, die sie betreten hatten, um sie zu erobern – waren zum Spielball gigantischer Kräfte geworden und stundenlang über Gebilde aus Terkonitstahl und über Abgründe geflogen, aus denen die Sterne der Galaxis zu ihnen emporgeleuchtet hatten.

Und nun suchten sie Zuflucht in einer Hangarplattform riesigen Ausmaßes . . .

Sie suchten Zuflucht, aber sie fanden etwas, das in ihnen den Wunsch wachrief, in der Hölle geblieben zu sein, aus der sie geflohen waren . . .

Das Oberflächenschott hatte sich wenige Meter vor ihnen geöffnet. Nun schwebten dic dreiundzwanzig Terraner einen Antigravschacht hinab, landeten auf dem Oberdeck über den Raumschiffshangars.

Undefinierbare Geräusche erschollen aus dem Inneren der gewaltigen Plattform.

Und plötzlich ertönte ein langgezogener Schrei, der den Menschen beinahe das Blut in den Adern erstarren ließ.

Es hatte wie der Schrei eines Menschen in höchster Todesfurcht geklungen.

Der Schrei brach nach wenigen Sekunden ab, ging in ein anhaltendes Wimmern über, das die Nerven der Eindringlinge noch mehr peinigte als zuvor das Schreien.

„Was ist das?“ flüsterte Iwan Iwanowitsch Goratschin mit bebender Stimme.

„Don Redhorse hatte schon darüber berichtet“, erwiderte Perry Rhodan. „Die Auswertung nahm an, daß die Laute von positronisch gesteuerten, mechanischen Stimmerzeugern kommen und der Abschreckung dienen, sozusagen die psychische Belastungsgrenze von Eindringlingen ausloten sollen.“

„Ich halte das für unwahrscheinlich, Sir!“ warf Orbiter Kaiman ein.

Roi fuhr herum und musterte das Gesicht des Oxtorners mit durchdringendem Blick.

Doch in dieser Maske aus vollendet beherrschten Muskeln zeigte sich keine Regung.

„Wie meinen Sie das?“ fragte Rhodan.

Wieder einmal konnte Roi beobachten, daß der Oxtorner den Kopf neigte – nach der Seite, auf der sein „Little Man“ hockte.

„Ein solcher Test wäre primitiv“, erwiderte Kaiman ruhig. „Außerdem wäre er überflüssig angesichts der Tatsache, daß weit mehr psychische Stabilität dazu gehört, überhaupt bis an diesen Ort zu gelangen. Vor geisterhaften Stimmen . . .“, er lächelte undurchsichtig, „. . . fürchten sich nur alte Weiber und kleine Kinder.“

John Marshall öffnete den Mund, um etwas zum Thema zu sagen. Doch er schloß ihn wieder, preßte die Lippen aufeinander und schüttelte den Kopf.

„John...?“ fragte Perry Rhodan besorgt.

Der Telepath und Chef des Mutantenkorps lächelte ein rührend hilfloses Lächeln.

„Ich wollte nur sagen, daß Mr. Kaiman den betroffenen Personenkreis zu eng zieht. Ich persönlich empfinde Grauen bei diesem Schreien und Wimmern. Mir ist, als träumte ich einen Alptraum, in dem man mich foltert, indem man Stück für Stück meines Körpers abtrennt und durch kybernetisch gesteuerte Mechanismen ersetzt.“

Orbiter Kaiman wölbte die Brauen.

„Sind Sie sicher, daß Sie das empfinden, was Sie uns soeben beschrieben, General?“

Marshall nickte.

Orbiters Blick fing den Mausbiber ein, der sich nach der Landung wieder auf Janines Arm gesetzt hatte.

„Was empfindest du, Gucky?“

Gucky antwortete nicht. Er preßte den Kopf an Janines Schulter, als wollte er dort Schutz suchen.

Diese Szene erfüllte Roi mit einer unerklärlichen Furcht vor dem Unbekannten.

Gucky und Marshall waren alles andere als von Natur ängstlich. Natürlich war ihr Geist sensibler als der Geist eines parapsychisch unbegabten Wesens; ein Mensch oder ein Mausbiber mit telepathischen Fähigkeiten mußte ganz einfach hypersensibel sein. Dennoch wirkte ihr Verhalten mehr als nur beklemmend.

Das Wimmern brach so abrupt ab, daß die Menschen zusammenzuckten.

Sekunden später dröhnte ein teuflisches Gelächter aus allen Lautsprechern der Rundrufanlage.

Wieder Sekunden später trat Stille ein.

John Marshall taumelte und wäre gefallen, hätte Orbiter Kaiman nicht mit seinen starken Armen zugegriffen und ihn gehalten.

Auf der Stirn des Mutanten standen große Schweißperlen.

Perry Rhodan blickte nach oben und überzeugte sich davon, daß die

Schleuse, durch die sie hereingekommen waren, wieder verschlossen worden war.

Danach schlug er seinen Helm zurück, atmete prüfend die Luft ein, nickte bestätigend und klappte den Helm Marshalls entschlossen auf.

Kurz danach öffnete der Telepath die Augen.

„Vielen Dank“, sagte er leise. „Sie können mich wieder loslassen, Mr. Kaiman.“

Er schaute Perry Rhodan in die fragenden Augen.

„Nichts. Ich kann keine konkrete Auskunft geben. Vielleicht später.“

Roi Danton tat es den anderen nach, die nun ebenfalls ihre Helme zurückklappten. Er zog den zusammengefalteten Dreispitz aus dem Rückenteil der Kampfkombination, klappte ihn auseinander und setzte ihn auf.

„Voilà, Messieurs! Un cognac, s'il vous plaît – Das wär's! Einen Kognak, bitte!“

Die Gefährten starrten ihn verständnislos an. Auf einigen Gesichtern malte sich sogar ernsthafte Besorgnis ab.

Nach einer Weile schüttelte der Freihändler vorwurfsvoll den Kopf.

„Wo bleibt denn nur die Bedienung? Wenn ich mich recht erinnere, berichtete Don Redhorse, die Roboter von Sektion III würden sich förmlich überschlagen in dem Bemühen, uns Menschen dienen zu dürfen.“

Er tupfte sich mit dem Spitzentüchlein imaginären Schweiß von der Stirn. Dann nahm er es zwischen zwei Finger, hielt es weit von sich und betrachtete es mit sichtlichem Ekel.

„Schmutzig! Ou peut-on faire blanchir du linge? – Wo kann man hier Wäsche waschen lassen?“

Ein heftige Erschütterung warf ihn von den Beinen. Die Menschen stürzten durcheinander und erhoben sich mit blassen Gesichtern, als die Erschütterungswelle vorübergeeilt war.

Nur Roi blieb auf dem Boden sitzen.

Umständlich zog er sein Riechfläschchen hervor, öffnete es und schnupperte an dem kläglichen Rest, der noch darin war.

„Skandalös!“ hauchte er. „Je désire parler au directeur! – Ich möchte den Direktor sprechen!“

Iwan Goratschin beugte sich zu ihm herab. Seine beiden Gesichter strahlten reinstes Wohlwollen aus. Er klopfte dem Freihändler auf die Schulter und sagte:

„Beruhigen Sie sich, Bruderherz. Großväterchen OLD MAN hat sicher einige Fäßchen selbstgebrannten Wodka. Wir werden ihn aus unseren Schuhen trinken und dabei alle unsere Sorgen vergessen. Aber steh auf, Brüderchen, oder ich schlage dir die Zähnchen ein!"

„Aber dann bitte mit Betäubung!" säuselte Roi.

Im nächsten Augenblick war er auf den Beinen.

Er grinste die beiden Gesichter des Doppelkopfmutanten an – und beide grinsten zurück.

Rasch preßte er die Lippen zusammen, sonst hätte er sich verraten und gesagt: *Ich weiß, wie du es meinst, Iwan. Als ich noch ein Kind war, hast du mich manchmal mit deiner gespielten Rauheit erschreckt, aber unter dieser rauhen Schale steckt ein weiches großes russisches Herz.*

So tat er nichts weiter, als daß er Goratschin einen schmerzhaften Fausthieb gegen die Brust versetzte und einen ebenso schmerzhaften Hieb zurückerhielt.

Es war Zwiesprache ohne Worte gewesen. Iwan Goratschin hatte ihm bedeutet, daß er sein dekadentes Theater durchschaute, und er hatte zu erkennen gegeben, daß er es wußte.

Die anderen jedoch kannten weder Goratschin noch ihn gut genug, um das Spiel zu durchschauen. Sie zeigten verwirrte Gesichter.

Nur Gucky grinste spitzbübisch herüber.

Wahrscheinlich dachte der Mausbiber jetzt: *Gut hast du das gemacht, Roi. Nun fürchten sie sich schon nicht mehr, sondern sind abgelenkt und entkrampft. Du bist ein guter Schüler von mir, wirklich, ein erstaunlich guter Schüler.*

Und wieder hätte sich Roi beinahe verraten.

Vielleicht wäre das sogar geschehen, wenn aus dem benachbarten Raum nicht plötzlich seltsame Lebewesen hereingestürzt wären.

Innerhalb einer Sekunde lagen die Terraner in lockerer Formation auf dem Boden. Ihre Waffen drohten mit flimmernden Feldmündungen zu den etwa zwei Meter langen, raupenartigen Geschöpfen hinüber, die auf sechs dünnen Spinnenbeinen an der Gangwand entlanghasteten.

Die runden Seehundköpfe drehten sich ununterbrochen, und die

Blicke aus den beiden riesigen Augen strahlten Panik aus. Die langen, farblosen Pelzhaare der Bauchseite schleiften beim Laufen auf dem Boden.

„Walkers!" schrie Gucky verblüfft.

Die Wesen blieben nicht stehen.

Rasch rekapitulierte Roi, was Redhorse über die Walkers erzählt hatte.

Um so unbegreiflicher war es, daß sie diesmal keinen Kontakt suchten, obwohl sie die Menschen, die ihre Deflektorschirme und Individualabsorber längst abgeschaltet hatten, gesehen haben mußten.

Sie waren verschwunden, bevor jemand einen Entschluß fassen konnte.

Lordadmiral Atlan erhob sich als erster vom Boden. Mit versteinert wirkendem Gesicht blickte er dorthin, woher die Walkers soeben gekommen waren.

Dann wandte er sich um und sah Perry Rhodan eindringlich an.

„Wenn ich dir einen Rat geben darf, Freund: Such ein Schiff und fliehe, so schnell du kannst. Hier gehen Dinge vor, die wir nicht mehr verkraften können!"

Perry Rhodan schickte sich an, dem Arkoniden, der ihn am Arm vorwärtszog, zu folgen. Doch plötzlich hob er lauschend den Kopf.

Im nächsten Augenblick schüttelte er Atlans Hand ab.

„Deckung!"

Die Terraner sprangen in Nischen und drückten sich an die Wände. Das aus der Nähe zu ihnen herüberschallende Dröhnen und Stampfen war ihnen nur zu gut vertraut:

Kampfroboter!

Sekunden später tauchten die Kolosse auf. Doch sie beachteten die Terraner ebenso wenig, wie die Walkers es getan hatten, sondern sie marschierten mit knallenden Tritten vorüber, die schußbereiten Waffenarme angewinkelt.

Flüchtig las Roi Danton die ID-Bezeichnung auf Brust und Rücken eines der Ungetüme.

„S-II-188 . . ."

Jäh begriff er.

„Sie kommen aus der Nachbarsektion! Von der zweiten Plattform!“

Perry Rhodan öffnete den Mund, um zu antworten. Aber die Antwort ging im infernalischen Tosen und Donnern schwerer Energieentladungen unter.

Mit bleichen Gesichtern starrten die Terraner in die Richtung, in der sowohl die Walkers als auch die Kampfroboter der zweiten Sektion verschwunden waren.

„Was soll das?“ fragte Iwan Goratschin fassungslos. „Warum schießen sie die harmlosen Walkers zusammen? Warum . . .?“

Rhodan verließ seine Deckung.

„Schutzschirme einschalten!“ befahl er knapp. „Wir sehen nach, was sich in der Nähe der Zugänge zur Trägerkuppel abspielt. Diese Roboter jedenfalls kommen von nebenan. Ich glaube jedoch nicht, daß sie durch den Weltraum geflogen sind.“

„Dann müßte die Hauptpositronik hinter der Aktion stecken“, folgerte Roi.

Rhodan nickte mit düsterem Gesicht.

„Wir werden sehen, Monsieur Danton!“

Er schaltete seinen Schutzschirm ein, aktivierte den Antigravgenerator seines Kampfanzuges und schwebte in einen Flur, der in Richtung Trägerkuppel verlief.

Roi und Masut folgten.

Atlan zögerte noch eine Weile. Anscheinend überlegte er, ob es Sinn hätte, den Freund zur Umkehr zu bewegen.

Dann schien er einzusehen, daß Perry Rhodan sich nicht davon abhalten lassen würde, das zu tun, was er für richtig hielt. Er aktivierte ebenfalls seinen Körperschirm und das Antigravaggregat und folgte den Terranern.

Schon nach wenigen hundert Metern begegneten sie den nächsten Robotern. Es waren ebensolche Kampfmaschinen wie die, die sie kurz zuvor gesehen hatten – mit dem einzigen Unterschied, daß diese hier mit hängenden Waffenarmen herumstanden und mit ihren rötlich schimmernden Augenzellen die vorüberschwebenden Menschen musterten.

„S-III-252 . . . S-III-253 . . .“, las Oro Masut. „Die sind von hier!“

Roi kniff lediglich die Augen zu schmalen Schlitzen zusammen, sagte aber nichts.

„Walkers von vorn!“ meldete Rhodan. „Laßt sie vorbei!“

Die Worte waren kaum verhallt, als mehrere blauweiße Energiebahnen heranfegten und auf den Schutzschirmen der Männer zu grell leuchtenden Glutkaskaden zersprühten!

Sekundenlang waren die Terraner zu verwirrt, um reagieren zu können. Die Walkers waren ihnen von Don Redhorse als lethargische, im Grunde friedliche Lebewesen beschrieben worden.

Und nun eröffneten sie ohne jede Warnung das Feuer.

„Zurück!“ befahl Rhodan. „Keine Feuererwiderung, solange sie uns nichts anhaben können!“

Eine Weile sah es so aus, als wollten die Walkers sie verfolgen. Doch dann machten die monströsen Wesen kehrt und eilten davon.

Die Menschen folgten ihnen vorsichtig und abwartend.

In der nächsten Verteilerhalle geschah es dann.

Ein Trupp Kampfroboter landete aus dem Schacht eines in der Decke mündenden Antigravlifts und formierte sich zur Marschkolonne.

Die Walkers stießen spitze, schrille Schreie aus und stürmten den Robotern entgegen, dabei aus ihren Impulswaffen unablässig feuernd.

Drei der Kampfmaschinen zerbarsten, bevor sie ihre Schutzschirmprojektoren aktivieren konnten.

Die anderen jedoch erwiderten das Feuer. Gegen ihre starken Schutzschirme kamen die Waffen der Walkers nicht an.

Innerhalb einer halben Minute war alles vorüber.

Die Kampfroboter formierten sich erneut und marschierten durch einen Seitengang davon, ohne die Terraner zu beachten.

„Das verstehe ich nicht“, murmelte Roi. „In der achten Sektion haben sie uns gejagt, obwohl wir die Individualarbsorber aktiviert hatten – und hier, wo sie uns einwandfrei orten können, sehen sie einfach durch uns hindurch.“

„Durch die Walkers haben sie nicht hindurchgesehen“, sagte Oro Masut zähneknirschend.

„Hier ist ein Gleitband!“ meldete Goratschin. „Ich schlage vor, daß wir es benutzen.“

„Einverstanden!“ erwiderte Perry Rhodan knapp.

„Allons!“ rief Roi, lief mit ein paar langen Sätzen zu dem Doppelkopfmutanten hinüber und sprang auf das Gleitband, bevor sein Vater es erreichen konnte.

Sein Übermut war jedoch nur gespielt.

Er glaubte zu wissen, daß sie mitten in eine Hölle hineinfuhren – und dann sollte wenigstens sein Vater nicht der erste sein, der ins feindliche Feuer geriet.

Er machte die Rechnung jedoch ohne den Ertruser.

Masut schritt auf dem dahinrasenden Band vorwärts, hob seinen Herrn empor – und setzte ihn hinter sich wieder ab. Danach spreizte er die Beine, so daß Danton höchstens auf das entgegengesetzt laufende Band hätte springen können, und preßte den überschweren Handstrahler an seine Hüfte.

Die Fahrt durch den Gang offenbarte ihnen das Grauen.

Überall aus den Nebengängen erscholl das Röhren schwerer Impulswaffen, ertönten die schrillen Schreie sterbender und kämpfender Walkers. Hin und wieder fauchten Energieschüsse zwischen den Männern hindurch oder gegen die Körperschutzschirme, und oft genug sahen sie die verkrümmten Überreste jener spinnenbeinigen Raupenwesen umherliegen.

Und als sie die Zugänge zur Trägerkuppel erreichten, entdeckten sie, daß alle Schotte zusätzlich durch Schutzschirme abgeriegelt worden waren. Niemand würde hinüber oder herüber gelangen können.

In der dritten Sektion aber wurden die Walkers von Tausenden Kampfrobotern gnadenlos gehetzt und getötet, von Kampfrobotern, die aus anderen Sektionen gekommen waren, um einen unbegreiflichen Mordbefehl auszuführen.

Die Decke über ihnen begann zu glühen: zuerst in einem dunklen Rot, dann in Rosa und zuletzt in grellem Weiß.

Sie erreichten den schützenden Gang in dem Augenblick, in dem die Decke der Halle sich tropfenförmig nach unten ausbuchtete und kurz darauf schlagartig herabbrach.

Das Dröhnen unzähliger metallener Füße und das Röhren und Fauchen Tausender von Energiewaffen wanderte weiter, entfernte sich, brach ab, näherte sich aus einer anderen Richtung und schwenkte wieder ab.

Perry Rhodan und sein Einsatzkommando hasteten eine spiralig gewundene Rampe nach unten. Auf halbem Weg mußten sie anhalten. Die Räume links und rechts der Rampe waren nur noch ausglühende Wände, aus denen eruptionsartig die Glutausbrüche explodierender Sprengstoffe zuckten und die Rampe mit glühenden Trümmerstücken beluden.

Von unten aber näherte sich eine Hundertschaft Kampfroboter mit dröhnendem Gleichschritt.

„Zurück!" befahl Rhodan.

Die Männer wandten sich um und rannten den Weg zurück, den sie auf der Flucht vor der sinnlos scheinenden Schlacht soeben erst hinabgeeilt waren. Ihre Lungen keuchten, und ohne die mitgeführten Energietabletten und die gelegentlichen Sauerstoffduschen aus den Rükkenbehältern wären sie längst vor Erschöpfung zusammengebrochen.

Vor dem Eingang der Spiralrampe sammelten sie sich um Perry Rhodan.

Roi warf seinem Vater einen mitfühlenden Blick zu. Er mußte sich gewaltsam bezähmen, sich in der Welle von Verehrung und Liebe, die ihn überschwemmte, nicht als Sohn zu verraten.

Wie üblich rettete er sich in einen seiner geckenhaften Scherze.

„Je ne supporte pas la chaleur! – Ich vertrage die Hitze nicht."

„Faites une compresse froide autour du cou!" riet ihm Atlan. „Machen Sie einen kalten Umschlag um den Hals!"

Roi lachte und zeigte dabei seine weißen Zähne.

„Et vous, vous allez bien, Sire?"

Iwan Iwanowitsch Goratschin stöhnte vor Ungeduld.

„Laß die Bien'n, wo sie sind, Brüderchen, oder ich reiße dir die Ohren ab!"

Er richtete seinen Strahler in den Rampenschacht, aus dem die ersten Kampfroboter auftauchten.

„Nicht schießen!" befahl Perry Rhodan mit schneidender Stimme. „Wir wollen uns keine unnötigen Schwierigkeiten aufladen."

Murrend wich Goratschin zurück.

Roi trat ihm mit dem Absatz gegen das Schienbein, sprang beiseite und lächelte dann ironisch.

„Mal de dents? – Zahnschmerzen?"

Goratschin stieß einen saftigen russischen Fluch aus.

„Aber Väterchen Iwan . . .!" sagte Roi vorwurfsvoll.

Der doppelköpfige Riese begann plötzlich zu grinsen.

„Du bist nicht kleinzukriegen, mein Söhnchen, was?"

Diese kleine Episode löste die psychische Spannung wieder einmal. Die Männer gewannen einen Teil ihrer Ruhe und Selbstsicherheit zurück und sahen mit mehr Gelassenheit zu, wie die Kampfroboter an ihnen vorbeimarschierten.

„Ich möchte nur wissen, warum?" fragte John Marshall. „Warum hat die Hauptpositronik den Befehl erteilt, diese Wesen gnadenlos zu vernichten?"

Perry Rhodans Blick suchte den Mausbiber.

„Gucky! Sobald wir wieder auf Walkers stoßen, versuchst du, einen von ihnen telekinetisch festzuhalten, bis wir ihn entwaffnet haben!"

„Glaubst du, daß ein Verhör das Rätsel für uns lösen könnte, Perry?" fragte Atlan ernst.

„Wir müssen es wenigstens versuchen. Eigentlich sollten die Walkers wissen, warum man sie jagt."

„Vielleicht handelt es sich nur um eine Bereinigungsaktion OLD MANS", gab Iwan Goratschin zu bedenken.

„Ich denke, diese Aktion hat einen anderen Grund", meldete sich Orbiter Kaiman aus der hinteren Reihe. „Die Walkers scheinen plötzlich zu einer großen Gefahr für OLD MAN geworden zu sein."

„Was wissen Sie darüber?" fuhr Roi Danton ihn an. „Reden Sie!"

Der Oxtorner erwiderte den funkelnden Blick des Freihändlers völlig gelassen.

„Wenn ich etwas *wüßte,* würde ich es sagen, Mr. Danton!"

Atlan, der das kurze Gespräch zwischen den beiden Männern interessiert verfolgt hatte, wandte sich an Kaiman und sagte mit drohendem Unterton:

„Das hoffe ich stark, Mr. Kaiman, und zwar in Ihrem Interesse!"

Orbiter Kaiman lächelte kühl, ging aber nicht auf die kaum verhüllte Drohung ein.

Wieder einmal beobachtete Roi, daß der Oxtorner den Kopf zu Little Man neigte, als lausche er irgendwelchen geflüsterten Informationen.

Dieser Mann kam ihm allmählich unheimlich vor. Ganz sicher wußte er mehr über die Vorgänge in den Öd-Sektionen, als er verriet. Aber wie sollte man ihm das nachweisen!

„Die Roboter scheinen sich weiter zu entfernen“, sagte Perry Rhodan in das peinliche Schweigen hinein. „Gehen wir!“

Er wandte sich nach links und schaltete den Antigravantrieb seines Kampfanzuges ein.

In diesem Teil der dritten Sektion schien es kein Leben mehr zu geben; nur die Geräusche abkühlenden Stahlplastiks erfüllten die wabernde Luft.

Die Eindringlinge passierten gerade einen Engpaß zwischen eingestürzten Wänden und verkohlten Maschinensätzen, als ein Walker aus einem Spalt in der Wand auftauchte und sofort ein wildes Feuer auf die Terraner eröffnete.

Die Schutzschirme der Männer hielten dem Beschuß mühelos stand.

„Gucky!“ rief Perry Rhodan.

Der Mausbiber materialisierte einen Augenblick später hinter dem Rücken des vorwärtsstürmenden Walkers.

Wie von Geisterhänden erfaßt, wurde die Waffe den Händen des Raupenwesens entrissen und schwebte davon.

Der Walker schrie und ging unbewaffnet auf Roi los.

Erneut packten Guckys unsichtbare Parakräfte zu.

Der Walker kam plötzlich keinen Schritt mehr voran. Seine Beine knickten ein, und die Arme wurden eng an den Körper gepreßt.

Von imaginären Fesseln zu einem unbeweglichen Bündel verschnürt, erhob sich der Walker vom Boden und schwebte auf den Großadministrator zu. Dort sank er nieder und blieb reglos liegen. Nur die großen Augen in dem runden Gesicht zeugten noch von dem Leben, das in ihm steckte.

Perry Rhodan schob Goratschin, der halb vor ihm stand, beiseite, um an den Gefangenen heranzukommen. Die Männer und Janine hatten ihre Schutzschirme abgeschaltet, nachdem der Walker unschädlich gemacht worden war.

In dem Augenblick, in dem Rhodan sich zu dem Wesen niederbeugen wollte, sprang Goratschin brüllend vor. Er riß ihn an der

Schulter herum und stieß ihm die geballte Faust gegen die Brust, so daß er gegen die Front der anderen fiel.

Der Doppelkopfmutant war nicht wiederzuerkennen.

„Zurück!“ brüllte er mit überschnappender Stimme.

Er versetzte Roi, der ihm entgegentrat, einen wütenden Fausthieb, packte ihn am Brustteil der Kombination und schleuderte ihn gegen Atlan.

„Um Himmels willen! Flieht!“

Dann fuhr Goratschin herum, richtete seine blitzschnell auf Paralyse geschaltete Kombiwaffe auf den Walker und drückte ab.

Erst als Oro Masut ihm seine mächtige Hand auf die Schulter legte, stellte er das Feuer ein.

Er wandte sich um – und die Gefährten erschraken über das Grauen, das in den Augen des Mutanten nachleuchtete...

Wieder erscholl das fürchterliche Schreien und Wimmern aus den Lautsprechern der Rundrufanlage, bildete eine akustische Kulisse zu der Erklärung, die Iwan Goratschin in fliegender Hast abgab.

„Nein, ich bin nicht verrückt geworden!“ schrie er. „Aber wir alle verlieren unseren Verstand, unsere Identität als Menschen, wenn wir nicht schleunigst fliehen!“

„Beruhigen Sie sich, Goratschin“, sagte Perry Rhodan.

Entgegen seiner sonstigen Gewohnheit widersprach der Doppelkopfmutant mit leidenschaftlicher Heftigkeit.

„Nein! Ich werde mich nicht eher beruhigen, als bis wir OLD MAN verlassen haben!“

„Goratschin!“ rief Atlan mit schneidender Stimme.

Mit unglücklichem Lächeln wandte sich der Mutant zu Atlan um.

„Denken Sie an Quinto-Center, Lordadmiral, an ein Kurierschiff mit dem Namen SUCHUMI, an den Major der Solaren Abwehr Glenn Edwards – und an den Kristallagenten vom Magellan!“

Der Arkonide prallte zurück, als hätte sich vor seinen Füßen ein Abgrund aufgetan. In seinen Zügen zeigte sich helles Entsetzen.

Perry Rhodan wölbte die Brauen.

„Meinen Sie...“, begann er.

Dann begriff er ebenfalls.

„Kampfanzüge schließen!“ befahl er mit beinahe grausamer Härte in der Stimme. „Schutzschirme einschalten. Verbindung nur noch über Helmkom! Berichten Sie, Iwan!“

Goratschin schluckte hörbar.

„Es war am 18. März 2388 Erdzeit, als das Laborschiff AVICENNA in der Nähe des galaktischen Zentrums das Wrack eines Raumschiffs unbekannter Bauart fand. Rekonstruktionen ergaben, daß es einmal birnenförmig gewesen sein mußte. Berechnungen von NATHAN ergaben außerdem, daß der Kurs des Schiffes vor seiner Zerstörung ganz in der Nähe des USO-Hauptquartiers Quinto-Center verlaufen war und es dort ein Manöver vollführte, wie es beim Aussetzen eines Beibootes notwendig gewesen wäre.

Es schien so, als hätte ein noch unbekanntes Volk einen Geheimagenten nach Quinto-Center einzuschleusen versucht.

Obwohl so etwas praktisch unmöglich war und ist, stellte die Abwehr zusammen mit dem Center-Sicherheitsdienst der USO umfangreiche Recherchen an. Sie fielen negativ aus, das heißt, allem Anschein nach hatte weder ein fremdes Raumschiff den Himmelskörper angeflogen, in dem sich das Hauptquartier der USO befindet, noch war ein Agent auf Quinto-Center aufgetaucht.

Mercant ließ dennoch und ohne Wissen der USO Nachforschungen anstellen. Er entsandte dazu einen Spezialisten, den Major Glenn Edwards in der Maske eines Dr. Alron Teleke zum USO-Hauptquartier. Edwards gehörte zum Anti-ESP-Korps der Solaren Abwehr und war mit Hilfe einer bestimmten Operation und zusätzlichen Trainings unempfindlich gegen jedweden hypnosuggestiven Einfluß gemacht worden.

Mercant vermutete nämlich, daß der bewußte Agent sich mit hypnosuggestiven Fähigkeiten unbemerkt Eintritt in das HQ verschafft hatte.

Diese Vermutung bestätigte sich im Laufe der Ereignisse. Aber Glenn Edwards schleppte die Gefahr selbst erst in die unterirdischen Anlagen des Centers ein, weil er so unempfindlich gegen die Kristallagenten vom Magellan war, daß er ihr Vorhandensein überhaupt nicht spürte. Nur dann, wenn er sich direkt am Ballungszentrum der Kristalle befand – in einem Meteorkrater, auf dessen Grund der scheinbar als

Meteor niedergegangene Hauptkristall lag, wurde sein Geist übernommen.

Damals wäre beinahe das gesamte USO-Hauptquartier verseucht worden – und von dort aus wahrscheinlich sämtliche Welten im terranischen Einflußbereich. Aber Glenn Edwards erkannte im letzten Augenblick, daß er den Gegner ins Center eingeschleppt hatte – und daß es sich dabei um winzige Kristallstäubchen handelte, die sich während seiner Anwesenheit im ‚Meteorkrater' an seinen Raumanzug geheftet hatten."

Er zog gedankenverloren an seinem Trinkröhrchen, danach berichtete er, was über die Kristallagenten bekannt war.

„Der einzelne Kristallagent war ein Gebilde von etwa hundert Mikron Größe, ein mikroskopisches, kristallines Gebilde mit einem relativ hohen Brechungsindex von rund 2,5, starker Filterwirkung für blaues, gelbes und rotes Licht und demnach von grüner Färbung. Der einzelne Agent besaß keine eigene Intelligenz. Er bedurfte der Steuerung, um sich planvoll zu verhalten.

Die Steuerung wurde von einem größeren Kristall besorgt, der sich, wie die Untersuchung zeigte, aus Millionen oder Milliarden individueller Agenten zusammensetzte. Während jedes einzelne seiner Bestandteile, aus dem Verband herausgebrochen, unintelligent war, besaß der Großkristall ohne Zweifel die Fähigkeit des Erkennens, Folgerns und Entscheidens. Er war somit intelligent. Seine ausführenden Organe waren die Kristallagenten, die sich je nach Auftrag in größeren oder kleineren Zahlen von dem Großkristall lösten und von ihm gesteuert wurden.

Zu den gefährlichsten Fähigkeiten der Kristalle gehörte diejenige, menschliche Gehirne unter den Willen des Großkristalls zu zwingen. Einmal etabliert, war die Kontrolle vollkommen. Das übernommene Individuum verlor seinen Willen.

Man war unverzüglich darangegangen, ein Gegenmittel zu entwikkeln. Ein Medikament mußte gefunden werden, das das menschliche Gehirn gegen die Einflüsse der Kristallagenten unempfindlich machte. Die Forschung sah sich hier vor nahezu unüberwindliche Schwierigkeiten gestellt, denn es waren keine Objekte zur Hand, mit denen man experimentieren konnte. Man war gezwungen, mit Beobachtungen und Schlußfolgerungen zu arbeiten und entwickelte schließlich eine Droge mit dem wenig deskriptiven Namen Heterocen-B, von der man annahm, daß sie, falls alle Beobachtungen und Schlußfolgerungen richtig gewesen waren, den Kristallagenten bei dem Versuch, ein menschliches Gehirn zu besetzen und zu übernehmen, das Leben schwer machen würde.

Es hatte sich bislang noch keine Gelegenheit geboten, Heterocen-B der notwendigen Feuerprobe zu unterziehen."

Goratschin beendete seinen Bericht mit den Worten:

„Major Edwards vernichtete die Kristallballung mit einer Mikro-Fusionsbombe. Die geringe Menge Kristallstaub, die mit ihm ins Hauptquartier geraten war, vermochte danach keine Beeinflussung mehr vorzunehmen, da die steuernde und verstärkende Ballung nicht mehr existierte."

Minutenlang herrschte Stille nach dieser Erklärung.

Roi Danton sah den Gesichtern der Gefährten an, daß das Grauen in ihre Hirne eingezogen war. Einige jedoch schienen die Tragweite des Geschehens noch nicht zu erfassen. Es war für den menschlichen Verstand schwer vorstellbar, daß mikroskopisch feine Staubteilchen Gewalt über den Geist intelligenter Lebewesen haben sollten.

Plötzlich zuckte Danton zusammen. Im nächsten Moment riß er seine Waffe hoch und schoß.

Roi Danton schoß noch einmal und noch einmal. Die gebündelten Energieimpulse rasten mit Lichgeschwindigkeit zwischen den Trümmern dahin und entluden sich auf eine recht außergewöhnliche Weise: in der Form von Glutbällen, die mitten in der Luft schwebten...

Erst beim nächsten Schuß erkannten die anderen, worauf der Freihändler eigentlich schoß.

Ohne zu zögern, griffen sie ebenfalls zu den Waffen.

Doch da war es bereits zu spät.

Durch alle Spalten und Schußlöcher der nachglühenden Wandfragmente krochen grünlich schimmernde Dunstschleier, wanden sich aus den kleinsten Ritzen und ballten sich zu Wolken zusammen, die gespenstisch lautlos auf die Terraner zuschwebten.

„Zurück!" schrie Goratschin außer sich.

Ihr Rückzug glich einer panikartigen Flucht. Sie schossen ununterbrochen nach den grünen Dunstschleiern, aber für eine vernichtete Ansammlung tauchten hundert neue auf. Sie kamen von überall zugleich, lauerten hinter Biegungen, sanken aus Liftschächten herab und verwoben sich zu riesigen Schleppnetzen, die durch die Gänge strichen.

Das Röhren und Donnern der Energiewaffen war die Begleitmusik zu dieser Apokalypse – und zu dem Wimmern und Schreien, das noch immer aus den Lautsprechern der Rundrufanlage tönte . . .

Roi blinzelte mit den Augen, um den Schweiß zu vertreiben. Die Klimaanlage seines Kampfanzuges pfiff und summte in den höchsten Tönen, aber sie vermochte die ausgeschiedene Körperflüssigkeit nicht schnell genug zu absorbieren.

Perry Rhodan betrat eine Verteilerhalle. Roi folgte ihm.

Hinter ihm drängten die Gefährten in die Halle. Der Gang, aus dem sie gekommen waren, glühte vom Feuer der Handwaffen wie ein ausgebrannter Fusionsmeiler. Sie würden einige Minuten Ruhe vor den Kristallen haben.

„Hier entlang!" rief Rhodan.

Die Männer setzten sich in Bewegung, taumelnd, schwitzend, keuchend und mit blutunterlaufenen Augen.

Nur Roi blieb wie angewurzelt stehen.

Er blickte unverwandt auf die Stelle, an der noch vor wenigen Sekunden Orbiter Kaiman und Janine Goya getanden hatten.

Jetzt waren sie verschwunden!

Er stieß eine Verwünschung aus.

Danach stellte er seinen Helmkom auf maximale Sendeleistung ein.

„Hallo, Kaiman! Hallo, Janine! Melden Sie sich!"

Keine Antwort!

„Kommen Sie endlich, Danton!" erscholl Atlans Stimme.

Unbewußt schüttelte Roi den Kopf.

Eine harte Stimme rief nach ihm – die Stimme seines Vaters.

„Was ist mit Ihnen los, Danton? Kommen Sie, oder . . ."

Er sprach nicht aus, was er zu tun beabsichtigte, falls Roi Danton weiterhin negativ reagierte. Aber der Freihändler war sicher, daß er die unausgesprochene Drohung selbst dann nicht wahrmachen würde, wenn er sicher sein müßte, daß Danton von den Kristallen übernommen worden war.

Dennoch wandte sich Roi um und lief automatenhaft steif hinter den anderen her. Ein Antigravlift brachte sie zur freien Oberflächenplattform.

Einundzwanzig Helmscheinwerfer sandten ihr helles Licht aus. Aber im Vakuum des Weltraums blieb es unsichtbar; nur über das Terkonit der Plattform geisterten grelle Lichtreflexe.

Ohne daß es ihm zu Bewußtsein kam, zählte Roi die Zahl der Helmlampen nach.

Plötzlich zuckte er zusammen.

Nicht einundzwanzig Helmscheinwerfer leuchteten – sondern dreiundzwanzig!

„Kaiman!"

Unwillkürlich hatte er laut gedacht, und sein Helmkom war noch immer auf maximale Intensität eingestellt.

„Warum schreien Sie so, Monsieur?" fragte der Oxtorner.

„Ich ... ich denke, Sie ... Sie wären ..."

„Verschwunden vielleicht", kam es belustigt zurück. „Aber, mein lieber Monsieur Danton! Janine und ich sind leibhaftig da. Überzeugen Sie sich."

Bevor Roi darauf antworten konnte, tauchten mit einemmal seltsam flirrende, leuchtende Wolken zwischen den Männern auf. Das Licht der Helmlampen brach sich in Milliarden staubförmigen Kristallen.

„Aus!" sagte Perry Rhodan in das eingetretene Schweigen hinein. „Nun gibt es nur noch die Flucht. Wir kapern uns ein Schiff!"

31.

Sie preßten sich an die Gangwand und ließen die Roboter in wenigen Metern Entfernung die Kreuzung passieren.

Roi Danton spürte, wie das Grauen von ihm Besitz ergriff, als er die Kampfmaschinen vorüberstapfen sah – überzogen von glitzerndem Kristallstaub.

„Sie können keine positronischen Gehirne beeinflussen“, flüsterte Atlans Stimme im Helmempfänger.

Die Worte sickerten in Rois Gehirn, stießen auf angesammelte Fakten und erzeugten Widersprüche.

„Sind Sie sicher, Sire?“ fragte er ebenso flüsternd zurück.

„Vollkommen, Danton!“

Roi lachte rauh.

„Ach, wirklich . . .?„

Er wandte den Kopf und blickte in das Gesicht des Arkoniden, sah, wie es sich jäh verfärbte.

„Haben Sie es erfaßt?“ raunte er. „Es gibt einige Dinge, die niemals hätten geschehen können, wenn Ihre Theorie stimmte!“

„Nein . . . nein“, stammelte Atlan. „Es ist keine Theorie. Wir wissen es genau. Es . . . muß andere Ursachen für die Widersprüche geben.“

Roi kaute verbissen auf seiner Unterlippe, ohne es zu merken.

Aber der Widerspruch löste sich dadurch nicht auf. Er blieb.

Plötzlich richtete er sich auf.

„Was ist?“ fragte Atlan.

„Die Stimmen“, stieß Roi hervor. „Die Stimmen sind fort!“

Erst jetzt schienen die Gefährten zu merken, daß das Wimmern und Schreien aus den Lautsprechern der Rundrufanlage verstummt war. Sie redeten durcheinander, bis ein Befehl Perry Rhodans sie zum Schweigen brachte.

„Jetzt weiß ich es!“ rief Goratschin in die entstandene Stille. „Es muß außer den Walkers noch anderes organisches Leben an Bord gegeben haben – oder vielmehr, es gibt noch anderes organisches Leben. Die Schreie und das Wimmern: Das waren Hilferufe in höchster Bedrängnis. Nur haben die Hypnokristalle den Widerstand endgültig gebrochen.“

Roi spürte, wie seine Kehle sich zuschnürte.

Das war des Rätsels Lösung! Die Widersprüche lösten sich, wenn man annahm, daß es außer den Walkers noch andere Lebewesen an Bord gab, Lebewesen, die bis vor kurzem eine entscheidende Rolle in der dritten Sektion gespielt hatten.

„Was für Leben könnte das sein?“ fragte er mit belegter Stimme.

Niemand antwortete ihm.

Wer hätte die Antwort auch wissen sollen?

Vielleicht die beiden Oxtorner? dachte Roi.

Er kam nicht dazu, den Faden weiter zu spinnen.

„Wir ziehen uns zu den Außenhangars der Backbordseite zurück!“ befahl Perry Rhodan. „Die Innenhangars sind bestimmt abgeriegelt worden.“

Geduckt rannten sie durch die Gänge.

Nach einigen Minuten passierten sie wieder einen Kampfplatz.

Roboter kämpften gegen Walkers.

Aber Roboter kämpften auch gegen Roboter!

Die Eindringlinge benötigten einige Zeit, bis sie herausfanden, daß es die bisher untätigen Kampfroboter der Öd-Sektionen waren, die plötzlich gegen die Roboter aus den anderen Sektionen antraten.

Die Terraner hielten sich jedoch nicht auf. Sie umgingen den Schauplatz der Auseinandersetzung und eilten weiter, auf die Backbordseite der Plattform zu, an der – wie auch auf der Steuerbordseite – Außenhangars für vierzig Ultraschlachtschiffe angebracht waren.

Nur einmal begegneten ihnen Schwärme von Kristallrobotern. Perry Rhodan untersagte jedoch die Feuereröffnung, da er fürchtete, die angegriffenen Kristalle könnten weitere Schwärme herbeirufen.

Über eine halbzerstörte Rampe umgingen sie die Gefahr und gelangten in die unmittelbare Nähe der Außenhangars.

Unterdessen nahm der Kampflärm in Sektion III von Sekunde zu Sekunde zu.

Offensichtlich waren die Robottruppen der Öd-Sektionen nun vollzählig aus ihrer vorherigen Erstarrung erwacht und kämpften gegen die Kampfmaschinen aus den anderen Sektionen.

Und dann, kurz vor der letzten Schleuse zu einem Hangar, machten die Menschen eine erschreckende Feststellung:

Die Kampfroboter aus den Nachbarsektionen zogen sich in geschlossenen Formationen zurück.

Anscheinend hatte das koordinierende Kommandogehirn in der Trägerkuppel keinen anderen Rat mehr gewußt, um die gegenseitige Vernichtung der Roboter zu verhindern.

Iwan Goratschin öffnete die Münder seiner beiden Köpfe zu einem verzweifelten Warnschrei.

Aber niemand hörte auf ihn. Niemand, der die Eskalation des Grauens hätte verhindern können.

Der Rückzug der Robottruppen ging unaufhaltsam weiter – und es gehörte nicht viel Phantasie dazu, sich vorzustellen, was das bedeutete.

Goratschin sprach es aus, nachdem seine Warnungen an die Adresse des Koordinators ungehört verhallt waren.

„Sie werden Milliarden und aber Milliarden der Agenten einer fremden Macht in die unverseuchten Sektionen und in die Trägerkuppel schleppen, sobald die Energieschirme vor den Verbindungsschotts verschwinden. Damit ist OLD MAN tatsächlich zum Feind der Menschheit geworden!"

Niemand antwortete ihm.

Selbst Perry Rhodan schwieg verbissen. Er wußte genau wie alle anderen, daß Goratschins Warnung nichts mehr ändern konnte – und daß sie selbst ebenfalls nicht in der Lage waren, das Unheil aufzuhalten.

Damit war das geschehen, was er in den vergangenen knapp dreißig Jahren der Ruhe immer gefürchtet hatte:

Eine neue Gefahr für die Menschheit war erstanden – eine Gefahr, die noch niemand abschätzen konnte ...

„Drei ... zwei ... eins ... null!"

Die Beschleunigung des Notstarts konnte nicht voll von den Andruckabsorbern aufgefangen werden.

Roi hatte das Empfinden, von der Faust eines Riesen in den Kontursitz gepreßt zu werden. Rote Ringe tanzten vor seinen Augen. Das Atmen fiel ihm schwer.

Als er glaubte, sein Herz müsse aussetzen, wich die Beschleunigung so schlagartig, wie sie eingesetzt hatte.

Das Ultraschlachtschiff war in den Linearraum gegangen. Eine Space-Jet, wie sie Redhorse vorgefunden hatte, hatte man nicht entdecken können. Es blieb aber auch keine Zeit, intensiv danach zu suchen, so daß man das erstbeste Ultraschlachtschiff gekapert hatte. In der Zentrale dieses Schiffes hatten die Gefährten, ohne sonderlich überrascht zu sein, ebenfalls das Bild Rog Fanthers vorgefunden, mit denselben Anweisungen, die Gucky an Bord der VIII-696 entdeckt hatte.

In dem Dämmerzustand zwischen Bewußtlosigkeit und geistiger Wachheit, der nur allmählich abklang, dachte der Freihändler dankbar an die Leistung der Kosmonauten ihrer Mannschaft. Diese erfahrenen Spezialisten hatten nach Ausschalten der Automatik einen genau berechneten Gewaltstart mit kurz darauf erfolgendem Linearraumeintritt vorbereitet und durchgeführt.

Die Sektion III würde dabei beschädigt worden sein, aber das hatte sich nicht vermeiden lassen. Bei vorschriftsmäßiger Durchführung aller Manöver wäre man von Abwehrgeschützen OLD MANS vernichtet worden.

„Rückkehr in den Normalraum planmäßig in den errechneten Koordinaten!" sagte eine gepreßte Stimme.

Roi Danton hob den Kopf.

Sein Blick hatte sich wieder geklärt.

Er sah, daß die Panoramagalerie das normale Weltall mit seinen Milliarden Sternen zeigte, und atmete auf.

Sie hatten es geschafft.

Seine Gedanken wurden unterbrochen, als sich die von zwei Männern besetzte Funkzentrale meldete.

„Funksignale von OLD MAN!" rief eine aufgeregte Stimme.

„Welchen Inhalts?" fragte Rhodan.

„Unbekannt Sir! Signale kommen verzerrt und nur bruchstückhaft an."

„Aufzeichnen und Speicherkristall mitnehmen. An Bord der CREST werden sich die Spezialisten darum kümmern. Und nun alarmieren Sie die Flotte und geben Großalarm! Rufen Sie die CREST! Sie soll unsere Position anfliegen und uns übernehmen!"

Roi Danton blickte seinen Vater an. Seine anfängliche Erleichterung wich der Überzeugung, daß es jetzt erst richtig losging.

Die CREST V ging keine zwanzig Minuten später längsseits des Robotschiffes.

Zweiundzwanzig Männer und eine Frau wechselten an Bord des terranischen Flaggschiffes über, während ein Kommando von der CREST ihren Platz übernahm, um das erbeutete Robotschiff zum nächsten Flottenstützpunkt zu bringen.

Im Gepäck der Heimgekehrten befand sich der Speicherkristall mit der noch unenträtselten Funknachricht.

Die Funkspezialisten der CREST nahmen ihn in Empfang und begannen mit ihrer Arbeit. Einige Stunden später war die Auswertung beendet. Das Ergebnis mußte als sensationell gewertet werden.

Die erste Auswertung brachte ein fragmentarisches Resultat zutage, und dieses lautete:

„*. . . entferne . . . Erdnähe . . . übernommen . . . Irrtum . . . zeihung . . . Gezeich . . . Captain . . . ther . . . Koordi . . .*“

Mit Hilfe der Positronik gelang es, die fehlenden Bruchteile zu einem sinnvollen Ganzen zu komplettieren, so daß der vollständige Wortlaut der Nachricht folgendermaßen rekonstruiert werden konnte:

Ich entferne mich aus der Erdnähe. Bin übernommen worden. Mein Irrtum rächt sich. Ich bitte um Verzeihung. Gezeichnet: Captain Rog Fanther, Koordinator.“

„Unglaublich“, stieß Atlan hervor, als ihm Rhodan die Plastikfolie mit dem rekonstruierten Funkspruch übergab. Sie befanden sich in Atlans Kabine. „Das erhärtet unsere Vermutung, daß es in den Sektionen III und IV außer den Walkers anderes intelligentes Leben geben muß. Und ich wage gar nicht daran zu denken, welcher Art dieses Leben ist – oder einmal war. Und in der Zentralkuppel: Koordinator Rog Fanther, dessen Bild anscheinend in allen Robotschiffen zu finden ist!“

Atlan ließ die Hand auf die Plastikfolie fallen.

„Das Rätsel wird immer größer. Wenn Rog Fanther sich auf irgendeine Weise tatsächlich an Bord befindet – wer hatte dann in den Sektionen III und IV das Sagen?“

Ein ungeheurer Verdacht war in ihm aufgestiegen. Konnte es sein, daß die Sektionen III und IV von ehemaligen Besatzungsmitgliedern der GOOD HOPE beherrscht wurden, und daß dies auch auf den übrigen Sektionen der Fall war? Aber wie hatten sie es geschafft, so lange zu leben?

Rhodan war tief erschüttert. Er ahnte, welche Gedanken den Arkoniden plagten. Er winkte ab.

„Gib es auf, Freund“, sagte er leise. „Wir werden diese Rätsel jetzt nicht lösen können. Auch mich würde brennend interessieren, wie Rog Fanther mehr als 50 000 Jahre überleben konnte, und wer die zwölf Sektionen beherrscht.“

Aus seiner Stimme klang Verzweiflung und Verbitterung.

Atlan zögerte mit der Antwort. Als er schließlich sprach, hatte seine Stimme einen Unterton von verhaltener Spannung.

„Es gibt nur eine Möglichkeit, das Rätsel zu lösen, nicht wahr?“

„Hingehen und nachsehen“, stimmte Rhodan zu und nickte ärgerlich. „Wir kommen gerade von solch einem Unternehmen zurück. Ich weiß nicht, ob ich mich meinem Glück noch einmal so vorbehaltlos anvertrauen möchte.“

„Niemand schlägt vor, du sollst OLD MAN ein zweites Mal mit einem Schiff und zweiundzwanzig Mann Begleitung anfliegen. Nimm eine Flotte!“

„Und was nützt mir das? Gegen einen tollgewordenen Robotgiganten, der über Tausende von Ultraschiffen verfügt?“

Eine Weile herrschte Schweigen. Sie brauchten Zeit, um die Gedanken, die die geheimnisvolle Botschaft erweckte, zu Ende zu denken. Sie genossen die Gelegenheit, die sich so selten bot, die Phantasie spielen zu lassen und sich auszumalen, welch unglaubliches Schicksal Rog Fanther erlitten haben mußte, um fünfzigtausend Jahre nach seiner Zeit so plötzlich und unerwartet wieder in den Mittelpunkt der Geschehnisse zu rücken.

Es war Perry Rhodan, der schließlich das Schweigen brach. Seiner Stimme war die Anstrengung anzuhören, mit der er sich zwang, in die Wirklichkeit zurückzukehren.

„Wie dem auch immer sei – wir haben im Augenblick keine Möglichkeit zu erklären, warum Rog Fanther noch lebt. Wir wissen nicht einmal mit Gewißheit, ob er sich wirklich in OLD MAN befindet – aber wir sind unserer Sache ziemlich sicher. Wenn es sich um eine Botschaft handelte, die vor langer Zeit gespeichert wurde, dann könnte sie keinen Hinweis auf die Übernahme enthalten. Fanther spielt zweifellos auf die Kristallagenten an, die im Begriff sind, seinen Verstand unter ihre Kontrolle zu zwingen.

Eines Tages werden wir vielleicht herausfinden, wie sich das alles zugetragen hat. Inzwischen ...“

Der Interkom gab ein häßliches Summen von sich. Atlan drückte den Empfangsknopf. Rhodan, der die Bildscheibe nicht sehen konnte, hörte die aufgeregte Stimme des Leitenden Ortungsoffiziers, Major Owe Konitzki:

„Sir, es liegt eine wichtige Meldung für den Großadministrator vor“, sprudelte er hastig hervor. „Ich nahm an, er könnte sich bei Ihnen . . .“

„Er ist hier, Major“, unterbrach ihn Atlan. „Sprechen Sie!“

Rhodan trat um den Schreibtisch herum, so daß er ins Blickfeld des Aufnahmegeräts geriet. Konitzki grüßte zerfahren.

„OLD MAN hat alle seine Schiffe zurückbeordert und danach Fahrt aufgenommen“ meldete er. „Vor wenigen Sekunden ist er mit unbekanntem Ziel in den Linearraum gegangen.“

Das Bild war dadurch nicht klar geworden.

Zwar gewann Rog Fanthers geheimnisvoller Funkspruch an Verständlichkeit. Rog Fanther hatte versprochen, er werde sich aus der Nähe der Erde entfernen. Er hatte sein Versprechen erfüllt, indem er OLD MAN veranlaßte, auf Fahrt zu gehen und im Linearraum zu verschwinden.

Aber er würde irgendwo wieder zum Vorschein kommen müssen. Er würde irgendwo seine Reise beenden, und da Fanther selbst zugegeben hatte, unter der Kontrolle der Kristallagenten zu stehen, war zu befürchten, daß er nicht mehr in der Lage sein würde, den Endpunkt des Fluges zu bestimmen.

Die Gefahr konnte vorläufig also keineswegs als beseitigt betrachtet werden. Sie war verringert worden, und Perry Rhodan fiel eine beachtliche Last von der Seele. Aber eines schönen Augenblicks im Laufe der nächsten Tage würde OLD MAN an anderer Stelle wieder auftauchen.

Man mußte warten, was sich in nächster Zukunft ergab.

Warten und Geduldhaben wurden zum Wahlspruch des riesigen Flottenverbandes, der sich in der Nähe des Wega-Sektors aufhielt.

Es waren unbehagliche, von drohender Spannung erfüllte Stunden und Tage, die die Offiziere, Unteroffiziere und Mannschaften an Bord ihrer Schiffe verbrachten. Es war das Warten vor dem Sturm, von dem man nicht wußte, an welcher Stelle und mit welcher Wucht er losbrechen würde.

Es war, obwohl niemand das noch wußte, das Warten auf den SOS-Ruf von Jellicos Stern.

32.

Linus Caldwell war der erste, der den Giganten durch den Raum stürmen sah. Auf seinem Ortungsschirm in der Ortungszentrale von Jelly-City erschien ein grüner Lichtpunkt, der in regelmäßigen Abständen seine Leuchtkraft änderte, was darauf hinwies, daß das Objekt schwankte und dem Orterstrahl ständig einen anderen Querschnitt darbot.

Caldwell gab Alarm. Aufgrund der Meldungen der letzten Wochen wußte er, was da am 5. Oktober 2435 im System von Jellicos Stern erschienen war.

Generalmajor Albert Mannheimer, der Kommandant des Flottenstützpunktes New Luna, ließ daraufhin die in diesem System stationierten Schiffe starten und einen Abwehrriegel vor dem anfliegenden Riesenroboter bilden. Er selbst ging an Bord seines Kommandoschiffes und führte die Aktion an. Doch Mannheimers kleine Flotte hatte gegen OLD MAN keine Chance.

Im selben Augenblick, als OLD MAN einen vernichtenden Angriff gegen die Terraflotte auslöste, gab Linus Caldwell auf der Flottenfrequenz einen Notruf höchster Dringlichkeitsstufe durch.

Jellicos Stern, eine gelbe Sonne mit New Luna als zweitem Planeten, war rund 8400 Lichtjahre vom Standort der CREST entfernt. Die einzige Siedlung auf New Luna hieß Jelly City und besaß eine Bevölkerung von 50 000 Menschen, die Besatzung der kleinen Terraflotte nicht mitgerechnet.

Denn New Luna war einer der vielen kleinen Stützpunkte des Solaren Imperiums, der neben den regulären Flottenangehörigen auch über Zivilbevölkerung verfügte.

Der Notruf schlug wie der Blitz in die spannungsgeladene Atmosphäre an Bord der CREST ein. Drei Stunden später kam die zweite Nachricht von New Luna, wieder von Linus Caldwell. Sie besagte, daß OLD MAN inzwischen eine Parkbahn über dem Planeten eingenommen und Millionen Roboter ausgeschleust hatte, die in Jelly City gelandet waren. Sie stapften scheinbar ziellos umher, als suchten sie nach etwas. Die Bewohner wurden von ihnen nicht behelligt. Zumindest nicht direkt.

Doch etwas anderes geschah. Linus Caldwell vermochte es sich nicht zu erklären. Die Menschen spielten plötzlich verrückt, sie schienen durchzudrehen. Vereinzelt gingen sie sogar mit Waffengewalt gegeneinander vor. In der Stadt herrschte das Chaos. Es war, als ob eine fremde Macht von ihnen Besitz ergriffen und sie willenlos gemacht hätte.

Perry Rhodan klärte Caldwell in knappen Worten über die Kristallagenten auf und gab ihm einige Anweisungen. Eine davon lautete, daß er den Raum, in dem er sich befand, hermetisch von der Außenwelt abschließen und niemanden an sich heranlassen solle.

Caldwell reagierte rasch.

Er handelte, und auf der CREST IV wuchs die Hoffnung, daß man, wenn man nach New Luna gelangte, zumindest noch *einen* Zurechnungsfähigen vorfinden werde.

Der Sachverhalt war natürlich klar. Die gelandeten Roboter hatten nichts weiter zu tun, als Kristallagenten auf New Luna abzusetzen. Auf der Oberfläche der Maschinenwesen hatten genug Mikrokristalle Platz gehabt, um nach der Landung auf dem Stützpunktplaneten aus einem Teil ihrer Substanz den für die planvolle Steuerung notwendigen Großkristall zu bilden. Der Rest der Agenten hatte sich aufgemacht, um die Terraner zu unterjochen.

Knapp zehn Stunden nach dem Empfang des ersten Funkspruchs setzte die CREST sich in Bewegung. Noch hatte Perry Rhodan sich nicht zu seinen Plänen geäußert, und die Leute, die die Möglichkeit hatten, solche Dinge zu beobachten, bemerkten nicht ohne Erstaunen und einer gewissen Beklemmung, daß das Flaggschiff allein auf Marsch ging. Die Flottenballung, die wegen der bedrohenden Ereignisse der letzten Tage und Wochen im Wega-Sektor zusammengezogen worden war, blieb zurück.

Wie glaubte Perry Rhodan, dem Übergiganten, der New Luna bedrohte, mit einem einzigen Schiff beikommen zu können?

Das war die Frage, die alle beseelte, als die CREST IV im Linearraum verschwand.

Als er schließlich zu seinen Leuten sprach, stellte sich heraus, daß ihre Mutmaßungen wenigstens zum Teil falsch waren.

„Wir stehen bei diesem Unternehmen zwei Feinden zu gleicher Zeit gegenüber“, klang Rhodans Stimme klar und hart aus jedem Interkomanschluß an Bord des großen Schiffes, und in den Tausenden von Gängen, Räumen und Schächten unterbrach jeder seine Arbeit und blieb da stehen, wo er gerade stand. „Dem Monstrum, das wir OLD MAN getauft haben, und der heimtückischen Macht der Kristallagenten, die auf New Luna eingefallen sind und die dort lebenden Menschen unterjochen. Wir könnten ebensogut sofort umkehren, wenn wir damit rechnen müßten, beiden Feinden gleichzeitig entgegenzutreten. Wir sind dazu nicht stark genug. Wir sind gezwungen, uns die Gegner nacheinander vorzunehmen, und im Augenblick ist derjenige, der sich auf New Luna eingeschlichen hat, der wichtigere und gefährlichere von beiden.

Ich habe die Absicht, mit einem kleinen Kommando Freiwilliger auf der Stützpunktwelt zu landen. Wir wollen sehen, was wir dort ausrichten können, während die CREST sich in sicherer Entfernung von New Luna aufhält.“

Zwanzig Männer waren in dem kleinen Konferenzraum versammelt, der auf dem Kommandodeck unmittelbar neben der Kabine des Großadministrators lag. Auf dem leicht erhöhten Podium stand Perry Rhodan selbst und deutete mit einem leichten Lichtstab auf die Projektionswand, die einen Ausschnitt der Oberfläche von New Luna zeigte.

„Die Aktivität der Kristallagenten scheint sich bislang auf Jelly City zu beschränken“, erklärte er und umfuhr den hauptsächlich rot gefärbten Komplex im Zentrum der Wand mit einem raschen Strich des Lichtfingers. „Das ist leicht zu erklären. Da die Kristalle darauf aus sind, die Terraner unter ihre geistige Kontrolle zu zwingen, haben sie keinen Anlaß, anderswo als in Jelly City aktiv zu werden.

Unsere Aufgabe wird es sein, die Vorgehensweise der Kristalle zu studieren. Wir wollen wissen, wie der Gegner operiert. Gestützt auf unsere Beobachtungen, werden unsere Wissenschaftler von neuem an die Arbeit gehen und versuchen, einen Weg zu entwickeln, auf dem wir die Gefahr der Kristalle ein für allemal beseitigen können.

Unsere Geheimwaffe in dem bevorstehenden Einsatz ist eine Droge namens Heterocen-B. Ich habe, nachdem wir den Notruf von New Luna erhielten, eine Ladung dieses Medikamentes von Terra angefordert. Diese ist durch ein Kurierschiff knapp vor unserem Aufbruch eingetroffen.

Wir sind unserer Sache nicht völlig sicher, aber wir haben Anlaß zu glauben, daß dieses Medikament menschliche Gehirne gegen die Beeinflussung durch die hypnotischen Energien der Kristalle unempfindlich macht.

Wir wissen, daß der Prozeß der Übernahme einige Zeit in Anspruch nimmt. Man erliegt dem Einfluß der Kristalle nicht sofort. Ihr Einfluß braucht Zeit, um sich auszubreiten.

Sie werden alle noch eine umfassende Hypnoschulung über die Verhältnisse auf New Luna und über das, was wir bisher über die Kristallagenten wissen, erhalten. Außerdem erhält jeder von Ihnen noch genaue Informationen über seine eigentliche Aufgabe.

Jedermann, der sich bereit erklärt hat, an dem bevorstehenden Einsatz teilzunehmen, weiß, welches Risiko er eingeht. Aber mit etwas Glück schaffen wir uns mit diesem Einsatz die Basis, die es uns ermöglichen könnte, gegen den steuernden Großkristall vorzugehen, der den Koordinator OLD MANS übernommen hat."

Er ließ die Worte wirken, wandte sich wieder der Wand zu und deutete auf eine Stelle im Nordosten von Jelly City.

„Hier sitzt unser Verbindungsmann. Er ist inzwischen möglicherweise der einzige in der Stadt, der von den Kristallen noch nicht übernommen wurde. Von seiner Schaltzentrale aus kontrolliert er den Transmitter, der hier", der Lichtfinger wanderte quer über die Karte nach Nordwesten, „untergebracht ist. Auf mein Kommando hin wird die Transmitterstrecke geöffnet. Sobald das geschieht, wird sich die Einsatzgruppe nach New Luna absetzen. Das Schiff bleibt in einer Entfernung von rund einem Lichtjahr vor New Luna zurück. Wir wollen nicht riskieren, daß OLD MAN sich seiner annimmt.

Es gibt bis jetzt keinen festliegenden Aktionsplan. Was wir auf New Luna tun werden, sobald wir dort gelandet sind, hängt vom Augenblick ab. Wir müssen uns einen Überblick über die Lage verschaffen, bevor wir eine Taktik entwickeln.

Außer Ihnen und mir, werden neun Mitglieder des Mutantenkorps an dem Vorstoß teilnehmen. Damit bilden wir eine Streitmacht, die einiges zu bieten hat."

Die CREST war ein Lichtjahr von New Luna entfernt aus dem Linearraum aufgetaucht und hatte sofort Kontakt mit Linus Caldwell aufgenommen. Dieser machte einen relativ gelösten Eindruck und versicherte, daß bisher noch keine Kristallagenten zu ihm vorgedrungen seien. Gleichzeitig erwähnte er, daß bei dem vernichtenden Feuerschlag, den OLD MAN gegen die Flotte Mannheimers durchgeführt hatte, aufgrund seiner Auswertungen etwa achtzig Prozent der aufgebotenen Schiffe vernichtet worden waren. Die restlichen zwanzig Prozent konnten dem Feuerschlag entkommen, allerdings konnte Caldwell nicht sagen, wo sie geblieben waren, da jeder Kontakt zu ihnen abgerissen war.

Rhodan hatte diese Nachricht zur Kenntnis genommen und Caldwell aufgetragen, weiter auf seinem Posten zu bleiben. Kurz darauf hatte Caldwell die Transmitterstation auf New Luna auf Empfang geschaltet und auf die Sendefrequenz der CREST einjustiert.

Wenige Minuten vor dem Aufbruch versammelten sich die Mitglieder des Einsatzteams dort in der Transmitterhalle, wo Perry Rhodan einige abschließende Worte zu ihnen sprach:

„Wir haben inzwischen ermutigende Nachrichten von New Luna", bekamen sie zu hören. „Die Kristallagenten konzentrieren sich nach wie vor auf das Zentrum von Jelly City. Anscheinend ist dort noch nicht aller Widerstand erloschen. Von den Resten der Flotte, die OLD MANS vernichtendem Feuerüberfall entkamen, weiß man nichts Genaues. Es besteht jedoch Grund zu der Annahme, daß die meisten Schiffe in unbesiedeltem Busch- und Waldgelände etwa zwölfhundert Kilometer südöstlich von Jelly City landeten. Wir werden in der Umgebung des Transmitter-Empfängers eine ausreichende Zahl von Gleiterfahrzeugen vorfinden, so daß unsere Beweglichkeit gewährleistet ist. Vorläufig steht unser ‚Ausflug' also unter einem günstigen Stern. Wir wollen hoffen, daß die Zeichen sich bewahrheiten. Alles verläuft nach Plan. Sollten Änderungen sich als notwendig erweisen, werden Sie an Ihren jeweiligen Posten von mir hören."

Er warf einen kurzen Blick auf die Uhr an seinem Arm.

„Wir beginnen in vierzig Sekunden – jetzt!"

Die Männer bildeten vor dem torbogenförmigen Transmitter eine Schlange. Captain Rod Steiger und Leutnant Luigi Bernardo, zwei erfahrene Offiziere und durch viele Einsätze zu einem Team zusammengeschweißt, standen dicht hintereinander. Wie alle anderen Mitglieder der Expedition trugen auch sie modernste Einsatzanzüge.

Rod Steiger war in Gedanken mit der bevorstehenden Aufgabe beschäftigt. Automatisch zog er den Helm über den Kopf und verschloß ihn.

Er sah, daß Perry Rhodan als erster durch den Transmitter ging. Gucky und die anderen Mutanten folgten ihm. Einer nach dem anderen verschwand, bis schließlich die Reihe an ihn kam.

Für den Bruchteil einer Sekunde hatte Steiger das Gefühl aufkommender Übelkeit, dann verflog es wieder. Er holte tief Luft und machte den entscheidenden Schritt. Das Transmissionsfeld erfaßte ihn und löste ihn auf.

33.

Einen Atemzug lang hatte Steiger das irritierende Gefühl schwerelosen Fallens, dann wuchs ihm fester Boden unter den Füßen entgegen. Die verschwommenen Umrisse der Umgebung nahmen Gestalt an. Er hörte Stimmen.

Er befand sich in einem kleinen, leeren Raum, dessen Wände anspruchslos weiß getüncht waren. In der Wand ihm gegenüber gab es eine Tür, die offenstand und eine Menge Sonnenlicht hereinließ. Es war warm. Die Stimmen kamen von draußen.

Er schritt auf die Tür zu. Er war noch nicht dort, als er hinter sich Keuchen und Klappern hörte. Luigi Bernardo war angekommen, fast außer sich vor Aufregung und kaum noch imstande, mit den Geräten zurechtzukommen, die er zu schleppen hatte.

Rod half ihm. Sie traten hinaus. Vor ihnen lag ein sonnenbeschienener Hof, auf der gegenüberliegenden Seite von der weißen, fensterlosen Wand eines langgestreckten, niedrigen Gebäudes begrenzt. Rechts führte eine Ausfahrt auf eine breite, leere Straße. Zur Linken standen in Reih und Glied acht sechssitzige Gleiter.

Das Vorauskommando, bestehend aus Perry Rhodan und vier Mutanten, unter ihnen Gucky, hatte das erste Fahrzeug mobil gemacht und steuerte damit auf die Straße zu. Durch den gläsernen Aufbau waren die Insassen deutlich zu sehen. Rod beobachtete, wie der Mausbiber hinter einer flimmernden Wand verschwand. Noch bevor der Gleiter auf die Straße einbog, war Guckys Sitz leer. Der Mausbiber war unterwegs.

Rod sah in die Höhe. Der Himmel war blau und wolkenlos. Die Hitze machte ihm zu schaffen. Er schaltete mit einem Druck auf den in Schulternähe angebrachten Kontakt die Klimaanlage seines Anzugs ein.

Eine Gruppe nach der andern bemächtigte sich eines Fahrzeugs und begab sich auf den vorgeschriebenen Kurs. Das Kommando war in insgesamt sechs Gruppen eingeteilt, deren Stärke vier bis sechs Mann betrug. Nur Rod und Luigi bildeten eine Ausnahme. Sie waren ihre eigene Zwei-Mann-Gruppe.

Der Aufbruch vollzog sich reibungslos. Jeder wußte, was er zu tun hatte. Die Mikrokristalle waren noch nicht bis hierher vorgedrungen. Aus der Gegend des Stadtzentrums drang gedämpfter, verworrener Lärm, unter den sich von Zeit zu Zeit der rollende Donner einer Explosion mischte.

Jelly City befand sich in Aufruhr.

Rod half Luigi, die Geräte zu einem der Fahrzeuge zu tragen. Als sie sie aufgeladen hatten, waren sie allein. Die anderen Gruppen waren aufgebrochen, und der weite, staubige Hof im Sonnenglanz kam Rod plötzlich einsam und unheimlich vor.

Er stieg ein und vergewisserte sich, daß das Kanzeldach des Gleiters sich hinter ihm vorschriftsmäßig schloß. Auf diese Weise erhielten sie zusätzlichen Schutz gegen die Kristallagenten. Es würde ihnen nicht ohne weiteres gelingen, ins Innere des Fahrzeugs einzudringen.

Luigi hatte es sich in einem der Fahrgastsitze bequem gemacht und sah zufrieden aus.

Rod war dabei, das laufende Triebwerk auf Last zu schalten, als er in seinem Helmempfänger plötzlich eine Stimme hörte.

„Ich bitte, Messieurs! Ist noch jemand da, der eine arme, fahrzeuglose Seele mitzunehmen sich verwenden möchte!"

Luigi hatte es ebenfalls gehört. Er fuhr auf seinem Sitz in die Höhe und starrte zur Kanzel hinaus, gerade noch rechtzeitig, um die mit einem Raumanzug bekleidete Gestalt zu erkennen, die voller Hast aus der Tür des kleinen Gebäudes hervorgeschossen kam, in dem sich der Transmitter befand.

Rod fluchte halblaut vor sich hin und nahm die Hand vom Fahrthebel.

„Sie haben hier nichts zu suchen, Danton!" sagte er scharf.

Roi hörte ihn über Helmfunk und blieb unmittelbar vor dem Gleiter stehen.

„Oh, mein Freund", rief er überschwenglich. „Wie gut, Sie noch hier zu finden! Nom-de-nom... diese ungewohnte Montur bringt mich ganz durcheinander. Haben Sie die Güte, Monsieur, den Schlag zu öffnen, so daß ich einsteigen kann."

Rod wurde zornig.

„Hören Sie zu, Danton", fuhr er den Mann an und machte keine Anstalten, die Kanzel zu öffnen. „Sie kehren jetzt um und sehen zu, daß Sie auf dem schnellsten Weg an Bord der CREST zurückkehren. Sie sind für dieses Unternehmen nicht eingeteilt."

Danton warf in gut gespielter Verzweiflung die Arme in die Luft.

„Aber, mon ami, Sie verlangen Unmögliches!" rief er. „Der Transmitter ist in der falschen Richtung gepolt. Ich kann nicht zurück." Er schlug die Hände bittend zusammen. „Öffnen Sie mir, Monsieur, ich flehe Sie an..."

Rod drückte auf einen Knopf. Ein Teil der gläsernen Kanzelwand schob sich zur Seite. Der Freihändler stieg ein und erging sich in überschwenglichen Dankesbezeugungen. Rod winkte ärgerlich ab.

„Hören Sie auf mit dem Geplapper", fluchte er. „Wer hat Sie überhaupt auf die Idee gebracht, hinter uns herzukommen?"

„Man braucht Männer, nicht wahr?“ lautete Dantons empörte Gegenfrage. „Ich bin ein Mann. Man gab mir keine Gelegenheit, mich freiwillig zu melden. Also kam ich auf eigene Faust, Monsieur. Ich bin ein freier Mensch. Ich kann kommen und gehen, wann es mir beliebt. Und es beliebt mir in diesem Augenblick, meine Fähigkeiten in den Dienst dieses Unternehmens zu stellen.“

Da war etwas in seiner Stimme, das Rod trotz des lächerlichen Gehabes davon überzeugte, daß Danton es ernst meinte. Der Captain verzichtete auf eine weitere Erwiderung, brachte den Gleiter in Gang und dirigierte ihn langsam auf die Straße hinaus. Die Straße verlief in ostwestlicher Richtung und war völlig leer, soweit Rod sehen konnte. Die Hitze flimmerte über dem grauweißen Asphalt. Die Gebäude zu beiden Seiten gehörten zu dem Ersatzteillager-Komplex der auf New Luna stationierten technisch-wissenschaftlichen Abteilung und war dementsprechend anspruchslos und eintönig.

„Beim ersten Funkkontakt“, sagte Rod, „teile ich dem Großadministrator mit, daß Sie hier sind, Danton. Mehr können Sie von mir nicht verlangen. Er mag selber entscheiden, was mit Ihnen geschehen soll.“

Danton machte in seinem Sitz eine leichte Verneigung.

„Ganz wie Sie belieben, mein Freund.“

Nach achthundert Metern bog die Straße in südöstlicher Richtung ab. Die Dichte der Gebäude zu beiden Seiten wurde plötzlich geringer, und ein langgestreckter Hügel tauchte auf, dessen nördlichen Abhang die Straße in flachem Winkel emporstieg. Rod stellte mit Befriedigung fest, daß ihm die Gegend dank der Hypnoschulung so vertraut war, als hätte er sein ganzes Leben hier verbracht. Der Nordhang des Hügels war unkultiviert und von Büschen und Bäumen bedeckt. Irgendwo links drüben lag der Funk- und Ortungskomplex, in dem Linus Caldwell ausharrte und auf Erlösung wartete, aber dazwischen war die Wildnis unberührt erhalten geblieben, die New Luna bedeckte, als das erste terranische Raumschiff vor Jahren hier gelandet war.

Der Gleiter folgte dem Verlauf der Straße und schob sich langsam den Hügel empor. Niemand sprach ein Wort. Rod hatte das Problem, das Roi Dantons unautorisiertes Auftauchen für ihn bedeutete, zeitweilig vergessen. Vom Grat des langgestreckten Hügels aus würde er Jelly City unter sich liegen sehen. Aus einem Grund, den er selbst nicht recht verstand, versuchte er den Anblick, den er in sich aufnehmen mußte, so weit wie möglich hinauszuschieben.

Er sah auf das Chronometer, in dessen kreisförmiger Meßskala ein kleiner Indikator die Zeit anzeigte, die seit Beginn des Einsatzes verstrichen war. Rod las null Stunden, achtunddreißig Minuten. Das erleichterte ihn ein wenig. Die Zeit war ihm länger vorgekommen.

Er wußte, daß die Wirkung des Medikaments, das er zu sich genommen hatte, nach Ansicht der Wissenschaftler etwa sechs Stunden lang anhielt. Sechs Stunden lang war er, falls die Postulate und Hypothesen, auf denen die Fachleute ihre Theorie zur Bekämpfung der Kristallagenten entwickelt hatten, richtig waren, gegen die unheimliche Gefahr, die von New Luna Besitz ergriffen hatte, geschützt. Was danach kam, darüber hatten die Sachverständigen nichts vorherzusagen gewagt. Die Droge war schädlich. Heterocen-B belastete das menschliche Gehirn, und die Belastung dauerte länger als die Abwehrwirkung gegen die Mikrokristalle. Sollte dieser Einsatz länger als fünfeinhalb Stunden dauern, dann würde er eine neue Tablette zu sich nehmen müssen.

Und der Himmel mochte wissen, was dann geschah.

Plötzlich fiel ihm etwas ein. Er wandte sich an Danton.

„So unbeholfen, wie Sie in die Sache gestolpert sind“, sagte er nicht ohne Schärfe, „haben Sie vermutlich auch kein Heterocen bei sich, wie?“

Danton lächelte verbindlich hinter der Helmscheibe.

„Das ist richtig. Ich dachte mir allerdings, Sie hätten genug davon.“

Rod zog den rechten Arm aus dem Ärmel des Schutzanzugs und griff in die Tasche seiner Montur. Er brachte die Tablettenschachtel hervor, öffnete den Seitenverschluß des Anzugs, und reichte sie Danton.

„Nehmen Sie“, sagte er barsch.

Danton bediente sich rasch. Rod schob die Schachtel dorthin zurück, wo sie hingehörte, und schloß den Anzug.

„Von selbst hätten Sie die Sprache wohl nie darauf gebracht?“ erkundigte er sich.

Danton grinste.

„Nein. Ich wußte, daß Sie das tun würden. Sie sind ein Mann, der nichts vergißt, und ich bin einer, der seine Mitbürger kennt."

Rod schwieg. Er hatte noch nicht oft mit Danton zu tun gehabt, aber in jeder Unterhaltung gelangte er an einen Punkt, an dem er Roi Dantons geistige Überlegenheit so deutlich zu fühlen bekam, daß es ihn körperlich schmerzte.

Dies war der Augenblick. Wenn er Zeit gehabt hätte, wäre er wahrscheinlich zornig geworden. Aber die Straße hatte die Kuppe des Hügels erreicht und der Blick öffnete sich weit auf die Stadt.

Jelly City war im großen und ganzen kreisförmig. Die Straße, auf der Rod und seine Begleiter von der Transmitterstation gekommen waren, verwandelte sich am Nordende der Stadt in eine breite, baumbepflanzte Avenue, die Jelly City schnurgerade in Nord-Süd-Richtung durchzog. Eine zweite Prachtstraße teilte die Stadt in Ost-West-Richtung. Der Rest der Gliederung wurde von Straßen zweiter Ordnung besorgt.

Die Gebäude waren flach, einstöckig und weiß. Intensiver Pflanzenwuchs auf den großen Grundstücken, die jedes Haus umgaben, vermied den Eindruck farblicher Eintönigkeit.

Es gelang Rod schließlich, sich von dem Anblick loszureißen und seiner Aufgabe zu erinnern. Er öffnete die gläserne Kanzel und stieg nach draußen. Luigi reichte ihm die Geräte, und er baute sie dort auf, wo der Boden am ebensten war. Roi Danton kam ebenfalls aus dem Fahrzeug geklettert und sah sich, da er nichts anderes zu tun hatte, in der Umgebung um.

Während Luigi die Instrumente justierte, warf Rod durch sein Feldglas einen etwas mehr in Einzelheiten gehenden Blick auf die Stadt. Die Nord-Südachse lag, wo sie nicht vom Laub der Bäume verdeckt wurde, offen vor ihm. Am Nordrand der Stadt schien sie völlig menschenleer. Rod entdeckte ein paar Gleitfahrzeuge, die teils auf der Seite, teils völlig umgestürzt, an den Straßenrändern lagen. Einer der Gleiter stand in Brand und sandte eine dichte, schwarze Qualmfahne in den ohnehin schon düsteren Himmel.

Weiter südwärts änderte sich das Bild. Rod sah Menschen über die Straße rennen. Sie schienen kein Ziel zu haben. Manche liefen ein kurzes Stück die Straße entlang und verschwanden dann in einem der

Häuser. Andere liefen hundert oder mehr Meter in nördlicher Richtung, kehrten um und rannten nach Süden zurück.

Nirgendwo konnte er eines der Fahrzeuge entdecken, mit denen Perry Rhodan und seine Männer in diesem Augenblick dabei sein mußten, in die Stadt vorzudringen. Rod empfand einen schwer widerstehlichen Drang zu erfahren, welche Beobachtungen sie bis jetzt gemacht hatten.

Er wandte sich an Luigi.

„Wie steht's mit den Geräten?" wollte er wissen.

„Noch eine Minute", antwortete Luigi, ohne aufzusehen, und fuhr fort, von einem Instrument zum andern zu eilen, um die Kalibrierung ein letztes Mal zu überprüfen.

„Drängen Sie den Jungen nicht, Steiger", meldete sich Dantons Stimme von irgendwoher. „Wer Geduld hat, kommt als erster zum Ziel."

„Sie kümmern sich um Ihre Angelegenheiten und ich um meine", knurrte Rod wütend.

„Das tue ich, mon ami", antwortete Danton ruhig und kam knacksend und rauschend mitten aus dem Gebüsch hervor. Er grinste. „Sie dachten doch nicht, ich wollte an diesem Einsatz als reiner Tourist teilnehmen?"

Er hielt etwas in der rechten Hand, das wie ein übergroß geratenes, weißes Taschentuch aussah.

„Sehen Sie?" fragte er und deutete auf das Tuch. „Ich habe das erste Problem schon gelöst."

„Welches Problem?"

„Das Problem, ob es hier Mikrokristalle gibt oder nicht."

Er reichte Rod das Tuch. Rod sah, daß es aus dünner Plastikfolie bestand. Als er es näher betrachtete, entdeckte er auf der sonst glatten und makellos weißen Oberfläche eine Serie winziger roter Flecken.

„Und was soll das?" fragte er.

„Dieses Tuch", erklärte Danton und nahm es ihm wieder ab, „hat einen Überzug aus einer hochempfindlichen, auf mechanische Einflüsse chemisch reagierenden Schicht. Wie Sie bemerken, Monsieur", er schwenkte den Arm im Halbkreis, „herrscht hier ein recht kräftiger Südwind, der von der Stadt zu uns herauskommt. Er trägt allerhand Zeug mit sich. Staub, Sand, Rußteilchen – wer weiß, vielleicht sogar

Kristallagenten. Ich nahm dieses Tuch und hielt es zwei Sekunden lang in den Wind, und zwar da, wo er am stärksten bläst. Der Aufschlag eines Staubpartikels auf die empfindliche Schicht ruft eine chemische Reaktion hervor, die die betreffende Stelle rot färbt, wie Sie sehen. Innerhalb von zwei Sekunden erhielt ich rund drei Dutzend solcher Aufschläge. Daraufhin setzte ich mich an einen windstillen Ort und untersuchte die Teilchen, die die Rotfärbung verursacht hatten, mit diesem Gerät hier." Er griff mit der freien Hand in die Tasche und brachte eine Lupe zum Vorschein. „Ich fand rund drei Dutzend Staubpartikel, Sandkörnchen und Teilchen verbrannter Materie. Kein einziges Gebilde der bekannten kristallinen Struktur und von grüner Farbe."

Rod schwieg.

„Überzeugt Sie das?" erkundigte sich Danton.

„Das überzeugt mich", antwortete Rod etwas unfreundlicher als notwendig. Es irritierte ihn, daß Danton und nicht er selbst die Idee gehabt hatte, wie das Vorhandensein von Kristallagenten am einfachsten nachgewiesen werden konnte. Jedermann kannte die Chemikalie NMT, die auf mechanische Einflüsse mit einer lokal begrenzten molekularen Umschichtung reagierte. Jedermann wußte, daß sie in Experimenten ähnlich dem, das Roi Danton soeben angestellt hatte, Verwendung fand. Aber Roi Danton war der einzige gewesen, der auf die Idee kam, sie auf New Luna zu verwenden.

Das war es, was Rod ärgerte. Nicht, daß der Nachweis von Mikrokristallen im Augenblick von Bedeutung war. Aber er konnte es werden. Und Roi Danton würde für sich in Anspruch nehmen, auf die entscheidende Idee gekommen zu sein.

Bevor Rod seinen unfreundlichen Gedanken länger nachhängen konnte, meldete sich Luigi.

„Die Geräte sind fertig, Sir."

Rod ließ Danton einfach stehen.

„Gut. Fangen Sie an!" befahl er dem Leutnant.

Ihre erste Aufgabe bestand darin, festzustellen, ob es in der Umgebung von Jelly City elektromagnetische Strahlung im Bereich der üblichen Funkfrequenzen gab. Man war davon überzeugt, daß es eine Art von Kommunikation zwischen dem Großkristall und den von ihm dirigierten Kristallagenten gab. Aber man wußte nicht, auf welcher

Basis sie funktionierte. Es bestand die Möglichkeit, daß die Kristalle sich auf elektromagnetischem Wege miteinander verständigten. In diesem Falle waren sie für Funkfrequenzen empfindlich. Sie würden Funksprüche, die die einzelnen Gruppen des Einsatzkommandos untereinander austauschten, zwar nicht verstehen, aber doch wahrnehmen. Unter Umständen besaßen sie sogar die Fähigkeit, den Ausgangsort der Sendung anzupeilen. Es war leicht, sich auszurechnen, in welche Schwierigkeiten das Unternehmen dadurch kommen konnte.

Luigi leierte an den beiden Positionsknöpfen der Detektorantenne. Von Zeit zu Zeit hielt er inne und warf einen Blick auf die Meßskala. Dann schüttelte er den Kopf, brummte etwas Unverständliches vor sich hin, und drehte weiter. Er brauchte fünf Minuten, um den ganzen Raumwinkel abzufahren. Dann richtete er sich auf, ächzte ein wenig, weil ihm vom Hocken die Beine weh taten, und meldete:

„Nichts außer der üblichen Störstrahlung."

Rod hakte in Gedanken den ersten Punkt seiner Aufgabenliste ab. Es gab, außer der üblichen Störstrahlung, deren Löwenanteil aus dem Weltraum kam, keine elektromagnetische Strahlung im Frequenzbereich 0 bis 10 000 Megahertz in der Umgebung von Jelly City. Die Möglichkeit, daß die Mikrokristalle sich auf dem Funkwege miteinander verständigten, schied also aus – und damit auch, nach Ansicht der Leute, die dieses Unternehmen geplant hatten – die Möglichkeit, daß die Kristalle Funksprüche wahrnehmen konnten.

Rod ging zum Gleiter. Danton hatte sich inzwischen wieder davongemacht. Das Feldglas, das Rod zu Boden gelegt hatte, als Luigi ihn rief, schien er mitgenommen zu haben. Rod kletterte in das Fahrzeug und schaltete den Sender ein. Es war Zeit, das Ergebnis des ersten Tests bekanntzugeben.

„Funker eins an Perry Rhodan", sprach er in das Mikrophon. „Funker eins an Rhodan."

Die Antwort kam sofort.

„Hier Rhodan. Wie ist der Versuch ausgefallen, Steiger?"

„Negativ, Sir", antwortete Rod. „Es gibt keine Funkstrahlung über Jelly City."

„Vorzüglich. Die Funkstille ist ab sofort beendet. Setzen Sie sich mit Caldwell in Verbindung und fahren Sie mit Ihren Experimenten fort."

„Jawohl, Sir!“ Rod gab sich einen Ruck. „Sir . . .?“

„Captain?“

„Ich bitte, meine Neugierde zu entschuldigen, Sir“, sagte Rod, „aber wie sieht's dort unten aus?“

„Wir hatten noch keinen Kontakt, Captain“, antwortete Rhodan. „Rücken langsam auf das Stadtzentrum vor. Noch nichts Neues, wie gesagt.“

Damit war das Gespräch beendet. Rod rief Linus Caldwell an. Es dauerte eine Zeitlang, bis Caldwell sich meldete.

„Rod Steiger von der Flotte“, meldete sich Rod. „Wir sind vor einer Stunde hier angekommen. Wie sieht's bei Ihnen aus?“

„Ganz großartig“, antwortete Caldwell sarkastisch. „Keine Beschwerden. Alles läuft wie am Schnürchen. Kommen Sie, um mich abzuholen?“

„So bald wie möglich“, antwortete Rod. „Wir haben noch ein paar Dinge zu erledigen.“

„Sehr gut“, lobte Caldwell. „Ich kann es hier noch eine Zeitlang aushalten. Werde langsam hungrig, aber das ist nicht so schlimm.“

Rod versprach ihm, sich in Kürze wieder zu melden; dann schaltete er ab. Als er aufstand, sah er, daß Roi Danton dicht neben dem Einstieg stand.

„Das war Caldwell?“ wollte er wissen.

Rod sprang nach draußen.

„Richtig. Das war Caldwell“, antwortete er.

„Kennen Sie ihn?“ fragte Danton.

Rod starrte ihn verblüfft an.

„Kennen? Nein. Warum?“

Danton machte eine schwache Geste.

„Oh, nichts. Ich dachte nur . . .“

Ihre eigentliche Aufgabe begann erst jetzt. Das erste Experiment war in Wirklichkeit nur ein Vortest gewesen, der eine Möglichkeit, die von vornherein reichlich unwahrscheinlich erschien, ausschließen sollte, so daß die Mannschaften der Gleiter sich ungehindert ihrer Funkgeräte bedienen konnten.

Jetzt galt es herauszufinden, wie die Mikrokristalle sich wirklich untereinander verständigten. Es war ja längst klar, daß sie, obwohl sie als Individuen keine Intelligenz besaßen, wenigstens mit dem Großkristall eine gewisse Art von Verbindung haben mußten – und wenn es sich nur um einen Kanal handelte, durch den Steuerimpulse übertragen wurden.

Gelang es, den Kommunikationsmodus zu finden, dann war das Problem der Mikrokristalle schon halb gelöst.

Die nächstliegende Vermutung war, daß sich die Verständigung der Kristalle im Bereich der Hyperwellen abspielte. Der Komplex der Hyperstrahlung war so umfangreich, daß drei verschiedene Nachweisgeräte vonnöten waren, um nur die drei charakteristischen Frequenz- und Modulationsbereiche zu untersuchen: das Telepathie-Band, den Bereich der Gravitionsfelder und das Frequenzband der Hyperfunkstrahlung.

Rod ging Luigi zur Hand. Innerhalb von zwanzig Minuten wiesen sie nach, daß es in Jelly City keine Aktivität im Telepathie-Band des Hyperwellenkomplexes gab. Luigi schickte sich an, den zweiten Detektor auf die untere Frequenzgrenze des Graviationsbandes einzustellen, als Danton sich plötzlich meldete.

„Vielleicht hätten Sie Lust, sich das anzusehen, Steiger", sagte er.

Rod sah auf. Danton stand ein paar Meter tiefer am Abhang des Hügels, hinter einem Gebüsch, und hatte das Feldglas schräg nach unten gerichtet.

„Was gibt's?" brummte Rod.

„Ich glaube, wir bekommen Besuch."

Rod sprang auf. Mit ein paar Schritten stand er neben Danton und riß ihm das Glas aus der Hand.

„Östlich der Straße", dirigierte ihn Danton. „Etwa zweihundert Meter."

Eine Flucht von niedrigen weißen Häusern huschte durch Rods Blickfeld. Die Straße tauchte auf. Er drehte das Glas ein winziges Stück weiter nach links.

Da hatte er es!

Auf den ersten Blick sah es aus wie eine kleine Dampfwolke, die aus einer Öffnung im Boden stieg. Aber die Wolke bewegte sich. Sie kam den Hügel herauf. Während sie sich bewegte, änderte sie unaufhörlich ihre Form. Eine Sekunde lang eine Kugel, zog sie sich im nächsten

Augenblick zu einem langen, dünnen Nebelstreifen auseinander, um kurz darauf eine wirbelnde Dampfsäule zu bilden, die schwerelos über die Unebenheiten des Bodens hüpfte und mit beängstigender Geschwindigkeit den steilen Hang des Hügels erklomm.

„Achten Sie auf den Kurs!" riet ihm Danton.

Rod verstand sofort, was er meinte. Die Dampfwolke hielt auf geradestem Weg auf den Gleiter zu. Woher auch immer sie ihre Kursanweisungen bekam – sie wußte genau, wo das Ziel zu finden war.

Rod zog den Strahler aus dem Gürtel und entsicherte ihn.

„Luigi!"

Luigi kam herbeigeeilt.

„Ja, Sir?"

Rod deutete den Hügel hinunter. Er hörte Luigi den Atem zischend durch die Zähne einsaugen.

„Das ... das ...", stotterte er.

„Das sind Mikrokristalle", ergänzte Danton.

„Wir lassen sie bis auf hundert Meter heran", entschied Rod. „Danton, Sie sind bewaffnet?"

„Warum? Haben Sie Angst, Sie werden allein nicht mit ihnen fertig? Ja, ich bin bewaffnet."

Die Wolke zog sich auseinander und bildete eine dünne Nebelfahne. Die Fahne wendete sich, bis sie eine Strecke von mehr als dreißig Metern überspannte. Die Mikrokristalle hatten eine Front gebildet, um dem Gegner die Flucht unmöglich zu machen. Weit auseinandergezogen drangen sie auf den Gleiter zu. Rod und seine Begleiter standen seitwärts des Fahrzeugs. Die Kristalle kümmerten sich nicht um sie. Sie handelten genau nach Anweisung.

Die Entfernung schrumpfte rasch. Dreihundert Meter ... zweihundert ... einhundertfünfzig ...

„Feuer!" sagte Rod mit rauher Stimme.

Drei Waffen entluden sich gleichzeitig. Drei scharfgebündelte Strahlen verzehrender Energie fuhren an dem Nebelschleier entlang. Giftiges Fauchen erfüllte die Luft.

Dann war alles vorbei. Der Nebel war verschwunden. Eine Reihe von Buschwerk weiter unten am Hügel, die die Salven schließlich aufgefangen hatte, brannte lichterloh. Rod war enttäuscht, obwohl er sich einzureden versuchte, er hätte keinen Anlaß dazu. Die Sache war zu einfach gewesen. Paff-paff-paff – und die Mikrokristalle waren beseitigt.

„Jetzt", sagte Danton plötzlich, „dreht es sich natürlich darum herauszufinden, wie sie unsere Spur entdeckt haben."

Das, entschied Rod, war wirklich eine Frage, über die es sich den Kopf zu zerbrechen lohnte. Im Geist sah er immer noch das Bild des rotierenden Nebelklumpens, wie er hastig und hüpfend den Hang des Hügels heraufkam, ohne zu zögern und seines Zieles völlig sicher.

Es gab Vermutungen, daß die Mikrokristalle die Anwesenheit fremder Intelligenzen selbst aus größter Entfernung wahrnehmen könnten. Aber das erklärte die Lage nicht. Der Nebelklumpen hatte sich auf den Gleiter stürzen wollen, nicht auf die drei Männer, die dreißig Meter weit abseits standen.

Im Gleiter befand sich der Sender, über den Rod vor einer halben Stunde mit Perry Rhodan und danach mit Linus Caldwell gesprochen hatte. Die Kristalle mußten ihn angepeilt haben. Das war die einzige Erklärung.

Rod sprach seine Vermutung aus. Luigi nickte eifrig. Danton dagegen musterte ihn mit spöttischem Lächeln.

„Ich dachte, Sie hätten vor kurzem erst festgestellt, daß die Kristalle für elektromagnetische Funkwellen nicht empfindlich sind?"

Rod zuckte mit den Schultern.

„Das stimmt", gab er zu. „Aber nennen Sie mir eine andere Erklärung!"

Danton schüttelte den Kopf.

„Ich habe keine. Es sieht so aus, als ob Sie recht hätten, nicht wahr?"

Der Summer des Empfängers ertönte. Rod fuhr herum und schaltete das Gerät ein. Caldwells aufgeregte Stimme meldete sich.

„. . . an Steiger. Caldwell an Steiger!"

„Schon gut", antwortete Rod. „Ich bin hier. Was gibt's?"

„Ich habe Verbindung mit einem der Raumschiffe", sprudelte Caldwell hervor. „Das Schiff ist mit schweren Beschädigungen östlich der Stadt notgelandet. Die Leute brauchen Hilfe. Sie haben . . ."

„Moment mal“, fuhr Rod dazwischen. „Wie funktioniert Ihre Verbindung. Über Funk?“

„Ja.“

„Welche Frequenzen?“

Caldwell nannte eine Ziffer. Rod notierte sie.

„Kümmern Sie sich nicht mehr um die Sache“, riet er dem Wissenschaftler. „Ich leite Ihre Information an die zuständige Stelle weiter.“

Caldwell seufzte erleichtert.

„Noch etwas“, sagte er. „Ich fühle mich in meiner Haut nicht mehr wohl. Ich habe verschiedentlich leichte Nebelschwaden bemerkt, die sich in der Nähe des Gebäudes herumtreiben. Ich habe Kopfschmerzen, und vorhin setzte das Bewußtsein ein paar Sekunden lang aus. Können Sie mich hier ’rausholen?“

Rod zögerte einen Augenblick. Caldwell war in Gefahr, daran bestand kein Zweifel. Aber konnte er seinen Posten verlassen, um ihn zu retten?

„Halten Sie noch ein paar Minuten aus, Caldwell“, antwortete er. „Ich ersuche um Genehmigung, Sie abzuholen. Bleiben Sie in der Nähe des Empfängers, klar?“

Rod rief Perry Rhodans Gleiter an. Wie immer, meldete sich Rhodan auch diesmal selbst. Rod berichtete, was er von Caldwell gehört hatte.

„Unterbrechen Sie Ihre Messungen!“ befahl Rhodan. „Geben Sie Caldwell Heterocen, damit die Kristalle ihm nichts anhaben können. Wir wissen inzwischen, daß das Medikament wirkt, wenigstens die erste Dosis. Sagen Sie ihm aber, er soll auf seinem Posten bleiben. Wir brauchen jemand, der auf den Transmitter aufpaßt.“

Auch diesmal stand Danton neben dem Gleiter, als Rod den Sender ausschaltete.

„Ihnen läßt das schlechte Gewissen wohl keine Ruhe?“ fragte der Captain spöttisch.

„O doch“, antwortete Danton gleichmütig. „Ich treibe psychologische Studien. Ich möchte wissen, warum ein Mann, der mir damit drohte, mich bei erster Gelegenheit den Behörden zu melden, seine Drohung noch nicht wahrgemacht hat.“

Rod fuhr sich mit der Hand über die glatte Rundung des Helms – eine Geste der Ratlosigkeit.

„Ich wollte, ich wüßte es selber“, brummte er. „Vielleicht bin ich einfach nicht der Typ dazu.“

Luigi war mit seinen Instrumenten beschäftigt.

„Hören Sie auf, Luigi!“ rief Rod ihm zu. „Wir gehen uns um Caldwell kümmern.“

Luigi fand es schwer verständlich, daß jemand, nur um einem einzelnen Mann zu helfen, Geräte im Wert von mehreren zehntausend Solar einfach in der Wildnis stehenlassen wollte. Rod versicherte ihm, daß sich niemand an seinen Apparaten vergreifen werde und daß der Fall Caldwell eilig sei. Sie stiegen in den Gleiter, und Rod steuerte das Fahrzeug auf Ostnordostkurs.

Unterwegs schaltete er den Empfänger auf die Frequenz, die Caldwell ihm genannt hatte. Das Gespräch zwischen der Besatzung des notgelandeten Schiffes und einem von Rhodans Gleitern war in vollem Gange. Ein Mann, der sich Captain Roswell nannte, beschrieb die Stelle, an der das Schiff gelandet war. Nach seiner Schätzung lag sie rund einhundertundzwanzig Kilometer von Jelly City entfernt in unwegsamem, sumpfigem Gelände. Keines der Bordfahrzeuge war bei der unsanften Landung heil geblieben. Die Leute waren an Ort und Stelle gebannt, bis sie jemand abholte. Rod entnahm der Antwort, daß drei Gleiter unterwegs waren, um den Verunglückten zu helfen.

Hinter seinem Sende- und Empfangsgerät saß Linus Caldwell und fühlte sich zum erstenmal seit langer Zeit wieder richtig wohl. Er hatte Steiger angelogen. Ihm fehlte nichts.

Und noch besser: Zum erstenmal in seinem Leben wußte er genau, was er zu tun hatte.

34.

Der Komplex der Ortungszentrale lag im prallen Sonnenschein. Die Szene mit den vielen, ineinander verschachtelten kleinen Gebäuden und den grotesken Gebilden der Antennen bot ein Bild tiefsten Friedens. Von den Wolken, die Caldwell gesehen haben wollte, zeigte sich wenigstens im Augenblick keine Spur. Rod landete den Gleiter unmittelbar neben der großen Orterantenne, die mit ihren astähnlichen Auswüchsen wie ein umgedrehter Christbaum aussah. Caldwells leicht verkrümmte Gestalt erschien hinter einem der Fenster des benachbarten Gebäudes. Rod winkte ihm zu und machte eine Geste in Richtung der Tür. Caldwell verschwand. Sekunden später öffnete er die Tür.

Sein Gesicht war gerötet. Er sah aus, als wäre ihm die ungewohnte Aufregung an die Nieren gegangen; aber jetzt strahlte er. Man konnte ihm die Erleichterung aus den Augen lesen.

Rod hörte seine Stimme über das Außenmikrophon seines Helms.

„Meine Güte – bin *ich* froh, Sie zu sehen“, stieß er hervor. „Ich hatte die Hoffnung schon fast aufgegeben.“

Er trat zur Seite und ließ die drei Männer ein. Hinter der Tür führte ein Gang ins Innere des Gebäudes. Der Raum, in dem Caldwell sich bisher aufgehalten hatte, lag zur Linken. Rod überflog ihn mit einem kurzen Blick.

Er wußte nicht recht, wonach er suchte. Wenn die Kristalle eingedrungen waren, dann hatten sie sich verteilt und würden nirgendwo in so ausreichender Dichte auftreten, daß sie als Nebel zu erkennen waren.

Danton hatte sich Caldwell vorgenommen. Mit einem derben Griff an der Schulter drehte er ihn ein paarmal um die eigene Achse und klopfte den Laborkittel ab. Nach jedem Schlag hielt er einen Augenblick lang inne und beobachtete. Caldwell machte ein verstörtes, hilfloses Gesicht.

„Unser Freund ist rein“, erklärte Danton schließlich. „Wenigstens außen. Ich habe nichts davonfliegen sehen.“

Caldwell verstand und grinste.

„Ich glaube nicht, daß viele hier eingedrungen sind – wenn überhaupt. Draußen habe ich sie gesehen, aber hier . . .“ Er schüttelte den Kopf.

Rod hatte inzwischen die Schachtel mit den Tabletten aus der Tasche geholt und reichte Caldwell eine davon. Caldwell nahm sie, betrachtete sie von allen Seiten und schob sie zögernd in den Mund. Dann, als wäre ihm plötzlich etwas eingefallen, schritt er zur Tür.

„Warten Sie einen Augenblick, bitte", sagte er. „Ich will noch etwas holen, bevor wir aufbrechen."

„Moment mal", rief Rod ihm nach, und Caldwell blieb unter der Tür stehen. „Sie bleiben vorläufig hier, Caldwell. Befehl von Rhodan. Ich dachte, ich hätte Ihnen das ausgerichtet?"

Caldwell fuhr sich mit der Hand über die Stirn und lächelte.

„Natürlich. Ich hatte es vergessen. Aber warten Sie trotzdem! Ich will Ihnen etwas zeigen. Vielleicht finden Sie es interessant."

Die letzten Worte hatte er schon draußen im Gang gesprochen. Rod hörte, wie er die Außentür öffnete. Roi Danton warf ihm einen bedenklichen Blick zu.

„Ich an Ihrer Stelle ...", sagte er.

„Sie haben recht", unterbrach ihn Rod. „Der Kerl kann nicht einfach da draußen herumspazieren. Wer weiß, wie lange die Droge braucht, um wirksam zu werden."

Er stürzte hinaus. Caldwell hatte die Tür hinter sich zugezogen. Sie schien zu klemmen. Rod zerrte an der Klinke und schrie Caldwells Namen. Die Tür gab schließlich nach. Unter seinem eigenen Schwung taumelte Rod ein paar Meter weit in den Gang zurück und hatte Mühe, das Gleichgewicht zu wahren.

Er fing sich und stürzte vorwärts. Der grelle Sonnenschein blendete ihn eine halbe Sekunde lang. Er hob die Hand, um die Helmscheibe zu beschatten.

Da hörte er das Summen eines Motors. Starr vor Schreck sah er, wie der Gleiter, den er hinter der Antenne abgestellt hatte, sich zu bewegen begann. Durch das Kanzelglas erkannte er die Umrisse einer schmächtigen Gestalt. Er schrie:

„Caldwell, Sie verdammter Narr ...!"

Aber Caldwell hörte ihn nicht – und selbst wenn er ihn gehört hätte, wäre er nicht bereit gewesen, seine Absicht zu ändern. Der Gleiter schoß steil in die Höhe, ging auf Südkurs und verschwand hinter den Dächern.

Rod kehrte um und rannte zum Funkraum zurück.

„Caldwell ist uns durchgebrannt", keuchte er.

Luigi meldete sich mit aufgeregter Stimme.

„Sir, das Hauptstromtor des Transmitters ist kurzgeschlossen!"

Rod horchte auf. Er hatte ein eisiges Gefühl.

„Was heißt das, Luigi?“ fragte er scharf.

„Die Transmitterkontrolle wird umgangen. Der Strom fließt durch den Hauptkanal unmittelbar zum Transmitter. Das Steueraggregat befindet sich nicht mehr im Regelkreis. Ich ...“

Rod stürzte zur Tür. Danton war zwei Schritte vor ihm, als hätte er die drohende Gefahr im gleichen Augenblick erkannt wie Rod. Mit der eigenartigen Klarheit, die den Sinnen manchmal im kritischen Augenblick gegeben ist, bemerkte Rod, daß der Freihändler sich im Gang blitzschnell bückte und wieder aufrichtete. Die Bewegung dauerte nur Bruchteile von Sekunden.

Luigi hatte die Situation auf Anhieb begriffen. Wie eine Kanonenkugel schoß er aus der Tür, prallte gegen die Gangwand, stieß sich ab und stürmte nach draußen, Rod dicht auf den Fersen.

„Weiter!“ keuchte Rod. „So weit, wie's geht!“

Sie liefen um ihr Leben. Sie umrundeten die Antenne und stürmten ins Freie, wo das wildwuchernde Buschwerk ihre Fortbewegung behinderte. Rod spürte, wie der Boden zu zittern begann.

„Deckung!“ schrie er mit gellender Stimme.

Er ließ sich einfach fallen und legte die Arme schützend über den Kopf.

Dann begann der Weltuntergang.

Das unaufhörliche Tosen und Donnern, die ruckenden, stampfenden Erdstöße, der Hagel hochgewirbelten Gesteins und schwerer Erdklumpen – all das schien eine Ewigkeit zu dauern. Und als es schließlich aufhörte, da wagte Rod kaum zu glauben, daß er wirklich noch am Leben war.

Er arbeitete sich unter einem Berg Gerümpel hervor, der ihn halb verschüttet hatte, und kam schwerfällig auf die Beine. Es gab keinen Muskel in seinem Körper, der nicht schmerzte.

Er drehte sich um. Wo vor einer Minute noch der verschachtelte Gebäudekomplex der großen Funk- und Orterstation gestanden hatte, gähnte jetzt ein Krater. Die Sonne war verschwunden, verdeckt von einer graubraunen Staub- und Qualmwolke, die den Himmel von einem Ende zum andern überzog. In der Kraterwand staken glühende, grotesk verbogene Stahlbauteile. Das Buschland lag unter Tonnen aufgewirbelter Erde und verstreuten Gesteins.

„Ach, der Teufel soll's holen!“ rief eine wütende Stimme.

Rod fuhr herum. Roi Danton war dabei, sich aus einem Schutthaufen hervorzuwühlen. Er schien unverletzt.

„Luigi?“ rief Rod voller Angst.

„Hier, kam die schwache Antwort. „Alles in Ordnung. Ich komme schon.“

Ein Wirrwarr von weißgetünchten Gesteinstrümmern und netzartiger Stahlarmierung geriet in Bewegung. Unter der Armierung kam Luigi zum Vorschein.

Ebenso wie Danton und Steiger war er unverletzt. Doch etwas anderes war geschehen.

Durch die verheerende Wucht der Explosion waren sämtliche Aggregate ihrer Schutzanzüge zerstört worden. Lediglich die Sauerstoffversorgung und die Klimaanlage funktionierten noch, gepeist durch ein kleines Notstromaggregat, das die Explosionswucht überstanden und automatisch die Energieversorung übernommen hatte.

Die Tatsache, daß sie sich dennoch über Funk unterhalten konnten, obwohl die Hauptaggregate des Helmkoms ebenfalls unbrauchbar waren, lag darin begründet, daß alle Expeditionsteilnehmer zusätzlich Notsender in ihren Anzügen besaßen, die bei einem etwaigen Ausfall des Helmkoms eine Verständigung ermöglichen sollten. Allerdings arbeiteten die in dem Helmen integrierten Notsender nur auf Normalfrequenz und besaßen eine geringe Reichweite, die kaum zwei Kilometer betrug.

Bitterkeit stieg in Rod Steiger auf. Caldwell, dachte er zornig, war verrückt geworden. Er mußte von den Kristallagenten übernommen worden sein.

Sein Verstand gehorchte der bewußten Kontrolle des Großkristalls. Als Relais fungierten vermutlich Mikrokristalle, die sich an Stellen eingenistet hatten, wo sie Dantons Kontrolle entgangen waren.

Der Freihändler machte ein verdrießliches Gesicht.

„Ich hätte die Augen weiter offenhalten sollen“, brummte er.

„Wieso?“ fragte Rod. „Wir alle sind . . .“

Danton winkte ab.

„Ich hatte Caldwell schon in Verdacht. Nur wegen Caldwell bin ich überhaupt hierhergekommen. Erinnern Sie sich, daß er behauptete, OLD MAN hätte achtzig Prozent der New Luna-Flotte vernichtet?“

Rod nickte stumm.

„Ich halte das für unglaublich. Stellen Sie sich vor: Ein Pulk von Raumschiffen greift den Giganten in mehr oder weniger geschlossenem Verband an. Wir kennen OLD MANS Gefechtsstärke. Eine einzige Breitseite, und Mannheimers Flotte war dahin. So beschrieb es auch Caldwell. Nur behauptete er, zwanzig Prozent wären entkommen. Können Sie sich das vorstellen? *Wie* sollen sie entkommen sein? Sie flogen im selben Verband, von dem nach Caldwells Aussage achtzig Prozent vernichtet wurden, nicht wahr? Wie hätten sie davonkommen sollen? Ein oder zwei Schiffe, die an den Flanken flogen und von OLD MANS Feuerüberfall nicht voll getroffen wurden – das wäre einzusehen. Aber zwanzig Prozent. Nie im Leben!"

„Aber das ist doch alles nur eine Vermutung", protestierte Rod.

„Richtig. Genug, um der Sache nachzugehen. Ich hatte nicht genug Anhaltspunkte, um den Fall an höchster Stelle vorzutragen. Also nahm ich mir vor, mich selbst darum zu kümmern. Dabei kam mir der Zufall zu Hilfe. Kurz bevor sich das Einsatzteam im Transmitterraum der CREST versammelte, hatte ich Gelegenheit, mit einem Offizier zu sprechen, der Caldwell persönlich kannte. Dieser Offizier schilderte mir Caldwell als sehr schüchternen, zurückhaltenden Charakter. Als die CREST jedoch zuletzt Kontakt mit ihm aufnahm, machte er einen ungewöhnlich gelösten Eindruck. Dies bestärkte mich in meinem Verdacht.

Und dann der Überfall der Kristallagenten auf uns. Caldwell wußte, wo wir waren, und hat uns die Kristalle auf den Hals gehetzt. Er vermutete uns jedoch im Gleiter. Deshalb kümmerten sich die Kristalle primär um den Gleiter und nicht um uns. Caldwell konnte ja nicht wissen, daß wir inzwischen den Gleiter verlassen hatten."

Er schwieg und wartete auf Rods Reaktion. Luigi sagte:

„Ich glaube, seine Beweisführung hat etwas für sich."

„Danke, Luigi", antwortete Rod spöttisch. „Ohne Ihren Hinweis hätte ich's bestimmt übersehen."

„Und noch was", fiel Danton ein. Er langte mit der Hand in die Außentasche und zog etwas hervor, das einem vertrockneten Stück Kaugummi ähnlich sah. „Die Heterocen-Tablette. Caldwell tat nur so, als nähme er sie ein. Erinnern Sie sich? Er hatte sie kaum im Mund, da drehte er sich um und ging hinaus. Draußen ließ er sie auf den Boden fallen."

„Sie haben völlig recht", sagte Rod, nur um Rois Redefluß zu unterbrechen. Eine Idee war ihm gekommen, und er brauchte Zeit, um darüber nachzudenken.

„Warum hat Caldwell die Sache mit den zwanzig Prozent erfunden?" fragte er nach einer Weile.

„Das können Sie sich an fünf Fingern abzählen", antwortete Danton.

„Richtig", ergänzte Rod. „Rhodan setzte drei Fahrzeuge in Marsch, um den angeblich Verunglückten zu helfen. Und wozu das Ganze? Das Kommando sollte gespalten werden. Er musterte Danton. „Wer glauben Sie, versteckt sich dort draußen und sendet fingierte Notrufe?"

Danton zuckte mit den Schultern.

„Wahrscheinlich Leute, denen das gleiche geschehen ist wie Caldwell. Männer, deren Verstand vom Großkristall kontrolliert gesteuert wird."

„Vermutlich haben Sie recht", gab Rod zu. „Rhodan muß gewarnt werden."

„Aus *zwei* Gründen", gab Danton zu bedenken.

„Zwei?"

Danton wandte sich an Luigi.

„Sie inspizierten das Transmitter-Schaltaggregat. Konnten Sie erkennen, welche Einstellung gewählt worden war, bevor das Aggregat aus dem Hauptstromkreis genommen wurde?"

„Sendung", antwortete Luigi.

„Das war zu erwarten." Danton wandte sich wieder Rod zu. „Als wir feststellten, daß das Hauptstromtor kurzgeschlossen war, wußten wir alle, was wir davon zu halten hatten. Wäre das Schaltaggregat in den Stromkreis eingeschaltet gewesen, als Caldwells Bombe explodierte, dann gäbe es jetzt keinen Transmitter mehr. Um den Transmitter zu erhalten und uns trotzdem mitsamt der Orter- und Funkanlage in die Luft jagen zu können, mußte Caldwell den Schalter aus dem lebenswichtigen Hauptstromkreis entfernen. Wir alle erkannten das rechtzeitig, und nur deswegen sind wir noch am Leben.

Bleibt also die Frage zu beantworten: Warum lag Caldwell daran, den Transmitter offenzuhalten? Warum machte er sich die Mühe, das Stromtor kurzzuschließen? Warum schaltete er den Transmitter auf Sendung, bevor er seine Bombe legte?"

Er hielt inne und breitete die Arme aus, um anzudeuten, daß

spätestens jetzt selbst der Dümmste die Sache begriffen haben müßte. Rod verspürte keine Neigung, die unausgesprochene Beleidigung auf sich zu beziehen, indem er Dantons Frage beantwortete, nachdem ihm die Antwort zur Hälfte vorgekaut worden war. Er schwieg.

„Er will die Kristalle an Bord der CREST bringen", ereiferte sich Danton. „Er hält das Tor offen. Jetzt, in diesem Augenblick, ist er auf dem Weg nach Jelly City, um die letzten Vorbereitungen für den Transmittersprung des Großkristalls zu treffen."

„Ich sagte schon vor fünf Minuten", fiel Rod ihm ins Wort, „daß Rhodan gewarnt werden muß. Jeder Augenblick, den wir schwatzend hier herumstehen, macht die Sache schlimmer, als sie ohnehin schon ist."

Danton schwieg, und Rod hatte zum erstenmal Zeit, sich vollauf der Tatsache bewußt zu werden, daß er weder ein Fahrzeug noch einen Sender besaß. Caldwell hatte seinen Gleiter gestohlen, und alle Funkgeräte waren von der Explosion vernichtet worden. Das Chronometer zeigte knapp drei Stunden seit Beginn des Unternehmens. Die Stelle, an der sie ihre Instrumente zurückgelassen hatten, lag dreizehn Kilometer entfernt.

Unter den Geräten befand sich keine eigentliche Funkanlage. Aber es gab alle Einzelteile, die sie brauchten, um wenigstens einen primitiven Morsesender zu basteln. Vielleicht – eine wilde Hoffnung, die Rod sofort in den Hintergrund des Bewußtseins verdrängte, weil sie ihn mit falschem Optimismus zu erfüllen drohte – waren sogar ihre Notsender kräftig genug, um von der Höhe des Hügels herab bis in die Stadt hinunterzureichen.

Er wandte sich an Luigi und Danton.

„Es bleibt uns nichts anderes übrig, als die Beine unter die Arme zu nehmen!"

Nach zwei Stunden angestrengten Marsches machten sich die ersten Anzeichen der Ermüdung bemerkbar. Sie hatten ohne Pause mehr als zehn Kilometer zurückgelegt. Um den Energieverbrauch der Notstromaggregate zu drosseln, hatten sie die Klimaanlage auf einen Mindestwert geschaltet, und die Hitze trieb ihnen den Schweiß auf die Stirn und ließ ihn in Bächen übers Gesicht fließen. Der Hügelrücken erhob sich jetzt unmittelbar vor ihnen, und wenn sie genau gewußt hätten, an welcher Stelle sich die Geräte befanden, hätten sie nur noch zweieinhalb Kilometer zu marschieren gehabt. Je länger sich Rod jedoch umsah, desto klarer wurde ihm, daß er während des Fluges zu Caldwells Orterstation nicht allzu scharfäugig Umschau gehalten hatte und daher nicht genauer als auf plus oder minus einen Kilometer angeben konnte, wo ihr Posten lag.

Er machte kein Hehl daraus. Obwohl er in seinem Notfunkempfänger Luigi Bernardo in immer kürzeren Abständen demonstrativ stöhnen hörte, erklärte er klipp und klar, er hätte keine Ahnung, in welche Richtung sie sich vom Fuß des Hügels an halten müßten.

Sie blieben stehen. Danton legte die Hand über die Sichtscheibe und schaute sich um.

„Ich hatte nichts zu tun, während Sie hinter dem Steuer saßen", erklärte er, „und sah mich ein wenig um. Es gibt hier irgendwo einen . . . o ja, dort! Den alleinstehenden, verwachsenen Baum."

Rod folgte der Richtung, in die Dantons Arm zeigte. Er sah einen Baum, der hoch über das umgebende Buschwerk hinausragte und so merkwürdige Umrisse besaß, als wäre er ein paarmal vom Blitz getroffen und gezwungen worden, in anderer Richtung weiterzuwachsen.

„Erkannt", sagte er.

„Die Straße liegt etwa hundert Meter dahinter", erläuterte Danton. „Auf dem Nordhang des Hügels verläuft die Straße in südöstlicher Richtung. Sie kommt uns also halbwegs entgegen. Wenn wir uns geradewegs den Hügel hinaufhalten, müßten wir sie in der Nähe der Kuppe überqueren."

Rod hatte keine Bedenken, die Weisung anzunehmen. Er empfand auch keinen Widerwillen bei der Erkenntnis, daß Danton seine Überlegenheit von neuem bewiesen hatte. Was immer Danton auch zu seiner Entschuldigung sagen mochte, es war *seine,* Rods, Aufgabe gewesen, sich so zu orientieren, daß er den Weg zum Ausgangspunkt selbst unter widrigsten Umständen wiederfinden konnte. Er hatte es versäumt. Die Aufregung war zu groß gewesen. Er wußte, daß Luigi nicht auf den Kurs geachtet hatte. Wenn Danton nicht gewesen wäre, hätten sie kostbare Zeit damit vergeuden müssen, ihre Geräte wiederzufinden.

Sie nahmen den Hügel auf dem geradesten Wege in Angriff, Büsche und Dornengstrüpp stellten sich ihnen in den Weg, aber mittlerweile schien selbst Luigi begriffen zu haben, daß es um wesentliche Dinge ging – unter Umständen um den eigenen Hals – und ließ keine Klagegeräusche mehr hören.

Sie brauchten fast eine halbe Stunde.

„Dort drüben", sagte Danton. „Wir haben uns nur um ein paar hundert Meter verirrt."

Rods Blick glitt nach rechts. Das weißgraue Band der Straße war deutlich zu erkennen, wo es nicht von Buschwerk verdeckt wurde. Die Stelle, an der sie die Geräte zurückgelassen hatten, lag nicht weiter als einen halben Kilometer entfernt. Sie marschierten weiter. Ein paar Minuten später erreichten sie die Stelle, an der sie ihren ersten Standort bezogen hatten. Luigi stürzte sich sofort auf die Geräte und fing an, sie auseinanderzunehmen. Danton zögerte einen Augenblick lang und entschloß sich dann, ihm zur Hand zu gehen.

Kurz darauf rief er:

„Fertig zum Morsen! Ziemlich primitiver Apparat, aber ich denke, daß man ihn dort unten deutlich hören kann."

Der Zeichengeber bestand aus einem losen Drahtende, das gegen einen Metallkontakt gepreßt werden mußte. Der Kontakt war mit der Antenne verbunden. Die Frage war nur, ob wenigstens in einem der Fahrzeuge der Empfänger so eingestellt war, daß er unmodulierte Morsezeichen registrieren konnte.

„Wir haben keinen Empfänger", beschwerte sich Luigi.

Er sah unglücklich aus – ganz so, als hätte er ursprünglich ein komplizierteres Projekt im Sinne gehabt, das von Danton achtlos beiseite geworfen worden war.

„Wir brauchen keinen", sagte Danton. „Wenn wir gehört werden, holt man uns ab. Wenn nicht . . ."

Er warf die Arme in die Luft.

Rod fing an zu morsen. Er wiederholte das Rufzeichen zehnmal, dann begann er mit dem eigentlichen Bericht. So knapp er konnte, schilderte er die Vorgänge in Caldwells Funk- und Ortungszentrum. Die Sendung dauerte nicht mehr als drei Minuten. Rod hielt das lose Drahtende unschlüssig in der Hand und überlegte, ob es besser wäre, so rasch wie möglich in Richtung Transmitter aufzubrechen, anstatt hier zu warten.

Danton stand auf. Rod sah ihm nach, ohne daß es ihm wirklich zu Bewußtsein kam. Er war mit seinen Gedanken beschäftigt. Aber Danton blieb plötzlich stehen, mit einem hastigen Ruck, viel zu abrupt, als daß es selbst dem Nachdenklichsten entgehen konnte. Rod hörte einen scharfen Atemzug. Bevor er fragen konnte, rief Danton:

„Sehen Sie sich das an!"

Rod sprang auf und lief zu ihm hin. Danton hielt den Arm nach rechts unten ausgestreckt. Rod sah eine wirbelnde Nebelwand – so dicht, daß sie beinahe massiv wirkte – sich von Süden her auf den Hügel zuschieben. Ihre Frontbreite betrug mehr als hundert Meter. Es mußten Trillionen von Mikrokristallen sein, die sich dort unten bewegten.

Über ihren Kurs bestand kein Zweifel. Sie brauchten nur geradlinig weiterzuschweben, um direkt auf den Transmitter zu stoßen, der einige Kilometer jenseits des nördlichen Hügelhangs lag.

„Ungefähr zweihundert Meter voraus", sagte Danton. „Sehen Sie das?"

Rods Blick wanderte den Hügel hinauf. Hoch über dem Buschwerk schwebte ein Gleiter.

„Caldwell", stieß er hervor.

Die Nebelwand bewegte sich mit erstaunlicher Schnelligkeit. Innerhalb von wenigen Minuten hatte sie den Hügel zur Hälfte erklommen. Caldwells Gleiter befand sich jetzt unmittelbar über der Kuppe und schien zu warten. Rod fühlte einen sanften Stoß gegen die Seite und bemerkte, daß Luigi sich ihnen angeschlossen hatte.

„Sir", sagte Luigi. „Ich glaube, ich sehe etwas..."

Es war zu hören, wie er plötzlich den Atem anhielt. Eine Sekunde später schrie er so laut, daß Rod die Trommelfelle dröhnten:

„Ein Gleiter, Sir! Er kommt direkt auf uns zu! Er... er kommt uns abholen! Dort, sehen Sie doch..."

Die Begeisterung ging mit ihm durch. Er klopfte Rod so hart auf die Schulter, daß der Captain das Gleichgewicht verlor. Der Gleiter kam flach über die Büsche herangeschossen, flog eine enge Kurve und setzte mitten unter den Instrumenten auf. Durch das gläserne Kanzeldach erkannte Rod die hochgewachsene Gestalt Perry Rhodans. Eine Zentnerlast fiel ihm von der Seele. Das Kanzeldach öffnete sich, Rhodan sprang zu Boden.

„Sofort an Bord!“ befahl er knapp. „Den Rest können Sie mir unterwegs erzählen, Captain.“

Er mußte Danton bemerkt haben, aber er beachtete ihn nur mit einem kurzen, merkwürdigen Blick. Luigi schwang sich als erster an Bord. Rod folgte ihm. Danton schwang sich mit einem lässigen Satz über die Bordkante. Rhodan startete so rasch, daß Rod keine Zeit hatte, sich einen Halt zu suchen. Der Ruck schleuderte ihn zu Boden.

Rhodan nahm darauf keine Rücksicht.

„Ihren Bericht, Captain!“

Der Gleiter schoß mit hoher Geschwindigkeit den Nordhang des Hügels hinunter. Rhodan hielt das Fahrzeug nur wenige Meter über den Kronen des Buschwerks und suchte die Deckung von Baumgruppen, sooft er konnte.

Rod rasselte herunter, was er wußte. Er brauchte fünf Minuten, um seinen Bericht zu erstatten. Rhodan unterbrach ihn kein einziges Mal, aber als Rod geendet hatte, sagte er:

„Ihre und Dantons Vermutung ist richtig, Captain. Der Notruf war eine Finte. Unsere drei ausgeschickten Fahrzeuge wurden in eine Falle gelockt und von Leuten angegriffen, die unter Einfluß der Kristallagenten standen. Auch uns selbst in der Stadt erging es nicht anders. Ich beschloß daher, das Unternehmen abzubrechen. Wir können hier vorerst nichts erreichen. Vor einer halben Stunde kehrten alle Einsatzgruppen durch den Transmitter an Bord der CREST zurück. Nur ich blieb mit meinem Gleiter hier, um Sie und Ihre Begleiter herauszuholen.“

Es dauerte ein paar Augenblicke, bis Rod begriff, was er gehört hatte. Ein Gefühl tiefer Dankbarkeit stieg in ihm auf. Perry Rhodan, der Großadministrator des Solaren Imperiums, hatte inmitten tödlicher Gefahr ausgeharrt, nur um zwei seiner Leute zu retten, von denen er noch nicht einmal wußte, ob sie noch am Leben waren.

Er wollte etwas sagen, aber es fehlten ihm die richtigen Worte. Der Gleiter schoß über den Fuß des Hügels hinaus und ging dicht über der buschbestandenen Ebene in den Horizontalflug über.

„Die Zeit ist um“, sagte Rhodan plötzlich. „Wir nehmen die zweite Heterocen-Tablette ein.“

Rod zögerte. Der Transmitter lag nur noch ein paar Kilometer entfernt. Wenn sie Glück hatten, kamen sie vor den Kristallen dort an und brauchten das Risiko der zweiten Dosis Heterocen nicht auf sich zu nehmen. Die Ärzte hatten kein Hehl daraus gemacht, daß sie für die Unschädlichkeit des zweiten Heterocen-Schocks nicht garantieren konnten.

Aber er sah, wie Rhodan selbst eine Tablette nahm, und damit war aller Widerspruch sinnlos. Rod zerrte mit einiger Mühe die Schachtel aus einer Tasche, nahm eine Tablette und schob sie sich in den Mund. Aber Danton winkte ab und sagte:

„Nicht für mich! Lassen Sie den Anzug geschlossen!“

Rod hörte nicht auf ihn. Er streckte die Hand mit der Tablette ins Freie, und Danton griff zu. Rod bemühte sich, den Anzug so schnell wie möglich wieder zu schließen. Er warf einen Blick nach draußen und sah, daß sie höchstens noch zwei Kilometer von der Transmitterstation entfernt waren. Das Gelände war unübersichtlich. Rhodan hatte es vorgezogen, einen kürzeren Weg zu suchen, als ihn die Straße bot. Caldwell und seine Mikrokristalle waren nirgendwo zu sehen, aber das bedeutete nicht, daß sie nicht hinter dem nächsten Wäldchen auftauchen konnten.

Rod zog den Kombistrahler aus dem Gürtel und legte ihn griffgerecht über die Knie. Wie er es immer tat, wischte er über den Griff, und der Griff schien dadurch ein glänzenderes Aussehen zu erhalten. Verblüfft nahm er die Waffe auf und betrachtete sie aus der Nähe. Sie schien von einer feinen Staubschicht bedeckt.

Er sah auf. Bislang hatte er keinen Anlaß gehabt, das Innere des Gleiters näher in Augenschein zu nehmen. Als er es jetzt tat, stellte er fest, daß sein Strahler keine Ausnahme war. Der ganze Gleiter, Glassitscheiben, Kontrollpult, Sitze, Boden, die Raumanzüge der Insassen – sogar sein eigener Anzug! – waren von einer dünnen glitzernden Staubschicht überzogen.

Mikrokristalle!

Angst fiel über ihn her wie ein wildes Tier und schaltete jede vernünftige Überlegung aus. Er sprang aus seinem Sitz. Er wollte schreien, aber die Furcht schnürte ihm die Kehle zu. Er fuchtelte mit der Waffe und spürte auf einmal Dantons harten Griff an seiner Schulter. Er rüttelte sich frei und wirbelte herum, um nach Danton zu schlagen. Er war nicht mehr Herr seiner Sinne, und jeder, der ihn daran hindern wollte, der tückischen Staubschicht von Kristallen mit ein paar weitgefächerten Schüssen den Garaus zu machen, war sein Gegner.

Da fing Luigi an zu schreien.

Es war ein markerschütternder, von Todesangst erfüllter Schrei, der in den Helmlautsprechern gellte und die Helmscheibe zum Zittern brachte. Es war ein so entsetzlicher Schrei, daß Rod mit einem Schlag wieder nüchtern wurde. Er sah, wie Luigi aus seinem Sitz in die Höhe schoß. Er hörte den Schrei in hilflosem Winseln enden. Er hörte Luigi jammern:

„Nein, nicht . . . laß mich!“

Und er sah wie im Traum, daß Danton sich entschlossen vornüberbeugte, mit dem Arm ausholte und Luigi die Handkante mit voller Wucht gegen die einzige Stelle des Anzugs schmetterte, wo das Material nur wenig Schutz bot – dicht unterhalb des Helms am Hals.

Luigi sank bewußtlos vornüber. Perry Rhodan riß den Gleiter in eine enge Kurve, die Rod fast von den Beinen hob. Er hörte Rhodans kühle, beherrschte Stimme:

„Vielen Dank, Monsieur.“

Ein Wall weißgetünchter Gebäude schien direkt auf sie zuzurasen. In letzter Sekunde riß Rhodan den Gleiter in die Höhe und setzte über das Hindernis hinweg. Plötzlich befanden sie sich über der Straße, die von der Transmitterstation nach Jelly City führte. Über Rhodans Schulter hinweg blickte Rod die Straße entlang. Dort vorn mußte der Transmitter liegen! Sie waren nur noch ein paar hundert Meter davon entfernt.

Wie Dampfschwaden aus einer alten Waschküche trieb plötzlich Dunst über die Straße. Wirbelnd und tanzend in der windstillen Luft, bewegte er sich in derselben Richtung wie der Gleiter. Rhodan zog das Fahrzeug höher, aber der Nebel hatte die Anwesenheit fremder Gehirne bemerkt und strebte ebenfalls nach oben. Der Gleiter brach durch eine Dampfwolke, die so dicht aussah, als bestünde sie aus fester Materie. Als er wieder zum Vorschein kam, war die Kanzel von einer milchigen Schicht überzogen.

Rhodan flog ein letztes Manöver und landete das Fahrzeug auf dem unkrautüberwachsenen Hof vor dem kleinen Transmittergebäude.

Die Luft war von Nebel erfüllt. Die Sonne war verschwunden. In wildem, teuflischem Reigen tanzten die dichten Schwaden der Mikrokristalle.

„Raus!" befahl Rhodan.

Er öffnete die Kanzel, und eine halbe Sekunde später wirbelte der Nebel auch im Innern des Fahrzeugs. Rod spürte plötzlich einen lähmenden Druck gegen den Schädel, als hätte ihm jemand einen viel zu kleinen Helm mit Gewalt aufgepaßt. Er packte Luigi unter den Armen und schleppte ihn zur Bordwand. Danton war ihm behilflich. Sie zerrten den Bewußtlosen nach draußen.

Mit wütendem Fauchen entlud sich ein Strahler und brach eine grelle, weißleuchtende Bahn durch die tanzenden Wolken. Der Schuß ging dich über den Gleiter hinweg. Perry Rhodan gab seinen Männern Feuerschutz.

Sie hatten Luigi jetzt im Freien. Danton schrie etwas, das Rod nicht verstand, und packte den Reglosen bei den Füßen. Rod faßte ihn an den Schultern und hob ihn auf, aber als er sich umsah, war der Nebel so dicht geworden, daß er nicht mehr wußte, in welcher Richtung der Transmitter lag.

Er konnte nicht mehr klar denken. Seine Gedanken bewegten sich auf wilden, gewundenen Bahnen, über die er keine Kontrolle hatte. Der mörderische Druck, der gegen die Schläfen preßte, hatte sich vervielfacht. Fremde Gewalten schienen auf sein Gehirn einzuhämmern.

„Hierher!" hörte er Danton schreien. „Diese Richtung!"

Um ihn herum war unaufhörliches Fauchen und Zischen. Blauweiße Lichtbahnen schossen durch den wallenden Nebel, der so dicht geworden war, daß Rod von Luigi nur noch den Oberkörper bis etwa zur Gürtellinie sehen konnte. Die andere Hälfte und Roi Danton waren im Dunst verschwunden.

Rod stolperte mehr, als daß er ging, willenlos der Richtung folgend, die Danton bestimmte.

Plötzlich fauchte ein Strahlschuß dicht an ihm vorbei. Dunkelrote Glut leuchtete in der Düsternis vor ihm auf, wo die Salve getroffen hatte. Der Schuß war von hinten gekommen. Rhodan befand sich vor ihm. Jemand anders mußte die Salve abgefeuert haben.

Linus Caldwell . . .!

Rod ließ Luigi los. Der Bewußtlose prallte mit den Schultern zu Boden und verschwand im Dunst, von Danton gezogen. Rod hörte eine dröhnende Stimme:

„Steiger! Hierher!“

Aber er achtete nicht darauf. Er mußte Caldwell fassen, der Rhodan am Betreten des Transmitters zu hindern versuchte. Wenn ihm das nicht gelang, war alles verloren.

Rod stolperte durch den Dunst.

War was verloren? bildete sich, ohne daß er es wollte, eine Frage in seinem Verstand.

Das Unternehmen, antwortete er.

Was für ein Unternehmen?

Das, das . . .

Er wußte die Antwort nicht.

Er mußte Caldwell erwischen.

Warum?

Er wußte es nicht.

Es war dieser Gedanke, den er im letzten Augenblick vor dem hypnotischen Ansturm der Mikrokristalle gefaßt hatte, der ihn vor dem Schlimmsten bewahrte. Gegen diesen Befehl, der sich wie eine scharfgebrannte Prägung in die Oberfläche seines Bewußtseins eingedrückt hatte, konnten die Kristalle in der Kürze der Zeit, die ihnen zur Verfügung stand, nichts ausrichten.

Eine wankende Gestalt tauchte vor Rod aus dem Nebel auf. Mit wütendem Schrei stürzte er sich auf sie. Für Bruchteile von Sekunden sah er Linus Caldwells merkwürdig ausdrucksloses Gesicht. Caldwell erkannte ihn und versuchte auszuweichen. Aber Rod kam ihm zuvor. Mit einem mächtigen Schlag gegen den Nacken warf er ihn zu Boden. Er bückte sich blitzschnell und bekam den Betäubten am Kragen zu fassen. Ohne Mühe hob er ihn auf und zerrte ihn hinter sich her. Es war, als ob der wirbelnde Nebel ringsum plötzlich dünner geworden wäre. Der unheimliche Druck, der auf seinem Bewußtsein gelastet hatte, schien nachgelassen zu haben. Er konnte auf einmal wieder normal denken. Er hörte Danton schreien:

„Weiter, Steiger! Sie sind auf dem richtigen Weg!“

Er sah eine weiße Wand vor sich auftauchen. Mittendrin gähnte eine dunkle Öffnung. Eine Gestalt kam ihm entgegen. Er stolperte durch die Öffnung. Drinnen war es finster, aber die Luft schien klar. Ein flimmernder Schleier an der hinteren Wand verhieß Rettung.

Danton gab ihm einen Stoß gegen die Schultern. Caldwells Kragen glitt ihm aus der Hand, und er taumelte vorwärts durch den leuchtenden Schleier hindurch. Eine unsichtbare Kraft griff nach seinem Magen und drückte ihn aufwärts gegen die Rippen. Er fühlte sich unsagbar übel.

Aber eine Sekunde später war alles vorbei.

Er stand in einem großen, hell erleuchteten Raum mit metallenen Wänden. Um ihn herum waren Männer in Arbeitsmonturen. Befehle gellten.

Benommen wandte Rod sich um. Hinter ihm war eine schmale, hohe Wand aus Licht. Während er noch schaute, kam eine schlanke Gestalt aus dem Licht hervorgetorkelt. Er sah einen ausgestreckten Arm und einen schlaffen, reglosen Körper, den die Gestalt hinter sich herzerrte.

Im selben Augenblick verschwand die leuchtende Wand.

Ein Gefühl unsäglicher Erleichterung spülte über Rod hinweg. Er spürte kaum noch, wie ihm jemand unter die Arme griff, aber er würde nie vergessen, daß es Perry Rhodan selbst war, der in diesem Augenblick zu ihm sprach:

„Entspannen Sie sich, Steiger. Sie haben Ihre Sache gut gemacht!"

Als das Resümee gezogen wurde, blieb keinem verborgen, daß der Vorstoß nach New Luna ein Fehlschlag gewesen war.

Die Droge Heterocen hatte sich als nur beschränkt brauchbar erwiesen. Die erste Dosis schützte zwar gegen Beeinflussung durch die unheimliche hypnotische Macht der Kristallagenten, aber die Wirkung hielt nur fünfeinhalb bis sechs Stunden an. Die zweite Dosis dagegen war nicht nur völlig unwirksam, was ihren eigentlichen Verwendungszweck anging, sie war darüber hinaus noch für den Organismus des menschlichen Körpers gefährlich. Roi Danton, Luigi Bernardo und Rod Steiger, die die zweite Dosis zu sich genommen hatten, hatten einen Tag lang im Bordlazarett behandelt werden müssen, bevor sie wiederhergestellt waren. Bei Perry Rhodan hatte der Zellaktivator die schädlichen Einflüsse absorbiert.

Linus Caldwell, dem eine Heterocen-Dosis verabreicht worden war, während er noch bewußtlos in der Transmitterschleuse lag, war an dem Schock gestorben.

New Luna mußte fürs erste abgeschrieben werden. Die Kristallagenten hatten den Planeten mitsamt seiner Bevölkerung unter Kontrolle. Es war Rhodans Einsatzkommando nicht gelungen, den Einfluß des Gegners auch nur zu schwächen.

Der Schluß, der daraus gezogen werden mußte, war bitter und eindeutig: Das Solare Imperium besaß wenigstens im Augenblick noch keine Waffe, mit der es der Gefahr der Mikrokristalle wirksam entgegentreten konnte.

Ein Erfolg allerdings war erzielt worden – wenn auch sozusagen nur am Rande. Man hatte verhindern können, daß die Kristalle in nennenswerter Zahl an Bord der CREST gelangten, was ohne Zweifel ihre Absicht gewesen war. Sachverständige hatten Rod Steigers Aussage studiert und waren zu folgendem Resultat gekommen:

Caldwell hatte eine gewisse Schlüsselstellung eingenommen. Er war der einzige, der den Kristallen den richtigen Weg weisen und den Transmitter bedienen konnte.

Es war Rod Steigers tollkühnem Einzelgang zu verdanken, daß anstatt der Hauptmasse des Großkristalls nur dünne Schwaden hilfloser Mikrokristalle durch den Transmitter gekommen waren. Sie wurden rasch eliminiert, da sie ohne die steuernde Kraft eines Großkristalls agieren mußten.

In den Kabinen des Kommandodecks vergaß man nicht, auch die Rolle zu würdigen, die Roi Danton in diesem Unternehmen gespielt hatte. Es war klar, daß Danton mit seiner Umsicht nicht nur das Leben der beiden Offiziere Steiger und Bernardo, sondern womöglich auch das des Großadministrators gerettet hatte, als er Bernardo, der dem Ansturm der Kristallagenten unterlag, niederschlug und daran hinderte, Schaden anzurichten.

Rod Steigers Behauptung, in der Offiziersmesse mit Nachdruck vorgetragen, Danton habe sich auf New Luna wie ein normaler Mensch verhalten und seine närrische Rolle völlig vergessen, wurde als unglaubhaft zurückgewiesen . . .

Epilog

Es war also geschehen.

Das Ereignis war eingetreten, das die Verantwortlichen des Solaren Imperiums in den letzten knapp drei Jahrzehnten ingsgeheim stets befürchtet hatten: Ein neuer, übermächtiger Gegner war in der Milchstraße aufgetaucht und hatte die Illusion einer Zukunft ohne Krieg und Leid jäh zerstört.

Daß es sich bei OLD MAN um ein Machtinstrument handelte, das vor über 50 000 Jahren von verzweifelten und treuen Männern zur Unterstützung des Solaren Imperiums im Abwehrkampf gegen die Meister der Insel erdacht worden war, machte die Geschichte nur noch tragischer.

Den verhängnisvollen Irrtum zu korrigieren, der aus dem „Geschenk" eine existentielle Bedrohung des Imperiums machte, war nun, durch die Übernahme durch die Kristallagenten, so gut wie in den Bereich des Unmöglichen gerückt, Perry Rhodan wußte das. Doch noch konnten weder er noch irgendeiner seiner Gefährten etwas davon ahnen, welche Rätsel kosmischen Ausmaßes in der Unendlichkeit des Universums auf sie warteten.

Die siebte Epoche in der Geschichte der modernen Menschheit war angebrochen, und sie sollte alle diejenigen Lügen strafen, die da glaubten, die schreckliche Auseinandersetzung mit den MdI hätte bereits die Grenze des Möglichen dargestellt.

Denn ein Mensch oder ein Volk wächst mit seinen Herausforderungen – oder zerbricht daran.

Perry Rhodan-Buch Nr. 34

DIE KRISTALLAGENTEN

erscheint im September 1989

OLD MAN

Allgemeines:

Technische Voraussetzung für den Bau eines Mammutgebildes wie OLD MAN waren die Industrieanlagen einer lemurischen Welt. Major Gus Barnard und Captain Rog Fanther begannen mit dem Bau 52000 Jahre in der Vergangenheit. Dreizehn Gehirne von Raumfahrern und Wissenschaftlern wurden konserviert und machten den Flug von OLD MAN in die Realzeit mit. Ein Teil der Gehirne wurde jedoch wahnsinnig, so daß OLD MAN – ursprünglich zum Schutz der Terraner gebaut – ein gefährlicher Gegner der Menschheit wurde. OLD MAN wurde zum ersten Mal im SEKTOR MORGENROT gesichtet.
Der Riesenroboter besaß einen Grundflächendurchmesser von 200 km und war 100 km hoch. Insgesamt beförderte er 15080 Ultraschlachtschiffe der Galaxis-Klasse. Rund um die Halbkugel waren zwölf Sektionen angeflanscht, die sich bei Bedarf loslösen und autark operieren konnten.

Technische Daten:

1. Impulstriebwerk und Kalupsche Konverter für Linearantrieb
2. 12 Hangarsektionen, befestigt durch magnetische Keilverankerung. Jede Sektion 50x50x10 km groß. In den Hangars einer Sektion finden 800 Ultraschlachtschiffe Platz
3. Verankerung
4. Zentrale mit Steuer- und Kontrollanlagen des Gesamtkomplexes
5. Hangars mit Schleusen
6. Transformkanonen (22), FpF-Geschütze (101), Impulskanonen und Desintegratoren, Narkosegeschütze
7. Werften und Labors
8. Schirmfeldgeneratoren mit Umformern zur Erzeugung eines HÜ-Schirmes
9. Hauptpositronik, Kernfusionsreaktoren und Speicherbänke

Zeichnung: Ingolf Thaler